# LA CIUDAD
# DE LOS PRODIGIOS

*P. Segundo*
*1986*
*Zaragoza*

# EDUARDO MENDOZA

# LA CIUDAD
# DE LOS PRODIGIOS

**Seix Barral** ⚐ **Biblioteca Breve**

Cubierta: A / C.
Dibujo de Feliu Elías («Apa»),
propiedad del Museo de Arte Moderno de Barcelona

Primera edición: mayo 1986
Segunda edición: mayo 1986
Tercera edición: septiembre 1986

© 1986: Eduardo Mendoza

Derechos exclusivos de edición en castellano
reservados para todo el mundo:
© 1986: Editorial Seix Barral, S. A.
Córcega, 270 - 08008 Barcelona

ISBN: 84-322-0545-1

Depósito legal: B. 27.251 - 1986

Impreso en España

*Para Ana*

Cuando el espíritu inmundo sale del hombre, anda vagando por lugares áridos, en busca de reposo; y al no encontrarlo dice: Me volveré a mi casa, de donde salí. Y al llegar la encuentra barrida y en orden. Entonces va y toma otros siete espíritus peores que él; entran y se instalan allí, y el final de aquel hombre viene a ser peor que el principio.

LUCAS, 11-23

# CAPÍTULO I

## 1

El año en que Onofre Bouvila llegó a Barcelona la ciudad estaba en plena fiebre de renovación. Esta ciudad está situada en el valle que dejan las montañas de la cadena costera al retirarse un poco hacia el interior, entre Malgrat y Garraf, que de este modo forman una especie de anfiteatro. Allí el clima es templado y sin altibajos: los cielos suelen ser claros y luminosos; las nubes, pocas, y aun éstas blancas; la presión atmosférica es estable; la lluvia, escasa, pero traicionera y torrencial a veces. Aunque es discutida por unos y otros, la opinión dominante atribuye la fundación primera y segunda de Barcelona a los fenicios. Al menos sabemos que entra en la Historia como colonia de Cartago, a su vez aliada de Sidón y Tiro. Está probado que los elefantes de Aníbal se detuvieron a beber y triscar en las riberas del Besós o del Llobregat camino de los Alpes, donde el frío y el terreno accidentado los diezmarían. Los primeros barceloneses quedaron maravillados a la vista de aquellos animales. Hay que ver qué colmillos, qué orejas, qué trompa o proboscis, se decían. Este asombro compartido y los comentarios ulteriores, que duraron muchos años, hicieron germinar la identidad de Barcelona como núcleo urbano; extraviada luego, los barceloneses del siglo XIX se afanarían por recobrar esa identidad. A los fenicios siguieron los griegos y los layetanos. Los primeros dejaron de su paso residuos artesanales; a los segundos debemos dos rasgos distintivos de la raza, según los etnólogos: la tendencia de los catalanes a ladear la cabeza hacia la izquierda cuando hacen como que escuchan y la propensión de los hombres a criar pelos largos en los orificios nasales. Los layetanos, de los que sabemos poco, se alimentaban principalmente de un derivado lácteo que unas veces aparece mencionado como *suero* y otras como *limonada* y que no difería mucho del *yogur* actual. Con todo, son los romanos quienes imprimen a Barcelona su carácter de ciudad, los que la estructuran

9

de modo definitivo; este modo, que sería ocioso pormenorizar, marcará su evolución posterior. Todo indica, sin embargo, que los romanos sentían un desdén altivo por Barcelona. No parecía interesarles ni por razones estratégicas ni por afinidades de otro tipo. En el año 63 a. de J.C. un tal Mucio Alejandrino, pretor, escribe a su suegro y valedor en Roma lamentándose de haber sido destinado a Barcelona: él había solicitado plaza en la fastuosa Bilbilis Augusta, la actual Calatayud. Ataúlfo es el reyezuelo godo que la conquista y permanece goda hasta que los sarracenos la toman sin lucha el año 717 de nuestra era. De acuerdo con sus hábitos, los moros se limitan a convertir la catedral (no la que admiramos hoy, sino otra más antigua, levantada en otro sitio, escenario de muchas conversiones y martirios) en mezquita y no hacen más. Los franceses la recuperan para la fe el 785 y dos siglos justos más tarde, el 985, de nuevo para el islam Almanzor o Al-Mansur, el Piadoso, el Despiadado, el Que Sólo Tiene Tres Dientes. Conquistas y reconquistas influyen en el grosor y complejidad de sus murallas. Encorsetada entre baluartes y fortificaciones concéntricas, sus calles se vuelven cada vez más sinuosas; esto atrae a los hebreos cabalistas de Gerona, que fundan sucursales de su secta allí y cavan pasadizos que conducen a sanedrines secretos y a piscinas probáticas descubiertas en el siglo XX al hacer el metro. En los dinteles de piedra del barrio viejo se pueden leer aún garabatos que son contraseñas para los iniciados, fórmulas para lograr lo impensable, etcétera. Luego la ciudad conoce años de esplendor y siglos opacos.

—Aquí estará usted muy bien, ya lo verá. Las habitaciones no son amplias, pero tienen muy buena ventilación y en punto a limpieza, no se puede pedir más. La comida es sencilla, pero nutritiva —dijo el dueño de la pensión. Esta pensión, a la que Onofre Bouvila fue a parar apenas llegó a Barcelona, estaba situada en el carreró del Xup. Este carreró, cuyo nombre podría traducirse por «callejuela del aljibe», iniciaba a poco de su arranque una cuesta suave que se iba acentuando hasta formar dos peldaños, continuar en un rellano y morir escasos metros más adelante contra un muro asentado sobre los restos de una muralla antigua, quizá romana. De este muro manaba constantemente un líquido espeso y negro que a lo largo de los siglos había redondeado, pulido y abrillantado los peldaños que había en el callejón; por ello estos peldaños se habían vuelto resbaladizos. Luego el reguero discurría cuesta abajo por un surco paralelo al bordillo de la acera y se sumía con gorgoteos intermitentes en la boca de avenamiento que se abría en el cruce con la calle de la Manga (antes de la Pera), única vía que daba entrada al carreró del Xup. Esta última calle, por todos los conceptos desangelada y fea, podía ufanarse (si bien otros rincones del barrio le disputaban ese honor dudoso) de haber sido teatro de este suceso cruel: la ejecución sobre la muralla romana de santa Leocricia. Esta santa, probablemente anterior a la otra santa Leocricia, la de Córdoba, figura en las hagiografías como santa Leocricia unas veces y otras como Leocratia o Locatis. Era oriunda de Barcelona o de sus proximidades e hija de un cardador de lana; se convirtió al cristianismo de muy niña. Su padre la casó sin quererlo ella con un Tiburcio o Tiburcino, cuestor. Movida por su fe, Leocracia repartió los bienes de su marido entre los pobres y emancipó a los esclavos. El marido, sin cuyo consentimiento había obrado, montó en cólera. Por haber hecho esto y por no abjurar de su religión fue decapitada en el punto dicho. La leyenda agrega que su cabeza rodó por la pendiente y no paró de rodar, doblando esquinas, cruzando calles y sembrando el terror entre los viandantes hasta caer al mar, donde un delfín u otro pez grande se la llevó. Su fiesta se celebra el 27 de enero. A finales del siglo pasado había una pensión en el rellano superior del callejón. Era un establecimiento de condición muy discreta, aunque no exento de pretensiones por parte de sus dueños. El vestíbulo era pequeño: sólo cabían allí un mostrador de madera clara con su escribanía de latón y su libro-registro, siempre abierto para que quien lo deseara pudiera comprobar la legalidad del negocio recorriendo con los ojos, a la luz mortecina de un velón, la lista de apodos y seudónimos que constituía la nómina del hospedaje, y el cubil de un barbero, un paragüero de loza y una efigie de san Cristóbal, patrón de los viajeros antes de serlo, como es hoy, de los automovilistas. Detrás del mostrador se sentaba a todas horas la señora Ágata. Era una señora obesa, medio calva y de aspecto apagado; habría pasado por muerta si sus dolencias, que la obligaban a tener los pies sumergidos en un barreño de agua tibia, no la hubiesen hecho exclamar de cuando en cuando: Delfina, la jofaina. Cuando el agua se enfriaba revivía para decir eso. Entonces su hija vertía en el barreño el agua humeante que traía en un cazo. A fuerza de echarle cazos al barreño, el agua amenazaba con derramarse e inundar el vestíbulo. Este peligro, sin embargo, no parecía inquietar al dueño de la pensión, a quien todos llamaban el señor Braulio. Con él mantuvo Onofre Bouvila aquella primera entrevista—. En realidad, si la pensión estuviera mejor situada podría pasar por un hotelito de ciertas campanillas —siguió diciendo aquél. El señor Braulio, marido de la señora Ágata y padre de Delfina, era un caballero de estatura aventajada y facciones regulares, dotado de cierta distinción amanerada. En la pensión delegaba en su esposa y en su hija todas las funciones. Dedicaba la mayor parte de la jornada a leer la prensa diaria y a comentar las noticias con los huéspedes fijos de la pensión. Las novedades le encandilaban y como la época era generosa en invenciones las horas se le iban en decir ¡oh! y ¡ah! De cuando en cuando, como si alguien le instase a ello con vehemencia, arrojaba el periódico y exclamaba: Voy a ver cómo anda el tiempo. Salía a la calle y escudriñaba el cielo. Luego volvía a entrar y anunciaba: Despejado, o: nuboso, fresquito, etcétera. No se le conocía otra actividad—. Es este barrio ruin lo que nos obliga a poner unos precios muy por debajo de la categoría del establecimiento —se lamentó. Luego levantó un dedo admonitorio—: Sin embargo, tenemos mucho cuidado al seleccionar nuestra clientela.

¿Habrá en este comentario una crítica velada a mi apariencia?, pensó Onofre Bouvilá al oír lo que decía el señor Braulio. Aunque la actitud cordial del fondista parecía desmentir esta suposición, la susceptibilidad de Onofre Bouvila estaba plenamente justificada: pese a su corta edad se advertía a simple vista que era bajo; en cambio era ancho de espaldas. Tenía la piel cetrina, las facciones diminutas y toscas y el pelo negro, ensortijado. Traía la ropa apedazada, hecha un rebujo y bastante sucia: todo indicaba que había estado viajando varios días con ella puesta y que no tenía otra, salvo quizá una muda en el hatillo que había dejado sobre el mostrador al entrar y al que ahora dirigía continuamente miradas furtivas. En estas ocasiones el señor Braulio experimentaba un alivio. Luego la mirada del muchacho se clavaba otra vez en él y se sentía de nuevo inquieto. Hay algo en sus ojos que me crispa los nervios, se dijo el fondista. Bah, será lo de siempre: el hambre, el desconcierto y el miedo, pensó luego. Había visto llegar a mucha gente en las mismas condiciones: la ciudad no cesaba de crecer. Uno más, pensó, una sardina diminuta que la ballena se tragará sin darse cuenta. El resquemor del señor Braulio se transformó en ternura. Es casi un niño y está desesperado, se dijo.

—¿Y puedo preguntarle, señor Bouvila, cuál es el motivo de su presencia en Barcelona? —concluyó diciendo. Con esta fórmula enrevesada se proponía causar una gran impresión en el muchacho. Éste, efectivamente, se quedó mudo unos instantes: ni siquiera había entendido bien la pregunta.

—Busco colocación —respondió con aire cohibido. A continuación volvió a clavar en el fondista su mirada incisiva, temeroso de que de su respuesta pudiera seguirse algo perjudicial para él. Pero el señor Braulio ya tenía la mente puesta en otra cosa y apenas si le prestaba atención.

—¡Ah, qué bien! —se limitó a decir, sacudiéndose una mota que ensuciaba la hombrera de su paletó. Onofre Bouvila le agradeció en su fuero interno esta indiferencia. Su origen le resultaba vergonzoso y por nada del mundo habría querido revelar la razón que le había impulsado a dejarlo todo, a venir a Barcelona desesperadamente.

Onofre Bouvila no había nacido, como algunos dijeron luego, en la Cataluña próspera, clara, jovial y algo cursi que baña el mar, sino en la Cataluña agreste, sombría y brutal que se extiende al sudoeste de la cordillera pirenaica, corre a ambas vertientes de la sierra del Cadí y se allana donde el Segre, que la riega en la primera parte de su recorrido y recibe allí sus afluentes principales, se une al Noguera Pallaresa y emprende la última etapa de su vida para ir a morir en el Ebro en Mequinenza. En las tierras bajas los ríos son de curso rápido y fuertes crecidas anuales, en la primavera; al retirarse las aguas las tierras inundadas se convierten en marjales insanos pero fértiles, infestados de serpientes y buenos para la caza. Son zonas éstas de nieblas cerradas y bosques densos, propicias a las supersticiones. En efecto, nadie se habría adentrado en esas nieblas tenebrosas en determinados días del año; en esas fechas precisas podían oírse tañer campanas donde no había iglesias ni ermitas y voces y risotadas entre los árboles y a veces ver vacas muertas bailar sardanas: el que veía y oía estas cosas enloquecía de fijo. Las montañas que rodeaban estos valles eran escarpadas y estaban cubiertas de nieve casi todo el año. Allí las casas estaban construidas sobre estacas de madera, el sistema de vida era tribal y los hombres del lugar, rudos y ariscos, aún usaban pieles como parte de su indumentaria. Estos hombres sólo bajaban a los valles con el deshielo, a buscar novia en las fiestas de la vendimia o la matanza del cerdo. En estas ocasiones tañían flautas de hueso y ejecutaban una danza que remedaba los saltos del carnero. Comían sin cesar pan con queso y bebían vino rebajado con aceite y agua. En las cimas de las montañas vivían unos individuos aún más rudos: no bajaban jamás a los valles y su única ocupación parece haber sido la práctica de una especie de lucha grecorromana. Las gentes del valle eran más civilizadas; vivían de la viña, el olivo, el maíz (para las bestias) y algunos frutales, la ganadería y la miel. En esa zona se habían contabilizado a principios de este siglo 25.000 tipos distintos de abeja, de los que hoy sólo perduran 5 o 6.000. Allí cazaban el gamo, el jabalí, el conejo de monte y la perdiz; también la zorra, la comadreja y el tejón, para defenderse de sus constantes incursiones. En los ríos pescaban la trucha *a la mosca;* en esto eran muy hábiles. Comían bien: en su dieta no faltaban la carne y el pescado, los cereales, la verdura y la fruta; por consiguiente era una raza alta, fuerte y enérgica, muy resistente a la fatiga, pero de digestión pesada y de carácter abúlico. Estas características físicas habían influido en la historia de Cataluña: una de las razones que el gobierno central oponía a las pretensiones independentistas del país era que tal cosa redundaría en merma de la talla media de los españoles. En su informe a don Carlos III, recién llegado de Nápoles, R. de P. Piñuela llama a Cataluña *taburete de España.* También disponían de madera en abundancia, de corcho y de unos pocos minerales. Vivían en masías dispersas por el valle, sin otra conexión entre sí que la parroquia o rectoría. Esto dio origen a una costumbre: la de dar el nombre de la parroquia o rectoría por la del lugar de origen. Así, Pere Llebre, de Sant Roc; Joaquim Colibròquil, de la Mare de Deu del Roser, etcétera. Debido a esto sobre los hombros de los rectores recaía una gran responsabilidad. Ellos mantenían la unidad espiritual, cultural y hasta idiomática de la zona. También les incumbía la misión crucial de mantener la paz en los valles y entre un valle y su vecino, evitar los estallidos de violencia y las venganzas interminables y sangrientas. Esto hizo que surgiera un tipo de rector que luego ensalzaron los poetas: unos hombres prudentes y templados, capaces de arrostrar los climas más extremos y de caminar distancias increíbles llevando en una mano el copón y en la otra el trabuco. Probablemente gracias a ellos también la zona se había mantenido casi por completo al margen de las guerras carlistas. Hacia el final de la contienda bandas carlistas habían utilizado la zona como refugio, cuartel de invierno y centro de avituallamiento. La gente los dejó hacer. De cuando en cuando aparecía un cadáver medio enterrado en los surcos o entre los matorrales, con un tiro en el pecho o en la nuca. Todos fingían no reparar en él. A veces no se trataba de un carlista, sino de la víctima de un conflicto personal resuelto al amparo de la guerra.

A ciencia cierta sólo se sabe que Onofre Bouvila fue bautizado el día de la festividad de san Restituto y santa Leocadia (el 9 de diciembre) del año mil ochocientos setenta y cuatro o setenta y seis, que recibió las aguas bautismales de manos de dom Serafí Dalmau, Pbo., y que sus padres eran Joan Bouvila y Marina Mont. No se sabe en cambio por qué le fue impuesto el nombre de Onofre en lugar del nombre del santo del día. En la fe de bautismo, de donde provienen estos datos, consta como natural de la parroquia de san Clemente y como hijo primogénito de la familia Bouvila.

—Espléndido, espléndido, aquí estará usted como un verdadero rey —iba diciendo el señor Braulio, mientras sacaba del bolsillo una llave herrumbrosa y señalaba con gesto ampuloso el pasillo lóbrego y maloliente de la pensión—. Las habitaciones, como verá... ¡Huy, qué susto!

Esta exclamación se debía a que la puerta en cuya cerradura se disponía a introducir la llave había sido abierta de improviso desde el interior de la pieza. La silueta de Delfina se perfiló en el hueco de la puerta, contra la luz proveniente del balcón.

—Ésta es mi hija Delfina —dijo el señor Braulio una vez repuesto del sobresalto—; sin duda ha estado adecentando la habitación para que la encuentre usted más de su agrado. ¿Verdad, Delfina? —y como Delfina no respondía, agregó, dirigiéndose nuevamente a Onofre Bouvila—: Como su pobre madre, mi esposa, está algo delicada de salud, todo el trabajo de la pensión recaería sobre mis hombros si no fuera por la ayuda de Delfina, que es un verdadero tesoro.

Él había visto ya a Delfina un momento antes, en el vestíbulo, cuando ella acudía a rellenar de agua caliente el barreño de la señora Ágata. En esa ocasión apenas había reparado en ella. Ahora la examinó con más detenimiento y la encontró verdaderamente repulsiva. Delfina tenía aproximadamente la misma edad que Onofre Bouvila; era reseca y desmañada, de dientes protuberantes, piel cuarteada y ojos huidizos; estos ojos ofrecían la peculiaridad de tener la pupila amarilla. Onofre se percató pronto de que era Delfina quien corría en realidad con todo el trabajo de la pensión. Hosca, sucia, desgreñada, andrajosa y descalza corría a todas horas de la cocina a los cuartos y de los cuartos a la cocina y al comedor acarreando cubos, escobas y bayetas. Además de eso atendía a su madre, cuyas necesidades eran continuas, porque no se podía valer, y servía las mesas a las horas del desayuno, la comida y la cena. Por las mañanas, muy temprano, salía de compras con dos capazos de mimbre que a la vuelta arrastraba con esfuerzo. Nunca dirigía la palabra a ningún huésped; éstos, a su vez, fingían ignorar su presencia. Aparte de ser muy áspera de trato, llevaba siempre pegado a los tobillos un gato negro que sólo toleraba la cercanía de su dueña; con los demás la emprendía a mordiscos y zarpazos. Este gato se llamaba *Belcebú*. Los muebles y las paredes de la pensión mostraban las huellas de su ferocidad. A Onofre Bouvila, sin embargo, todo esto le resbalaba por el momento. Acababa de entrar en la habitación que le había sido asignada y contemplaba por primera vez aquel cubículo reducido y austero. Es mi cuarto, pensaba con un asomo de emoción, se puede decir que ya soy un hombre independiente: un verdadero barcelonés. Aún estaba bajo el influjo de la novedad; sentía como todos los recién llegados la fascinación de la gran ciudad. Siempre había vivido en el campo y sólo había visitado una vez una población importante. Ahora conservaba de aquella visita un recuerdo triste. Esa población se llamaba Bassora y distaba 18 kilómetros de San Clemente o Sant Climent, su parroquia natal. Cuando Onofre Bouvila la visitó Bassora acababa de experimentar un progreso notable. De centro agrícola y sobre todo ganadero se había convertido en una ciudad industrial. Según las estadísticas, en 1878 Bassora tenía 36 industrias; de ellas 21 pertenecían al ramo textil (algodoneras, sederas, laneras, de estampados, de alfombras, etcétera), 11 al químico (fosfatos y acetatos, cloruros, colorantes y jabones), 3 al siderúrgico y una al ramo de la madera. Una vía férrea unía Bassora a Barcelona y su puerto, de donde partían los productos que Bassora exportaba a ultramar. Aún se mantenía un servicio regular de diligencias, pero la gente prefería por lo general el ferrocarril. Había alumbrado de gas en varias calles, cuatro hoteles o fondas, cuatro escuelas, tres casinos y un teatro. Esta población y la parroquia de Sant Climent estaban unidas por un camino pedregoso y desigual que cruzaba las montañas por una garganta o desfiladero que la nieve solía obturar durante el invierno. Por este camino iba y venía una tartana cuando las condiciones atmosféricas lo permitían. Esta tartana salvaba los 18 kilómetros que mediaban entre Sant Climent y Bassora sin ninguna periodicidad, horario ni señalamiento, trayendo a las masías aperos, suministros de todo tipo y cartas si las había; a la vuelta se llevaba los excedentes del campo que en aquel momento hubiera habido. Estos excedentes eran consignados por el rector de Sant Climent a otro cura de Bassora, amigo suyo, que a su vez se encargaba de comercializarlos, remitir las ganancias obtenidas de la venta, generalmente en especies, y rendir unas cuentas que nadie pedía, entendía ni se preocupaba de revisar. El tartanero se llamaba o era llamado el tío Tonet. Al llegar a Sant Climent pernoctaba en el suelo de una taberna adosada a uno de los muros laterales de la iglesia. Antes de acostarse contaba lo que había visto y oído en Bassora, aunque pocos daban crédito a sus relatos: tenía fama de aficionado al vino y de fantasioso. Tampoco veía nadie de qué modo aquella suma de prodigios que contaba el tartanero podía alterar el curso de la vida en el valle.

Ahora, sin embargo, la propia Bassora le parecía algo insignificante cuando la comparaba mentalmente con aquella Barcelona a la que acababa de llegar y de la que aún no sabía nada. Esta actitud, en muchos sentidos ingenua, no estaba totalmente injustificada: conforme al censo de 1887, lo que hoy llamamos el «área metropolitana», es decir, la ciudad y sus agrupaciones limítrofes, contaba con 416.000 habitantes, y este número iba en aumento a un ritmo de 12.000 almas por año. De la cifra que arroja el censo (y que algunos rebaten) correspondía a Barcelona propiamente dicha, a lo que entonces era el municipio de Barcelona, la de 272.000 habitantes. El resto se distribuía entre los barrios y pueblos exteriores al perímetro antiguo de la muralla; a lo largo del siglo XIX se habían ido desarrollando en estos barrios y pueblos las actividades industriales de mayor fuste. Durante todo aquel siglo Barcelona no había dejado de estar a la vanguardia del progreso. En 1818 se había establecido entre Barcelona y Reus el primer servicio regular de diligencias que hubo en España. En 1826 había sido realizado en el patio de la Lonja el primer experimento de alumbrado de gas. En 1836 había sido establecido el primer «vapor», el primer conato de mecanización industrial. El primer ferrocarril de España había sido el que cubría el trayecto Barcelona-Mataró y databa de 1848. También la primera central eléctrica de España había sido instalada en Barcelona el año 1873. La diferencia que había en este sentido entre Barcelona y el resto de la península era abismal y la impresión que la ciudad producía al recién llegado era fortísima. Pero el esfuerzo exigido por este desarrollo había sido inmenso. Ahora Barcelona, como la hembra de una especie rara que acaba de parir una camada numerosa, yacía exangüe y desventrada; de las grietas manaban flujos pestilentes, efluvios apestosos hacían irrespirable el aire en las calles y las viviendas. Entre la población reinaban el cansancio y el pesimismo. Sólo algunos mentecatos como el señor Braulio veían la vida color de rosa.

—En Barcelona sobran las oportunidades para quien tiene imaginación y ganas de aprovecharlas —le dijo aquella misma noche en el comedor de la pensión a Onofre Bouvila, mientras éste sorbía la sopa incolora y agria que le había servido Delfina—, y usted parece honrado, despierto y trabajador. No me cabe duda de que pronto resolverá su situación en forma altamente satisfactoria. Piense, joven, que no ha habido en la historia de la humanidad época como ésta: la electricidad, la telefonía, el submarino..., ¿hace falta que siga enumerando portentos? Sólo Dios sabe a dónde vamos a parar. Por cierto, ¿le importaría pagar por adelantado? Mi señora, a quien ya conoce, es muy meticulosa en esto de las cuentas. Como la pobre está tan enferma, ¿verdad?

Onofre Bouvila hizo entrega de todo lo que tenía a la señora Ágata. Con eso pagó una semana, pero se quedó sin un real. A la mañana siguiente, apenas despuntó el día, se lanzó a la calle en busca de empleo.

## 2

Aunque a finales del siglo XIX ya era un lugar común decir que Barcelona vivía «de espaldas al mar», la realidad cotidiana no corroboraba esta afirmación. Barcelona había sido siempre y era entonces aún una ciudad portuaria: había vivido del mar y para el mar; se alimentaba del mar y entregaba al mar el fruto de sus esfuerzos; las calles de Barcelona llevaban los pasos del caminante al mar y por el mar se comunicaba con el resto del mundo; del mar provenían el aire y el clima, el aroma no siempre placentero y la humedad y la sal que corroían los muros; el ruido del mar arrullaba las siestas de los barceloneses, las sirenas de los barcos marcaban el paso del tiempo y el graznido de las gaviotas, triste y avinagrado, advertía que la dulzura de la solisombra que proyectaban los árboles en las avenidas era sólo una ilusión; el mar poblaba los callejones de personajes torcidos de idioma extranjero, andar incierto y pasado oscuro, propensos a tirar de navaja, pistola y cachiporra; el mar encubría a los que hurtaban el cuerpo a la justicia, a los que huían por mar dejando a sus espaldas gritos desgarradores en la noche y crímenes impunes; el color de las casas y las plazas de Barcelona era el color blanco y cegador del mar en los días claros o el color gris y opaco de los días de borrasca. Todo esto por fuerza había de atraer a Onofre Bouvila, que era hombre de tierra adentro. Lo primero que hizo aquella mañana fue acudir al puerto a buscar trabajo como estibador.

El desarrollo económico de Barcelona se había iniciado a finales del siglo XVIII y había de continuar hasta la segunda década del siglo XX, pero este desarrollo no había sido constante. A los períodos de auge les seguían períodos de recesión. Entonces el flujo migratorio no cesaba, pero en cambio la demanda disminuía; encontrar trabajo en esas circunstancias revestía dificultades casi insuperables. A pesar de lo que el señor Braulio había dicho la noche antes, cuando Onofre Bouvila se echó a la calle en busca de un empleo que le permitiera ganarse la vida Barcelona atravesaba desde hacía varios años una de estas fases de recesión.

Un cordón de policías le cerró la entrada a los muelles. Preguntó qué pasaba y le respondieron que entre los obreros portuarios se habían declarado varios casos de cólera morbo, sin duda traído por algún barco proveniente de costas lejanas. Atisbando por encima del hombro de un agente pudo percibir un cuadro trágico: varios estibadores habían dejado caer los fardos que acarreaban y vomitaban en las losas de la dársena; otros evacuaban al pie de las grúas un líquido ocre y fluido. Remitido el ataque volvían a sus faenas entre convulsiones, por no perder el jornal. Los sanos se apartaban al paso de los contaminados; los amenazaban con cadenas y bicheros si éstos pretendían aproximarse a ellos. Un puñado de mujeres trataba de romper el cordón sanitario para acudir en socorro de sus maridos o amigos; a éstas las rechazaba la policía sin miramientos.

Onofre Bouvila siguió caminando; iba bordeando el mar en dirección a la Barceloneta. En esa época la gran mayoría de los barcos era aún de vela. Las instalaciones del puerto estaban también muy atrasadas: los muelles no permitían que los barcos atracaran de costado, habían de atracar de popa. Esto dificultaba mucho las labores de carga y descarga, que habían de ser efectuadas por medio de barcazas y chalupas. Un enjambre de estas barcazas y chalupas surcaba las aguas del puerto a todas horas trayendo y llevando mercancías. Por los muelles y las calles aledañas pululaban marinos viejos de rostro curtido; solían llevar el pantalón arremangado hasta la rodilla, blusón a rayas horizontales y gorro frigio. Fumaban pipas de caña, bebían aguardiente y comían cecina y unos bizcochos que dejaban secar durante semanas; también succionaban limón con avidez; eran lacónicos con la gente, pero hablaban a solas sin parar; rehuían el contacto humano y eran pendencieros, pero acostumbraban a ir acompañados de un perro, un loro, un galápago o algún otro animalito al que prodigaban mimos y atenciones. En realidad sufrían un trágico destino: embarcados de niños como grumetes, no habían regresado hasta la vejez a su tierra natal, a la que ya sólo les unía la memoria. El vagabundear continuo les había impedido fundar una familia o anudar amistades duraderas. Ahora, de regreso, se sentían extraños. Pero a diferencia del auténtico extranjero, que puede amoldarse mal que bien a las costumbres del país que le acoge, ellos arrastraban la impedimenta de unos recuerdos falseados por el transcurso de tantos años, por tantas horas de ocio desperdiciadas en forjar ensueños y proyectos; ahora, enfrentados a una realidad distinta, estos recuerdos idealizados les imposibilitaban de adaptarse al presente. Algunos precisamente para evitar estos desajustes optaban por acabar sus días en algún puerto extraño, lejos de su patria. Éste era el caso de un lobo de mar casi centenario llamado Sturm, de origen desconocido, que en aquellos años se había hecho célebre en la Barceloneta, donde vivía. Hablaba una lengua incomprensible para todos, incluso para los profesores de la Facultad de Filosofía y Letras, a quienes habían llevado en vano al anciano sus vecinos. Por todo capital contaba con un fajo de billetes que ningún banco de Barcelona le quería canjear; como este fajo era abultado pasaba por rico y en las tiendas y los bares de su barrio le fiaban. De él se decía que no era cristiano, que adoraba al sol y que en su cuarto tenía metida una foca o un manatí.

La Barceloneta era un barrio de pescadores que había surgido durante el siglo XVIII fuera de las murallas de Barcelona. Posteriormente había quedado integrado en la ciudad y sometido a un proceso acelerado de industrialización. En la Barceloneta estaban ahora los grandes astilleros. Paseando por allí Onofre Bouvila encontró un grupo de mujeres campechanas y rechonchas que seleccionaban pescado entre risotadas. Alentado por estas muestras de buen talante se dirigió a ellas para recabar información. Quizá estas mujeres sepan decirme dónde puedo encontrar trabajo, pensó; las mujeres serán más afectuosas con un muchacho como yo. Pronto se percató de que el buen humor aparente de aquellas mujeres se debía en realidad a un trastorno nervioso que les hacía reír desacompasadamente, sin motivo ni control. En el fondo estaban amargadas y hervían de ira: por nada blandían cuchillos y se arrojaban bogavantes y cangrejos a la cabeza. En vista de ello salió huyendo. Tampoco tuvo más suerte cuando trató de sentar

plaza de marino en uno de los bajeles que estaban fondeados allí
y a los que no afectaba la cuarentena. Al acercarse a uno de estos
bajeles los marineros acodados en la borda le disuadieron de en-
rolarse. No subas a bordo si no quieres morir, chaval, le dijeron.
Le contaron que ellos mismos eran víctimas del escorbuto. Al hablar mostraban las encías ensangrentadas. En la estación de ferrocarril los mozos de cuerda, a quienes el reumatismo apenas dejaba andar, le dijeron que sólo los miembros de cierta asociación
podían aspirar con éxito a aquel oficio de esclavos. Y así sucesivamente. Al anochecer regresó a la pensión exhausto. Mientras
devoraba la cena exigua el señor Braulio, que mariposeaba de
mesa en mesa, se interesó por el resultado de sus gestiones. Onofre le comentó que no había tenido suerte. El individuo que tenía
la barbería instalada en el vestíbulo oyó esta conversación y no se
recató de intervenir en ella. De sobra se ve que vienes del campo,
le dijo a Onofre Bouvila; ve al mercado de verduras, quizá allí en-
cuentres algo. Pasando por alto lo que había de sarcasmo en este
consejo, le dio las gracias al huésped y un puntapié al gato de
Delfina, que le había clavado las zarpas en la pantorrilla. La fámula le lanzó una mirada cargada de odio a la que él respondió
con otra de desdén. Aunque no quería confesárselo, los contra-
tiempos de aquel día habían hecho mella en su ánimo. No pensé
que las cosas estuvieran tan requetemal, se decía. Bah, no importa, añadía luego para sus adentros, mañana volveré a intentarlo; a fuerza de paciencia algo saldrá. Lo que sea con tal de no
tener que volver a casa. Esta perspectiva era lo que más le preocupaba.

Siguiendo los consejos del barbero, al día siguiente visitó el
Borne: así se llamaba el mercado central de frutas y verduras. La
visita, sin embargo, resultó estéril; lo mismo sucedió con las que
fue haciendo luego. Así pasaron las horas y los días: siempre sin
resultado tangible ni esperanza de obtenerlo. Con sol o con lluvia
recorrió la ciudad a pie de punta a punta. En este peregrinaje no
dejó puerta por llamar. Trató de desempeñar oficios cuya existencia había ignorado hasta entonces: cigarrero, quesero, buzo,
marmolista, pocero, etcétera. En la mayoría de sitios donde pro-
bó no había trabajo; en otros exigían experiencia. En una confi-
tería le preguntaron si sabía hacer barquillos; en unos astilleros,
si sabía calafatear. A todas estas preguntas se veía obligado a responder que no. Pronto descubrió cosas que nunca había sospechado antes: de todos los trabajos, el servicio doméstico era el
más descansado. A él se dedicaban por esas fechas 16.186 perso-

nas en Barcelona. Los restantes trabajos se desarrollaban en condiciones terribles: las jornadas laborales eran muy dilatadas; los trabajadores tenían que levantarse diariamente a las cuatro o cinco de la mañana para acudir a sus puestos puntualmente. Los sueldos eran muy bajos. Los niños trabajaban a partir de los cinco años en la construcción, en el transporte, incluso en los camposantos, ayudando a los sepultureros. En algunos lugares le trataron con amabilidad; en otros, con hostilidad abierta. Una vaca estuvo a punto de cornearle en una lechería y unos carboneros le azuzaron un mastín. Por todas partes vio miseria y enfermedades. Había barrios enteros aquejados de tifus, viruela, erisipela o escarlatina. Encontró casos de clorosis, cianosis, gota serena, necrosis, tétanos, perlesía, aflujo, epilepsia y garrotillo. La desnutrición y el raquitismo se cebaban en los niños; la tuberculosis en los adultos; la sífilis en todos. Como todas las ciudades, Barcelona había sido visitada periódicamente por las plagas más terribles. En 1834 el cólera había dejado a su paso 3.521 muertos; veinte años más tarde, en 1854, 5.640 personas habían caído víctimas de esa misma enfermedad. En 1870 la fiebre amarilla proveniente de las Antillas españolas se había extendido por la Barceloneta. El barrio entero había sido evacuado, el muelle de la Riba había sido quemado. En estas ocasiones cundía el pánico primero y el desaliento después. Se organizaban procesiones y actos públicos de desagravio a Dios. A estas rogativas acudían todos, incluso quienes meses antes habían participado en la quema de conventos ocurrida a raíz de una algarada o habían promovido estos actos de barbarie. Los más contritos eran precisamente los que poco tiempo atrás habían aplicado con más saña la tea a la casulla de un pobre sacerdote, habían jugado al bilboquete con las imágenes sagradas y habían hecho, según se decía, escudella y carn d'olla con los huesos de los santos. Luego las epidemias decrecían y se alejaban, pero nunca del todo: siempre quedaban reductos donde la enfermedad parecía hallarse a gusto, haber echado raíces. Así a una epidemia seguía otra sin que hubiera desaparecido por completo la anterior, se solapaban. Los médicos tenían que abandonar los últimos casos de una afección para atender los primeros de la siguiente y su trabajo no tenía fin. Esto hacía que proliferasen charlatanes y curanderos, herbolarios y saludadores. En todas las plazas había hombres o mujeres que predicaban doctrinas confusas, anunciando la venida del Anticristo, el día del Juicio, de algún Mesías extravagante y sospechosamente interesado en el peculio ajeno. Algunos, sin mala fe, ofrecían medios de curación o prevención inútiles, cuando no contraproducentes, como eran el proferir gritos en las noches de luna llena, el atarse cascabeles a los tobillos o el grabarse en la piel del tórax signos zodiacales o ruedas de Santa Catalina. La gente, atemorizada e indefensa ante los estragos de la enfermedad, compraba los talismanes que le ofrecían y se tomaba sin chistar los bebedizos y filtros o se los hacían tomar a sus hijos, creyendo con eso hacerles un bien. El Ayuntamiento sellaba la casa de los infectados que fallecían, pero la escasez de vivienda era tal que a poco alguien que prefería el riesgo de contagio a vivir a la intemperie la ocupaba de nuevo, contraía la enfermedad de inmediato y moría sin remisión. A veces, sin embargo, las cosas no sucedían así. Tampoco faltaban casos de abnegación, como siempre sucede en estas circunstancias extremas. Así contaban, por ejemplo, este concreto: el de una monja ya entrada en años, llamada Társila, algo bigotuda, la cual, apenas se enteraba de que tal o cual persona había caído en cama aquejada de un mal incurable, corría junto a esa persona llevando consigo un acordeón. Y esto lo hizo durante décadas sin contraer ella nunca dolencia alguna, por más que le tosían encima.

La noche en que vencía el plazo fijado, el señor Braulio llamó a Onofre a capítulo: Los pagos, como usted sabe, se efectúan por adelantado, le dijo. Debe usted abonarnos la semanada. Onofre suspiró. Todavía no he conseguido trabajo, señor Braulio, dijo; deme una semana de gracia y yo le pagaré todo lo que le debo en cuanto cobre mi primer jornal.

—No crea que no me hago cargo de su situación, señor Bouvila —respondió el fondista—, pero tiene usted que hacerse cargo de la nuestra: no sólo nos cuesta mucho dinero darle de comer a diario, sino que perdemos lo que nos pagaría otro huésped si usted dejase su habitación libre. Es penoso, ya lo sé, pero no voy a tener más remedio que rogarle que se vaya mañana a primera hora. Créame que siento tener que proceder así, porque le he tomado afecto.

Aquella noche casi no cenó. El cansancio acumulado durante el día hizo que se durmiera apenas se hubo acostado, pero al cabo de una hora se despertó bruscamente. Entonces empezaron a acosarle las ideas más aciagas. Para librarse de ellas se levantó y salió al balcón; allí respiró agitadamente el aire húmedo y salobre que traía del puerto olor a pescado y a brea. De allí provenía también un resplandor fantasmagórico: eran las farolas de gas que reflejaban su luz en la neblina. El resto de la ciudad estaba sumido en la oscuridad absoluta. Al cabo de un rato el frío le había calado los huesos y decidió volver a la cama. Una vez allí encendió el cabo de vela que había en la mesilla de noche y sacó de debajo de la almohada una hoja de papel amarillento, cuidadosamente plegada. La desdobló con cautela y leyó lo que había escrito en aquel papel a la luz temblorosa de la vela. A medida que iba leyendo lo que sin duda conocía de memoria, se le iban crispando los labios, arrugaba el entrecejo y sus ojos adquirían una expresión equívoca, mezcla de rencor y tristeza.

En la primavera de 1876 o 1877 su padre había emigrado a Cuba. Onofre Bouvila tenía en esa ocasión un año y medio; el matrimonio no había tenido más hijos todavía. Su padre era hombre parlanchín, festivo, buen cazador y algo alunado, al decir de los que le habían conocido antes de que emprendiese aquella aventura. Su madre procedía de las montañas y había bajado al valle para contraer matrimonio con Joan Bouvila; era espigada, enjuta, silenciosa, de gestos nerviosos y modales algo bruscos, aunque contenidos; antes de encanecer tenía el pelo castaño; también tenía los ojos de color gris azulado, como los de Onofre, que por lo demás se parecía físicamente a su padre. Antes del siglo XVIII los catalanes habían ido a América muy raramente, siempre como funcionarios de la corona; a partir del siglo XVIII, sin embargo, muchos catalanes emigraron a Cuba. El dinero que estos emigrantes remitían desde la colonia había producido una acumulación de capital inesperada. Con este capital se pudo iniciar el proceso de industrialización, imprimir impulso a la economía de Cataluña, que languidecía desde los tiempos de los Reyes Católicos, don Fernando y doña Isabel. Algunos, además de enviar dinero, acababan regresando; eran los indianos enriquecidos, que edificaban mansiones extravagantes en sus aldeas. Los más pintorescos traían consigo esclavas negras o mestizas con las que obviamente mantenían relaciones íntimas. Esto causaba un gran revuelo y ellos, presionados por parientes y vecinos, acababan casando aquellas esclavas con masoveros turulatos. De estas uniones salían hijos retintos, desplazados, que solían acabar entrando en religión. Entonces eran enviados a misiones al otro confín del mundo: a las islas Marianas o a las Carolinas, que aún dependían de la silla arzobispal de Cádiz o de Sevilla. Luego este flujo migratorio había menguado. No faltaban quienes siguieran cruzando el océano en busca de fortuna, pero eran casos individuales:

un hijo segundón reducido a la penuria por un sistema hereditario conforme al cual todo el patrimonio familiar era legado a un solo hijo, llamado el *hereu*, un terrateniente arruinado por la filoxera, etcétera. Joan Bouvila no se encontraba en ninguno de estos casos: nadie había sabido entonces ni supo luego la razón que le impulsó a emigrar. Unos dijeron que había obrado por ambición; otros, que por desavenencias conyugales. Alguien se inventó esta historia: que Joan Bouvila había descubierto poco después de casarse un secreto horrible concerniente a su mujer, que en la casa se oían gritos y golpes tremendos por las noches, que este griterío tenía despierto al niño toda la noche, que se le oía llorar hasta la madrugada, cuando remitía la algazara. Al parecer nada de esto era verdad. Cuando Joan Bouvila hubo partido, el rector de Sant Climent siguió recibiendo en la iglesia a su esposa, a Marina Mont; le administraba los sacramentos como a los demás feligreses y la trataba con deferencia especial. Con esto acalló los rumores maliciosos.

A poco de haber partido Joan Bouvila escribió una carta a su mujer.

Aquella carta, expedida en las Azores, donde el barco había hecho escala, fue llevada a la parroquia por el tío Tonet en su tartana. El rector tuvo que leerla, porque ella no sabía leer. Para silenciar definitivamente las malas lenguas la leyó un domingo desde el púlpito, antes del sermón. *Cuando tenga trabajo y casa y un poco de pempis mandaré por vosotros,* decía la carta. *La travesía es buena, hoy hemos visto tiburones; siguen peligrosamente al barco en bandadas, a la espera de que algún pasajero se caiga al agua; entonces lo devoran de un bocado: todo lo trituran con su triple fila de dientes; del que consiguen hacer presa y devorar no devuelven nada al mar.* A partir de aquel momento ya no había vuelto a escribir más.

Onofre Bouvila dobló de nuevo la carta con mucho cuidado, la metió bajo la almohada, apagó la vela y cerró los ojos. Esta vez se durmió profundamente, insensible a la dureza del colchón y a los ataques encarnizados de las chinches y las pulgas. Poco antes de rayar el alba, sin embargo, le despertaron un peso en el abdomen, un gruñido y la desagradable sensación de que alguien le estaba observando. La habitación estaba iluminada por una vela, no la que había apagado unas horas antes, sino otra que sostenía alguien a quien no pudo identificar por el momento, porque otra cosa monopolizaba su atención. Sobre el cobertor estaba *Belcebú*, el gato salvaje de Delfina. Tenía el lomo arqueado y el rabo enhiesto y había sacado las uñas. Onofre, en cambio, tenía los brazos atrapados por las sábanas y no se atrevía a sacarlos para protegerse la cara: temía excitar a la fiera con sus movimientos. Permaneció inmóvil; de la frente y del labio le brotaban gotas de sudor. No tengas miedo, no te atacará, susurró una voz, pero si intentas hacerme algo te arrancará los ojos. Onofre reconoció la voz de Delfina, pero no apartó la mirada del gato ni pronunció palabra.

—Sé que no has encontrado trabajo —siguió diciendo Delfina; en su voz había un deje de complacencia, bien porque el fracaso de Onofre hubiese venido a corroborar sus predicciones, bien porque encontrase placer en los apuros del prójimo—. Todos creen que no me entero de nada, pero lo oigo todo. Me tratan como si fuera un mueble, un trasto inútil, ni siquiera me saludan cuando se cruzan conmigo en el pasillo. Mejor: todos son unos desgraciados. Estoy segura de que su máxima ilusión sería llevarme a la cama... ya sabes a lo que me refiero. Ah, pero si lo intentaran *Belcebú* les arrancaría la piel a tiras. Por eso prefieren aparentar que no me ven.

Al oír su nombre, el gato lanzó un bufido pérfido. Delfina dejó escapar una risa jactanciosa y Onofre comprendió que la fámula estaba chiflada. Lo que me faltaba, pensó. ¿En qué parará todo esto?, se preguntaba. Ay, Dios, con tal de que no acabe ciego...

—Tú no pareces como ellos —continuó diciendo la fámula entre dientes, pasando sin transición de la risa a la gravedad—, quizá porque aún eres un crío. Bah, ya te estropearás. Mañana dormirás en la calle. Tendrás que dormir con un ojo abierto siempre. Luego te despertarás helado y hambriento y no tendrás qué comer; te pelearás por rebuscar en las basuras. Rezarás para que no llueva y para que venga pronto el verano. Así irás cambiando: te irás volviendo un canalla, como todos. Qué, ¿no dices nada? Puedes hablar sin levantar la voz. Pero no hagas ningún gesto.

—¿A qué has venido? —se atrevió a preguntar Onofre, aspirando las palabras—, ¿qué quieres de mí?

—Se creen que sólo sirvo para fregar suelos y lavar platos —repitió Delfina recobrando la sonrisa desdeñosa—, pero tengo recursos. Puedo ayudarte si quiero.

—¿Qué he de hacer? —dijo Onofre sintiendo que el sudor le resbalaba por la espalda.

Delfina dio un paso hacia la cama. Onofre se puso rígido, pero ella se detuvo allí. Al cabo de un rato dijo: Escucha lo que te voy a decir. Tengo un novio. Esto no lo sabe nadie, ni siquiera mis padres. Nunca se lo diré y un día, el día menos pensado, me escaparé con él. Me buscarán por todas partes, pero ya estaremos lejos. No nos casaremos nunca, pero viviremos siempre juntos y aquí no me volverán a ver. Si revelas mi secreto le diré a *Belcebú* que te destroce la cara, ¿lo has entendido?, acabó diciendo la fámula. Onofre juró por Dios y por la memoria de su madre que guardaría aquel secreto. Esto satisfizo a Delfina, que agregó acto seguido: Escucha, mi novio pertenece a un grupo; este grupo está formado por hombres generosos y valientes, decididos a terminar con la injusticia y la miseria que nos rodea. Hizo una pausa para ver el efecto que sus palabras habían hecho en Onofre Bouvila y viendo que éste no reaccionaba, agregó: ¿Has oído hablar del anarquismo? Onofre dijo que no con la cabeza. Y Bakunin, ¿sabes quién es? Onofre volvió a decir que no y ella, en lugar de enfurecerse, como él temía que sucediera, se encogió de hombros. Es natural, dijo al fin: son ideas nuevas; muy poca gente las conoce. Pero no te apures, pronto las conocerá todo el mundo: las cosas van a cambiar.

En la década de 1860 los grupos ácratas italianos, que habían florecido durante los años de lucha por la unificación de Italia, decidieron enviar a otros países personas que propagasen sus doctrinas e hicieran prosélitos. El hombre que fue enviado a España, donde las ideas anarquistas eran ya conocidas y gozaban de gran predicamento, se llamaba Foscarini. A unos kilómetros de Niza, sin embargo, la policía española, en connivencia con la policía francesa, detuvo el tren en que viajaba Foscarini y subió. Arriba las manos, dijeron los policías encañonando a los pasajeros del tren con sus carabinas, ¿quién de vosotros es Foscarini? Todos los pasajeros levantaron el brazo al unísono. Yo soy Foscarini, yo soy Foscarini, decían: para ellos no cabía honor más grande que ser confundidos con el apóstol. El único que no decía nada era el propio Foscarini. Años interminables de clandestinidad le habían enseñado a disimular en casos semejantes; ahora miraba por la ventanilla y silbaba alegremente, como si aquel asalto no rezara con él. Así pudieron identificarlo los policías sin dificultad. Lo bajaron a rastras del tren, lo dejaron en paños menores, lo ataron con una soga y lo tendieron en la vía, con la cabeza apoyada en un riel y los pies sobre el otro. Cuando venga el expreso de las nueve te hará rodajas, le dijeron. Acabarás tu vida como un salchichón, Foscarini, le decían con sorna diabólica. Uno de los policías se vistió con la ropa que le habían quitado y subió al tren. Al verlo entrar en el vagón los pasajeros creyeron que era Foscarini, que había burlado a sus secuestradores, y prorrumpieron en vítores. El falso Foscarini sonreía y anotaba los nombres de los que le vitoreaban con más ardor. Llegado a España se dedicó a incitar a la violencia sin ton ni son para crear mal ambiente, predisponer a la gente en contra de los trabajadores y justificar las medidas represivas terribles que tomaba el Gobierno. En realidad era un *agent provocateur*, dijo Delfina.

Casi simultáneamente desembarcó en Barcelona un personaje diametralmente opuesto a los dos Foscarinis, el auténtico y el ficticio. Se llamaba Conrad de Weerd y en los Estados Unidos, de donde procedía, había sido un cronista deportivo de cierto renombre. Descendía de una familia hacendada y con ribetes aristocráticos de Carolina de Sur, que había perdido en la Guerra Civil o de Secesión toda su fortuna, incluidas las tierras y los esclavos negros. En Baltimore, Nueva York, Boston y Filadelfia De Weerd había probado ejercer el periodismo, al que se sentía inclinado, pero por ser sureño había encontrado vedados todos los terrenos, salvo el de los deportes. Había conocido personalmente a las figuras más importantes de su tiempo, como Jake Kilrain y John L. Sullivan, pero en general su vida de cronista había discurrido por cauces misérrimos. A mediados del siglo pasado el deporte era poco más que un pretexto para cruzar apuestas y dar rienda suelta a los instintos más bajos. De Weerd cubrió peleas de gallos, de perros y de ratas y peleas mixtas de toros contra perros, perros contra ratas, ratas contra cerdos, etcétera. También hubo de presenciar combates de boxeo extenuantes y sanguinarios, que duraban hasta ochenta y cinco asaltos y acababan normalmente a tiros. Al final llegó a la conclusión de que la naturaleza humana era brutal y despiadada por esencia, de que sólo la educación cívica podía transformar al individuo en un ser mínimamente tolerable. Movido por esta convicción abandonó el mundo de los deportes y se dedicó a fundar asociaciones obreras con el dinero que le dieron algunos prestamistas judíos de tendencias liberales. La finalidad de estas asociaciones era la enseñanza mutua y el cultivo de las artes, en especial de la música; quería agrupar a los obreros en grandes corales. Así dejarán de interesarse por las peleas de ratas, pensaba. De Weerd vivió siempre pobremente; todo lo que ganó lo destinó a mantener los coros que iba fundando. Poco a poco los gangsters se infiltraron en los coros y los convirtieron en grupos de presión. Para quitarse de enmedio a De Weerd lo enviaron a Europa, a hacer allí proselitismo. Enterado de la existencia de los Coros de Clavé desembarcó en Barcelona el día de la Ascensión del año 1876. Allí se encontró con los seguidores enloquecidos del Foscarini espurio, que propugnaban la matanza indiscriminada de los niños a la salida de las escuelas. Esto le produjo un efecto pésimo.

Dentro de esta misma línea, siguió contando Delfina, otra personalidad interesante es la de Remedios Ortega Lombrices, alias *la Tagarnina*. Esta sindicalista intrépida trabajaba casualmente en la fábrica de tabacos de Sevilla. Huérfana de padre y madre, había tenido que hacerse cargo de sus ocho hermanos menores a la edad de diez años. Dos habían muerto de enfermedad, a los otros los sacó adelante con su esfuerzo, y aún le sobraron arrestos para criar once hijos habidos de siete padres distintos. Mientras torcía y liaba cigarros adquirió asimismo conocimientos sólidos de teoría económica y social por el método siguiente: como cada cigarrera debía liar un número determinado de unidades por jornada, decidieron cubrir entre todas la cuota de una compañera a la que liberaban del trabajo para que pudiera leerles libros en voz alta. Así sabían de Marx, de Adam Smith, de Bakunin, de Zola y de muchos otros. Su postura era más militante que la de De Weerd, menos individualista que la de los italianos. No predicaba la destrucción de las fábricas, lo que a su juicio habría sumido al país en la miseria más absoluta, sino su ocupación y colectivización. Por supuesto, cada líder tenía sus seguidores, pero había que advertir que las distintas facciones siempre se habían respetado entre sí, por profundas que fueran sus divergencias teóricas. En todo momento habían estado dispuestas a cooperar y a prestarse ayuda y nunca se habían enfrentado entre sí. Desde el principio su enemigo acérrimo había sido el socialismo en todas sus vertientes, aunque a veces no era fácil distinguir una doctrina de otra, acabó diciendo Delfina. A medida que hablaba, según iba desarrollando esta exposición ingenua y plagada de contradicciones e incongruencias, sus pupilas amarillas brillaban con un fulgor demente que a Onofre le resultaba si no atractivo, sí fascinante, sin que supiera decirse por qué. La fámula sostenía la vela en alto como un faro, sin reparar en los goterones de cera que caían al suelo. Esta luz mísera y la camisa de paño burdo que cubría sus formas escuálidas le daban una apariencia de Minerva proletaria. Al final el gato dio muestras de impaciencia y Delfina interrumpió la perorata.

—Del resto, si haces lo que yo te diga, te irás enterando más adelante —le dijo. Onofre le preguntó qué era eso que había de hacer. Lo principal, dijo ella, era dar a conocer la idea, hacer sonar el clarín que despertara las masas dormidas. Tú eres nuevo en Barcelona, acabó diciendo la fámula, nadie te conoce, eres muy joven y pareces inocente. Puedes contribuir a la causa y de paso ganar algún dinero; no mucho, somos muy pobres: lo justo para que puedas ir pagando la pensión. Ya ves que no somos tan soñadores como algunos pretenden: comprendemos que la gente ha de vivir. Bueno, ¿qué contestas?

—¿Cuándo empiezo? —dijo Onofre. Aunque no veía las cosas con excesivo entusiasmo, la intervención de Delfina le proporcionaba ciertamente un respiro en sus tribulaciones.

—Mañana por la mañana te presentarás en el número cuatro de la calle del Musgo —dijo Delfina, bajando mucho la voz—. Allí preguntarás por Pablo. Él no es mi novio, pero ya sabe de ti. Te está esperando. Él te dirá lo que has de hacer. Sé muy prudente y asegúrate de que no te sigue nadie; recuerda que la policía vigila. En cuanto a mi padre y la semanada, no te preocupes. Yo lo arreglaré. *Belcebú*, vámonos.

Sin añadir nada más sopló la vela y la habitación quedó a oscuras. Onofre sintió que el peso del gato desaparecía, oyó el choque blando de las cuatro patas contra las baldosas. Luego vio brillar junto a la puerta los ojos de aquel animal temible. Finalmente la puerta se cerró sigilosamente.

### 3

Preguntando a unos y a otros averiguó que la dirección que Delfina le había dado estaba en el Pueblo Nuevo, relativamente cerca de Barcelona. Un tranvía de mulas hacía el trayecto, pero costaba 20 céntimos y como Onofre Bouvila no los tenía hubo de caminar siguiendo los rieles. La calle del Musgo era una vía tétrica y solitaria, adosada a la tapia de un cementerio civil destinado a los suicidas. La calle estaba llena de perros huidizos de pelaje ralo y hocico afilado que por la noche escarbaban entre las tumbas del cementerio en busca de alimento. Había llovido la noche anterior y el cielo estaba encapotado; la presión era baja y el aire, húmedo y pegajoso. Esto no afectó a Onofre Bouvila, que estaba de buen humor: aquella misma mañana, a la hora del desayuno, se le había acercado el señor Braulio y le había dicho: Anoche mi señora y yo estuvimos hablando y de común acuerdo, como lo hacemos todo, decidimos concederle a usted una semana de crédito. El señor Braulio se había rascado la oreja que presentaba un color encendido de clavellina. Las cosas están difíciles y usted es muy joven para andar desamparado por estos mundos de Dios, había añadido. Confiamos asimismo en que pronto encuentre ese empleo que con tanto ahínco busca y estamos persuadidos de que con su honradez y dedicación conseguirá a la larga labrarse un porvenir decoroso, acabó diciendo enfáticamente. Él le había dado las gracias y mirado de reojo a Delfina; en aquel momento la fámula cruzaba el comedor con un balde lleno de agua sucia, pero aparentaba no verlo o no lo veía. Llamó a la puerta del número cuatro y le abrió sin dilación un individuo de constitución enclenque, frente abombada y labios finos, reticentes.

—Soy Onofre Bouvila y busco a un tal Pablo —le dijo.

—Yo soy Pablo —dijo el individuo—. Pasa.

Entró en un almacén aparentemente abandonado. En las paredes había moho y salitre y en el suelo, manchurrones de petróleo, algunas cajas y rollos de cuerda. De una de aquellas cajas Pablo sacó un paquete. Éstos son los panfletos que tienes que repartir, dijo tendiendo el paquete a Onofre. ¿Estás familiarizado con la idea? Onofre advirtió que tanto Pablo como Delfina decían «la idea», como si no hubiera otra: esto le hizo gracia. También intuyó que con personas como Pablo la sinceridad era la mejor estrategia y dijo que no. Pablo hizo una mueca colérica. Lee atentamente uno de los panfletos, dijo; yo no tengo tiempo de adoctrinarte y los panfletos lo explican todo con mucha claridad. Conviene que vayas enterado por si alguien te pidiera una aclaración, ¿entiendes? Onofre dijo que sí. ¿Te han dicho ya dónde tienes que hacer el reparto?, preguntó el apóstol. Onofre dijo otra vez que no. Ah, ¿tampoco eso?, suspiró Pablo, dando a entender con este suspiro que todo el trabajo de hacer la revolución recaía sobre sus hombros. Está bien, yo te lo diré, añadió. ¿Sabes dónde están construyendo la Exposición Universal? Onofre volvió a decir que no. Pero, muchacho, dijo el apóstol escandalizado, ¿de qué planeta vienes? Sin dejar de refunfuñar le indicó el modo de llegar allí y lo puso en la calle. Antes de que pudiese cerrar la puerta Onofre le preguntó:

—Cuando se me acaben los panfletos, ¿qué he de hacer?

El apóstol sonrió por primera vez. Venir a por más, respondió en un tono casi suave. Le dijo que debía acudir al almacén por las mañanas, entre las cinco y las seis; nunca a otra hora. Si nos encontrásemos en alguna parte, harás como si no nos conociéramos, dijo acto seguido. No des a nadie esta dirección ni hables jamás de mí ni de la persona que te ha enviado, aunque te maten, agregó con solemnidad. Si alguien te pregunta cómo te llamas, di que Gastón: éste será tu apodo. Y ahora vete: cuanto más breves sean nuestros encuentros, tanto mejor. Onofre se alejó de aquel lugar macabro. Al llegar a una plazoleta se sentó en un banco, deshizo el paquete y se puso a leer uno de los panfletos. Unos niños corrían por la plaza y de un taller de cerrajería invisible pero cercano a la plaza llegaba un repique machacón. Por esta razón no pudo concentrarse bien. Apenas sabía leer: necesitaba silencio y tiempo para entender lo que leía. Además la mitad de las palabras que leía le resultaba incomprensible. La prosa era tan enrevesada que ni siquiera repasando el texto varias veces conseguía discernir de qué hablaba. ¿Y por este galimatías voy a jugarme yo la vida?, se dijo. Volvió a atar el paquete y se dirigió al lugar que Pablo le había indicado. Al andar contemplaba con ojos de campesino aquellas hectáreas que unos años antes habían sido huertos: ahora, atrapadas por el avance del progreso industrial, aguardaban un destino incierto yermas, negras y apestosas, envenenadas por los riachuelos pútridos que vertían las fábricas de las inmediaciones. Estos riachuelos al ser absorbidos por la tierra sedienta formaban un légamo que se adhería a las alpargatas del caminante y dificultaba su marcha.

En un momento dado debió de confundir la vía del ferrocarril con la del tranvía y se perdió. Como no veía ningún ser viviente a quien preguntar, escaló un montículo; desde allí contaba con avistar su meta o, cuando menos, determinar su propio paradero. La posición del sol, un cálculo somero de la hora y sus conocimientos le permitieron situar los cuatro puntos cardinales. Ahora ya sé dónde estoy, pensó. Las nubes se habían abierto hacia el Este y por allí el sol filtraba sus rayos; al recibirlos el mar lanzaba destellos; tenía un centelleo de plata. Volviendo la espalda al mar avistó la silueta de la ciudad difusa a través de la atmósfera cargada; avistó los campanarios y las torres de las iglesias y los conventos y las chimeneas de las fábricas. Una locomotora sin vagones maniobraba cerca de allí, en dirección a una vía muerta. La columna de humo que despedía detenía el ascenso a pocos metros de altura; allí el aire húmedo y denso empujaba el humo hacia el suelo. El ruido de la locomotora era lo único que rompía el silencio. Siguió caminando. Cuando veía un montículo subía a él y oteaba el horizonte. Por fin descubrió, más allá de la vía férrea por donde momentos antes había visto maniobrar la locomotora, una explanada por la que hormigueaban hombres, bestias y carretas. Allí había edificios en construcción. Onofre Bouvila pensó que aquél había de ser el lugar que buscaba. O allí me sabrán dar razón, se dijo. Bajó del promontorio al que se había subido y se dirigió a la obra con el paquete de panfletos bajo el brazo.

La Ciudadela, cuyo recuerdo vergonzoso aún perdura, cuyo nombre es sinónimo todavía de opresión, surgió y desapareció del modo siguiente: En 1701 Cataluña, celosa de sus libertades, que veía amenazadas, abrazó la causa del archiduque de Austria en la Guerra de Sucesión. Derrotado este bando y entronizada en España la casa de Borbón, Cataluña fue castigada severamente. La guerra había sido larga y encarnizada, pero sus secuelas fueron peores aún. Los ejércitos borbónicos saquearon Cataluña; contaban con la connivencia de los mandos y no escatimaron la inquina. Luego vino la represión oficial: los catalanes fueron ejecutados a centenares; para escarnio y lección sus cabezas fueron ensartadas en picas y expuestas en los puntos más concurridos del Principado. Millares de prisioneros fueron destinados a trabajos forzosos en lugares remotos de la península e incluso en América; todos ellos murieron con los grilletes puestos, sin haber vuelto a ver su patria querida. Las mujeres jóvenes fueron usadas para solaz de la tropa; esto provocó una carestía de mujeres casaderas que aún perdura en Cataluña. Muchos campos de cultivo fueron arrasados y sembrados de sal para volver la tierra estéril; los frutales fueron arrancados de raíz. Se intentó exterminar el ganado y en especial la vaca pirenaica, tan apreciada; este exterminio no pudo llevarse a término porque algunas reses huyeron a las montañas donde sobrevivieron en estado salvaje hasta bien entrado el siglo XIX; sólo así lograron salvarse de las cargas feroces de la caballería, de las descargas de la artillería y de las bayonetas de la infantería. Los castillos fueron derruidos y sus sillares utilizados para cercar de murallas algunas poblaciones: de este modo las convertían virtualmente en presidios. Los monumentos y estatuas que adornaban los paseos y las plazas fueron triturados, reducidos a polvo. Los muros de los palacios y edificios públicos fueron recubiertos de cal y sobre este revestimiento fueron pintadas figuras obscenas y fueron grabadas frases procaces u ofensivas. Las escuelas fueron convertidas en establos y viceversa; la Universidad de Barcelona, donde se habían educado y donde habían enseñado figuras preclaras, fue clausurada; el edificio que la albergaba fue desmontado piedra a piedra; con estas piedras fueron cegados los acueductos, los canales y las acequias que abastecían de agua la ciudad y los huertos colindantes. El puerto de Barcelona fue sembrado de escollos; fueron arrojados al mar tiburones traídos especialmente de las Antillas en cisternas para que infestaran las aguas del Mediterráneo. Por fortuna este medio les fue adverso: los que no murieron por causa del clima o de la ingestión de moluscos emigraron a otras latitudes por el estrecho de Gibraltar, a la sazón ya en poder de los ingleses. De todas estas medidas dieron cuenta al rey. Tal vez, dijo éste, a los catalanes no les baste este escarmiento. Felipe V, duque de Anjou, era un monarca ilustrado. Un escritor francés lo ha calificado de *roi fou, brave et dévot*. Se casó con una italiana, Isabel de Farnesio, y murió demente. No era sanguinario, pero consejeros malintencionados le habían hablado pestes de los catalanes, al igual que de los sicilianos y napolitanos, de los criollos de ultramar, de los canarios, de los filipinos y de los indochinos, todos ellos súbditos de la Corona de España. Por ello hizo construir en Barcelona una fortificación gigantesca, donde albergó un ejército de ocupación presto a salir a sofocar cualquier levantamiento. A esta fortificación se la llamó desde el principio «la Ciudadela». En ella vivía el gobernador, aislado por completo de la población: en todo había sido imitado el sistema colonial más rígido. En la explanada de la Ciudadela eran ahorcados los reos de sedición; allí los cuerpos sin vida de los patriotas ejecutados eran dejados para pasto de los buitres. A la sombra de los bastiones los barceloneses llevaban una vida servil, lloraban de nostalgia y de rabia. Una o dos veces trataron de tomar la fortificación por asalto, pero fueron rechazados sin dificultad; tuvieron que abandonar el campo, que quedó sembrado de bajas. Los defensores se burlaban de los asaltantes: asomados a las troneras orinaban sobre los muertos y los heridos. A cambio de este placer inicuo no podían abandonar el recinto ni mezclarse con la población civil, que los odiaba; toda diversión les estaba vedada: eran prisioneros de la situación. Los soldados, privados de la compañía de las mujeres, se daban a la sodomía y descuidaban la higiene personal: la Ciudadela se convirtió en un foco de enfermedades de todo tipo. Unos y otros mirando las cosas con serenidad pedían a los sucesivos monarcas que pusieran fin a aquel símbolo de hostilidad e infamia. Sólo algunos fanáticos defendían la necesidad de su permanencia. Los reyes decían a todo que sí, pero luego daban largas al asunto; así suelen proceder los que ostentan el poder absoluto. A mediados del siglo XIX la Ciudadela había perdido gran parte de su eficacia; los adelantos bélicos habían hecho inútil su función: ya no tenía razón de ser. En 1848, con motivo de un alzamiento popular, el general Espartero había estimado más expeditivo bombardear Barcelona desde la colina de Montjuich. Por fin, al cabo de un siglo y medio de existencia, fueron demolidos los murallones de la Ciudadela. El terreno que ocupaba y los edificios que había allí fueron donados a la ciudad, como para borrar tanto dolor acumulado. Algunos de aquellos edificios fueron arrasados justificadamente; otros permanecen aún en pie. Del recinto se decidió hacer un parque público, para solaz de todos. Era un contraste conmovedor ver cómo ahora arraigaban los árboles y brotaban las flores en aquella explanada donde se habían cometido tantas atrocidades, donde poco antes se había levantado el cadalso. También fue construido allí un lago y una fuente colosal que llevaba por nombre «la Cascada». A este parque se llamó y aún se sigue llamando «el parque de la Ciudadela». En 1887, cuando Onofre Bouvila puso los pies en él, se estaba levantando allí lo que había de ser el recinto de la Exposición Universal. Eso ocurrió a principios o a mediados de mayo de ese año. Para entonces las obras estaban muy avanzadas. El contingente de obreros empleado en ella había alcanzado su máxima dotación, es decir, cuatro mil quinientos hombres. Este número era exorbitante, no tenía precedente en la época. A él hay que agregar otro número indeterminado pero igualmente grande de mulas y borricos. También funcionaban allí entonces grúas, máquinas de vapor, ingenios y carromatos. El polvo lo cubría todo, el ruido era ensordecedor y la confusión, absoluta.

Don Francisco de Paula Rius y Taulet ocupaba la alcaldía de Barcelona por segunda vez. Frisaba la cincuentena, era ceñudo, ostentaba una calva imaginativa y unas patillas tan largas que le cubrían las solapas de la levita. Los cronistas decían que tenía aire patricio. Era muy sensible al prestigio de su ciudad y de su propia gestión. En aquellos días estivales, bochornosos, de 1886 se enfrentaba a un dilema arduo. Unos meses antes había recibido la visita de un caballero llamado Eugenio Serrano de Casanova. Tengo que comunicar a vuecencia algo grave, le había dicho éste. Don Eugenio Serrano de Casanova era un gallego afincado en Cataluña; allí le había conducido de joven su militancia ferviente en la causa carlista. Luego los años habían mitigado su fervor, pero no su energía: era hombre emprendedor y viajero. En el curso de sus viajes había tenido ocasión de asistir a las Exposiciones Universales de Amberes, París y Viena; estos certámenes le parecieron cosa de maravilla. Como no era hombre que dejara agostarse las ideas trazó sus planes y pidió permiso al Ayuntamiento de Barcelona para hacer allí lo que había visto en aquellas otras ciudades. El Ayuntamiento le cedió el parque de la Ciudadela. Si quiere meterse en semejante lío, que se meta, allá él, pensaron las autoridades competentes: una actitud tan negligente como peligrosa. En rigor, nadie calibraba lo que suponía organizar una Exposición Universal. Estas Exposiciones eran un fenómeno nuevo, del que sólo se tenía noticia a través de la prensa. Aunque la noción de Exposición Universal, la idea misma del certamen había nacido en Francia, la primera de ellas la celebró Londres en 1851; París la suya en el 55. En París la organización dejó mucho que desear: el recinto abrió sus puertas con quince días de retraso sobre la fecha prevista y muchas de las piezas que se exhibían allí no habían sido desembaladas todavía el día de la inauguración. Entre las ilustres personalidades que la visitaron estaban la propia reina Victoria, entonces en pleno apogeo. *Pas mal, pas mal*, iba murmurando esta reina con un leve mohín, sin duda complacida por las muestras de incompetencia que daban los franceses. Iba seguida de un cipayo que medía más de dos metros, sin contar el turbante, y que llevaba en un cojín de seda carmesí el *Koh-i-noor*, hasta entonces el diamante más grande del mundo; era como si con aquel gesto la reina Victoria quisiera decir: uno sólo de los objetos que me pertenecen vale más que todo lo que hay expuesto aquí; en esto no llevaba razón, porque de lo que se trataba en realidad era de rivalizar en ideas y en progreso. Luego también se celebraron certámenes en Amberes, en Viena, en Filadelfia y en Liverpool. Londres había organizado su segunda Exposición en el 62 y París la suya en el 67 cuando Serrano de Casanova lanzó en Barcelona su propuesta. Lo que le sobraba de empuje le faltaba de capital. Barcelona atravesaba una crisis financiera de consideración y los reiterados llamamientos del promotor denodado no encontraron eco. El dinero inicial se acabó y el proyecto hubo de ser abandonado. Serrano de Casanova acudió a ver al alcalde Rius y Taulet. En tono suave, como si se tratara de un secreto, le dijo: Debo notificar a vuecencia algo de particular gravedad; he decidido capitular, no sin profundo desconsuelo. Las obras de habilitación del parque ya habían comenzado; el suceso, entre unas cosas y otras, había recibido amplia publicidad. ¡Rayos y centellas!, exclamó Rius y Taulet; hizo repicar con insistencia una campanilla de oro y cristal que había sobre la mesa de su despacho en la alcaldía y al primero que compareció (un ordenanza) le dijo sin mirarle a la cara que tomara todas las disposiciones necesarias para convocar las personalidades barcelonesas a consejo de inmediato: al obispo, al gobernador, al capitán general, al presidente de la Diputación, al rector de la Universidad, al presidente del Ateneo, etcétera. El ordenanza se desvaneció en el despacho, el propio alcalde hubo de reanimarlo abanicándolo con su pañuelo. Reunidos por fin los prohombres hubo más palabrería que voluntad de hacer algo; todos estaban dispuestos a opinar, pero ninguno a comprometerse ni a comprometer a la institución que representaba; mucho menos lo estaba a ofrecer apoyo financiero a la empresa descabellada de Serrano de Casanova. Al final Rius y Taulet dio un golpazo en la mesa con una carpeta de cuero y cortó en seco tanta garrulería. *Hòstia, la Mare de Déu!*, gritó a pleno pulmón. El vibrante exordio se oyó en la plaza de San Jaime, pasó a ser de dominio público y figura hoy, con otros dichos célebres, labrado en un costado del monumento al alcalde infatigable. El obispo no pudo menos que persignarse. Un alcalde no es cosa de tomar a risa. En menos de una hora obtuvo de todos los presentes su aquiescencia y la promesa de colaboración que precisaba para seguir adelante con el proyecto. Abandonar ahora sería un desdoro para Barcelona, les dijo, una confesión de impotencia. Acordaron seguir adelante con el proyecto bajo el patrocinio de una Junta Directiva. También se creó una Junta del Patronato integrada por autoridades civiles y militares, presidentes de asociaciones, banqueros y figuras del mundo empresarial. Con ello se involucraba a todos en aquella tarea, que tenía que ser colectiva para ser posible. Se estableció una Junta Técnica formada por arquitectos e ingenieros. Con el tiempo proliferaron las juntas y los comités (comités de enlace con empresas nacionales, comités de enlace con potenciales expositores extranjeros, comités encargados de fallar concursos y otorgar premios, etcétera), lo cual engendraba confusión y no pocos roces. Todos coincidían en calificar esta organización de «muy moderna». Otra cosa es que la opinión pública fuera unánime respecto de la viabilidad del proyecto. *Por lo demás*, apunta un diario de la época, *la población no ofrece bastantes atractivos para hacer grata la estancia al forastero en ella por algunos días*. Todos pensaban que Barcelona haría un triste papel si trataba de equipararse a París o a Londres. Nadie pensaba en lo que ofrecían en aquellos años ciudades como Amberes o Liverpool, que habían montado sus respectivos certámenes sin tanto *mea culpa*. O se lo planteaban, pero decían: Que otros hagan el ridículo si les viene de gusto; nosotros, no. *En Barcelona, fuera de la benignidad de su clima, de lo excelente de su situación, de sus antiguos monumentos y de algo, muy poco, debido á la iniciativa de los particulares, no estamos al nivel de las demás poblaciones de Europa de igual importancia*, dice una carta aparecida en un diario de esas fechas. *Todo lo que tiene carácter administrativo*, sigue diciendo la carta, *es de orden inferior. La policía urbana es en general detestable; la seguridad deja mucho, muchísimo que desear; faltan o están mal organizados gran número de servicios necesarios en una población de 250.000 habitantes; la estrechez de las calles del casco antiguo y la falta de grandes plazas en él y en el nuevo, dificultan la circulación y el desahogo; no tenemos buenos y variados paseos y carecemos de museos, bibliotecas, hospitales, hospicios, cárceles, etc., dignos de ser visitados.* Esta carta, que se prolongaba a lo largo de muchas páginas, decía, entre otras cosas: *Hemos gastado mucho en el Parque de la Ciudadela, pero sus dimensiones son mezquinas; falta en él un vasto bosque y un extenso paseo, y algo como el lago es eminentemente ridículo.* Al decir esto el autor de la carta pensaba seguramente en los parques célebres de la época: el *bois de Boulogne* y *Hyde Park*. A estas invectivas agrega la carta: *Raquitismo de concepción y ahuecamiento de la vanidad es lo que caracteriza á menudo los actos de nuestra administración local. Barcelona, de algunos años á esta parte, va volviéndose una ciudad sucia. Las fachadas de las casas algo antiguas ¡cuán repugnantes se presentan de ordinario!* Cartas similares eran frecuentes en la prensa local de entonces. Otros expresaban sus reservas de modo más conciso, como un diario del 22 de septiembre de 1866, que encabezaba su editorial con este epígrafe: *Comercialmente hablando, ¿constituye la Exposición un beneficio o una plaga?* Con todo, la oposición al certamen en general fue tenue. La mayoría de los ciudadanos estaba dispuesta aparentemente a arrostrar los riesgos de la aventura; los demás sabían por experiencia que lo que las autoridades decidían siempre se llevaba a cabo; varios siglos de absolutismo habían enseñado a la gente a no malgastar tinta y talento. También influía en la opinión pública un factor importantísimo: que la primera Exposición Universal que se celebraba en España se celebraría en Barcelona y no en Madrid. Este hecho había sido ya comentado en los periódicos de la capital. Estos mismos periódicos habían llegado a la conclusión penosa pero incuestionable de que así había de ser. *Las comunicaciones entre Barcelona y el resto del mundo, tanto por mar como por tierra, la hacen más apta que ninguna otra ciudad de la Península para la atracción de forasteros*, dijeron. Con esto se quedaron contentos, como si la elección de Barcelona como sede del certamen la hubieran hecho ellos. Estos argumentos, sin embargo, no conmovieron al Gobierno. Ustedes se lo montan, ustedes se lo pagan, vinieron a decir. En esa época la economía del país estaba tan centralizada como todo lo demás; la riqueza de Cataluña, como la de cualquier otra parte del reino, iba a engrosar directamente las arcas de Madrid. Los ayuntamientos atendían a sus necesidades mediante la recaudación de contribuciones locales, pero para cualquier gasto extraordinario debían acudir al Gobierno en busca de una subvención, de un crédito o, como en el caso presente, de un chasco. Esto suscitaba entre los catalanes un sentimiento de solidaridad que acallaba las críticas. Por este lado, comentó Rius y Taulet, nos hacen un favor; por todos los demás, la puñeta. En eso no había desacuerdo. Con Madrid acabaremos a palos, pero sin Madrid no iremos a ninguna parte, dijo Manuel Girona. Era un financiero de renombre; a la sazón desempeñaba además la presidencia del Ateneo. Tenía fama de no perder jamás la compostura: Dejemos para mejor ocasión los desahogos temperamentales y hagamos frente a la realidad, propuso: hay que pactar con Madrid; será una humillación, pero la causa bien lo merece. Con estas palabras quedó zanjada la discusión y se dio por concluida la sesión, que se había celebrado un miércoles en el restaurante *Las siete puertas*. El domingo siguiente, después de oír misa cantada, salieron hacia la capital dos delegados de la Junta. Viajaban en un carruaje que el propio Ayuntamiento había puesto a su disposición; este carruaje llevaba en cada portezuela unas molduras con el emblema de la Ciudad Condal. En unos cartapacios enormes de piel de cocodrilo llevaban la documentación relativa al proyecto y en varios baúles asegurados con cuerdas a la parte posterior del carruaje llevaban muchas mudas, porque preveían una ausencia larga. Y así fue: apenas llegados a Madrid se instalaron en un hotel. A la mañana siguiente acudieron al Ministerio de Fomento. Su llegada causó gran revuelo: de Barcelona habían traído y ahora llevaban puestos los vestidos y capas que en su día habían pertenecido a Joan Fiveller, aquel valedor legendario de la ciudad. En el transcurso de los siglos la lana de estas ropas se había ido convirtiendo en borra y las sedas en una especie de telaraña. Al paso de los delegados, que portaban los cartapacios con ambas manos, como si fueran ofrendas, las alfombras del Ministerio iban quedando cubiertas de un polvo pardo. Estos dos delegados se llamaban respectivamente Guitarrí y Guitarró, dos nombres que de no ser reales parecerían inventados para la ocasión. Fueron conducidos a un salón de techo altísimo, artesonado, donde sólo había dos sillas de estilo renacimiento, bastante incómodas, y un cuadro de tres metros de alto por nueve de largo, del taller de Zurbarán, que representaba un viejo ermitaño de piel cerúlea, cubierto de escrófulas y rodeado de tibias y calaveras. Allí se les hizo esperar más de tres horas, al término de las cuales se abrió una puerta lateral, semisecreta, y apareció un individuo de rostro abotargado y patillas de boca de hacha que llevaba una casaca cubierta de entorchados. Al punto los dos delegados se pusieron en pie. Uno de ellos acertó a murmurar al oído de su compañero: ¡Santa Quiteria, su sola mirada ya infunde espanto!; la larga espera había debilitado su sistema nervioso. Los dos hicieron una profunda reverencia. El recién llegado, que no era el ministro, sino un ujier, les comunicó con sequedad que el señor ministro no podía recibirlos ese día, que tuvieran la bondad de acudir de nuevo al Ministerio al día siguiente a la misma hora. La confusión provocada por el vistoso uniforme del ujier fue la primera de una larga serie: los delegados de la Junta se movían en un medio que les era ajeno; no sabían qué actitud adoptar en aquella ciudad de tabernas y conventos, vendedores ambulantes, chulapones, alcahuetas, llagados y mendigos, en mitad de la cual existía un mundo aún más extraño, hecho de oropeles y ceremonias, amenazas y prebendas, poblado por generales intrigantes, duques chanchulleros, curas milagreros, validos, toreros, enanos y papamoscas de corte que se burlaban de ellos, de su acento catalán y de su sintaxis peculiar. En idas y venidas del hotel al Ministerio gastaron en vano tres meses y sus correspondientes dietas, acabadas las cuales escribieron a Barcelona dando cuenta de lo sucedido y recabando instrucciones. A vuelta de correo les llegó un paquete remitido por el propio Rius y Taulet en el que había dinero, una reproducción en yeso de la Virgen de Montserrat y un mensaje que decía: *Valor, uno de los dos tendrá que ceder y por Dios bendito que no vamos a ser nosotros.* Los pobres delegados apenas salían de su hotel, donde el servicio, familiarizado ya con su presencia y convencido de que no cabía esperar de ellos muestras exageradas de liberalidad, no se preocupaba de cambiarles las toallas ni las sábanas ni de pasar el plumero por el mobiliario escaso y desvencijado. Para ahorrar los dos compartían con grandes estrecheces el mismo cuarto y se hacían el desayuno y la cena allí mismo, con el agua caliente de la bañera. Lo que más les hacía sufrir, con todo, eran las visitas matutinas al Ministerio. El enjambre de zánganos y sablistas que parecía habitar en sus corredores y antesalas les había compuesto unas coplillas hirientes que oían tararear por doquier a su paso. Los más allegados al Ministerio les gastaban bromas aún más vejatorias, como colocar cubos llenos de agua en los dinteles de las puertas que habían de cruzar, tender cables en el suelo para hacerles tropezar y acercarles velas encendidas a los faldones del traje para chamuscarlos. Algunos días al entrar en la sala de espera encontraban las dos sillas ocupadas por otros peticionarios más madrugadores quienes, avezados a este tipo de situaciones y endurecidos por toda una vida de plantones, lisonjas, suplicatorios, gestiones y desengaños fingían no reparar en su presencia y en las tres horas rituales que duraba la espera no les cedían el asiento ni un minuto. El ministro seguía sin recibirlos. Todos los días, tras esperar en aquella sala cuyos mínimos detalles conocían ya al dedillo, se abría la puerta semisecreta, entraba el ujier de las patillas y les tendía en una bandeja una nota apresurada en la que el ministro les notificaba que aquel día no les podía atender como habría sido su deseo. El desparpajo con que usaba aquí y allá expresiones y vocablos de germanía hacía a menudo ininteligible estas notas, lo que aún angustiaba más a los delegados, que se iban con la duda de si habían o no habían entendido bien las indicaciones del ministro, los cambios de cuyo humor trataban de vislumbrar en los más leves indicios. En ocasiones y tras mucho vacilar y discutir entre ellos respondían a estas notas con otras. Para eso se habían hecho imprimir en un establecimiento especializado de la calle Mayor unos saludas en cuyo encabezamiento, por error o a sabiendas, salió impreso el escudo de Valencia en vez del de Barcelona, como ellos habían pedido. Corregirlo habría supuesto un mes de demora, por lo que hubieron de resignarse. En estos impresos escribieron: *Nos hacemos perfecto cargo de que V.E., cuya vida guarde Dios muchos años, anda en extremo ocupado, pero nos permitimos porfiar, con el debido respeto, habida cuenta de la trascendencia de la misión que nos ha sido encomendada*, etcétera. A lo que respondía el ministro al día siguiente con expresiones como «ir con la hora pegada al culo» (por ir justo de tiempo), «ir de pijo sacado» (por estar abrumado de trabajo), «ir echando o cagando leches» (por ir a toda velocidad), «sanjoderse cayó en lunes» (con lo que se invita a tener paciencia), «bajarse las bragas a pedos» (de dudoso sentido), etcétera; y se despedía diciendo: «¡hasta la siega del pepino!», o cosa parecida. *Tal vez dispondría V.E. de más tiempo*, acabaron por replicar los delegados, *si no malgastara V.E. tanto en hacer donaires*. Por las noches escribían a sus familias, en Barcelona, cartas preñadas de desazón y añoranza. La tinta presentaba a veces borrones causados por alguna lágrima incontenible.

Mientras tanto en Barcelona la Junta Directiva de la Exposición Universal, presidida por Rius y Taulet, no dormía. Enfrentemos a Madrid con los hechos consumados, parecía ser la consigna. Los proyectos de los edificios, monumentos, instalaciones y dependencias que debían integrar el recinto de la Exposición fueron encargados, presentados y aprobados y las obras dieron comienzo a un ritmo que los fondos disponibles no permitían sostener por mucho tiempo. Cuando todo el parque de la Ciudadela estuvo patas arriba el Ayuntamiento invitó a los corresponsales de prensa a que lo visitaran. Como acicate a su interés fueron obsequiados con un banquete cuyo menú da testimonio de la vocación cosmopolita de los anfitriones: *Potage: Bisque d'écrevises à l'américaine. — Relèves: Loup à la genevoise. — Entrées: Poulardes de Mans à a la Toulouse, tronches de filet à la Godard. — Legumes: Petit pois au berre. — Rôts: Perdreaux jeunes sur crustades, galantines de dindes trufées. — Entremets: Bisquits Martin decorés. — Ananas et Goteauv. — Dessert assorti. — Vinos: Oporto, Château Iquem, Bordeaux y Champagne Ch. Mumm.* En los discursos que cerraron el banquete se dio por cierta la fecha de inauguración (primavera de 1887); reseñas elogiosas del acto aparecieron en numerosas publicaciones. También se hicieron unos carteles de propaganda que fueron colocados en las estaciones de ferrocarril de toda Europa; se cursaron invitaciones a corporaciones y empresas españolas y extranjeras animándolas a participar en el certamen y se convocaron, como era costumbre de la época, varios concursos literarios. La respuesta de los futuros participantes fue tibia, pero no nula. A fines de 1886 aparecen consignadas ya en la prensa las primeras concesiones de servicios. *El servicio de water-closets y lavabos se ha adjudicado, sujeto en un todo á las condiciones que ya se conocen, al Sr. Fraxedas y Florit. Este inteligente concesionario se propone tener en dichos establecimientos un servicio completo de toilette, dotándolos de salones provistos de todos los accesorios convenientes, ropa blanca, jabones y objetos de perfumería. Habrá también en todos ellos una sala es-*

*pecial para la limpieza del calzado, y un número prudente de mandaderos á disposición del público y de los expositores, para llevar recados y transportar á domicilio los efectos comprados en la Exposición. Felicitamos al Sr. Fraxedas y Florit porque comprendiendo lo productivo del negocio ha tenido el buen acierto de evitar que fuera explotado por extranjeros.* El ministro de Fomento acabó por ceder. Era un hombre corpulento, de aspecto feroz, casi inhumano. A sus espaldas le llamaban «el Africano». No había estado nunca en África ni tenía con ese continente relación alguna, el epíteto se lo había ganado con su porte y su talante. Al enterarse del mote no se ofendió. Lejos de incomodarse adquirió la costumbre de llevar un aro colgando de la nariz. Recibió a los dos delegados de la Junta con extrema frialdad, pero el tiempo había jugado sin ellos saberlo a favor de éstos; el ministro quedó desarmado en su presencia. Las innumerables horas de espera, las angustias y los vejámenes padecidos los habían avejentado; a fuerza de convivir día y noche habían acabado por parecerse el uno al otro como dos gotas de agua y ambos al santo ermitaño del cuadro del taller de Zurbarán en cuya contemplación llevaban meses. En su presencia el ministro se sintió súbitamente cansado, todo el peso del poder inmenso que ostentaba se vino sobre sus hombros. Lo que debía haber sido un enfrentamiento titánico se convirtió en una plática fatigada, cargada de melancolía.

4

El recinto del parque de la Ciudadela había sido rodeado de una empalizada que preservaba las obras de la Exposición de la injerencia de los curiosos. Este cercado, sin embargo, presentaba muchos boquetes; también el trasiego continuo y tumultuario por las puertas de la empalizada, la gente que salía y entraba sin organización ni control de ningún tipo permitían sortear ese obstáculo sin problema. Onofre Bouvila se metió cinco panfletos entre la blusa y el pecho, escondió los demás entre dos lápidas de granito, junto al muro contiguo a la vía férrea, y se coló en el recinto. Sólo entonces, a la vista de aquel pandemónium, percibió claramente la dificultad extraordinaria de su tarea. Salvo ayudar a su madre en las labores del campo no había desempeñado ningún oficio, no tenía idea de lo complicado que puede llegar a ser el trato directo con sus semejantes. Vaya, pensó, he pasado de echar maíz a las gallinas a propagar la revolución clandestinamente. Bueno, tanto da, el que vale para lo uno ha de valer igualmente para lo otro, se dijo luego. Animado por esta noción se llegó hasta un grupo de carpinteros que claveteaban tablones en la armadura de lo que había de ser un pabellón. Para hacerse notar de ellos profirió varias exclamaciones. ¡Eh!, ¡eh!, ¡ahí, hola!, ¡buenos días nos dé Dios!, etcétera. Por fin, uno de los carpinteros advirtió su presencia con el rabillo del ojo; con un movimiento leve de las cejas vino a preguntarle qué quería.

—¡Traigo unos panfletos muy interesantes! —gritó Onofre, sacando uno de aquellos panfletos y mostrándoselo al carpintero.

—¿Cómo dices? —gritó a su vez el carpintero; el ruido de los martillazos que daba él mismo no le permitía oír nada en aquel momento o lo había vuelto sordo perpetuamente. Onofre quiso repetir la frase, pero no pudo: un carromato tirado por tres mulas le obligó a retroceder con presteza. El mulero hizo restallar el látigo en el aire mientras tironeaba de las bridas hincando los talones en el suelo y echando el cuerpo hacia atrás. ¡Paso!, ¡paso!, iba aullando. Sobre la plataforma del carromato se apilaban escombros que desprendían nubes blanquecinas con el traqueteo. Las ruedas del carromato brincaban por piedras y surcos produciendo sonidos metálicos hondos como aldabonazos. ¡Riá!, ¡riá, mula, oh!, gritó el mulero. Onofre Bouvila optó por irse. Por unos instantes ponderó la idea de tirar los panfletos a un vertedero y decirle luego a Pablo que ya los había repartido todos, pero la desestimó pronto: temía que los anarquistas le anduviesen vigilando, al menos los primeros días.

—¿Qué traes aquí, chaval? —le preguntó un albañil al que se había dirigido; este albañil formaba parte de un corrillo de varios albañiles que hacían una pausa en el trabajo. Uno de ellos vigilaba. Si veía venir al capataz lanzaba un silbido. Al oír este silbido los albañiles se reintegraban al trabajo apresuradamente. Esta costumbre había dado origen a una canción popular.

—Es por si quieren ustedes hacer la revolución —respondió Onofre, entregándole un panfleto. El albañil hizo una bola con el panfleto y la arrojó a donde había un montón de cascotes. Pero, chaval, si aquí no sabemos ni leer ni nada, le dijo a Onofre. Además, ¿qué dices tú de la revolución? Eso es una cosa muy seria. Mira, añadió, más vale que te vayas antes de que el capataz venga y te vea.

Alertado por el albañil se dedicó un rato a explorar el terreno con minuciosidad. Pronto aprendió a distinguir a los capataces.

También comprobó que los capataces estaban más dedicados a impartir órdenes y a cerciorarse de que éstas eran cumplidas que a vigilar eventuales desviaciones ideológicas por parte de sus subordinados. Con todo, habrá que andarse con tiento, se dijo. Cada capataz se ocupaba de un sector o de una parte de una obra; había muchos y cada uno tenía su forma propia de ser y de actuar. Por el recinto iban y venían unos personajes cubiertos de guardapolvo; llevaban gorra y anteojos e inspeccionaban la marcha de los trabajos, tomaban medidas con varas y teodolitos, consultaban planos y daban instrucciones a los capataces, quienes las escuchaban con atención y daban de inmediato muestras de haberlo entendido todo. Pierda usted cuidado, que así se hará, parecían querer decir con sus reverencias, exactamente como usted ha dicho, hasta el detalle más mínimo. Estos señores tan importantes eran los arquitectos, sus ayudantes y sus colaboradores. Con sus idas y venidas trataban de coordinar lo que se estaba haciendo allí. Salvo esta conexión esporádica cada grupo de obreros parecía actuar por cuenta propia, insensible a la presencia de los demás. Unos levantaban andamios y otros los desmontaban; unos abrían zanjas y otros las rellenaban; unos apilaban ladrillos y otros derribaban paredes; todo ello entre órdenes y contraórdenes, gritos, pitidos, relinchos, rebuznos, ronquido de calderas, estrépito de ruedas, rechinar de hierros, retumbar de piedras, repicar de tablas y entrechocar de herramientas, como si en aquel punto se hubieran dado cita todos los locos del país para dar rienda suelta a su vesania. Las obras de la exposición habían adquirido por esas fechas un ritmo propio que no podía detener nada ni nadie. Los medios técnicos para llevarlas a cabo no faltaban: por aquellas fechas Barcelona contaba con 50 arquitectos y 146 maestros de obras a cuya disposición estaban varios centenares de hornos de obra, fundiciones, serrerías y talleres mecánicometalúrgicos. La mano de obra también era numerosa, gracias al desempleo creciente provocado por la recesión económica. Lo único que no sobraba era el dinero para pagar a tanta gente ni a los proveedores de materias primas. Madrid, según frase acuñada por un periódico satírico de la época, tenía *sujetos los cordones de la bolsa con los dientes*; este epigrama, característico del humor de entonces, daba fe de la parquedad obstinada del Gobierno. Mala suerte, dijo Rius y Taulet encogiéndose de hombros, soslayaremos el problema no pagando. El municipio contraía deudas gigantescas en aplicación de este principio. Sólo dos cosas me hacen sentir alcalde, decía él: gastar sin freno y hacer el bandarra. Sus sucesores en el cargo adoptaron este lema. Pero de todo esto Onofre Bouvila estaba aún muy ajeno. Vagando por el recinto, con cuyas dimensiones trataba de familiarizarse poco a poco, se llevó varios sobresaltos. El mayor de éstos fue la aparición súbita de la Guardia Civil. Sin embargo, pasado el susto, se dijo que en medio de aquel barullo colosal la Guardia Civil sólo debía de ocuparse de los altercados, los motines y otros disturbios graves y que probablemente su presencia pasaría desapercibida a los guardias a poco que fuera cauteloso. Más tranquilo volvió a la carga, pero al término de la jornada no había conseguido colocar ni un solo panfleto. Extenuado, polvoriento y sin haber comido nada desde el desayuno, recuperó el fardo que había escondido antes de entrar en el recinto y regresó a la pensión a pie. ¿Será posible que una cosa tan sencilla como entregar un papel a otra persona esté fuera de mi alcance?, se iba diciendo mientras caminaba. Quiá, eso no lo puedo admitir, respondía para sus adentros; aunque está visto que todo es más complicado de lo que parece ser al principio. Antes de emprender cualquier acción hay que estudiar bien las circunstancias, el terreno que uno pisa, pensó. No hay duda de que todavía me queda mucho por aprender. Pero es preciso que aprenda aprisa, agregaba de inmediato y con vehemencia, porque no sobra el tiempo. Es verdad que aún soy joven, pero es ahora cuando debo abrirme camino si quiero llegar a ser rico. Luego ya será tarde, se decía. Ser rico era el objetivo que se había fijado en la vida. Cuando su padre hubo emigrado a Cuba, su madre y él habían sobrevivido con grandes estrecheces. A menudo pasaban hambre y todos los inviernos sufrían la tortura del frío. Desde que tuvo uso de razón, sin embargo, sobrellevó estas penurias en el convencimiento de que algún día su padre había de regresar cargado de dinero. Entonces todo será bienestar, pensaba, y ese bienestar ya no se acabará nunca. Su madre no había hecho ni dicho nada que hubiera podido fomentar estas fantasías; pero tampoco disuadirle de ellas: nunca hablaba del tema. Así él había fantaseado a su antojo. Nunca se había preguntado por qué su padre no les enviaba alguna remesa de dinero de cuando en cuando si verdaderamente se había enriquecido como él imaginaba, por qué permitía que su mujer y su hijo vivieran sumidos en la miseria mientras él nadaba en la abundancia. Cuando inocentemente había dado a conocer a otros estas fantasías la reacción de sus oyentes le había resultado penosa; por este motivo dejó de hablar del tema él también. Ahora su madre y él compartían este silencio obstinado. Así habían vivido año tras año hasta el día en que el tío Tonet trajo la noticia de que Joan Bouvila regresaba de Cuba efectivamente enriquecido. Nadie sabía por qué conducto esta noticia había llegado a oídos del tartanero. Muchos dudaban de su veracidad, pero tuvieron que rectificar cuando al cabo de unos días trajo en su tartana al propio Joan Bouvila. Diez años antes él mismo lo había llevado a Bassora, a la estación de ferrocarril, de donde había partido para Barcelona, a embarcar. Ahora lo traía de vuelta. Toda la gente de los alrededores se había congregado delante de la iglesia para verlos llegar; desde allí escrutaban la colina, el camino que bajaba a través del encinar. Un monaguillo aguardaba la señal del rector para echar al vuelo la campana de la iglesia. Onofre fue el único que no lo reconoció de inmediato apenas la tartana apareció en una revuelta del camino. Los demás supieron en seguida que era él a pesar de que había cambiado físicamente en aquellos diez años de clima extremo y vicisitudes. Ahora llevaba un traje de lino blanco que casi centelleaba bajo el sol otoñal y un panamá de ala ancha. También traía sobre las rodillas un paquete cuadrado envuelto en un pañuelo de hierbas. Tú debes de ser Onofre, había sido lo primero que dijo al saltar de la tartana a tierra. Sí, señor, había contestado él. Joan Bouvila había hincado las rodillas en tierra y había besado el polvo. No había querido levantarse hasta que el rector le hubo dado la bendición. Miraba a su hijo con los ojos vidriosos, con la mirada empañada por la emoción. Estás muy crecido, había dicho, ¿y a quién dicen que te pareces? A usted, padre, había respondido él sin vacilar. En aquel momento era consciente de la curiosidad con que los demás los estaban observando, de las conjeturas que se estarían haciendo. Joan Bouvila trajo de la tartana el paquete cuadrado. Mira lo que te he traído, había dicho, quitando el pañuelo de hierbas que envolvía el paquete. Había dejado al descubiero una jaula de alambre en cuyo interior había un mono algo mayor que un conejo, delgado y con la cola muy larga. Aquel mono parecía muy enfadado y enseñaba los dientes con una ferocidad que no guardaba relación con su tamaño. Joan Bouvila había abierto la puerta de la jaula y metido la mano por ella; el mono se había aferrado a sus dedos. Luego había sacado la mano y había acercado el mono a la cara de Onofre, que lo estudiaba con recelo. Cógelo sin miedo, hijo, le había dicho su padre, no te hará ningún daño: es tuyo. Onofre lo había cogido, pero el mono se le había encaramado por el brazo, se le había aposentado en el hombro y le había golpeado la cara con la cola. He organizado unas oraciones para dar gracias a Dios Nuestro Señor por tu regreso, había dicho el rector interrumpiendo esta escena. Joan Bouvila hizo una leve reverencia; luego recorrió la fachada de la iglesia con los ojos de arriba abajo. Era una construcción tosca, de piedra, de una sola nave rectangular; el campanario era de planta cuadrada. Esta iglesia necesita una buena restauración, había dicho Joan Bouvila en voz alta. A partir de entonces todos habían empezado a llamarle «el americano»; ahora esperaban que introdujera grandes cambios en el valle. Él se había quitado el sombrero y había ofrecido el brazo a su mujer; juntos habían entrado en la iglesia. Allí refulgían los cirios ante el altar. Nadie había visto nunca antes semejante protocolo. Ahora Onofre recordaba nítidamente aquellos momentos mágicos mientras regresaba hambriento y fatigado a la pensión. Cuando se cruzaba con algún carruaje procuraba atisbar en su interior, por si allí había algún personaje cuya visión fugaz pudiera alimentar luego sus ensoñaciones. Estos carruajes, sin embargo, iban escaseando cada vez más a medida que sus pasos lo acercaban al barrio lóbrego de la pensión. Esto no bastó para desalentarlo. La primera luz del día siguiente lo encontró ya en el recinto de la Exposición. Había dejado los panfletos en la pensión; ahora sólo husmeaba aquí y allá, decidido a conocer palmo a palmo lo que había de ser su campo de operaciones en lo sucesivo. Así aprendió pronto que no todos los empleados que trabajaban en las obras eran de igual categoría. Había operarios y manobres y entre ambos existía una diferencia fundamental para él. Los operarios eran hombres con oficio, organizados con arreglo a las jerarquías y los usos de los gremios antiguos; contaban con el respeto de los amos y se hablaban casi de igual a igual con los capataces; sentían un orgullo comparable al de los artistas, se sabían imprescindibles y eran reacios en general a los postulados del sindicalismo porque recibían una remuneración decorosa. Los manobres o peones de mano provenían del campo y no sabían hacer nada; habían acudido a la ciudad a la desesperada, expulsados de su tierra por la sequía, la desolación causada por las guerras y las plagas, o simplemente porque la riqueza local era insuficiente para asegurarles la manutención. Arrastraban a sus familias y a veces a parientes lejanos, a allegados inválidos que no habían podido dejar atrás, de quienes se hacían cargo con la lealtad heroica de los pobres; ahora vivían en chozas de hojalata, madera y cartón en la playa que se extendía desde el embarcadero de la Exposición hasta la fábrica de gas. Las mujeres y los niños pululaban a centenares por este campamento surgido a la sombra de los entablados y armazones que dibujaban ya las siluetas de lo que pronto serían palacios y pabellones. Algunas de estas mujeres estaban casadas con los manobres; otras, sólo amistanzadas con algunos de ellos; otras eran madres, hermanas solteras, suegras o cuñadas de aquéllos. La mayoría de ellas estaban en un estado de gravidez avanzado. Se pasaban el día tendiendo ropa húmeda en unas cuerdas tensadas entre dos cañas clavadas en la arena para que allí la brisa tibia del mar y el sol radiante la oreasen. También cocinaban en unos braseros colocados a la puerta de las chozas a los que atizaban enérgicamente con unos abanicos de paja, o remendaban y zurcían. Todo esto lo hacían mientras atendían a los niños. Éstos iban tan sucios que era difícil precisar sus rasgos faciales; tenían las tripas hinchadas, andaban desnudos y la emprendían a pedradas con todo el mundo. Si se acercaban a las mujeres que cocinaban corrían el riesgo de recibir un bofetón o un sartenazo. Con esto los alejaban, pero pronto volvían atraídos por el olor de la comida. Entre las mujeres menudeaban las trifulcas, los gritos y los insultos; con frecuencia llegaban a las manos. La Guardia Civil se apostaba a prudencial distancia en estas ocasiones y no intervenía si no salían a relucir cuchillos o navajas. En averiguar estas cosas pasaba Onofre Bouvila los días. Prevaliéndose de su aspecto inofensivo y de la ventaja de no estar sujeto a ningún horario ni adscrito a ningún sector iba de un lado a otro para que la gente se acostumbrara a su presencia. Nunca molestaba a los que estaban trabajando; a los que descansaban les hacía preguntas relacionadas con su oficio. Si encontraba la manera de ayudar en algo, lo hacía. Poco a poco se iba granjeando la tolerancia de todos y el aprecio de algunos.

Transcurrida la primera semana y aunque no había colocado un solo panfleto, encontró sobre la almohada de su cama el dinero que Delfina le había prometido y que seguramente ella misma había colocado allí. Interiormente se felicitó de la comprensión y de la honradez de sus empleadores. No les defraudaré, pensaba; y no porque esta revolución que ando pregonando me interese nada, sino porque quiero demostrar que puedo hacer esto tan bien como el mejor. Pronto podré empezar a repartir los panfletos dichosos: mi asiduidad y mi discreción están dando sus primeros frutos; ya he vencido la desconfianza inicial que puede haber inspirado con mi torpeza; además ya nadie me vigila: todos están absortos en esta Exposición disparatada. En efecto, ya en 1886, cuando aún faltaban dos años para la inauguración, un periódico había advertido de que *acudirán constantemente á Barce-*

*lona forasteros dispuestos á formar concepto de su belleza y adelantos,* por lo cual, añade, *el ornato público, lo propio de la comodidad y seguridad personal, son las cuestiones que en el caso presente han de llamar con toda preferencia la preciosa atención de nuestras autoridades.* No pasaba día últimamente sin que los periódicos hicieran sugerencias: *construir el alcantarillado de la parte nueva,* proponía uno; *hacer desaparecer los barracones que afean la plaza Cataluña,* proponía otro; *dotar al paseo de Colón de bancos de piedra; mejorar los barrios extremos como el del Poble Sech, que habrán de recorrer quienes aprovechen su estancia en Barcelona para llegarse a Montjuich atraídos por los deliciosos manantiales de que está salpicada esta montaña,* etcétera. Algunos se mostraban preocupados por la actitud de los propietarios de fondas, restaurantes, posadas, cafés, casas de pupilos, etcétera, a quienes exhortaban a comprender que *el deseo de excesiva ganancia es por lo general contraproducente, redundando en perjuicio propio, pues lleva consigo el retraimiento del viajero.* A este sector de la prensa le preocupaba menos la impresión que pudiera causar la ciudad que la que pudieran causar sus habitantes, de cuya honradez, competencia y modales desconfiaba a todas luces.

—Dame más panfletos, Pablo —dijo Onofre. El apóstol refunfuñó. Has tardado más de tres semanas en repartir el primer paquete, le dijo, tienes que esforzarte más. Eran las cinco de la mañana; el sol había rebasado el horizonte y se colaba por las grietas de los postigos del cubil. A la luz incisiva de aquel amanecer de verano el cubil parecía más pequeño, destartalado y polvoriento—. Al principio no fue fácil, pero ya verás cómo a partir de hoy la cosa cambia —dijo Onofre. El segundo paquete lo distribuyó en sólo seis días. Pablo le dijo: Chico, perdona lo que dije la vez anterior. Ya sé que los principios son duros; a veces me domina la impaciencia, ¿sabes? Es el calor, este calor y este encierro, que me están matando. El calor hacía sentir sus efectos también en el recinto de la Exposición. Los nervios allí se crispaban con facilidad e hicieron pronto su aparición las diarreas estivales, muy temidas porque mataban a los niños por docenas.

—Peor será —decían los más tranquilos— cuando se terminen estas obras y nos quedemos sin trabajo.

Los más confiados creían que una vez inaugurada la Exposición Barcelona se convertiría en una gran ciudad; en esta ciudad habría trabajo para todos, los servicios públicos mejorarían a ojos vistas, todo el mundo recibiría la asistencia necesaria. De estos badulaques se reían los demás de buena gana. Onofre aprovechaba la ocasión para hablar de Bakunin y siempre acababa distribuyendo algunos panfletos. Mientras hacía esto no podía dejar de decir para sus adentros: Válgame Dios, no sé cómo he venido a convertirme en propagandista del anarquismo; hace unas semanas no había oído hablar siquiera de semejantes disparates y hoy parezco un convencido de toda la vida; sería cosa de reírse si con esto no me estuviera jugando el pellejo. En fin, acababa siempre repitiéndose, trataré de hacerlo lo mejor que pueda; al fin y al cabo, tan peligroso es hacerlo bien como hacerlo mal, y haciéndolo bien me gano la confianza de los unos y los otros. La idea de ganarse la confianza ajena sin dar a cambio la suya le parecía el colmo de la sabiduría.

5

—De modo, joven, que trabaja usted en las obras de la Exposición Universal, ¿eh? Eso está muy bien, muy bien —le había dicho el señor Braulio cuando Onofre Bouvila le hizo entrega de la primera semanada—. Estoy convencido, y así se lo dije a mi esposa, que no me dejará mentir, de que la Exposición, salvo que Dios disponga lo contrario, ha de servir para poner a Barcelona en el lugar que le corresponde —añadió el fondista.

—Eso mismo pienso yo, señor Braulio —había respondido.

Además del señor Braulio y su esposa, la señora Ágata, de Delfina y de *Belcebú*, había ido conociendo con el tiempo a otros personajes de aquel mundillo. Los huéspedes de la pensión eran ocho, nueve o diez, según los días. De éstos, sólo cuatro eran fijos: Onofre, un sacerdote retirado llamado mosén Bizancio, una echadora de cartas de nombre Micaela Castro y el barbero que trabajaba en el vestíbulo y a quien todos llamaban sencillamente Mariano. Éste era un hombre obeso y sanguíneo, de mal fondo, pero muy afable de trato. También era un charlatán empedernido y tal vez por eso fue el primer huésped de la pensión con quien Onofre Bouvila trabó relación. El barbero le contó que había aprendido el oficio en el servicio militar; luego había trabajado a sueldo en varias peluquerías de Barcelona hasta que, deseoso de medrar en puertas de contraer matrimonio con una manicura, se había establecido por su cuenta. La boda nunca se llevó a término, le dijo. Faltaban pocos días para que se celebrasen nuestros desposorios cuando ella, de repente, se puso a llorar, le contó Mariano. Él le había preguntado qué le pasaba. Ella le confesó que hacía tiempo que estaba liada con un señor que se había encaprichado de ella; le hacía muchos regalos, le había prometido ponerle piso, ella no había sabido resistirse a tanta insistencia y a tantos halagos; ahora, sin embargo, no podía casarse con él sin ponerle al corriente de la situación. Mariano se había quedado perplejo. Pero, ¿cuánto tiempo hace que dura eso?, fue lo único que acertó a preguntarle. Quería saber si eran unos días, unos meses o unos años; este detalle le parecía lo más importante. Ella no despejó esta incógnita. Estaba tan turbada que no sabía lo que le preguntaban; repetía lo mismo una y otra vez: soy muy desgraciada, soy muy desgraciada. Posteriormente el barbero había porfiado por recuperar el anillo que le había regalado a ella con motivo de los esponsales. Ella se había negado a devolvérselo y el abogado al que acudió le aconsejó que no llevase el asunto ante los tribunales. Perderá usted, le dijo. Ahora, a tantos años vista, se alegraba de que las cosas hubieran sucedido de aquel modo. Las mujeres son una fuente inagotable de gastos, afirmaba. De su vida profesional, en cambio, siempre hablaba con entusiasmo:

—Un día estaba yo en una peluquería del Raval —le contó a Onofre en otra ocasión— cuando oigo una gran estruendo en la calle. Me asomo diciendo: ¿qué pasará?, ¿a qué vendrá tanto ruido?, y me veo un batallón de soldados de a caballo formado a la puerta de la peluquería. De pronto un ayudante de campo se apea del caballo y entra en la peluquería; aún me parece estar oyendo el taconeo de las botas y el ruido que hacían las espuelas en las baldosas. Bueno, pues me mira y me dice: ¿Está el dueño? Y yo: Ha salido no hace nada. Y él: ¿Y no hay nadie aquí que corte el pelo? Y yo: Un servidor; siéntese Vuestra Gracia. No es para mí, me dice él, sino para mi general, Costa y Gassol. ¿Tú te imaginas? No, claro, eres muy joven y no te puedes acordar de él. Entonces no habías nacido. Bueno, era un general carlista célebre por su valentía y su fiereza. Con un puñado de hombres solamente tomó Tortosa y pasó por las armas a media población. Luego lo fusiló Espartero, que también era un gran hombre; los dos eran de la misma talla, si quieres saber mi opinión, política aparte, que en eso yo no me meto. ¿Qué iba contando? Ah, sí, que me veo entrar al mismísimo Costa y Gassol, cubierto de medallas de los pies a la cabeza; se sienta en el sillón, me mira y me dice: El pelo y afeitar. Y yo, cagándome, le digo: A las órdenes de usía, mi general. Total, que hago lo que me dice y al acabar me pregunta: ¿Qué se debe? Y yo: Para usía es gratis, mi general. Y él coge y se va.

Estas anécdotas podían durar varias horas, hasta que algo o alguien cortaba el flujo de su garrulería. También, como todos los barberos de su tiempo, Mariano sacaba muelas, hacía untaduras, ponía sinapismos y cataplasmas y provocaba abortos. A los escasos clientes que tenía trataba de venderles ungüentos salutíferos. Era muy aprensivo, padecía de la vesícula y del hígado, iba siempre muy abrigado y huía como de la peste de Micaela Castro, que le había vaticinado una muerte dolorosa a muy corto plazo. La vidente era una mujer de edad avanzada; tenía un párpado entrecerrado. Era muy retraída, sólo hablaba para predecir desgracias. Creía a pies juntillas en sus dotes proféticas; el que luego no sucediera lo que ella predecía no hacía mella en su fe, no la disuadía de seguir anunciando catástrofes. Un incendio devastador arrasará Barcelona, nadie saldrá indemne de esta hórrida pira, decía al entrar en la pieza que hacía las veces de comedor. Nadie le prestaba atención, aunque casi todos procuraban tocar madera con disimulo o hacer con los dedos algún conjuro. Nadie sabía cómo le venían a la imaginación tantos horrores, ni por qué. Habrá inundaciones, epidemias, guerras, faltará el pan, decía sin ton ni son. Su clientela, a la que recibía en la propia pensión, en su habitación, por concesión especial del señor Braulio, que era magnánimo y la quería bien, estaba formada por personas de todas las edades, de ambos sexos y de condición muy humilde. Todos salían siempre de estas consultas cariacontecidos. Al cabo de poco volvían, sin embargo, a recibir otra dosis de pesimismo y desesperanza. Aquellas revelaciones agoreras daban cierta grandeza a su existencia monótona, quizá por eso acudían. Quizá también porque la inminencia de una tragedia hacía más llevadero el presente misérrimo en que vivían. De todas formas luego no pasaba nunca nada de lo anunciado o pasaba otra cosa igualmente mala, pero distinta. Mosén Bizancio la exorcizaba desde la otra punta del comedor, con la vista fija en el mantel, cuchicheando por lo bajo. Nunca se sentaban juntos. Como ambos vivían inmersos en el mundo del espíritu se respetaban, aunque militasen en campos distintos. Para mosén Bizancio Micaela Castro era un enemigo digno de su ministerio: la encarnación de Satanás. Para ella mosén Bizancio era una fuente continua de seguridad, porque creía en sus dotes, aunque las atribuyera al diablo. Mosén Bizancio, que estaba ya muy viejo y tronado, no quería morir sin ir a Roma, a postrarse, decía él, a los pies de San Pedro. También tenía muchas ganas de ver con sus propios ojos el botafumeiro, que por error creía en el Vaticano. Micaela Castro le había predicho que pronto emprendería aquel viaje a Roma, pero que moriría en el trayecto, sin avistar la Ciudad Santa. A mosén Bizancio recurrían las parroquias cercanas (la de la Presentación, la de San Ezequiel, la de Nuestra Señora del Recuerdo, etcétera) cuando alguna ceremonia solemne requería personal supernumerario o refuerzo en el coro o en el convento; también le llamaban para que hiciera de cantollanista, antifonero, versiculero, evangelistero e incluso de seise, cosas éstas hoy casi perdidas, pero en las cuales estaba versado mosén Bizancio, aunque no le sobraban facultades para ninguna de ellas. Con esto y alguna suplencia ganaba algo de dinero, lo justo para vivir sin agobios. El clérigo, el barbero, la pitonisa y el propio Onofre Bouvila ocupaban las habitaciones del segundo piso. Estas habitaciones, si no más espaciosas ni mejores que las otras, tenían la ventaja impagable de contar con balcón a la calle. Esto las hacía alegres a pesar de las grietas del techo, los desniveles del suelo, los manchurrones de humedad de las paredes y el mobiliario fúnebre y desencuadernado. Los balcones daban al callejón, la vista que ofrecían era lóbrega, pero a ratos luminosa; a las barandas de hierro forjado de estos balcones venían diariamente a posarse unas tórtolas de plumaje blanquísimo que debían de haberse perdido o escapado y anidaban en las inmediaciones. Mosén Bizancio les daba a menudo pan ázimo que recortaba de las hostias sin consagrar. Por esta razón seguían viniendo todos los días allí. En las otras habitaciones, las del primer piso, sin ventana ni balcón al exterior, iban a parar los huéspedes de paso.

En el tercer piso, bajo el tejado, dormían el señor Braulio, la señora Ágata y Delfina. La señora Ágata padecía una mezcla de gota artrítica y podagra que la tenía clavada en su silla, en un estado perpetuo de duermevela. Sólo se animaba cuando podía comer golosinas y pasteles; como el médico le había prohibido esto terminantemente, su esposo y su hija sólo le permitían probar unas migajas de dulce en fiestas muy señaladas. Aunque padecía dolores continuamente jamás se quejaba de ellos, no por entereza, sino por debilidad. A veces se le humedecían los ojos y le resbalaban las lágrimas por los carrillos tersos y rechonchos, pero su rostro permanecía impertérrito, sin expresión. Esta desgracia familiar no parecía afectar al señor Braulio. Siempre estaba de buen humor, dispuesto a enzarzarse en polémica sobre cualquier asunto; le gustaba contar chistes y también oírlos contar; por malos que fueran los celebraba con una risa contenida pero prolongada; pasaba una hora y aún se estaba riendo del chiste que le habían contado; no había público más halagador que él. Iba muy limpio y acicalado a todas horas. Mariano le afeitaba por las mañanas y en ciertas ocasiones por la tarde de nuevo. Fuera de las horas de comida, en las que vestía impecablemente, andaba por la pensión en calzoncillos, para no arrugar los pantalones que su hija de muy mal talante le planchaba a diario. Tenía buena amistad con el barbero, se llevaba bien con el cura y trataba con deferencia a la vidente, a cuya mesa se sentaba poco, porque cuando ella entraba en trance perdía el control de sus movimientos y ponía en peligro la pulcritud del señor Braulio. Aparte del atildamiento, su característica más notable era su propensión a lastimarse: un día aprecía con un ojo amoratado; otro, con un corte aparatoso en la barbilla; otro, con un hematoma en el pómulo; otro, con una luxación en la mano. Nunca iba sin vendas, esparadrapos o apósitos. En una persona tan celosa de su apariencia, esto no dejaba de ser raro. O es el hombre más torpe que yo he conocido o aquí pasa algo que no es normal, se decía Onofre cuando se paraba a pensar en ello. Pero era Delfina, con mucho, el miembro más enigmático de la familia, el que más inquietaba a Onofre, que sentía por ella una atracción inexplicable, pero creciente, casi obsesiva.

El éxito de Onofre en el reparto de panfletos era tal que había de acudir con frecuencia a la calle del Musgo a buscar nuevo material, a reponer existencias; allí se encontraba siempre con Pablo; de la asiduidad de estos encuentros nació un amago de camaradería entre el curtido apóstol y el voluntarioso neófito. Aquél se lamentaba sin cesar del encono con que la policía iba tras él desde hacía varios años; esto le obligaba a llevar aquella vida de ostracismo; él era un hombre de acción, para él la inactividad era la peor de las torturas, o así lo creía entonces; estaba desquiciado, envidiaba a Onofre la posibilidad de estar en contacto diario con las masas trabajadoras, le parecía que éste no aprovechaba con plenitud este inapreciable don, le regañaba y fustigaba por cualquier motivo real o imaginario. Onofre, que lo iba conociendo poco a poco, le dejaba hablar; sabía que en el fondo era un pobre hombre, carne de cañón. Pablo se ofendía con facilidad, le llevaba la contraria por sistema y se empeñaba en tener siempre la razón, tres síntomas inequívocos de debilidad de carácter. También necesitaba de su compañía y sobre todo de su aquiescencia para no perder el juicio. Dependía de Onofre para su supervivencia en el mundo de los cuerdos. Pese a estos defectos, tuvo un triste final que no se merecía. En 1896, cuando estaba preso desde hacía varios años en las mazmorras del castillo de Montjuich, sus carceleros se cebaron en él a raíz de la bomba del Corpus Christi. Una mañana lo sacaron del calabozo amarrado con correas de cuero que le segaban la carne hasta el hueso y los ojos vendados. No les costaba nada llevarlo en volandas: las amarguras y los malos tratos lo habían reducido a la insignificancia, no pesaba más de treinta kilogramos. Cuando le quitaron la venda de los ojos se vio a pocos pasos del precipicio, las olas rompían contra las rocas del acantilado, al retirarse el agua reaparecían los escollos negros, afilados como el canto de un hacha. Lo habían dejado maniatado al borde de una almena del castillo, con los talones en el vacío. Una ráfaga de viento habría bastado para hacerle perder el equilibrio y acabar con él. Estuvo tentado de dejarse caer hacia atrás y poner fin a tanto suplicio, pero no quiso o no se atrevió a hacerlo. No será por mi voluntad, pensó apretando los dientes. Un teniente de rostro enjuto y tez cerúlea, cadavérico, le apoyó en el pecho la punta del sable. Vas a firmar una confesión, le dijo, o te mato ahora mismo. Si firmas, a lo mejor sales libre uno de estos días. Le mostró una declaración supuestamente prestada por él y transcrita al dictado: decía ser él uno de los responsables de la tragedia del Corpus Christi, llamarse Giacomo Pimentelli y ser italiano. Todo ello era absurdo: si llevaba varios años en prisión no podía haber participado en un acto como el que se le imputaba, cometido en la calle escasos días atrás. Tampoco era italiano, ni remotamente, aunque hasta ese momento nadie había logrado averiguar su verdadero nombre ni su origen: repetía en los interrogatorios que su nombre era sólo Pablo y que era ciudadano del mundo, hermano de toda la humanidad explotada. Lo devolvieron a su celda sin haber podido arrancarle la confesión. Allí lo colgaron por las muñecas de la puerta y lo tuvieron así ocho horas. De vez en cuando un carcelero se le acercaba, le escupía en la cara y le retorcía los genitales salvajemente. Casi a diario repetían con él el simulacro de ejecución: unas veces anudándole una soga al cuello, otras haciéndole colocar la cabeza sobre un tronco y fingiendo que lo iban a decapitar, otras poniéndolo frente al pelotón. Por fin le flaqueó el ánimo y firmó la declaración, admitió una culpabilidad que hasta cierto punto era suya, porque a esas alturas odiaba a todo ser humano y habría matado indiscriminadamente si hubiera tenido la oportunidad de hacerlo. Entonces lo fusilaron de veras en el foso del castillo, como a tantos otros, por orden expresa venida de Madrid. El hombre que había dado esta orden brutal era don Antonio Cánovas del Castillo, a la sazón presidente del Consejo de Ministros por quinta vez. Unos meses más tarde, cuando Cánovas del Castillo estaba tomando las aguas en el balneario de Santa Águeda, comentó con su mujer que se había cruzado con un individuo extraño, cliente como ellos del establecimiento termal, y que aquél le había saludado con gran deferencia. Me gustaría saber de quién se trata, dijo el presidente del Consejo de Ministros. Sus ojos se habían ensombrecido con la nube de un presentimiento fúnebre del que no quiso hacer partícipe a su esposa para no causar su alarma. Cánovas vestía siempre de negro, coleccionaba pinturas, porcelanas, bastones de paseo y monedas antiguas, era muy comedido en sus palabras y detestaba cuanto pudiera parecer ostentación, como el oro y las alhajas. Preocupado por los problemas internos y externos a que se enfrentaba el país, había dispuesto que se reprimiese a los anarquistas con mano de hierro. Nos sobran quebraderos de cabeza para que ahora venga a sumarse a ellos semejante jauría de perros rabiosos, pensaba. La dureza le parecía el único medio de soslayar el caos que veía cernirse en el horizonte de España. El individuo que le había inquietado aquel verano de 1897 era, esta vez sí, un italiano de nombre Angiollilo; se había inscrito en el libro registro del balneario como corresponsal de *Il Popolo*; era joven, de cabellera rubio ceniza, de aspecto algo decadente, muy fino de modales. Un día en que Cánovas estaba leyendo el periódico en un sillón de mimbre, en el jardín del balneario, a la sombra de un árbol, se le acercó Angiollilo. Muere, Cánovas, le dijo, muere, verdugo, hombre sanguinario y disparatado. Sacó un revólver del bolsillo y le descargó tres pistoletazos a bocajarro, matándolo en el acto. La esposa de Cánovas, enfurecida, agredió al magnicida con el abanico de nácar y encaje que llevaba colgado de la muñeca. ¡Asesino!, le gritó, ¡asesino! Angiollilo se defendía de esta acusación diciendo que él no era un asesino, sino el vengador de sus camaradas anarquistas. Yo con usted, señora, no tengo nada que ver, agregó. Los hombres rara vez se explican y cuando lo hacen, lo hacen mal.

Era tal la cantidad de material empleado diariamente en las obras de la Exposición, refiere un periódico de esas fechas, *que están casi agotados todos los hornos de ladrillería, sucediendo lo propio con el cemento que en grandes cantidades viene de varios puntos del Principado y del extranjero. Sólo en el gran palacio de la Industria se consumen cada día 800 quintales de este material. También los vastos talleres de hierro la Marítima y casa Girona trabajan con actividad en lo que tienen contratado de armaduras y jácenas, lo propio que varios talleres de carpintería donde se hacen ya algunas instalaciones de verdadera importancia.* El recinto constaba de 380.000 metros cuadrados. Aunque inconclusos, se levantaban ya los primeros edificios construidos expresamente para la Exposición. Los de la antigua Ciudadela que aún quedaban en pie fueron embellecidos. La parte de las murallas que subsistía había sido derribada y se construían cuarteles nuevos en la calle de Sicilia para trasladar a ellos los últimos vestigios de carácter militar. Esto no quiere decir que las obras estuvieran muy adelantadas. En realidad, la fecha inicialmente prevista para la inauguración ya había quedado atrás. Se fijó otra fecha, *esta vez impostergable*, la del 8 de abril de 1888. Pese a la contundencia de la decisión, hubo un segundo intento de aplazamiento que no prosperó: París preparaba una Exposición para el 89 y coincidir con París habría equivalido a un suicidio. En la prensa barcelonesa el entusiasmo inicial se había enfriado; ahora menudeaban los ataques. *Tal vez, decimos, convendría que tanto esfuerzo y tanto dinero se aplicasen á cosas más necesarias y apremiantes, y que no se despilfarrasen en aparatosas obras públicas de efecto inmediato y utilidad efímera, si alguna,* argüían unos. Otros lo hacían en términos aún más duros: *Per qualsevol que coneixi la matèria, és clar i evident com la llum del dia que l'Exposició Universal de Barcelona tal i como la projecten els que s'han col·locat al front d'ella, o no arribarà a realitzar-se o es farà en tals condicions, que posarà en ridícul a Barcelona en particular i a Catalunya en general, produint la rüina completa del nostre Municipi.* Etcétera. En estas condiciones visitó Rius y Taulet las obras. Iba acompañado de numerosas personalidades; todos hacían lo que podían: saltaban de tablón en tablón, salvaban zanjas, sorteaban cables y hurtaban el cuerpo a las mulas, que lanzaban bocados a los faldones de sus chaqués. Se protegían la boca del polvo con las chisteras. El espectáculo fue del agrado del enérgico alcalde. *No estaré content*, dijo, *fins arribar al vertigen.*

Onofre Bouvila también hacía progresos. A fuerza de explicar el contenido de los panfletos que repartía había llegado a entenderlo él mismo; pudo percatarse de hasta qué punto los revolucionarios tenían razón en sus reivindicaciones. Cualquier chispa habría bastado para provocar un incendio. De todo esto hablaba él usando unas veces la lógica y otras la demagogia. Algunos de sus oyentes, convencidos, le ayudaron a propagar la idea. Las tormentas que a principios de septiembre convirtieron el parque en un lodazal, unos brotes leves de fiebre tifoidea y ciertos atrasos en el pago de los jornales debidos a la lentitud con que Madrid hacía efectivo el magro subsidio que finalmente el Gobierno había otorgado a la Exposición contribuyeron a imprimir ímpetu a esta difusión. El propio Onofre estaba sorprendido de su éxito. Al fin y al cabo, pensaba, sólo tengo trece años. Pablo se permitió una de sus contadas sonrisas. En los primeros tiempos del cristianismo, dijo, los impúberes lograban más conversiones que los adultos; santa Inés tenía tu misma edad, 13 años, cuando murió al filo de la espada; san Vito fue mártir a los 12 años. Más sorprendente aún, agregó, es el caso de san Quirze, hijo de santa Julita: con sólo 3 años de edad dejó anonadado al prefecto Alejandro con su elocuencia, de resultas de lo cual éste arrojó al pequeño contra la escalinata del estrado con tal fuerza que le rompió la cabeza, cuyos sesos saltaron del cráneo y quedaron esparcidos por el suelo y sobre la mesa del tribunal.

—¿De dónde sabes tú estas cosas? —le preguntó Onofre.

—Las leo. ¿Qué voy a hacer metido en esta jaula, si no leer? En leer y pensar mato las horas y los días. A veces mis pensamientos adquieren tanta fuerza que yo mismo me asusto. Otras veces me posee una angustia sin causa, me parece estar metido en un sueño, del que despierto sumido en la zozobra. Otras veces me pongo a llorar sin ton ni son y este llanto puede durarme varias horas, sin que acierte a contenerlo —dijo el apóstol. Pero Onofre no le escuchaba, porque a su vez era presa de un gran desasosiego.

# Capítulo II

## 1

No, no puede ser eso que otros llaman el amor y, sin embargo, ¿qué me pasa?, se preguntaba. A lo largo del verano de 1887 y buena parte del otoño la obsesión que Delfina le provocaba fue en aumento. No había vuelto a cruzar con ella dos palabras desde aquella noche en que ella había ido a su habitación con el gato, a proponerle que trabajara en pro de la idea; después de eso apenas intercambiaban una mirada de reconocimiento, un gesto al cruzarse por los pasillos de la pensión. Todos los viernes él encontraba en la cama el dinero; un dinero que ahora ya le parecía poco en relación con sus esfuerzos y sus éxitos, con sus merecimientos. Aquella conversación nocturna a la luz de una vela era lo único que poseía de ella; ahora analizaba las frases que ella había pronunciado con prolijidad, reiterativa y sistemáticamente tratando de extraer información de ellas, de arrancarles sentidos posibles. En realidad todo aquello sucedía únicamente en su imaginación; nada de lo que creía rememorar había sucedido verdaderamente; a partir de retazos de memoria reconstruía castillos. Probablemente estaba experimentando el despertar de la sexualidad, pero él no lo sabía: todo trataba de entenderlo con la razón; pensando creía poder resolver cualquier problema. Ahora, sin embargo, se daba cuenta de que no estaba yendo a ninguna parte. ¿Qué haré?, se preguntaba. Sólo de una cosa estaba seguro: ella le había dicho que tenía novio y esto para él era como una herida. No pensaba más que en destruirlo. Pero para ello tenía que averiguar más de lo que sabía: quién era él, dónde y cuándo se veían, qué hacían cuando estaban juntos, etcétera. De la rutina inalterable de la pensión y del hecho de que los padres de Delfina ignorasen las andanzas de su hija infirió que los novios se veían a horas inusuales, probablemente de noche. Esto era excepcional en aquella época. Hasta muy entrado el siglo XX, y salvo excepciones contadas, toda actividad cesaba poco después de la puesta del sol; la que no cesaba podía ser calificada de antemano de irregular y sospechosa sin temor a incurrir en falta. En la fantasía popular la noche estaba poblada de fantasmas y sembrada de peligros; cualquier cosa hecha a la luz de una vela adquiría un tinte excitante y enigmático. También existía la creencia de que la noche era un ser vivo, de que tenía el extraño poder de atraer a las personas y de que quien se adentraba en la noche sin rumbo ya no regresaba jamás. En todo la noche era equiparada a la muerte y el alba a la resurrección. La luz eléctrica, que había de acabar con la oscuridad en las ciudades para siempre, estaba aún en mantillas y su uso suscitaba todo tipo de reservas. *La luz artificial no debería deslumbrar ni oscilar, pero sí ser abundante sin que caliente el ojo*, dice una revista aparecida en 1886. *Luces brillantes no debieran emplearse nunca á menos que estuvieran sombreadas por pantallas de cristal molido, por la concentración de luz en la línea de la fibra.* Otro periódico de Barcelona de ese mismo año, por el contrario, afirma que *la luz eléctrica sería, según el profesor Chon de Breslau, eminente oculista, de mayor preferencia á cualquier otra para leer y escribir, si fuese fija y abundante.* Para Onofre esto no rezaba aún. Imaginaba a Delfina sumida en lo más negro de la noche en busca de su amante, transfigurada en un ser temible y atrayente a la vez. El aire hermético de ella, su epidermis de lagarto, sus pupilas azufradas, su cabellera hirsuta y sucia como el escobón de un deshollinador, su indumentaria andrajosa y estrafalaria que durante el día la convertían en un adefesio risible al conjuro de las tinieblas se convertían en atributos de una presencia espectral. Empeñado en sorprender a los amantes clandestinos decidió pasar las noches en blanco con este fin. A partir de entonces, cuando se acallaban los últimos ruidos de la pensión y se extinguía el último quinqué, salía de su habitación y se apostaba junto al descansillo de la escalera. Si sale de su cuarto ha de pasar necesariamente por aquí, pensaba; ella pasará por delante de mí sin verme y así podré espiarla y saber a dónde va y para qué. Las noches en vela se convirtieron en algo habitual e interminable para él. Los relojes de la Presentación, de San Ezequiel y de Nuestra Señora del Recuerdo desgranaban las horas con lentitud exasperante. Nada turbaba el reposo de la pensión. A las dos de la madrugada aproximadamente salía siempre mosén Bizancio de su habitación para ir al retrete. A los pocos minutos regresaba y en seguida se le oía roncar. A las tres Micaela Castro empezaba a hablar a solas o con los espíritus; esta salmodia duraba hasta el amanecer. A las cuatro y a las cinco y media el cura volvía a visitar el excusado. El barbero dormía en silencio. Desde su escondrijo Onofre Bouvila iba registrando aquellas minucias en la memoria. En su aburrimiento cualquier detalle banal se le antojaba de gran importancia. Lo que más le preocupaba era el gato, el pérfido *Belcebú*; la idea de que pudiera rondar por la casa en busca de ratones o de que Delfina lo llevara consigo en las escapadas nocturnas le llenaba de espanto. Mientras transcurría la noche iba pensando en un método seguro para deshacerse del gato sin despertar sospechas. El alba lo sorprendía sumido en estas reflexiones, entumecido, cansado y de un humor pésimo. Antes de que los demás se despertasen volvía a su habitación, recogía el fardo de panfletos y salía camino de la Exposición. Esta noche volveré al mismo sitio, se decía, y todas las noches del año si hace falta. Luego la fatiga le vencía, en plena vigilancia se le cerraban los ojos y daba cabezadas involuntariamente.

Lo despertó con sobresalto el susurro producido por el roce de dos telas. Conteniendo el aliento percibió el sonido de unos pasos que bajaban la escalera cuidadosamente. Por fin, pensó. En cuclillas al borde mismo de la escalera sintió el paso de un cuerpo a pocos centímetros de su cara. Un perfume intenso le llenó de turbación; jamás había pensado que Delfina pudiera incurrir en una coquetería como aquélla, que se acicalara para correr al encuentro de un hombre. Se ha puesto así para él, se dijo. De modo que esto es el amor, pensó. Esperó un par de segundos e inició el descenso; en los peldaños de mármol artificial los pasos del perseguidor y la perseguida apenas producían ningún sonido. Si ella se detuviera por cualquier causa se produciría un encontronazo desastroso entre ambos, pensó extremando la prudencia. Notaba que la distancia que los separaba iba en aumento. De seguir así la perderé, se dijo. Ella conoce la casa palmo a palmo y además ha hecho este mismo recorrido miles de veces y yo soy tan tonto que ni siquiera he tomado la precaución de contar los escalones que hay en cada tramo, pensó. Al llegar a los rellanos corría el riesgo de dislocarse una articulación. Aturdido por estos problemas que no había previsto perdió la noción del espacio y del tiempo: no sabía si estaba ya en la planta baja o en el primer piso ni si llevaba unos instantes o una hora entregado a aquel acoso insensato. Oyó chirriar los goznes de la puerta de la calle. Cielos, se me escapa de veras, se dijo, y acabó de bajar las escaleras a toda velocidad; tropezó al llegar al vestíbulo y se dio un golpe en la rodilla contra el pavimento, pero prosiguió la persecución cojeando. No había luna y la calle estaba tan lóbrega como el interior de la pensión. A cielo abierto el perfume se diluía a los pocos pasos. Anduvo hasta el primer cruce, miró a derecha e izquierda. Soplaba el viento húmedo de Levante. Allí ya no percibió ningún sonido. Anduvo vagando un rato hasta que tuvo que dar la persecución por fracasada y regresó a la pensión. Allí ocupó de nuevo su puesto de vigilancia, pero la humedad se le había metido en los huesos y tiritaba. Todo esto que hago no tiene sentido, se dijo. Hacía esfuerzos por no estornudar; con los estornudos habría revelado su presencia allí. No se sentía con fuerzas para seguir esperando; regresó a su habitación y se metió en la cama. Ahora sentía compasión de sí mismo. Se ha burlado de mí, pensaba, ahora está en brazos de otro y los dos se ríen de mí; mientras tanto, yo estoy aquí, en esta cama, enfermo. Debió de dormirse, porque cuando abrió los ojos un hombre cuya identidad no le resultaba desconocida lo estaba examinando con interés. No hace mucho que ha muerto, le oyó decir. Era evidente que se refería a él. Aún no huele y las articulaciones conservan toda su elasticidad, siguió diciendo aquel hombre. La mariposa de luz que alumbraba la escena centelleaba en los cristales de sus anteojos y agigantaba su sombra en la pared. Ahora ya sé quién es, se dijo Onofre, Pero, ¿qué está haciendo aquí y con quién habla? Como si quisiera responder a esta pregunta con su presencia el padre de Onofre salió de la zona de sombras y se aproximó al hombre de los anteojos. ¿Usted cree que quedará bien?, le preguntó. Vestía el mismo traje de lino blanco, pero cediendo a la solemnidad de la ocasión se había quitado el panamá. Pierda usted cuidado, señor Bouvila, respondió el hombre; cuando se lo entreguemos será como si en realidad no lo hubieran perdido nunca. No hay duda de que estoy soñando, se dijo Onofre. Tiempo atrás había vivido una escena similar: una mañana de invierno habían encontrado muerto el mono que su padre le había traído de Cuba. Su madre era siempre la primera en levantarse: había sido ella quien había descubierto el cadáver acurrucado en la jaula. Nunca había profesado cariño por aquel animal sucio, frenético y malintencionado que no parecía sentir ningún afecto por las personas que lo alimentaban, pero al verlo muerto no pudo reprimir un ramalazo de compasión y derramó unas lágrimas. Irse a morir aquí, tan lejos de los suyos, pensó, ¡cuánta soledad! Su marido la encontró presa de indignación. La culpa de esto la tienes tú, le dijo, por haberlo sacado de su tierra. Por algo lo puso allí Nuestro Señor. No sé a dónde conducen tanto afán y tanta ambición, añadió luego sin que viniera a cuento. Onofre se había despertado ya y escuchaba esta conversación entre sus padres. Vete tú a saber lo que habría sido de él si yo no me lo llego a traer, había objetado el americano. ¡Tengo una idea!, exclamó luego, agotados todos los argumentos de uno y otro bando. Onofre, dijo dirigiéndose a él por primera vez, ¿te gustaría conocer Bassora? Joan Bouvila iba a Bassora con frecuencia; era voz común que allí tenía invertida parte de su fortuna y depositado el resto en los bancos de aquella ciudad. En estas ocasiones su ausencia duraba tres o cuatro días; a su regreso nunca contaba nada acerca de lo que había estado haciendo o de lo que había visto o de la marcha de los negocios que había ido a supervisar. Algunas veces, aunque no todas, traía de vuelta algunos regalos insignificantes: unas cintas, unas golosinas, un jabón de olor o una revista ilustrada. Otras veces volvía muy excitado; no daba razón alguna de su entusiasmo, pero a la hora de cenar se mostraba más locuaz que de costumbre. Entonces le decía a su mujer que el viaje siguiente lo harían juntos y que luego, antes de regresar a casa, irían a Barcelona o a París. Luego estas promesas, hechas con tanto énfasis, quedaban en nada. En aquella ocasión, sin embargo, a raíz de la muerte del mono, Onofre y su padre fueron juntos a Bassora. Todavía era el principio del invierno y el camino estaba practicable, pero ya oscurecía cuando llegaron a la ciudad. Una vez allí habían ido primeramente al taller de un taxidermista cuya dirección les había sido dada por un guardia municipal. En un hatillo llevaban el cadáver del mono, que suscitó el interés profesional del taxidermista. Nunca había hecho un mono, dijo palpando el cuerpo sin vida del animal con manos expertas. El taller estaba en penumbra; allí había varios animales arrumbados contra la pared, cada uno de ellos en una etapa distinta del proceso de disección: a uno le faltaban los ojos, a otros la cornamenta, a otros el plumaje; la mayoría dejaba ver por un boquete de la tripa un bastidor de cañas trenzadas que reemplazaba la osamenta; por este entramado de cañas asomaban puntas de paja e hilachas de algodón. El taxidermista se disculpó de la falta de luz: era necesario mantener cerrados a cal y canto los postigos para que no entraran moscones y polillas, les dijo. Al despedirse del taxidermista el americano le entregó una suma de dinero por concepto de paga y señal y el taxidermista le entregó a su vez un recibo. Les advirtió también que no podría tener el trabajo terminado antes de Reyes. Estamos en plena temporada de caza y se ha puesto de moda disecar las piezas cobradas para decorar con ellas el comedor, el salón o el living, les dijo. Bassora era una ciudad de gustos refinados, explicó. Mientras decía estas cosas Onofre quiso ver el cuerpo del mono una vez más. La mesa en que había sido depositado aquél desprendía olor a zotal. Panza arriba, con los brazos y las piernas encogidos, el mono parecía haber empequeñecido; un chiflón de aire húmedo revolvía el pelo grisáceo de las patillas del pobre animal. Vamos, Onofre, le dijo su padre. Al salir a la calle había anochecido y el cielo estaba rojo como la bóveda del infierno en las ilustraciones del manual de piedad que le había mostrado algunas veces el rector para inspirarle un santo temor de Dios. Ahora aquel resplandor lo producían los hornos de las fundiciones, le explicó su padre. Mira, hijo, esto es el progreso, le había dicho el americano. Él había visto ciudades en América donde el humo de las chimeneas no dejaba pasar jamás la luz del sol, añadió. Onofre Bouvila acababa de cumplir los doce años de edad cuando su padre lo llevó a Bassora con motivo de la muerte del mono. Habían ido a dar una vuelta por el centro de la ciudad. Allí habían caminado por calles alumbradas por mecheros de gas, concurridas por grupos de operarios que iban y venían de sus hogares a las fábricas. En aquel momento sonaban las sirenas de las fábricas; así anunciaban el cambio de turno. Por mitad de una calzada pasaba un tren de vía estrecha; la locomotora arrojaba pavesas al aire; luego las pavesas caían sobre los transeúntes y tiznaban los muros de los edificios. La gente traía la cara embadurnada de hollín. Circulaban bicicletas, algunos carruajes y bastantes carromatos tirados por pencos fortísimos que jadeaban. En la avenida principal la iluminación era más viva y los viandantes iban mejor trajeados. Casi todos eran hombres; la hora del paseo había concluido y las mujeres se habían retirado ya. Las aceras eran estrechas: los restaurantes y cafés las habían invadido con marquesinas; a través de los cristales de estas marquesinas se podían distinguir las siluetas de los comensales, oír el bullicio de la clientela. Onofre y su padre entraron en una casa de comidas. Onofre se percató de que allí la gente miraba con sorna al americano: el traje de lino blanco, el panamá, la manta con que se protegía del frío llamaban la atención poderosamente en aquella ciudad del interior en pleno invierno. El americano afectaba tal indiferencia que parecía ciego. Con la servilleta anudada al cuello estudiaba el menú frunciendo el ceño. Pidió sopa de pasta, pescado al horno, oca con peras, ensalada, fruta y crema. Onofre estaba maravillado: nunca había probado aquellos manjares. Ahora, en cambio, estos recuerdos le acosaban transformados en una pesadilla de la que despertó bañado en sudor. Al pronto no supo dónde estaba y le asaltó un miedo inexplicable. Luego reconoció la habitación de la pensión, oyó las campanadas del reloj de la Presentación; estos detalles familiares le devolvieron la calma. Ahora ya no era el sueño del taxidermista lo que le desasosegaba, sino una idea imprecisa: la idea de haber sido víctima de un engaño. Esta idea le daba vueltas por la cabeza sin que pudiera explicar su origen ni el porqué de su persistencia. Repasaba una y otra vez los sucesos de aquella noche y cada vez la idea arraigaba más en su ánimo. Podría jurar que he sido testigo de una escapada de Delfina, se decía, y, sin embargo, hay algo en todo esto que no acaba de encajar; o mucho me equivoco o aquí hay más misterio de lo que yo me barruntaba. Quería analizar los hechos fríamente, pero la cabeza le daba vueltas, las sienes le latían con fuerza y tan pronto se asfixiaba de calor como era presa de un frío glacial que le hacía castañetear los dientes. Cuando lograba conciliar el sueño se le aparecía de nuevo el taxidermista, revivía con una precisión dolorosa las circunstancias de aquel viaje a Bassora. Al despertar se zambullía otra vez en la peripecia nocturna que acababa de vivir. Los dos acontecimientos parecían guardar alguna relación entre sí. ¿Qué pasó entonces?, se preguntaba Onofre ahora, ¿qué pasó entonces que pueda darme la clave de lo que ha pasado esta misma noche? Estos interrogantes le impedían descansar. Ya pensaré mañana, cuando esté más despejado, se decía; pero el cerebro persistía con testarudez en aquella tarea estéril y agotadora; cada hora era un suplicio interminable.

—Hijo, no tengas miedo, soy yo —dijo la voz que había estado oyendo en sueños. Despertó o creyó despertar y vio a un palmo de su propia cara la de un desconocido que le observaba con ansiedad. Habría gritado si no se lo hubiera impedido la debilidad. El desconocido hizo una mueca y siguió hablando con suavidad, como si se dirigiera a un niño o a un perrito—. Toma, bébete esto: es una infusión. Lleva quina; es un febrífugo y te hará bien —le acercó a los labios una taza humeante y Onofre bebió con avidez—. Eh, más despacio, más despacio, muchachito, no te vayas a atragantar —para entonces Onofre había reconocido ya a mosén Bizancio. Éste, advirtiendo que el enfermo recobraba poco a poco la lucidez, añadió—: Tienes mucha fiebre, pero no creo que sea nada grave. Has estado trabajando mucho y durmiendo poco últimamente y para colmo has pillado un catarro morrocotudo, pero no debes inquietarte. Las enfermedades son manifestaciones de la voluntad de Dios y hemos de recibirlas con paciencia e incluso con gratitud, porque es como si Dios mismo nos hablara por boca de sus microbios para darnos una lección de humildad. Yo mismo, aunque gozo de buena salud, por lo que doy gracias, estoy lleno de achaques, como corresponde a mi edad: cada noche tengo que ir al baño tres o cuatro veces a dar satisfacción a la vejiga, que se me ha puesto de lo más díscola; también digiero las féculas con harta dificultad, y cuando cambia el tiempo me duelen las vértebras. Ya ves.

—¿Qué hora es? —preguntó Onofre.

—Las cinco y media, poco más o menos —respondió el cura—. Eh, ¿qué haces? —agregó viendo que Onofre intentaba levantarse.

—He de ir a la Exposición —respondió éste.

—Olvídate de la Exposición. Tendrá que pasar sin ti —dijo mosén Bizancio—. No estás en condiciones de levantarte y mucho menos de salir de casa. Además, no son las cinco y media de la mañana, sino de la tarde. Llevas todo el día delirando y hablando en sueños.

—¿Hablando? —exclamó Onofre alarmado—, ¿y qué decía, padre?

—Lo que se dice siempre en estos casos, hijo —respondió el cura—: nada. Al menos, nada que yo pueda entender. Duerme tranquilo.

Cuando se hubo repuesto y pudo regresar a la Exposición con su carga de panfletos subversivos, aquel mundo polvoriento y estridente le pareció ajeno, como si en vez de haber estado ausente un par de días en realidad regresara de un viaje largo. Aquí estoy perdiendo el tiempo como un idiota, se decía. Se le ocurrió hablar seriamente con Pablo, pedirle que le confiara un cometido más importante, que le ascendiese en el escalafón revolucionario. Pronto cayó en la cuenta, sin embargo, de que ni Pablo ni los demás sectarios comprenderían lo razonable de sus deseos. La causa que defendían no era una empresa en la que se entrara para medrar en ella: era un ideal por el que había que sacrificarlo todo sin esperar nada a cambio, sin reclamar compensación ni reconocimiento. Este idealismo aparente, razonaba para sí Onofre Bouvila, es lo que les permite servirse de las personas sin reparar en sus intereses legítimos, sin atender a sus necesidades; a estos fanáticos todo les parece bien si sirve de instrumento a la revolución. Al decir esto juraba hacer cuanto estuviera a su alcance por exterminar a los anarquistas tan pronto se le presentara la oportunidad. Este odio y esta sed de venganza le impedían ver hasta qué punto le había influido la idiosincrasia de los anarquistas, hasta qué punto estaba imbuido de ella. Aunque sus fines fueron luego muy distintos, diametralmente opuestos, siempre compartió con los anarquistas el individualismo a ultranza, el gusto por la acción directa, por el riesgo, por los resultados inmediatos y por la simplificación. También tenía como ellos muy exacerbado el instinto de matar. Pero esto no lo supo nunca. Siempre se creyó, por el contrario, su enemigo irreconciliable. Son gentuza que predica la justicia, pero que luego no vacila en exponerme a todos los riesgos y en explotarme sin la menor consideración, clamaba, ¡ah!, cuánto más justos son los patronos, que explotan al operario sin disimulo, retribuyen su trabajo, le permiten prosperar a fuerza de tesón y escuchan, aunque sea a las malas, sus reivindicaciones. Esto último lo decía porque entre los albañiles de la Exposición reinaba el descontento. Habían pedido que les fueran aumentados los jornales en 0,50 pesetas diarias o que les fuera rebajada en una hora la jornada. La Junta respondió a esto negativamente: los presupuestos ya están aprobados, alegó, y no está en nuestras manos modificarlos. Esta respuesta era muy manida. Corrían rumores de huelga que inquietaban a la Junta. Las cosas no andaban bien: los fondos menguaban con una rapidez que no se correspondía con el avance de las obras. De los ocho millones de pesetas prometidos por el Gobierno a título de subvención sólo se habían materializado dos. En octubre de 1887 el Ayuntamiento de Barcelona fue autorizado a emitir un empréstito de tres millones de pesetas para cubrir el déficit de la Exposición. Por esas mismas fechas el Café-Restaurante estaba casi acabado; el Palacio de la Industria, muy adelantado, y ya se empezaba a construir lo que sería el Arco de Triunfo. Ese mismo mes publicaba un periódico de Barcelona esta noticia: *Ha sido sometido á la Junta Directiva de la Exposición el proyecto de un edificio en forma de iglesia, para la exposición de objetos del culto católico, levantado en el local de la misma. El proyecto es de buen gusto y se debe al arquitecto de París M. Emile Juif, de la casa Charlot y Compañía, que sufragará los gastos, etcétera.* Y unos días más tarde, esta otra noticia: *Fijamente podemos asegurar que el conocido industrial de esta ciudad, D. Onofre Caba, elaborador, con patente de invención, de la sal purificada que tiene «La Paloma» por marca de fábrica, está preparando para el próximo concurso barcelonés una magnífica y curiosa instalación. Tal es, la reproducción exacta, en sal de la*

*que expende, y á diez palmos de altura, de la Fuente de Hércules,
situada en el antiguo Paseo de San Juan.* A finales de noviembre
las temperaturas bajaron de un modo insólito. Fue una ola de frío
que duró pocos días, un presagio de la terrible dureza del invierno que se avecinaba. Todavía debilitado por la fiebre, convale-
ciente, estos fríos afectaban mucho a Onofre. Por primera vez
desde que llegó a Barcelona sintió nostalgia de su valle y sus
montañas. Hacía seis meses que había dejado atrás aquel mundo.
El perenne estado de intranquilidad en que Delfina, sin saberlo,
lo tenía sumido, se sumaba a esta inquietud. He de hacer algo,
se dijo, o me cuelgo de la rama de un árbol.

Había acudido al recinto de la Exposición como todas las mañanas, con el paquete habitual de panfletos. Ese día de noviembre
llevaba además un costal de arpillera algo pesado. Dedicó las primeras horas a recorrer las obras, a charlar con la gente. Le informaron de las reclamaciones de los albañiles, del proyecto de
huelga, de las desavenencias. Esta vez, le dijeron, llevaremos las
cosas a buen puerto. Esta vez nos llevaremos el gato al agua. Decía a todo que sí, pero en vez de pensar en la huelga pensaba en
el gato de Delfina; cualquier cosa que oía o que veía le llevaba
a pensar en ella o en algo relacionado con ella, como si su pensamiento estuviera ligado a ella por una correa de caucho, que se
dilata hasta un punto y recupera luego su forma inicial como de
un tiro. Pero siempre decía que sí con la cabeza. Había adquirido
ya esa costumbre, que no perdería en toda su vida: la de decir
siempre que sí mientras por dentro preparaba las maniobras y
traiciones más atroces. Cuando el sol estuvo alto y el frío hubo
disminuido reunió un grupo de obreros y empezó a perorar como
todos los días. Los trabajadores estaban cansados del esfuerzo físico, cualquier distracción les parecía buena y formaron corro.
Había que actuar con rapidez; los capataces, creyendo que se
fraguaba un movimiento de masas, podían llamar a la Guardia
Civil.

—No es de esto —dijo con el mismo tono de voz, como si la
conversación siguiera por los derroteros que llevaba— de lo que
quisiera hablaros hoy. Hoy precisamente os he convocado para
haceros partícipes de un descubrimiento sensacional que puede
cambiar vuestras vidas tanto o más que la eliminación de todas
las formas del Estado, a la que ya me referí hace unos días.

Se agachó, abrió el costal y extrajo de él un frasquito lleno de
un líquido turbio, que mostró a sus oyentes.

—Este crecepelo de probada eficacia y resultado seguro no lo vendo por una peseta ni por dos reales, ni siquiera por un real, etcétera —así se inició en el mundo de los negocios. Años más tarde sus cambios de talante hacían oscilar las cotizaciones bursátiles de Europa, pero ahora vendía unos crecepelos robados la noche anterior del tenderete de Mariano, el barbero de la pensión. Había estado escuchando a los vendedores ambulantes y a los charlatanes que operaban en la Puerta de la Paz y cuyo estilo ahora trataba de imitar. Acabado el discurso reinó un silencio pasmado. Me temo, se dijo, que he ido demasiado lejos; me he pasado de rosca. Me he jugado mi único medio de vida a una carta y he perdido; los anarquistas no me perdonarán lo que he hecho; los obreros se sentirán insultados y me romperán las costillas a puntapiés; es posible que me entreguen a la Guardia Civil y que acabe encerrado en el castillo de Montjuich, pensaba durante aquellos segundos de silencio. De pronto salió un vozarrón del público: ¡Yo quiero uno!, dijo. Era un gigante de facciones chatas, frente deprimida, que se abría paso a codazos; entre los dedos llevaba los diez céntimos que valía el producto. Onofre tomó los diez céntimos, entregó el frasquito al gigante, preguntó si alguien quería otro. Muchos dijeron que sí. Le tendían monedas de a diez, se daban empellones y tirones para no quedarse sin el producto. En menos de dos minutos la bolsa de arpillera estuvo vacía. Pidió a los congregados que se dispersaran. Él mismo dio ejemplo yendo a ocultarse en el callejón que formaban la fachada oeste del edificio que debía albergar el Museo Martorell y el muro que separaba el parque del paseo de la Industria, un callejón estrecho, nunca concurrido. Sacó las monedas del bolsillo y las miró con deleite. En eso estaba cuando advirtió que una sombra se proyectaba en el muro. Trató en vano de meterse de nuevo las monedas en el bolsillo. Se encontró cara a cara con el gigante que le había comprado el primer frasco de crecepelo. Aún tenía el frasco en la mano. ¿Te acuerdas de quién soy?, dijo el gigante. Las cejas y la barba le conferían un aspecto terrorífico, de ogro. Era muy velludo, el pelo del pecho se le unía a la barba en el mentón.

—Claro que te recuerdo —dijo Onofre—, ¿qué quieres?

—Me llamo Efrén, Efrén Castells. Soy de Calella. No de Calella de Palafrugell, sino de la otra, la de la costa —dijo el gigante—. Trabajo aquí de peón desde hace sólo un mes y medio; por eso no te había visto nunca hasta hoy, ni tú a mí; pero yo sé quién eres. Te he seguido para decirte que me des dos pesetas.

—¿Y por qué te las habría de dar, si se puede saber? —dijo Onofre; procuraba fingir una sorpresa inocente.

—Porque has ganado cuatro pesetas gracias a mí. Si yo no te hubiera comprado el primer frasco, no habrías vendido nada. Hablas bien, pero para vender no basta con eso. Yo lo sé; mi abuelo materno era chalán. Anda, dame las dos pesetas y seremos socios. Tú hablarás y yo te compraré. Así animaremos a la clientela. Tú tendrás que hablar menos rato, te cansarás menos y no te expondrás tanto. Y si hay algún contratiempo, te puedo defender; soy muy fuerte: puedo partirle la cabeza a cualquiera de un trompazo.

Onofre se quedó mirando al gigante de hito en hito; le gustó su expresión. Obviamente era honrado: estaba dispuesto a conformarse con lo que pedía y también estaba dispuesto a partirle la cabeza. Le dijo que era verdad que era muy fuerte. Lo que no sé es por qué no me quitas las cuatro pesetas en vez de darme tantas explicaciones, le dijo. Aquí no nos ve nadie. Y aunque quisiera, yo no podría denunciarte a la policía, añadió. El gigante se echó a reír.

—Eres muy listo —dijo cuando hubo acabado de reírse—. Esto mismo que acabas de decir demuestra lo listo que eres. En cambio yo soy tan fuerte como tonto; por más que pienso, nunca se me ocurre nada. Si ahora te robase las cuatro pesetas, sólo ganaría eso: cuatro pesetas. En cambio he discurrido así: tú llegarás lejos, yo quiero ser tu socio y que me des la mitad de lo que ganes.

—Mira —le dijo Onofre al gigante de Calella—, esto es lo que vamos a hacer: tú me ayudas a vender los crecepelos y por cada día de trabajo yo te doy una peseta, tanto si gano mucho como si gano poco. Incluso si no gano nada. Y de lo que hagamos en el futuro, ya hablaremos cuando se presente la ocasión. ¿De acuerdo?

El gigante reflexionó un rato y dijo estar de acuerdo. Trato hecho, le dijo a Onofre. Era tan tonto, confesó, que no había entendido muy bien la propuesta de Onofre, aunque estaba convencido de que Onofre, con su habilidad innata, le había engañado. Pero era inútil tratar de resistirse, dijo. Yo conozco bien mis limitaciones, agregó. Se dieron la mano y sellaron allí mismo una asociación que había de durar varias décadas. Efrén Castells murió en 1943, ennoblecido por el generalísimo Franco con el título de marqués en recompensa por los servicios prestados a la patria. Pese al deterioro físico producido por la edad y la enfermedad, al morir seguía siendo un gigante y hubo que hacerle el ataúd a medida. Dejó una fortuna considerable en valores y en inmuebles y una colección de pintura catalana valiosísima; de esta colección hizo legado al Museo de Arte Moderno, instalado a la sazón en el antiguo Arsenal de la Ciudadela. Este edificio, que había sido reformado y embellecido precisamente con motivo de la Exposición Universal de 1888, estaba situado a pocos metros del lugar donde él cerró el primer trato con la persona a la que había de dedicar una vida entera de devoción ciega, a cuya sombra había de llegar a la riqueza, al marquesado y al crimen.

## 2

Ese día, de regreso a la pensión, compró en una droguería más frascos de crecepelo con los que restituyó sin ser visto los que le había robado al barbero. Estaba muy contento, pero después de cenar, a solas en su habitación, se devanaba los sesos pensando dónde podía esconder sus ganancias. Ahora le asaltaban de golpe todas las preocupaciones que lleva aparejadas el dinero. Ningún lugar le parecía ya bastante seguro. Al final optó por llevar el dinero encima siempre. Luego pensó en Efrén Castells. Era una eventualidad que no había previsto, pero ante los hechos consumados no había que hacerse mala sangre, se dijo. El gigante podía resultar útil. De lo contrario, siempre estaba a tiempo de desembarazarse de él, se dijo. Más le preocupaba Pablo: tarde o temprano llegaría a oídos de los anarquistas el negocio que estaba realizando al amparo de la causa y con menoscabo de ella. Entonces no sabía cómo podían reaccionar. Tal vez ese día pudiera abandonar la propaganda revolucionaria y dedicarse solamente a las ventas, pero ¿aceptarían ellos este cambio? No; sabía demasiadas cosas: lo considerarían un traidor y recurrirían de fijo a la violencia. Todo son problemas, pensó. Tardó en dormirse, se despertó varias veces y tuvo sueños angustiosos. En ellos volvía a verse de nuevo en Bassora con su padre. La perseverancia de este recuerdo le sorprendía luego. ¿Por qué aquellos sucesos triviales revisten ahora tanta importancia?, se preguntaba. Y otra vez trataba de rememorar todo lo ocurrido entonces. Había sido en el curso de la cena cuando habían hecho su aparición en aquella casa de comidas los tres caballeros de Bassora. Al verlos entrar en la casa de comidas su padre había palidecido. Aquellos caballeros eran los descendientes de quienes habían iniciado la industrialización de Cataluña a principios del siglo XIX. Con su esfuerzo titánico habían transformado aquel país rural y aletargado en otro país, próspero y dinámico. Sus descendientes ya no eran, como ellos, hombres de campo o de taller: habían estudiado en Barcelona, habían viajado a Manchester para familiarizarse allí con los últimos adelantos de la industria textil y habían estado en París en los años de esplendor. En esta ciudad radiante habían conocido lo más noble y lo más depravado; allí habían visitado boquiabiertos el *Palais de la Science et de l'Industrie* (donde podían verse los inventos más extraordinarios y la tecnología más depurada y compleja y sobre cuyo frontispicio podía leerse en letras de bronce este lema: *Enrichissez-vous*) y el «salón de los rechazados» (donde Pissarro, Manet, Fantin-Latour y otros artistas exhibían sus telas turbias y sensuales, pintadas con aquel estilo que entonces se llamaba «impresionista»); allí los más inquietos y avisados habían visto en la Salpetrière al joven doctor Charcot realizar varios ejercicios de hipnosis sin aparatos y oído en el Quartier Latin a Friedrich Engels anunciar el advenimiento inminente de la revuelta del proletariado; habían bebido *champagne* en los restaurantes y cabarets más postineros y absenta en los antros más acanallados; habían dilapidado su dinero en perseguir inútilmente a las cortesanas celebérrimas, aquellas *grandes horizontales* con quienes algunos identificaban ya París; habían paseado a la hora del crepúsculo en los nuevos *bateaux-mouche* (el *Géant* y el *Céleste*) por el Sena y se habían emborrachado desde las torres de Nôtre-Dame del aire y la luz de aquella ciudad mágica, de la que a menudo sus padres habían tenido que arrancarlos con promesas y amenazas. Ahora de aquel París ya no quedaba nada: su grandeza misma había concitado la envidia y la codicia de otras naciones; el orgullo desmedido había sembrado la simiente de la guerra; la injusticia y la obcecación habían engendrado el odio y la discordia. Avejentado y enfermo Napoleón III vivía exiliado en Inglaterra a raíz de la derrota humillante de Sedán, y París se reponía penosamente de las jornadas trágicas de la Comuna. Ahora la memoria de aquel París irrecuperable sobrevivía en aquellos representantes de la alta burguesía catalana, depositarios fortuitos del *chic exquis* del Segundo Imperio.

—¡Coño, Bouvila, me cago en diez, usted por aquí, qué pequeño es el mundo! —exclamó a voz en cuello uno de los tres caballeros que habían entrado a media cena en la casa de comidas de Bassora—. Y la familia, ¿todos bien? —Los otros dos caballeros se habían acercado a la mesa y palmeaban el hombro al americano. Éste miraba azarado a los caballeros y a su hijo, sobre quien recaían ahora las miradas de aquéllos—. Y este mozo, ¿quién es? ¿Su hijo? ¡Qué crecido está! ¿Cómo te llamas, chico?

—Onofre Bouvila, para servirles —dijo él. Al levantarse para saludar al americano se le cayó la silla al suelo. Todos se rieron y Onofre comprendió que aquellos caballeros consideraban a su padre un fantoche, una cosa cómica.

—Mi hijo y yo hemos venido a cumplir un penoso deber —dijo el americano. Los tres caballeros de Bassora ya no le hacían ningún caso.

—Está bien, está bien —dijeron—. No queremos interrumpirles. Sólo veníamos a tomar algo y a seguir hablando de cosas del trabajo. Y luego, con la tripa llena, a casa, a soportar un rato a la familia. Menos éste, claro —añadió el que hablaba, señalando a uno de sus acompañantes—, que, como es soletro y sin compromiso, se irá de picos pardos —el objeto de esta broma enrojeció levemente. Sus facciones presentaban una mezcla extraña de lozanía y decadencia. Parecía como si aún perdurasen en él los efectos del alcohol y los estupefacientes consumidos muchos años atrás en los bajos fondos parisinos, como si su cuerpo estuviera aún embotado por las caricias melifluas de una *demi-mondaine*. Los otros se despedían ya—: Que aproveche —les decían. El americano había seguido cenando en silencio; se le había agriado inexplicablemente el humor. Cuando salieron de la casa de comidas soplaba un viento helado y en el pavimento se había formado una película de escarcha que crepitaba y se cuarteaba al pisarla. El americano se envolvió en la manta. Esos granujas, masculló, creen que me voy a dejar avasallar; porque soy de campo y estoy en su terreno, piensan que pueden tomarme por el pito del sereno. ¡Bah, mequetrefes de ciudad, que no distinguen un peral de una tomatera! No te fíes nunca de la gente de ciudad, Onofre, hijo, había agregado en voz alta, dirigiéndose a él por primera vez desde que la llegada de los tres caballeros había venido a interrumpir su cena. No son nada y se creen el no va más. Le castañeteaban los dientes de frío o de cólera y andaba a grandes zancadas; a veces Onofre tenía que correr para ponerse a su lado, porque se había rezagado sin querer. ¿Quiénes eran, padre?, le preguntó. El americano se encogió de hombros. Nadie, dijo, tres petimetres provincianos. Hombres de dinero. Se llaman Baldrich, Vilagrán y Tapera; he hecho algunos negocios con ellos. Mientras hablaba iba mirando en todas direcciones, buscando la fonda donde habían reservado habitación para pasar la noche. A esa hora sólo había en la calle mujeres solitarias, de facciones famélicas y piel grisácea, que se contoneaban y tiritaban en el ruedo pálido que proyectaban las farolas de gas. A su vista el americano agarraba a Onofre del brazo y le hacía cruzar la calle. Por fin se toparon con un sereno de rostro abotargado que les indicó cómo podían llegar a la fonda. Llegaron allí cansados: andar por las calles tenebrosas no era como andar por el campo. En la fonda se repusieron del frío que les calaba: el tubo de la salamandra que funcionaba en el vestíbulo recorría luego las habitaciones de abajo arriba, desprendiendo calor y un humo amarillento que se filtraba por las junturas de la conducción y dejaba un sabor ácido en el paladar. Del vestíbulo o de una casa cercana llegaban los acordes de un piano y ruido de voces amortiguadas. A lo lejos oyeron pitar un tren. En la calle sonaban los cascos de los caballos contra el adoquinado. Se habían metido en la cama de matrimonio y el americano había apagado el quinqué. Antes de dormir le había dicho: Mira, Onofre, hay mujeres que hacen cosas horribles por dinero, ya es tiempo de que lo sepas. Otra vez que vengamos te llevaré a uno de estos sitios que te digo, pero mientras tanto no le digas nada de esto que hemos hablado a tu madre. Y ahora duérmete y no pienses más en lo que has visto y oído esta noche.

Ahora había transcurrido más de un año y seguía pensando aún en lo que había visto y oído aquella noche, recordaba con precisión absoluta el rostro risueño de aquellos caballeros y se veía acosado por aquellas mujeres temibles y anónimas que su padre había evocado y a quienes ahora, en la confusión de la duermevela, daba a veces la apariencia inquietante de Delfina. A la mañana siguiente estaba rendido y desesperanzado, pero se echó al hombro el costal y volvió al recinto de la Exposición. No podía renunciar ahora: el mal ya estaba hecho, se dijo. Por lo demás, si no le daba a Efrén Castells la peseta convenida, corría el riesgo de recibir un manotazo posiblemente mortal. Pese a todo, cuando se encontró en el lugar de siempre y empezó a vender crecepelo como el día anterior, recuperó el buen humor. La expectativa de la ganancia y la sensación de estar actuando por cuenta propia, para su propio beneficio, le estimulaban.

El negocio fue tan lucrativo en los días sucesivos que lo único que le importaba ya era saber dónde esconder el dinero. Llevándolo encima vivía en un continuo sobresalto: en el barrio que frecuentaba menudeaban ladrones y atracadores. La idea de abrir una cuenta en un banco no se le pasó por la cabeza; tenía la noción de que los bancos sólo admitían en depósito el dinero ganado honradamente y él no consideraba que el suyo lo fuese. Era lo mismo: siendo menor de edad ningún banco habría atendido su solicitud. Al final, acabó adoptando una solución clásica: la de esconder el dinero en el colchón, pero no en el suyo, sino en el de mosén Bizancio. El cura era pobre como una rata y nadie, ni siquiera él mismo, sospecharía que dormía sobre un capital. La posibilidad de que a Delfina se le ocurriese batanear el colchón era impensable, cabía excluirla por completo. Además, el cura salía de la pensión todas las mañanas muy temprano, con lo que dejaba libre el acceso a la habitación. Salvado este escollo, quedaban los anarquistas. Por fin llegó el día en que Pablo recibió a Onofre presa de gran agitación. Sin previo aviso le propinó un puñetazo. Onofre rodó por el suelo y el apóstol se le vino encima. Procuraba golpearle la cara y darle puntapiés en las costillas. ¡Granuja, renegado, judas!, gritaba mientras trataba de golpearlo con todas sus fuerzas. Onofre se protegía de los golpes sin tratar de devolvérselos. Cálmate, Pablo, cálmate, ¿qué te pasa?, ¿has enloquecido ya del todo?, le decía.

—Ah, bien sabes lo que me pasa, canalla; apenas puedo articular palabra —dijo Pablo—. Di, ¿qué has estado haciendo estos días, eh? Conque vendiendo crecepelo, ¿no? Para esto te pagamos, ¿verdad?

Onofre dejó que se desahogara y luego empezó a hablar. Al final, acabaron riéndose los dos de buena gana. En una cosa coincidían, al margen de sus ideologías respectivas: ambos tenían en muy baja estima la sociedad y sus miembros; para ellos cualquier engaño era aceptable, todo les parecía justificado éticamente por la estupidez de la víctima. Profesaban la doctrina del lobo. Luego Onofre le convenció de que la venta de crecepelo era solamente un ardid para despistar a la policía, una tapadera de sus verdaderas actividades. Había repartido en aquellos meses más panfletos que nadie; ¿no era esto prueba suficiente de su lealtad a la causa?, le dijo. Al fin y al cabo, ¿quién corría con todos los riesgos?, preguntó. Pablo acabó disculpándose por haber recurrido a la violencia inicialmente. El encierro me ha enloquecido, repitió una vez más. Él no quería dedicarse a fiscalizar las actividades de los demás, eso le parecía degradante. Él quería poner bombas, pero no le dejaban. Onofre ya no le escuchaba: estaba harto de sus lamentos y otros temas acaparaban en aquellos momentos su atención.

A partir de la noche en que había seguido a la calle un perfume y el ruido de unos pasos para quedar burlado por la oscuridad, había contado y recontado los peldaños de la escalera de la pensión y calculado el ángulo que formaban los tramos, había memorizado los obstáculos y había hecho a ciegas el recorrido muchas veces. Si Delfina vuelve a pasar dejaré que tome la delantera y luego la seguiré sin miedo a perderla por segunda vez, se decía. Eso siempre y cuando no vaya acompañada del gato maldito, pensaba luego con un escalofrío. En cierta ocasión le había preguntado a Efrén Castells cómo podía hacer para matar un gato. Es muy sencillo, había respondido el gigante, se le retuerce el cuello hasta que se muere; no tiene complicación. Onofre no volvió a pedirle consejo sobre nada nunca más.

Por fin un día, poco antes de la Navidad, volvió a oír el frufrú de telas en el rellano del segundo piso de la pensión y el ruido atenuado de unos pasos provenientes de arriba. Contuvo el aliento y se dijo: Ahora o nunca. Dejó que pasase el perfume por su lado, aguardó el tiempo que estimó prudencial y luego se puso en movimiento. Llegó al nacimiento de la escalera cuando la desconocida abría la puerta de la calle. Esa noche había luna; la figura de una mujer se recortó en el vano de la puerta. Esta visión duró sólo un instante, pero bastó para que Onofre se diera cuenta de que no estaba siguiendo a Delfina. Sabiendo esto puso especial empeño en no perder la pista de aquella mujer, cuya silueta difusa percibía a la luz de la luna o con mayor precisión cuando ella cruzaba ante una hornacina; en estas hornacinas ardía siempre un velón de aceite colocado allí por algún devoto para honrar a la Virgen o a un santo; salvo en las arterias principales, aquélla era toda la iluminación que había en la ciudad. Era una noche muy fría de aquel invierno terrible de 1887. La desconocida caminaba con taconeo airoso. Ni siquiera las pisadas vacilantes de un noctámbulo o el chuzo de un sereno contra el empedrado daban testimonio de otra presencia humana en las calles solitarias. Tenía que estar loca una mujer para andar sola a estas horas, pensó. Se iban adentrando en un lugar extraño: una hondonada que en aquella época separaba la falda de la montaña de la vía del ferrocarril en el sector llamado del Morrot. Este sector tenía sólo medio kilómetro de radio y estaba situado al sur de la antigua muralla. Sólo se podía llegar allí a través de una quebrada de unos doscientos metros de longitud, dos o tres de anchura y ocho de altura que no era tal, sino un enorme depósito de carbón importado de Inglaterra o de Bélgica, traído por grandes buques de cabotaje y amontonado en la hondonada en espera de ser trasladado a las fábricas de Barcelona o sus alrededores. Se guardaba allí, lejos de la ciudad, por ser muy alto el riesgo de combustión. Así, junto al mar, era más fácil sofocar los conatos de incendio o intentarlo al menos si el fuego era superficial. Si por el contrario empezaba en el interior de la pila de carbón, no se percibía hasta que cobraba proporciones catastróficas. Primero aparecían en algunos puntos columnas de humo finas, de color lechoso, olor áspero, sumamente tóxicas; luego estas emanaciones formaban una nube que lo envolvía todo, pobre del que aspiraba esta nube; por fin hacían su aparición las llamas propiamente dichas. Entonces ya era tarde para luchar contra el incendio. Era lo que se llamaba un incendio devorador. Las llamas alcanzaban una altitud de hasta veinte o treinta metros, proyectaban en el firmamento una luz rojiza visible en las noches claras desde Tarragona y desde Mallorca. Los barcos amarrados en los muelles zarpaban y se iban a echar el ancla mar adentro, preferían las marejadas al calor y los gases deletéreos procedentes de aquel incendio. Estos incendios, por fortuna infrecuentes, podían durar una vez iniciados varias semanas y su costo era incalculable: a la pérdida de todo el carbón importado había que agregar la paralización de toda la actividad industrial. Por esto las inmediaciones de la carbonera no eran lugar seguro para vivir. Por eso también había surgido al otro lado de la quebrada un barrio de ínfima estofa, el barrio de peor fama de Barcelona. Allí había teatros que ofrecían espectáculos procaces y sin gracia, tabernas mugrientas y bullangueras, algún fumadero de opio de poca categoría, de tres al cuarto (los buenos estaban en la parte alta, cerca de Vallcarca) y mancebías siniestras. Allí sólo acudía la hez de Barcelona y algunos marineros recién desembarcados, no pocos de los cuales nunca volvían a zarpar. Allí sólo vivían prostitutas, proxenetas, rufianes, contrabandistas y delincuentes. Por poco dinero se podía contratar a un matón y por un poco más a un asesino. La policía no entraba en la zona savo a pleno día y sólo para parlamentar o proponer un canje. Era como un estado independiente; allí se habían llegado a emitir unos pagarés que circulaban como si fuesen auténtico papel-moneda; existía también un código peculiar, muy estricto; se aplicaba una justicia sumaria y eficacísima: no era raro encontrar allí de cuando en cuando un ahorcado balanceándose en el dintel de un local de diversión.

A la vista del sitio al que sin saber le conducía la desconocida se iba diciendo: Si no es Delfina esta moza, ¿qué se me da a mí quién sea y por qué he de meterme yo en este túnel de carbón de donde puede salir un malhechor, darme muerte y enterrarme sin que nadie se entere ni me eche en falta? Porque se sabía que quienes morían violentamente, si no habían de servir de escarmiento público, eran sepultados en la pila de carbón. Ahí permanecían hasta que una grúa traspalaba el carbón a una gabarra o un vagón o un carro. A veces un fogonero, al alimentar la caldera, había visto aparecer por entre el carbón una bota o unos dedos engarfiados o una calavera con cuatro moñajos aún adheridos al occipucio. Estuvo tentado de renunciar al seguimiento.

Pero no se volvía atrás. Así se encontró a la entrada de aquel villorrio infame; las calles formaban una cuadrícula regular, como suele suceder en las agrupaciones urbanas muy pobres. En el fango seco y cuarteado de la calzada dormían borrachos envueltos en sus propias deyecciones, rodeados de un halo de pestilencia. Llegaban de las tabernas rasgueo de guitarras y canciones. Estas canciones eran salaces, pero transmitían una sensación agobiante de desamparo y angustia. ¿Cómo vine a parar a esta vida?, parecían querer decir los cantantes con voz aguardentosa y desgarrada; no era esto lo que yo había soñado de niño, etcétera. También se oían castañuelas y taconeo y gritos y ruido de vasos rotos, muebles derribados, carreras y reyertas. Por aquellas calles andaba la desconocida con paso decidido. Oculto en un quicio Onofre la vio entrar en un local cuya puerta de madera se cerró a espaldas de ella. Onofre decidió aguardar fuera y ver en qué paraba todo aquello. Soplaba un viento frío, húmedo y salado, por la proximidad del mar; se cubrió la boca y la nariz con la bufanda que había tenido la precaución de coger. No tuvo que esperar mucho: a los pocos minutos la mujer salió del local seguida de gran algarabía. Pudo verla de frente por primera vez, a contraluz, fugazmente; esto no le impidió reconocer el rostro de la hembra cachonda. No puede ser, se dijo, yo estoy viendo visiones. La mujer aspiraba por la nariz los polvos blancos de un sobrecito, cerraba los párpados, abría la boca de par en par, sacaba la lengua, agitaba los hombros y las nalgas, todo el cuerpo se cimbreaba. Lanzó un aullido de perro satisfecho y se dirigió a la taberna próxima, que tenía ventana a la calle. El aire caldeado por una salamandra se condensaba en los vidrios, ya de por sí muy sucios, formando un velo que dificultaba la visión del interior, pero que permitía espiar sin ser visto; eso hizo Onofre Bouvila: los parroquianos eran de la catadura más truculenta. Unos jugaban a las cartas con las mangas repletas de naipes y los cuchillos prestos a hundirse en la garganta de un fullero; otros bailaban con hetairas escuálidas, de ojos vidriosos, a los compases de una concertina tocada por un ciego. A los pies del ciego había un perro que fingía dormir, pero que de improviso lanzaba dentelladas a las pantorrillas de los danzantes. En un rincón la mujer a la que había seguido discutía con un guapo de pelo ensortijado y tez cobriza. Ella hacía aspavientos y él iba frunciendo el entrecejo. Onofre vio cómo el guapo propinaba un cachete a la mujer. Ella agarró al guapo del cabello y tironeó con fuerza, como para separarle la cabeza del tronco. Los ungüentos con que el guapo se había embadurnado la cabellera no le dejaron hacer presa. El guapo logró asestar a la mujer un puñetazo en la boca; retrocedió tambaleándose, y al caer sentada sobre una mesa de juego, derribó botellas y vasos y las cartas ya repartidas. Los jugadores le lanzaron puntapiés a los riñones. El guapo avanzaba con un destello letal en la mirada y un cuchillo curvo de esquilador en la mano. La mujer lloraba a lágrima viva; los parroquianos se burlaban por igual de la víctima y del agresor. El encargado del local puso fin a la escena: conminó a la mujer a que abandonase la taberna sin demora; nadie dudaba de que fuera ella la culpable de lo ocurrido, la que había provocado al guapo. Oculto de nuevo en el quicio, la vio salir dando traspiés. De la comisura de los labios le manaba un hilo de sangre que se tornaba violácea en contacto con el maquillaje. Comprobó con los dedos si algún diente amenazaba con desprenderse de la encía; se quitó la peluca, se restañó el sudor de la frente con un pañuelo de lunares, volvió a colocarse la peluca y emprendió el camino de regreso. El viento había cesado, el aire estaba ahora quieto, seco y cristalino, tan frío que dolía el pecho al respirar. Onofre Bouvila la alcanzó cuando entraba en la quebrada.

—¡Eh, señor Braulio —le gritó—, espéreme! Soy yo, Onofre Bouvila, su huésped; de mí no tiene nada que temer.

—¡Ay, hijo —exclamó el fondista, por cuyos carrillos discurría aún el llanto—, me han golpeado en la boca y me habrían rajado como a una puerca si no llego a poner los pies en polvorosa! ¡Esa chusma!

—Pero, ¿por qué demonios viene usted a este lugar inmundo a que le peguen, señor Braulio? ¡Y vestido de mujer! Esto no puede ser normal —dijo Onofre.

El señor Braulio se encogió de hombros y reemprendió la marcha. Nubarrones habían cubierto la luna y no se veía nada. Era imposible no tropezar con el carbón, irse de bruces y lastimarse las rodillas, las manos o la cara. Onofre y el señor Braulio acabaron cogiéndose del brazo para afianzarse el uno en el otro.

—Ah —exclamó de nuevo el señor Braulio al cabo de un rato—, ¿no notas, Onofre? Está empezando a nevar. ¡Cuántos años hacía que no nevaba en Barcelona!

A sus espaldas crecía el bullicio: los habitantes y la clientela del villorrio depravado habían salido a la calle y se alumbraban con hachones y quinqués para contemplar aquel espectáculo insólito.

## 3

Aquél fue realmente el invierno más frío de cuantos se recordaban en Bacelona. Nevó durante días y noches sin parar, la ciudad quedó enterrada bajo una capa de nieve de más de un metro de espesor, el tráfico se detuvo y toda actividad y los servicios públicos se interrumpieron, aun los más perentorios; las temperaturas bajaron a varios grados bajo cero: esto no es mucho en otras latitudes, pero sí en una ciudad indefensa, en la que jamás se había tomado ninguna previsión contra esta eventualidad ni las personas tenían el organismo preparado para afrontar el frío. Hubo que lamentar numerosas víctimas. Una mañana, cuando Onofre, a quien la vida en el campo había curtido, para quien por lo tanto aquellos rigores no suponían una traba, abrió el balcón de su habitación para contemplar el paisaje de las casas emblanquecidas, encontró en la baranda el cuerpo sin vida de una de las tórtolas. Al intentar coger el cadáver éste se cayó a la calle y se hizo añicos, como si la tórtola hubiera estado hecha de loza. El agua al congelarse reventó las cañerías y conductos: dejaron de manar los grifos y las fuentes públicas. Hubo que organizar la distribución de agua potable en unos carros-cuba que se apostaban en ciertos puntos de la ciudad a determinadas horas. Los conductores anunciaban la presencia de los carros-cuba soplando un cuerno de latón dorado. Se formaban colas muy penosas de guardar a la intemperie, con aquel frío que mordía a través de la ropa. La policía tenía que intervenir para evitar peleas y verdaderos amotinamientos por la lentitud del servicio. A veces a alguien haciendo cola se le congelaban las extremidades y había que arrancarlo del suelo echándole agua caliente en los zapatos o por la fuerza, a tirones. Muchos ciudadanos obtenían agua metiendo cubos de nieve en las casas y esperando a que se derritiese la nieve. Otros hacían lo mismo con los carámbanos que colgaban de los aleros. Todo esto, por más que era incómodo, creaba una sensación de aventura compartida, hermanaba a los barceloneses: nunca faltaba una anécdota que referir.

Para quienes trabajaban al aire libre la situación resultaba dolorosísima. Los obreros de la Exposición Universal sufrían lo indecible en el recinto, abierto al mar y desprotegido del viento. Mientras que en otros lugares parecidos, como el puerto, las labores se habían paralizado temporalmente, en la Exposición se seguía trabajando a ritmo creciente. Además, las reclamaciones de los albañiles no recibían respuesta satisfactoria, por lo que decidieron ir a la huelga. Pablo, a quien Onofre mantenía al corriente de los acontecimientos, montó en cólera. Esta huelga, decía, es una insensatez. Onofre pidió a Pablo que le explicase por qué decía aquello.

—Mira, chico, hay dos tipos de huelga: la que tiene como fin obtener un beneficio concreto y la que tiene como fin hacer que se tambalee el orden establecido, contribuir a su eventual destrucción. La primera es muy perjudicial para el obrero, porque en el fondo tiende a consolidar la situación injusta que prevalece en la sociedad. Esto es fácil de entender y no tiene vuelta de hoja. La huelga es la única arma con que cuenta el proletariado y es tonto malgastarla en minucias. Además, esta huelga carece de organización, de base, de líderes y de propósitos definidos. Fracasará del modo más rotundo y la causa habrá dado un paso atrás gigantesco —dijo Pablo.

Onofre discrepaba: para él la rabia del apóstol se debía a que los huelguistas no habían contado para nada con los ácratas: no les habían pedido consejo ni que se sumasen a la acción colectiva ni mucho menos que la dirigiesen. No obstante, aprendió que la huelga era efectivamente un arma de doble filo, que los obreros debían usar de ella con mucha cautela y que hábilmente manipulada por los patronos, éstos podían beneficiarse mucho de ella. Ahora se limitaba a seguir de cerca los sucesos procurando no perder detalle de lo que ocurría ni salir malparado si las cosas tomaban mal cariz. Esta huelga, como había anunciado Pablo, acabó en nada: una mañana llegó al parque de la Ciudadela y encontró a casi todos los obreros reunidos en la explanada central de la futura Exposición, la antigua Plaza de Armas de la Ciudadela, frente al Palacio de la Industria. Este palacio todavía era sólo una armadura de tablones vastísima; ocupaba un área de 70.000 metros cuadrados y su altura máxima era de 26 metros. Ahora, cubierto de nieve, vacío y abandonado parecía el esqueleto de un animal antediluviano. Los obreros congregados en la Plaza de Armas no hablaban entre sí. Ateridos zapateaban, se azotaban los costados con los brazos. Parecían un mar de gorras inquieto. La Guardia Civil se había apostado en puntos estratégicos. La silueta inconfundible de los capotes y los tricornios se recortaba en las azoteas contra el cielo nítido de la mañana. Un destacamento de a caballo patrullaba las inmediaciones del parque.

—Si cargan, recordad que sólo pueden usar el sable por el lado derecho del caballo —decían algunos obreros, veteranos de otras escaramuzas—; por el izquierdo son inofensivos —añadían para calmar los nervios de los bisoños—. Y si os alcanzan, echaos al suelo y tapaos la cabeza con las manos. Los caballos no golpean nunca un cuerpo tendido. Es mejor eso que huir corriendo.

No faltaba quien decía que se podía asustar fácilmente a los caballos, animales muy tontos y timoratos, agitando un pañuelo delante de sus ojos. Con eso, decían, se encabritan y con suerte arrojan al jinete de la silla. Pero todos pensaban: que lo pruebe otro.

Por fin circuló la orden de ponerse en marcha. Nadie sabía de dónde provenía; el grupo echó a andar muy despacio, arrastrando los pies. A él, que caminaba junto al grupo, aunque a cierta distancia, le llamó la atención una cosa: que el grupo, inicialmente compuesto de unas mil personas o más, se había reducido a doscientas o trescientas apenas iniciada la marcha. Los demás se habían esfumado. Los que quedaban fueron saliendo del parque a través de una puerta situada entre el Invernáculo y el Café-Restaurante y tomaron la calle de la Princesa, con ánimo de llegar hasta la plaza de San Jaime. Su aspecto no era muy amenazante. Más bien parecía que todos deseaban poner fin a lo que ya preveían inútil y que sólo los mantenían unidos y activos el pundonor y la solidaridad. Los comercios de la calle de la Princesa no habían cerrado las rejas y a las ventanas de las casas se asomaba la gente a ver pasar la manifestación. El destacamento de guardias seguía a los obreros al paso, con los sables envainados, más atentos al frío que a una posible alteración de la vida ciudadana. Onofre siguió un rato la manifestación y se metió luego por una calleja lateral con objeto de rebasarla y reencontrarla más adelante. En una plazoleta cercana se dio de manos a boca con una compañía de a caballo de la Guardia Civil y tres cañones de poco calibre montados sobre cureñas. Cuando se reunió con los obreros ya sabía que si las cosas se salían de su cauce la manifestación acabaría en un baño de sangre. Por suerte no ocurrió nada grave. Llegados al cruce de la calle Montcada los manifestantes se detuvieron de común acuerdo. Tanto da que nos paremos aquí, parecían pensar, como que sigamos andando hasta el día del juicio. Un obrero se encaramó al enrejado que celaba una ventana y pronunció una arenga. Dijo que la manifestación había sido un éxito. Luego otro obrero ocupó el mismo lugar y dijo que todo había salido mal por falta de organización y de conciencia de clase e instó a los manifestantes a que se reintegrasen al trabajo sin tardanza. Quizás así logremos evitar las represalias, dijo al concluir su intervención. Ambos oradores fueron escuchados con grandes muestras de atención y respeto. El primero que habló, según averiguó Onofre más tarde por mediación de Efrén Castells, era un confidente de la policía; el segundo, un albañil honrado no exento de veleidades sindicalistas. Este último perdió el empleo a raíz de esa huelga y no se le volvió a ver más por el parque de la Ciudadela. El resumen de la jornada fue éste: al mediodía todos los obreros habían vuelto a sus puestos de trabajo; ninguna de sus reclamaciones fue atendida y la prensa local ni siquiera recogió el hecho.

—No podía ser de otro modo —refunfuñó Pablo con un deje de satisfacción en sus ojillos febriles—. Ahora tendrán que pasar años antes de que pueda plantearse otra acción colectiva. Ni siquiera sé si vale la pena que sigas repartiendo panfletos.

Onofre, algo asustado al ver que peligraba aquella fuente de ingresos, trató de desviar el tema contando lo que había visto al separarse del grueso de la manifestación.

—Pues claro —dijo Pablo—, ¿qué creías? No van a arriesgarse a que un puñado de obreros se salga con la suya y cree un precedente funesto. Mientras se puede se les deja actuar. Un destacamento se encarga de mantener el orden público y regular el tráfico. La gente dice: no sé de qué se quejan, tenemos un gobierno de lo más benévolo. Si las cosas toma mal cariz, la caballería carga. Y si con eso no basta, ¡metralla para el pueblo!

—Entonces, ¿por qué seguir intentándolo? —preguntó Onofre—. Ellos tienen las armas. Nunca cambiará nada. Dediquémonos a otra cosa más lucrativa.

—No digas eso, chico, no digas eso —respondió Pablo con los ojos perdidos en un horizonte imaginario, más dilatado y más luminoso que el que le ofrecían los muros húmedos y agrietados del sótano donde vivía—. No digas eso jamás. Es cierto que a las armas sólo podemos oponer nuestro número. El número y el arrojo que engendra la desesperación. Pero algún día venceremos. Nos costará mucho dolor y mucha sangre, pero el precio que hayamos de pagar será pequeño porque con él compraremos un futuro para nuestros hijos, un futuro en el que todos tendrán las mismas oportunidades y no habrá más hambre ni más tiranía ni más guerra. Es posible que esto yo no lo vea; ni tú tampoco, Onofre, chico, aunque seas muy joven. Han de pasar muchos años y hay una infinidad de cosas que hacer antes: destruir todo lo que existe, ahí es nada. Acabar con la opresión y el Estado, que la hace posible y la fomenta; con la policía y con el Ejército; con la propiedad privada y con el dinero; con la Iglesia y con la enseñanza que ahora se imparte, ¿qué sé yo? Por lo menos hay aquí para cincuenta años de trabajo, ya ves lo que te digo.

El frío, que tantas víctimas se cobró aquel invierno en Barcelona, no dejó incólume la pensión. Micaela Castro, la vidente, cayó enferma de gravedad. Mosén Bizancio trajo un médico para que la reconociera. Era un médico joven y apareció revestido de una bata blanca salpicada de manchas rojas. De un maletín sacó unos hierros sucios y algo oxidados con los que estuvo golpeando y punzando a la paciente. Todos comprendieron que el médico no sabía nada de medicina, se percataron de que las manchas de la bata eran de tomate, pero hicieron como que no lo notaban. El médico, pese a su aparente incompetencia, se mostró muy seguro en el diagnóstico: a Micaela Castro le quedaba poco de vida. No precisó la enfermedad: la vejez y otras complicaciones se la están llevando, dijo. Dejó recetados unos calmantes y se fue. Al quedarse solos los huéspedes fijos de la pensión y el señor Braulio se reunieron a deliberar en el zaguán, donde estaba la señora Ágata con los pies en la jofaina. Mariano era partidario de sacar a la enferma de la pensión cuanto antes. El médico había dicho que la dolencia de la pitonisa no era contagiosa, pero el barbero era muy aprensivo.

—Llevémosla a la Casa de Caridad —propuso—, allí la atenderán bien hasta que se muera.

El señor Braulio estuvo de acuerdo con el barbero; la señora Ágata no dijo nada, como de costumbre, ni dio muestras de enterarse de cuál era el objeto del cónclave; Onofre se declaró dispuesto a respaldar la opinión de la mayoría. Sólo mosén Bizancio se opuso: en su calidad de sacerdote había visitado algunos hospitales y las condiciones en que estaban los enfermos allí le parecían inaceptables. Aun en el supuesto de que hubiese una cama libre, dijo, abandonar a esta pobre mujer a su suerte en un lugar extraño, a cargo de desconocidos y rodeada de moribundos como ella sería una crueldad impropia de cristianos. Su dolencia no exigía cuidados especiales y no causaría molestia alguna, añadió.

—Esta pobre chiflada lleva muchos años en la pensión —dijo mosén Bizancio—. Ésta es su casa. Es de justicia dejarla morir aquí, rodeada de nosotros, que somos, como si dijéramos, su familia, lo único que tiene en este mundo. Tengan ustedes en cuenta —añadió mirando uno a uno a los reunidos— que esta mujer tiene hecho pacto con el diablo. Le espera la condenación y una eternidad de sufrimientos. Ante esta terrible perspectiva, lo menos que podemos hacer es procurar que lo que le queda de vida terrena sea lo menos ingrato posible.

El barbero empezó a formular una protesta, pero le interrumpió la señora Ágata. El mosén tiene razón, dijo con una voz bronca como la de un minero. Nadie, salvo su marido, la había oído hablar nunca; su intervención lacónica zanjó el caso. Onofre lo entendió así de inmediato y se apresuró a manifestar su acuerdo apenas la señora Ágata hubo hablado. El barbero acabó por ceder: no le cabía otra salida. Mosén Bizancio prometió atender a le enferma para que su cuidado no supusiera una carga para nadie. El cónclave se deshizo amigablemente. A la hora de la cena la ausencia de Micaela Castro tendió una nube de melancolía sobre los reunidos, a quienes ya nunca volvería a distraer con sus trances.

Por fin concluyó el año 1887. Por una razón o por otra, a todos se les había antojado más largo que los precedentes; quizá porque, como sucede a veces, aquel año no había traído buena suerte. A ver si el que viene es un poquito mejor, se deseaban mutuamente los barceloneses. También es probable que el frío riguroso de las últimas semanas contribuyera a dejar un mal recuerdo del año. La nieve, allí donde no había sido limpiada, se convirtió en hielo; por consiguiente, en causa de caídas y fracturas. Esto parece el Polo Norte, decían los graciosos. Y, en efecto, la plaza Cataluña, como estaba en obras y llena de cráteres, montículos y zanjas, presentaba un aspecto desolador, de tundra. Un diario publicó al respecto una noticia chocante; en un hoyo de dicha plaza habían sido encontrados varios huevos de gran tamaño. Analizados en un laboratorio, habían resultado ser huevos de pingüino. Es casi seguro que esta noticia era falsa, que el periódico en cuestión se proponía publicarla el día de los Inocentes, y que se traspapeló y salió a destiempo. Pero este hecho mismo indica hasta qué punto el frío protagonizaba la vida de la ciudad y especialmente de quienes carecían allí de medios para defenderse de sus embestidas.

En la playa, donde habitaban los obreros sin hogar y sus familias, la situación llegó a extremos críticos. Una noche, antes que perder la vida, las mujeres cogieron en brazos a los niños y empezaron a andar. Los hombres prefirieron no seguirlas, porque pensaron con razón que su presencia imprimiría un carácter distinto a la marcha. Las mujeres y los niños cruzaron el puente de hierro que unía la playa con el parque de la Ciudadela y anduvieron por entre los pabellones a medio levantar hasta llegar al Palacio de Bellas Artes. Este Palacio, hoy desaparecido, estaba a la derecha del Salón de San Juan, conforme se entraba en él por el Arco de Triunfo, en el vértice formado por el Salón y la calle del Comercio, o sea, fuera del parque, aunque dentro del recinto de la Exposición Universal. El Palacio de Bellas Artes medía 88 metros de largo por 41 de ancho; su altura era de 35 metros, sin contar las cuatro torres rematadas por cúpulas coronadas por otras tantas estatuas de la Fama, que las adornaban. Dentro del Palacio, amén las salas y galerías destinadas a exhibir obras de arte, había un salón magnífico, de 50 metros por 30, en el que habían de tener lugar los actos más solemnes del certamen. En este salón las mujeres y los niños pretendían pernoctar. El oficial de la Guardia Civil destacado en el parque notificó el hecho a las autoridades competentes. Haga ver que no se ha enterado, le contestaron.

—Pero si es que están haciendo hogueras en mitad del salón —dijo el oficial— y el humo sale por los ventanales.

—¿Y qué? No vamos a emprenderla a tiros y que salga la noticia en la prensa extranjera a sólo cuatro meses de la inauguración. Usted como si nada, y ya veremos —fue la respuesta oficiosa.

—Está bien —replicó el oficial—, pero quiero una orden por escrito. Si dentro de media hora no tengo esa orden en mis manos, hago desalojar el Palacio como sea: organizo una degollina y declino toda responsabilidad. Y conste que tengo emplazada una ametralladora en el tejado del Café-Restaurante para írmelos cargando a medida que vayan saliendo.

Fue preciso enviar un concejal que arrostrando el frío y dándose de costaladas en el hielo llegó con la orden al lugar de autos antes de que el oficial cumpliera su amenaza. Al día siguiente se negoció y se acordó que las familias de los obreros, pero no éstos, ocuparan durante dos semanas los nuevos cuarteles de la calle Sicilia. Allí podían hacer fuego y lo que les viniera en gana. Negociar con las mujeres no fue fácil. Efrén Castells les había vendido varios frascos de crecepelo y a algunas les había salido barba. El regidor que en nombre del alcalde acudió al Palacio de Bellas Artes hubo de enfrentarse a un comité de mujeres barbudas. No estaba preparado para ello, accedió a todo cuanto le pidieron y sólo su vinculación a círculos poderosos le libró de ser depuesto de su cargo. Todo porque a Efrén Castells las mujeres le hacían perder el seso. Era un verdadero sátiro: con la excusa de vender crecepelo se introducía en las chabolas cuando los hombres estaban ausentes, trabajando en la obra, y allí hacía estragos. Tenía un aspecto viril que gustaba a casi todas, su talante era jovial, sabía adular y gastaba el dinero con alegría, de modo que la suerte en el terreno sentimental no le era esquiva. Onofre no veía con buenos ojos las inclinaciones de su socio. El día menos pensado vamos a tener un disgusto serio por tu culpa, le decía.

—No tengas ningún miedo —respondía Efrén Castells—; conozco bien a las hembras: engañan a sus maridos por una nonada, pero se dejarían despellejar antes que hacer traición al galán que las engatusa. ¿Que por qué, dices? ¡Chico, a mí que me registren! Les gustará sufrir, digo yo. Si quieres que una mujer te proteja, maltrátala y traiciónala; no hay mejor sistema. Yo porque soy un alma de cántaro, que si no, conociéndolas como las conozco, podría vivir de ellas sin ningún esfuerzo. Pero no soy de ésos, ¿qué le vamos a hacer? Yo soy de los que pierden el norte y se dejan exprimir como un limón.

Las pesetas que Onofre le daba a ganar Efrén las empleaba en comprar regalos a sus conquistas. Por lo visto hay que ser rumboso y canalla, pensaba Onofre. De la gente sólo puede esperarse lo que uno sepa sacar de ella. Así son los seres humanos: materia blanda. Estas cosas y otras parecidas se iba diciendo Onofre Bouvila en las interminables vigilias en el rellano de la pensión, mientras acechaba a Delfina. El frío le calaba los huesos y sólo su juventud y su naturaleza sana impidieron que cayese enfermo de gravedad. El señor Braulio no había vuelto a las andadas: esperaba la primavera para vestirse de faralaes. Onofre no le había contado que todas las noches se apostaba en el rellano por ver si pillaba *in fraganti* a Delfina con su novio. Creía que el señor Braulio no sabía nada de los devaneos de su hija ni ésta de los de su padre.

Una de esas noches, al filo de las dos, una voz vino a sacarle de su ensimismamiento. Era Micaela Castro; la vidente pedía agua desde su habitación. Mosén Bizancio, que debía atenderla, dormía a pierna suelta o bien con la edad se había vuelto un poco duro de oído. Pasaban los minutos y nadie acudía a la llamada. La pitonisa seguía pidiendo agua con tan poca fuerza que no se podía precisar siquiera la procedencia de la voz. Onofre fue a la cocina, cogió un vaso de la alacena, lo llenó de agua y se lo llevó a Micaela Castro. La habitación de la enferma despedía un olor nauseabundo, como de algas expuestas al sol. A ciegas Onofre encontró la mano helada de la vidente y le puso entre los dedos el vaso de agua. Oyó los sorbos ávidos y, concluidos, recuperó el vaso vacío. La moribunda musitó algo ininteligible. Onofre aproximó el oído a la cabecera del lecho. Dios te lo pague, hijo, creyó oír, y pensó: Bah, sólo era eso. Pero una idea empezó a darle vueltas por la cabeza.

A mediados de enero volvió el buen tiempo. La ciudad salió de su letargo. En el recinto de la Exposición los montones de hielo al fundirse dejaban al descubierto balaustradas y pedestales que los maestros de obras habían buscado en vano durante semanas. Con el deshielo se formaron charcos extensos, molestos y sobre todo peligrosos, porque podían provocar y de hecho provocaron leves corrimientos de tierra que hicieron que algunos edificios, al asentarse, se agrietaran más de lo oportuno. Hubo también un pequeño derrumbamiento y un ayudante de albañil quedó sepultado bajo una montaña de cascotes y perdió la vida. Por falta de tiempo no se pudo dar con el cuerpo y hubo que apisonar los cascotes y reedificar encima. El suceso no salió a la luz pública y los visitantes de la Exposición nunca supieron que bajo sus pies había un cadáver, cosa, por lo demás, que sucede siempre en las ciudades antiguas. No todo, sin embargo, era trágico en el parque. También pasaban cosas de risa, como ésta: Con el deshielo llegó caminando por la playa una tribu de gitanos. Las mujeres de los obreros salieron a la puerta de las chabolas y bloquearon la entrada, porque existía la creencia de que las gitanas robaban niños de teta y se los llevaban consigo. En realidad esta tribu sólo pretendía ganarse el sustento reparando cacerolas, esquilando perros, echando la buenaventura y haciendo bailar un oso. A los obreros, que no tenían perros de lanas ni utensilios de cocina ni ganas de conocer lo que les tenía reservado el futuro, lo único que les hacía gracia era ver bailar al oso. De tal modo que la Guardia Civil hubo de intervenir para expulsar a los gitanos, que se habían instalado en la Plaza de Armas y hacían retumbar las panderetas. El oficial de la Guardia Civil, ascendido a raíz del incidente del Palacio de Bellas Artes, se encaró con el gitano que parecía mandar y le conminó a que se fueran todos de allí al instante. El gitano replicó que no hacían mal a nadie. Yo contigo no discuto, dijo el oficial; sólo te digo esto: ahora me voy a mear. Si cuando vuelvo aún estáis aquí, al oso lo fusilo, a los hombres os mando a trabajos forzados y a las mujeres les corto el pelo al rape. Tú sabrás lo que os conviene. Oso y gitanos desaparecieron como por ensalmo. La parte cómica del asunto viene ahora: Al cabo de dos o tres días de acaecidos estos hechos apareció en el recinto otro grupo, tan pintoresco como el anterior. Lo encabezaba un caballero vestido con levita verde y chistera de velludo del mismo color. El caballero llevaba unos bigotes engominados, negros como el azabache. Le seguían cuatro hombres. Entre los cuatro cargaban una plataforma sobre la que se erguía una figura de gran tamaño, cuyas formas, si las tenía, ocultaba una lona embreada. Los guardias civiles, apenas vieron entrar el cortejo, le cayeron encima y la emprendieron a culatazos con los cinco personajes. Luego resultaron ser el primer participante en la Exposición Universal, un tal señor Gunther van Elkeserío, y cuatro operarios venidos con él desde Maguncia. El pobre participante traía un huso eléctrico de su invención y andaba despistado, preguntando a unos y a otros en alemán y en inglés dónde debía inscribirse y dónde podía colocar el huso hasta tanto el certamen no abriera sus puertas.

Con el fin de evitar la congestión de los últimos días, las autoridades habían instado a los exhibidores a que llevasen a Barcelona los objetos que desearan exhibir con cierta antelación. Esto obligó a habilitar varios almacenes donde guardar los objetos hasta que estuvieran terminados los pabellones que debían albergarlos. La operación era mucho más complicada de lo que parecía a primera vista. No sólo había que resguardar los objetos de la intemperie, de la humedad (en algunos casos se trataba de maquinaria de precisión, de objetos de arte o simplemente de artículos delicados por su materia o factura) y de la acción destructora de ratas, cucarachas, termitas, etcétera; había también que disponerlos de tal forma que llegada la hora pudieran ser reconocidos y localizados sin excesivo esfuerzo. Las autoridades habían contemplado esta eventualidad y con miras a resolverla publicado con tiempo una clasificación exhaustiva de todos los artículos existentes en el mundo y sus variedades. A cada espécimen se le asignó un número, una letra o una combinación de ambos símbolos. Así no se podía plantear ningún problema. Onofre Bouvila, en cuyas manos no tardó en caer una de estas listas, la estudió con sumo detenimiento. Nunca había pensado que sobre la tierra existieran tantas cosas que se pudieran comprar y vender, se dijo. Este descubrimiento lo tuvo alterado varios días. Por fin, en compañía de Efrén Castells y sorteando mil peligros se introdujo en uno de los almacenes. Llevaban un candil para alumbrarse. Del techo al suelo había cajas y paquetes de diversos tamaños. Unos tan grandes como para contener un coche y sus caballos; otros tan pequeños que habrían cabido en un bolsillo normal. Dentro de cada paquete había algo Onofre consultó la lista a la luz trémula del candil que sostenía en alto Efrén Castells. La sección de la lista rezaba así: *Aparatos mecánicos empleados en la medicina, cirugía u ortopedia; sillas, camas, etc.; vendajes para la reducción de hernias, varices, etc.; aparatos para uso del enfermo: muletas, calzados especiales, anteojos, gafas, trompetillas acústicas, piernas de madera, etc.; aparatos de prótesis plástica y mecánica: dientes, ojos, narices artificiales, etc.; miembros artificiales articulados; otros aparatos mecánicos de la Ortopedia no especificados anteriormente; aparatos diversos para la alimentación forzada y extranormal; camisolas de fuerza, etc.* Lagarto, lagarto, exclamó Efrén Castells. A instancias de Onofre, el gigante de Calella, con su fuerza colosal, consiguió desclavar uno de los embalajes más grandes. Dentro había una calandria de las usadas para prensar el papel.

Como era un gigante bondadoso, Efrén Castells se había ganado la confianza de los pilletes de la playa, los hijos de las mujeres a las que seducía. Los usaba para enviar y recibir mensajes galantes y concertar citas. Entre Onofre y Efrén organizaron a estos pilletes y los adiestraron. Por las noches los pilletes entraban en los almacenes, deshacían los embalajes con habilidad, sacaban artículos y se los llevaban a Onofre y a Efrén. Éstos, según la naturaleza del artículo, lo vendían o lo rifaban. A los pilletes les daban un tanto contra entrega del artículo. A Efrén Castells las ganancias obtenidas no le duraban nada; en cambio Onofre Bouvila, que no gastaba un céntimo, tenía acumulada en el colchón de mosén Bizancio una fortuna modesta. No entiendo para qué quieres tanto dinero, le decía el gigante a su socio; que ahorrase yo tendría un pase, porque soy tonto y he de pensar en el futuro; pero que ahorres tú, que tienes tantos recursos, no lo entiendo. La verdad era que Onofre no gastaba porque no sabía en qué ni tenía persona que le enseñara a gastar ni móvil alguno para hacerlo.

Delfina, según averiguó Onofre tras mucho espiar, sólo dejaba la pensión una hora escasa todas las mañanas para ir a la compra. Pensando que ése sería un buen momento para abordarla, Onofre dejó de ir una mañana a sus negocios y siguió a la fámula hasta el mercado. Delfina salía provista de dos grandes capazos de mimbre y acompañada del gato. Andaba con paso decidido, pero distraída, como si fantaseara. Por culpa de esta distracción metía los pies descalzos en los charcos inmundos y en los montones de basura. Los niños que correteaban por las callejuelas la veían pasar con aire reservado. Se habrían metido con ella y le habrían tirado piedras y desperdicios si el gato no les hubiera intimidado. En el mercado Delfina no contaba con el aprecio de las vendedoras. Nunca participaba en el comadreo y era muy exigente en el peso y la calidad de los productos. Además regateaba con aspereza. Siempre compraba cosas en mal estado y pretendía que le hicieran descuento por esta razón. Si una vendedora le decía que una col no estaba podrida, que aún conservaba vestigios de lozanía, Delfina replicaba que eso no era cierto, que la col olía a rayos, que estaba invadida de gusanos y que no estaba ella dispuesta a pagar un precio exorbitante por semejante birria. Si la vendedora le plantaba cara y la discusión subía de tono, Delfina cogía a *Belcebú* por la tripa y lo depositaba en el mostrador. Inmediatamente el gato arqueaba el lomo, erizaba el pelo y sacaba las zarpas. La estratagema surtía efecto: la vendedora, amilanada, acababa por ceder. Tenga, tenga, le decía, llévese la col y págueme lo que le dé la gana, pero no vuelva por mi parada, porque no le pienso despachar nunca más; ya me ha oído. Delfina se encogía de hombros y volvía al día siguiente con las mismas pretensiones. Las vendedoras palidecían de rabia al verla y habían acudido a una bruja que rondaba por el mercado para que le echara mal de ojo a ella y muy en especial al gato. Todo esto lo averiguó Onofre sin la menor dificultad, porque las vendedoras al verse libres de la fámula y el malévolo gato no se recataban en sus comentarios.

En el camino de vuelta a la pensión Onofre salió al encuentro de Delfina.

—Estaba dando un paseo —le dijo el muchacho a la fámula— y por casualidad te he visto venir. ¿Puedo ayudarte?

—Me basto y me sobro —repuso la fámula acelerando la marcha, como para demostrar que el peso de los capazos atiborrados no la lastraba.

—No he dicho que no pudieras con la compra, mujer. Sólo pretendía ser amable —dijo Onofre.

—¿Por qué? —preguntó Delfina.

—No hay por qué —dijo Onofre—. Se es amable sin motivo. Si hay motivo, ya no es amabilidad, sino interés.

—Hablas demasiado bien —atajó la fámula—. Vete o te azuzo al gato.

Era preciso suprimir a *Belcebú* matándolo. Todos los sistemas que pensó eran buenos, pero ofrecían dificultades insuperables. Por fin concibió uno que se le antojó viable. Consistía en embadurnar de aceite el tejado de la pensión. Cuando *Belcebú* subiera a rondar por el tejado, como hacen todos los gatos, resbalaría y se caería. De un cuarto piso a la calle de fijo había de matarse, razonaba Onofre. Por poco no se mata él llevando a cabo el plan. Cuando hubo aceitado todas las tejas sin dejar resquicio seco se fue a su habitación y se tendió en la cama, boca arriba. Esa noche no pasó nada. A la siguiente, cuando se había dormido aburrido de la espera (el reloj de San Ezequiel había dado las dos) lo despertó un ruido. Del balcón llegaban lamentos y maldiciones. Temió que *Belcebú* hubiese caído encima de un trasnochador. Sería el colmo de la mala suerte, se dijo. Abrió el balcón y se asomó. A la luz de la luna se llevó un buen susto: de la baranda colgaba un individuo que pedía socorro mientras trataba en balde de afianzar los pies en algún intersticio de la fachada. Por favor, suplicó al ver a Onofre, dame una mano, que me mato. Onofre asió al individuo de ambas muñecas, lo izó en vilo y lo metió en la habitación. Cuando el individuo puso los pies en el suelo, resbaló y se cayó sentado. Me he roto el culo por veinte sitios, volvió a lamentarse. Onofre le conminó a que no alzase la voz. Encendió la palmatoria. Ahora me dirás qué hacías tú colgado de mi balcón, le espetó.

—Y yo qué sé —dijo el hombre—. Un hijo de puta habrá untado de grasa el tejado, o algo parecido. Suerte que pude agarrarme a los hierros, o no lo cuento.

—¿Y qué hacías tú en el tejado a estas horas? —preguntó Onofre.

—¿Y a ti qué te importa? —fue la respuesta.

—A mí nada —dijo Onofre—, pero quizás los dueños de la pensión y la policía quieran saberlo.

—Eh, eh, con cuidado —dijo el hombre—, que no soy un ladrón ni estaba haciendo nada malo. Me llamo Sisinio. Soy novio de una chica que vive aquí.

—¡Delfina!

—Así se llama —dijo Sisinio—. Sus padres son muy estrictos y no la dejan que tenga relaciones con ningún hombre. Nos vemos en el tejado, por las noches.

—¡Qué extraordinario! —dijo Onofre Bouvila—. ¿Y cómo subes tú al tejado?

—Por una escalera de mano. La pongo por detrás del edificio, allí donde el terreno sube y la distancia es corta. Soy pintor de brocha gorda.

Sisinio aparentaba treinta y cinco años. Era estrecho de tórax, de pelo ralo, ojos saltones y barbilla hundida. Le faltaban dos dientes y siseaba al hablar. De modo que éste es mi rival, pensó Onofre con desaliento.

—Y en el tejado, ¿qué hacéis? —le preguntó Onofre.

—Eso ya es mucho preguntar.

—No temas nada. Soy de los vuestros. Me llamo Gastón. Pablo te puede hablar de mí.

—Ah, claro —dijo Sisinio sonriendo por primera vez. Le contó a Onofre que a decir verdad en el tejado no hacían casi nada. Hablar de temas diversos, algún beso y poco más. En el tejado era difícil que la cosa pasara a mayores. Sisinio había propuesto mil veces que fueran a un lugar más cómodo, pero Delfina se negaba. Luego ya no me querrás más, le decía. Así llevaban ya dos años. No sé cómo aguanto, dijo Sisinio. Onofre le preguntó por qué no se casaban.

—Ésa es otra historia —dijo Sisinio—. Yo ya estoy casado. Tengo dos hijas. Aún no se lo he dicho a Delfina: me falta valor para darle este disgusto. La pobre está muy ilusionada. Si mi mujer espichara, todo se arreglaría, pero es más fuerte que un roble.

—¿Y ella qué dice? —preguntó Onofre—. Tu mujer, quiero decir.

—Nada. Se cree que hago trabajos nocturnos. Antes de entrar en casa me embadurno bien de pintura, para disimular.

—No te muevas de aquí —dijo Onofre—. Yo voy a buscar a Delfina. Si acude al tejado a encontrarse contigo es probable que resbale y se mate.

Salió al pasillo en el momento en que mosén Bizancio se metía en el cuarto de baño. La pitonisa lanzaba quejidos de dolor. Sólo faltaría, iba pensando Onofre, que ahora me tropezara con el señor Braulio disfrazado de putón. ¡En menudo sitio he ido yo a meterme!

Apenas Onofre tocó suavemente a la puerta de la alcoba de Delfina respondió la fámula con voz silbante. Onofre se identificó. Vete o te suelto al gato, fue la réplica que obtuvo. Sólo venía a decirte que Sisinio ha sufrido un accidente, dijo Onofre. La puerta de la alcoba se abrió al instante. En el marco de la puerta brillaron cuatro pupilas. Bufó el gato, retrocedió él y dijo la fámula: No tengas miedo, no te haré nada; ¿qué ha pasado?

—Tu novio se ha caído del tejado. Lo tengo en mi habitación. Ven, pero no traigas a *Belcebú* —dijo Onofre.

Delfina y Onofre empezaron a bajar las escaleras. Onofre agarró del brazo a Delfina, que no lo retiró ni dijo nada. Onofre advirtió que temblaba.

Sisinio se había tendido en la cama. A la luz de la palmatoria parecía un difunto, aunque movía los ojos y se esforzaba por sonreír. Te dejo con él, dijo Onofre a Delfina. Procura que no se muera en mi cuarto; no quiero líos. Yo volveré al rayar la aurora. Bajó a la calle y vaciló unos segundos ante el portal, sin saber a dónde dirigir sus pasos. Oyó un maullido; un cuerpo pasó rozándole el hombro y se estrelló contra el suelo. Con una barra de hierro empujó el cuerpo de *Belcebú* y consiguió hacerlo desaparecer por el hueco de la alcantarilla. Así en un una sola noche perdió Delfina los dos pilares de su seguridad.

## 4

El Excmo. e Ilmo. Sr. Obispo de Barcelona había viajado a Roma siendo novicio. En Milán, donde se detuvo unos días, vio a su alteza imperial el archiduque Francisco Fernando de Austria (el mismo que había de morir trágicamente años más tarde en Sarajevo) pasar revista a la guardia. Esta imagen acompañó al ilustre prelado hasta el fin de sus días. Ahora lo obreros suspendían los trabajos, enderezaban la espalda y se quitaban las gorras a su paso. Las campanas de la iglesia de la Ciudadela repicaban y bramaban las trompetas del regimiento de caballería que acompañaba al séquito. El Excmo. Sr. Obispo y el Ilmo. Sr. Alcalde cruzaron el Arco de Triunfo codo con codo. Luego, en tropel, las autoridades. Detrás, algo desinteresado salvo excepciones, el cuerpo consular. Pegado al faldón del ordinario un diácono llevaba el acetre, esto es, un caldero de plata labrada lleno de agua bendita. El obispo llevaba en la mano izquierda el báculo pastoral y con la derecha agitaba el hisopo que sumergía de vez en cuando en el acetre. Si acertaba a salpicar a un obrero, éste se santiguaba al punto. Daba pena ver la capa magna del obispo recoger el polvo. Al Palacio de la Industria, donde debía celebrarse la ceremonia oficial, le faltaba casi todo el revestimiento, pero unas colgaduras disimulaban esta deficiencia; le daban aires de entoldado. En lugar preeminente se había levantado una capilla. En ella figuraba una estatua de Santa Lucía recientemente restaurada; era de plata dorada y databa del siglo XVIII por lo menos. Al costado izquierdo de la nave central estaba la banda municipal y cuando entraron las autoridades tocó una marcha. El obispo bendijo las obras. Él y el alcalde pronunciaron discursos, al término de los cuales se dieron vivas a S.M. el Rey y a S.M. la Reina Regente. Los dos emisarios, que habían ido y venido de Madrid tantas veces que podían recitar de memoria los nombres de todos los pueblos del recorrido, lloraron. Se consideraban, si no padres, comadronas del certamen. En realidad, su gestión había sido funesta: el Gobierno central no había dado tanto dinero como para evitar la ruina del municipio de Barcelona, ni tan poco que los catalanes pudiesen adjudicarse todo el mérito de la empresa. Esto ellos no lo sabían, o lo sabían, pero lloraban igual. Con otro repique de campanas se terminó el acto y el trabajo se reanudó al punto. Era el 1 de marzo de 1888; faltaban un mes y siete días para la inauguración.

La diversificación de los negocios de Onofre Bouvila y la envergadura que iban adquiriendo, en especial desde la incorporación de los niños-ladrones y más adelante del descubrimiento de una partida clasificada como *betel, hoja peruviana, hatchichi y otras plantas para fumar y mascar* y destinada al Pabellón de la Agricultura (situado, como el Palacio de Bellas Artes, fuera del parque, esto es, contra el muro norte, en la carretera a San Martín y Francia, entre las calles de Roger de Flor y Sicilia), que vendieron a muy buen precio en el exterior por mediación de un maestro estucador tan jovial como propenso a caerse de andamios y escaleras, preocupaban a Pablo, que se iba dando cuenta de que su pupilo, por más que extremase las muestras de consideración hacia él, le tomaba el pelo. Pablo, enfrentado a este hecho, no sabía qué partido tomar. Conocía el prestigio de que gozaba Onofre entre los obreros de la Exposición. Tampoco se atrevía a mostrar a sus correligionarios la encrucijada en que lo había colocado su propia debilidad. No tenía más contacto con el mundo que lo que Onofre tenía a bien referirle. Era un títere en sus manos.

Como Pablo le había explicado varias veces que lo primero que había que destruir en Cataluña era el teatro del Liceo, se propuso ver en qué consistía aquello tan importante. El Liceo es como un símbolo, como en Madrid el Rey o en Roma el Papa, le había dicho Pablo. Gracias a Dios en Cataluña no tenemos ni Rey ni Papa, pero tenemos el Liceo. Pagó un precio a su juicio abusivo y le hicieron entrar por la puerta de los indigentes. Entró por una callejuela lateral llena de tronchos de col. Los ricos entraban por el pórtico de las Ramblas, allí se apeaban de sus coches de caballos. A las mujeres había que bajarlas casi en volandas. Los vestidos eran tan largos que cuando ellas ya habían desaparecido por la puerta de vidrio las colas seguían saliendo de los fiacres, como si un reptil fuese a la ópera. Tuvo que subir incontables tramos de escalera. Llegó resoplando a un lugar donde no había más asiento que un banco de hierro corrido, ya ocupado por melómanos que llevaban allí días enteros, dormían allí echados sobre el antepecho, como esteras tendidas a orear, comían mendrugos de pan con ajo y bebían vino en bota. Aquello era un criadero de piojos. Llevaban cabos de vela para leer en la penumbra del teatro la partitura y el libreto. Algunos habían perdido la vista y la salud en el Liceo. El resto del teatro era muy distinto. El fasto deslumbró a Onofre: las sedas, muselinas y terciopelos, las capas cubiertas de lentejuelas, las joyas, el petardeo incesante de las botellas de champaña, el ir y venir de los criados y el murmullo continuo que emiten los ricos cuando son muchos le encantaron. Esto es lo que yo quiero ser, se dijo, aunque para conseguirlo tenga que aguantar esta música insípida que no se acaba nunca. Tuvo el infortunio de oír *Trifón y Cascante,* una ópera mitológica y grandilocuente que se ha representado sólo una vez en el Liceo y en el mundo pocas más.

A la hora del desayuno se le acercó Delfina. Ni siquiera el ser tan fea disimulaba los efectos del insomnio y la congoja. Le preguntó si había visto por casualidad a *Belcebú*. No, cómo lo voy a ver, respondió Onofre. Hace días que ha desaparecido, dijo Delfina con desazón. No se ha perdido gran cosa, dijo él.

Efrén Castells le esperaba a la puerta del recinto. Las cosas se ponen mal, le dijo apenas lo vio, hace un par de días vengo viendo a dos fulanos que parecen vigilarte; al principio pensé que serían curiosos, pero insisten demasiado. Me consta que no trabajan aquí. Han estado haciendo preguntas, dijo el gigante.

—Serán policías —dijo Onofre.

—No creo; no es su estilo —dijo Efrén Castells.

—Entonces, ¿qué? —dijo Onofre.

—Chico, lo ignoro, pero el asunto no me gusta —dijo Efrén

Castells—. No sé si no deberíamos tomarnos unas vacaciones: esto está casi liquidado del todo.

Era verdad. Onofre recorrió con la vista aquella obra ingente que casi había visto nacer. Cuando llegó al parque por primera vez, un año antes, el recinto parecía un campo de batalla. Ahora en cambio parecía el decorado de un cuento de hadas. Allí todo era vistoso, heterogéneo y desproporcionado. Cuando la Junta Técnica de la Exposición presentó su primer proyecto al alcalde, éste lo hizo trizas con sus propias manos. Esto que me traen ustedes es una feria de cachivaches, exclamó, y yo quiero un ciclorama. Ahora habían transcurrido dos años y medio y había habido que hacer concesiones a la sensatez, pero los deseos del alcalde se habían colmado. Onofre y el gigante de Calella se sentaron en unos bloques de piedra caliza, frente a un chamizo de bejucos levantado por la Compañía de Tabacos de Filipinas. Un nativo semidesnudo tiritaba y liaba cigarros acuclillado a la puerta de aquel chamizo. Lo habían traído expresamente de Batanga y le habían dicho que no se moviera de allí hasta que se clausurase el certamen. Le habían enseñado a decir *au revoir* a los visitantes. Cuando el cielo se encapotaba miraba a lo alto con aprensión, temeroso de que la manga de un ciclón viniera a sorberles al chamizo y a él y a llevarlos de nuevo a Batanga girando como peonzas. Todo esto, pensó Onofre, es inútil y encima no significa nada; y nosotros, tres cuartos de lo mismo: nuestros anhelos, nuestros trabajos, nada. Bah, respondió Efrén Castells, no te lo tomes tan a la tremenda, chico. Tú eres muy listo, ya le encontrarás algún sentido a las cosas, añadió.

Entró sin llamar en la alcoba de la vidente. La moribunda yacía en la cama con los ojos cerrados, cubierta de mantas hasta el mentón. Onofre se percató de lo vieja que era Micaela Castro a la luz de la candela que bailaba en una triste alcuza atornillada a la cabecera del lecho. Alcanzaba el pomo de la puerta para retirarse. Onofre, ¿eres tú?, dijo la pitonisa. Siga durmiendo, Micaela, dijo Onofre Bouvila, sólo he venido a ver si necesitaba usted algo. Yo no necesito nada, hijo, pero tú sí, susurró la vidente, de sobra se te ve sumido en un mar de confusión.

—¿Cómo lo sabe? —preguntó Onofre sobrecogido, porque la anciana ni siquiera había abierto los ojos.

—Nadie viene a verme si no está confuso, hijo. No hace falta ser vidente para saber eso. Dime qué te ocurre —dijo ella.

—Micaela, léame el futuro —dijo Onofre.

—Ay, hijo, mis fuerzas están muy mermadas. Yo ya no soy de este mundo. ¿Qué hora tenemos? —preguntó la vidente.

—La una y media, aproximadamente —respondió él.

—Me queda poco tiempo —dijo—. A las cuatro y veinte me moriré. Me lo han dicho ya. Me están esperando, ¿sabes? Pronto me reuniré con ellos. Toda mi vida la he pasado escuchando sus voces; ahora uniré la mía a su coro y alguien desde este mundo me escuchará. También los espíritus tenemos nuestros ciclos. Voy a relevar a un espíritu cansado. Yo ocuparé su lugar y él podrá reposar por fin en la paz del Señor. Ya sé que mosén Bizancio dice que me aguarda el diablo, pero eso no es verdad. Mosén Bizancio es un hombre bueno, pero muy ignorante. Dame mis cartas y no perdamos más tiempo. Ahí las encontrarás, en el armarito, en el tercer estante empezando por arriba.

Onofre hizo lo que le decía la anciana. En el armario había ropa negra arrebujada, enseres diversos y unas cajas de papel de arroz liadas con cintas de seda. En el estante indicado vio un devocionario viejo, un rosario de cuentas blancas y una pulsera de nardos naturales en estado de putrefacción. También había un mazo de cartas; lo cogió y se lo dio a la vidente, que había abierto los párpados. Acerca una silla, hijo, y siéntate a mi lado, le dijo, pero antes ayúdame a incorporarme... así, así está bien, gracias. Las cosas hay que hacerlas bien para no hacer el ridículo, que no se rían de nosotros cuando me vean llegar, dijo la vidente. Alisó el cobertor y extendió nueve cartas boca abajo, formando círculo. El círculo de la sabiduría, dijo, también llamado el espejo de Salomón. Esto es el centro del cielo y aquí las cuatro constelaciones, con sus elementos. Daba vueltas con la mano en el aire, extendiendo el índice. Lo puso sobre una carta. La casa de las disposiciones, dijo dándole la vuelta, o ángulo oriental. Ya veo que vivirás muchos años, serás rico, te casarás con una mujer muy bella, tendrás tres hijos, viajarás, quizá, gozarás de buena salud.

—Está bien, Micaela —dijo Onofre levantándose de la silla—, no se fatigue más. Eso es todo lo que deseaba saber.

—Espera, Onofre, no te vayas. Lo que acabo de decirte son patrañas. No te vayas, Onofre —dijo la vidente—. Ahora veo un mausoleo abandonado, a la luz de la luna. Esto significa fortuna y muerte. Un rey; los reyes también significan muerte, pero también significan poder, así es su naturaleza. Ahora veo sangre; la sangre simboliza el dinero y también la sangre. ¿Y ahora?, ¿qué veo? Veo tres mujeres. Onofre, acerca una silla y siéntate aquí, a la cabecera de la cama.

—Estoy aquí, Micaela —dijo Onofre Bouvila.

—Pues escucha bien lo que te estoy diciendo, hijo. Veo tres mujeres. Una está en la casa de los reveses, las contrariedades y las penas. Ésta te hará rico. La otra está en la casa de los legados, que es también la morada de los niños. Ésta te encumbrará. La tercera y la última está en la casa del amor y de los conocimientos exactos. Ésta te hará feliz. En la cuarta casa hay un hombre; cuídate de él: está en la casa de los envenenamientos y del fin trágico.

—No entiendo nada de lo que me cuenta usted, Micaela —dijo Onofre un tanto conturbado por aquel lenguaje.

—Ay, hijo, así son siempre los oráculos: certeros, pero imprecisos. ¿Crees tú que si fueran de otro modo estaría yo muriéndome en esta pensión cochambrosa? Tú escucha y recuerda. Cuando suceda lo que te he predicho, lo reconocerás en seguida. No es que eso te sirva de mucho. Tranquiliza, a lo sumo. Pero volvamos a las cartas; que hablen ellas. Veo tres mujeres —dijo la vidente.

—Eso ya lo ha dicho, Micaela —dijo él.

—No he terminado. Una te hará rico, otra te encumbrará, otra te hará feliz. La que te haga feliz te hará desgraciado; la que te encumbre te hará esclavo; la que te haga rico te maldecirá. De las tres, esta última es para ti la más peligrosa, porque es una santa, una santa famosa. Dios escuchará su maldición y para castigarte creará un hombre. Es el hombre de que hablan las cartas, un hombre desgraciado. No sabe que Dios lo ha puesto en el mundo para llevar a cabo Su venganza —dijo la vidente.

—¿Cómo lo reconoceré? —preguntó Onofre.

—No lo sé: siempre se reconocen estas cosas. De todas formas, que lo reconozcas o no no cambia para nada el resultado. Ya está decidido que sea él quien te destruya. Es inútil que te enfrentes a él. Sus armas y las tuyas son distintas. Habrá violencia y muerte. Los dos seréis devorados por el dragón. Pero no tengas miedo. Los dragones son aparatosos, pero todo se les va en el rugir y echar llamas por la boca. Teme a la cabra, que es el símbolo de la perfidia y el engaño. Y no me hagas trabajar más, que estoy muy cansada —dijo para terminar. Las cartas resbalaron del cobertor y se desparramaron por el suelo. Ella dejó caer la cabeza sobre la almohada y cerró los ojos. Onofre pensó que había muerto; descolgó la alcuza del gancho y acercó el pábilo al rostro de la vieja. La llama osciló: aún respiraba. Recogió las cartas del suelo y guardó el mazo en el armario. Antes de guardarlo lo barajó cuidadosamente para que nadie más pudiera conocer su futuro. Luego salió de puntillas del cuarto de la vidente moribunda y regresó a su habitación. En la cama estuvo pensando en lo que acababa de oír, tratando de encontrarle sentido.

Delfina seguía yendo al mercado todos los días. Viéndola venir sin el gato las vendedoras le hacían sentir el peso del rencor acumulado durante años de terror: se negaban a despacharle o lo hacían después de darle un plantón; se dirigían a ella con motes ofensivos, la llamaban «pingorote» o no le hablaban; la estafaban en los cambios y si protestaba se reían en su propia cara. Una vez le arrojaron un huevo podrido a la espalda. Ella no hizo nada por borrar el impacto del huevo en el vestido. Onofre no había vuelto a ver a Sisinio ni sabía nada de él, pero tenía la impresión de que el pintor y la fámula no habían vuelto a encontrarse desde la noche en que *Belcebú* había muerto. Micaela Castro murió también la noche misma en que le echó las cartas. Al amanecer mosén Bizancio entró en su alcoba y la encontró muerta. Le cerró los párpados, espabiló la alcuza y avisó a los dueños de la pensión y a los demás huéspedes. Al día siguiente fue enterrada y le fue rezado un responso en la parroquia de San Ezequiel. En el armario de su alcoba fueron encontrados varios papeles; de estos papeles se desprendía que en realidad no se llamaba Micaela Castro, sino Pastora López Marrero. En el momento de morir tenía sesenta y cuatro años de edad. No hubo forma de localizar a ningún pariente ni dejó nada en herencia que justificase una pesquisa más concienzuda. Delfina cambió las sábanas de la cama de la difunta por otras igualmente sucias y la habitación fue ocupada ese mismo día por un joven que estudiaba filosofía. Nadie le dijo que en esa misma cama se había muerto una persona pocas horas antes. Andando el tiempo este estudiante se volvió loco, pero por otras causas.

Cerca de una de las puertas que daba acceso al parque desde el paseo de la Aduana había un pabellón no muy grande, recubierto de azulejos por dentro y por fuera, llamado Pabellón de Aguas Azoadas. Estaba acabado a finales de enero, pero aún vacío a mediados de marzo. Onofre Bouvila y Efrén Castells se habían hecho con una llave. Allí guardaban el producto de los robos. Los niños-ladrones habían arramblado el día anterior con una partida de relojes. No sabían qué hacer ahora con tantos relojes. Había relojes comunes de bolsillo, relojes de torre y establecimientos públicos, relojes de repetición, de segundos independientes, cronómetros de bolsillo, cronómetros para la marina, péndulos de segundos, relojes siderales y cronómetros para observaciones astronómicas y científicas, clepsidras, relojes de arena, reguladores, relojes complexos indicando los principales elementos de los ciclos solar y lunar, relojes eléctricos, relojes especiales para la gnómica, relojes equinocciales, polares, horizontales, verticales-cardinales, verticales-declinantes, en planos inclinados, relojes meridionales y septentrionales, en planos inclinados y con declinación, podómetros y contadores diversos aplicados a la construcción, a la industria, locomoción y ciencias, aparatos para regular los movimientos de los focos luminosos en general, aparatos para señalar, fijar y precisar la acción de ciertos fenómenos naturales y aparatos de relojería para diversas aplicaciones, económicos y de precio, piezas sueltas de relojería de todas clases y sistemas, etcétera. Así rezaba la lista. No sé qué haremos con tanto reloj, dijo el gigante, salvo perder el juicio con tanto tictac y tanta campanada.

## 5

En vísperas de la inauguración de la Exposición Universal las autoridades se habían comprometido a limpiar Barcelona de indeseables. *Desde hace algún tiempo nuestras autoridades muestran singular empeño en librarnos de esa plaga de vagos, rufianes y gentes de mal vivir que no pudiendo ejercer en las localidades pequeñas sus criminales industrias, buscan transitoria salvaguardia en la confusión de las ciudades populosas; y si no han conseguido extirpar de raíz todos los cánceres sociales, que en desdoro de esta culta capital, todavía la minan y corroen, mucho llevan adelantado en tan dificultosa tarea,* dice un periódico de esa época. Ahora cada noche había redadas.

—No vuelvas por aquí en un tiempo; el grupo se disuelve

provisionalmente —dijo Pablo. Onofre le preguntó qué se proponía hacer, dónde se escondería ahora. El apóstol se encogió de hombros: la perspectiva no parecía complacerle—. No dudes de que volveremos a la carga con fuerzas renovadas —añadió con poca convicción. ¿Y los panfletos?, preguntó Onofre. El apóstol torció la boca en señal de desdén—: No más panfletos —dijo. Onofre quiso saber qué pasaría en tal caso con su semanada—. Te quedarás sin ella —respondió Pablo con un deje de complacencia maliciosa en la voz—; a veces las circunstancias imponen ciertas estrecheces. Además, esto es una causa política: aquí no garantizamos el sueldo a nadie —Onofre quiso preguntar algo más, pero el apóstol le hizo un gesto imperioso: Vete ya, quería decir con este gesto. Onofre se dirigió a la puerta. Pablo se puso a su lado antes de que pudiera abrir—. Espera —dijo—, es posible que no volvamos a vernos nunca más. La lucha será larga —dijo precipitadamente; se veía que no era eso lo que quería decir: otra cosa más importante ocupaba su atención en aquel momento, pero por timidez o por torpeza no quería hablar de ella. Por este motivo se refugiaba en la retórica consabida—; en realidad esta lucha no puede cesar. Los socialistas, que son tontos, creen que todo se arregla con la revolución; dicen esto porque piensan que la explotación del hombre por el hombre sólo se produce una vez, que en cuanto la sociedad se libere de los que ahora mandan se habrá arreglado todo. Pero nosotros sabemos que allí donde hay una relación de cualquier tipo hay explotación del débil por el fuerte. Esta lucha, esta agonía terrible es el destino inexorable del ser humano —al finalizar esta perorata abrazó a Onofre—. Es posible que no volvamos a vernos nunca más —dijo con la voz rota por la emoción—. Adiós y que la suerte te sea favorable.

En una de aquellas redadas cayó el señor Braulio. Había salido vestido de faraona a que le zurrasen los chulapones. Esa noche para variar la paliza se la dio la policía. Luego le exigieron una fianza para ponerlo en libertad. Lo que sea, dijo él, con tal de que ni mi pobre esposa, que está enferma, ni mi hija, que es muy cría aún, se enteren de esto. Como no tenía dinero envió un mocito a la pensión con el recado de que le pidiera la suma fijada por el señor juez a Mariano, el barbero. Le dices que se lo devolveré todo tan pronto pueda, dijo. En la pensión Mariano alegó que no tenía ese dinero. No dispongo de líquido, dijo, lo cual era una falsedad evidente. El mensajero volvió corriendo a la comisaría y transmitió textualmente al señor Braulio la negativa del barbero. Aquél, viéndose abocado al escándalo sin remisión, aprovechó un descuido de los policías que lo custodiaban para clavarse la peineta en el corazón. Las varillas del corsé desviaron las púas y sólo se hizo unos rasguños de los que manaba la sangre en abundancia. Echó a perder la falda y las enagüillas y dejó encharcado el suelo de la comisaría. Los guardias le quitaron la peineta y le dieron puntapiés en las ingles y los riñones. A ver si tienes más juicio, marrana, le gritaron. El señor Braulio volvió a enviar al mensajero a la pensión. Allí hay un muchacho llamado Bouvila, Onofre Bouvila, le dijo el señor Braulio al mensajero desde el banquillo angosto donde permanecía tendido, doliente y ensangrentado; pregunta por él con discreción. No creo que tenga un ochavo, pero sabrá cómo ayudarme. O él o estoy dejado de la mano de Dios, se dijo cuando el mensajero hubo partido a cumplir su encargo. Iba pensando qué cosa podía utilizar para suicidarse otra vez si Onofre tampoco le sacaba de aquel atolladero. Todo por mi mala cabeza, se decía. En la pensión, Onofre Bouvila escuchó lo que le contaba el mensajero y consideró que tenía la suerte de cara. Dile al señor Braulio que antes del amanecer yo mismo iré a la comisaría con el dinero, le dijo al mensajero, que no se impaciente y que no cometa más locuras por hoy. Cuando el mensajero se hubo marchado subió la escalera y tocó a la puerta de la alcoba de Delfina. No veo por qué he de abrirte, respondió desde dentro la fámula cuando se hubo identificado. Ante esta respuesta desabrida Onofre no pudo reprimir una sonrisa.

—Más vale que me abras, Delfina —dijo con suavidad—. Tu padre está en apuros; la policía lo tiene preso y ha intentado matarse: ya ves tú si la cosa es grave.

La puerta se abrió y Delfina apareció en el vano, bloqueando el paso a la alcoba. Llevaba puesto el mismo camisón astroso que le había visto en dos ocasiones anteriormente: cuando había ido a su habitación a ofrecerle trabajo y cuando él había ido a buscarla para conducirla donde Sisinio la esperaba. De la habitación contigua llegaba la voz quejumbrosa de la señora Ágata.

—Delfina, la jofaina —decía esa voz. Al oírla, Delfina hizo un ademán de impaciencia. No me atosigues, le dijo a Onofre, he de llevarle el agua a mamá.

Onofre no se movió de donde estaba. En los ojos de la fámula veía pintado el miedo y eso acabó de envalentonarle. Que se espere, dijo entre dientes; tú y yo tenemos asuntos más urgentes entre manos. Delfina se mordió el labio inferior antes de hablar: No entiendo qué quieres, dijo al fin. Tu padre está en peligro, ¿no te lo he dicho?, ¿qué te pasa?, ¿no entiendes?, ¿estás tonta? Delfina pestañeó varias veces, como si aquella acumulación imprevista de sucesos decisivos le impidiese hacerse una idea global de la situación. Ah, sí, mi padre, murmuró finalmente, ¿qué puedo hacer por él? Nada, dijo Onofre con petulancia: Yo soy el único que puede ayudarle en estos momentos; su vida depende de mí. Delfina palideció y bajó los ojos. El reloj de la parroquia de San Ezequiel dio varias campanadas. ¿Qué hora es?, preguntó Onofre. Las tres y media, respondió Delfina. Luego, sin transición, añadió: Si de veras puedes ayudarle, ¿por qué no lo haces?, ¿a qué esperas?, ¿qué quieres de mí? De la habitación contigua seguían llegando las súplicas de la enferma: Delfina, ¿qué sucede?, ¿por qué no vienes?, ¿qué voces son ésas, hija, con quién hablas? Delfina hizo amago de salir al pasillo; él aprovechó aquel movimiento para sujetarla por los hombros y atraerla hacia sí violentamente. Obraba en esto con más brutalidad que pasión; mientras ella no se movió él había permanecido también inmóvil, pero ahora parecía como si el conato de fuga de la fámula hubiese señalizado el inicio de un combate. Ahora sentía a través de la tela apelmazada del camisón el cuerpo anguloso de Delfina. Ella no se debatió; el tono de su voz se había vuelto suplicante. Suéltame, por favor, dijo; sería cruel hacer esperar a mi madre. Podría sufrir un ataque si no acudo. Onofre no prestaba atención a sus palabras. Ya sabes lo que tienes que hacer si quieres ver de nuevo a tu padre con vida, dijo empujando a la fámula. Ambos entraron en la alcoba de esta última y él cerró la puerta con el pie; mientras tanto, con las manos trataba torpemente de encontrar los botones del camisón. Onofre, por el amor de Dios, no hagas eso, dijo la fámula. Él se rió por lo bajo: Es inútil que te resistas, dijo con saña; ahora ya no tienes el gato que te defienda: *Belcebú* ha muerto; se cayó del tejado y se hizo puré contra el pavimento. Yo mismo metí sus restos asquerosos en la alcantarilla. Oh, ¡qué diantre!, exclamó: no podía desabrochar el camisón; nunca hasta entonces había tenido ocasión de bregar con prendas femeninas y ahora además la excitación se sumaba a su impericia. Advirtiendo la situación embarazosa en que él se encontraba, Delfina se dejó caer de espaldas sobre la cama y se arremangó el camisón hasta las caderas. Anda, ven, dijo.

Cuando él se incorporó el reloj de la parroquia de San Ezequiel daba las cuatro. Falta muy poco para que salga el sol, dijo; Prometí al señor Braulio que estaría en la comisaría con el dinero antes del amanecer y cumpliré con mi palabra. Los negocios son los negocios, añadió mirando a Delfina. La fámula lo miraba con ojos enigmáticos. No sé por qué has tramado todo esto, susurró como si hablara para sí, yo no valgo tanto esfuerzo. La luz difusa del alba robaba el color del cuerpo de la fámula; sobre las sábanas revueltas, su piel era mortecina, casi grisácea. Qué flaca está, pensó Onofre. Mentalmente comparaba el cuerpo de Delfina con el de las mujeres de los obreros de la Exposición, a las que había visto en la playa aliviarse de los rigores del verano jugueteando con las olas, casi desnudas. Qué extraño, pensó, qué distinta la veo ahora. Y levantando la voz, le dijo: Tápate. Ella se cubrió con el borde de la sábana. El cabello estropajoso y alborotado ahora formaba un nimbo alrededor de la cara de Delfina. ¿Ya te tienes que ir?, le preguntó. Él no dijo nada, pero acabó de vestirse a la carrera. La señora Ágata había dejado de llamar y reinaba un silencio profundo en la alcoba. Onofre se dirigió a la puerta. Allí lo retuvo la voz de Delfina.

—Espera —oyó que le decía ella—, no te vayas aún. No me dejes así. ¿Qué va a pasar ahora? —esperó unos instantes la respuesta de Onofre, pero éste no había entendido siquiera la pregunta. Ella se tapó la cara con la mano izquierda—. ¿Qué diré a Sisinio? —preguntó al cabo de un rato. Al oír este nombre Onofre lanzó una carcajada: Por ése no tienes que preocuparte, dijo; tiene mujer e hijos; te ha estado engañando todo el tiempo; si esperas algo de ese sinvergüenza patinas. Delfina se quedó mirando a Onofre. Un día te diré algo, murmuró en tono tranquilo; un día te haré una revelación. Y ahora, vete.

Onofre bajó al primer piso, esperó oculto a que mosén Bizancio fuera al cuarto de baño y sacó la suma necesaria del colchón del cura. Con este dinero sacó al señor Braulio de la comisaría y lo llevó a la pensión en un coche de punto, porque estaba muy débil de resultas de haber perdido mucha sangre. Delfina los recibió con fuertes retortijones y cólicos. Había estado vomitando y tenía flujos intensos: temía haber quedado preñada de Onofre Bouvila y se había aplicado un lavamiento casero de efectos revulsivos, localmente y por vía oral. Parecía estar en las postrimerías.

—¡Hija! —exclamó el señor Braulio—, ¿qué te ha pasado?

—Y usted, padre, así vestido... ¡Y cubierto de sangre!

—De sangre y de oprobio, Delfina, hija mía querida, ya lo ves. Pero tú, ¿qué has hecho? —dijo el fondista.

—Lo mismo, padre. Igual que usted. —respondió Delfina.

—Sobre todo, que tu pobre madre no se entere. —dijo él.

Cuando entraron a verla, la señora Ágata había empeorado. Mosén Bizancio, alarmado por los lamentos y sollozos provinientes del tercer piso, subió en camisa de dormir, a ver si eran precisos sus servicios. El señor Braulio se ocultó en un armario para que el sacerdote no lo viera vestido de mujerona y Onofre lo envió en busca de aquel amigo médico que ya había atendido a Micaela Castro. Cuando se vio libre del sacerdote, Delfina lo llevó aparte.

—Vete de la pensión y no vuelvas —le dijo—. No te me entretengas ni a recoger tus cosas. Ya estás advertido, no te digo nada más; tú verás lo que más te conviene.

Sin detenerse a pensar en lo que significaba aquella amenaza, Onofre comprendió que Delfina no la profería en vano y huyó de la pensión. El cielo estaba rojizo y piaban los pájaros. Los obreros se encaminaban a sus trabajos. Llevaban en brazos a sus hijos pequeños para que pudieran dormir un poco más, hasta llegar a la puerta de las fábricas. Allí los despertaban y se separaban: los adultos iban a los lugares peligrosos y a las faenas más duras. Los niños, a las faenas más sencillas.

Cuando llegó al parque de la Ciudadela vio levantarse sobre las copas de los árboles y los mástiles el globo cautivo. Los ingenieros se cercioraban de su buen funcionamiento y de la firmeza de las amarras. No era cosa de que en plena Exposición el globo rompiera las amarras y se fuera a merced del viento con la canastilla llena de turistas aterrorizados. La atención al «tourista», como se decía entonces, era el centro de todos los cuidados de aquellos días. Los diarios no hablaban más que de esto. *Cada uno de los visitantes, al volver a su país,* decían, *queda convertido en un apóstol y propagador de cuanto ha visto, oído y aprendido.* El globo cautivo funcionaba a las mil maravillas; sólo cuando soplaba ese viento malo que llaman *vent de garbí* hacía un mal gesto y se ponía cabeza abajo. Por dos veces esa mañana, el ingeniero que lo tripulaba había quedado colgado de un pie, sujeto por una maroma, visiblemente inquieto. Eso eran sólo minucias, percances de última hora, con los que siempre hay que contar. Al recinto se entraba por el Arco de Triunfo. Este arco, que aún hoy se puede admirar, era de ladrillo visto y estilo mudéjar. En la arcada figuraban los escudos de las provincias españolas; el de Barcelona estaba en la clave del arco. También había dos frisos, uno por cada lado; en los frisos unos relieves representan estas dos escenas: la adhesión de España a la Exposición Universal de Barcelona (en recuerdo de las disidencias habidas) y Barcelona en actitud de agradecer a las naciones extranjeras su asistencia. En ambos frisos la simbología era poco rigurosa. El Arco de Triunfo daba paso al Salón de San Juan, una avenida amplísima, arbolada, pavimentada con mosaicos y adornada por grandes farolas y también por ocho estatuas de bronce que recibían al visitante. Pase usted, parecían decir. En el Salón de San Juan se levantaba el Palacio de Justicia, que aún existe, el Palacio de Bellas Artes, el de Agricultura y el de Ciencias, que ya no. Dos pilares daban entrada al parque propiamente dicho. Encima de cada pilar había un grupo escultórico de piedra. Uno representaba el Comercio; el otro, la Industria, como si quisieran transmitir este mensaje: no esperen de nosotros más que resultados. Esta ideología había molestado al Gobierno central, más inclinado hacia actitudes de corte espiritual, y quizá le habían disuadido, junto a la escasez de fondos, de aportar más ayuda material al esfuerzo. Aún están visibles ambos pilares.

Recordando retazos de los sucedido horas antes, pensaba: ¿Cómo es posible que Efrén, que es tan rucio, consiga a las mujeres sin ningún esfuerzo y yo, que soy mucho más listo, tenga que tomarme tantísimas molestias? Nunca encontró respuesta satisfactoria a esta pregunta. Ni esa mañana, por más que fue a los puntos convenidos, encontró a Efrén Castells. Andando llegó hasta la playa. Una brigada de obreros rastrillaba la arena para borrar las últimas huellas del campamento que allí había existido durante más de dos años. Un sector de la playa había sido urbanizado y en él se alzaban varios pabellones: el de la Construcción Naval y el de la Compañía Transatlántica, ambos relacionados con el mar, y el destinado a la exhibición de caballos sementales, cuyos relinchos se dejaban oír cuando remitía el fragor del oleaje. Un embarcadero con restaurante de lujo terminaba en el mar. El sol centelleaba en el agua, cegaba a Onofre Bouvila. No sabía dónde habrían ido las mujeres y los niños que hasta hacía poco vivían en la playa. Soplaba una brisa primaveral, densa y cálida.

Esa noche regresó a la pensión. El zaguán estaba desierto. El comedor también. Vio asomar la cabeza de Mariano, el barbero.

¿Qué haces aquí?, le preguntó el barbero; menudo susto me has dado. ¿Qué ha pasado, Mariano?, preguntó a su vez Onofre, ¿dónde está todo el mundo? El barbero apenas podía hilvanar las frases. Estaba tan asustado que presentaba la tez blanca, como si se hubiera enharinado.

—La Guardia Civil vino y se llevó al señor Braulio, a la señora Ágata y a Delfina —dijo—. A los tres tuvieron que sacarlos en camilla. A la señora Ágata porque estaba muy mal, yo creo que dando las boqueadas. Al señor Braulio y a la hija porque iban perdiendo sangre sin parar. Como está oscuro no te habrás fijado, pero está el zaguán encharcado de sangre. Ya debe de estarse coagulando. Es sangre de los dos, del padre y de la hija, mezclada. No sé si se los llevarían a la cárcel, al hospital o a enterrar directamente. Sólo de recordar la escena me dan arcadas, chico. Y eso que en el desempeño de mi profesión he visto lo mío. ¿Y qué? ¿Que por qué se los llevaron? Y yo qué sé. A mí, como comprenderás, no han venido a darme explicaciones. He oído rumores, eso sí. Según cuentan, la chica, el adefesio ése, era de una banda de malhechores, de esos que llaman anarquistas. Yo no digo que sea verdad; es lo que he oído decir. Claro que las mujeres, ya se sabe. Parece ser que ella tenía relaciones o tratos, de qué tipo yo no sé, con uno que también era de la banda. Pintor de brocha gorda y de la banda. Por una denuncia cayó el pintor y detrás la chica y todos los demás.

—Y por mí, Mariano, ¿no han preguntado? —dijo Onofre.

—Sí, ahora que lo mencionas, creo que anduvieron preguntando por ti —dijo el barbero con un leve tonillo de satisfacción—. Registraron todas las habitaciones y la tuya con más detenimiento que las otras. Nos preguntaron que a qué hora solías venir. Yo les dije que a la caída de la tarde. No les dije que entre la fregona y tú había tomate, porque eso, la verdad, no lo sé. He visto cosas, he notado cosas, pero oficialmente, por así decir, nada de nada. Mosén Bizancio les dijo que ya no venías por aquí; que hacía días que te habías ido de la pensión. Como lleva sotana se creyeron las mentiras de él y no las verdades mías. Por eso no han dejado ningún guardia de retén.

Puso pies en polvorosa. Estuvo pensando mientras huía: sin duda Delfina había sido la denunciante, por despecho, para vengarse de Sisinio y de él, había denunciado a toda la organización. Ella le había dicho que se fuera de la pensión sin pérdida de tiempo. Vete sin recoger tus cosas y no vuelvas, le había dicho. Había querido salvarle de caer en manos de la Guardia Civil. En cambio Sisinio estaba ahora en la cárcel, el propio Pablo también y hasta ella misma. A mí en cambio Delfina me ha querido salvar, aunque yo soy en realidad el causante de este desbarajuste. Qué follón, pensó. De todas maneras, hay que desaparecer de Barcelona, pensó luego. Con el tiempo las aguas volverían a su cauce, se dijo; los anarquistas saldrían de la cárcel si no habían sido ejecutados antes; también él se reintegraría a sus negocios; quizás podría reconstruir la banda de niños-ladrones, incluso convencer a los anarquistas de que era mejor dedicarse a actividades lucrativas, de que la revolución que ellos soñaban era inviable. Pero, de momento, había que huir. Antes, sin embargo, tenía que recuperar el dinero que seguía en la pensión, metido en el colchón de mosén Bizancio. Aventurarse de nuevo por la zona era arriesgado. Con toda certeza Mariano, el barbero vil, habría informado a la policía de su presencia en la pensión apenas él le volvió la espalda. Pero renunciar al dinero, no, pensó, eso tampoco. Por suerte sabía cómo actuar: en la Exposición se procuró una escalera de mano, que llevó a cuestas hasta las proximidades de la pensión. Tuvo que cruzar media Barcelona con la escalera de mano a cuestas, pero no llamaba la atención de nadie así. Luego, muy entrada la noche, apoyó la escalera de mano contra la fachada ciega del edificio, como le había dicho Sisinio. Así subió al tejado: allí se habían dado cita durante dos años Delfina y Sisinio. Él sabía dónde estaba la trampilla que daba acceso a la pensión: por ella había salido al tejado para untarlo de aceite. El tercer piso estaba vacío y sus antiguos ocupantes, en la cárcel. Si había guardias al acecho éstos estarían en el vestíbulo esperando verlo entrar por la puerta, de ningún modo por el tejado. La oscuridad reinante favorecía sus planes: sólo él conocía todos los recovecos de la casa al dedillo, él podía recorrerla sin tropezar. Bajó al segundo piso y empujó la puerta de la habitación de mosén Bizancio, oyó la respiración del cura anciano que dormía, se escondió debajo de la cama y esperó. Cuando el reloj de la parroquia de la Presentación dio las tres, el cura se levantó y salió del cuarto. No tardaría más de dos minutos en regresar, pero tampoco menos: con este margen de tiempo tenía que actuar. Metió la mano en el colchón y descubrió que el dinero había volado. Perdió el tiempo tanteando una y otra vez, hurgando en la paja del colchón, que se desmenuzaba entre sus dedos. Pero sabía que no había error: el dinero ya no estaba allí. Oyó a mosén Bizancio, que volvía del cuarto de baño. Pensó en saltarle al cuello, acogotarle hasta averiguar qué había sido del dinero, pero desistió de hacerlo. Si la policía estaba allí y oía algún ruido sospechoso acudiría sin tardanza pistola en mano. Había que esperar, buscar una ocasión mejor que la presente, se dijo. Tuvo que pasar una hora bajo la cama, asfixiándose hasta que el cura volvió a ir al cuarto de baño. Entonces salió de debajo de la cama entumecido, ganó el corredor y luego sigilosamente la escalera, el tejado y la calle. De madrugada vio pasar a mosén Bizancio camino de sus devociones. Cuando se hubo cerciorado de que nadie le seguía salió a su encuentro.

—¡Onofre, qué alegría verte, chico! —exclamó el cura—. Pensaba que ya no te vería nunca más —se le humedecieron los ojos de emoción genuina al decir esto—. Ya ves tú qué cosas terribles han pasado. Precisamente me dirigía yo ahora a la iglesia a ofrecer una misa por la pobre señora Ágata, que es la que más la necesita. Luego ofreceré otras por el señor Braulio y por Delfina; cada cosa a su debido tiempo.

—Me parece muy bien, padre, pero dígame dónde está mi dinero —le dijo Onofre.

—¿Qué dinero, hijo? —preguntó mosén Bizancio. Nada parecía indicar que la ignorancia del anciano no fuera sincera. Tal vez la propia Delfina ocultó el dinero antes de acudir a la policía con su delación, pensó Onofre; o la policía dio con él en el curso del registro. Era posible incluso que mosén Bizancio hubiese encontrado el dinero casualmente y lo hubiese destinado a obras de caridad sin saber muy bien lo que hacía. Después de todo, ¿cómo podía sospechar nadie que ese dinero era mío?, se dijo. Ah, en mala hora no lo fui gastando a medida que lo ganaba, como hacía Efrén Castells.

Camino de la Exposición, adonde se dirigía por ver de salvar al menos parte de lo robado por los niños, tuvo que hacerse a un lado para dejar paso a un cortejo vistoso: los toros de lidia eran conducidos de la estación a la plaza para ser muertos allí durante las fiestas, por diestros famosos del momento: Frascuelo, Guerrita, Lagartijo, Mazantini, Espartero y Cara-ancha. Los bichos cabeceaban, lanzaban cornadas a los mirones y se detenían a examinar con ojos miopes la base de algunas farolas. Al paso de los cabestros algún gracioso desanudaba el pañuelo y parodiaba unos lances. Los gañanes daban en la cabeza a los cabestros con las garrochas y si podían al gracioso también. Llegado al parque de la Ciudadela fue al pabellón donde guardaban los relojes y lo encontró vacío. Es el fin, pensó. Al salir del pabellón, dos hombres se colocaron junto a él, uno a cada lado. Cada uno de ellos le sujetó un brazo. Onofre advirtió que uno de estos hombres era extraordinariamente guapo. También comprendió que toda resistencia era inútil y se dejó conducir con mansedumbre. Antes de abandonar el recinto echó la vista atrás: los pabellones habían sido revestidos de la noche a la mañana y ahora centelleaban al sol; a través de las ramas de los árboles, movidas por la brisa, se veían quioscos y estatuas, toldos y parasoles y las diminutas cúpulas arábigas de los tenderetes y casetas. En la plaza de Armas, frente al antiguo Arsenal, unos ingenieros venidos ex profeso de Inglaterra probaban la Fuente Mágica. Hasta sus secuestradores se quedaron por un instante boquiabiertos. Las columnas y arcos de agua cambiaban de forma y de color sin aparente manipulación ni adición de tintes: todo era obra de la electricidad. Así tendría que ser siempre la vida, pensó Onofre dejándose llevar posiblemente a la muerte. ¿Y Efrén?, se preguntaba, tantas pesetas como me lleva costado y ahora que lo necesito, ¿dónde anda? No podía sospechar que Efrén lo seguía fielmente a distancia, agazapado.

—Sube a este coche —le dijeron al llegar ante una berlina. Las ventanas tenían echado el visillo y no se veía quién, si alguien, ocupaba el carruaje. Al pescante había un cochero sin uniformar, algo viejo, que fumaba en pipa.

—Yo aquí no subo —dijo Onofre.

Uno de los secuestradores había abierto la portezuela del coche, el otro lo zarandeó. Arriba sin chistar, le dijo. Onofre obedeció. Sentado había un hombre solo. Parecía cincuentón, pero podía ser más joven; abultado de tripa y papada, pero cenceño de hombros y pómulos, tenía la frente chata y alta, acabada en ángulo recto. Allí una pelambrera aún no cana, salvo en las sienes, crecía recortada a modo de césped. No usaba patillas; de punta a punta de oreja iba cuidadosamente rasurado, aunque ostentaba un bigote espeso y arremangado, un poco a la manera de los mariscales de Francia, y era don Humbert Figa i Morera, para quien tantos años había de trabajar.

El séquito de un monarca era en aquel entonces numeroso por unas razones de orden práctico y otras simbólicas, de más peso, como ésta: que siendo el Rey el trasunto de Dios en la tierra, estaba mal que realizara por sí mismo cualquier función, incluso la de llevarse la cuchara a la boca; y esta otra: que los reyes de España desde tiempo inmemorial no despedían nunca a quienes les habían servido siquiera momentáneamente, que todo servicio prestado a la casa real llevaba aparejado un cargo vitalicio y que se había dado el caso de monarcas que ya en edad madura habían ido a la guerra llevando consigo a su anciana nodriza, ama seca y niñera (pues el Rey no podía descender a decir: ya de esto no necesito, lo que podría implicar por una parte necesidad de ahorro y por la otra el reconocimiento de haber necesitado algo en alguna ocasión) como si se tratara de senescal, mayordomo o sumiller, lo que en conjunto creaba a su alrededor un laberinto, un gentío que con frecuencia impedía comunicarse con él los generales en tiempo de guerra y los ministros en tiempo de paz. Por eso, los reyes casi nunca abandonaban la corte. S.M. don Alfonso XIII (q. D. g.) contaba dos años y medio en 1888, cuando llegó a Barcelona en compañía de su madre, doña María Cristina, la reina regente, y de sus hermanas y séquito. La ciudad quedó paralizada. A los reyes se les había habilitado la antigua residencia del gobernador de la Ciudadela (con lo cual, por añadidura, estaban ya dentro del recinto de la Exposición y se soslayaba el engorroso trámite de la entrada, que valía una peseta, o del abono, que valía veinticinco) y el edificio llamado del Arsenal, pero a los camarlengos y veedores, cazadores y palafreneros, monteros y sobrestantes, ballesteros de maza, despenseros, cereros, tapiceros, limosneros, camaristas, azafatas, damas y dueñas hubo que hospedarlos donde buenamente se pudo. La llegada de soberanos, nobles y dignidades de otros países complicó las cosas. Hubo anécdotas para todos los gustos, como ésta: la de que un burgrave sajón tuvo que compartir por una noche la cama con un artista recién llegado de París, según reza el cartel del Circo Ecuestre, que acto seguido anuncia su espectáculo de gatos amaestrados; o la del estafador que haciéndose pasar por Gran Mogol consiguió cenar de gracia, por su bella cara, en varias fondas y cafés. La gente, los barceloneses se esmeraban por allanar todas las dificultades al visitante, aun a costa de arrostrar las mayores fatigas y perjuicios, por lo cual recibían muy mal pago, como suele suceder en estos casos. Los visitantes, por lo general, mostraban altivez, arrugaban la nariz por cualquier nimiedad y andaban didiciendo: qué asco, qué lugar, qué gente más necia, etcétera. Creían que el desdén era de buen tono.

La Exposición Universal se inauguró, como estaba previsto, el día 8 de abril. La ceremonia inaugural fue de este modo: a las cuatro treinta de la tarde hicieron su entrada en el salón de fiestas del Palacio de Bellas Artes S.M. el Rey y su cortejo. El Rey ocupó el trono. Apoyaba los pies, que no llegaban al suelo, en una pila de almohadones. A su lado estaban la princesa de Asturias, doña María de las Mercedes, y la infanta doña María Teresa. Junto a la Reina Regente, que vestía de negro, estaba la duquesa de Edimburgo. Luego venían, por este orden, el duque de Génova, el duque de Edimburgo, el príncipe Rupprecht de Baviera y el príncipe Jorge de Gales. Detrás estaban el presidente del Consejo de Ministros, don Práxedes Mateo Sagasta, y los señores ministros de la Guerra, Fomento y Marina, los gentileshombres de SS.MM., los Grandes de España que habían acudido al acto (flanqueados de alabarderos, de acuerdo con su privilegio, o descalzos si optaban por ejercer alternativamente esta regalía), autoridades locales (de chaqué), cuerpo diplomático y consular, enviados extraordinarios, generales, almirantes, jefes de las escuadras, la Junta Directiva de la Exposición y un sinnúmero de personalidades. Distribuidos por el local, allí donde la masa humana los había arrastrado, había lacayos de calzón corto, a la Federica, encargados de portar los emblemas de los visitantes de alcurnia: la llave o la cadena de latón, la cinta, la fusta, el asta de ciervo, la garra, la ballesta o la campana. A este acto asistieron cinco mil personas. Pronunciados los discursos, los ayos se llevaron a los niños reales. Los adultos visitaron algunos pabellones, empezando por el de Austria, país de origen de S.M. la Reina. En el pabellón de Francia fue tocada una pieza de Chopin y en el palacio del Gobernador se sirvió un refrigerio entonces llamado *lunch*. Cuando la Reina ya se había terminado el *lunch* el último de los asistentes aún estaba entrando en el pabellón de Austria. Una muchedumbre fue testigo de todo aquello. Por la noche hubo función de gala en el Liceo, a la que asistió la Reina que llevaba, además de la ropa, corona condal. Se representó *Lohengrin*; al empezar el segundo acto aún había quien estaba dando cuenta del *lunch*. En términos generales, la inauguración fue un acto solemne y bien llevado. Las obras de la Exposición no desmerecieron la categoría de quienes las visitaron aquel día. Algunos edificios no estaban acabados; otros, acabados mucho antes, acusaban ya un avanzado deterioro. La prensa habló de «enormes grietas» y de «gran confusión». Pero lo importante era que a la gente le gustara. Vistas hoy, las instalaciones de los expositores con su diseño severo, sus coronas de flores talladas en madera, sus crespones y baldaquinos tienen un cierto aire de túmulos funerarios, pero se ajustan a lo que debía de ser el gusto de la época, su concepto de la elegancia. Hay que enjuiciar las cosas en su exacta perspectiva. Al puerto habían llegado sesenta y ocho buques de guerra de varios países con una dotación de diecinueve mil hombres y quinientos treinta y ocho cañones. Esto, que ahora podría parecer amenazador, fue interpretado por los barceloneses como una muestra inequívoca de cortesía y amistad. Aún no se había producido la Gran Guerra y las armas conservaban algo de decorativo. En un poema compuesto para la ocasión, Federico Rahola sintetiza esta noción como vemos:

> *Cañoneo pertinaz*
> *Hace retemblar la tierra:*
> *Son los monstruos de la guerra*
> *Que rinden culto a la paz.*

Idéntico pensamiento expresa Melchor de Palau en su *Himno a la Apertura de la Exposición,* uno de cuyos versos dice así:

> *Y truena, mas no hiere, el hórrido cañón.*

La Exposición Universal estuvo abierta hasta el día 9 de diciembre de 1888. La clausura fue más sencilla que la inauguración: Te Deum en la catedral y un acto breve en el Palacio de la Industria. Había durado doscientos cuarenta y cinco días y había sido visitada por más de dos millones de personas. El costo de la construcción había ascendido a cinco millones, seiscientas veinticuatro mil seiscientas cincuenta y siete pesetas con cincuenta y seis céntimos. Algunas instalaciones pudieron ser aprovechadas para otros usos. El remanente de deuda fue enorme y gravó al Ayuntamiento de Barcelona durante muchos años. También quedó el recuerdo de las jornadas de esplendor y la noción de que Barcelona, si quería, podía volver a ser una ciudad cosmopolita.

# Capítulo III

## 1

De don Humbert Figa i Morera se saben pocas cosas: había nacido en Barcelona, donde sus padres tenían un negocio modesto de frutos secos, en el Raval; estudió bajo la protección de unos monjes misioneros; a estos misioneros los vaivenes de la política en tierras lejanas los habían varado temporalmente en Barcelona, donde impartían la enseñanza para no ser una carga excesiva; luego estudió leyes. Hizo una boda tardía, a los treinta y dos años de edad. Profesionalmente prosperó mucho: a los cuarenta años tenía uno de los bufetes más afamados de Barcelona; esta fama no era buena, ahora veremos por qué: aunque a mediados del siglo XIX nadie en sus cabales discutía la igualdad de todos los hombres ante la ley, la realidad era muy distinta. Las personas de orden, la gente de bien, gozaba de una protección que al perdulario le estaba negada. El perdulario desconocía sus derechos, y de haberlos conocido, no habría sabido cómo hacerlos valer y aun cuando lo hubiera sabido, es dudoso que la judicatura se los hubiera reconocido; siempre le tocaba las de perder. A este respecto, la judicatura tenía pocas ideas, pero muy claras. La época estaba dominada por la fe en las ciencias: no había cosa ni fenómeno que no respondiera a una causa precisa, se pensaba. Si se podía singularizar esa causa se podía formular para todos los casos similares una ley inmutable; con un puñado de leyes inmutables se podía predecir el futuro sin temor a equivocarse. Lo mismo se pensaba de la conducta humana: se le buscaban razones que pudieran luego reducirse a leyes. En este terreno había teorías para todos los gustos: unos sostenían que la herencia genética era el factor determinante de todo lo que hacía un individuo a lo largo de su vida; otros, que el ambiente en el que había nacido; otros, que la educación recibida, etcétera. No faltaban quienes traían a colación el libre albedrío, pero sus argumentos caían en saco roto: con esta teoría, les decían, no iremos a ninguna parte. El determinismo estaba en boga, facilitaba mucho las cosas, sobre todo a los que tenían que juzgar la conducta humana. Los jueces no desdeñaban la justicia, pero la aplicaban a su modo, expeditivamente. No estaban para matices: echaban una ojeada al reo y ya sabían lo que tenían que pensar de él. Si una persona fina, de buena cuna y medios cometía un crimen, decían: alguna razón poderosa habrá tenido para conducirse como lo ha hecho; entonces se mostraban muy comprensivos. Si el autor del crimen era un perdulario, no buscaban móviles a su conducta ni se hacían cábalas. No sólo la naturaleza transmitida de padres a hijos los inclinaba al desorden, pensaban, sino que estas inclinaciones no venían refrenadas por los dictados de la religión, la conciencia cívica ni la cultura. En esto estaban de acuerdo con los sociólogos. Si el acusado alegaba circunstancias atenuantes o eximentes le respondían con retintín. Ya puede alegar el reo lo que le plazca, le decían, que menudo pájaro está hecho el reo; nada, nada, a la cárcel con él. En la cárcel se trataba de rehabilitar a los presos, pero los resultados no eran siempre satisfactorios. A todo esto, a este estado de cosas, don Humbert Figa i Morera, que era de origen humilde, oponía una visión distinta, más práctica: Lo que les pasa a los pobres que delinquen, decía, es que no tienen un buen abogado que les saque las castañas del fuego. Era verdad: ningún letrado habría puesto su talento a disposición de un perdulario. Todos querían servir a la gente de pro, a los apellidos de raigambre. Como éstos era pocos, los abogados que se ganaban bien la vida también eran pocos. En los pobres, se decía don Humbert Figa i Morera, hay un campo vastísimo por explotar; el problema estriba en cómo hacerlo. Claro que siendo como soy un don nadie, sin relaciones entre la gente bien, tanto trabajo me costará abrirme camino en las altas esferas como en los bajos fondos, se decía don Humbert. Empezó a frecuentar a los menesterosos; les ofrecía su ayuda y su ciencia, se había hecho imprimir unas tarjetas especiales más fáciles de leer que las tarjetas al uso, impresas en letra gótica. Si se mete usted en líos, acuérdese de mí, le decía al menesteroso, y le entregaba su tarjeta. Los menesterosos lo miraban con desconfianza; no le hacían caso, se burlaban de él o lo mandaban a paseo. Luego, cuando se veían efectivamente en líos algunos se acordaban de él y recuperaban la tarjeta; qué diablos, pensaban, por probar nada se pierde; si doy con los huesos en la cárcel, como probablemente sucederá, no le pago y en paz, se decían. Le encomendaban los casos más desesperados y él los aceptaba de buen grado; trataba a sus clientes con deferencia, sin burla ni condescendencia, trabajaba en los casos con mucha seriedad. Los jueces y fiscales al principio creían que obraba así por altruismo; procuraban desengañarle: No pierda el tiempo, compañero dilecto, le decían, esta gente es de mala pasta, están hechos para delinquir, son carne de presidio. Él escuchaba estas razones respetuosamente, pero no las consideraba; en el fondo, estaba de acuerdo con lo que le decían, sólo le interesaba la minuta. Lo habían educado los misioneros, le habían enseñado a tener paciencia, a decir siempre que sí, le habían enseñado el arte de la persuasión; la mayoría de los casos los ganaba contra todo pronóstico: conocía como nadie los intríngulis del procedimiento y siempre encontraba alguna artimaña que aplicar a sus propósitos; ante la indignación general los jueces y magistrados tenían que darle la razón, los fiscales tiraban al suelo los códigos y las mucetas, las lágrimas acudían a sus ojos: Esto no puede continuar así, decían, nos están obligando a hacer mangas y capirotes con la ley. Era cierto: la ley era generosa en garantías y aun en subterfugios, porque no había sido hecha para que la purria se prevaliese de ella. Les pilló desprevenidos el que un abogado como ellos pusiera los recursos de la ley al servicio de criminales del peor jaez. En las sentencias que dictaban se traslucía su desconcierto: Nos han cogido con los pantalones en la mano, decían, pero debemos absolver y absolvemos, etcétera. Los criminales absueltos tampoco salían de su asombro; le preguntaban con verdadera curiosidad supersticiosa: ¿Por qué nos ayuda usted, señor letrado? Creían estar en presencia de un santo. Por dinero, respondía él; para que me paguen mis honorarios. Los criminales, con la ética férrea que les era propia, satisfacían los honorarios a toca teja; nunca los discutían, así iba haciéndose rico. Al cabo de los años, una noche de invierno, recibió una extraña visita.

Tenía un despacho en la calle baja de San Pedro; allí trabajaban además de él dos pasantes, una secretaria y un ordenanza. Estaba pensando en contratar más pasantes. Aquella noche todos habían salido menos el ordenanza. Él estaba ultimando los detalles de un caso cuya vista estaba señalada para la mañana del siguiente día. Llamaron al portal. Qué raro, pensó, a estas horas, ¿quién podrá ser? Le dijo al ordenanza que bajase a abrir, pero que se cerciorase antes de si los que llamaban, quienesquiera que fuesen, traían buenas intenciones: esto era muy difícil de discernir, porque sólo acudían tipos patibularios al despacho. En esta ocasión por contra no hubo problema: en la calle había tres caballeros de porte distinguido y un individuo de aspecto estrafalario, pero no alarmante. Los tres caballeros traían el rostro cubierto por antifaces; esto no era en modo alguno insólito en la Barcelona de aquel tiempo.

—¿Traen ustedes buenas intenciones? —preguntó el ordenanza a los visitantes enmascarados. Le respondieron que sí y se abrieron paso apartando al ordenanza con los puños de sus bastones, que ocultaban estiletes. Las tres máscaras se sentaron en torno a la mesa alargada que presidía uno de los salones del despacho. El cuarto individuo se quedó de pie; don Humbert lo reconoció sin dificultad pese al tiempo transcurrido: era uno de aquellos misioneros que se habían ocupado de su educación, a cuya generosidad debía el haberse abierto camino en la vida; ahora volvía quizá a pedirle un favor, que no podía negarle. Su vocación, según supo luego, lo había llevado a Etiopía y al Sudán; allí había hecho numerosas conversiones, pero con los años había acabado convirtiéndose él mismo a la religión pagana que combatía; había regresado a Barcelona enviado por los derviches a predicar la hechicería. Vestía de seglar, pero llevaba en la mano derecha una caña rematada por una calavera humana. Al mover la calavera sonaban unos guijarros.

—¿A qué debo el honor de su visita? —preguntó a la enigmática comitiva. Las máscaras se consultaron entre sí con la mirada.

—Hemos seguido sus trabajos con enorme interés —dijo una de las máscaras—. Ahora venimos a hacerle una proposición. Somos gente de negocios, nuestra conducta es intachable: por eso mismo necesitamos su ayuda.

—Si en mi mano está... —dijo él.

—Pronto verá que sí —dijo la máscara—. Nosotros, como acabo de decirle, somos personas conocidas, valoramos en mucho nuestro buen nombre. Usted, por su parte, se ha labrado un prestigio merecido entre la hez de la sociedad. En suma, queremos que alguien haga por nuestra cuenta un trabajo sucio, y que usted sea nuestro intermediario. No reparamos, huelga decirlo, en gastos.

Ah, exclamó él, pero esto es una inmoralidad. En este punto intervino el misionero apóstata. La moral, dijo, se dividía en dos clases: moral individual y moral social; en cuanto a la primera, no había motivo de preocupación, puesto que don Humbert no consentía en la comisión de un acto reprobable; se limitaba a cumplir con su oficio, a ejercer su profesión; en cuanto a la moral social, nada había que objetar: lo importante era que se mantuviera el orden social, el buen funcionamiento de la maquinaria. Tú, hijo mío, has salvado a muchos criminales de un encierro merecido; es justo, pues, que ahora empujes a otros al crimen y al cadalso; con esto, le dijo el renegado, la balanza se equilibra. Las máscaras habían colocado sobre la mesa un montón de dinero. Aceptó el encargo y todo salió a pedir de boca. Luego le llovieron encargos similares. Por el despacho desfilaban todas las noches caballeros enmascarados y no pocas damas. Los carruajes creaban atascos frente al portal. Los verdaderos criminales, como no tenían nada que ocultar, acudían al despacho en horas de consulta, a plena luz y sin tapujos.

—Hay que ver —le decía a su esposa— lo bien que me está yendo todo.

Cada vez necesitaba más gente a su servicio; no sólo pasantes y secretarias, sino agentes capaces de moverse con soltura en los bajos fondos. A estos agentes los reclutaba donde podía, sin reparar en sus antecedentes.

—Me han dicho que tú vales —le dijo a Onofre Bouvila cuando se vio encerrado con él en el tílburi—, que te mueves bien. Trabajarás para mí.

—¿En qué consiste el trabajo? —preguntó Onofre.

—En hacer lo que yo diga —dijo don Humbert Figa i Morera— y en no hacer preguntas a destiempo. La policía está al corriente de tus actividades. Sin mi protección ya estarías en la cárcel. La alternativa no es otra que ésta: o trabajas para mí o te caen veinte años.

Trabajó para don Humbert de 1888 a 1898, el año en que se perdieron las colonias.

Como primera providencia lo pusieron a las órdenes de aquel individuo tan guapo que lo había secuestrado en el parque de la Ciudadela, un tal Odón Mostaza, natural de Zamora, de veintidós años de edad. Le dieron una navaja, una cachiporra y un par de guantes de punto; le dijeron que no usara la cachiporra si no era necesario; la navaja, sólo en situaciones desesperadas; en ambos casos debía ponerse los guantes antes de coger la cachiporra o la navaja, para no dejar huellas dactilares. Lo más importante es que nadie pueda identificarte, le dijo Odón Mostaza, porque si te identifican a ti, pueden identificarme a mí, y si me identifican a mí, pueden identificar a quien me da las órdenes, y así, de uno en otro, como los eslabones de una cadena, hasta llegar al jefe, que es don Humbert Figa i Morera. En realidad, todo Barcelona sabía que don Humbert Figa i Morera tenía tratos con el hampa; la naturaleza de sus actividades era un secreto a voces, pero como las autoridades y muchas personalidades de la vida política y mercantil estaban implicadas en mayor o menor medida en el asunto, no pasaba nada. A don Humbert Figa i Morera lo mantenía a distancia la gente bien, pero públicamente lo consideraba un prohombre. Él no entendía la dualidad de estos sentimientos, creía pertenecer a la aristocracia ciudadana y era feliz. De su vanagloria participaban indirectamente Odón Mostaza y el resto de la banda. Si casualmente se encontraban al mediodía en las inmediaciones del paseo de Gracia se decían los unos a los otros: Vamos al paseo de Gracia a ver desfilar a don Humbert. Él se dejaba ver allí todos los días sin fallar uno, a lomos de una jaca jerezana de muy fina estampa. Con la mano enguantada saludaba a otros jinetes o con la chistera de terciopelo verde esmeralda a las señoras que paseaban en carruajes descubiertos, tirados por espléndidos troncos. Odón Mostaza y sus secuaces lo miraban a distancia, con disimulo, para no empañar su prestigio con la prueba palpable de su conocimiento. Has de estar muy orgulloso, chaval, le decía a Onofre Bouvila, muy orgulloso de tener por jefe al hombre más elegante de Barcelona; y al más poderoso también. Esto último era una exageración: don Humbert Figa i Morera era un don nadie; incluso en su terreno había alguien más poderoso que él: don Alexandre Canals i Formiga. A éste nunca se le veía luciendo el palmito en el paseo de Gracia, aunque no vivía lejos de allí; se había hecho construir una torre de tres plantas, de estilo mudéjar, en la calle Diputación, a escasos metros de aquel paseo famoso. El despacho donde murió lo tenía en la calle Platería. Entre su casa y el despacho discurría su vida. Sólo iba de vez en cuando a un tiovivo instalado cerca de su casa, en un descampado; allí llevaba a su hijo pequeño, algo tarado. Había tenido tres hijos más, pero todos habían muerto en la trágica epidemia de peste de 1879.

A Onofre Bouvila al principio le encomendaban trabajos de muy poca envergadura; nunca le dejaban actuar a solas. Iba con Odón Mostaza al puerto, a vigilar la descarga de una mercancía; otras veces esperaban a la puerta de una casa, sin saber por qué, hasta que alguien decía: Bueno, ya está bien, ya podéis iros, etcétera. Luego había que dar cuenta de todo a un individuo a quien Odón Mostaza apodaba Margarito; en realidad se llamaba

Arnau Puncella. Había entrado al servicio de don Humbert Figa i Morera muchos años atrás; era uno de los pasantes que aquél había tenido al principio en su despacho; había ido prosperando a su sombra, se había convertido gradualmente en uno de sus colaboradores más íntimos: ahora supervisaba todos los contactos con los maleantes, todas las operaciones sucias. Era bajito y de aspecto enfermizo, llevaba anteojos gruesos y un bisoñé de color azabache, las uñas muy largas y no impolutas; vestía con poca pulcritud, con tendencia a la grasa; estaba casado y se decía de él que tenía muchos hijos; esto no lo sabía nadie con certeza, porque era muy retraído y no intimaba con nadie. También era muy meticuloso, desconfiado y perspicaz: no tardó en percatarse de la capacidad extraordinaria de Onofre para recordar fechas, nombres y cifras, de su memoria prodigiosa. En este tipo de actividad el rigor es esencial, les decía a sus hijos, a quienes procuraba dar una educación esmerada, aquí un error puede conducir fácilmente a la catástrofe. Por pensar así se había fijado en seguida en las dotes de Onofre Bouvila. Luego fue viendo en él otras cualidades que le asustaron. Él era ajeno al interés que despertaba: procuraba pasar inadvertido, no sabía aún que la inteligencia es tan difícil de ocultar como la falta de ella, creía de buena fe que nadie se había fijado en él. Por primera vez vivía su vida.

Odón Mostaza era un perdonavidas de muy buena planta, disipado y gregario; no había en Barcelona ni en sus alrededores lugar de diversión donde no lo conocieran; como además de guapo era bullanguero y manirroto en todas partes lo querían bien. En compañía de Odón Mostaza Onofre Bouvila se hizo sin proponérselo con un círculo de amistades; antes nunca había tenido semejante cosa. Se había mudado a una casa de huéspedes algo mejor que la regentada por el señor Braulio y la señora Ágata; allí, como veían que disponía de ingresos regulares, lo trataban a cuerpo de rey. Casi todas las noches salía con Odón Mostaza y su pandilla; juntos frecuentaban los tugurios de Barcelona. Allí encontró muchas mujeres dispuestas a sacarle el dinero a cambio de sus encantos, de unos momentos de placer; esta reciprocidad le pareció justa y cómoda: encajaba bien con su modo de ser. A veces se acordaba de Delfina: Qué tonto fui, se decía en estas ocasiones, cuántos trabajos y cuántos sufrimientos innecesarios; con lo fácil que resulta todo. Se creía curado para siempre del mal de amores. Al llegar el verano frecuentaban los célebres entoldados; esto le gustaba particularmente: las lámparas de araña, las alfombras, las guirnaldas de flores de papel, el gentío, las orquestas sudorosas, el olor a perfume, los bailes típicos de estos lugares: el vals de las velas, el *ball de rams,* etcétera. A los entoldados acudían muchas chicas en la flor de la edad: iban en grupos, cogidas del brazo y se reían de todo lo que veían; si alguien le decía algo a una de ellas, se echaban a reír todas; luego no había forma de hacerlas parar, les daba la risa floja. De estas chicas las pescateras eran las más alegres y frescachonas; las criadas, las más ingenuas, y las modistillas, las más resabiadas y peligrosas. También iban a la Barceloneta, a la plaza de toros. Después de la corrida iban a beber cerveza o vino tinto con gaseosa a los bares que rodeaban la plaza; allí se organizaban tertulias airadas que se prolongaban hasta la madrugada. En otra ocasión tuvo el capricho de visitar la Exposición Universal, de la que todo el mundo se hacía lenguas. Barcelona entera estaba en fiestas: se había instado a los propietarios de edificios a que restaurasen las fachadas; a los dueños de carruajes, a que los repintaran y limpiaran; a todos, a que vistieran bien a la servidumbre. Para atender a los visitantes extranjeros, el Ayuntamiento había seleccionado a cien guardias municipales, los que parecían más despejados, y les había obligado a aprender francés en pocos meses; ahora iban y venían como almas en pena por la ciudad, mascullando frases ininteligibles; los niños los seguían y acosaban, imitando sus ruidos guturales y llamándolos *gargalluts.* Fue solo y pagó la entrada: le hizo gracia entrar en el recinto por la puerta como los señores. Se dejó llevar por la muchedumbre, merendó en el Café-Restaurante, llamado el *Castell dels tres dragons* (en levantarlo habían trabajado más de 170 hombres, a casi todos los conocía él por su nombre de pila), luego visitó el Museo Martorell, el diorama de Montserrat, la Horchatería Valenciana, el Café Turco, la American Soda Water, el Pabellón de Sevilla, de estilo moruno, etcétera. Se hizo fotografiar (la fotografía se ha perdido) y entró en el Palacio de la Industria. Allí vio el *stand* donde exhibían su maquinaria Baldrich, Vilagrán y Tapera, aquellos tres caballeros de Bassora; esto le trajo malos recuerdos, le revolvió la sangre; sintió que se ahogaba, la gente que le rodeaba se le hizo insoportable, tuvo que salir del Palacio a toda prisa, abriéndose paso a codazos. Luego fuera el deslumbrante espectáculo se le antojó una broma siniestra: no podía disociarlo de los sinsabores y la miseria que allí había padecido pocos meses antes; no volvió más a la Exposición ni quiso saber de ella.

En cambio, la vida nocturna de la Barcelona vieja, la que no se había dejado alterar por los fastos de la Exposición, la que llevaba su vida al margen de todo, le entusiasmaba; sentía por ella un entusiasmo de pueblerino. Siempre que podía iba solo o con sus compinches a un local llamado *L'Empori de la Patacada*. Era un local tronado y apestoso, situado en un semisótano de la calle del Huerto de la Bomba; de día era lóbrego, desangelado y pequeño; sólo a partir de la medianoche una clientela tosca pero abnegada lo hacía revivir: el local parecía sacar fuerzas de flaqueza, aumentaba de tamaño a ojos vistas: allí siempre cabía una pareja más, nadie se quedaba sin mesa. A la puerta había siempre dos mancebos provistos de un candil para alumbrar el camino y una escopeta con la que ahuyentar a los salteadores. Esto era necesario porque al local no sólo acudían los facinerosos, que sabían defenderse solos, sino también jóvenes disolutos de buena familia y algunas damiselas acompañadas de un amigo, un galán o su propio marido, con el rostro cubierto de un velo tupido; allí experimentaban emociones fuertes, aliviaban la rutina de sus vidas con los sobresaltos; luego contaban lo que habían visto exagerando mucho los claroscuros. Allí había baile y a determinadas horas *tableaux vivants*. Estos *tableaux vivants* habían sido muy populares en el siglo XVIII, pero a finales del siglo XIX habían desaparecido casi por completo. Consistían en escenas inmóviles representadas por personas reales. Estas escenas podían ser «de actualidad» (SS.MM. los reyes de Rumania recibiendo al Embajador de España; el Gran Duque Nicolás en uniforme de lanceros con su ilustre esposa, etcétera) o de carácter «histórico», también llamados «didácticos» (el suicidio de los numantinos, la muerte de Churruca, etcétera); más comúnmente eran «bíblicos» o «mitológicos». Estos últimos eran los más celebrados, porque en ellos todos o casi todos los personajes iban desnudos. Para las gentes del siglo pasado ir desnudo quería decir ir en mallas; los actores llevaban unas mallas ceñidas, de color carne. Esto no era así porque las gentes fueran más recatadas de lo que son hoy en día, sino porque sostenían, con razón, que lo placentero era la forma del cuerpo humano y que la visión directa de la epidermis y sus vellosidades tenía más de morboso que de erótico. En este campo las costumbres habían variado mucho: en el siglo XVIII, como es sabido, no se daba la menor importancia a la desnudez: la gente se mostraba desnuda en público sin ningún reparo y sin que por ello sufriera menoscabo su dignidad; hombres y mujeres se bañaban delante de las visitas, se cambiaban de ropa en presencia de los criados, orinaban y defecaban en la vía pública, etcétera. De esto hay constancia abundante en los diarios y en la correspondencia de la época. *Dinner chez les M\*\*\**, puede leerse en el diario de la duquesa de C\*\*\*, *madame de G\*\*\*, comme d'habitude, préside la table à poil*. Y en una entrada posterior: *Bal chez le prince de V\*\*-presque tout le monde nu sauf l'abbé R\*\*\* deguisé en papillon; on a beaucoup rigolé*. En *L'Empori de la Patacada* una orquesta de cuatro músicos amenizaba el baile; el vals había sido aceptado ya por todas las capas sociales; el pasodoble y el chotis estaban reservados al populacho; el tango aún no había hecho su aparición; entre la gente bien, en los saraos se seguía bailando el rigodón, la mazurca, los lanceros y el minueto; la polca y la java hacían furor en Europa, pero no en Cataluña; los bailes populares como la sardana, la jota, etcétera, estaban proscritos en locales como *L'Empori de la Patacada*. Demasiado caluroso los meses de verano, el local tenía su época de esplendor en las noches de otoño, cuando las tormentas azotaban las calles, cuando el frío invitaba al recogimiento. Al volver la primavera las terrazas de los cafés y los bailes al aire libre le arrebataban buena parte de la clientela. En medio de esta algarabía constante Onofre Bouvila hacía lo posible por pasarlo bien. A ratos lo conseguía, pero por lo general y pese a sus esfuerzos seguía inquieto y desasosegado: nunca conseguía disfrutar plenamente de las diversiones que le ofrecía aquel ambiente, nunca perdía del todo la cabeza sumergido en aquella vorágine. A Odón Mostaza, que le había cobrado gran afecto y se sentía hasta cierto punto responsable de su bienestar, le preocupaba verlo siempre tan serio. Vamos, chaval, ¿por qué no dejas de lado las preocupaciones aunque sea un ratito?, le decía, ¿por qué no te distraes? Eh, mira qué hembras, ¿no son para perder la chaveta? A esto Onofre respondía con suavidad, sonriendo: No trates de forzarme, Odón, distraerme me cansa demasiado. Esta paradoja hacía reír a Odón Mostaza; no entendía que Onofre le estaba diciendo la verdad: apartarse de sus pensamientos siquiera unos minutos habría requerido por su parte una dosis enorme de energía, sólo con un esfuerzo sobrehumano habría podido sustraerse momentáneamente al recuerdo de aquella mañana horrible en que se había personado en la casa de sus padres un personaje insólito. El tío Tonet lo había traído en su tartana de Bassora: llevaba una levita raída, plastrón, anteojos y chistera. También llevaba una cartera de cuero abultada. Procuraba no meter los zapatos en los charcos, rodeaba con cuidado los montones de nieve apelmazada y sucia que persistían por todas partes y todo le daba miedo: el aleteo de un pájaro en una rama le asustaba muchísimo. Se presentó con grandes circunloquios y corrió a calentarse a las brasas que aún ardían en el hogar. Por la puerta abierta entraba el sol de finales de febrero hasta media pieza; luminosa, aún fría, esta luz daba a las cosas un perfil preciso, como de lápiz muy afilado. Este hombre había empezado diciendo que hablaba en nombre de sus mandantes, los señores Baldrich, Vilagrán y Tapera. Él era sólo el pasante de un gabinete jurídico de Bassora, les dijo, y les rogó que no vieran nada personal en lo que se proponía decirles. Me ha sido encomendada esta desagradable misión y deploro tener que llevarla a cabo, pero cumplir órdenes es mi profesión, había dicho. Ustedes se harán cargo, añadió con un gesto de conmiseración que no se sabía a quién iba dirigido. El americano había hecho un gesto de impaciencia con la mano: Por favor, vayamos directamente al grano, parecía querer decir aquel gesto. El pasante había carraspeado y la madre de Onofre había dicho entonces que tenía que a dar de comer a las gallinas. El chico me acompañará y así se quedarán ustedes dos tranquilos, agregó mirando a su marido a los ojos. Éste dijo que no hacía falta que se fueran. Más vale que os quedéis y oigáis lo que este señor viene a decirme, dijo. El pasante se frotaba las manos, tosía sin cesar como si el humo de las brasas se le hubiera agarrado a la garganta. En voz muy baja, casi inaudible, informó al americano de que sus mandantes habían decidido presentar contra él denuncia por estafa. Ésa era una acusación muy grave, había dicho el americano; le ruego que se explique usted. El pasante había dado unas explicaciones confusas y aturrulladas. Al parecer Joan Bouvila había dado a entender a todo el mundo en Bassora que era un indiano riquísimo, había visitado a todos los industriales y financieros de la ciudad con su atuendo estrafalario y les había hecho creer que buscaba un negocio seguro en el que invertir su fortuna. Con este pretexto había ido obteniendo adelantos a cuenta, préstamos e incluso donativos. Como el tiempo pasaba y aquellas inversiones prometidas no se materializaban los señores Baldrich, Vilagrán y Tapera, cuya empresa era la que había hecho más desembolsos a favor del americano, habían decidido proceder a realizar las indagaciones oportunas, explicó el pasante. Habían indagado con la prudencia y la discreción del caso, añadió de inmediato. De aquellas indagaciones había salido a la luz lo que todos sospechaban ya: que Joan Bouvila no tenía un real. Esto era una estafa sin duda alguna, dijo el pasante; inmediatamente palideció y se apresuró a agregar que la rotundidad de esta afirmación no encubría un juicio moral por su parte. Él era un mero instrumento de la voluntad ajena, se había apresurado a agregar: Que esta circunstancia me exima de toda responsabilidad por el mal que pueda estarles haciendo a ustedes. La madre había roto el silencio que había seguido a estas palabras. Joan, había dicho, ¿de qué habla este hombre? Ahora le había tocado al americano el turno de carraspear. Por fin había confesado que lo que el pasante decía era la pura verdad. Había mentido a todo el mundo: en Cuba, donde hasta los mentecatos se hacían ricos en aquella época, él no había conseguido ganar ni siquiera lo imprescindible para vivir con desahogo. Lo poco que ahorró al principio, cuando aún tenía el ánimo entero, se lo birló una aventurera colombiana, refirió con vergüenza. Luego había obtenido a préstamos unas sumas que acto seguido había invertido en negocios; estos negocios habían resultado invariablemente timos y engañifas. Por fin había tenido que desempeñar los oficios más serviles, trabajos que incluso los esclavos negros rechazaban con repugnancia. No hay escupidera en La Habana que yo no haya pulido ni bota que no haya lustrado ni letrina que no haya desatascado, con herramientas o sin ellas, había dicho a título de ejemplo. En el transcurso de aquellos años había visto llegar emigrantes muertos de hambre que al cabo de pocos meses le tiraban monedas en los charcos de la calle para ver cómo él las recogía metiendo el brazo hasta el codo: así se divertían a su costa. Había comido pieles de banano, raspas de pescado, verduras podridas y otras cosas que ahora no quería citar por delicadeza; al final se había dicho: Basta, Joan, ya está bien.

—Tenía un poco de dinero —había proseguido diciendo el americano— que obtuve de un modo ignominioso: unos marineros ingleses me lo habían dado a cambio de procurarles por mi mediación los placeres más degradantes; con esa cantidad, fruto de la abyección, compré el traje que llevo puesto, un mono agonizante y un billete de regreso en la sentina de un carguero.

Poco antes de partir había dado los últimos sablazos sabiendo que no los tendría que devolver y había embarcado una noche de aguacero. Se había desnudado y se había untado el cuerpo y la cara con brea para no ser reconocido por sus acreedores si se cruzaba con ellos. De este modo tan poco acorde con la dignidad de un blanco, había dicho el americano, recorrí por última vez las calles de aquella tierra de promisión que para mí había sido yugo, cadena y vilipendio. Zarpado el buque no se había lavado ni vestido ni salido de su escondrijo hasta que hubieron sido rebasados los límites de las aguas territoriales españolas. Luego había vivido de aquel dinero y de los timos. Siempre supo que tarde o temprano saldría a relucir la verdad, agregó, y la confesión dolorosa que acababa de hacer en realidad le quitaba un peso de encima. En el fondo, añadió, se alegraba de haber puesto fin a aquella sarta de imposturas. Todo aquello, había acabado confesando, no lo había hecho por ruindad ni por codicia, sino por vanidad. En realidad, dijo, lo hice todo por mi hijo. Había querido que su hijo tuviera un atisbo de lo que habría podido ser la vida si no le hubiera tocado en suerte un padre tan inútil como el que Dios le había dado. Al final el asunto no había tenido consecuencias ulteriores: convencidos de la imposibilidad de recobrar el dinero sumariamente Baldrich, Vilagrán y Tapera habían retirado la denuncia. En cambio habían obligado al americano a trabajar para ellos; de sus ingresos le deducían una parte porcentual que destinaban a amortizar la deuda. Ahora Onofre trataba de olvidar estas cosas pero no podía. Bebía sin moderación, era cliente habitual de varios burdeles. También gastaba mucho dinero en comprar ropa llamativa. Jamás contrajo deudas, sin embargo, y huía del juego como de la peste. Había dejado de crecer: no iba a ser un hombre alto; se había desarrollado mucho de hombros y de tórax; era cuadrado de complexión, recio y no desagradable de facciones. Aunque reservado, era amable y aparentaba franqueza en el trato: los golfos, las putas, los chulos, los traficantes de droga, los policías y los confidentes le tenían aprecio; casi todos se desvivían por granjearse su amistad; sin él quererlo todos reconocían instintivamente sus cualidades innatas de líder. El propio Odón Mostaza, a quien se le había mandado obedecer, había caído bajo su influjo: permitía que fuese Onofre el que llevara siempre la voz cantante, el que decidiera lo que había que hacer o evitar, el que llegado el caso se las entendía con Arnau Puncella, alias Margarito. Esto acabó de confirmar las sospechas de este último. Este muchacho dará que hablar, se decía; apenas lleva un año con nosotros y ya se ha convertido en el gallo de su corral. Si no me ando con tiento, a la que me descuide me pasará por encima. Debería destruirlo, pero no sé cómo, pensaba. Ahora es demasiado insignificante, se me escurriría entre los dedos, como una pulga, pero es posible que dentro de poco ya sea demasiado tarde para mí. Procuraba ganarse su confianza; siempre que hablaba con él sacaba a colación el tema del vestir; alababa los trajes que Onofre acababa de hacerse: como toda persona desaliñada, era muy sensible a la elegancia ajena. Onofre no se per-

cataba de que su interlocutor iba hecho un asco, creía de buena
fe que ambos compartían el gusto por la ropa bien cortada, le pedía incluso consejo acerca de dónde comprar corbatas, botines,
etcétera. Se había vuelto un verdadero dandy: por la casa de
huéspedes en que se alojaba siempre andaba envuelto en un quimono estampado que le llegaba a los tobillos. Hacía sus compras
en la calle Fernando y en la calle Princesa. A veces le agobiaba
una angustia imprecisa. En las noches cálidas y pegajosas de verano, cuando no lograba conciliar el sueño, le dominaba el nerviosismo. Entonces se echaba sobre los hombros el quimono estampado y salía a fumar un cigarrillo al balcón. ¿Qué me ocurre?,
pensaba. Pero aunque creía tener las ideas muy claras no podía
dar respuesta cabal a esta pregunta. En realidad, como le ocurre
a todo el mundo, era incapaz de verse a sí mismo; sólo veía el reflejo de su personalidad y de sus actos en los demás y de ahí ex-
traía de sí mismo un concepto totalmente erróneo. Luego este
concepto no resistía un análisis más minucioso, le producía una
insatisfacción imprecisa y se reavivaba en él el desasosiego. Entonces volvía a su memoria el recuerdo de su padre. Creía odiarlo
por haber traicionado las fantasías que había alimentado mientras
él estaba ausente, por haber incumplido unas expectativas que
sólo habían existido en su imaginación, pero a las que se había
considerado en todo momento con derecho. Ahora acusaba a su
padre de haberle usurpado un derecho natural. Por eso creía haber huido de su lado. En realidad fue él quien me obligó a venir
aquí, él es el responsable verdadero de todo lo que yo pueda hacer, pensaba. Pero este odio era sólo superficial: en el fondo persistía en él la admiración que siempre había sentido por su padre.
Sin ninguna razón que sustentara esta postura, sin saberlo él mismo siquiera pensaba que en realidad su padre no era un fracasa-
do, sino la víctima de una conjura vastísima. Esta conjura vaga,
de resultas de la cual su padre había sido injustamente privado
de la fortuna y el éxito que le correspondían, era lo que ahora le
confería a él el derecho a resarcirse, a tomar sin cortapisas lo que
en justicia era suyo. Pero estas ideas inconexas y disparatadas
chocaban luego con su naturaleza y con la naturaleza de las cosas
que le rodeaban: ahora se veía libre de estrecheces económicas,
había salido del mundo sórdido de la pensión y el recuerdo de
Delfina se iba diluyendo con el transcurso de los meses; ahora tenía amigos, cosechaba éxitos y cuando conseguía olvidar su rencor generalizado se sentía pletórico de vida, casi feliz. En las noches de verano, cuando salía al balcón azuzado por la desazón,

percibía los ruidos familiares que llegaban de la calle: entrechocar de platos y soperas, tintinear de vasos, risas, voces y altercados, trinos de jilgueros y canarios enjaulados, un piano en la lejanía, los gorgoritos de una aprendiza de canto, algún perro persistente, la perorata de los beodos asidos a las farolas, los lamentos de los mendigos ciegos que pedían una limosnita por el amor de Dios. Podría pasar en este balcón la noche entera, pensaba entonces melancólico, incapaz de despegarse de su observatorio; pasarme aquí el verano entero, arrullado por los sonidos de esta ciudad anónima. Pero de nuevo la ansiedad hacía presa de él. El halago de la gentuza que le rodeaba no bastaba para lavar la afrenta que le había sido hecha, la humillación cuyo recuerdo le perseguía, el estigma que creía llevar impreso en la frente. Tengo que llegar a más, se decía, no me puedo quedar aquí. Si no hago algo pronto mi vida está sellada, pensaba, y mi destino será convertirme en un hampón más. Por más que le fascinase la vida fácil de los bellacos y las mujerzuelas la razón le decía que estos seres marginados en realidad vivían de prestado: la sociedad los toleraba porque le resultaban de utilidad o porque le parecía demasiado costoso eliminarlos definitivamente; los mantenía discretamente a raya, los usaba para sus fines y se reservaba siempre el derecho y la posibilidad de hacerlos desaparecer cuando le viniera en gana. Ellos por su parte creían haberse puesto el mundo por montera porque llevaban un cuchillo al cinto y porque algunas niñas cursis fingían desmayarse bajo sus miradas. Luego sin embargo le faltaba la voluntad necesaria para abandonar aquella cofradía alegre de fanfarrones y zorras, para dejar atrás aquella vida en la que se sentía como pez en el agua. Así iba postergando de día en día la decisión de cambiar radicalmente los patrones de su existencia. No sabía aún que estos cambios radicales sólo se hacen por razones sentimentales; como había decidido no enamorarse jamás ni perder el norte por ninguna mujer, no veía tampoco razón alguna para desear de verdad una modificación incómoda de su conducta. Así habría seguido años y años, perdiendo el mundo de vista, como les ocurría a tantos otros; habría acabado como éstos: acuchillado por un rival, en la cárcel o en el patíbulo, convertido en matón profesional, alcoholizado, etcétera, si Arnau Puncella, alias Margarito, no se hubiera interpuesto en su camino. Al final tuvo que cambiar por meras razones de supervivencia.

# 2

En aquellos años los hilos ocultos que movían la vida política de Barcelona estaban en manos de don Alexandre Canals i Formiga. Éste era un hombre de aspecto severo, parco en palabras y gestos, de frente despejada, barba negra y puntiaguda; exhalaba los aromas más exquisitos, vestía con suma pulcritud y todas las mañanas acudían a su despacho, de donde casi no salía, un barbero, una manicura y una masajista: éstos eran los únicos placeres que se permitía; el resto de la jornada, que se prolongaba hasta muy entrada la noche, lo dedicaba a tomar las decisiones más graves y a disponer las medidas de mayor consecuencia para la comunidad: manipulaba los resultados electorales, compraba y vendía votos, hacía y deshacía carreras políticas. Carecía de escrúpulos, dedicaba a estos asuntos todo su tiempo y energías, así había acumulado un poder sin límites, pero no hacía uso de él: lo atesoraba como un avaro sus monedas. Los políticos y las personas influyentes lo temían y respetaban, no vacilaban en recurrir a él; se decía de él además que era el único que llegado el momento podría encauzar y poner coto a la tormenta sindical que los más previsores veían fraguarse en el horizonte. A este respecto él se mostraba reservado.

Si para conseguir sus fines había que recurrir a la violencia, no vacilaba en hacerlo. Para ello contaba con un grupo de matones y pistoleros capitaneado por un tal Joan Sicart. Éste era un hombre de trayectoria agitada: era oriundo de Barcelona, pero había nacido y crecido en Cuba, a donde sus padres habían ido, como el padre de Onofre Bouvila, a buscar fortuna; ambos habían muerto de fiebres siendo Joan Sicart muy pequeño, y lo habían dejado en el más completo desamparo. Pronto le atrajeron la violencia y la disciplina; quiso hacerse militar y no pudo: por culpa de una leve afección pulmonar no fue admitido en la academia. Regresó a España, vivió una temporada en Cádiz, fue a dar varias veces en la cárcel y acabó en Barcelona, al frente de las huestes de don Alexandre Canals i Formiga, a las que llevaba con mano de hierro. Era huesudo, de facciones marcadas y ojos pequeños, hundidos en las cuencas, lo que le daba un cierto aire oriental; extrañamente tenía el pelo rubio pajizo.

Era inevitable que las actividades de esta organización temible y las de la banda de don Humbert Figa i Morera entraran en colisión ocasionalmente. Ya había habido algunos roces, pero se habían podido resolver sin demasiada dificultad. Tanto don Humbert Figa i Morera como Arnau Puncella, alias Margarito, su asesor y lugarteniente, eran hombres moderados; en todas las ocasiones se pronunciaban a favor de la transacción. Habían tratado, en algún momento, de entablar negociaciones con don Alexandre Canals i Formiga, de llegar a un acuerdo definitivo, pero aquél, que se sabía más poderoso, no había querido considerar ninguna propuesta. Tuvieron que claudicar: la desigualdad de fuerzas era patente: no sólo las de aquél eran más numerosas, también estaban mucho mejor organizadas: podían formar escuadrones, como la milicia, al mando de uno de ellos; tenían práctica en romper huelgas y disolver mítines. Los hombres de don Humbert, en cambio, eran una recua de maleantes, apenas si servían para participar en reyertas tabernarias. Pero la ciudad era demasiado pequeña y demasiado pobre, no podía absorber ambas bandas y éstas no paraban de crecer: tarde o temprano había de producirse un enfrentamiento. Esto no lo quería reconocer nadie, pero todos lo sabían.

La entrevista tuvo lugar un viernes de marzo a última hora de la tarde; el sol moría contra los visillos, el cielo estaba despejado y en los árboles de la plaza apuntaba ya la primavera. Don Humbert separó los visillos con el canto de la mano, se asomó al balcón, miró la plaza, apoyó la frente en los cristales. No sé si procedo correctamente, pensó. El tiempo vuela y nada cambia, se dijo, me siento triste y no sé por qué. Le vino a la memoria la Exposición Universal: pensaba en Onofre Bouvila y asoció sin querer ambas imágenes: el certamen y el muchacho pueblerino que trataba de abrirse camino por todos los medios de que disponía. Ahora la Exposición ya había cerrado sus puertas: de aquel esfuerzo colosal no quedaba casi nada: algún edificio demasiado grande para ser utilizado en la práctica, algunas estatuas y un montón de deudas que el municipio no sabía cómo enjugar. Toda la sociedad se asienta sobre estos cuatro pilares, pensó, la ignorancia, la desidia, la injusticia y la insensatez. La tarde anterior había recibido la visita de Arnau Puncella, lo que éste le había dicho le había causado un gran desasosiego: las cosas no podían seguir como hasta entonces.

—Hay que pasar a las vías de hecho —le había dicho Arnau Puncella— o resignarse a ser aniquilados inexorablemente.

—Todos sabíamos que esto había de pasar, más tarde o más temprano, pero no pensaba que fuera algo tan inminente —había dicho él. El plan le parecía descabellado. No veía ninguna posibilidad de ganar—. ¿Cómo se te ocurre semejante disparate?

El otro le dijo que no se trataba de ganar, sino de reafirmarse. Era cosa de dar el primer golpe, le había explicado, e inmediatamente reanudar las negociaciones. Que vea que no somos mancos, que no nos arredramos; este lenguaje sí lo entenderá, ya que desdeña el de la razón. Perderemos algunos hombres, había dicho, eso es inevitable.

—Pero a nosotros, ¿no nos pasará nada? —había preguntado.

—No —había respondido su lugarteniente—, en este sentido no hay miedo; lo tengo todo pensado, he planeado el golpe cuidadosamente, hasta el último detalle. Además, hace tiempo que vengo observando al chico: vale mucho; lo hará a las mil maravillas. Es una lástima —había añadido— que tengamos que sacrificarlo.

Normalmente era hombre de buen corazón, pero en aquellos momentos lo dominaban la envidia y el temor. Llamó a Onofre Bouvila a su despacho y le dijo que le iba a encomendar un trabajo importantísimo. A ver qué tal te portas, le dijo Margarito. Por una puerta de dos hojas, alta y estrecha, entró entonces don Humbert Figa i Morera. Me ha dicho don Arnau Puncella que vales mucho, le dijo. A ver qué tal te portas, añadió sin saber que repetía lo que acababa de decir el otro. Luego le expusieron el plan con todo cuidado. Onofre Bouvila los escuchaba boquiabierto. Éste no entiende nada de nada, pensaba Arnau Puncella al verlo; todo lo que le estamos diciendo le resulta tan ajeno como la vida en la Luna. Sobre todo, le dijo, mucha discreción.

A solas Onofre Bouvila dedicó varias horas a reflexionar y a continuación fue a buscar a Odón Mostaza. Cuando estuvo en compañía del matón le dijo: Escucha atentamente, esto es lo que vamos a hacer. Había decidido prescindir del plan que le habían esbozado en el despacho de Arnau Puncella y había concebido otro; estaba decidido a obrar por cuenta propia. Ya está bien de obedecer, se dijo. Desde mucho tiempo atrás sabía de la existencia de don Alexandre Canals i Formiga, de Joan Sicart y de su ejército formidable de maleantes. Odón Mostaza le había puesto al corriente de todo aquello. Incluso había ponderado a veces la posibilidad de ofrecer su servicios a Joan Sicart. No era desleal por naturaleza, pero sabía en cuál de las dos facciones radicaba el poder verdadero y no estaba en condiciones de apoyar causas perdidas. Por esta razón sabía que toda la fuerza de don Alexandre Canals i Formiga se basaba en Joan Sicart, que en torno a éste giraba toda la organización. Sobre estos datos había concebido su plan; había meditado hasta el último detalle cuando fue a ver a Odón Mostaza. Nuestra inferioridad, le dijo, es tan patente que nadie nos tomará en serio; con esta ventaja contamos; a eso hay que añadir la rapidez y la osadía. No agregó «y la brutalidad», pero lo pensaba. Había llegado a la conclusión de que procediendo así tenían bastantes probabilidades de éxito. Como lo pensó lo hizo. En Barcelona nunca se había visto una cosa igual. Mientras duró la contienda toda la ciudad parecía contener el aliento. Quizá si las fuerzas hubieran estado más igualadas no habría tenido que obrar en forma tan cruel.

Esa misma noche empezó la guerra. Algunos hombres de Sicart se reunían en una bodega de la calle del Arco de San Silvestre, cerca de la plaza de Santa Catalina. En este local entraron varios matones encabezados por Odón Mostaza, parecían buscar camorra; esto no era infrecuente, nadie le dio importancia al hecho. Odón Mostaza era muy conocido en el medio: no había, decían de él las mujeres, un hombre más guapo ni con mejor talle en toda Barcelona. Los hombres de Sicart los tomaron a risa: somos más y estamos mejor adiestrados, parecían querer decir con su actitud sardónica. Los matones respondieron a este desplante con otro: sacaron navajas y cosieron a puñaladas a los que tenían más cerca; luego abandonaron el local a la carrera sin dar tiempo a que los demás reaccionasen. En la plaza de Santa Catalina los esperaba un coche de caballos, en el que se dieron a la fuga. La noticia corrió por los bajos fondos. En menos de dos horas se hizo sentir la represalia: doce hombres armados con escopetas entraron en *L'Empori de la Patacada* y empezaron a disparar; interrumpieron un cuadro titulado *La esclava del sultán*. Allí dejaron dos muertos y seis heridos, pero ni entre éstos ni ente aquéllos estaban Onofre Bouvila u Odón Mostaza. Luego los que habían disparado salieron del local; al verse en la calle oscura y solitaria comprendieron demasiado tarde su error. Inmediatamente aparecieron dos coches cubiertos que se acercaban a galope tendido. Quisieron huir, pero no pudieron: los coches los cogieron entre dos fuegos; desde las ventanillas disparaban sobre ellos con revólveres americanos de seis tiros. Habrían podido acabar con los doce pistoleros, pero se conformaron con pasar dos veces: alcanzaron a siete: de éstos uno murió en el acto y dos más a los pocos días. Joan Sicart estaba desconcertado. No entiendo qué pretenden, se decía, ni hasta dónde están dispuestos a llegar. ¿Qué motivo tienen y qué fin persiguen?, se preguntaba. Mientras estaba sumido en estas cábalas fueron a decirle que una mujer quería verle; no había querido identificarse, pero decía traer la solución que él trataba en vano de encontrar. Por curiosidad hizo que la condujesen a su despacho. No la había visto nunca, pero como no era refractario a los encantos femeninos la recibió con cortesía. Ella hablaba a través de un velo, con voz hosca: Me envía Onofre Bouvila, fue lo primero que le dijo. Joan Sicart respondió que no sabía quién era Onofre Bouvila. La mujer hizo como que no oía esta respuesta. Quiere verte, dijo sin más. Él también está preocupado, tampoco entiende a qué viene esta matanza. Hablaba como un embajador habla a un jefe de gobierno de otro jefe de gobierno; a esto Joan Sicart no supo cómo contestar. La mujer añadió: Si te interesa acabar con esta situación absurda ve a verle o recíbele aquí mismo, en tu propio terreno: él no rehusará venir si tú le das garantías. Joan Sicart se encogió de hombros. Dile que venga si quiere, concedió, pero solo y desarmado. ¿Tengo tu palabra de que saldrá de aquí sano y salvo?, preguntó la mujer. A través del velo que le cubría el rostro los ojos intensos de la mujer reflejaban intranquilidad. Puede ser su amante o su madre, pensó Joan Sicart. La inquietud que su poder provocaba en aquella mujer hermosa le infundió arrestos; sonrió con jactancia. No tienes nada que temer, dijo. Concertaron una hora para la entrevista y Onofre Bouvila compareció allí puntualmente. Al verlo Joan Sicart torció el gesto. Ahora sé quién eres, le dijo: el cachorro de Odón Mostaza; he oído hablar de ti; ¿qué vienes a venderme? Decía estas cosas en tono displicente, pero Onofre Bouvila no se irritó. No necesito reclutas ni espías ni traidores, añadió Sicart con la misma sorna. Finalmente la calma de Onofre Bouvila le hizo perder los estribos y acabó gritando. Qué quieres, a qué vienes, decía. Desde la antesala sus secuaces oían los gritos y no sabían si debían intervenir o permanecer con los brazos cruzados. Si nos necesita ya nos avisará, se dijeron.

—Si no quieres escuchar lo que tengo que decirte, ¿para qué me has hecho venir? —dijo por fin Onofre Bouvila, cuando Sicart hubo desahogado su cólera—: Aquí corro peligro y comprometo mi posición.

Joan Sicart tuvo que darle la razón en lo que decía. Le molestaba tener que dialogar con un mocoso de igual a igual, pero tampoco podía evitar que la calma y la autoridad con que aquel mocoso inerme se dirigía a él le impresionaran. En un instante pasó del desprecio al respeto instintivo. Está bien, habla, le dijo a Onofre. Éste comprendió que tenía ganada la partida. Ya se arruga, pensó. En voz alta dijo que la guerra que acababa de estallar era un despropósito. Sin duda se debía a un malentendido; nadie sabía cómo había empezado, pero ahora era una realidad, amenazaba con convertirse en una bola de nieve que podía sepultarlos a todos. Es evidente que a ti te inquieta, dijo: a mí, aún más, porque puedo ser el próximo en caer. ¿No crees que deberíamos acabar con esta situación indeseable?

—Eh —exclamó Joan Sicart vivamente al oír esto—, que no fuimos nosotros los primeros en atacar, sino vosotros.

—Eso qué más da a estas alturas —dijo Onofre Bouvila. La cuestión era poner fin a las represalias, añadió. Luego bajó la voz y dijo en tono confidencial—: A nosotros esta guerra no nos interesa; ¿qué podemos sacar de ella? Somos menos y estamos peor preparados que vosotros; con nosotros no tenéis ni para empezar. Toda la ventaja es vuestra. Te digo esto para que no dudes de mi buena fe: no me mueve ningún propósito secreto; sólo he venido a brindarte la oportunidad de hacer las paces.

Joan Sicart desconfiaba instintivamente de Onofre, pero en su fuero interno deseaba creer en su sinceridad: a él también le repugnaba aquella guerra sin sentido. Sus hombres caían abatidos por las balas, todas las actividades lucrativas habían quedado paralizadas y en la ciudad reinaba una atmósfera tensa, poco propicia a los negocios. La entrevista acabó en nada, pero ambos quedaron en volver a reunirse una vez ponderadas debidamente las circunstancias. Convencido por Onofre de que tenía todos los triunfos en la mano, Sicart no se percató de que caminaba hacia su propia destrucción: él mismo se estaba cavando la fosa. Esa noche habrían continuado los enfrentamientos armados si no hubiera llovido desde la puesta del sol hasta la madrugada; sólo dos grupos reducidos coincidieron en un callejón oscuro: estuvieron descargando las pistolas y los mosquetones que ahora llevaban siempre consigo a través de una verdadera cortina de agua. Los fogonazos iluminaban los chorros de agua que vertían los tejados en la calle. Dispararon con los pies hundidos en el fango hasta que se les acabaron las municiones. Debido al aguacero no hubo que lamentar bajas. Hubo otros dos incidentes: un muchacho de dieciséis años perteneciente a la banda de don Humbert Figa i Morera murió al caerse de una tapia que había escalado para escapar a la persecución de que era o creía ser objeto: tuvo la mala fortuna de resbalar y desnucarse. También esa noche terrible alguien arrojó un mastín muerto por la ventana de un burdel al que solían ir Odón Mostaza, Onofre y sus compinches. Nadie entendió el significado de aquel macabro presente. Aquella noche, por prudencia, nadie había acudido al burdel: las pobres pupilas habían pasado la noche en vela, muy inquietas por el miedo a una incursión sangrienta. Al dar las tres rezaron el rosario. Era voz común en la ciudad que había una guerra no declarada, pero la prensa local no se atrevió a dejar constancia de ello.

Al día siguiente, la mujer misteriosa volvió a visitar a Joan Sicart; le dijo que Onofre Bouvila quería verle de nuevo. Pero por prudencia, por razones de seguridad personal, tal como están las cosas, no quiere venir aquí, añadió. No desconfía de ti, sino de tu gente: teme que no tengas sobre tus hombres absoluto control. Se niega a meterse en la boca del lobo. Dice que elijas tú un lugar neutral. Él irá solo; tú puedes llevar contigo la escolta que te plazca. Picado en su amor propio, Sicart concertó una cita en el claustro de la catedral. Sus hombres rodearon la catedral y se apostaron en todas las capillas; cautamente el señor obispo hizo como que no se daba cuenta de la presencia de hombres armados en el lugar santo. Además, Sicart tenía controlada a toda la banda de don Humbert Figa i Morera; gracias a eso sabía que Onofre iba solo a su encuentro. No pudo menos que admirar su arrojo.

—Aún estamos a tiempo de firmar la paz —dijo Onofre. Hablaba con voz pausada, quedamente, como si le impusiera la índole del sitio en que se celebraba el encuentro. Después de la lluvia de la noche anterior habían florecido los rosales del claustro y la piedra del pretil, recién lavada, brillaba como si fuera alabastro—. Quizá mañana sea demasiado tarde. Las autoridades no pueden permanecer cruzadas de brazos mucho tiempo ante esta situación. Tarde o temprano esta alteración del orden público les obligará a intervenir; tomarán cartas en el asunto de grado o por fuerza: es probable que declaren el estado de excepción, que el ejército ocupe la ciudad. Eso sería nuestro fin: tu jefe y el mío saldrían a flote, pero tú y yo somos carne de horca, acabaríamos en los fosos de Montjuich. No vacilarán en usarnos para escarmiento del populacho. Están asustados por el problema sindical que se avecina y no desaprovecharán la ocasión de demostrar su decisión y su poder. Tú sabes que tengo razón. Y es posible que tu propio jefe tenga algo que ver en esto.

La desconfianza de Joan Sicart iba en aumento, pero no podía sustraerse al influjo de Onofre Bouvila; los razonamientos de éste hacían mella en él a pesar suyo.

140

—No tengo ningún motivo para sospechar de mi jefe, don Alexandre Canals i Formiga —replicó con altivez.

—Tú sabrás —dijo Onofre—. Yo, por mi parte, no me fío de nadie; no pondría las manos en el fuego ni por el uno ni por el otro.

Al mismo tiempo que sembraba la semilla de la duda en el ánimo de Sicart, la mujer misteriosa lograba llegar a presencia del propio Canals i Formiga. Urdió una confusa historia de ribetes sentimentales. Don Alexandre mordió el anzuelo e hizo pasar a su presencia a la mujer. Antes de que ella entrara se perfumó con un pulverizador que guardaba en el cajón de su escritorio, junto al revólver. Ella no quiso descubrir su rostro. A bocajarro, sin preámbulo alguno, le dijo que sabía de buena tinta que Joan Sicart se disponía a traicionarle. Se pasará al enemigo cuando la guerra se haya recrudecido; en el momento más comprometido te quedarás indefenso, dijo con voz entrecortada. Él se echó a reír: Esto que dices es imposible, mujer, ¿de dónde sacas estas figuraciones?, le preguntó. Ella se echó a llorar: Sufro por ti, vino a decirle. Si te pasara algo... Él se sintió halagado y trató de calmarla. No hay motivo de inquietud, le dijo. Le ofreció una copita de licor digestivo que ella sorbió agitadamente. Luego agregó, volviendo al tema que le inquietaba, que Joan Sicart ya se había entrevistado dos veces con sus enemigos; una vez en el propio cuartel general de Sicart y otra en el claustro de la catedral. Haz averiguaciones y comprobarás que no te miento, le dijo. Si los hombres de Humbert Figa i Morera no contaran con la complicidad de Sicart, ¿cómo iban a meterse en una guerra que tenían perdida de antemano?, razonó. Piensa en esto que te digo, Alexandre, Sicart está conchabado con Humbert Figa i Morera, acabó diciendo. Él no quiso entrar a discutir con una desconocida aquellas afirmaciones gravísimas.

—Ve, mujer, ve; ahora tengo cosas más importantes en qué pensar que estos cuentos que has venido a traerme —le dijo, pero cuando ella se hubo ido hizo llegar un mensaje al obispado; en este mensaje pedía que le confirmaran la presencia de Joan Sicart en la catedral. No creo una palabra de lo que me ha dicho esa loca, dijo para sí, pero nunca está de más extremar las precauciones, sobre todo en momentos como éste. En realidad la visita de la mujer misteriosa le había impresionado más de lo que él mismo estaba dispuesto a reconocer. Quién me iba a decir a mí, que llevo una vida tan monástica, que una mujer tan atractiva se preocupaba en secreto por mi seguridad, se decía. Ay, ay, ay, que todo esto me huele a libertinaje desde una hora lejos, pensaba. Sea como sea, no puedo desoír completamente la información que ha venido a darme: es evidente que exagera; probablemente estará equivocada, pero, ¿y si no lo estuviera?, se decía. Del obispado respondieron a su nota con otra que confirmaba la presencia de Sicart en el claustro de la catedral. Don Alexandre Canals i Formiga hizo comparecer a Joan Sicart y trató de sonsacarle con subterfugios. Estos subterfugios no pasaron inadvertidos a Sicart, que vio cimentarse así los recelos que Onofre le había inculcado. Con todo simulaba no percibir nada en la actitud de su jefe para no delatarse. Quizá esté pensando reemplazarme por otro y no sepa cómo quitárseme de enmedio, pensaba. Sicart tenía un lugarteniente llamado Boix, un hombre corto de luces y de instintos bestiales, que desde hacía tiempo le envidiaba la jefatura. Quizás ahora don Alexandre tenía puestos los ojos en Boix, quizá Boix había llegado secretamente a un acuerdo con don Alexandre, se decía. En el transcurso de aquella conversación uno y otro percibieron la reticencia bajo la aparente camaradería. Esto no impidió que los dos se pusieran de acuerdo en la conveniencia de lanzar un ataque frontal contra los hombres de don Humbert Figa i Morera. Sicart se despidió de su jefe con la promesa de que los eliminaría. Luego a solas se decía: Tal vez todo forme parte del mismo plan. Mientras tenga frente a sí un enemigo, aunque este enemigo sea tan insignificante como don Humbert, me seguirá necesitando. Pero si yo acabo con la banda de su rival, ¿qué le impedirá a él acabar luego conmigo? No, se decía, es preciso que llegue a un acuerdo con Onofre Bouvila. Me conviene la paz tanto como a él y parece un hombre razonable. Le veré y entre los dos haremos que todo vuelva a su cauce. Al quedarse solo, don Alexandre Canals i Formiga se derrumbó en la butaca de cuero, dejó caer los brazos a ambos lados de la butaca y estuvo a punto de romper a llorar. Mi servidor más fiel me abandona, se decía, ¿qué será de mí? Veía en peligro su propia vida, pero aún le preocupaba más lo que pudiera sucederle a su hijo. Este hijo tenía doce años; había nacido con una malformación en la columna vertebral y se movía con mucha dificultad; de pequeño no había podido participar en juegos ni travesuras; en cambio, parecía muy interesado en el estudio y había demostrado una facilidad extraordinaria para las matemáticas y el cálculo. Era un niño triste, sin amigos. Como los demás hijos del matrimonio habían muerto casi simultáneamente, en la epidemia del 79, don Alexandre sentía por este niño tarado un cariño sin límites y una compasión infinita, a diferencia de su esposa, que a partir de la tragedia citada había concebido para con los supervivientes un rencor comprensible, aunque injustificado; ahora pensaba: si esos desalmados se proponen algo de cierta envergadura tal vez se les ocurra atentar contra mi hijo; saben que con eso me asestarían un golpe mortal. Sí, se decía, no hay duda, esto harán si yo no me anticipo a sus planes. Al día siguiente el hijo de Alexandre Canals i Formiga, llamado Nicolau Canals i Rataplán, en compañía de su madre, un aya y una camarera partió camino de Francia, donde aquél tenía amigos y un sustancioso capital.

Enterado de la marcha de la familia de su jefe, Joan Sicart se creyó definitivamente traicionado. Hizo llegar a Onofre Bouvila este mensaje: Joan Sicart quiere verte con urgencia. Esta vez, respondió Onofre, a solas tú y yo. Como quieras, dijo Sicart; di tú dónde. Onofre Bouvila hizo ver que reflexionaba unos instantes, aunque ya lo tenía todo pensado. En la iglesia de San Severo, media hora antes de misa de siete. A esa hora, dijo Sicart, la iglesia estará cerrada. Yo la habré hecho abrir, dijo Onofre. En este ir y venir de mensajes transcurrió el día. No hubo combates, pero las calles de Barcelona estaban desiertas; los ciudadanos no se aventuraban a salir de sus casas si no era imprescindible.

Antes de que saliera el sol los hombres de Sicart habían tomado posiciones en las calles circundantes, en los soportales, en un almacén de aceite contiguo a la iglesia, en las ruinas de un palacio abandonado. Desde allí contaban con ver llegar a Onofre, pero éste se les había adelantado: había pasado la noche en la iglesia. Fue él mismo quien les abrió las puertas a la hora convenida. Tres secuaces de Sicart se precipitaron en el interior del templo empuñando armas, por si Onofre había tendido allí una celada a su jefe. Sólo vieron a Onofre junto a la puerta, desarmado y tranquilo y a un pobre capellán que temblaba de miedo y rezaba hecho un ovillo frente al altar. Temía por su propia vida y aún más temía una profanación. Los tres pistoleros se quedaron algo cortados. Ya veis que no hacían falta tantas precauciones, les dijo Onofre suavemente. No vieron que tenía la frente perlada de sudor; cogieron al capellán y lo sacaron a rastras a la calle. Allí lo llevaron a presencia de Joan Sicart. No hay moros en la costa, le dijeron, pero te hemos traído a este capellán para que él te lo confirme. Sicart se encaró con el capellán.

—¿Sabes quién soy? —le dijo.

—Sí, señor —respondió el capellán con un hilo de voz.

—Entonces, ¿sabes lo que te ocurrirá si me mientes?

—Sí, señor.

—Pues dime la verdad, ¿quién hay en esa iglesia?

—Sólo ese muchacho.

—¿Lo juras por Dios?

—Lo juro por Dios y por todos los santos.

—¿Y Odón Mostaza?

—Espera con el resto de la banda en la plaza del Rey.

—¿Por qué en la plaza del Rey?

—Onofre Bouvila les dijo que esperaran allí.

—Está bien —dijo Joan Sicart apartando la mirada del capellán.

Este diálogo le había causado más inquietud que certidumbre. Había pasado la noche entera en vela, reflexionando, y eso no le había hecho ningún bien. Ahora se enfrentaba a una disyuntiva crucial: por una parte quería llegar a un acuerdo con Onofre Bouvila y mantener el *statu quo*, pero por otra parte su personalidad era contraria a la negociación: él era un guerrero y la posibilidad de lograr una victoria sobre el enemigo cegaba su razón. ¿Qué me costaría enviar a mis hombres a la plaza del Rey y hacer que acabaran con Odón Mostaza y los suyos, sin dejar ni uno? Yo mismo podría encargarme de ese Bouvila que me espera ahí dentro como un pollito. En pocos minutos habríamos barrido a nuestros enemigos de la ciudad y Barcelona sería nuestra. A estas ideas se oponían otras y la contradicción le paralizaba. Su lugarteniente le instó a que hiciera algo.

—Vamos, muévete, ¿a qué estás esperando? —le dijo. Era aquel Boix de cuya lealtad dudaba. Ahora sin embargo todo aquello, que durante la noche le había parecido patente, se disipaba como se disipan las escenas de una pesadilla.

—En cuanto me veas entrar en la iglesia, deja tres hombres en la puerta, coge el resto y ve con ellos a la plaza del Rey —le dijo a Boix—; ahí están los hombres de Odón Mostaza: deshazte de ellos sin dejar ni uno. Sobre todo recuerda esto: que no quede un solo superviviente. Yo me reuniré con vosotros en seguida.

3

Ya había salido el sol cuando Joan Sicart entró en la iglesia de San Severo, que es barroca y de dimensiones regulares. No me costará nada acabar con él, iba pensando; así zanjaremos de una vez por todas esta situación peligrosa y estúpida. En cuanto se me ponga a tiro lo liquidaré. Claro que le he dado garantías de seguridad y que él hasta ahora ha cumplido siempre su palabra, se decía, pero, ¿desde cuándo me importan a mí estas cuestiones de honor? Toda la vida he sido un bergante y a estas alturas me asaltan los escrúpulos, ¡bah! La penumbra que reinaba en el interior le impidió distinguir nada durante unos instantes. Oyó la voz de Onofre Bouvila que le llamaba desde el altar. Ven, Sicart, estoy aquí. No tienes nada que temer, le decía Bouvila. Un escalofrío le recorrió la espalda. Es como si fuese a matar a mi propio hijo, pensó. Una vez se hubo habituado a la oscuridad avanzó entre las dos hileras de bancos. Llevaba todo el rato la mano izquierda hundida en el bolsillo del pantalón y allí empuñaba un arma. Este arma era una pistola pequeña, de las que sólo pueden usarse a quemarropa y efectúan un disparo solamente. Estas pistolas, fabricadas en Checoslovaquia, eran entonces casi desconocidas en España. Sicart supuso que Onofre Bouvila ignoraría la existencia de este tipo de pistolas; eso le impediría percatarse de que él llevaba una en el bolsillo del pantalón para matarle cuando lo tuviera cerca. Otra pistola idéntica a la que ahora llevaba encima Sicart, pero de plata, recamada de brillantes y zafiros, había sido regalada por el emperador Francisco José a su esposa, la emperatriz Isabel. Para no herir su susceptibilidad, porque no se regalan armas de fuego a una dama y menos si es de alcurnia, los armeros, por encargo del soberano, habían dado a la pistola forma de llave. Nadie tiene que verla, dijo el emperador, tú llévala en el bolso por si acaso. Hoy en día hay muchos atentados y tengo un poco de miedo, por ti y por los chicos, susurró. Ella no se dignó responder a aquella muestra de solicitud: no amaba a su esposo, siempre lo trataba con patente desdén, aun en las ceremonias oficiales y en las recepciones, con la máxima frialdad de que ella era capaz, o sea mucha. Sin embargo, llevaba en el bolso la pistola, tal y como él le había sugerido, la mañana infortunada del 10 de septiembre de 1898, cuando al ir a abordar un vapor en el quai Mont Blanc de Ginebra Luigi Lucheni la asesinó. Llevaba dos días esperándola a la puerta del hotel en que se hospedaba, pero hasta ese momento no habían coincidido. Como no tenía con qué costear la compra de una daga (que valía doce francos suizos) se había construido él mismo un puñal casero con hoja y mango de latón. El día anterior la emperatriz había ido a visitar a la baronesa de Rothschild, por cuya propiedad pululaban pájaros exóticos y puercoespines traídos para ella de Java. La emperatriz Isabel contaba sesenta y un años de edad cuando murió; conservaba una figura esbelta y un rostro de gran belleza; representaba todo lo que aún quedaba en Europa de elegacia y de suprema dignidad. Gustaba de escribir poesía elegíaca. Su hijo se había suicidado; su cuñado, el emperador Maximiliano de México, había sido fusilado; su hermana había muerto en un incendio, en París; su primo, el rey Luis II de Baviera, había vegetado los últimos años de su vida en un manicomio. También Luigi Lucheni, el hombre que la mató, había de suicidarse doce años más tarde, en Ginebra, donde cumplía cadena perpetua: había nacido en París, pero se había criado en Parma. Si la emperatriz Sissi, como sus súbditos gustaban de llamarla, hubiera recurrido a la pistola que le había regalado el emperador seguramente habría podido evitar la muerte, adelantarse a su verdugo. Antes de descargar su golpe fatal Lucheni perdió varios segundos: como la emperatriz y su acompañante, la condesa Sztaray, llevaban sombrillas para protegerse la cara del sol, tuvo que asomar la cabeza por debajo de cada sombrilla: deslumbrado como estaba podía haber cometido un error que lo dejara en ridículo a los ojos de la Historia. Escrutaba la penumbra e iba murmurando *scusate, signora*. Pero seguramente la emperatriz se había olvidado de que llevaba una pistola en el bolso o lo recordó, pero decidió olvidarlo: estaba, como ella misma solía decir, cansada de la vida. *Tanto me abruma el peso de la vida,* había escrito poco antes a su hija, *que siento a menudo un dolor físico y pienso que preferiría estar muerta.* La otra mano, en cambio, la mano en la que no llevaba la pistola, la tenía Sicart bien a la vista, extendida, como para estrechar la de Onofre Bouvila. Pero éste, cuando tuvo a Sicart a pocos pasos, sin necesidad de mirar lo que el otro hacía con la mano oculta levantó los brazos al cielo, dobló las rodillas y gritó:

—¡Sicart, por tu madre, no me mates, que soy muy joven y voy desarmado!

Sicart vaciló un par de segundos, los últimos de su vida. Un hombre salió de la oscuridad, le cayó encima y le retorció el pescuezo. La sangre le salió a raudales por la boca y por la nariz; tan rápido fue todo que no tuvo tiempo siquiera de sacar la pistola del bolsillo, mucho menos de hacer uso de ella, como años más tarde había de ocurrirle a la propia emperatriz. El que lo mató era Efrén Castells, el gigante de Calella, a quien Onofre había mantenido oculto todos aquellos meses, sin que nadie supiera de su existencia, para echar mano de él en el momento de máxima necesidad. Ahora el cuerpo sin vida de Joan Sicart yacía ante el altar: era un gran sacrilegio, pero ya estaba hecho. Onofre y Efrén recorrieron la nave central a grandes zancadas, cerraron las puertas y echaron el pasador. Los hombres que Sicart había dejado de guardia en la calle sospecharon que algo malo le podía estar pasando a su jefe y trataron de entrar en la iglesia, pero no pudieron.

Mientras tanto, los demás hombres de Sicart se habían ido hacia la plaza del Rey. Los tres hombres alcanzaron a Boix y le informaron de lo que sucedía: La puerta de la iglesia está cerrada a cal y canto y Sicart no sale, le dijeron. Boix no prestó a esta noticia demasiada atención: hacía tiempo que codiciaba verdaderamente la jefatura y la posibilidad de que Sicart hubiese sido víctima de un engaño mortal no le desagradaba lo más mínimo. Cegado por esta ambición condujo a toda la tropa hasta la plaza, donde desembocaron en tropel, sin haber enviado delante avanzadillas ni haber tomado ninguna otra precaución, cosa que no habría sucedido si hubiera sido Sicart y no Boix quien hubiera dirigido el ataque. El propio Boix se dio cuenta demasiado tarde de lo temerario de este proceder: la plaza estaba vacía, los hombres de Odón Mostaza habían volado. Los suyos se volvieron hacia él: ¿qué hacemos aquí?, parecían preguntarle. Él mismo, sin enemigo visible, estaba desconcertado. Los hombres de Odón Mostaza, que se habían dispersado y andaban por los tejados, los acribillaron a tiros. Se entabló una batalla que duró casi dos horas: la facción de Boix, pese a ser la más numerosa, llevó en todo momento las de perder; su propia disciplina fue la causa de su derrota: desaparecido Sicart y desacreditado Boix (quien, por lo demás, fue uno de los primeros en caer) a los ojos de sus hombres, nadie supo cómo actuar. Los rufianes de Mostaza en cambio se movían en aquella confusión como peces en el agua: era su medio habitual. Por fin los hombres de Boix se desbandaron; tiraron las armas y salieron de estampía. Odón Mostaza los dejó huir; le habría resultado imposible reagrupar fuerzas para perseguirlos.

De aquella derrota bochornosa que asestaba un golpe tremendo a su imperio no sabía nada todavía don Alexandre Canals i Formiga. Estaba de excelente humor ahora: acababa de irse la masajista y su valet le ayudaba a anudarse la corbata; sabía a su hijo a salvo en París y se había desembarazado de su esposa, con la que no se llevaba demasiado bien; el sol entraba a raudales por la ventana de su despacho cuando le anunciaron una nueva visita de la mujer misteriosa. La recibió sin más demora que la necesaria para perfumarse la barba. Esta vez se atrevió a ceñirle el talle con el brazo al ofrecerle asiento. La condujo a un tresillo tapizado de terciopelo color cereza. La mujer opuso una resistencia distraída a estos atrevimientos. Tenía todo el tiempo los ojos puestos en la ventana. En la conversación se mostraba evasiva, algo incoherente. Al cabo de un rato, cuando ya la tenía estrechamente abrazada ella vio brillar una luz en una azotea cercana. Con un espejito de mano que reflejaba los rayos del sol Onofre Bouvila y Efrén Castells le hacían señales: todo ha terminado, le decían, actúa ya. Para obrar con mayor soltura se quitó el velo, se arrancó de un manotazo el sombrero y la peluca. Don Alexandre Canals i Formiga se quedó boquiabierto. Ella sacó de los senos postizos un puñal y cerró los ojos unos instantes.

—Que Dios me perdone lo que voy a hacer —la oyó murmurar antes de caer muerto sobre el sofá. Antes de morir aún tuvo tiempo de pensar en su hijo: menos mal que lo puse a buen recaudo, se dijo. Para sí mismo sólo tuvo un pensamiento sarcástico: ¡y yo que creía haber hecho una conquista! La falsa mujer era el señor Braulio, el ex fondista de Onofre Bouvila, que había ido a buscarlo expresamente para este trabajo al barrio de la Carbonera. Allí estaba siempre, tratando de ahogar sus penas y su soledad en el consumo constante de las drogas, dejándose pegar por maricones que no querían serlo, que querían sentirse muy machos y maltrataban a mujeres falsas. Después de haber sido detenido en la pensión por segunda vez, ahora como miembro presunto de una célula anarquista, a raíz de la denuncia presentada por Delfina, había sido puesto en libertad: no le costó probar su inocencia en aquel caso, demostrar a la policía y al juez de instrucción que sus veleidades eran otras. Una vez libre había tratado de hacerse cargo nuevamente de la pensión, pero el panorama que había encontrado allí no podía haber sido más desolador: su esposa había fallecido en el hospital, Delfina estaba a punto de ser juzgada en compañía de sus cómplices: las acusaciones que pesaban sobre todo ellos eran de una gravedad extrema, si no la pena máxima cabía esperar cadena perpetua. Nunca volveré a ver a mi hija, se decía el fondista. En su ausencia nadie se había ocupado de adecentar la pensión: el polvo se acumulaba en todas partes y en la cocina había restos de comida en estado de putrefacción avanzadísimo. Quiso poner orden, pero le flaqueó el ánimo. Con ayuda de mosén Bizancio y del barbero publicó anuncios en los periódicos y no tardó en encontrar quien quisiera hacerse cargo de la pensión. Con el dinero obtenido de esta manera se sumergió en el barrio de la Carbonera y se fue degradando hasta que sintió en sus mejillas macilentas el aleteo de la muerte, que le andaba rondando: esto era lo que había ido a buscar allí, pero ahora, enfrentado al hecho, volvió a tener miedo. Una noche al salir de un antro se dio de manos a boca con Onofre Bouvila. Sin saber lo que hacía se echó en sus brazos: Ayúdame, le suplicó; no me dejes morir aquí. Onofre le dijo: Venga conmigo, señor Braulio; esto se ha terminado. Desde entonces hacía lo que él le decía, sin preguntarse si aquello estaba bien o mal. Ahora acabó de desembarazarse del disfraz, que escondió detrás del sofá donde yacía el hombre que acababa de asesinar. En paños menores acudió a la ventana y con el espejito de la polvera hizo señas en dirección a la azotea donde Onofre Bouvila y Efrén Castells esperaban el resultado de su intervención. Al explicarle lo que debía hacer Onofre le había insistido en que cerrase la puerta del despacho con llave y que no la abriese a nadie hasta que no fuese a buscarle él mismo. Ahora advirtió que con el nerviosismo propio de las circunstancias se había olvidado de hacer lo que le habían dicho. Oyó carreras y voces en el pasillo: eran los hombres de don Alexandre, que acudían en ayuda de su jefe. Alguien intentó entrar y el señor Braulio estuvo a punto de desmayarse, pero no pasó nada: el propio don Alexandre se había cuidado de cerrar la puerta para que la mujer a la que pensaba seducir no pudiese huir de sus requiebros; antes de morir había salvado así la vida a su asesino. Todos son iguales, pensó el señor Braulio al ver la puerta cerrada, unos marranos. Permanecer tanto rato en compañía de su víctima le crispó los nervios. Onofre Bouvila y Efrén Castells lo encontraron al borde del suicidio: pretendía tirarse por la ventana. Se había atado al cuello un jarrón de bronce muy pesado por si la distancia de la ventana a la calle no era suficiente para causarle la muerte, dijo. Onofre y Efrén Castells se incautaron de todos los papeles que encontraron en el despacho de don Alexandre Canals i Formiga.

—Con esto podemos hacer bailar a media ciudad al son que se nos antoje —dijo Efrén Castells—. Aquí no queda títere con cabeza.

Esa misma tarde se personaron los dos en el despacho de Arnau Puncella y le dijeron: Misión cumplida. Le mostraron la documentación requisada a don Alexandre Canals i Formiga y Arnau Puncella le echó un vistazo y no pudo reprimir un silbido de apreciación: Aquí no queda títere con cabeza, comentó. Al oír esta expresión, que era la misma que había usado él, Efrén Castells soltó la carcajada. Arnau Puncella hizo como que reparaba entonces en la presencia del gigante, a quien había fingido no ver. Dirigiéndose a Onofre le preguntó quién era aquel sujeto: con este gesto trataba de reafirmar su autoridad a los ojos de todos los presentes. Onofre Bouvila le respondió con suavidad que el gigante se llamaba Efrén Castells. Es mi amigo y mi brazo derecho, dijo. Fue él quien mató a Joan Sicart. Al oír esta revelación Arnau Puncella, alias Margarito, se echó a temblar, porque comprendió que algo malo estaba a punto de pasarle. Si no les importa que yo sepa este dato es porque me van a matar, pensó. Mientras pensaba esto Efrén Castells lo levantó del sillón cogiéndolo por las axilas; lo llevaba en vilo por el despacho, como si se tratara de un bebé y no de un adulto. Él agitaba las piernas en vano.

—¿A qué viene esta broma? —gritaba. Pero veía claramente que aquello no era una broma; entonces preguntó con voz atiplada, apenas audible—: ¿A dónde me lleváis?

—Adonde te mereces —le dijo Onofre Bouvila—. Tú lo maquinaste todo para causar mi ruina: querías que me mataran los hombres de Sicart, y yo devuelvo siempre favor con favor.

Abrió el balcón y el gigante de Calella arrojó a Arnau Puncella por encima de la barandilla. En aquel mismo balcón don Humbert Figa i Morera había estado meditando sobre el sentido de la vida unos días antes. Ahora la puerta de su despacho se abrió de par en par y entraron allí Onofre Bouvila y Efrén Castells. Venían a darle cuenta del éxito de la operación, le dijeron. La banda de Canals i Formiga había sido desarticulada; sus lugartenientes, Sicart y Boix, habían muerto, el propio Canals había muerto también; todos sus papeles habían sido encontrados y obraban en ese momento mismo en poder de Onofre Bouvila; las bajas sufridas en la contienda habían sido mínimas: cuatro muertos y media docena de heridos en total. A esto había que añadir la pérdida lamentable de Arnau Puncella, que acababa de sufrir un accidente inexplicable. Don Humbert Figa i Morera no supo qué hacer ni qué decir; él no había pensado que el plan urdido por Arnau Puncella pudiera dar resultados tan sangrientos. Ahora la sangre de muchos hombres le manchaba la conciencia. Acababa de oír el grito desgarrador de Arnau Puncella y comprendió que a partir de entonces las cosas iban a ser muy distintas de como habían sido antes. En fin, suspiró para sus adentros; la cosa ya no tiene remedio y habré de acostumbrarme. Por el momento se trata de salir con vida de esta entrevista, pensó. En voz alta pidió algunos datos adicionales sin importancia, más por ganar tiempo que por otra razón; Onofre se los fue dando escuetamente, aunque sabía que don Humbert no escuchaba lo que le decía. Con esta muestra de deferencia trataba de demostrar que sus intenciones no eran malas, que seguía dispuesto a continuar a las órdenes de aquél. Odón Mostaza y sus hombres admiraban y querían a don Humbert y nunca se habrían dejado arrastrar a la traición, ni siquiera por Onofre Bouvila. Éste, que lo sabía, no pensaba intentar una maniobra en aquel sentido. Por fin don Humbert lo entendió así y ambos hablaron largamente. Don Humbert estaba sumido en un mar de dudas. La ciudad entera me pertenece, pero no estoy preparado para asumir de golpe tanto poder, se decía, sobre todo cuando acabo de perder a mi colaborador más fiel, cuyo cuerpo yace aún despatarrado ahí abajo, ante mis propios ojos, ¿qué voy a hacer? Onofre Bouvila salió al paso de estas dudas: él lo tenía todo pensado precisamente. Sin altivez, pero con un aplomo impropio de su edad y su jerarquía, que don Humbert tuvo que soportar por fuerza, le dijo que había que hacerse cargo de la organización del difunto, pero no integrándola en la nuestra, puntualizó. Decía «la nuestra» con desfachatez deliberada. Don Humbert le habría azotado de buena gana con un vergajo que tenía siempre a mano, pero le disuadía de hacer tal cosa el temor que le inspiraba Onofre y la presencia amenazadora de Efrén Castells en el despacho. Por otra parte, lo que le decía aquel muchacho presuntuoso estaba muy puesto en razón, pensó. Es cierto que no conviene confundir las cosas, pensó: yo soy yo y Canals, a quien Dios tenga en su gloria, era Canals. El problema estribaba ahora, muerto Arnau Puncella, en saber a quién se podía poner al frente de los asuntos de Canals. Onofre Bouvila dijo que tenía a la persona idónea para eso. Don Humbert Figa i Morera no ocultó su perplejidad. No será Odón Mostaza o ese matón que tienes aquí, le dijo. Onofre Bouvila no se ofendió. No, no, qué va, respondió, cada uno vale para lo que vale. La persona que yo digo tiene talento para estas cosas y es de una fidelidad a toda prueba, dijo. Precisamente ahora aguarda en la antesala; con su permiso, me gustaría hacerla pasar y que usted la conociera, dijo. Obtenido este permiso introdujo en el despacho al señor Braulio. La noción de haber matado a un ser humano con sus propias manos le tenía tan obsesionado que no lograba pensar a derechas; ya no conseguía como antes mantener separadas las dos facetas de su personalidad: tan pronto hablaba con el comedimiento viril del fondista que había sido como sacaba del bolsillo unas castañuelas y se arrancaba por peteneras.

—Soy persona de extremos —le dijo a don Humbert cuando hubieron sido presentados—. Cuando se me pasa la cachondez sólo pienso en el suicidio. Esta vez, por suerte, la cosa no fue grave, pero la anterior, no veas cómo me puse: perdida de sangre.

Don Humbert Figa i Morera se rascaba la nuca discretamente, sin saber qué pintaba semejante espantajo en un asunto de tanta envergadura.

## 4

Al llegar el verano nuevamente las aguas habían vuelto a su cauce: nadie se acordaba ya de los tiroteos y las batallas campales que unos meses atrás habían tenido a la ciudad en vilo. Aunque al principio torcieron el gesto, todos fueron aceptando poco a poco al señor Braulio en el lugar de Canals i Formiga; aquél obraba siempre con tacto exquisito, era muy conservador, no se extralimitaba en sus actuaciones y llevaba las cuentas con mucha exactitud. Onofre Bouvila le había prohibido que volviera a las andadas: nada de ir a hacer el mamarracho al barrio de la Carbonera, le dijo; ahora somos gente respetable; si necesita un desahogo o quiere un poco de jarana, la paga y se la trae a casa, que para eso ganamos una pasta gansa. Pero de puertas afuera, seriedad, le dijo. El señor Braulio se instaló en un piso principal de la ronda de San Pablo; en el entresuelo tenía las oficinas. Algunas noches los vecinos oían canciones provenientes del piso, rasguear de guitarras, ruidos de refriega y muebles rotos. Luego acudía a las reuniones con los prohombres de Barcelona con la frente vendada, un ojo amoratado, etcétera. Lo único que le carcomía las entrañas era pensar que su hija Delfina seguía en la cárcel. Ahora él tenía poder para hacer que la pusieran en libertad; se especializaba precisamente en conseguir este tipo de favores, ésta era la base de sus negocios, pero Onofre Bouvila también se lo había prohibido terminantemente. Aún no podemos permitirnos una cosa así, le decía; este tipo de maniobra daría que hablar, removería el pasado; ya habrá tiempo de ocuparse de Delfina más adelante, cuando estemos más afianzados. El pobre ex fondista adoraba a su hija, pero obedecía a Onofre por debilidad. En secreto le hacía llegar a la celda lotes de comida y confituras y también ropa de cama y lencería de la mejor calidad. Delfina, sin una palabra de agradecimiento le devolvía la ropa desgarrada con los dientes y sin estrenar. Con el señor Braulio trabajaba ahora Odón Mostaza en sustitución del difunto Joan Sicart. No poseía las dotes de mando ni el talento de éste pero se hacía querer de su gente. Como era hombre de enorme atractivo físico, el señor Braulio bebía los vientos por él. En el puesto que había pertenecido a Odón Mostaza, Onofre Bouvila se había puesto a sí mismo. También desempeñaba las funciones que antaño realizaba Arnau Puncella. A todos estos arreglos don Humbert Figa i Morera daba su bendición. Vivía feliz, en el mejor de los mundos: se había encontrado sin proponérselo en el pináculo de la vida secreta de Barcelona, convertido en el factótum de las trapisondas. Nunca había soñado con llegar tan lejos. Era un hombre contradictorio: una mezcla sabiamente dosificada de agudeza y memez, histrionismo calculado e inocencia genuina; acometía las empresas más arduas con tanta ignorancia e imprevisión como gallardía; en consecuencia casi todo le salía a pedir de boca; luego se arrogaba todos los méritos. Era muy confiado y todavía más vanidoso: sólo vivía para ser visto. Por más apremiantes que fueran los asuntos que tenía entre manos nunca dejaba de acudir al mediodía al paseo de Gracia hecho un figurín y montado en su famosa yegua torda. Esta jaca jerezana, por la que había pagado una fortuna, estaba enseñada: podía y solía recorrer todo el tramo del paseo que va de la calle Caspe a la calle Valencia caracoleando entre los tílburis. Esta exhibición no siempre acababa bien: la jaca era muy débil de remos; todos los días en algún momento del paseo se venía de bruces y el jinete rodaba por los suelos. Se levantaban ambos prestamente: la jaca relinchando y él sacudiendo de la levita los residuos de bosta que se le habían adherido allí; un pillete se precipitaba desde la acera entre las ruedas de los carruajes y las patas de los caballos a recoger la chistera y la fusta del suelo, se las daba a don Humbert cuando éste ya había recuperado su puesto en la silla. Él, impertérrito, gratificaba la devoción del pillete con una moneda que hacía centellear al sol del mediodía: así convertía el accidente en una ceremonia de vasallaje. La alta burguesía lo interpretaba precisamente de este modo; como carecía por completo de sentido del humor le tributaba el homenaje de sus mejores sonrisas: esto, decían todos, es ser un gran señor. Él, como era tonto, se creía que estas muestras de deferencia equivalían a la aceptación. Nada menos cierto: como la alta burguesía carecía de la heráldica compleja y rigurosa de la aristocracia, tenía que ser más rígida en la práctica; admiraba el dinero de don Humbert Figa i Morera y sobre todo su forma de gastarlo, pero lo consideraba personalmente un trepador y un advenedizo; a la hora de la verdad nunca lo tomaba nadie en consideración. A él esto le pasaba inadvertido: su vanidad, como toda vanidad auténtica, no tenía propósito, era un fin en sí: no pretendía con el lucimiento robustecer su prestigio ni menos aún seducir al público femenino, entre el que gozaba, sin él saberlo, de gran predicamento: todas las señoras casadas y no pocas doncellas en edad de merecer suspiraban al verlo pasar. Tampoco en esto se fijaba. En su vida privada las cosas no le iban mejor: su mujer, que se consideraba el colmo de la belleza, la inteligencia y la distinción, creía que todo era poco para ella y juzgaba haber hecho una mala boda al casarse con él; lo trataba a zapatazos y la servidumbre, a la vista de este ejemplo, poco menos. Él se sometía a estos vejámenes sin rechistar; nadie lo había visto jamás enojado, parecía vivir en un mundo aparte. Acostumbrado a no ser escuchado por nadie solía deambular por su casa emitiendo sonidos inarticulados, sin esperanza de obtener respuesta, por el mero placer de oír su propia voz. Otras veces le ocurría lo contrario: creía haber dicho lo que sólo había pensado. Esta quiebra total de la comunicación no le hacía mella. El trabajo absorbía sus energías; los éxitos sociales limitados satisfacían su amor propio, y su hija, a la que idolatraba, colmaba su necesidad de querer.

En esa época el veraneo era muy distinto de como hoy lo concebimos. Sólo las familias privilegiadas, a imitación de la familia real, trasladaban su residencia a un paraje elevado, de clima más seco, al empezar los calores; procuraban no alejarse mucho de Barcelona: veraneaban en Sarriá, en Pedralbes, en la Bonanova, hoy barrios de la ciudad. El resto de los ciudadanos combatía el calor con abanicos y botijos de agua fresca. Los baños de mar empezaban a popularizarsse entre la gente joven, afrancesada, con el escándalo consiguiente. Como casi nadie sabía nadar el número de ahogados era proporcionalmente alto cada año. Luego los curas en sus sermones aducían esta estadística penosa como prueba de la ira de Dios. Don Humbert Figa i Morera, que había llegado tarde para adquirir residencia de verano en un barrio de solera, hubo de construir la suya en una colonia situada al norte del núcleo urbano, llamada la Budallera. Allí había comprado un terreno desigual cubierto de pinos, castaños y magnolios y había hecho edificar una casita sin pretensiones. Como suele ocurrirles a muchos abogados, en la compra del terreno no había intervenido ninguna precaución. Ahora debía dedicar tiempo, esfuerzo y dinero a resolver problemas prediales que se remontaban a varios siglos atrás. En realidad, había sido objeto de una estafa: el terreno era umbrío, muy húmedo e infestado de mosquitos; el lugar estaba desprestigiado hasta el punto de que sólo tenía por vecinos a unos ermitaños que vivían en cuevas malsanas, se alimentaban de raíces y cortezas de árbol, andaban por el monte enseñando las vergüenzas y habían perdido con los años el uso de la palabra y de la razón. Sólo a un imbécil como tú se le habría ocurrido comprarse una parcela en semejante vertedero, le decía su esposa a diario. Algunos días se lo decía varias veces: a ella le habría gustado ir a tomar los baños a Ocata o a Montgat, codearse con lo más *snob* de la burguesía joven. Pero su esposo, por una vez, había impuesto su criterio.

—Ni tú ni la nena sabéis nadar —había dicho— y se os puede llevar alguna corriente; también he oído decir que en el fondo del mar hay pulpos y lampreas que pican y destrozan a los bañistas ante los ojos horrorizados de sus familiares y amigos.

—Eso les pasará —decía ella— por bañarse desnudos. Exponiendo las carnes despiertan la voracidad de la fauna, que no distingue lo animal de lo humano si no es por la ropa —al decir esto torcía la boca con sarcasmo, como si se alegrase de la desgracia de quienes no sabían vestir como era debido. Estaba segura de que a ella, que seguía llevando miriñaque a repelo de la moda y arrastraba una cola orillada de dos metros y que iba profusamente enjoyada a todas horas, ningún animal se atrevería a hincarle el diente. Su esposo siempre acababa por darle la razón. A esta residencia de verano fue a visitarle Onofre Bouvila el verano de 1891.

Había subido la montaña a galope tendido y se encontró perdido en mitad del bosque. El caballo que montaba estaba cubierto de espuma, resoplaba en forma entrecortada. Éste se me muere ahora entre las piernas y me quedo aquí, náufrago, se dijo Onofre con aprensión. Es bien curioso que sea precisamente yo quien no sepa orientarse en el monte; me he vuelto un hombre de ciudad. Por fin avistó una casa rodeada de un jardín frondoso y un muro bajo de piedra oscura. De la chimenea salía una columna de humo. Descabalgó y llevando el caballo de las riendas se acercó a pie, se asomó al muro por si había alguien que le pudiera informar. El jardín parecía desierto: piaban los pájaros, zumbaban los moscones y avispas y revoloteaban las mariposas. A través de los árboles, confusamente por la reverberación de la luz cenital, vio pasar a una niña. Llevaba un vestido de organdí blanco, de manga corta, festoneado de encaje y adornado con cintillas de terciopelo escarlata; una cofia encañonada también blanca, ribeteada de diminutas flores de tela, dejaba escapar por los bordes dos tirabuzones cobrizos. La cofia y los tirabuzones sólo permitían ver fragmentos del rostro: el arco de la nariz, un pómulo arrebolado, la curvatura suave de la frente, el óvalo del mentón, etcétera. Onofre Bouvila se quedó paralizado; cuando reaccionó la visión se había esfumado. Ah, ¿quién sería?, se preguntó, ¿y me habrá visto? No tenía aires de campesina, pero así, sola en el campo, sin compañía... ¡qué misterio!, se decía. Mientras pensaba esto apareció un mozo. Le hizo señas y cuando acudió el mozo le preguntó si aquél era el sitio que buscaba. Viendo que efectivamente lo era, entregó al mozo las riendas del caballo y se hizo anunciar. Don Humbert Figa i Morera había prohibido terminantemente a sus hombres que acudieran a esa residencia de verano: allí no quería ser importunado bajo ningún pretexto. Tampoco quería que su familia se viera involucrada en sus asuntos. Onofre se atrevió a desacatar esta orden: quería comprobar hasta qué punto don Humbert estaba dispuesto a transigir con su desobediencia. Una doncella lo condujo a una pieza hexagonal en el primer piso. A esta pieza daban varias puertas. Toda la luz provenía de una claraboya opaca: así quedaba la estancia en penumbra, se obtenía por este medio una agradable sensación de frescor. Bañado por esta luz tenue brillaba el estuco nacarado de la chimenea, sobre cuya repisa había un espejo alto de marco dorado, un candelabro de bronce y un reloj de estilo imperio cubierto por una campana de cristal. Por todo mobiliario en la estancia había una mesita rinconera de madera pintada y sobre ella una venus de alabastro, erguida en su concha; también había un velador morisco y una pila de cojines de raso. Onofre Bouvila se quedó maravillado. Qué sencillez, pensó, qué auténtica elegancia. Un ruido seco a su espalda le hizo girar en redondo. Por hábito se llevó la mano al bolsillo del pantalón, donde ahora siempre tenía la pistola que meses antes le había arrebatado a Joan Sicart. Una de las puertas había sido abierta sin llamar: allí estaba la misma niña que él había entrevisto hacía unos minutos en el jardín; ahora se había quitado la cofia y leía un libro de tapas negras, como un devocionario: la presencia inesperada de un desconocido en la estancia la había dejado inmovilizada en el umbral. Él abrió la boca para decir algo, pero no articuló ningún sonido; ella, quizá menos cohibida, cerró el libro. Luego hizo una graciosa reverencia hasta tocar con la rodilla el suelo y murmuró algo que Onofre Bouvila no entendió.

—Perdón —acertó a decir—, ¿me decía usted?

Ella bajó los ojos ante la intensa mirada de él; fijó la suya en los arabescos que dibujaba el baldosín.

—Ave María Purísima —dijo al fin con un hilo de voz.

—Ah —exclamó Onofre—, sin pecado concebida.

Ella repitió la genuflexión sin mirarle a la cara. No sabía que había alguien en la habitación, dijo enrojeciendo, la camarera no la había advertido de la presencia...

—No, no, de ningún modo —la interrumpió apresuradamente él—; soy yo, por el contrario, quien debe disculparse, si la he asustado...

Antes de que pudiera acabar la frase ella se había ido cerrando la puerta tras de sí. A solas recorría ahora la pieza a grandes zancadas: Animal, idiota, bestia, se iba diciendo a sí mismo sin preocuparse de si hablaba para sus adentros o si lo hacía en voz alta y podía ser oído por alguien, ¿cómo has permitido que se fuera? Ahora sabe Dios si se te presentará la ocasión de volver a verla. Nunca hasta ese instante, en situaciones mucho más comprometidas, había vacilado ante la oportunidad: siempre había sabido adelantarse a los acontecimientos. O eso, o no estaría vivo para contarlo, se dijo. Ay, gimió hincando ambas rodillas en los cojines mullidos del suelo, ¡y yo que me creía a salvo de estas zozobras! Pero, ¡bah!, ¿qué me digo?, siguió meditando en aquella postura penitente; ella no es más que una niña; si yo le hablara de amor, ¿qué habría de entender?, se asustaría o peor aún se reiría de mí. Después de todo no soy más que un rucio, un destripaterrones convertido en pistolero a sueldo de rufianes. Luchaba por arrancarse del corazón aquella flecha con que la suerte parecía haberle herido; se defendía contra aquella marea que le invadía, en vano, como quien levanta diques en la arena para detener el mar. Enfurecido acabó por agarrar la venus de alabastro y la arrojó con todas sus fuerzas contra el espejo de la chimenea. Lo primero en caer al suelo fue la estatuilla, que se hizo añicos; el espejo se resquebrajó, permaneció inmóvil una fracción de segundo, aún alcanzó a reflejar el rostro asustado de la niña, distorsionado por las grietas y el alabeado de la luna que se venía abajo con estrépito; cayeron seis u ocho placas grandes, que se astillaron, fueron a dar a todos los rincones de la estancia, hechas polvo de vidrio. Quedó dentro del marco un pegote de azogue y argamasa. A su espalda volvió a oír un ruido; esta vez un grito ahogado. Había vuelto a entrar y se miraba horrorizada en aquel espejo que ya no reflejaba nada, como si la estancia y sus ocupantes hubieran dejado de existir: en esta imagen comprendió lo que él quería decirle; en aquel acto vandálico vio sentido. Dejó que él la estrechara contra su pecho, sintió latir furiosamente el corazón de aquel hombre arrebatado.

—Nadie me ha besado aún —dijo con el poco aliento que logró reunir.

—Ni lo hará mientras yo viva —dijo Onofre Bouvila—, si no quiere que le vuele la tapa de lo sesos —la besó en la boca después de decir esto y añadió—: y a ti también —ella arqueó el cuerpo hacia atrás: la cabeza, el cuello, los hombros y la espalda; la cabellera cobriza que ahora llevaba suelta le rebasaba la línea de la cintura. Dejó caer los brazos inertes a los costados del cuerpo, con los dedos rozaba el suelo fresco de la estancia; las rodillas hicieron flexión, quedó suspendida del brazo de Onofre, que le rodeaba el torso; de los labios entreabiertos salió un largo suspiro—: Sí —dijo: así comprometía en un solo instante su futuro.

Onofre levantó los ojos, parpadeó: había alguien más en la estancia. Era don Humbert Figa i Morera, que acababa de entrar acompañado de otros dos señores. Uno de estos señores era un tal Cosme Valbuena, arquitecto. Don Humbert, que se aburría mortalmente, había decidido hacer obras de ampliación en la casa aprovechando la estructura de un antiguo gallinero y palomar anexo a aquélla. Para llevar a cabo esta obra sin embargo había que invadir el terreno colindante. Esta apropiación de un par de palmos había originado un pleito con el propietario del predio vecino, que resultaba ser además amigo y ocasionalmente socio de don Humbert. Éste, demasiado ocupado en asuntos de otros vuelos para perder el tiempo en litigios de tan poca monta, había hecho venir de Barcelona a un abogado joven, pero de muy buena reputación. Se especializaba en este tipo de asuntos y sobre todo en servidumbres. Los tres hombres dedicaban el día entero a recorrer la casa, el jardín y los campos que la rodeaban. El abogado tomaba medidas con un cordel y hacía propuestas arquitectónicas que el arquitecto ni se dignaba a escuchar. Éste a su vez sugería a don Humbert posibles medios legales de ganar el pleito que se traía entre manos. Discutían, se acaloraban y lo pasaban bien. Luego se sentaban a la mesa y comían con un apetito envidiable. La esposa de don Humbert no protestaba de la presencia de aquellos parásitos, porque veía que su hija se acercaba a la edad de merecer y tanto el abogado como el arquitecto eran solteros; ambos parecían tener ante sí un brillante porvenir. Cuando menos ambos tenían acceso a sus respectivos círculos profesionales. Cosa que no puede decir el zángano de mi marido, pensaba ella. Él respondía a estas lucubraciones con campechanía: Mujer, qué cosas se te ocurren: la nena acaba de cumplir diez años, repetía. Ahora ya no sabía qué pensar. No era tan tonto sin embargo que no supiera interpretar el abandono lánguido de su hija y la mirada indómita y sedienta de su subordinado, que no comprendiera que lo mejor que podía hacer era no darse por enterado de lo que allí había sucedido: Vaya, vaya, se limitó a comentar, veo que ya os habéis presentado el uno al otro y que hacéis buenas migas. Así me gusta, así me gusta. Ellos tardaron un rato en deshacer el abrazo, recobrar el equilibrio y componer la figura, visiblemente azorados. Hasta el mismo Onofre Bouvila, que unos minutos antes despreciaba a don Humbert, ahora, viendo en él al padre de la mujer que amaba, se sentía dispuesto a profesarle el máximo respeto: inmediatamente depuso su actitud colérica y adoptó otra sumisa. El abogado y el arquitecto deambulaban por la estancia calibrando los desperfectos.

—Lo importante —decía el primero— es que nadie se lastime con los cristales rotos.

Onofre Bouvila regresó a Barcelona con el sol a la espalda. De los matorrales salía el guirigay de los grillos y el cielo estaba repleto de estrellas. ¿Qué será de mí ahora?, iba pensando con los ojos puestos en aquel mapa celestial. Sabía que mientras ella correspondiera a su amor no podría traicionar a don Humbert Figa i Morera.

Antes de que el verano tocara a su fin el arquitecto y el abogado pidieron la mano de la hija de don Humbert Figa i Morera. Esta rivalidad y la necesidad consiguiente de hacer una elección le permitió a ella dar largas al asunto primero y manifestar luego una negativa rotunda a ser casada con cualquiera de los dos candidatos. Esta negativa era unas veces enérgica y otras pesarosa, con frecuencia iba acompañada de lágrimas y pataleos; debido a su fragilidad solía herirse al golpear las paredes con la frente o los muebles con las manos: ahora iba cubierta de vendas a todas horas. Esta actitud y la amenaza velada de que podían ocurrirle males mayores si su voluntad era contrariada torcieron inmediatamente la de su padre. La madre sin embargo intuyó que aquella resistencia invencible no venía motivada por el rechazo a los candidatos, en quienes no parecía haberse fijado siquiera, sino por otra causa más poderosa. Recordó la rotura del espejo y la estatuilla, el hecho de que este accidente doble hubiera coincidido con la visita insólita de un subordinado de su marido a la finca de la Budallera, de estos datos extrajo sus propias conclusiones; luego interrogó a don Humbert; éste acabó admitiendo que había sorprendido efectivamente una escena entre su hija y aquel muchacho; aquella escena, que suavizó al describirla a su esposa, podía inducir a pensar que la niña sentía una cierta inclinación hacia ese chico, dijo don Humbert. Y ese chico, ¿quién era?, quiso saber su esposa. Don Humbert le dio unas explicaciones confusas que ella no escuchó: no le interesaba lo que su marido pudiera decirle, sino lo que trataba de encubrir; de los titubeos de don Humbert dedujo acertadamente que Onofre Bouvila era el candidato menos idóneo de todos. Está bien, se dijo, prescindiremos del abogado y del arquitecto, pero pondremos a la nena a salvo de ese patán; cuando lo haya olvidado ya nos ocuparemos de buscarle el marido que le convenga: todavía es muy niña y aún puede desperdiciar media docena de oportunidades. A instancias de ella don Humbert metió a la niña en un internado. A esto la niña no opuso en cambio resistencia: allí se sentía libre de pretendientes. Dentro de todo, es lo mejor que nos podía pasar, se dijo. Pasada la indignación primera Onofre también lo entendió así. Algún día será mía, pensó, de momento sin embargo hay que tener paciencia. Por los medios más impensables le hizo llegar centenares de cartas al internado. Esto tenía un mérito grande, porque hasta entonces apenas sabía estampar su firma; puede decirse que aprendió a escribir con soltura en estas cartas de amor. Ella le contestaba espaciadamente, tratando de sortear la censura de las monjas. *Ante todo*, decía en una de aquellas cartas, *doy gracias a Dios por medio de Jesucristo, pues Dios, a quien venero en mi espíritu, me es testigo de cuán incesantemente me acuerdo de ti, rogándole siempre en mis oraciones, si es de su voluntad, encuentre por fin algún día favorable para llegarme hasta ti, pues ansío verte.* Este lenguaje, calcado de san Pablo, era extraño en una adolescente enamorada; podía justificarse por el temor de que las cartas cayeran en manos de las monjas o de sus padres o por una devoción auténtica de su parte. Luego, de casada siempre se mostró muy devota. Los que la conocieron y trataron en sus años de madurez daban de ella luego versiones contradictorias; serena y alucinada eran los dos calificativos que se le aplicaban con más frecuencia. Otros opinaban que acabó buscando consuelo en la

160

religión porque fue muy desgraciada toda su vida por culpa de Onofre Bouvila.

Mientras tanto Barcelona se disponía a franquear la línea que separaba el siglo pasado del presente con más problemas que esperanzas por bagaje. Me parece que lo que hemos logrado con tanto esfuerzo va a ser flor de un día, decían los hombres de pro en la quietud sombría de los círculos, clubes y salones. Persistía la recesión. Las tiendas de lujo de la calle Fernando cerraban sus puertas, una detrás de otra; en su lugar las abrían en las Ramblas y en el paseo de Gracia los grandes almacenes, una novedad que los barceloneses acogían con reserva evidente. *Los grandes almacenes, ¿lámpara de Aladino o cueva de Alí-Babá?,* titulaba gráficamente un periódico su comentario. La política económica del gobierno no contribuía a mejorar las cosas. Sordo a las razones y los ruegos de los catalanes destacados en Madrid con el fin de formularlos y de algunos castellanos clarividentes o pagados para serlo, derogó todas o casi todas las medidas proteccionistas que amparaban la industria nacional; desaparecidos los aranceles que los gravaban, los productos extranjeros, mejores, más baratos y más sencillos de uso que los nacionales, acabaron de hundir un mercado ya escuálido de por sí. El cierre de las fábricas y los despidos masivos e imprevisibles se unieron a las plagas que ya se cebaban en la clase trabajadora. Ahora había además guerra en Cuba y en Melilla. Todas las semanas salían hacia América y África centenares de mozos, imberbes muchos de ellos. En las dársenas del puerto y en los andenes de la estación se podían ver escenas desgarradoras. La Guardia Civil tenía que efectuar a menudo cargas contra las madres que intentaban impedir el transporte de tropas reteniendo los barcos por las amarras o bloqueando el paso de las locomotoras. De aquellos cientos y miles de jóvenes que partían hacia el frente muy pocos habían de volver y aun éstos, mutilados o enfermos de gravedad. Estos hechos atizaban, como si hiciera falta, la inquina popular. Aquellas asociaciones obreras que tanto habían preocupado al difunto Canals i Formiga iban cobrando vigor, en especial las anarquistas. Había anarquistas partidarios de Foscarini o seguidores de De Weerd o de otros líderes aparecidos con posterioridad. Todas estas asociaciones se unían ocasionalmente para convocar y llevar a cabo unas huelgas generales que nunca acababan de salir bien. Exacerbados los ánimos por tanto fracaso y tanto empeño inútil, viendo que las cosas no cambiaban sino para empeorar, algunos decidieron pasar a la acción directa. Instigados por el ejemplo de sus correligionarios italianos, franceses y sobre todo rusos, optaron por *cercenar las cabezas de la hidra, tantas cuantas tenga, y cuantas más, mejor*, en frase de uno de ellos. Así empezaron las décadas negras del terror: no había acto público, desfile, procesión ni espectáculo donde no pudiera producirse de pronto la temida explosión de un artefacto. Ensordecidos por esta explosión y cegados por el humo los supervivientes buscaban luego entre las víctimas a sus familiares o amigos; otros huían en todas direcciones, con los ojos desencajados y la ropa cubierta de sangre, sin detenerse a comprobar si estaban heridos de muerte o si habían salido ilesos del atentado. Allí donde se congregaba la gente de bien, allí hacían sentir ellos con más saña el peso de su ira y su desesperación. Cada vez que se producía un suceso de este tipo Onofre Bouvila no podía menos que recordar a Pablo y las teoríass ácratas que éste sustentaba y que él mismo había contribuido mal de su grado a propagar. A veces se preguntaba si no sería el propio Pablo el que había lanzado la bomba contra Martínez Campos o la del Liceo, cuyos trágicos ecos aún pueden percibirse hoy en las noches de gala en los palcos y corredores del célebre teatro. Pero de estas reflexiones no daba cuenta a nadie: por su posición actual y por motivos sentimentales quería ocultar que en otros tiempos había estado asociado con los anarquistas. Por el contrario daba a entender a su novia y a las personas con quienes tenía tratos profesionales que era un joven de buena familia a quien reveses de fortuna habían forzado a realizar trabajos de índole poco clara, como los que llevaba a cabo por encargo de don Humbert Figa i Morera. Nadie recordaba ya su participación en las jornadas violentas que habían acabado con el imperio criminal y con la vida de Canals i Formiga. Él siempre que las circunstancias lo permitían repudiaba la violencia, se mostraba partidario de reprimir con mano durísima a los anarquistas, a quienes no vacilaba en apodar «perros rabiosos» y ensalzaba la política sanguinaria con que el Gobierno trataba de restablecer el orden. Esta actitud por fuerza había de encontrar un eco favorable entre los miembros de la alta burguesía con quienes marginalmente se relacionaba. Amenazado su patrimonio y además su propia vida, aquélla había firmado una tregua en la querella secular con Madrid. Por nociva que fuera la actitud del Gobierno hacia los intereses comerciales de Cataluña, peor habría sido la privación de su protección armada en esta lucha, se decían. Luego, en privado, se lamentaban de haber tenido que caer en esta renuncia: es triste, se decían, que tengamos que echarnos en brazos de un generalote cuando Cataluña ha dado al Ejército español sus leones más fieros. Con esta imagen aludían al general Prim, héroe de México y Marruecos, y al general Weyler, que por aquellos años mantenía a raya a los rebeldes cubanos. Lo que más preocupaba a los timoratos era que los catalanistas, cuya fuerza iba en aumento, pudieran ganar algunas elecciones, con el consiguiente enfurecimiento de Madrid, a cuya benevolencia creían deber la vida. Así prosperaban los negocios que gestionaba el señor Braulio. Onofre Bouvila se frotaba las manos a solas. Años más tarde había de decir: siempre pensé que el mal profundo de España consistía en que el dinero estaba en manos de un atajo de cobardes incultos y desalmados. El Gobierno por su parte se limitaba a recoger los frutos que esta situación ponía en sus manos y abordaba con desgana el problema interno de Cataluña como si se tratara de otro problema colonial: enviaba al principado militares trogloditas que sólo conocían el lenguaje de las bayonetas y que pretendían imponer la paz pasando por las armas a media humanidad. Ah, pensaba Onofre sin cesar, viendo lo que ocurría a su alrededor, qué tiempos espléndidos para quien tenga un poco de imaginación, bastante dinero y mucha osadía. A mí me sobran aquélla y ésta, pero el dinero, ¿de dónde lo voy a sacar? Y, sin embargo, de alguna forma he de obtenerlo, porque ocasiones como la presente sólo las depara el destino una vez en la vida, y a veces, ni eso. Tener novia no había hecho más que avivar su ambición; el no poder verla nunca dejaba intactas sus energías. Ya no salía de francachela con Odón Mostaza y sus secuaces: prefería no dejarse ver en público en compañía de hampones. Los pequeños placeres que se permitía se los proporcionaban a escondidas el señor Braulio y Efrén Castells. Por aquellas fechas los diarios anunciaron que se acercaba a la Tierra el cometa Sargón, cuyo diámetro se calculaba en más de 50.000 kilómetros; no faltaron profetas que vaticinaron el fin del mundo, del que los disturbios y la desazón reinante eran sólo el preludio y aviso. Hubo el lógico malestar, pero al final no pasó nada.

# CAPÍTULO IV

## 1

El viajero que acude por primera vez a Barcelona advierte pronto dónde acaba la ciudad antigua y empieza la nueva. De ser sinuosas las calles se vuelven rectas y más anchas; las aceras, más holgadas; unos plátanos talludos las sombrean gratamente; las edificaciones son de más porte; no falta quien se aturde, creyendo haber sido transportado a otra ciudad mágicamente. A sabiendas de ello o no los propios barceloneses cultivan este equívoco: al pasar de un sector al otro parecen cambiar de físico, de actitud y de indumentaria. Esto no siempre fue así; esta transición tiene su explicación, su historia y su leyenda.

En sus muchos siglos de historia no hubo ocasión en que las murallas impidieran la conquista o el saqueo de Barcelona. Sí, en cambio, su crecimiento. Mientras dentro la densidad de población iba en aumento, hacía la vida insoportable, fuera se extendían huertos y baldíos. A la caída de la tarde o los días festivos los habitantes de los pueblos vecinos subían a las colinas (hoy el Putxet, Gracia, San José de la Montaña, etcétera) y miraban, a veces con catalejos de latón, a los barceloneses: febriles, ordenados y puntillosos éstos iban y venían, se saludaban, se perdían en el dédalo de callejuelas, volvían a encontrarse y se saludaban de nuevo, se interesaban mutuamente por su salud y sus negocios, se despedían hasta la próxima ocasión. Los pueblerinos se divertían con el espectáculo; no faltaba quien, en su llaneza, trataba de alcanzar a algún barcelonés de una pedrada: esto era imposible, por la distancia en primer lugar, y también por la muralla. El hacinamiento atentaba contra la higiene: cualquier enfermedad se convertía en epidemia, no había forma de aislar a los enfermos. Se cerraban las puertas de la ciudad para evitar que la plaga se extendiera y los habitantes de los pueblos formaban retenes, obligaban a regresar a los fugitivos a garrotazo limpio, lapidaban a los remisos, triplicaban el precio de los alimentos. También atentaban contra la decencia. *Albergado en un hostal que me había sido recomendado con hiperbólico encomio,* cuenta un viajero en su crónica, *descubrí que tenía que compartir una pieza de seis metros cuadrados como máximo con otras tantas personas, esto es cinco y yo mismo. De aquéllos, dos resultaron ser unos recién casados en viaje de novios, quienes no bien se hubieron acostado y habiéndose apagado la luz amenizaron la noche con profusión de jadeos, alaridos y risas. Todo esto a un precio exorbitante, ¡¡¡y aun gracias!!!* Más conciso, escribe el padre Campuzano: *Raro es el barcelonés que antes de tener uso de razón no se ha informado gráficamente del modo en que fue engendrado.* Consecuencias de lo antedicho eran la relajación de las costumbres, frecuentes epidemias de índole venérea, estupro y otros abusos y en algunos casos, como el de Jacinto o Jacinta Peus, trastornos psicológicos: *A fuerza de ver a mis padres y a mis hermanos y a mis hermanas y a mis tíos y a mis tías y a mis abuelos y a mis abuelas y a mis primos y a mis primas y a los criados de la casa en cueros llegué a no saber quiénes eran hombres y quiénes mujeres ni a cuál de ambos géneros debía yo de adscribirme.* El problema de la vivienda era pavoroso; el precio astronómico del alojamiento consumía la porción principal de los ingresos familiares. Unas cifras fáciles de captar son aquí útiles. A mediados del siglo XIX la superficie de Barcelona era de 427 hectáreas. En esas mismas fechas París disponía de 7.802 hectáreas; Berlín, de 6.310, y Londres, de 31.685. Incluso una ciudad aparentemente pequeña como Florencia contaba con área de 4.226 hectáreas, es decir, diez veces mayor que la de Barcelona. La densidad de habitantes por hectárea es igualmente reveladora: 291 en París, 189 en Berlín, 128 en Londres, 700 en Barcelona. ¿Por qué no se derribaban las murallas? Porque el Gobierno no daba permiso: con pretextos estratégicos insostenibles mantenía asfixiada la ciudad, impedía que Barcelona creciera en extensión y en poder. Los reyes, reinas y regentes que se sucedían en el trono de España fingían tener problemas más acuciantes y los gobiernos se mostraban remolones cuando no sarcásticos: si les falta terreno, decían, que quemen más conventos. Aludían con esto a los conventos incendiados por la turbamulta en las sangrientas algaradas de aquellas décadas turbulentas y al hecho de que los solares hubiesen sido luego utilizados como espacios comunitarios: como plazas, mercados, etcétera. Por fin las murallas fueron derribadas. Ahora parece que ya podemos respirar, se dijeron los barceloneses. Pero la realidad no había cambiado: con murallas o sin murallas la estrechez de la ciudad era la misma. La

gente vivía oprimida en cuartuchos diminutos, en una promiscui-
dad hedionda e indecente; vivían amontonados los unos con los
otros y todos con los animales domésticos. La desaparición de la
muralla permitía ver a todas horas el valle que se extendía hasta
la falda de la sierra de Collcerola; esto hacía el hacinamiento más
patente aún. Rayos y truenos, decían los ciudadanos, tanto campo
vacío y nosotros aquí, como ratas en una madriguera. ¿Es justo,
se preguntaban, que vivan más holgadas las lechugas que nosotros? En esta tesitura los ojos de la población se volvían hacia el
alcalde.

El alcalde de Barcelona no era el mismo que años más tarde
había de llevar a cabo el plan de la Exposición Universal, sino
otro. Éste era un hombre de estatura corta, tripón. Era muy religioso: todos los días asistía a la santa misa y recibía la eucaristía.
En estos minutos de recogimiento procuraba no pensar en los
problemas municipales; quería dedicar toda su atención al milagro de la transubstanciación. Pero la cuestión urbanística, que le
abrumaba, lo distraía. Hay que hacer algo, se decía, pero ¿qué?
Había estudiado la expansión de otras ciudades europeas: la de
París, la de Londres, la de Viena, la de Roma, la de San Peters-
burgo. Los planes eran buenos, pero costosos. Además, ninguno
tenía en cuenta las peculiaridades de Barcelona. Cuando alguien
le ponderaba el plan de París, el alcalde respondía siempre que
era un buen plan, «pero no tiene en cuenta las peculiaridades de
Barcelona». Lo mismo decía del plan de Viena, etcétera. Estaba
convencido de que Barcelona tenía que concebir y llevar a término su propio plan, sin caer en la imitación.

Un día, cuando acababa de comulgar, tuvo esta visión: estaba
sentado en el sillón de alcalde, en su despacho y entraba un macero a anunciarle una visita. El alcalde se preguntaba si sería un
vocal, un delegado. Dice ser, interrumpió el macero las conjeturas, un caballero de Olot. Sin más entró el visitante y salió el macero. El alcalde quedó sobrecogido. El visitante despedía rayos y
un halo de luz lo circundaba. El alcalde advirtió con extrañeza
que la piel del visitante era plateada, como si la llevara embadurnada de tintura de plata. Los cabellos, que le llegaban hasta los
hombros, eran hilos de plata. También la túnica tenía un reflejo
mate, como si todo en el visitante estuviera hecho de una alea-
ción sobrenatural. El alcalde se guardó mucho de pedir una explicación al respecto; preguntó solamente a qué se debía semejante honor. Hemos observado, dijo el visitante, que desde hace
un tiempo estás distraído cuando recibes la Sagrada Forma. Es

167

mi atención, no mi devoción lo que flaquea, se disculpó el alcalde; se trata del plan de ordenación urbana, que me trae por la calle de la amargura; no sé qué hacer. Mañana, dijo el visitante, al primer canto del gallo, estarás en la antigua puerta de poniente. Allí verás venir al elegido, pero no le digas que yo me he manifestado. El alcalde despertó con sobresalto: estaba en la iglesia, en el reclinatorio, aún tenía en la lengua la hostia consagrada. Todo lo había soñado en un abrir y cerrar de ojos.

Al día siguiente a la hora convenida estaba el alcalde en el punto donde casualmente había de levantarse años más tarde el Arco de Triunfo que daba entrada a la Exposición. Circulaban ya personas, bestias y carros. Para no ser reconocido el alcalde vestía un simple capote y un sombrero chambergo; en un recipiente de barro había colocado queso blanco de cabra; le iba echando encima aceite y lo iba espolvoreando con tomillo, como había visto hacer de pequeño en la masía donde vivían entonces sus abuelos. Así dejó que transcurriese toda la jornada. Los que pasaban por su lado comentaban la agitación que reinaba en la ciudad por la desaparición del alcalde, al que buscaban en vano desde que por la mañana no se había personado en la iglesia donde invariablemente oía su misa. Del erario público, decían, no faltaba un céntimo; eso era a juicio de todos lo más chocante. Al atardecer el sol se convirtió en un círculo rojo de gran perímetro. El alcalde vio venir hacia él un ser raro. Una escaldadura sufrida de niño le había dejado la mitad izquierda de la cara tersa y lampiña; la otra mitad, en cambio, estaba surcada de arrugas y ostentaba medio bigote y media barba de notable longitud, porque venía de hacer a pie el camino de Santiago o se disponía a emprenderlo. Se llamaba o decía llamarse Abraham Schlagober, que en alemán significa «nata»; dijo no ser judío, pese a su nombre, sino cristiano viejo, peregrino en cumplimiento de una promesa cuya causa se negó a revelar y constructor de obras. El alcalde lo llevó de inmediato al Ayuntamiento, le mostró los planos de Barcelona y sus alrededores, puso a su disposición todos los medios para que trazara un proyecto. Ésta será, le dijo Abraham Schlagober, la Ciudad de Dios de que nos habla San Juan, la nueva Jerusalén. Ya que Jerusalén había sido derruida y nunca podría levantarse de nuevo, porque el Señor había dicho que no quedaría de ella piedra sobre piedra, otra ciudad estaba llamada a sustituirla como centro de la cristiandad. Barcelona tenía la misma latitud que Jerusalén, era una ciudad mediterránea, todo concurría a hacer de ella la ciudad elegida. Juntos leyeron las palabras reveladas: *Y vi*

*la Ciudad Santa, la nueva Jerusalén, que bajaba del cielo, de junto*
*a Dios, engalanada como una novia ataviada para su esposo. Y oí*
*una fuerte voz que decía desde el trono: Ésta es la morada de Dios*
*con los hombres. Pondrá su morada entre ellos y ellos serán su pue-*
*blo y él será su Dios. Y enjugará toda lágrima de sus ojos, y no ha-*
*brá ya muerte ni habrá llanto, ni gritos ni fatigas.* El proyecto quedó acabado en menos de seis meses, tras lo cual Abraham Schlagober desapareció sin dejar rastro. Hay quien afirma que tal personaje no existió nunca y que fue el propio alcalde quien dibujó
los planos. Otros, que sí existió, pero que no se llamaba como él
decía ni era peregrino ni constructor, sino un aventurero que habiéndose percatado de la condición irregular del alcalde decidió
sacar tajada de ello, acertó a trasladar al papel con astucia las visiones de su protector y mientras le duró el trabajo vivió a expensas del municipio, lo cual no sería insólito. Cuando el proyecto
estuvo enteramente acabado el alcalde lo encontró de su agrado
y lo sometió a la consideración del pleno.

Hoy el proyecto original no existe ya: o fue destruido a propósito o se encuentra sepultado sin remisión en archivos municipales insondables. Sólo nos han llegado bocetos parciales, poco
fidedignos, fragmentos de la memoria justificativa. Como medidas habían sido usadas la braza y la parasanga, el codo y el estadio, lo que sin duda habría confundido mucho a los operarios
de haberse procedido a la construcción; de lo que hoy llamamos
el Tibidabo hasta el mar discurría un canal navegable del que
partían a derecha e izquierda doce canales (uno por cada tribu de
Israel) más estrechos y de menor calado, que iban a desembocar
en otros tantos lagos artificiales en torno a los cuales se ordena-
ban barrios o agrupaciones semi-religiosas, semi-administrativas,
gobernadas por un teniente de alcalde y un levita. En ningún lugar aparece dicho de dónde saldría el agua que debía alimentar el
canal y sus defluentes, aunque hay alusiones veladas a unos alji-
bes situados en lo que hoy es Vallvidrera, La Floresta, San Cugat
y Las Planas. En el centro de la ciudad vieja (que según el plan
debía ser arrasada, con la salvedad de la catedral, Santa María del
Mar, el Pino y San Pedro de las Puellas) cinco puentes cruzaban
el canal y cada puente representaba una de las cinco virtudes teo-
logales. El Ayuntamiento, la Diputación provincial y el Gobierno
civil habían de ser reemplazados por tres basílicas que correspondían a las tres potencias del alma. Había un Mercado de la Tem-
planza y un Mercado del Temor de Dios, etcétera. Otros aspectos
del proyecto nos son desconocidos. Nunca sabremos cómo eran.

El pleno del ayuntamiento se quedó patidifuso. Por fin optaron por aclamar el proyecto. Le dieron el apoyo unánime y sin reservas de la municipalidad. El consistorio, sin embargo, señalaba la necesidad de cumplir con los trámites prescritos por la ley vigente: el proyecto aprobado por el pleno debía someterse al refrendo del Ministerio del Interior, del que dependían todos los ayuntamientos de España. El alcalde montó en cólera. ¿Es posible que hasta la voluntad de Dios tenga que pasar por Madrid?, exclamó. Es la ley, respondieron los concejales aliviados. Fingían solidarizarse con la ira del alcalde, pero en el fondo confiaban en pasarle la pelota a Madrid, en que Madrid les sacara las castañas del fuego. Siempre que han podido nos han fastidiado, pensaban, pero esta vez, para variar, con su negativa nos harán un favor tremendo.

La respuesta de Madrid decía así: que S.E. el ministro del Interior acusaba recibo del llamado Plan de Ensanche de la Ciudad de Barcelona, pero que rehusaba considerarlo por no ajustarse su presentación a los requisitos contemplados por la legislación en la materia. En efecto, la ley exigía que se presentasen tres proyectos alternativos, entre los cuales el ministro se reservaba el derecho a elegir el de su preferencia. El alcalde creyó perder la cabeza. Entre todos lograron tranquilizarle: Convoquemos un concurso, enviemos a Madrid nuestro proyecto y otros dos más; el señor ministro no puede dejar de seleccionar el nuestro, por fuerza verá que es el mejor, le dijeron. A esto el alcalde no supo qué objetar; creía que su proyecto había sido inspirado por Dios y que no había ni podía haber otro superior a él, de modo que dejó que se convocase el concurso y esperó impaciente a que los proyectos fuesen presentados, cribados y preseleccionados con arreglo a los plazos fijados en las bases del concurso y aun se avino a presentar su propio proyecto junto con los demás, en el convencimiento de que saldría seleccionado, como sucedió. A lo largo de este proceso el proyecto del alcalde, que hasta entonces habían visto sólo unos pocos, circuló de mano en mano y sus características corrieron de boca en boca. En los cenáculos ilustrados de la ciudad no se hablaba de otro asunto. Por fin los tres proyectos seleccionados fueron remitidos a Madrid. Allí el ministro los entretuvo todo lo que pudo sin que mediara explicación. El alcalde no vivía. ¿Han llegado noticias de Madrid?, preguntaba a medianoche, despertando sobresaltado. Su ayuda de cámara tenía que entrar en el dormitorio y calmarlo, pues era célibe.

Finalmente contestó el ministro. La respuesta cayó como una bomba: S.E. el ministro del Interior había decidido no seleccionar ninguno de los tres proyectos presentados, dado que a su parecer, ninguno reunía méritos suficientes. En cambio, daba por bueno y sancionaba con su firma un cuarto proyecto que o bien no había concursado o bien lo había hecho, pero había sido descalificado por el jurado. Ahora reaparecía amparado por un decreto-ley. Era lo que luego habría de llamarse «el plan Cerdá». El alcalde prefirió tomar la cosa por el lado bueno: *Estoy persuadido,* escribió al ministro, *de que V.E. ha querido chancearse a nuestra costa haciendo ver que aprobaba un proyecto que no sólo no integra la terna presentada en su día a V.E., sino que cuenta de antemano con la desaprobación de todos los barceloneses.* Esta vez la respuesta del ministro fue fulminante. *Los barceloneses, amigo mío, se darán con un canto en los dientes si el plan Cerdá se realiza algún día tal y como yo lo he sancionado,* escribió al alcalde. *Y en lo que a usted concierne, mi estimado alcalde, permítame recordarle que no entra en sus atribuciones determinar cuándo un ministro está o no está de guasa. Limítese Vd. a cumplir mis instrucciones al pie de la letra y no me obligue a recordarle de quién depende su cargo en última instancia, etcétera, etcétera.*

El alcalde convocó de nuevo al pleno. Hemos recibido una bofetada, dijo. Bien empleada nos está por habernos sometido a los dictados de Madrid en lugar de obrar por cuenta propia como nuestra valía permite y nuestro honor exige. Ahora por culpa de nuestro apocamiento Barcelona ha sido ofendida: que esto nos sirva de escarmiento. Hubo una salva de aplausos. El alcalde impuso silencio y habló de nuevo. Su voz resonaba en el Salón de Ciento.

—Ahora tenemos que responder, es nuestro turno —dijo—. Lo que voy a proponer podrá pareceros una medida algo drástica, pero yo os suplico que no forméis juicios precipitados. Pensad y veréis que no nos cabe otra salida. Y lo que propongo es esto: que puesto que Madrid se niega a escuchar nuestras razones y con petulancia y desdén pretende imponernos su criterio, cada uno de nosotros, como representantes que somos del pueblo de Barcelona, desafíe al funcionario del ministerio que corresponda a su escalón jerárquico y que lo mate en duelo o muera por defender su derecho y dignidad del mismo modo que yo aquí, ahora y públicamente arrojo mi guante al suelo de este histórico recinto y reto a duelo a S.E. el señor ministro del Interior para que de una vez él y sus condenados burócratas se enteren de que a partir de ahora cuando a un catalán se le niegue la justicia en un despacho él se la tomará por su mano en el campo del honor.

Arrojó al suelo un guante de cabritilla gris que había comprado el día anterior en can Comella y velado toda la noche ante el altar de Santa Lucía. Los presentes prorrumpieron en vítores, le tributaron una ovación inacabable; los que tenían guantes imitaron su gesto; los que no, arrojaban al suelo los sombreros, los plastrones y hasta los zapatos. El pobre alcalde lloraba de emoción. No sabía que los mismos que acogían con tanto entusiasmo sus proposiciones no tenían la menor intención de seguirlas, que incluso algunos habían enviado ya cartas a Madrid en las que expresaban su adhesión al ministro y deploraban el tono improcedente del alcalde, de cuya salud mental afirmaban tener serias dudas. Ignorante de todo ello el alcalde cursó a Madrid una carta de desafío que el ministro le devolvió hecha trizas en un sobre lacrado en cuyo dorso había escrito de su puño y letra: *Bufonadas a mí, no.* Los concejales sugirieron al alcalde que no insistiera, que no había nada que hacer, que se tomara unas vacaciones. Por fin cayó en la cuenta de que lo habían dejado solo. Renunció a la alcaldía, se instaló en Madrid y trató de suscitar el interés de las Cortes por el asunto. Algunos diputados fingieron hacerle caso por razones de estrategia política: unos creían captarse así la simpatía de los catalanes, otros esperaban una compensación de tipo económico por sus intervenciones. Cuando se percataban de que el ex alcalde sólo era un chiflado que actuaba por su cuenta, lo dejaban de lado indignados. El ex alcalde recurrió al soborno de los más venales, dilapidó en ello su fortuna personal, que era cuantiosa. A los tres años, arruinado y con el corazón roto, regresó a Barcelona, subió a Montjuich y miró hacia el llano: desde allí pudo ver ya el trazado de las nuevas calles, las zanjas por donde circularía el tren, los albañales y acueductos. ¿Cómo es posible?, se dijo, ¿cómo es posible que un simple escollo burocrático haya dado al traste con la voluntad expresa de Dios? Su desesperación era tan grande que se tiró de la montaña abajo y se mató. Su alma fue directamente al infierno, donde le explicaron que la visita que había recibido en sueños había sido realmente la del mismísimo Satanás. Ah, prevaricador aciago, exclamó el ex alcalde presa de compunción por haber sido tan necio, bien que me engañaste diciendo que eras un ángel. Eh, eh, alto ahí, replicó Satanás, yo nunca dije que lo fuera, pues has de saber que los demonios podemos adoptar la forma que más nos convenga para tentar a los mortales, pero no la de un santo ni la de un ángel ni mucho menos la de Dios Nuestro Señor ni Su Santísima Madre; por eso dije ser «un caballero de Olot», que es lo más próximo que conozco a un cuerpo celestial; el resto lo hizo tu vanidad y tu obcecación, cuyas consecuencias terribles sufriréis Barcelona y tú por toda la eternidad. Y prorrumpió en carcajadas sonoras y escalofriantes.

Los años se encargaron de probar que de todos los protagonistas de esta leyenda, con la excepción del diablo, que siempre va a la suya, el alcalde era el único que tenía razón. El plan impuesto por el ministerio, con todos sus aciertos, era excesivamente funcional, adolecía de un racionalismo exagerado: no preveía espacios donde pudieran tener lugar acontecimientos colectivos, ni monumentos que simbolizasen las grandezas que todos los pueblos gustan de atribuirse con razón o sin ella, ni jardines ni arboledas que incitasen al romance y al crimen, ni avenidas de estatuas, ni puentes ni viaductos. Era una cuadrícula indiferenciada que desconcertaba a forasteros y nativos por igual, pensada para la relativa fluidez del tráfico rodado y el correcto desempeño de las actividades más prosaicas. De haberse realizado tal y como en principio se concibió, habría resultado al menos en una ciudad agradable a la vista, confortable e higiénica; tal y como acabó siendo, ni siquiera tuvo esas virtudes. Tampoco podía ser de otro modo: los barceloneses no desaprobaron el plan en la forma tajante que el ex alcalde visionario había vaticinado, pero tampoco lo consideraron cosa suya; no captó su imaginación ni despertó ningún sentimiento ancestral. Se mostraron reacios a comprar, fríos y deslucidos a la hora de edificar y remisos a ocupar aquel espacio que durante siglos habían anhelado y reclamado; lo fueron poblando gradualmente, impelidos por la presión demográfica, no por la fantasía. Ante la indiferencia general y con la connivencia de quienes tal vez podrían haberlo impedido (aquellos mismos que a espaldas del ex alcalde loco enviaban cartas al ministro para salvaguardar sus prebendas) los especuladores acabaron por adueñarse del terreno, por tergiversar el plan original y por hacer de aquel barrio gentil y saludable una urbe ruidosa y pestilente, tan aglomerada como aquella Barcelona antigua que el plan trataba precisamente de superar. Por falta de ideología (aquella ideología que el amor de Dios y las asechanzas del diablo habían inspirado al ex alcalde maldito) Barcelona se quedó sin centro neurálgico (con la posible salvedad del paseo de Gracia, burgués y pretencioso, pero eficaz aún hoy día para fines estrictamente comerciales) donde pudieran producirse fiestas y algaradas, mítines, coronaciones y linchamientos. Las sucesivas expansiones de la ciudad se hicieron sin orden ni criterio, de cualquier modo, con el único propósito de meter en algún sitio a los que ya no cabían en los sectores construidos hasta entonces y sacar el máximo beneficio de la operación. Los barrios acabaron de segregar para siempre las clases sociales y las generaciones entre sí y el deterioro de lo antiguo se convirtió en el único indicio cualitativo del progreso.

## 2

El tío Tonet había envejecido, veía mal, porque se había ido volviendo présbita, pero seguía conduciendo a diario o casi a diario su tartana de Sant Climent a Bassora y de Bassora a Sant Climent. Un día, cumplidos ya los dieciocho años, la yegua que usaba apareció muerta en el establo; nunca había doblado las patas para recostarse y descansar: ahora fue encontrada patas arriba, con los remos muy tiesos, como si anduviera paseando por las antípodas. El tío Tonet compró otra yegua, en lugar de jubilarse, que era lo que debía haber hecho. La nueva yegua no conocía el camino: una yegua por lista que sea tarda varios años en aprender un camino tan largo y tan complicado como aquél. Entre los despistes de la yegua y la mala vista del tartanero, se perdieron varias veces, una de ellas seriamente: en esta ocasión les cayó la noche encima y él no podía ni siquiera barruntar dónde habían ido a parar. Antes conocía las estrellas, pero ahora andaba siempre surcando una niebla cada día más espesa. Aullaban los lobos y la yegua, amilanada, sólo se avenía a avanzar a fuerza de trallazos. Por fin avistaron unas fogatas y se aproximaron. El tío Tonet confiaba en que fueran pastores, aunque el paraje sumamente agreste no era propio para ningún tipo de ganado. En realidad era un campamento de bandoleros, el de Cornet y su cuadrilla. Estos bandoleros eran supervivientes de la última guerra carlista; en vez de deponer las armas, rendirse al vencedor y confiar en una amnistía habían optado por echarse al monte. Si nos entregamos nos pasarán por el filo de la espada, dijo Cornet a sus hombres, cuya confianza y aun devoción había sabido granjearse a lo largo de aquella campaña sangrienta; yo os propongo que nos hagamos bandoleros; como nos toca morir, todo lo que vivamos lo habremos vivido de prestado; podemos permitirnos el lujo de arriesgar la vida por una nonada. Convencidos por este razonamiento hicieron gala de una temeridad inverosímil. Burlaron todos los contingentes armados que fueron enviados en su busca y adquirieron fama en toda la región: eran bandoleros románticos. Los campesinos y pastores los toleraban. No los protegían, porque ya estaban cansados de varios siglos de escaramuzas constantes a la puerta de sus casas, pero tampoco los denunciaban ni los cazaban a tiros cuando tenían ocasión de hacerlo. Los bandoleros, que contaban con vivir poco tiempo y morir dignamente con las armas en la mano, acabaron envejeciendo en el monte, olvidados ya de las autoridades. Cuando el tío Tonet fue a parar al campamento encontró sólo un grupo de ancianos achacosos que apenas podían llevarse el trabuco a la cara. Yo creía que habíais desaparecido hace años, les dijo, que sólo erais una leyenda. Le dieron de cenar y le permitieron pasar la noche en su compañía. Casi no le dijeron nada: no estaban acostumbrados a hablar con extraños y entre sí hacía tiempo que se lo tenían todo dicho. Al tío Tonet lo conocían de vista: habían espiado miles de veces el ir y venir de la tartana, pero nunca la habían asaltado, porque sabían que llevaba y traía cosas indispensables para los payeses. A la mañana siguiente le pusieron en el buen camino y le dieron un trozo de pan y un fuet. Antes de partir le llevaron a que viese el pequeño cementerio donde reposaban los restos de los bandoleros que habían muerto de enfermedad en la montaña: eran casi tantos los muertos como los vivos. Sobre las tumbas había siempre flores silvestres y profusión de cruces, porque eran todos muy creyentes. Esto había sucedido algún tiempo atrás. Ahora la yegua ya conocía casi todo el camino y el tío Tonet estaba casi ciego.

—Sin embargo —dijo al terminar de relatar esta historia al viajero que había contratado sus servicios en Bassora aquella tarde—, sin embargo, digo, tu voz no me resulta desconocida. No la voz, realmente, sino el timbre de la voz —aclaró. El viajero guardó silencio. Por fin el tío Tonet lanzó una carcajada—. ¡Pues claro! ¡Tú eres Onofre Bouvila! No digas que no —Onofre no dijo ni que sí ni que no y el tío Tonet volvió a reírse de buena gana—. No puede ser de otro modo. Tu timbre de voz me resultaba familiar, pero este silencio colérico ya no me deja lugar a dudas: eres igual que el loco de tu padre, a quien he conocido bien. Cuando se fue a Cuba yo lo llevé en esta misma tartana a Bassora. No sé qué edad tendría él entonces, pero no sería mucho mayor de lo que tú eres ahora, sí, y ya se daba estos mismos aires de altivez, como si a los demás nos saliera por la nariz puré de lentejas, como si nos saliera el puré de lentejas a borbotones por las fosas nasales. Cuando volvió de Cuba yo le traje de vuelta a casa. Todo el mundo estaba congregado delante de la iglesia, es como si lo estuviera viendo aún con mis pobres ojos inútiles: tu padre iba sentado ahí mismo, donde vas tú ahora, con la espalda muy envarada; llevaba un traje blanco de dril y un sombrero de paja trenzada, de esos que llaman Panamá, como el país. En todo el viaje no pronunció palabra. Se las daba de rico, aunque no tenía un real, pero de esto, ¿qué te voy a contar? En vez de dinero, ¿sabes tú lo que traía?

—Un mono —respondió Onofre.

—Un mono enfermo, sí señor: veo que tienes buena memoria —dijo el tío Tonet fustigando a la yegua, que se había detenido a comer yerbas al margen del camino—. Ohé, *Persa,* no comas ahora, que te sienta mal —hizo restallar el látigo en el aire—. *Persa* —explicó— es su nombre; ya lo era cuando la compré. ¿De qué hablábamos? Ah, sí, de la fatuidad de tu padre: un cretino, si quieres saber mi opinión. ¡Eh, muchacho!, ¿te atreverás a golpear a un viejo casi ciego? Vaya, de sobra se ve que sí; bien, bien, mediré mis palabras, aunque esto no modifique en nada mi manera de pensar. Ya sé que las personas sois así: no queréis que se os diga lo que os desagrada oír; sólo queréis oír lo que os gusta, aun sabiendo que eso que oís no es lo que piensa la gente. Bah, qué falta de inteligencia. Pero no creas tú que me escandalizo ni que me extraño siquiera: hace muchos años que he aprendido a calibrar la vanidad humana; he tratado a mucha gente y luego he tenido tiempo para reflexionar. Siempre que he hecho este mismo viaje de vacío he aprovechado el tiempo para reflexionar. Ahora ya sé cómo son las cosas. También sé que yo no las voy a cambiar, por más que haga; ni puedo ni tengo tiempo de cambiar las cosas; ni estoy seguro de que quisiera hacerlo aunque dispusiera de ese poder y de ese tiempo. Hay personas que tienen los ojos llenos de sopas de ajo; abren los ojos y sólo ven sopas de ajo. Yo no. Podría haber sido así, pero no lo soy.

De este modo divagaba el tartanero, con la incoherencia que en las personas viejas y lelas pasa a veces por sabiduría. Onofre Bouvila no le escuchaba: se había resignado a oír la voz del tartanero y no le prestaba atención. Iba contemplando aquel camino que había recorrido en dirección opuesta ocho años atrás. Había partido de allí una mañana de primavera, apenas despuntado el sol. El día anterior había anunciado a sus padres el proyecto de ir a Bassora; allí pensaba entrevistarse con los señores Baldrich,

Vilagrán y Tapera, les dijo; con toda certeza le darían un trabajo en alguna de sus empresas; de este modo contribuiría a devolver las deudas contraídas por el americano. Éste quiso expresar su disconformidad: él era el responsable de la situación apurada en que se hallaban y no toleraría que su hijo se sacrificara... Onofre le hizo callar. El americano había perdido toda su autoridad y guardó silencio; a su madre le dijo que se quedaría en Bassora el tiempo necesario para reunir el dinero que necesitaban. Serán unos meses, le dijo, a lo sumo un año. Les escribiré en seguida, prometió. Por el tío Tonet les mantendré al corriente de lo que suceda. En realidad tenía pensado ya irse a Barcelona y no regresar jamás. Entonces pensaba que no volvería a ver nunca a sus padres ni a pisar la casa en que había nacido y vivido hasta ese día. Al subir a la tartana su padre le había alcanzado el hatillo que contenía sus prendas personales; había depositado cuidadosamente este hatillo en el fondo de la tartana. Su madre le había anudado la bufanda al cuello. Como nadie decía nada el tío Tonet había subido al pescante y había dicho: Si estás listo nos vamos. Él había respondido que sí con la cabeza, para que no le saliera una voz rara y los demás notaran su emoción. El tío Tonet había hecho restallar el látigo y la yegua se había puesto en marcha hundiendo las pezuñas en el barro del deshielo. El viaje va a ser malo, había dicho el tío Tonet. El americano había agitado el panamá, su madre había dicho algo que él no pudo oír. Luego se puso a mirar el camino y no vio alejarse a sus padres. La tartana cruzó el camino del río, el camino de la gruta encantada, el de ir a cazar pájaros, el de ir a pescar, que no era el mismo que el camino del río, el de ir a buscar setas en otoño; él nunca había pensado que hubiera habido tantos caminos. Cuando desapareció el valle bajo la niebla matutina siguió viendo todavía la torre de la iglesia. Aún se cruzaron con un par de rebaños de ovejas. Los pastores le habían dicho adiós: habían levantado el cayado y se habían reído. Llevaban el mentón envuelto en la bufanda, zamarra de lana y barretina. Estos pastores le conocían desde el día en que había nacido. Ahora ya no volveré a encontrar a nadie que me conozca así, había pensado. En el resto del trayecto fueron viendo masías abandonadas. Por el frío y la lluvia las puertas y los postigos de las ventanas habían saltado de los goznes; por allí se veía el interior de aquellas casas sin muebles, lleno de hojarasca; de algunas salían pájaros volando: eran las casas de los que se habían ido a Bassora a buscar trabajo en las fábricas; habían dejado que se extinguiera el fuego en sus hogares, como se decía entonces. Ahora habían transcurrido ocho años y en el transcurso de estos años Onofre Bouvila había hecho muchas cosas; había conocido a muchas personas, la mayoría raras, casi todas malas; a algunas las había liquidado sin saber muy bien por qué; con otras había formado alianzas más o menos estables. Los árboles, el color del cielo visto a través del follaje, el susurro del viento en el bosque, el olor del campo le resultaban ahora cosas familiares. Le parecía que nunca había salido de aquel valle, que todo lo demás lo había soñado. Hasta la hija de don Humbert Figa i Morera, por la que sentía un amor tan vehemente, se le antojaba ahora algo fugaz, el destello de un relámpago en su imaginación. Tenía que hacer un esfuerzo por recordar sus rasgos tal y como eran, no como algo indiferenciado. A ratos estos rasgos se confundían en su memoria con otros: los de la desventurada Delfina, que seguía en la cárcel después de tanto tiempo, o los de una niña con la que había tenido un contacto pasajero y trivial una semana antes; no había cruzado más de cuatro frases con ella; esta niña formaba parte de una *troupe* de titiriteros a cuya actuación había asistido por pura casualidad; le había hecho gracia porque sin ser fea tenía cara de perro; era tan joven que había tenido que negociar previamente con sus padres, pagarles a ellos por adelantado: esto había obviado el diálogo entre ambos una vez quedó ultimado el trato. Lo único que le dijo él fue una frase amable al despedirse por la mañana; también le dio una propina espléndida. Ya había adquirido la costumbre de dar propinas exageradas cuando advertía buena voluntad por parte de quienes le servían; en este caso había quedado satisfecho y lo había demostrado con liberalidad. La niña había tomado el dinero con gesto distraído, demasiado joven para percatarse de la desproporción, como si en realidad esta remuneración y el modo en que la había merecido no fueran con ella. Sólo lo había mirado de un modo extraño que ahora recordaba con incomodo.

—¿De qué me estoy quejando? —decía en aquel momento el tío Tonet—. ¿Me quejo de la niebla que nos va envolviendo? No, señor. ¿Me quejo entonces del clima? No, señor. ¿Me quejo del mal estado del terreno? No, señor, tampoco me quejo del mal estado del terreno. Entonces, ¿de qué me quejo? Me quejo de la estupidez humana, de la cual, como veníamos diciendo, tu padre es un ejemplo insigne. ¿Por qué me meto con él con tanta saña? ¿Acaso me meto con él con tanta saña por envidia? Sí, señor: me meto con él con tanta saña por pura envidia.

Era de noche cuando se detuvieron a la puerta de la iglesia.

El tartanero le preguntó si sus padres estaban avisados de la visita. No, dijo Onofre. Ah, quieres darles una sorpresa, dijo el tío Tonet. No, respondió Onofre: sencillamente, no les avisé. Dales muchos recuerdos de mi parte, dijo el tío Tonet. Hace años que no sé de ellos, y eso que en una época tu padre y yo fuimos buenos amigos; yo le llevé a Cuba cuando le dio la chaladura de emigrar, ¿te lo he contado ya? Dejó al tartanero en la plaza, buscando a tientas la tasca, y emprendió el camino a casa.

Su madre estaba en la puerta: ella fue la primera que lo vio llegar. Había salido casualmente a ver la noche, cosa que no hacía en los últimos años. Cuando Onofre desapareció adquirió sin proponérselo la costumbre de apostarse todos los días a la puerta de la casa a la caída del sol, porque a esa hora llegaba la tartana, si llegaba. Luego, sin hablarlo con su marido, se retiró de la puerta: comprendió que Onofre no volvería y no quería interferir en la vida de su hijo con aquel hábito absurdo. Iré a calentar la cena, dijo al verlo llegar. ¿Y el padre?, preguntó él. Ella le indicó que su padre estaba dentro. A primera vista lo encontró muy avejentado. También para su madre habían pasado los años, pero él era demasiado joven todavía para entender que su madre era mudable.

Seguía llevando el traje de dril, ya raído y deshilachado, amarillento por las lavadas, deformado por zurcidos y remiendos innumerables. Al levantar los ojos de la mesa, donde tenía clavada la mirada, se le inundaron de lágrimas. No cambió de expresión, como si por la puerta no hubiera entrado nada insólito. Esperó a que su hijo rompiera el silencio, ya que era evidente que había venido por alguna razón poderosa, pero como no decía nada, hizo un comentario socorrido: ¿Qué tal el viaje?

Onofre contestó: Bueno. Volvió a reinar el silencio bajo la mirada atenta de la madre.

—Vas muy bien trajeado —dijo el americano.

—No pienso darle dinero —atajó Onofre. El americano palideció. No tenía la menor intención de pedírtelo, chico, dijo entre dientes. Hablaba por hablar—. Entonces cállese —dijo Onofre secamente. El americano comprendió que a los ojos de su hijo se había vuelto ya algo ridículo sin remedio. Se levantó con ligereza y dijo: Voy al corral a buscar huevos. Salió de la casa llevándose un taburete bajo. No dijo para qué necesitaba aquel taburete en el corral. Cuando se quedó solo con su madre recorrió la casa con la mirada: ya sabía que había de parecerle más pequeña de lo que la recordaba, pero le sorprendió verla tan pobre y tan en-

179

deble en apariencia. Vio su antigua cama, junto a la de sus padres, todavía dispuesta, como si hubiese sido usada la noche anterior. La madre se adelantó a su pregunta: Cuando te fuiste nos sentimos muy solos, dijo en tono de disculpa. Onofre se dejó caer en una silla, cansado del traqueteo de la tartana; al sentarse se hizo daño con la madera lisa de la silla. De modo que tengo un hermano, dijo. La madre bajó los ojos: Si hubiéramos sabido a dónde escribirte..., dijo al fin, evasivamente. ¿Dónde está?, preguntó Onofre. Parecía querer decir: acabemos de una vez con esta farsa. La madre dijo que no tardaría en volver.

—Es una gran ayuda —dijo al cabo de un rato—; tú ya sabes cómo es el trabajo del campo. Y tu padre para esto no sirve: nunca ha servido para trabajar el campo, ni siquiera de joven. Supongo que por eso se fue a Cuba. Ha sufrido mucho —siguió diciendo sin hacer ninguna pausa, como si hablase consigo misma—: cree que la culpa de que tú te fueras es enteramente suya. Al ver que pasaban los meses y no volvías hizo averiguaciones: le dijeron que no estabas en Bassora, que te hacían en Barcelona. Entonces pidió de nuevo dinero prestado y se fue allí a buscarte. Hasta entonces no había vuelto a pedir prestado. Estuvo en Barcelona cerca de un mes, buscándote por todas partes y preguntando a todo el mundo por ti. Al final tuvo que regresar. Me dio pena. Por primera vez vi lo que era para él el fracaso. Entonces tuvimos el hijo: en seguida lo verás. No se parece a ti: también es muy callado, pero no tiene tu carácter. En eso ha salido más al padre.

—¿Qué hace ahora? —preguntó Onofre Bouvila.

—Las cosas podían haber ido peor de lo que fueron —dijo ella: sabía que se refería al padre; hacía rato que se había desinteresado de la otra historia—. Aquellos señores de Bassora que estuvieron a punto de meterlo en la cárcel, ¿te acuerdas?, le dieron un trabajo para que se fuera ganando la vida: yo creo que en esto se portaron bien, después de todo. Le dieron una maleta y lo enviaron por los pueblos y las masías a vender seguros: una cosa nueva. Como su caso ha corrido de boca en boca por toda la zona, en todas partes lo conocen. La gente acude cuando lo ve llegar con el traje blanco. Algunos le toman el pelo, pero de vez en cuando vende un seguro. Entre esto y lo que sacamos de la tierra y de las aves vamos tirando más bien que mal —se acercó a la puerta y escudriñó la oscuridad con los ojos—. Me extraña que no vuelva —dijo sin aclarar a quién se refería. La niebla se había roto y a la luz de la luna se veía revolotear a los murciélagos—. Lo que me tiene preocupada ahora es su salud. Va teniendo años y esta vida no le sienta bien. Ha de caminar muchos kilómetros con frío y con calor, se cansa, bebe demasiado y come poco y mal. Para colmo un día, hará cuatro o cinco años, perdió el sombrero: se lo llevó una ráfaga de viento y lo metió en un trigal; estuvo buscándolo hasta que se hizo de noche. He intentado convencerle de que se compre una gorra, pero no hay manera... Ah, ya vuelve.

—He ido a que me dieran unas cebollas y un poco de hierbabuena —dijo el americano entrando. Ya no llevaba consigo el taburete.

—Le contaba a Onofre lo del sombrero —dijo ella. Él depositó lo que traía sobre la mesa. Se sentó, contento de tener un tema de conversación—: Una pérdida irreparable —dijo—. Aquí no se puede encontrar nada parecido: ni en Bassora ni en Barcelona. Un panamá auténtico.

—También le he dicho lo de Joan —dijo la madre. El americano enrojeció hasta la raíz del cabello.

—¿Te acuerdas —dijo— de cuando fuimos tú y yo a Bassora a disecar el mono? Tú no habías estado nunca en una ciudad y todo te parecía...

Onofre se quedó mirando al niño que estaba en la puerta. No se atrevía a entrar. Él mismo le dijo: pasa y acércate a la luz, que yo te vea. ¿Cómo te llamas?

—Joan Bouvila i Mont, para servir a Dios y a usted —dijo el niño.

—No me trates de usted —le dijo—. Soy tu hermano Onofre. Ya lo sabías, ¿verdad? —el niño dijo que sí con la cabeza—. Nunca me mientas —le dijo Onofre.

—Sentaos a la mesa —dijo la madre—. Vamos a cenar. Onofre, bendice tú la mesa.

Cenaron los cuatro en silencio. Acabada la cena dijo Onofre: No pensarán que he venido a quedarme. Nadie le contestó: en realidad nadie lo había pensado. Bastaba verlo para saber que las cosas no podían ser así.

—He venido a que me firme usted unos papeles —dijo dirigiéndose a su padre. Del bolsillo de la chaqueta sacó un documento, que dejó doblado sobre la mesa. El americano alargó la mano, pero no llegó a coger el documento. Se detuvo y bajó los ojos—. Es la hipoteca de esta casa y las tierras —dijo Onofre—. Necesito dinero para invertir y no veo de dónde sacarlo si no es de aquí. No tengan miedo. Podrán seguir viviendo en la casa y trabajando las tierras. Sólo si las cosas me fueran mal les echarían, pero no me irán mal.

—No te preocupes —dijo la madre—, tu padre firmará, ¿verdad, Joan?

El padre firmó sin leer siquiera el contrato que le presentaba Onofre. En cuanto lo hubo firmado se levantó de la silla y salió de la habitación. Onofre lo siguió con la mirada; luego miró a su madre. Ella le hizo una señal afirmativa con la cabeza. Onofre salió al campo, anduvo buscando al americano. Lo encontró por fin sentado debajo de una higuera, en un taburete de tres patas, de los que se usan para ordeñar. Era el taburete que se había llevado antes. Sin decirle nada se apoyó en el tronco de la higuera: desde allí veía la espalda del americano y la nuca, los hombros abatidos de su padre. Éste empezó a hablar sin que él le instara:

—Toda la vida había pensado —dijo, y señalaba un punto impreciso a lo lejos; en realidad quería abarcar con un gesto hasta el horizonte, todo lo iluminado por la luna— que esto que vemos siempre había sido así, como ahora lo vemos precisamente, que todo esto era el resultado de unos ciclos naturales inalterables y unos cambios de estación que vienen de año en año regularmente. He tardado muchos años en darme cuenta de lo equivocado que iba: ahora ya sé que hasta el último palmo de estos campos y de estos bosques ha sido trabajado a pico y pala hora tras hora y mes tras mes; que mis padres y antes mis abuelos y mis bisabuelos, a quienes no llegué a conocer, y otros y otros incluso antes de que ellos nacieran estuvieron peleando con la Naturaleza para que nosotros ahora y ellos antes pudiéramos vivir aquí. La Naturaleza no es sabia como dicen, sino estúpida y torpe y sobre todo cruel. Pero las generaciones han ido cambiando estas cosas de la Naturaleza: el curso de los ríos, la composición de las aguas, el régimen de lluvias y la colocación de las montañas; han domesticado a los animales y han cambiado el sistema de los árboles y de los cereales y las plantas en general: todo lo que antes era destructivo lo han hecho productivo. El resultado de este gran esfuerzo de muchas generaciones es esto que ahora tenemos delante. Yo antes esto nunca lo supe ver: yo creía que las ciudades eran lo importante y que el campo en cambio no era nada, pero hoy pienso que más bien es todo lo contrario. Lo que ocurre es que el trabajo del campo lleva muchísimo tiempo, ha de hacerse poco a poco, por sus pasos contados, exactamente cuando toca, ni antes ni después, y así parece como si en realidad no hubiera habido un gran cambio, cosa que en cualquier ciudad del mundo no nos pasa; allí todo lo contrario es lo normal: apenas verlas ya nos damos cuenta de la extensión y la altura y el número infinito de ladrillos que ha hecho falta para levantarla del suelo, pero también en esto nos equivocamos: cualquier ciudad puede edificarse en unos años totalmente. Por esto la gente del campo es tan distinta: más callada y más conforme. Si yo hubiese entendido estas cosas antes, quizá la vida me hubiese ido de otra manera, pero estaba escrito que no fuera así: estas cosas se llevan en la sangre desde que se nace o hay que aprenderlas a fuerza de muchos años y equivocaciones.

—No se preocupe usted ahora, padre —dijo Onofre—. Todo saldrá como les he dicho y les devolveré el dinero en muy poco tiempo.

—No creas que estoy preocupado por lo de la hipoteca, hijo —respondió el americano—. Hasta hoy en realidad no sabía que estas tierras se pudieran hipotecar. Si lo hubiera sabido es probable que yo mismo las hubiera hipotecado hace unos años para embarcarme en negocios. En este caso ya no las tendríamos; pero contigo todo será distinto, de eso estoy seguro.

—No puede fallar —dijo Onofre.

—No le des más vueltas y ve a acostarte —dijo el americano—, que mañana te espera un viaje largo. ¿No sería mejor que te quedaras un día o dos?

—Ya está decidido —dijo Onofre. Al día siguiente salió para Barcelona de nuevo. A su paso por Bassora hizo notarizar el contrato. Había pasado la noche en su antigua cama; el pequeño Joan durmió con sus padres. Al marcharse, más tranquilo, iba contemplando el paisaje. La vez anterior, se iba diciendo, pensé que veía estos campos por última vez; ahora en cambio sé que nunca me libraré de seguirlos viendo. De todas maneras, lo mismo da. Pero si he de verlos a menudo, que sea para sacar provecho de ellos. Ésta era toda su filosofía por el momento: comprar y vender, comprar y vender.

### 3

El crecimiento del Ensanche de Barcelona, aquel disputado Ensanche que un buen día el Ministerio del Interior parecía haberse sacado de la manga, siguió al principio cauces más o menos lógicos: primero se fueron poblando aquellas zonas del valle, previamente parcelado, que por su situación disponían naturalmente de mejor abastecimiento de agua, por ejemplo, las situadas junto al lecho de un arroyo, acequia o ribera (como la actual calle Bruch, navegable no hace mucho hasta su confluencia con la calle Aragón) o junto a pozos o minas de agua potable; las situadas cerca de canteras, lo que abarataba considerablemente el costo de la construcción; una zona también era buena si allí llegaba alguna línea de tranvía o si por ella pasaba el tren, etcétera. Allí donde por estos motivos se empezaban a levantar algunos edificios el precio de los terrenos subía mucho de inmediato, porque no hay en Occidente pueblo más gregario que el catalán a la hora de elegir su residencia: a donde uno va a vivir, allí quieren ir los demás. Donde sea, era el lema, pero todos juntos. De esta forma la especulación seguía siempre el mismo patrón: alguien compraba el mayor número posible de parcelas en una zona que consideraba propicia y construía en una de esas parcelas un edificio de viviendas, dos a lo sumo; luego esperaba a que todas esas viviendas estuvieran vendidas y ocupadas por sus nuevos dueños; entonces ponía en venta el resto de las parcelas a un precio muy superior al que había tenido que pagar por ellas. Los nuevos propietarios de estas parcelas, como habían satisfecho por ellas un precio muy superior al valor original, se resarcían de la pérdida por medio de un sistema que consistía en lo siguiente: dividían cada parcela en dos mitades, edificaban en una de las mitades y vendían la otra mitad al precio que habían pagado por las dos mitades juntas. Como es natural, el que compraba esta segunda mitad procedía del mismo modo, esto es, dividiéndola por la mitad; y así sucesivamente. Por esta razón el primero de los edificios construidos en una zona tenía una superficie bastante considerable; el siguiente, menos, y así hasta llegar a unos edificios tan estrechos que sólo admitían una vivienda por planta, y aun ésta sumamente raquítica y oscura, hecha de materiales de calidad ínfima y carente de ventilación, comodidades y servicios. Estas ratoneras (que aún hoy día pueden verse) valían, naturalmente, veinticinco, treinta y hasta treinta y cinco veces más de lo que en su día habían costado las viviendas amplias, soleadas e higiénicas construidas al inicio del proceso. Se podía decir, como alguien dijo, que *cuanto más pequeña y asquerosa la casa, más cara resulta*. Tal afirmación, por supuesto, era falsa. Lo que sucedía en realidad era esto: que los propietarios de estas viviendas privilegiadas, de estas viviendas de primera hornada, como se las llamaba a veces, se apresuraban a venderlas apenas cerrado el círculo, de tal modo que, establecido el precio mínimo de una vivienda a partir del más alto, esto es, el de la vivienda más pequeña y mala, el precio de la más grande y buena pasaba a ser de cuarenta, cuarenta y cinco y hasta cincuenta veces el de aquélla. Una vez vendidas todas las viviendas de la primera hornada salían a la venta las de la segunda, las edificadas sobre medias parcelas; luego las siguientes, hasta terminar con todas. A veces este proceso no se detenía al haberse vendido ya todas las viviendas de la zona, sino que empezaba entonces una segunda ronda de reventas y hasta una tercera y una cuarta. Siempre que hubiera alguien dispuesto a comprar había alguien dispuesto a vender. Y viceversa. Para entender este fenómeno, esta fiebre, hay que recordar que los barceloneses eran una raza eminentemente mercantil y que estaban acostumbrados desde hacía siglos a vivir hacinados como piojos: a ellos la vivienda en sí les importaba un bledo, por todo el confort de un harén no habrían dado un solo paso; en cambio la perspectiva de ganar dinero en poco tiempo les excitaba, era su canto de sirenas. A esta especulación sin freno no se dedicaban únicamente quienes tenían la vida asegurada y aun cierto superávit que «poner a trabajar», como se decía entonces, sino también muchas personas menos afortunadas; estas últimas arriesgaban lo esencial y necesario tratando de enriquecerse. Los primeros compraban y vendían solares, edificios y viviendas (también compraban y vendían opciones de compra, de tanteo y de retracto, establecían censos y enfiteusis y se transmitían, permutaban y pignoraban derechos y acciones, cánones y laudemios), pero habitaban indefectiblemente en casas o pisos de alquiler, ya que entonces se tenía por muy tonto al que vivía «sentado sobre su propio capital». Que inmovilice otro su dinero, se decía, yo pago de mes en mes y a mi dinero «lo pongo a trabajar». En cambio los segundos, los de medio pelo, se veían a veces en trances terribles: habían de vender su propio hogar cuando peor les venía, echarse a la calle con familia, sirvientes y enseres y empezar a buscar, llamando de puerta en puerta, dónde pernoctar, dónde dejar provisionalmente al pariente enfermo o al niño de pecho y su nodriza. Hacía llorar verlos recorrer las calles de Barcelona en las noches de invierno o bajo la lluvia, con el mobiliario y ajuar apilado en carros de mano, con los niños ateridos a cuestas y aun contando por lo bajo: tanto he invertido, tanto salgo ganando, tanto puedo reinvertir, etcétera. Los más sensatos procuraban no vender si la ocasión no les era propicia por motivos personales; preferían perder la oportunidad y conservar en cambio la salud o el decoro familiar, pero no se les permitía obrar así, porque con ello

185

habrían interrumpido la rueda de la especulación, a la que estaba uncida toda la ciudad. Por consiguiente había familias que en el plazo de un año cambiaban de casa siete u ocho veces.

De lo antedicho no debe inferirse que quienes invertían dinero en este juego se enriquecían por igual o de manera segura. Como toda inversión lucrativa, ésta también entrañaba riesgos. Para que las cosas salieran como era de desear era preciso que el primer edificio construido en la zona se vendiese bien y sobre todo que sus nuevos dueños o los inquilinos que los habitasen imprimieran a la zona un cierto tono de distinción que la hiciese atrayente con su presencia. Hubo familias celebérrimas, cuya mera aparición bastaba para valorizar o por el contrario depreciar un barrio entero, como una familia llamada o apodada Gatúnez, al parecer manchega de origen. Nunca quedó claro qué hacía o dejaba de hacer esta familia, bastante numerosa, pero sí que a poco de su llegada a una vivienda menguaba y se extinguía la demanda de las adyacentes. Como los dueños de éstas, los interesados en venderlas, no podían impedir al que vendió a los Gatúnez que lo hiciese ni anular luego la operación, tenían que recurrir al método oneroso de indemnizar a los Gatúnez para que se fueran o recomprarles la casa que acababan de adquirir por la suma que a los Gatúnez se les antojase fijar. Lo opuesto sucedía con algunas parejas ancianas de nombre extranjero, especialmente con los ex cónsules de alguna gran potencia en Barcelona. También podía suceder que uno de los motivos que había impulsado el crecimiento de un enclave con preferencia a otro desapareciera súbitamente: que un yacimiento de agua dejase de manar o que la compañía de ferrocarriles que había anunciado la próxima construcción de un ramal de vía hasta tal o cual punto cambiase luego de parecer y dejase ese punto, ya poblado, en el aislamiento más penoso. Así se perdían fortunas. Como algunos de estos factores eran fortuitos y otros no, la importancia que tenía el disponer de información rápida y fidedigna acerca de estos últimos era enorme. Con los otros, los fortuitos, no había nada que hacer, aunque no faltase quien cegado por la codicia tratara de penetrar en los arcanos de la naturaleza; estas personas solían acabar entre las garras de falsos zahoríes y otros desaprensivos que las embaucaban y llevaban al desastre financiero. Tampoco faltaban estafadores que aseguraban tener un amigo o familiar en tal o cual empresa de servicios públicos o en el Ayuntamiento o en la Diputación; a estos estafadores se les pagaban cantidades extraordinarias de dinero a cambio de invenciones y patrañas. En este mercado confuso y sembrado de añagazas penetró Onofre Bouvila con cautela hacia el mes de septiembre de 1897.

Con el dinero obtenido de la hipoteca de las tierras sólo pudo comprar un solar de dimensiones regulares en un lugar que no ofrecía en apariencia ningún aliciente ni perspectiva de desarrollo. En cuanto lo tuvo en sus manos lo puso en venta.

—No sé quién va a comprarte semejante birria —le dijo don Humbert Figa i Morera, a quien había tenido la cortesía de pedir consejo. Él le había dado varios y Onofre no había seguido ninguno. Ya veremos, respondió. Pasaron seis semanas y sólo acudió un posible comprador; le ofreció por el terreno lo mismo que había tenido que pagar por él para adquirirlo. Onofre Bouvila torció el gesto.

—Señor —le dijo al posible comprador—, usted se quiere burlar de mí sin duda. Este terreno en la actualidad cuesta cuatro veces su valor inicial y el precio sube de día en día. Si no tiene una oferta más interesante que hacerme le ruego que no me haga perder el tiempo.

Perplejo ante tanto aplomo el posible comprador subió un poco su primera oferta. Onofre montó en cólera: hizo que Efrén Castells pusiera en la calle al posible comprador de malos modos. Éste salió pensando que tal vez fuera cierto lo que Onofre Bouvila le había dicho. A lo mejor sí que vale tanto, pensaba, ese terreno insignificante por alguna causa que yo no sé. Para salir de dudas hizo averiguaciones discretas; no tardó en oír un rumor que le quitó el sueño. Era éste: que la casa *Herederos de Ramón Morfem, S. L.* había adquirido el terreno contiguo al que vendía Onofre Bouvila; más aún: que la casa *Herederos de Ramón Morfem, S. L.* se proponía trasladar allí precisamente su sede en un plazo no superior a un año. Diantre, se dijo, ese pillastre lo sabe y por eso mismo no quiere vender al precio que yo le ofrezco; pero si la noticia es cierta ese terreno valdrá pronto no ya cuatro sino veinte veces lo que vale hoy. ¿Que no le haré una nueva oferta? Claro que si ese rumor no se confirma, si la casa *Herederos de Ramón Morfem* no se traslada, ¿qué valdrá el terreno? Nada, morralla. Ay, qué terrible juego de azar es la especulación inmobiliaria, se iba diciendo el pobre comprador. Y no era para menos: si el rumor que había oído acerca de la casa *Herederos de Ramón Morfem, S. L.* era cierto, entonces había que pensar que por fin toda la ciudad iba a cambiar, porque no había en la Barcelona de fin de siglo institución de más relieve, cosa más sustancial y respetable que una pastelería de lujo. Allí ser despachado no era fácil; ingresar en la lista de clientes podía requerir una vida entera de porfía, una cuantiosa inversión y no pocas influencias. Aun así, aun perteneciendo a este círculo selecto, un buen tortell tenía que ser encargado con una semana de antelación; una bandeja de dulces variados, con un mes; una coca de Sant Joan, con un trimestre o más, y el turrón de Navidad, no más tarde del 12 de enero. Aunque ninguna pastelería de lujo tenía mesas ni sillas ni servía chocolate ni té ni refrigerios a su clientela, todas tenían un vestíbulo muy espacioso y elegante, por lo general de estilo pompeyano. Allí los domingos por la mañana, a la salida de misa, se daba cita lo mejor de la sociedad de cada barrio. Allí departían un rato, se preparaban para la comida familiar, que solía prolongarse cuatro o seis horas. Allí el calor era asfixiante, por la proximidad de los hornos de cocción, y el aire era cargado y empalagoso. De modo que si la casa *Herederos de Ramón Morfem* se va de la calle del Carmen, se iba diciendo, la calle del Carmen y el barrio entero se van al garete y el pla de la Boquería ya no será lo que es: el centro neurálgico de Barcelona. Pero si no es cierto, si la casa *Herederos de Ramón Morfem* no cambia de domicilio, entonces es que todo sigue igual... Y lo peor, se lamentaba para sus adentros, es que no puedo hacer nada para confirmar o desmentir estos rumores decisivos, porque si el dato empieza a correr de boca en boca, adiós compra, ¡qué agonía! Al final pudo más la codicia que el buen juicio y compró por lo que Onofre pedía. Una vez realizada la transacción, corrió a la pastelería de la calle del Carmen y pidió hablar con los dueños. Éstos lo recibieron muy amablemente: eran los herederos del legendario Ramón Morfem, don César y don Pompeyo Morfem. Ambos arrugaron el entrecejo blanqueado de harina al oír lo que el infortunado comprador les preguntaba. ¡Cómo!, ¿mudarnos nosotros? No, no, de ninguna de las maneras. Esos rumores que ha oído usted, señor, carecen por completo de fundamento, le dijeron. Jamás hemos tenido la intención de movernos de aquí y menos a ese barrio que usted dice; no hay zona en el Ensanche más fea e incómoda y menos apta para una pastelería. Los huesos de papá crujirían en su tumba, acabaron diciéndole. Entonces acudió a Onofre Bouvila con la pretensión de revocar la compraventa. Traía el pelo alborotado y un hilillo de baba pendiente del labio inferior. Usted, le dijo, puso en circulación aquellos rumores falsísimos; ahora me debe usted una reparación. Onofre Bouvila dejó que se desahogara y luego lo puso en la calle. La cosa no pasó de ahí, porque de ningún modo pudo probarse que él hubiera hecho correr aquellos rumores, aunque todo el mundo lo daba por seguro. El caso de los *Herederos de Ramón Morfem* se hizo célebre; se popularizó durante un tiempo la expresión «pasarle a uno lo que al de los *Herederos de Ramón Morfem*» para designar el caso de quien creyendo ser más listo que nadie adquiere a un precio alto algo que no vale tanto o que vale muy poco.

—Ándate con cuidado —le dijo don Humbert Figa i Morera—. Si coges mala fama, no habrá quien quiera tener tratos contigo.

—Eso está por ver —respondió Onofre.

Con lo que había ganado en aquella operación dudosa compró más parcelas en otro lugar. Veremos qué hace ahora, se dijeron los expertos en este tipo de negocios. Al cabo de unas semanas, viendo que no hacía nada, se desentendieron del asunto. Esta vez a lo mejor va de buena fe, comentaron entre sí. Las parcelas estaban en un lugar poco atractivo, muy lejos del centro: en lo que hoy es la esquina de las calles Rosellón y Gerona. ¿Quién quiere irse a vivir allá?, se preguntaba la gente. Un día llegaron a este sitio varios carros cargados de tramos de metal; el sol al dar en el metal lanzaba unos destellos que podían ver los albañiles que levantaban las torres de la Sagrada Familia no lejos de allá. Eran vías de tranvía. Un equipo de peones empezó a abrir zanjas en el suelo pedregoso de la calle Rosellón. Otro equipo, menos numeroso, levantaba en esa misma esquina un pabellón rectangular con bóveda de cañón: era el pesebre donde habían de reparar fuerzas las mulas de tiro, porque los tranvías entonces aún funcionaban con tracción de sangre. Esta vez sí, se dijo la gente; no hay duda de que este sector va a más. En tres o cuatro días le habían quitado a Onofre Bouvila de las manos las parcelas por el precio que él quiso fijar. Esta vez, le dijo don Humbert Figa i Morera, has tenido más suerte de la que te mereces, bribón. Él no decía nada, pero se reía a solas: transcurridos un par de días más los mismos peones que habían empezado a tender la vía la arrancaron, la volvieron a cargar en los carros y se la llevaron de allá. Esta vez los círculos mercantiles y financieros de la ciudad hubieron de reconocer que la maniobra no carecía de ingenio. Al llanto de los que habían comprado opusieron un rictus de sorna. Haber preguntado a la Compañía de Tranvías si la cosa iba en serio, les dijeron. Hombre, ¿cómo se nos iba a ocurrir que no lo fuese?, decían ellos. Vimos la vía y el pesebre y pensamos... Pues no haber pensado, les replicaron; ahora a cambio de un dineral os han dado un terreno que no sirve ni para vertedero y un pesebre a medio construir que tendréis que derribar a vuestras expensas. A esta operación, que todos llamaban «la de las vías del tram» para distinguirla de la otra, llamada «la de los *Herederos de Ramón Morfem*», siguieron muchas más. Aunque todo el mundo estaba sobre aviso, él siempre conseguía vender los terrenos que compraba en plazos brevísimos y con beneficios enormes; siempre daba con algún sistema de engatusar a la gente; creaba grandes expectativas en los ánimos de los compradores; luego estas expectativas quedaban en nada: eran espejismos que él mismo había conjurado. En poco más de dos años se hizo muy rico. Mientras tanto, de resultas de ello, causó a la ciudad un mal irreparable, porque las víctimas de sus argucias se encontraban con unos terrenos baldíos carentes de valor por los que habían satisfecho sumas muy altas. Ahora tenían que hacer algo con ellos. Normalmente estos terrenos habrían sido destinados a viviendas baratas, a ser ocupados por los pobres inmigrantes y su prole. Pero como su valor inicial había sido tan alto, fueron destinados a viviendas de lujo. Eran unas viviendas de lujo muy *sui generis*: muchas carecían de agua corriente o tenían tan poca que sólo manaba un grifo cuando los restantes del sector permanecían cerrados; otras ocupaban solares de planta irregular, eran viviendas hechas de pasillos y recámaras, acababan pareciendo madrigueras. Para recuperar parte del capital perdido los dueños escatimaban dinero en la construcción: los materiales eran toscos y el cemento venía tan mezclado con arena y hasta con sal que no pocos edificios se vinieron abajo a los pocos meses de ser inaugurados. También hubo que edificar en parcelas originalmente destinadas a jardines o parques de recreo, a cocheras, escuelas y hospitales. Para compensar tanto desastre se puso mucho esmero en las fachadas. Con estuco y yeso y cerámica menuda dieron en representar libélulas y coliflores que llegaban del sexto piso al nivel de la calle. Adosaron a los balcones cariátides grotescas y pusieron esfinges y dragones asomados a las tribunas y azoteas; poblaron la ciudad de una fauna mitológica que por las noches, a la luz verdosa de las farolas, daba miedo. También pusieron frente a las puertas ángeles esbeltos y afeminados que se cubrían el rostro con las alas, más propios de un mausoleo que de una casa familiar, y marimachos con casco y coraza que remedaban las *walkirias*, entonces muy de moda, y pintaron las fachadas de colores vivos o de colores pastel. Todo para poder recuperar el dinero que Onofre Bouvila les había robado. Así crecía la ciudad, a gran velocidad, por puro afán. Cada día se removían miles de toneladas de tierra que unas hileras continuas de carros se llevaban para ser amontonadas detrás de Montjuich o para ser arrojadas al mar. Mezclados con esta tierra también se llevaban restos de ciudades más antiguas, ruinas fenicias o romanas, esqueletos de barceloneses de otras épocas y residuos de tiempos menos turbulentos.

## 4

En el verano de 1899 era ya un hombre hecho y derecho. Tenía veintiséis años y una fortuna considerable, pero su imperio incipiente presentaba fisuras. Los cambalaches electorales que realizaba por mediación del señor Braulio no daban fruto o lo daban sólo a costa de grandes esfuerzos. El talante del país había cambiado a raíz del desastre del 98; otros políticos más jóvenes enarbolaban la bandera del regeneracionismo, apelaban al entusiasmo popular, pretendían remozar el viejo armazón social. Comprendió que por el momento habría sido inútil y contraproducente luchar contra ellos; prefirió disociarse del pasado y aparentar que hacía suyas las nuevas corrientes, que comulgaba con los nuevos ideales. Para ello retiró al señor Braulio, que se había convertido en un símbolo de la corrupción. Esto suponía separarlo también de Odón Mostaza, de quien se había enamorado ciegamente. Rompió en sollozos y buscaba con prontitud el modo de suicidarse. Abandonó este proyecto porque temía por la seguridad del hombre que amaba. Odón Mostaza no era muy listo; no había sabido adaptarse al nuevo sistema de vida. Seguía siendo un matón: por menos de nada echaba mano del revólver. Las mujeres seguían perdiendo el seso por él y en varias ocasiones hubo que apelar a autoridades venales para echar tierra sobre asuntos escandalosos; hubo que hacer desaparecer algún cuerpo y untar a la justicia. Onofre Bouvila le llamó la atención varias veces: esto no puede seguir así, Odón, le dijo: ahora somos hombres de negocios. El matón juraba enmendarse, pero volvía a las andadas. Se engominaba el pelo, vestía de un modo chillón y aunque comía y bebía sin tasa nunca engordaba. A veces ganaba fortunas al juego: entonces invitaba a quien le salía al paso, sus francachelas eran legendarias en estas ocasiones; otras veces lo perdía todo, contraía deudas cuantiosas y tenía que acudir al señor Braulio en busca de ayuda. Éste le hacía mil reproches, pero no podía negarle nada: tapaba todos sus desafueros. Ahora temía que sin su protección la ira de Onofre Bouvila cayese sobre él.

Esta vez subió a la finca de la Budallera en un coche cerrado a pesar del calor. Se había hecho hacer un traje cruzado de lana negra por un sastre de renombre que tenía su taller en un piso de la Gran Vía, entre Muntaner y Casanova. Hasta allí había estado yendo ese verano a probar. Ahora estrenaba el traje y en el ojal de la solapa llevaba prendida una gardenia. Se sentía ridículo, pero iba a pedir la mano de la hija de don Humbert Figa i Morera. Había comprado un anillo en una joyería de las Ramblas. A ella la había visto en contadas ocasiones, sólo cuando salía del internado para ir a veranear con sus padres a la Budallera. Como él no tenía entrada en la casa, había tenido que entrevistarse con ella en pleno campo, con motivo de alguna excursión, siempre rodeado de gente y por períodos brevísimos. Ella le había contado nimiedades de la vida en el internado. Acostumbrado a la cháchara salaz de las furcias que frecuentaba, aquellas simplezas le habían parecido el lenguaje del verdadero amor. Él tampoco había sabido qué decirle. Había intentado interesarla en sus inversiones inmobiliarias, pero pronto había visto que ella no le entendía. Ambos se habían separado con alivio, prometiéndose fidelidad. En todos aquellos años las cartas tampoco habían cesado. Ahora era rico y ella había abandonado ya el internado para ser presentada en sociedad ese mismo otoño. Las probabilidades de que la sociedad de Barcelona la aceptase, siendo hija de don Humbert, eran escasas, pero no había que descartar ésta: la de que un joven casadero quedara prendado de sus encantos, venciera la oposición familiar y se casara con ella; con esto quedaría legitimizada su posición e indirectamente la de sus padres también. De este peligro quería salir al paso Onofre Bouvila pidiendo su mano anticipadamente. A él no le cabía duda de que su belleza la haría triunfar en los salones.

—Si pisa el Liceo, me quedo sin novia —le confió a Efrén Castells. En aquellos años el gigante de Calella había cambiado: ya no andaba como barco a la deriva detrás de todas las faldas. Se había casado con una costurera jovencita, muy gentil de trato pero muy firme de carácter, había tenido dos hijos y se había vuelto doméstico y responsable. Aunque habría hecho sin vacilar cualquier cosa que Onofre le hubiese ordenado, prefería las actividades más serias y lícitas. Había hecho algunos negocios siguiendo las huellas de Onofre, había sabido ahorrar y reinvertir con acierto y ahora gozaba de una posición desahogada.

—Habla con don Humbert —le dijo a Onofre—. Él te debe mucho. Te escuchará y si es hombre de honor, como pienso, reconocerá que la mano de su hija te corresponde a ti antes que a ningún otro.

Le hicieron pasar a un saloncito y le rogaron que tuviese la bondad de esperar. El señor está reunido, le dijo el mayordomo, que no le conocía. En el saloncito se asfixiaba. Aquí hace por lo menos tanto calor como en Barcelona, pensó, y yo tengo la garganta sequísima; ¡si al menos me hubiesen ofrecido un refresco! ¿Por qué me tratan con tan poca consideración precisamente hoy? Al cabo de lo que juzgó un rato largo salió del saloncito y recorrió un pasillo de paredes enjalbegadas. Al pasar frente a una puerta cerrada oyó voces, reconoció entre ellas la de don Humbert Figa i Morera y se detuvo a escuchar. Por fin, interesado por lo que oía y casi olvidado del motivo que le había conducido a la casa, abrió la puerta bruscamente y entró en lo que resultó ser el gabinete de don Humbert. Éste estaba reunido con dos señores: uno de éstos era un norteamericano llamado Garnett, hombre obeso, sudoroso y traidor a su país, que había servido a los intereses españoles en las Filipinas durante la reciente contienda, hasta que los resultados de ésta le habían aconsejado ausentarse del lugar por una temporada. El otro era un castellano enteco, de tez bronceada y bigote entrecano a quien los demás llamaban simplemente Osorio. Tanto éste como Garnett vestían trajes de rayadillo, camisa blanca con cuello de celuloide sin corbata, al estilo colonial, y alpargatas de esparto. Sobre sus rodillas estaban los sombreros: sendos panamás que a Onofre le recordaron de inmediato a su padre: todavía no había levantado la hipoteca que pesaba sobre las tierras familiares. Su irrupción en la pieza hizo que se cortara de golpe la conversación que sostenían los tres hombres. Todas las miradas convergieron en él. El traje negro, la gardenia en la solapa y el vistoso envoltorio de la joyería ponían en el gabinete una nota extemporánea. Don Humbert le presentó a sus interlocutores y Garnett prosiguió relatando cómo en vísperas de la batalla naval librada en mayo del año anterior en Filipinas él se había entrevistado con el almirante Dewey, que mandaba la flota enemiga, para transmitirle una oferta del Gobierno español: ciento cincuenta mil pesetas si permitía que los barcos españoles hundieran a los norteamericanos. Esta entrevista había tenido por escenario un bar de la entonces colonia británica de Singapore o Singapur. El almirante Dewey lo había tomado al principio por loco. Usted sabe, le dijo, que los barcos de guerra españoles son tan insignificantes que los míos los pueden enviar al fondo del mar sin ponerse siquiera a tiro. Garnett movió la cabeza afirmativamente: usted lo sabe y yo también, pero los técnicos de la marina española han asegurado al Gobierno de Su Majestad precisamente lo contrario, dijo. Si ahora la armada española se viene a pique, imagínese la decepción. Eso yo no lo puedo evitar, había respondido Dewey.

—De este modo perdimos las últimas colonias —dijo don Humbert cuando el norteamericano hubo concluido su relato— y ahora nos encontramos con los puertos rebosantes de repatriados —a diario llegaban, en efecto, barcos que traían a España a los supervivientes de las guerras de Cuba y las Filipinas. Habían combatido durante años en las selvas podridas y aunque eran muy jóvenes parecían ya viejos. Casi todos venían enfermos de tercianas. Sus familiares no querían acogerlos por miedo al contagio y tampoco encontraban trabajo ni medio alguno de subsistencia. Eran tantos que hasta para pedir limosna tenían que hacer cola. La gente no les daba ni un céntimo: habéis dejado que pisotearan el honor de la patria y aún tenéis la desfachatez de venir a inspirar compasión, les decían. Muchos se dejaban morir de inanición por las esquinas, sin ánimo ya para nada. Ahora las inversiones en las ex colonias tenían que canalizarse a través de testaferros como Garnett, que era súbdito norteamericano. El llamado Osorio resultó ser nada menos que el general Osorio y Clemente, ex gobernador de Luzón y uno de los principales terratenientes del archipiélago. Don Humbert Figa i Morera trataba de conciliar los intereses de uno y otro y de establecer las garantías necesarias.

Cuando se hubieron ido y el abogado y Onofre se quedaron a solas, éste expuso el motivo de su visita con el nerviosismo propio de la ocasión. Don Humbert también dio muestras de azaramiento. Había hablado anteriormente con Onofre del asunto y sin comprometerse a nada, con palabras veladas, le había dado a entender que lo consideraba ya como su yerno. Ahora parecía buscar la forma menos cruda de volver sobre aquellas palabras de asentimiento.

—Es mi mujer —acabó confesando—. No ha habido forma humana de que cediera. Yo le he insistido hasta quedarme ronco, pero estas cosas para ella son así, y en estos asuntos, como tú

mismo verás cuando tengas hijos, las mujeres son las que mandan. No sé qué puedo decirte: tendrás que resignarte y buscar en
otro sitio. Créeme que lo siento.

—¿Y ella? —preguntó Onofre—. ¿Qué dice ella?

—¿Quién?, ¿Margarita? —dijo don Humbert Figa i Morera—. Bah, ella hará lo que su madre le diga, mal que le pese. Por
amor sufren mucho las mujeres, pero nunca comprometen su
suerte. Espero que lo entiendas.

Sin responder cogió el envoltorio de la joyería y salió de la
casa dando tantos portazos como puertas encontró en su camino.
Servidos van si piensan que alguien va a enamoriscarse de semejante tontaina, iba murmurando entre dientes, movido por el despecho. Ya vendrás a buscarme, ya; de rodillas vendrás a pedirme
perdón, pero yo no te perdonaré, porque la puta más arrastrada
del barrio de la Carbonera vale mil veces más que tú, mascullaba.
Pero con el traqueteo del coche por las piedras de la carretera se
le fue pasando la irritación y llegó a Barcelona sumido en la más
honda tristeza. Se encerró en su casa y se negó a ver a nadie durante quince días. Una criada que había cogido tres años antes y
a la que pagaba un sueldo absurdo para asegurarse su devoción
lo cuidaba. Por fin se avino a recibir a Efrén Castells. Éste, preocupado por el estado de su socio, a quien nunca había visto en
tal disposición, había hecho averiguaciones que ahora venía a poner en conocimiento de Onofre Bouvila.

La mujer de don Humbert Figa i Morera no era nada tonta: sabía
de sobra que ningún joven de buena familia cometería el desatino
de casarse con su hija Margarita. Pero tampoco estaba dispuesta
a entregarla sin lucha a un paria como Onofre. Cavilando día y
noche sin parar, dio al fin con un candidato idóneo a la mano de
su hija. A primera vista su elección era descabellada. Este candidato no era otro que Nicolau Canals i Rataplán, hijo de aquel
don Alexandre Canals i Formiga al que el señor Braulio había
apuñalado en su despacho ocho años atrás por orden de Onofre
Bouvila. Desde esa fecha Nicolau Canals y su madre vivían en
París; allí su padre, don Alexandre Canals, al igual que otros muchos capitalistas catalanes de su tiempo, había «puesto su dinero
a trabajar» en empresas francesas. Estas acciones, que ascendían
a una pequeña fortuna, habían de pasar íntegramente a manos de
Nicolau Canals tan pronto éste alcanzase la mayoría de edad.
Hasta entonces su madre había administrado estos bienes con
prudencia y aun los había incrementado mediante algunas opera-

ciones juiciosas y bien trabadas. Madre e hijo ocupaban un hotelito amplio y cómodo, aunque discreto, de la rue de Rivoli,
donde vivían algo retirados del mundo. Él, que contaba a la sazón dieciocho o diecinueve años de edad, era un muchacho triste: en todo el tiempo transcurrido no había logrado consolarse de
la muerte de su padre, cuya memoria veneraba. Con su madre, en
cambio, nunca se había llevado bien, sin que de eso tuviera la
culpa ninguno de los dos. Para ella la muerte repentina de sus
dos hijos mayores había sido un golpe del que no pudo reponerse
ya; sin razón achacaba lo ocurrido a su marido por quien dejó
bruscamente de sentir algún afecto; este desapego lo hizo exten-
sivo también a su único hijo superviviente; la suya era una posición injusta a la que aun a sabiendas de ello no podía sustraerse.
Para colmo el defecto físico de Nicolau Canals i Rataplán, aquel
defecto medular que le había hecho crecer algo deforme y que
con los años no había aumentado ni disminuido, le parecía un reproche a su falta de cariño. Desde pequeño había procurado verlo lo menos posible; había confiado su cuidado a una larga serie
de amas, niñeras y ayas. Ahora las circunstancias la obligaban a
vivir aislada de todos, sin otra compañía que la de aquel muchacho a quien nunca quiso y del que ahora además dependía jurídica y económicamente, porque hasta el pan que comían era de
él con arreglo a la ley. Él, que percibía de una manera tangible
la aflicción que su presencia le provocaba, que no se hacía ninguna ilusión acerca del cariño que le profesaba, procuraba eludir
cuando podía toda comunicación con ella. Impedido por su defecto físico de trabar amistad con los que habían sido sus com-
pañeros de estudios, vivía en una soledad casi absoluta. Lo único
que tenía en este mundo era París. Al llegar huidos de Barcelona
su madre y él, París le había parecido una ciudad hostil y sus habitantes poco menos que fieras salvajes. Luego sin proponérselo
se había habituado gradualmente a todo y había acabado amando
con locura, con verdadera pasión aquella ciudad. Ahora toda su
dicha era París, pasear por las calles, sentarse en las plazas, deambular por los barrios y los jardines, mirar la gente, la luz, las casas
y el río. A veces en el transcurso de uno de estos paseos se detenía de pronto sin saber por qué motivo en una esquina y miraba a su alrededor como si viera todo aquello, que conocía palmo a palmo, por primera vez; entonces le embargaba una emoción tan intensa que no podía impedir que las lágrimas acudieran
a sus ojos. Si llovía cerraba el paraguas para dejarse calar por la
lluvia de París. Entonces su imagen anónima y contrahecha, sa-

cudida por el llanto y empapada de lluvia en una esquina partía el alma de los transeúntes, que ignoraban que en realidad lloraba de felicidad. Otras veces en estas mismas circunstancias el terror seguía de cerca a la felicidad: ay, pensaba, ¿qué sería de mí si algún día me faltara París; si por cualquier causa tuviéramos que irnos de París? Sabía que París no era en realidad su ciudad natal y esto le producía una sensación de desarraigo casi física: entre una madre que no podía evitar el repudiarlo y una ciudad adoptiva a la que no podía reclamar ningún derecho, su vida transcurría en una perpetua zozobra. No sabía hasta qué punto estos temores eran fundados.

La esposa de don Humbert Figa i Morera escribió a la viuda de don Alexandre Canals i Formiga una carta larga y deslavazada; en ella bajo aparentes circunloquios iba directamente al grano. *Disculpe, querida amiga, la osadía que me impulsa a dirigirme a usted en forma tan poco protocolaria, pero estoy convencida de que su corazón de madre sabrá ponerse inmediatamente en mi lugar; que comprenderá el porqué de mi atrevimiento cuando lea estas torpes frases inspiradas únicamente por el buen deseo.* A continuación exponía sin ambages su proyecto, esto es, casar a su hija, Margarita Figa i Clarença, con Nicolau Canals i Rataplán. Ambos, se apresuraba a indicar, eran hijos únicos y herederos universales por consiguiente de las respectivas fortunas familiares. Ambos, venía a insinuar, eran poco menos que proscritos entre la gente bien de Barcelona. ¿Y qué expectativas podía alimentar a este respecto Nicolau Canals en París, donde siempre sería un extranjero y un marginado social? *Con este enlace que en mi corazón de madre festejo por anticipado,* seguía diciendo, *culminaría la prolongada identidad de metas e intereses que siempre ha unido a nuestras dos estirpes.* Para finalizar decía que *si bien Margarita y Nicolau no han tenido todavía ocasión de conocerse y tratarse, no dudo de que siendo ambos jóvenes, inteligentes, físicamente agraciados y de muy buen carácter no tardarán en profesarse mutuamente el respeto y el cariño en que se basa el auténtico bienestar conyugal.* Averiguó Dios sabe cómo la dirección de la viuda de don Alexandre Canals i Formiga y le envió esta carta. Cuando la hubo enviado comunicó a su marido lo que acababa de hacer y le enseñó una copia casi literal de la carta. Don Humbert no daba crédito a sus ojos.

—¡Horror, mujer!, ¿cómo te has atrevido? —pudo articular al fin—. Ofrecer a nuestra hija como si fuera una mercancía... no tengo palabras... ¡tal desparpajo! Y ofrecerla además en matrimonio al hijo de mi antiguo rival, de cuya muerte no falta quien me atribuya cierta responsabilidad mediata. ¡Qué bochorno! ¿Y en qué hora mala se te ocurrió decir que ese infeliz es «físicamente agraciado»? ¿Pues no te has enterado de que el pobre muchacho es un monstruo de nacimiento?, ¿un taradito? Releo la carta y siento que voy a morirme de vergüenza.

—Tú tranquilo, Humbert —le decía su mujer sin perder la calma. Se percataba a medias de lo disparatado de su acción, pero confiaba en la suerte. Mientras tanto la viuda de Canals había recibido la carta y la leía pensativa en la penumbra de su hotelito de la rue de Rivoli. ¡Qué cuajo!, pensaba; esta mangante tiene la dignidad donde yo me sé. En circunstancias normales habría roto la carta en mil fragmentos. Estaba a punto de cumplir los cuarenta años y conservaba de su pasada belleza una serena armonía que la amargura podía trastocar en poco tiempo; su vida, en esta hora de hacer balance de las cosas, se le presentaba como un rosario de esperanzas frustradas. *Une vie manquée*, murmuró: dejó la carta sobre el velador y se abanicó cansadamente con una pluma de avestruz. Al hacerlo tintinearon los brazaletes. De la calle llegaba el ruido continuo de los carruajes.

—*Anaïs, sois gentille: ferme les volets et apporte-moi mon châle en soie brodée* —le dijo a la doncella; era una negra de la Martinica, que llevaba un pañuelo amarillo anudado a la cabeza.

Hacía un año que había conocido a un poeta de origen oscuro llamado Casimir. Él tenía sólo veintidós años; la había llevado sin reparos ni reservas a los cenáculos de Montparnasse, donde se reunía la bohemia a leer versos y beber absenta, juntos habían asistido el año anterior al entierro de Stéphane Mallarmé; ella, sin embargo consciente de la diferencia de edad y de fortuna, se resistía a ceder a sus reclamaciones. Él le enviaba flores robadas de los cementerios y sonetos incendiarios de amor. La situación a los ojos del mundo era anómala y daba pábulo a comentarios maliciosos. ¿Y a mí qué se me da?, pensaba ella; toda la vida he sido infeliz y ahora que el destino deja este regalo a mi puerta, ¿habré de rechazarlo por el qué dirán? Además esto no es Barcelona, se decía tratando de vencer su propia resistencia; esto es París, aquí no soy nadie, lo que quiere decir que soy libre. Así pensaba, pero no hacía nada, cohibida por la presencia de su hijo: éste era el obstáculo que la separaba de la felicidad. Si le hubiese expuesto la situación a las claras él la habría comprendido y aceptado; sin duda habría apoyado en todo a su madre, contento de poder mostrarle al fin su afecto y su solidaridad de adulto, pero tantos años de apartamiento y de reproches les cerraban ahora cualquier vía de comunicación sincera. Con remordimiento meditaba la forma de deshacerse de aquel testigo molesto. Ahora reflexionaba acerca del contenido de la carta que acababa de recibir. La idea era tentadora, pero todo en ella la incitaba a rechazarla: detrás de aquella inesperada proposición matrimonial sospechaba una maquinación perversa. Al fin y al cabo, se decía, ¿quién puede querer por yerno a Nicolau, pobre hijo mío? Es un don nadie, deforme y pazguato, ¿qué pueden ver en él salvo el dinero? Sí, no hay duda, eso debe de ser. En tal caso, la vida de Nicolau peligraría: si ese canalla hizo matar a mi marido, que en gloria esté, no hay razón para que ahora no planee también la muerte de su heredero. Es posible que se trate de una venganza bárbara, de uno de esos celosos actos de exterminio que se vienen practicando ritualmente en Estambul desde hace siglos. Había conocido en un salón al embajador en Francia de Abdul el Maldito, el decrépito sultán llamado a presidir el hundimiento definitivo del fabuloso imperio otomano, al que durante décadas se había dado en llamar ya «el Enfermo de Europa». Este embajador, seguidor de Enver Bey y simpatizante, por tanto, de los «jóvenes turcos», no desperdiciaba ocasión de desacreditar al Estado al que decía servir y del que percibía espléndidos emolumentos: creyendo ser lo contrario, era en realidad una muestra viviente de la decadencia y el desfondamiento moral que él y sus correligionarios pretendían corregir. Un escalofrío le hizo arrebujarse en el mantón de Manila que la sirvienta había echado sobre sus hombros. Tiró del cordón; cuando compareció Anaïs a esta llamada le preguntó si su hijo estaba en casa. *Oui, madame,* fue la respuesta. *Alors, dis-lui que je veux lui parler; vas vite,* dijo ella. Quería ser amable con él, razonar de igual a igual; en cambio torció el gesto cuando lo vio entrar en el saloncito.

—¡Cómo! —dijo con cierta estridencia en la voz—, ¿a estas horas y ya en *robe de chambre?*

Nicolau se disculpó a trompicones: no pensaba salir, dijo; había decidido destinar la velada a la lectura, pero si ella proponía otra cosa... No, no, está bien así, dijo ella; anda, vete ya; tengo un dolor de cabeza terrible. No quiero que nadie me moleste hasta mañana. Se encerró bajo llave en el gabinete y estuvo confeccionando y rompiendo borradores hasta altas horas. Por fin dio con un tono que le pareció apropiado. *Su carta, mi estimada amiga, me ha producido una mezcla de gratitud y desconcierto que usted será la primera en comprender,* escribió. *Siempre he sido del*

*parecer de que en asuntos matrimoniales son los propios interesa-*
*dos quienes deben decidir, guiados antes que nada por sus senti-*
*mientos y que no somos nosotras las madres las que hemos de im-*
*poner nuestro criterio, por más que nazca del más desinteresado de*
*los deseos, etcétera.* La esposa de don Humbert Figa i Morera
leyó esta carta y comprendió que tenía todos los triunfos en la
mano; la carta, aunque evasiva, establecía un lenguaje común,
abría un cauce al diálogo y a la negociación. Con orgullo legítimo
le mostró la carta a su marido. Él la leyó y no entendió nada.

—Aquí dice que de boda nanay —fue todo lo que se le ocurrió comentar.

—Humbert, no seas tótil —replicó ella con sarcasmo—. El
mero hecho de que me haya contestado ya implica un sí, aunque
conteste para decir que no. Son argucias de mujer.

A Nicolau Canals i Rataplán su madre lo enfrentó a los hechos consumados. Él, que no sospechaba nada, que no había visto fraguarse la tormenta, apenas si acertó a improvisar una débil
oposición.

—Bah, bah —interrumpió ella taconeando nerviosamente en
el *parquet*—, ¿qué sabes tú de la vida? Yo en cambio tengo experiencia, he sufrido mucho, soy tu madre y sé lo que te conviene
—dijo. Luego añadió con una convicción visiblemente fingida—:
Lo que te conviene es irte a Barcelona y casarte con esa chica.
Nada impide que seáis felices.

—¿Pero usted sabe quién es esa gente, mamá? —balbució—:
Son los mismos que hicieron asesinar a papá.

—Habladurías —atajó ella—. Y en todo caso no fue esa chica
quien lo hizo. Ella debía de ser una niña de teta o poco menos
por esas fechas. Además lo pasado, pasado está. Han transcurrido muchos años desde entonces: no podemos vivir siempre con
el pasado a cuestas, ¿qué dices?

Nicolau Canals i Rataplán estuvo paseando por las calles y regresó al hotelito de la rue de Rivoli al caer la tarde. Entró directamente a ver a su madre y cuando estuvo con ella le dijo:

—Yo no me quiero casar, mamá. Ni con esa chica, de cuyas
cualidades no dudo, ni con ninguna otra. Y tampoco quiero irme
a vivir a Barcelona. Yo lo que quiero es quedarme aquí con usted. Aquí, en París, somos felices, ¿verdad, mamá?

A ella le faltó valor para decirle que no, que ella no era feliz
por culpa de él, de su presencia precisamente. Esto no tiene nada
que ver con lo que hablábamos antes, se limitó a replicar. Ya no
tienes edad de vivir pegado a las faldas de tu madre, agregó. Él

tuvo entonces un atisbo de la verdad y abrió los brazos en lo que quería ser un gesto de aquiescencia.

—Si es la convivencia conmigo lo que le incomoda —dijo—, puedo irme a vivir a una mansarda de Montparnasse.

Después de mucho porfiar llegaron a un acuerdo: Nicolau Canals i Rataplán haría un viaje a Barcelona, trabaría conocimiento con Margarita Figa i Clarença y sólo entonces, con pleno conocimiento de causa, sería tomada una decisión definitiva. Quedaba en sus manos la opción de volver a París si quería. Esto por parte de ella equivalía a una claudicación, pero no se veía con fuerzas para obligarle a más. Había hecho falta esta crueldad, que ella estimaba necesaria, para que se diera cuenta de lo unida que estaba a su hijo después de todo; ansiaba librarse de él, pero ahora la inminencia de su partida la llenaba de tristeza y volvían a asaltarle los presentimientos más aciagos. Todas estas cosas, mientras tanto, habían llegado a oídos de Onofre Bouvila, que desde su reclusión voluntaria urdía una estrategia para alterar una situación que le era tan desfavorable.

5

Como primera providencia hizo averiguar el paradero y seguir los pasos de Osorio, el terrateniente de Luzón, y de Garnett, el agente norteamericano de aquél en las Filipinas, a quienes había conocido casualmente en la finca de la Budallera la tarde infausta en que fue a pedir la mano de Margarita Figa i Clarença. Así supo que el norteamericano se hospedaba en una suite del hotel Colón, que en aquel entonces estaba situado en la plaza Cataluña, junto al paseo de Gracia; que hacía en el hotel todas las comidas y que sólo se aventuraba a salir en un coche cerrado de alquiler que dos veces a la semana, los martes y los jueves, iba a buscarle al hotel y lo depositaba a la puerta de un fumadero de opio situado en Vallcarca. Allí pasaba la noche. Por la mañana el mismo coche de alquiler lo recogía en el fumadero y lo devolvía al hotel. A este fumadero célebre, el último de los que existieron notoriamente en Barcelona, acudían caballeros y no pocas damas de la buena sociedad; allí acudían también modistillas y aprendizas. Aún no se sabía que el opio y sus derivados producían acostumbramiento; su consumo no estaba ni penado ni mal visto. Luego muchas de aquellas jóvenes, para poderse procurar un placer que sus escasos medios no les permitían adquirir con la periodicidad necesaria, caían en la práctica de la prostitución. Generalmente las personas que regentaban fumaderos de opio regentaban también prostíbulos clandestinos en los que era fácil encontrar menores de edad. Garnett mataba el resto del tiempo encerrado en la suite del hotel leyendo las aventuras de Sherlock Holmes, desconocidas todavía en España, pero muy populares ya en Inglaterra y en los Estados Unidos, de donde se las hacía enviar por mediación de American Express. Por su parte, Osorio y Clemente había alquilado un piso en la calle Escudellers. En esta calle, entonces de buen tono, vivía con un criado filipino por toda ayuda y un lulú de Pomerania por toda compañía. Cada mañana oía misa en San Justo y Pastor. Concurría por las tardes a una peña taurina integrada principalmente por militares retirados, como él mismo, altos funcionarios destinados en Barcelona y policías de rango superior. En esta peña se jugaba también al mus. Onofre Bouvila decidió abordar a Garnett.

Fue a verle al hotel y le expuso sus intenciones sin rodeos. Osorio está acabado, le dijo; es viejo y el clima tropical es implacable con los viejos. Si le ocurriese algo grave usted podría maniobrar de tal modo que todas las propiedades de Osorio, que actualmente figuran a su nombre, en lugar de pasar a manos de sus herederos pasaran a las mías, pongamos por caso, le dijo. El norteamericano entornó los párpados. Bebía a pequeños sorbos una mezcla de limonada, ron de caña y agua de seltz.

—Jurídicamente —dijo al fin— el asunto es más complicado de lo que parece.

—Lo sé —dijo Onofre mostrándole un pliego de papeles manuscritos—. Me he procurado copia de los contratos que ustedes suscribieron ante el abogado Figa i Morera.

—Sí, claro —dijo Garnett ojeando los contratos—, habría que contar con la cooperación de don Humbert.

—Yo me ocupo de ello —dijo Onofre.

—Y de Osorio, ¿quién se ocupa? —dijo Garnett.

—También yo —dijo Onofre.

El norteamericano dijo que prefería no seguir hablando de aquel tema. Venga a verme dentro de tres o cuatro días, dijo; tengo que recapacitar. Transcurrido el plazo fijado por Garnett, volvieron a verse. En esta ocasión el norteamericano manifestó sus escrúpulos: Si a Osorio le ocurre algo... ¿cómo dijo usted?..., algo grave, eso es; si le ocurre algo grave, ¿no es fácil que todo tienda a involucrarme a mí en esa desgracia?, dijo. Onofre Bouvila sonrió.

—Si no hubiera planteado usted esta objeción —dijo—, yo mismo habría anulado el acuerdo. Ahora veo que es usted prudente y que ha sopesado bien los detalles del caso. Le voy a contar mi plan.

Cuando hubo acabado de hablar el norteamericano se dio por satisfecho. Ahora, dijo, hablemos de porcentajes. También sobre este punto se pusieron de acuerdo.

—Por supuesto —dijo Onofre Bouvila al despedirse—, de lo que hemos hablado aquí no queda ni quedará constancia escrita.

—He tratado otras veces con personas como usted —dijo Garnett— y sé que con la mano basta.

Los dos hombres se estrecharon la mano.

—En cuanto al silencio... —dijo Onofre.

—Sé lo que vale —dijo Garnett—. No hablaré con nadie.

Entretanto Efrén Castells, por servir a Onofre Bouvila, había vuelto a ejercer a espaldas de su esposa sus dotes de conquistador; así había logrado camelar a una doncella que servía en casa de don Humbert Figa i Morera: por ella sabían todo lo que ocurría de puertas adentro, seguían de cerca el camino tortuoso que conducía a la boda de la hija con Nicolau Canals i Rataplán. Como don Humbert había predicho, la voluntad de la madre se había impuesto sobre los sentimientos de la hija. Margarita trataba de rebelarse, pero poco podía hacer contra las mañas y astucias de su madre. Ésta, en lugar de plantearle las cosas de sopetón, como había hecho su futura consuegra con su hijo, le había ido arrancando concesiones graduales. En este terreno jugaba con ventaja: ella sabía de los amores de Margarita y Onofre, pero su hija, que la creía en la ignorancia de ellos, no se atrevía a oponerlos como causa de su aversión a los planes de aquélla; temía que de hacerlo causaría a Onofre un daño considerable. De modo que a todas las insinuaciones de su madre, que mantenía el equívoco, no podía aducir ninguna razón de peso y había de dar su conformidad. Así accedió primero a que sus padres y la viuda de Canals i Formiga entablaran una relación epistolar que se fue convirtiendo poco a poco en una serie de capitulaciones matrimoniales. Luego, comprometida ya por la letra, tuvo que aceptar que se celebrasen esponsales. Paso a paso iba dejando que atornillasen su destino.

—Bah, bah, no vengas ahora con remilgos —le decía su madre cuando ella hacía amago de rehusarse a cualquier cosa—;

esto no nos obliga a nada y es deber de cortesía el que lo hagamos.

—Ay, mamá, lo mismo me dijo usted la vez anterior y la anterior y la anterior. Y así, sin hacer nada, como usted dice, estoy ya al borde del altar —dijo ella.

—Simplezas, nena —replicó la madre—. Cualquiera que te oyera pensaría que estamos en la Edad Media. La última palabra la tienes tú, tontina: nadie te va a obligar a que hagas lo que no quieres hacer. Pero no veo motivo alguno para responder ahora con un desplante a todas las atenciones que han tenido con nosotros esa señora encantadora y su hijo, un joven inteligente, honrado y rico.

—Y jorobado.

—Eso no lo digas hasta no haberlo visto: ya sabes lo aficionada que es la gente a exagerar los defectos ajenos. Además, piensa que la belleza física acaba por cansar. En cambio la hermosura del alma... yo qué sé..., supongo que cada día gusta más, ¡y no me hagas seguir hablando, que todo este trajín me tiene muy fatigada! —Se iba por el pasillo haciendo sonar una campanita con que llamaba al servicio, pedía una jofaina con agua y vinagre y unos paños de lino con que aliviarse la frente y las sienes—. ¡Entre todos acabaréis conmigo! ¡Cuánta ingratitud, Dios mío!

A esto Margarita ya no sabía qué argumentos contraponer. Luego Efrén Castells ponía a Onofre al corriente de estas trifulcas.

—Está bien —dijo por fin Onofre Bouvila—, ha llegado el momento de que pasemos a la acción.


La noche del día convenido encontraron la cancela abierta: la doncella se había encargado de sobornar al portero, al jardinero y al guardabosque; los perros llevaban puesto el bozal. Efrén Castells iba cargando con una escalera de mano de cinco metros de altura; cada tres pasos tenía que detenerse a sofocar la risa con el pañuelo. ¿Se puede saber qué demonios te pasa?, preguntó Onofre Bouvila. El gigante de Calella contestó que aquella situación pintoresca le hacía rememorar viejos tiempos: cuando tú y yo andábamos robando relojes y otras cosas en los almacenes de la Exposición Universal, ¿te acuerdas?, dijo. Bah, ¿quién piensa en eso ya?, replicó Onofre: habían pasado once años de aquello y lo que estaban haciendo ahora era una payasada. Los perros, alertados por esta discusión, empezaron a ladrar. En la terraza del primer piso apareció don Humbert envuelto en una bata de seda. ¿Qué ocurre ahí?, preguntó. El portero salió de la garita y se quitó la gorra. No es nada, señor, los perros, que han debido de ver una lechuza. Cuando don Humbert se hubo retirado Onofre y Efrén Castells prosiguieron la marcha. Pues a mí me parece que fue ayer, dijo el gigante. La doncella les aguardaba junto al muro de la casa: contra el fondo de hiedra destacaban el delantal y la cofia. Señaló la ventana y se llevó las manos juntas a la mejilla: por gestos remedó la actitud del que duerme. Efrén Castells apoyó la escalera contra el muro y comprobó el equilibrio y la firmeza. Vosotros esperadme aquí, dijo Onofre; no os mováis de aquí hasta que yo baje. El gigante de Calella sujetó la escalera mientras él subía. Con los años había perdido agilidad, no quiso mirar abajo por si le sobrevenía el vértigo. ¡Diantre!, pensó, a mí también me parece que fue ayer mismo. Un golpe en la cadera le distrajo de estas reflexiones: al pasar había golpeado un travesaño con la culata del revólver. Lo sacó del bolsillo y silbó. Cuando vio que Efrén Castells levantaba la cabeza dejó caer el revólver, que el gigante atrapó al vuelo. Luego acabó de subir hasta la ventana: estaba cerrada; ni el calor ni las consideraciones higiénicas que por aquellas fechas los periódicos propagaban habían conseguido que Margarita durmiera con la ventana abierta. Tuvo que llamar repetidamente hasta que asomó su rostro embotado y perplejo. ¡Onofre!, exclamó, ¡tú! ¿Qué significa esta aparición inesperada? Onofre hizo un ademán de impaciencia: Abre la ventana y déjame entrar, dijo; he de hablar contigo. Chistaron desde el suelo el gigante y la doncella: ¡Eh, los de ahí, hablad más bajo!, les conminaron: Con estas voces vais a despertar a todo quisque. Ella entreabrió un palmo la ventana y acercó el rostro a esta rendija: le caía sobre los hombros el pelo suelto; cuyo tono cobrizo contrastaba con la blancura de la piel del cuello; el calor y el sueño habían pegado unos rizos en su frente: no recordaba haberla visto nunca tan bella.

—Déjame entrar —dijo con un deje de ebriedad en la voz. Ella parpadeó con prevención. No puedo hacerlo, dijo en un susurro. Llevaban varios años sin verse, comunicándose sólo por carta; ahora frente a frente les resultaba difícil comunicarse de palabra. Onofre sintió que se le encendía la sangre como aquella tarde en que había roto el espejo con la estatuilla de alabastro—. ¿Es cierto que vas a casarte con un jorobeta? —preguntó en un tono agresivo que a ella le dio miedo: por primera vez comprendió la envergadura de lo que su madre pensaba hacer con ella. ¡Señor mío y Dios mío!, murmuró, ¿qué puedo hacer? No sé cómo evitarlo. Onofre sonrió—: Eso déjalo de mi cuenta —dijo—; tú dime sólo si me quieres. Ella juntó las manos, cruzó los dedos y las levantó así sobre la cabeza, como si implorase al cielo; cerró los ojos y echó la cabeza hacia atrás, como había hecho años antes, cuando él la había tomado en sus brazos por primera vez. ¡Oh, sí, oh, sí!, dijo con una voz ronca que parecía brotarle de lo hondo del pecho, ¡sí, mi amor, mi vida, mi hombre amado! El soltó la escalera a la que estaba agarrado y por la estrecha rendija de la ventana entreabierta introdujo los brazos: con los dedos le desgarró el camisón, quedaron al descubierto sus hombros blancos. Estuvo a punto de perder el equilibrio a causa de esta violencia. Ella percibió este peligro y lo cogió de los brazos, tiró de él hacia sí: con la fuerza bruta de la desesperación logró hacerle pasar al vuelo por la ventana; ambos se encontraron sin saber cómo en su alcoba, abrazados; ella sintió su jadeo en los hombros desnudos y se entregó con desmayo pero sin pena. Mientras ambos consumaban aquel amor tanto tiempo refrenado hasta el amanecer, el tren en el que Nicolau Canals i Rataplán se dirigía a Barcelona llegaba a Port-Bou. Allí hicieron apearse a todos los viajeros y cambiar de tren, porque la anchura de las vías no es la misma en Francia y en España. Preguntó cuánto tiempo tardaría la maniobra en ser realizada y el otro tren en partir y le contestaron que media hora, quizá más; decidió caminar por el andén, estirar las piernas y desentumecer así el cuerpo. De París a la frontera había tenido que compartir el coche cama con un individuo que primero dijo ser comerciante y luego agente consular y que le dio la lata primero de palabra y luego con sus ronquidos. De todos modos, se dijo resignado, tampoco habría podido conciliar el sueño. Dejó atrás el edificio de la estación y desembocó en una plataforma desde la que se veía el mar Mediterráneo bañado por la luz rigurosa y sin engaño del amanecer. Pisaba Cataluña después de mucho tiempo y se sintió extraño: de Barcelona sólo guardaba con nitidez la memoria de su padre, de las tardes en que dejando sus asuntos le llevaba a dar vueltas en un tiovivo alumbrado por farolitos de papel, movido por un caballo viejo: un artificio pequeño y mugriento que a él entonces le parecía lo más bonito de mundo y ahora también; contemplando aquel amanecer limpio y preciso pensó que estaba próximo el fin de sus días, que nunca regresaría al París de la bruma y la lluvia que había llegado a querer tanto. Se estremeció primero y luego se encogió de hombros: como era propenso a la hipocondría estaba acostumbrado a estos sentimientos lúgubres y a estos súbitos ataques de tristeza, había aprendido a no darles importancia. Cuando el tren partió el sol estaba ya alto; Efrén Castells miraba hacia la ventana con nerviosismo. Pronto empezará la actividad en la casa, nos descubrirán en la situación más comprometedora del mundo, ¿y qué haremos?, iba pensando. Había pasado la noche de guardia en el jardín, junto a la doncella, y no había podido poner coto a sus impulsos. Es el perfume de los jazmines, había dicho, y la tersura de tu piel. Ahora la doncella lloraba desnuda detrás de un matorral: en su turbación no acertaba ni a ponerse de nuevo el uniforme. Este llanto no era del todo injustificado: de resultas de aquellos desvaríos quedó embarazada y perdió el empleo. Fue a buscar a Efrén Castells y le pidió ayuda; éste, temeroso de que el percance llegase a oídos de su esposa, consultó con Onofre Bouvila. Págale lo que haga falta y dile que se calle, le recomendó éste, y así lo hizo. A su debido tiempo nació un niño. Con los años este muchacho, que había heredado la estatura y fortaleza de su padre, llegó a jugar en el Club de Fútbol Barcelona, fundado precisamente el año mismo en que él fue concebido, junto a Zamora, Samitier y Alcántara. Efrén Castells trató de devolverle a Onofre la pistola que éste le había arrojado desde la escalera, pero él la rechazó. De ahora en adelante, dijo, no pienso llevar armas encima nunca más. Que las lleven otros por mí.

Nicolau Canals i Rataplán se instaló en una habitación espaciosa y clara del Gran Hotel de Aragón. Desayunaba en el balcón, viendo a sus pies el tráfago colorido de las Ramblas; aspiraba el aroma mezclado de las flores y oía el canto variado de los pájaros: esto le había devuelto el buen humor. Pasaré aquí unos días agradables y luego regresaré a París, pensaba. Un breve cambio siempre sienta bien; a la vuelta cogeré París con más gusto y es probable que mamá, después de mi ausencia, me reciba con cariño. Las corazonadas agoreras que había tenido en la estación de Port-Bou le parecían ahora fruto del insomnio. En la última de sus conjeturas no andaba desencaminado: su madre se arrepentía ahora de haberle dejado marchar. Transcurridos varios días de la marcha había ido a buscar a Casimir y lo había llevado al hotelito de la rue de Rivoli. Aquí estarás bien, le dijo, yo te cuidaré y tú podrás dedicarte a escribir. A medianoche se despertó sobresaltada y vio que él no estaba a su lado. Se echó un peinador sobre el camisón y salió de la alcoba en su busca. Lo encontró en el saloncito, de pie junto a la ventana: parecía mirar embobado las estrellas.

—*Qu'avez-vous, mon cher ami?* —le preguntó. Como Casimir no respondía se llegó a su lado y tomó con cariño su mano entre las suyas. Advirtió que la mano del joven poeta ardía; comprendió que en poco tiempo había perdido a su hijo y a su amante. Al día siguiente escribió una carta a Nicolau: *Vuelve a París,* le decía ella; *lo que estamos haciendo es un error y una locura. Has de saber también, Nicolau, hijo mío,* añadía la carta, *que desde hace tiempo tengo un amante llamado Casimir, nunca me atreví a hablarte de él porque temía tu incomprensión, también en esto he sido siempre injusta contigo. Yo quise forzarte a que aceptases ese compromiso matrimonial que te repugnaba tanto como a mí, pero lo hice por egoísmo, porque quería al irte tú recobrar yo mi libertad. Ahora Casimir se me muere de consunción y voy a quedarme completamente sola. Los años me pesan y te necesito a mi lado, etcétera.* Esta carta, que en otras circunstancias habría hecho la felicidad de Nicolau, llegó demasiado tarde.

La familia de don Humbert Figa i Morera había regresado de la finca de la Budallera cuando él les escribió para comunicarles su llegada a Barcelona. Envió una nota a la esposa de don Humbert poniéndose a sus pies. Esta nota venía acompañada de un ramo de flores.

—No se puede negar que el muchacho es fino —dijo ella. Al día siguiente hicieron llegar a manos de Nicolau una invitación para que esa misma noche acudiera en el entreacto al palco de don Humbert, donde se serviría un piscolabis frío. Le costó adivinar que se hacía referencia en la invitación al Gran Teatro del Liceo, a cuya representación inaugural se daba por sentado que él pensaba asistir. Tuvo que enviar un botones a comprar una entrada de platea y ordenar al servicio del hotel que planchase a toda prisa su frac. Debido a su figura había costado mucho esfuerzo confeccionar aquel frac; ahora por más que lo planchasen, siempre quedaba hecho un guiñapo.

Al llegar a la puerta del Liceo la encontró bloqueada por un triple cordón de policía. Pensó si habría habido un atentado como aquel perpetrado cinco años antes en ese mismo teatro por Santiago Salvador; de ese atentado había oído hablar mucho a los catalanes que ocasionalmente recalaban en el hotelito de la rue de Rivoli, a su paso por París. En realidad ahora se trataba de una visita regia, la del príncipe Nicolás I de Montenegro, que se había dignado realzar con su presencia aquella función inaugural con la cual culminaban las fiestas de la Merced. Pudo ocupar su asiento cuando ya las luces de gas empezaban a amortiguar su brillo; la penumbra invadía paulatinamente el local suntuoso. Aquella noche se estrenaba precisamente en el Liceo *Otello,* de Giuseppe Verdi. En París, en los últimos años, había seguido con entusiasmo a Claude Debussy, a quien consideraba el músico más grande de la historia con excepción de Beethoven; devotamente había estado presente en el estreno de todas sus obras, salvo en el de *Pelléas et Mélisande;* una gripe inoportuna le obligó a guardar cama esos días; en aquella ocasión no había parado hasta que su madre, a pesar del frío reinante, se había echado a la calle y adquirido para él la partitura. Con la lectura de *Pelléas et Mélisande* había solazado la convalecencia. Ahora la música de Verdi le parecía estrepitosa y grandilocuente. No tenía que haber venido, pensaba. Cuando se encendieron las luces se dispuso a cumplir con la obligacón social que había contraído tácitamente. Ignorante de todo lo referente a la vida social de Barcelona tuvo que preguntar por los corredores cuál era el palco de la familia Figa i Morera. A medida que se acercaba le iban dominando la ira y la vergüenza. ¿Qué diablos hago yo yendo a comer en la mano de los asesinos de mi padre?, se preguntaba. Confiaba en que el palco estuviera muy concurrido y en que su presencia pasara así inadvertida. Pero en el antepalco sólo estaban don Humbert y señora, Margarita y un criado vestido a la Federica; este último sostenía con ambas manos una bandeja de bizcochos y *petits-fours.* Nicolau no sabía que don Humbert había cursado muchas invitaciones y había recibido otras tantas excusas. Ahora estaban solos. Torpemente procuró decir las frases protocolarias que imponía la situación.

—Viniendo de París todo esto por fuerza habrá de parecerle muy provinciano —le dijo la señora tomando la bandeja de manos del camárero y ofreciéndole ella misma un bocadito.

—No, señora, de ningún modo; es todo lo contrario, créame —respondió agradeciendo el gesto de intimidad de su anfitriona.

El camarero les sirvió champaña y brindaron por una feliz estancia del joven Nicolau en Barcelona. Una estancia que confiamos en que sea tan feliz como prolongada, dijo la señora entornando los párpados con picardía. Él es un rufián venido a más, pensó; ella, una pescatera con ínfulas, y la hija, una aprendiza de *cocotte* que sus padres tratan de colocar al precio más ventajoso. Sonó entonces el gong que anunciaba la inmediata reanudación del espectáculo; con este pretexto inició la despedida. Don Humbert lo agarró del brazo.

—De ningún modo —le dijo—, quédese en el palco. Ya ve que nos sobra sitio y aquí estará mil veces más cómodo que en una butaca de platea. Vamos, vamos, de nada valdrán sus objeciones: es cosa decidida.

No tuvo más remedio que acceder y ocupó una silla colocada detrás de la que ocupaba Margarita. Cuando se apagaron las arañas y candelabros y se levantó el telón pudo ver, perfilada contra la luz que arrojaban las candilejas, la curva de sus hombros, que el vestido de noche dejaba al descubierto. Llevaba el pelo recogido en un moño ancho, ceñido por una diadema de perlas pequeñas, pero muy regulares e iguales entre sí; esto dejaba al descubierto la nuca y una pequeña porción de la espalda. Clavó la mirada en los hombros y se dejó llevar por la música; el champaña le había sumido en un agradable letargo. Más tarde sacó al balcón del hotel la mesa y la butaquita de mimbre en que solía desayunar, tomó recado de escribir, encendió el quinqué, aspiró el aire tibio de las Ramblas en aquella noche de otoño incipiente. Los últimos fiacres alteraban de vez en cuando el silencio. *Esta noche,* escribió, *mientras oíamos el Otello de Verdi en el palco de sus distinguidos padres, he sentido la tentación de inclinarme hacia delante y besar sus hombros. Habría sido, esto lo sé, un despropósito inadmisible y por eso no lo hice. También habría sido la única forma de que tal vez usted algún día llegase a quererme, pero para eso habría hecho falta que yo hubiese sido distinto a como soy, que hubiese sido capaz de seguir mi impulso en lugar de arredrarme entonces y de cometer ahora la cobardía de confesar mi culpa por carta. Pero ahora ya no me importa tampoco confesarle toda la verdad: a este proyecto de enlace matrimonial que se ha fraguado, estoy seguro de ello, sin su consentimiento, yo di el mío con la máxima renuencia; al hacerlo no podía sospechar que esta noche mientras oíamos el Otello de Verdi yo me iba a enamorar de usted como ha ocurrido, sin que en ello interviniera para nada mi voluntad.* Se detuvo, se llevó el mango de la pluma a los labios, meditó unos instantes y siguió escribiendo: *Esto complica mucho las cosas a partir de ahora.* Dejó la pluma, se levantó, cogió el quinqué, entró en la habitación, la cruzó en diagonal y levantó el quinqué en lo alto, hasta donde le dio el brazo: la luna del espejo reflejó su imagen; aún llevaba puesto el frac. Por primera vez en su vida tuvo envidia de los que estaban libres de defectos físicos visibles. Hacia sí mismo no sintió pena sino enfado: Mírate, qué pinta tienes, dijo a media voz dirigiéndose a la figura que veía en el espejo; si parece que acabes de mearte en los pantalones... Regresó al balcón y retomó la pluma en la mano. *Ahora sé,* siguió escribiendo, *que nunca regresaré a París.*

Cuando acabó de transcribir desordenadamente las ideas y sensaciones que se agolpaban en su cabeza la carta ocupaba muchas hojas. Amanecía y tuvo que ponerse el albornoz del baño para defenderse del relente y el rocío. Ya circulaban viandantes por las Ramblas cuando a las ocho menos cuarto concluyó la carta, la dobló sin releerla y la metió en un sobre. Entró una camarera a traerle el desayuno.

—¿El señor desea tomarlo en el balcón, como de costumbre? —le preguntó.

—No se moleste —dijo—, puede dejarlo ahí mismo. Yo me ocuparé de todo. Usted, por favor, haga llegar esta carta a la dirección del sobre y cerciórese de que es entregada en propia mano.

—También ha venido una carta para el señor —dijo la camarera señalando una bandeja.

La cogió pensando que sería de su madre. Una ojeada le bastó para saber que era Margarita quien se la enviaba. Retírese, le dijo a la camarera. ¿Y la carta, señor?, preguntó ella. Yo mismo la entregaré luego en el *comptoir,* dijo él. También era una carta larga. Tampoco ella ha podido dormir esta noche, pensó. Se disculpaba de antemano por haber tenido la osadía de escribirle; confesaba haber abrigado con respecto a él, a la rectitud de las intenciones de él, alguna sospecha, pero esa noche, en el palco del Liceo, le había parecido *una persona educada, sensible y bondadosa;* por esta razón osaba ahora suplicar su ayuda, le decía. *Hace años que amo a un hombre y él a mí también,* decía la carta. *Él es de origen humilde,* añadía, *pero le he entregado en secreto mi corazón y otra cosa que no puedo decirle a usted.* La situación a que su madre *sin duda movida por las mejores intenciones* había llevado a unos y a otros era equívoca y no podía menos que resultarle violentísima. *Si usted no me ayuda en este trance mi vida entera habrá terminado, porque no puedo yo sola luchar contra el destino. Es superior a mis fuezas,* acababa diciendo, *querido amigo, ¿lo hará por mí?* Rompió la carta que había escrito durante toda la noche y escribió otra más breve. En ella le agradecía la sinceridad demostrada y le rogaba lo considerase siempre a partir de entonces *como un amigo leal y desinteresado. Le prohíbo que emplee conmigo un tono de súplica al que yo en modo alguno pue-*

*do considerarme acreedor,* añadía. *Soy yo quien le ruega deponga su actitud resignada y fatalista. Todos tenemos el sagrado deber de ser felices, aunque para ello debamos a veces ejercer violencia sobre las circunstancias,* concluía diciendo. Releyó esta carta y la encontró presuntuosa e insincera. Otros intentos no dieron mejores resultados. Se refrescó, se puso un traje de diario y bajó al vestíbulo del hotel. Encárguese, dijo al empleado de la recepción, de hacer llegar a estas señas una caja de bombones y mi tarjeta. Garrapateó unas fórmulas de cortesía: con ellas daba las gracias a la familia Figa i Morera por las atenciones que esta familia había tenido con él la noche precedente en el palco del Liceo. Luego pidió un coche y se hizo conducir al cementerio de San Gervasio. Estaba lejos de la ciudad y el aire era húmedo y bochornoso cuando llegó, a media mañana. Allí tuvo que preguntar cuál de todas era la tumba de su padre; cuando éste murió no habían asistido al entierro por razones de seguridad; en realidad no habían abandonado París, donde se encontraban ya desde hacía varios días. Ahora recapacitaba: ni siquiera sé quién se encargó del entierro. Imaginó a los propios asesinos tramitando las exequias. Al sepulturero que le acompañó le dio una propina. Con escaso disimulo el sepulturero iba lanzando dentelladas a un bocadillo grasiento. No había desayunado y sintió la punzada del hambre; se le ocurrió ofrecerle dinero al sepulturero a cambio del almuerzo tosco que devoraba con fruición; luego sintió vergüenza de haber tenido esa idea pintoresca en semejante lugar, ante la tumba de su padre, que ahora visitaba por primera vez. Perdóneme, papá, pero no hay nada que yo pueda hacer para evitarlo, musitó ante el mausoleo, en cuya puerta se leía en letras de bronce: FAMILIA CANALS. Estoy enamorado desesperadamente, añadió con un nudo en la garganta. El sepulturero seguía a su lado.

—¿Cuánta gente cabe aquí? —le preguntó señalando el mausoleo.

—Toda la que haga falta —respondió aquél. Esta respuesta le tranquilizó sin motivo alguno. Pensó que las señales percibidas por él días atrás en la estación de Port-Bou se habían de realizar pronto, aquellas mismas señales que su raciocinio había descartado entonces.

—Cuídese de que no falten flores aquí —le dijo—. Yo iré viniendo de cuando en cuando.

Subió al coche de punto que le esperaba en un desmonte. No había llovido en dos semanas y los zapatos se le hundían en un polvo blanqueado por el sol. De regreso al hotel le entregaron otra carta. Esta sí era de su madre: era aquella carta en la que le informaba de la existencia de Casimir y de su enfermedad, la carta en la que le imploraba que volviera a París. *Las circunstancias hacen que por el momento deba postergar mi regreso indefinidamente,* respondió ese mismo día. En esa carta formulaba sus mejores votos por el pronto y total restablecimiento de Casimir, a quien no había tenido el gusto de conocer. *Espero poder subsanar pronto esta deficiencia y pienso, como usted, que deben prodigársele todos los cuidados que requiera su mal sin reparar en gastos,* añadía. *Disponga usted, mamá, de todos mis haberes, que también son suyos,* terminaba diciendo, *pero no me pida por ahora que vuelva a París: voy a cumplir pronto veinte años y ya es hora de que empiece a llevar una vida independiente.* Esa misma tarde recibió en el hotel la visita de don Humbert Figa i Morera.

—Vengo a verle, mi querido amigo, como abogado y como padre; las dos cosas a la vez —le dijo sin rodeos—. Si sus intenciones con respecto a mi hija son serias, y no dudo de que lo sean, hay muchos extremos que debemos tocar, en lo que hace a su situación y fortuna, me refiero.

Nicolau Canals i Rataplán miró a su interlocutor con aire ausente. Por dentro iba pensando: estos canallas sin duda se han percatado del efecto que me ha producido su hija y pretenden subir el precio de la mercancía. De buena gana habría puesto de manifiesto su desprecio, pero sabía que eso implicaba perderla para siempre. Sólo mediante la complicidad de estos padres viles y codiciosos puedo vislumbrar un destello de esperanza, pensó. Sin embargo tampoco era esto lo que quería. La misma debilidad de carácter que le impedía renunciar a aquel amor imposible e irse a París sin tardanza le impedía hacerla suya por aquel método que juzgaba reprobable. Si la amase como ella merece no vacilaría en vender mi alma al diablo, pensó. La disyuntiva le aturdía, optó por responder a todo con evasivas, ganar tiempo. No le costó fingir una ingenuidad que hasta el día anterior había sido auténtica.

—Yo creía que mi madre y su esposa de usted habían llegado a un entendimiento en este terreno —dijo. En todo caso, no podía tocar el tema hasta haber celebrado una serie de entrevistas con sus banqueros en Barcelona, agregó. Don Humbert se apresuró a recoger velas: En realidad había ido al hotel a saludarle, aprovechando que pasaba por las inmediaciones, dijo. Quería darle personalmente las gracias por los bombones que había tenido la gentileza de enviar y cerciorarse de que no necesitaba nada. Mientras hablaban, Onofre Bouvila, que conocía todos los pasos de su rival, se aprestaba a poner en práctica su plan. Dos días antes había recibido un mensaje cifrado de Garnett, el agente americano del ex gobernador de Luzón. En clave venía a decirle: todo a punto, aguardo instrucciones. Onofre Bouvila agitó una campanita, acudió un secretario.

—¿Llamaba el señor? —preguntó el secretario.

—Sí —dijo él—. Quiero que busquen y hagan venir a Odón Mostaza.

A la mañana siguiente un ruido despertó a Nicolau Canals; sin que nadie se lo dijera supo que lo que oía era un tiroteo. Luego sonaron pasos precipitados y voces: la conmoción había durado unos segundos solamente. Saltó de la cama, se echó el albornoz sobre los hombros y salió imprudentemente al balcón del hotel. Un hombre asomado al balcón contiguo le contó lo que había ocurrido.

—Los anarquistas han muerto un policía —le dijo—. Ahora mismo se están llevando el cuerpo en una carretilla.

Bajó las escaleras a toda velocidad y salió a la calle, pero no consiguió ver más que el corrillo de curiosos formado en torno a un charco de sangre. Todo el mundo hablaba a la vez, pero de los relatos confusos y fragmentarios no consiguió sacar nada en claro. Aquel incidente le impresionó mucho; a partir de ese momento se sintió integrado en la vida de la ciudad por primera vez. Esa misma tarde fue a un sastre de la calle Ancha llamado Tenebrós y se encargó varios trajes; en la camisería Roberto Mas de la calle Llibretería adquirió varias docenas de camisas y otras prendas: todo daba a entender que se pertrechaba para pasar el invierno en la ciudad. De vuelta al hotel encontró una invitación: los señores de Figa i Morera rogaban su presencia en la cena que el sábado siguiente tendría lugar en casa de aquéllos, que ahora vivían en la calle Caspe. No debo asistir, pensó una vez más: ésta es la última oportunidad que tengo para dejar sentada mi actitud claramente con respecto a este asunto turbio de manera inequívoca. Pero recordaba los hombros de ella y creía morir de tristeza. Contestó de inmediato diciendo que no faltaría. Como regalo envió una jaula de metal dorado con un jilguero; le aseguraron que era de una especie muy rara y muy cotizada; venía del Japón y cantaba unos aires exóticos, cargados de nostalgia.

# 6

Por esa mismas fechas el malvado Osorio, ex gobernador de Luzón, aquel oprobio de la clase militar, recibió un paquete por correo. Este paquete contenía una tortuga muerta; el caparazón de la tortuga había sido pintado de carmín. El criado filipino del ex gobernador palideció al ver la tortuga. Osorio fingió desdén ante el criado, pero esa misma tarde habló con el inspector Marqués, uno de los policías que frecuentaban su peña taurina. Esto entre las tribus malayas significa venganza, le dijo.

—Es posible que alguien guarde mal recuerdo de su mandato —dijo el policía.

—Pamplinas, amigo mío, pamplinas —replicó el ex gobernador—. Mi ejecutoria es irreprochable. Cierto es que en el desempeño de mis obligaciones hube de granjearme alguna que otra enemistad, pero le aseguro a usted que ninguna de las personas a quienes incomodé en el cumplimiento de mi deber dispone de peculio para costear el viaje hasta Barcelona.

—Como sea —dijo el inspector Marqués—, lo cierto es que no podemos proceder por el mero hecho de haber recibido usted una basura por correo.

Al cabo de pocos días el ex gobernador recibió un segundo paquete. En éste había una gallina muerta, desplumada y con una cinta negra anudada al cuello.

—El signo del piñong —exclamó el criado del ex gobernador—. Es como si ya hubiéramos muerto, mi general; toda resistencia es inútil.

—He hablado con mis superiores del asunto aquel famoso de la tortuga —dijo el inspector Marqués— y, tal como yo le dije, se han mostrado remisos a tomar cartas en el asunto. Le sugieren a usted que se tome las cosas por el lado bueno. Claro que quizás ahora, si a lo de la tortuga agregamos lo del pollo... yo no sé.

—Amigo mío —atajó el ex gobernador—, la vez anterior no quise dar mayor importancia a lo que estimé una broma de mal gusto, pero con esto de la gallina, créame, la cosa pasa de castaño oscuro. Le encarezco a usted recabe de sus superiores el interés y la atención que si no el caso, mi persona merece.

Cuando el inspector vino a traerle la respuesta de sus superiores encontró al ex gobernador desencajado y tembloroso. Cualquiera diría que han venido a verle las ánimas del Purgatorio, le dijo.

—Déjese de chanzas, que la cosa empieza a revestir caracteres de suma gravedad —le dijo el ex gobernador. Aquella mañana había recibido el tercer y último paquete: en él había un cerdo muerto vestido con una especie de túnica de raso de color de berenjena. El paquete pesaba tanto que hubieron de llevarlo en un carretón hasta la puerta de la casa de la calle Escudellers, donde vivía el ex gobernador con su criado. Por este servicio extraordinario había tenido que pagar un recargo; había protestado por ello: franqueo cubre el transporte hasta el domicilio del destinatario, había argumentado. Sí, pero no el uso del carretón, le replicaron. Cuando vio el cerdo ya no tuvo ganas de seguir pleiteando: pagó lo que le dijeron y atrancó puertas y ventanas. De un baúl sacó una pistola de reglamento, la cargó y se la colocó atravesada en el cinturón, al modo colonial. Luego abofeteó al criado, que se había orinado en el uniforme. Ten valor, le había dicho. Dése usía por comido, contestó el criado. Aunque se esforzaba por disimularlo, él también estaba asustado. Sabía por experiencia que los malayos eran gente bondadosa, alegre y de una rara generosidad, pero sabía que también podían ser violentos y crueles. En sus tiempos de gobernador le había tocado presidir algunas ceremonias que el Gobierno de la metrópoli, por no enajenarse la buena voluntad de los jefezuelos tribales, había decidido dar por buenas; allí había visto actos atroces de canibalismo; ahora recordaba a los guerreros pintarrajeados lanzar regüeldos salvajes al término de aquel ágape abyecto. Ahora los imaginaba ocultos tras los plátanos de las Ramblas, en los portales de las casas elegantes de la calle Escudellers, con el temible kris entre los dientes. Así se lo hizo saber al inspector Marqués, el cual prometió transmitir a sus superiores las palabras textuales del ex gobernador. No se atrevía a decirle que sus superiores no le prestaban la menor atención; había hecho creer a todos los miembros de la peña taurina que su predicamento en el cuerpo era mayor de lo que era en realidad.

Nicolau Canals no comía ni dormía y sentía a todas horas un dolor indeterminado contra el que no valían medicinas ni distracciones. El sábado llegó ante la casa de don Humbert Figa i Morera en un estado de extrema debilidad. Un criado de librea contratado para la ocasión abrió la portezuela del coche y le ayudó a bajar; el bastón se le enredó entre las piernas, trastabilló al poner el pie en el estribo y el criado tuvo que llevarlo en volandas a la acera y recoger la chistera del suelo. Él la entregó junto con el bastón y los guantes a una doncella en el vestíbulo. Ésta doncella era la misma que Efrén Castells había seducido; ahora sentía ya los primeros síntomas del embarazo. Todo esto me sucede por culpa de semejante mequetrefe, pensó al recoger las prendas que le tendía Nicolau Canals i Rataplán. Todos me miran como si fuera un bicho raro, pensó él advirtiendo la mirada de la doncella cargada de intención, como si fuera un fenómeno de feria. Era el primero en llegar: su puntualidad europea no se había contaminado aún de la desconsideración española. Ni siquiera la dueña de la casa estaba lista: en su alcoba daba órdenes y contraórdenes a las doncellas, la modista y el peluquero, los cubría a todos de insultos sin ton ni son. Don Humbert le hizo los honores de la casa en un salón que resultaba demasiado grande para los dos. Excusó a su esposa con naturalidad: ya sabe usted cómo son las mujeres para estas cosas. No pudo reprimir la ansiedad y preguntó si también Margarita se retrasaría. Oh, dijo don Humbert, esta tarde se encontraba un poco indispuesta, no sabe si podrá asistir a la cena, me ha rogado que la disculpe ante usted. Aun sabiendo que cometía la más imperdonable de las incorrecciones se cubrió la cara con las manos y rompió a llorar. Don Humbert, percibiendo la indisposición de su huésped y no sabiendo qué hacer, fingió no darse cuenta de nada. Venga conmigo, dijo, nos sobra tiempo y quiero mostrarle algo que sin duda le interesará.

Lo condujo a su gabinete y le mostró un teléfono mecánico que acababan de instalarle. Este teléfono era muy rudimentario y sólo servía para hablar con la habitación situada al otro lado del patio interior; consistía en un sencillo alambre provisto de sendas bocinas en cada extremo. De cada ventana una pieza de cristal había sido reemplazada por una placa de madera de abeto muy delgada, por cuyo centro pasaba el alambre. La placa transmitía el sonido a la opuesta. Cuando por ser mayor el trayecto el alambre debía pasar por un ángulo era preciso evitar que tomara contacto con objetos sólidos, que habrían impedido la transmisión del sonido; en estos casos se mantenía el alambre suspendido de otro hilo. Cuando regresaron al salón ya había comparecido la dueña de la casa; llevaba un vestido largo, profusión de alhajas y un perfume de alhelí muy penetrante. Aún conservaba la belleza agresiva, ahora rotunda, con que se había abierto paso en la vida. Ahora se deshacía en mieles al ver a Nicolau Canals i Rataplán: tan pronto se mostraba pizpireta y gazmoña, porque quería envolverlo en las redes de la seducción, como le llamaba hijo mío y le prodigaba una ternura teatral y empalagosa. Tanta humillación, pensaba él, y ni siquiera la veré esta noche; y pugnaba por impedir que las lágrimas acudieran de nuevo a sus ojos. La llegada de otros invitados le sacó de aquella situación embarazosa. Esta vez don Humbert Figa i Morera se había asegurado la presencia de algunas personas en su casa. Es joven y ha vivido siempre en el extranjero, le había dicho a su mujer: no distinguirá. Estos convidados eran un concejal corrupto que le debía el cargo, el único que podía desempeñar impunemente con sus dotes escasas, y su esposa; un presunto marqués arruinado cuyas deudas de juego había comprado don Humbert años atrás en un momento de inspiración y de quien desde entonces se servía para dar realce a sus reuniones, y su esposa, doña Eulalia «Tití» de Rosales; un tal mosén Valltorta, clérigo borrachín, de cejas muy pobladas, y un catedrático de medicina a quien don Humbert gratificaba a cambio de falsear dictámenes y certificados, y su esposa: a este triste círculo lo tenía reducido la sociedad barcelonesa. A las frases que le dedicaron Nicolau Canals respondió con monosílabos; lo que pudiera decir no interesaba a nadie y nadie tomó por descortesía su laconismo. Pronto se generalizó la conversación y le dejaron en paz. Sólo la anfitriona le instaba de vez en cuando a que comiera más. Dejó en el plato las viandas exquisitas que le sirvieron. Acabada la cena pasaron todos de nuevo al salón. Allí había un piano de cola. Como la anfitriona, que conocía sus aficiones musicales, le insistió mucho, se avino a tocar unas piezas. Sabía que nadie le prestaba ya atención. Desgranaba sin ganas unos *études* de Chopin que conocía de memoria. Cuando dejó de tocar los presentes le dedicaron una ovación calurosa; él se volvió para agradecer aquellos aplausos cuya insinceridad le constaba y la sangre se le heló en las venas al ver que ella estaba allí. Vestía una bata sencilla de organdí ceñida por un cinturón ancho de color escarlata. Por todo adorno un broche de plata labrada que cerraba el escote prendía una flor. El cabello cobrizo había sido anudado en una trenza. Se acercó al piano y murmuró unas frases de disculpa por no haber podido estar presente durante la cena: había sufrido un ligero vahído a media tarde, no se había sentido con fuerzas hasta ese momento. Él lo creía todo a pies juntillas.

—Le he estado oyendo tocar —le dijo—. No sabía que fuera usted un artista.

—Un pobre aficionado —dijo ruborizándose—. ¿Hay alguna pieza en particular que desee oírme interpretar?

Ella se inclinó sobre el piano, aparentando hojear las partituras. Sintió contra su espalda el calor del cuerpo de ella, pasó junto a sus mejillas el brazo desnudo, del deseo de besarlo se le quedó la boca seca instantáneamente. ¿No ha recibido usted mi carta?, la oyó musitar a su oído. Dígame, por el amor de Dios, ¿no le dieron en el hotel la carta que le envié? De reojo advirtió la mirada suplicante de la joven y fingió concentrar su atención en el teclado. Sí, dijo por fin. ¿Entonces?, dijo ella, ¿qué me responde? ¿Puedo confiar en su generosidad? Hizo un esfuerzo sobrehumano por hablar: No soy dueño de mis actos, dijo; no duermo, no como, me encuentro mal a todas horas; cuando no la veo siento un dolor profundo en el pecho, me falta el aire, me asfixio y creo que voy a morir. ¿Entonces?, insistió ella, ¿cuál es su respuesta? Cielo santo, pensó él, no ha oído una sola palabra de lo que le acabo de decir.

Al general retirado Osorio y Clemente, ex gobernador de Luzón, le alcanzaron tres disparos de revólver hechos desde un coche cerrado cuando salía de oír misa en la iglesia de San Justo y Pastor. Acababa de bajar el último peldaño de las escaleras del templo y cayó muerto sobre las losas que formaban el pavimento de la plaza. Por la ventana del coche alguien arrojó un ramillete de flores blancas que cayó a varios metros del cadáver. Luego testigos presenciales referían lo más pintoresco del suceso: que el criado filipino del difunto, apenas oyó la primera detonación, echó a correr hacia un extremo de la plaza; allí hizo algo sorprendente: ponerse en cuclillas, sacar del bolsillo un palo curvo como de treinta centímetros de longitud e introducirlo en un agujero del suelo; así logró abrir la tapa metálica que daba entrada al sistema de alcantarillado, por el que desapareció definitivamente. La policía dijo luego que esta conducta probaba su participación en el crimen, su complicidad y su premeditación; otras personas dijeron que al recibir su amo el cuerpo de la tortuga había empezado a planear la fuga; había localizado y memorizado la ubicación de todas las tapas metálicas en la parte de la ciudad por la que solían deambular; siempre llevaba encima el palo curvo, que él mismo se había procurado.

Pocos días antes de producirse este suceso el señor Braulio se había sentido súbitamente inquieto sin que pudiera especificar el porqué de su inquietud. Tengo una corazonada fatal, se dijo mirándose al espejo. En los últimos años había engordado; ahora cuando se disfrazaba de mujer parecía una matrona; además se había dejado crecer un bigote corto al estilo teutón que le daba travestido un aspecto más jocoso que sensual. Hasta los que en otros tiempos le reían las gracias le hacían ahora consideraciones severas. Otros veían en su conducta síntomas de envejecimiento, de lo que entonces se denominaba reblandecimiento cerebral. Algunos atribuían este reblandecimiento a los golpes recibidos en las noches de francachela. Todos pensaban en el caso del boxeador danés Anders Sen, de quien los periódicos habían hablado en abundancia a raíz de su reciente visita a Barcelona. Durante varios años este boxeador había desafiado a los campeones de Francia, de Alemania y del Reino Unido; siempre había perdido, le habían vapuleado a conciencia. Ahora lo llevaban de ciudad en ciudad; en Barcelona lo exhibieron en un barracón de cañas y lona levantado en la Puerta de la Paz como un caso digno de interés científico; así rezaba la publicidad; en realidad bajo este supuesto interés científico unos desaprensivos explotaban su desgracia; se había vuelto como un niño: agitaba un sonajero con sus manazas y bebía leche en un biberón. Pagando un real se podía entrar a verlo y hacerle preguntas; por una peseta se podía simular con él un combate de boxeo. Aún era un hombre fornido, de perímetro torácico amplio y bíceps colosales, pero sus movimientos eran muy despaciosos, las piernas apenas sostenían el peso del cuerpo y estaba prácticamente ciego, a pesar de tener sólo veinticuatro años. Por supuesto éste no era el caso del señor Braulio, que gozaba de excelente salud; sólo su apariencia externa se había asentado con la edad y con el retiro forzoso que le había impuesto Onofre Bouvila; al mismo tiempo se habían acentuado sus manías y su pusilanimidad y sus cambios bruscos de humor también. Ahora le preocupaba Odón Mostaza. Sin trabajo y con dinero, el matón se entregaba ahora a una vida cada vez más disoluta. Cuando él le reprendía le contestaba de mal modo: Eres una roncha, le decía, te has pasado la vida rifando el culo en el barrio de la Carbonera y ahora vienes a soltarme sermones. Así perdí a mi esposa y a mi hija, replicó el ex fondista; por mis locuras tuvieron que pagar dos pobres inocentes. Pero Odón Mostaza seguía sin hacerle caso. Un día supo que Onofre Bouvila quería verle; acudió a su despacho sin perder un instante. Los dos compinches se abrazaron emocionados, se dieron palmadas sonoras en la espalda. Hacía siglos que no nos veíamos, dijo Odón Mostaza; desde que te has vuelto un burgués no hay forma. Ah, qué tiempos aquéllos, exclamó el matón. ¿Te acuerdas de cuando nos enfrentamos a Joan Sicart?

Onofre le dejó hablar, le escuchaba sonriendo. Cuando el otro calló le dijo: Hay que volver al ruedo, Odón; no podemos dormirnos en los laureles; te necesito. Ahora, fue el rostro del matón el que se iluminó con una sonrisa de lobo. Gracias a Dios, dijo; ya se me estaba oxidando la herramienta, ¿de qué se trata? Onofre Bouvila bajó la voz para que nadie pudiera oír lo que tramaban. Los guardaespaldas de uno y otro montaban guardia en las esquinas. Un asunto sencillo, lo tengo todo pensado, te va a gustar, le dijo.

El día señalado Odón Mostaza salió a la calle muy temprano, tomó un coche de punto y se hizo conducir a las afueras. Llegados a un lugar determinado encañonó al cochero con el revólver y le ordenó que se apeara. Uno de sus hombres salió de detrás de un arbusto y ató al cochero de pies a cabeza con una soga; luego le llenó la boca de estopa y lo amordazó. Le vendaron los ojos con un trapo y le dieron un golpe en la nuca que le hizo perder el conocimiento. El maleante que había salido de detrás del arbusto se puso el capote del cochero y subió al pescante. Odón Mostaza volvió a subir al coche y corrió las cortinillas; se quitó la barba postiza y los lentes ahumados que se había puesto para que luego el cochero en el peor de los casos no pudiera identificarle. Tenía una coartada perfecta. En las Ramblas compró un ramo de azucenas como Onofre Bouvila le había dicho que hiciera. Las flores en el coche cerrado exhalaban un aroma tan intenso que creyó que se marearía. Voy a arrojar, pensó. Mientras tanto iba comprobando el buen funcionamiento del revólver. El reloj de la iglesia daba las campanadas cuando el coche entró en la plaza. De la misa salían pocos fieles, porque era día laborable. Descorrió un poco la cortinilla y asomó por la abertura el cañón del revólver. Cuando vio aparecer al ex gobernador acompañado de su criado filipino apuntó con calma. Dejó que acabara de bajar los escalones y disparó tres veces. Sólo el filipino reaccionó instantáneamente. El coche se puso de nuevo en marcha. Se acordó entonces de las flores y golpeó el techo para que el cochero se detuviera, recogió el ramo de azucenas del asiento y lo arrojó con fuerza por la ventana. Ahora se oían ya gritos y carreras: todos procuraban ponerse a salvo.

Al cabo de unos días la policía judicial lo detuvo cuando salía de un burdel en el que había pasado la noche. Como se sabía a salvo de toda sospecha no opuso resistencia; trataba a los agentes con tanta urbanidad que advirtieron la burla en seguida. Búrlate todo lo que quieras, Mostaza, le dijo el cabo, que esta vez vas a pagarlas todas juntas. Él ponía hociquitos y le enviaba besos fingidos, como si se tratara de una furcia y no de un cabo. Esto exasperaba al cabo. Los agentes, que conocían su fama, no le quitaban los ojos de encima; le encañonaban con los mosquetones y tenían listas las cachiporras para caer sobre él. Algunos de ellos eran muy jóvenes; antes de ingresar en el cuerpo ya habían oído hablar de Odón Mostaza, el temido matón: ahora lo llevaban preso y maniatado a presencia del juez. Cuando éste le preguntó dónde había estado tal día a tal o cual hora él respondía con mucho aplomo: recitaba la trama de mentiras que había urdido con Onofre Bouvila, la coartada que tenía preparada precisamente en previsión de semejantes preguntas. El juez repetía las preguntas una y otra vez y el escribano transcribía las respuestas siempre idénticas, que luego leía el juez con extrañeza. ¿Pretendes burlarte también de mí?, le dijo al fin el juez.

—Guarde su señoría estas tretas para los chorizos, los socialistas, los ácratas y los maricones —dijo el matón—. Yo soy Odón Mostaza, un profesional con muchos años de experiencia; y no hablaré más.

Al cabo de un rato, viendo que el interrogatorio empezaba de nuevo como si hubiese hablado a un sordo o un idiota, añadió: ¿Pretende su señoría hacerse un nombre a mi costa? Sepa que otros lo han intentado antes; todos querían ser el juez que metió entre rejas a Odón Mostaza; soñaban con ver su nombre y su retrato en los periódicos. Todos hicieron el ridículo. Aquel juez se llamaba Acisclo Salgado Fonseca Pintojo y Gamuza; era un hombre de treinta y dos o treinta y tres años, cargado de espaldas, de cuello grueso, barba tupida y tez pálida. Hablaba con lentitud y levantaba las cejas cuando se le decía cualquier cosa, como si todo le causara sorpresa. Diga dónde se encontraba usted el día tal a tal hora, repitió. Odón Mostaza perdió los estribos.

—¡Acabemos con esta comedia grotesca! —gritó en el juzgado, sin importarle que pudieran oírle otros detenidos—. ¿Qué quiere de mí? ¿Acaso dinero? Porque no pienso darle un real, sépalo su señoría desde ahora. Conozco el paño: si le doy cien hoy, mañana me pedirá mil. No tiene nada que hacer. Carece de pruebas y de testimonios, mi coartada es perfecta. Además, todo el mundo sabe que al ex gobernador Osorio lo mataron unos filipinos.

El juez levantaba las cejas con aire de perplejidad. ¿Qué ex gobernador?, preguntó, ¿qué filipinos? A Odón Mostaza le costó comprender que no le estaban acusando del asesinato del ex gobernador Osorio, sino de la muerte de un joven llamado Nicolau Canals i Rataplán, de quien no había oído hablar jamás. En la mañana del día de autos un hombre envuelto en una capa y tocado de un chambergo de ala ancha que ocultaba su cara había pasado ante el *comptoir* del Gran Hotel de Aragón con tal celeridad que el encargado no pudo interceptar su paso. Cuando puso en su seguimiento a varios empleados del hotel y a dos guardias que patrullaban aquel sector de las Ramblas, a esa hora muy concurridas, el intruso había desaparecido en los pisos superiores. Nunca fue hallado. Unos dijeron que se había descolgado por la fachada del edificio, que llevaba bajo la capa una maroma acabada en un garfio con ayuda de la cual había practicado el descenso; otros, aduciendo que ningún viandante dijo haber visto tal cosa, afirmaron que tenía comprados a varios empleados del hotel. De su paso fugaz no había dejado otro rastro que el cadáver de Nicolau Canals i Rataplán, a quien había asestado tres cuchilladas, todas ellas mortales de necesidad. Al día siguiente fue enterrado en el mausoleo familiar junto a los restos de su padre, igualmente asesinado. Su madre no asistió al sepelio. Era el único vástago de aquella rama de la familia Canals. Ahora el juez le mostraba el chambergo y la capa. Mientras él estaba en el burdel la policía había registrado su casa: habían encontrado aquellas prendas y también una navaja de cuatro muelles en cuya hoja podían distinguirse aún restos de sangre pese a que había sido lavada. Desconcertado siguió negando la evidencia. Repetía con obstinación la historia de la tortuga, la gallina y el cerdo. El acusado, dijo luego el juez en el sumario, a todas luces desvaría. Le obligaron a ponerse el chambergo y la capa y presentarse así ante el recepcionista del hotel, cuya comparecencia había requerido el juez. Las dos prendas resultaron ser de su medida y el recepcionista afirmó ser aquel individuo el mismo que había visto pasar ante el *comptoir* como una exhalación. Con promesas de soborno consiguió que un oficial de juzgado hiciese llegar un mensaje al señor Braulio: No entiendo nada de lo que está pasando, pero esto me huele a chamusquina, decía en él. El señor Braulio acudió a Onofre Bouvila. Haremos que se ocupe del caso el mejor penalista de España, dijo éste. ¿No sería mejor resolver la papeleta privadamente?, dijo el señor Braulio, ¿antes de que este galimatías adquiera carácter oficial? El abogado que se hizo cargo de la defensa se llamaba Hermógenes Palleja o Pallejá, decía provenir de Sevilla y acababa de colegiarse en Barcelona, donde quería abrir bufete, cosa que luego no hizo. La mayor parte de los testigos cuya deposición solicitó el defensor no acudió a declarar: eran mujeres de la vida y habían desaparecido cuando la policía judicial fue por ellas; como carecían de documentación y eran conocidas por apodos exclusivamente les bastaba mudar de domicilio y de apodo para borrar toda huella de su pasado. Las tres que sí declararon en la vista causaron una impresión pésima en el tribunal. Dijeron llamarse la Puerca, la Pedorra y Romualda la Catapingas; en sala no se recataban de mostrar la pantorrilla, guiñaban los ojos al público, empleaban un lenguaje procaz y prorrumpían en risotadas por cualquier nimiedad. Al ministerio fiscal le decían: sí, cariño; no, mi vida, etcétera. El presidente de sala hubo de llamarles varias veces la atención. Las tres afirmaron haber estado con el reo en la mañana del día de autos, pero ante las preguntas del fiscal y aun de la propia defensa se desdijeron y acabaron confesando que se confundían de fecha, de hora y de persona. Odón Mostaza, que no había visto jamás a tales despojos y veía que su intervención era contraproducente, quiso hablar con su abogado, pero éste, pretextando otros trabajos apremiantes, no lo fue a ver al calabozo del Palacio de Justicia, a donde había sido trasladado desde la prisión mientras duraba el juicio. Este Palacio de Justicia, inaugurado en la década anterior, estaba situado en lo que había sido el recinto de la Exposición Universal, donde Odón Mostaza había trabado conocimiento en forma brusca con Onofre Bouvila, en quien ahora cifraba sus esperanzas de salvación. Pero éste no daba muestras de inquietud: cuando el señor Braulio, que no vivía, que seguía diariamente las incidencias del juicio entre el público que abarrotaba la sala, iba a consultar con él le daba cualquier excusa para no recibirle o si le recibía desviaba la conversación hacia otros temas. El fiscal había pedido la pena máxima para el encausado en las conclusiones provisionales, que luego elevó a definitivas. Por fin el tribunal dictó sentencia: en ella condenaba a muerte a Odón Mostaza. Paciencia, le dijo el abogado, recurriremos. Así lo hizo, pero dejando transcurrir los plazos fijados por la ley o presentando tan mal los recursos que las altas instancias los desestimaban por defecto de forma. Aislado en su celda, el matón se desesperaba. Dejó de comer y apenas dormía; cuando lograba conciliar el sueño le asaltaban pesadillas, se despertaba chillando. Los guardias de la prisión, a donde había sido trasladado de nuevo, le hacían callar, se mofaban de sus miedos y a veces entraban en la celda y le propinaban palizas crueles. Al fin acabó produciéndose en él una transformación: comprendió que debía pagar por aquel crimen que no había cometido los muchos crímenes que habían quedado impunes. En esto vio la mano de Dios Todopoderoso y de ser descreído y jactancioso pasó a ser piadoso y humilde. Pidió con insistencia ver al párroco de la prisión, a quien confesó sus culpas innumerables. El recuerdo de su vida pasada, del lodazal de vicio en que había retozado tantos años le hacía llorar con desconsuelo. Aunque había recibido la absolución de manos del confesor no se atrevía a comparecer en presencia del Supremo Hacedor. Confía en su infinita misericordia, le decía el confesor. Ahora llevaba siempre hábito morado y un cordón gris pendiente del cuello.

El señor Braulio fue a ver nuevamente a Onofre Bouvila. Cuando estuvo en su presencia hincó ambas rodillas en la alfombra y puso los brazos en cruz. ¿A qué viene esta bufonada?, le preguntó. De aquí no me muevo hasta que no me hayas escuchado, respondió él. Onofre Bouvila tocó un timbre; al secretario que asomó la cabeza le dijo: Que nadie nos moleste. Cuando el secretario hubo cerrado la puerta encendió un cigarro, se recostó en la silla: Dígame de qué se trata, señor Braulio.

—Ya sabes a lo que vengo —dijo—. Es un malvado, pero también es tu amigo; en los momentos difíciles estuvo siempre a tu lado. Hombre más leal no has conocido. Ni yo —agregó con la voz rota—, hombre más guapo.

—No veo a qué viene este preámbulo —dijo él.

—Comprendo que hayas querido darle una buena lección. Estoy seguro de que ha escarmentado de una vez por todas. Yo respondo de él en el futuro —dijo el señor Braulio.

—¿Y qué quiere usted que haga? —dijo él—. He puesto a trabajar a los mejores abogados de España, he removido Roma con Santiago, estoy dispuesto a pedir gracia a Su Majestad...

—Onofre, a mí no me digas esto —interrumpió el señor Braulio—. Yo te conozco desde hace muchos años. Eras un mocoso cuando viniste a mi pensión con una mano delante y la otra detrás. Yo sé que tú has orquestado esta farsa porque eres malo, porque no hay cosa ni persona que no estés dispuesto a sacrificar para conseguir lo que te propones y porque en el fondo siempre has envidiado a Odón Mostaza. Pero esta vez has llevado la cosa demasiado lejos y vas a tener que rectificar quieras o no. Mírame cómo estoy: de rodillas vengo a implorarte que salves la vida de ese desgraciado; como una Dolorosa tengo el corazón, atravesado por siete puñales; hazlo por él o hazlo por mí.

Viendo que Onofre no respondía dejó caer los brazos con

desaliento y se levantó del suelo. Está bien, dijo, tú lo has querido así. Escucha: estos días he estado haciendo averiguaciones; sé que Garnett y tú, con ayuda de don Humbert Figa i Morera, habéis estado pasteleando con los contratos de representación firmados por Osorio y que ahora todos los bienes de Osorio en las Filipinas son prácticamente de tu propiedad. También sé que personas a tu sueldo han comprado últimamente una tortuga, una gallina y un cerdo y que han expedido por correo paquetes voluminosos. Todos estos datos no exculparán a Odón del crimen que se le imputa. Por el contrario, una investigación sobre la muerte de Osorio acabaría sacando a flote su culpabilidad, pero no se puede matar a nadie dos veces y Odón es como si estuviera muerto ya. Sí que podría en cambio arrastrar a otros en su caída. Con esto ya sabes a lo que me refiero, acabó diciendo. Onofre no dejó de sonreír y de fumar su cigarro parsimoniosamente.

—No se ponga así, señor Braulio —dijo al fin—. Ya le he dicho que llevo hecho por mi amigo Odón Mostaza todo lo humanamente posible. Por desgracia mis gestiones no han dado el resultado apetecido. En cambio buscando la libertad de un preso y por pura casualidad he conseguido la libertad de otro. Aquí en este cajón tengo firmado el indulto de su hija Delfina. No crea que no me ha costado influencias y dinero conseguirlo, porque las autoridades se negaban a concederlo alegando unas razones de orden público que yo personalmente comparto. Ahora, por fortuna, la cosa está arreglada. ¿No sería una pena que esta orden de indulto no siguiera su curso?

Enfrentado a semejante disyuntiva el señor Braulio abatió la cabeza y salió del despacho sin decir nada; por las mejillas le corrían las lágrimas en abundancia.

En la capilla destinada a los reos de muerte dos congregantes de la Archicofradía de la Purísima Sangre de Nuestro Señor Jesucristo colocaron el Cristo de la Hermandad alumbrado por seis velas. De conformidad con las normas de la cofradía llevaban vesta y capuz, cinturón de cuero negro y rosario y el escudo de la Archicofradía cosido al pecho como distintivo. Esta archicofradía, a la que correspondía auxiliar al reo en sus últimas horas y hacerse cargo luego del cadáver si aquél no tenía familiares que lo reclamasen, había sido establecida en Barcelona el año 1547 en la capilla del Santísimo Sacramento, conocida comúnmente por capilla de la Sangre, en la iglesia de Nuestra Señora del Pino;

precisamente en el número uno de la plaza del Pino tenía hasta hace poco su domicilio social. Odón Mostaza oraba con la espalda doblada y la frente contra el suelo frío y húmedo. Estaba en un lugar aislado de la prisión, separado ya del mundo exterior; sólo podían visitarle las autoridades competentes, el médico de la prisión, los sacerdotes y los miembros de la Archicofradía y por disposición expresa de la ley un notario *por si el reo quisiere otorgar testamento o ejecutar cualquier acto oral.* Cada minuto parece un siglo, pensó, pero los minutos y los siglos parecen transcurrir con la misma velocidad. En la prisión reinaba el silencio: los paseos habían sido suspendidos así como los demás actos interiores *que pudieran turbar el recogimiento debido.* En el patio se habían congregado ya las personas que debían asistir a la ejecución, esto es, *el secretario judicial, los representantes de las autoridades gubernativa y judicial, el jefe y los empleados de la prisión que éste designe, los sacerdotes e individuos de la asociación de caridad que auxilie al reo y tres vecinos designados por el alcalde, si voluntariamente se prestasen a concurrir.* Las ejecuciones habían dejado de ser públicas pocos años antes, por Real orden de 24 de noviembre de 1894. Esta medida había suscitado críticas vivas: *De este modo,* leemos, *ha perdido en España la pena de muerte su ejemplaridad, sin ventaja ni compensación alguna, ya que los relatos de la prensa no sólo excitan la curiosidad, sino que rodean al criminal de una aureola perniciosa.* Ahora los tres vecinos miraban atentamente al verdugo, que verificaba el buen funcionamiento del garrote. Este instrumento consistía en una silla provista de respaldo alto, del cual salía un torniquete acabado en un corbatín de hierro a modo de dogal; éste, aplicado a la garganta del reo, la iba oprimiendo hasta producir la muerte por estrangulación. Su Majestad don Fernando VII por Real Cédula de 28 de abril de 1828 y *para señalar la grata memoria del feliz cumpleaños de la reina* había abolido la muerte en horca, usada hasta entonces en toda España, y dispuesto que en adelante se ejecutasen *en garrote ordinario los reos pertenecientes al estado llano, en garrote vil los castigados por delitos infamantes y en garrote noble los hijosdalgo.* Los condenados a garrote ordinario eran conducidos al cadalso en caballería mayor, es decir, mula o caballo, y llevaban el capuz pegado a la túnica. El capuz, como su nombre indica, era una suerte de capa con capucha y cola, que se ponía encima de la demás ropa y se usaba normalmente en los lutos. Los condenados a garrote vil eran conducidos al cadalso en caballería menor, o sea, borrico, o arrastrados, si así lo disponía la sentencia, y con el capuz suelto. Por último los condenados a garrote noble eran conducidos en caballería mayor ensillada y con gualdrapa negra. Estas distinciones habían perdido todo su sentido al dejar de ser públicas las ejecuciones. Cuando se abrió la puerta de la celda Odón Mostaza no quiso levantar la cara del suelo. Cuatro manos lo levantaron por las axilas. Una voz murmuraba: Señor, ten piedad de mi alma. Repetía la frase maquinalmente para no pensar. Al salir a la intemperie abrió los ojos. Delante de él iban los archicofrades y congregantes llevando el Cristo que había estado hasta ese momento en la capilla. Vio la luz blanquecina del amanecer de un día sin nubes. Pensó: qué más le daba a él ya que saliera el sol o no ese día y los días sucesivos. Al fondo del patio vio el garrote, el grupo de testigos y el verdugo, algo retirado. Uno de los testigos tiró al suelo el cigarrillo que fumaba y lo aplastó con el zapato. Junto al muro vio un ataúd de madera oscura; la tapa estaba apoyada contra el muro. Le flaquearon las rodillas, pero los guardias que lo sujetaban por las axilas impidieron que diera en tierra. Que no se diga, pensó. Enderezó la espalda y levantó la cara. Pueden soltarme, quiso decir, pero no le salió la voz: emitió un ronquido que venía del fondo del pecho. Dadas las circunstancias no se puede pedir más, bromeó consigo mismo. Cada paso que daba sin caerse le parecía un triunfo. Arrastraba la hopa por el empedrado del patio. La hopa se la habían puesto al entrar en capilla. Por ley las hopas eran siempre negras, salvo para los regicidas y parricidas, que llevaban hopa amarilla y birrete del mismo color, una y otro con manchas encarnadas. La hopa era como una sotana y al verse con ella, horas antes, se había sentido humillado. Hasta ahora siempre había elegido yo mismo mi ropa, había bromeado con los carceleros. Si hubieran tardado unos meses en ejecutarlo no habría tenido motivo de queja porque la hopa para los condenados a la última pena fue suprimida por ley de 9 de abril de 1900. Se sentó en la silla y dejó que le sujetaran con una correa. El archicofrade que llevaba el crucifijo se lo acercó a los labios. Cerró los ojos y apretó los labios contra el crucifijo. No vio cómo alguien hacía un gesto discreto con la mano. Luego, cumpliendo con lo dispuesto, se levantó acta sucinta de la ejecución, que suscribieron todos los presentes. Los cofrades retiraron el cadáver para su inhumación: en la caja le cruzaron las manos sobre el pecho y le pusieron entre los dedos un rosario de metal plateado. Le cerraron los párpados y le recompusieron los cabellos que el viento había desordenado. Al verlo los cofrades cuchicheaban entre sí: Verdaderamente en toda Barcelona no había hombre más guapo que éste.

A esa misma hora, en el otro extremo de la ciudad, la puerta lateral de la cárcel de mujeres se abría para dejar salir a Delfina. El señor Braulio la esperaba en un coche cerrado, detenido frente a los muros sombríos. Al verla cruzar el umbral de la cárcel bajó del coche trabajosamente. Sin decir nada se abrazaron llorando. Qué delgada estás, hija, dijo el señor Braulio al cabo de un rato. Y usted, padre, ¿está temblando?, ¿se encuentra bien?, dijo ella. No es nada, hija, le dijo el ex fondista; la emoción, tal vez. Ven, sube al coche, vámonos a casa, salgamos de aquí cuanto antes. ¡Qué delgada estás! Bah, no importa, yo te cuidaré. Te sorprenderá ver cuánto he cambiado.

Transcurrido un mes de la ejecución de Odón Mostaza, Onofre Bouvila pidió de nuevo a don Humbert Figa i Morera la mano de su hija Margarita, que esta vez le fue concedida de inmediato y sin reserva.

# Capítulo V

## 1

El siglo XIX, que había nacido de la mano de Napoleón Bonaparte el 18 Brumario de 1799, acababa ahora en el lecho de muerte de la reina Victoria. Fuera de la alcoba regia, en las calles de Europa habían retumbado en su día los cascos de los caballos de la Guardia Imperial; los cañones, en Austerlitz, en Borodino, en Waterloo y en otros campos de batalla también muy célebres. Ahora sólo se oía el vaivén de los telares, el ronroneo y las detonaciones del motor de explosión. Había sido un siglo comparativamente parco en guerras; por el contrario, muy rico en novedades: un siglo de prodigios. Ahora la Humanidad cruzaba el umbral del siglo XX con un estremecimiento. Los cambios más profundos estaban aún por venir, pero ahora la gente ya estaba cansada de tanta mudanza, de tanto no saber lo que traería el día de mañana; ahora veía las transformaciones con recelo y a veces con temor. No faltaban visionarios que imaginaban cómo sería el futuro, lo que éste tenía reservado a quienes lo alcanzasen a ver. La energía eléctrica, la radiofonía, el automovilismo, la aviación, los adelantos médicos y farmacológicos iban a cambiarlo todo radicalmente: las comunicaciones, los transportes y muchas otras circunstancias de la vida; la Naturaleza sería confinada a ciertas zonas, el día y la noche, el frío y el calor serían domesticados; el cerebro humano controlaría el azar a su antojo; no había barrera que la inventiva no pudiese franquear: el hombre podría variar de tamaño y de sexo a voluntad, desplazarse por los aires a velocidades inauditas, volverse invisible según su conveniencia, aprender un idioma extranjero en dos horas, vivir trescientos años o más; seres inteligentísimos procedentes de la Luna, los planetas y otros cuerpos celestes más remotos vendrían a visitarnos, a confrontar sus aparatos con los nuestros y a mostrarnos

231

por primera vez sus formas pintorescas. En sus sueños imaginaban el mundo como una Arcadia poblada de artistas y filósofos, en la que nadie tendría que trabajar. Otros vaticinaban desdichas y tiranías y nada más. La Iglesia católica no cesaba de recordar a quien quisiera oírla que el progreso no siempre seguía los derroteros marcados por la voluntad de Dios expresamente manifestada en sus apariciones e infundida al Sumo Pontífice, cuya infalibilidad había sido proclamada el 19 de julio de 1870. En su aversión al progreso la Iglesia no estaba sola: la mayoría de los reyes y príncipes del mundo compartían este resquemor; veían en los cambios la grieta por la que había de colarse la subversión de todos los principios, el heraldo que anunciaba el fin de su era. Sólo el *kaiser* discrepaba: miraba con arrobo los cañones de 50 toneladas y aun mayores que salían sin pausa de la fábrica Krupp y pensaba: Dios bendiga el progreso si a mí me sirve para bombardear París. En estas consideraciones y otras parecidas iban pasando los años. Una tarde del mes de agosto de 1913 Onofre Bouvila pensaba en el puerto de Barcelona precisamente en la fugacidad del tiempo. Había ido allí a supervisar las operaciones de descarga de ciertas cajas cuyo contenido no correspondía al conocimiento de embarque. Las autoridades aduaneras habían sido advertidas y su autorización, debidamente comprada a peso de oro, pero no quería dejar nada al albur. Mientras miraba distraído el atraque del buque recordaba el día en que había ido a ese mismo muelle a buscar trabajo. En esas fechas casi todos los barcos eran de vela y él, aún un niño; ahora veía balancearse suavemente contra la luz crepuscular de aquella tarde de finales de verano las chimeneas y los mástiles y él estaba a punto de cumplir la cuarentena. Adusto y solo miraba ahora los barcos atracados allí. Un escribiente vestido de luto riguroso vino a decirle que las cajas estaban a punto de ser sacadas de la sentina. Los embalajes, ¿han sufrido daños?, preguntó distraídamente. De las informaciones recibidas por distintos conductos había inferido que pronto habría guerra; si esto sucedía, si sus previsiones se cumplían, quien estuviera en condiciones de proveer de armas al mercado ganaría una fortuna inmensa en poco tiempo. Ahora hacía entrar de contrabando en España prototipos de fusiles, obuses, bombas de mano, lanzallamas, etcétera. Sus agentes merodeaban ya por las cancillerías de Europa. Esta idea no le era exclusiva: tendría que forjar nuevas alianzas, granjearse enemistades, eludir añagazas y destruir a los competidores; también tendría que contar con espías de las futuras naciones beligerantes, que ya empezaban a infiltrarse en Barcelona, como en las demás ciudades del globo. ¿Para qué hago todo esto?, pensó. Su primer hijo había resultado tonto. Nacido al filo del siglo, bajo los mejores auspicios, pronto se vio que nunca sería normal. Ahora vegetaba en el Pirineo leridano, a cargo de una institución religiosa a la que financiaba con liberalidad, pero en cuyas tierras extensas no había querido poner los pies. Un segundo hijo había nacido muerto. A éste habían seguido dos niñas. El amor por su esposa, que antes había resistido tantas pruebas, que le había llevado a cometer tantos extremos, no había superado estos fracasos repetidos. Ahora ella había engordado; del abandono en que vivía se consolaba comiendo pasteles y chocolate a todas horas; nunca faltaba quien le regalase a ella las golosinas más tentadoras creyendo que obtendría por este medio el favor de él. En estos obsequios y en la adulación constante de que era objeto se veía su riqueza y su poder; por lo demás seguía siendo un marginado. Los prohombres de la ciudad lo admiraban, no tanto por la forma en que había sabido ganar el dinero, como por la forma en que sabía gastarlo. Para ellos el dinero constituía un fin en sí; en sus manos nunca fue un medio para hacerse con el poder; nunca se les ocurrió usarlo para tomar en sus manos las riendas del país, para moldear la política gubernamental conforme a sus postulados. Si a veces habían accedido a entrar en el mundillo de la política central lo habían hecho con renuencia, quizás atendiendo ruegos de la corona; en estas ocasiones habían actuado como buenos administradores, con eficacia, sin designios, en contra de los intereses de Cataluña que antes defendían, incluso en contra de sus propios intereses. Quizá porque ellos siempre se habían considerado en el fondo un mundo aparte, desgajado del resto de España, del que no obstante no quisieron o no supieron o no les dejaron prescindir. Quizá porque todo sucedió con demasiada rapidez: les faltó tiempo para sedimentarse como clase, para madurar como entidad económica. Ahora estaban a punto de agotarse antes de haber echado raíces en la Historia, sin haber modificado el curso de la Historia. Él, en cambio, gastaba a manos llenas, con arbitrariedad; esta arbitrariedad y otras contradicciones sembraban el desconcierto y la incertidumbre. Ahora escuchaba el entrechocar de las jarcias, el crujido del maderamen, el chapoteo del agua contra la obra muerta de los barcos. Muchos de aquellos barcos traían y llevaban sus mercancías de las Filipinas y de otros puntos; algunos también eran suyos. Todo esto no le había redimido de sus orígenes oscuros a los ojos de la sociedad. Acudían a él porque le necesitaban, pero luego fingían no recordarlo, su nombre siempre aparecía omitido de las listas.

Un año antes había sucedido esto: un grupo de prohombres presidido por su antiguo conocido el marqués de Ut había ido a visitarle, se había hecho anunciar con mucha prosopopeya; no sin ambages le habían expuesto el motivo de esta ceremonia inútil: la mayoría de los presentes había tenido anteriormente tratos con él, a menudo ilícitos; habían comido en su mano; ahora simulaban una vez más haberlo olvidado, hacían la pantomima protocolaria.

—¿A qué debo el honor? —les preguntó. Se cedían mutuamente el asiento, se prodigaban cumplidos inacabables. Hable usted; no, no, de ningún modo, hable usted, que lo hace mejor, se decían. Él esperaba con paciencia estudiando sus caras: algunos de ellos habían integrado aquella Junta Directiva de la Exposición Universal; ya eran potentados cuando él se colaba al rayar el alba en el recinto de la antigua ciudadela para distribuir propaganda anarquista y vender un crecepelo de su invención. Los más, sin embargo, habían muerto ya: Rius y Taulet a poco de clausurarse la Exposición, en 1889; en 1905, Manuel Girona i Agrafel, que había sido comisario regio del certamen, había costeado de su bolsillo la nueva fachada de la catedral, el fundador del Banco de Barcelona cuya quiebra ahora había arruinado a tantas familias, había desmembrado la clase media catalana; Manuel Durán i Bas, en 1907, etcétera. Los que quedaban con vida eran ya ancianos; ninguno de ellos sospechaba que aquel hombre que ahora los observaba con ironía y desdén los había visto pasar de niño escondido detrás de unos sacos de cemento como si presenciara el paso de un cortejo inasequible.

—Hemos venido —le dijeron— porque tenemos pruebas sobradas de su amor a Barcelona, esta ciudad que usted honra con su presencia y sus actividades; también porque nos consta su proverbial generosidad.

—Díganme de cuánto se trata —preguntó con sorna.

—El caso es éste —le dijeron sin inmutarse; eran todos viejos cocodrilos—: Hemos recibido comunicación del Ministerio de Asuntos Exteriores en el sentido de que una persona de sangre real, un miembro de una casa reinante visitará en breve la Ciudad Condal. Es una visita de carácter privado, por lo que desde el punto de vista oficial no hay presupuesto, usted ya nos entiende. Por otra parte, no podemos permitir, y así nos lo ha indicado el propio Ministerio, recogiendo en ello el sentir de Su Majestad el

Rey, que Dios guarde, no podemos permitir, repetimos, que esta ilustre visita quede sin agasajo. En dos palabras: la manutención y pasatiempos de la ilustre visita y sus acompañantes, o eso al menos nos ha sido dado a entender, tendríamos que sufragarlo de nuestros bolsillos.

Preguntó ante todo de quién se trataba. Tras muchas vacilaciones, en el máximo secreto le dijeron que de la princesa Alix de Hesse, nieta de la reina Victoria, ahora más conocida como Alejandra Fiodorovna, esposa de Su Alteza Imperial el zar Nicolás II. Este dato le dejó frío: no sentía el menor interés por los Romanof, a quienes consideraba unos zánganos; en cambio seguía con curiosidad las andanzas de los conspiradores maximalistas, de Lenin, de Trotski y de otros, sobre cuyos pasos le mantenían informado sus confidentes en Londres y en París, donde se encontraban ahora, y cuyos proyectos descabellados había pensado a veces financiar de cara a futuros negocios. Ahora la entrevista le parecía absurda. ¿Qué interés reviste para mí atender lo que me piden estos individuos?, se dijo. ¿De qué me sirve a mí congraciarme con ellos? Sabía que no eran tontos: por el contrario, muchos de ellos se contaban entre los financieros más sagaces. Pero todos salvo él ignoraban lo que no tenían delante de las narices, lo que ocurría más allá de las puertas de sus despachos; no sabían de aquel mundo de miserables, locos y ciegos que vivía y se reproducía en la oscuridad de los callejones. Él conocía bien aquel mundo: en los últimos tiempos había percibido el latido de la revolución en ciernes.

—Déjenlo en mis manos —dijo—. Yo me ocuparé de todo.

Al bajar las escaleras todavía pronunciaban discursos de agradecimiento. Una larga hilera de carruajes les aguardaba para conducirlos a sus palacetes del paseo de Gracia. Una lluvia fina hacía relucir las capotas de los coches y los guardamontes de las bestias. En torno a las farolas de gas y a las linternas de vela de los coches se formaba un halo amarillento. Desde el portal respondió a los saludos agitando la mano. Toda mi fortuna y todo mi prestigio los heredarán mis hijas, iba pensando, y los chulos que las encamen. Bien empleado me está por haberme casado con una idiota. Ahora la zarina y su séquito desembarcaban de incógnito en la Puerta de la Paz. La lluvia que había empezado a caer la tarde de la entrevista había cesado escasas horas antes. En los charcos del suelo se reflejaban las copas de los plátanos frondosos, cuyas ramas agitaba la brisa húmeda y desagradable. Mal día para recibir a su alteza imperial, masculló el marqués de Ut. Am-

bos fumaban en el coche de éste, un Broughman de caoba tirado
por cuatro caballos ingleses. Detrás esperaba un ejército de simo-
nes y góndolas alquilados para conducir al séquito a los aposentos que habían sido reservados en el Ritz. No respondió al comentario del marqués: dos días atrás había recibido una carta fir-
mada por Joan Bouvila. Pensó que sería de su padre, pero al leerla descubrió que quien le escribía era su hermano, cuya existencia había echado al olvido. En esa carta le decía que su padre se
hallaba postrado en el lecho de muerte. *Apresúrate si quieres verlo con vida,* le decía. No había visto a su padre desde la breve visita que había hecho a la casa en el otoño de 1907 con motivo
del entierro de la madre. En el velatorio había advertido que faltaba el pequeño Joan. Su padre le dijo que estaba haciendo el
servicio militar en África, donde siempre había conflictos con los
moros. Al volver del cementerio los vecinos los habían dejado
solos por primera vez. No sé qué será de mí ahora, había dicho
el americano. Él no dijo nada. El americano recorría la pieza de-
sordenada por el visiteo con ojos escrutadores, como si esperase
verla reaparecer detrás de algún mueble. Yo no sospechaba siquiera que estuviese enferma, dijo al cabo de un rato; andaba un
poco encorvada y comía sin apetito últimamente, pero otros síntomas yo no supe ver, si los hubo. Una tarde, dijo, volví a casa
y la encontré muerta en aquella sillita, la que ella solía usar, frente al fuego; el agua de la olla todavía no hervía, de modo que no
podía llevar mucho tiempo muerta; sin embargo, cuando le cogí
la mano vi que estaba fría como el hielo. Mientras el americano
hablaba él había estado abriendo puertas, curioseándolo todo.
Como la mayor parte de las mujeres del campo su madre nunca
tiraba nada, la casa era un almacén de inutilidades: fue encon-
trando retales de colchas antiguas, cacharros de cocina desfonda-
dos, una rueca rota y comida por el comején. Ahora recordaba
las privaciones que ambos habían pasado juntos cuando él se fue
a Cuba dejándolos solos. Hay asuntos importantes que me recla-
man en Barcelona, dijo en voz alta, he de irme ya. Al bajar del
tren en la estación de Bassora había preguntado tontamente por
el tío Tonet, el tartanero. Por fin alguien le dijo que el tartanero
había muerto muchos años atrás. Alquiló un calesín que ahora
esperaba frente a la casa rodeado de pollos y gallinas. Es hora de
ir yendo, repitió. El americano siguió hablando con naturalidad:
He estado pensando, ¿sabes? El cacareo de las gallinas y el zum-
bido de los moscardones acentuaban el silencio que se producía
cuando dejaba de hablar. He pensado, añadió viendo que su hijo

no le animaba a proseguir, que podría irme contigo a Barcelona.
Ya sabes que a mí la vida del campo nunca me ha gustado mucho; yo soy más bien hombre de ciudad, y ahora que me he quedado solo... Onofre consultó el reloj, tomó el sombrero y el bastón y se dirigió a la puerta; el americano le iba pisando los talones. Ya sabes que soy persona de cierto mundo, un simple patán no soy —dijo—; estoy seguro de que podrías encontrar un trabajo para mí, que podría ayudarte modestamente en tus negocios; trabajando no sería una carga económica. Salió de la casa con la vista fija en el calesín. El cochero, que parecía dormitar bajo una nube de moscas a la sombra de una higuera, se puso de pie cuando le vio salir y corrió hacia el carruaje. No había desembridado el caballo; ya estaba listo para partir. A sus órdenes, dijo. Era un hombre de espaldas anchas y cabeza redonda, rapada; había luchado en Cuba a las órdenes del general Weyler. Verdaderamente, dijo el americano, tú tienes muchas ocupaciones; yo podría dedicar el día entero a los niños. Estoy seguro, dijo él subiendo al pescante, de que Joan no tardará en volver de África. Cuando vuelva Joan todo será normal otra vez. Yo moveré influencias en Madrid para que lo licencien sin tardanza. El cochero desató las riendas, desfrenó el calesín y levantó el látigo. El americano se agarró con fuerza a la pantorrilla de su hijo: Onofre, por lo que más quieras, no me dejes solo; no sé vivir solo, no sé cuidarme, no sobreviviré un invierno entero sentado al lado del fuego, sin nadie con quien hablar. Por favor te lo pido, dijo. Onofre se metió la mano en el bolsillo interior de la chaqueta y sacó todo el dinero que llevaba encima; sin contarlo se lo tendió al americano. Con esto podrá vivir holgadamente hasta que regrese Joan, dijo. El americano se negaba a coger el dinero. Vamos, padre, cójalo, dijo con impaciencia; yo sacaré más cuando llegue a Bassora. El americano obedeció, le soltó la pantorrilla que tenía sujeta con ambas manos para coger el dinero. Onofre hizo un ademán imperioso al cochero y partieron al trote. Un rostro alumbrado por una linterna de aceite asomó por la ventana del coche del marqués de Ut.

—Don Onofre, ¿podría venir un momentito? Hemos sorprendido a un individuo merodeando por aquí —dijo el recién llegado.

—¿Qué ocurre? —quiso saber el marqués. El hombre, a todas luces un agente de Bouvila, no se dignó responder.

—Tú quédate en el coche por si baja Su Alteza —dijo al marqués—. Yo voy a ver qué es eso y vuelvo en seguida.

Echó a andar en pos del hombre que sostenía en alto la linterna para alumbrarle el camino, iban sorteando rollos de soga, brincando entre los charcos. Llegaron donde había un grupo formado: cinco hombres zarandeaban a un sexto. Este último había perdido las gafas en la refriega. Dejadlo ya, ordenó. ¿Quién es? No lo sabemos, le respondieron. Le hemos registrado, pero no lleva armas; sólo un cortaplumas. Onofre Bouvila se encaró con el infiltrado, le preguntó cómo había conseguido entrar en el muelle.

—No es difícil —respondió el otro mientras trataba de desarrugar la chaqueta propinándole manotazos vigorosos—. Había demasiada vigilancia.

Por su acento se veía que no era extranjero; tampoco parecía un menchevique ni un nihilista ni nadie interesado en hacer daño a la zarina. Le preguntó quién era y qué hacía en aquel sitio; él dijo ser periodista, mencionó el diario para el que trabajaba.

—Paseando por las Ramblas advertí los preparativos —dijo—. Supuse que llegaba alguien importante o peligroso, de modo que burlé la vigilancia y me escondí detrás de unos bultos. Por desgracia he sido descubierto y maltratado. ¿Qué van a hacer conmigo a continuación? —añadió en tono desafiante.

—Oh, nada, nada en absoluto —dijo Bouvila—. En realidad, no hacía usted sino cumplir con su deber de informador. En este caso sin embargo desearía rogarle encarecidamente que no revelase nada de lo que ha visto. Estoy dispuesto a indemnizarle por los perjuicios que este incidente desafortunado haya podido causarle, por supuesto —al decir esto sacó del bolsillo interior de la chaqueta varios billetes de banco, contó tres e hizo ademán de entregárselos al periodista, que los rechazó.

—Yo no acepto sobornos, señor —exclamó.

—No es tal —dijo Bouvila—: un simple gesto de amistad. Tengo puesto en este asunto un interés muy personal.

—Así mismo lo haré constar en mi crónica —dijo el periodista en tono de amenaza. Onofre Bouvila se limitó a sonreír con condescendencia.

—Lo dejo a su criterio —dijo—. Yo habría preferido que nos hubiésemos entendido mejor. Yo siempre me he entendido bien con los periodistas: soy Onofre Bouvila.

—Ah, disculpe usted, señor Bouvila —dijo el periodista—. ¿Cómo iba yo a sospechar? He perdido las gafas accidentalmente... Perdone todo lo que le he dicho y cuente por supuesto con mi silencio inquebrantable.

Se había hablado de sus negocios en la prensa por primera y última vez en septiembre de 1903, a raíz de unas expropiaciones confusas, de una de las reformas innumerables del puerto de Barcelona que nunca se llevaron a cabo: algunas personas habían sacado de este asunto beneficios inexplicables. Cuando leyó el artículo hizo llegar al periodista que lo había escrito una nota: *Me gustaría mucho tener un cambio de impresiones con usted,* le decía en ella. A esto el periodista respondió con otra nota brevísima: *Fije usted mismo el lugar y la hora, pero procure que no sea de madrugada en San Severo.* Con ello aludía claramente a la trampa que unos años atrás había tendido allí a Joan Sicart; la trampa había costado la vida a este último. Onofre Bouvila no se dio por ofendido. *No es usted tan importante,* respondió; *venga a verme a mi despacho; estoy convencido de que podremos llegar a un acuerdo.* Al día siguiente compareció el periodista. Ponga precio a su silencio y acabemos cuanto antes, le dijo cuando lo tuvo delante; no tengo tiempo que perder. ¿Quién le ha dicho que estoy en venta?, dijo el periodista con una leve sonrisa. Usted me conoce de sobras, ya sabe lo que puede esperar de mí, dijo él; no habría venido si no lo estuviera. El periodista garrapateó unos números en un papel y le mostró el papel: era una cifra exorbitante, destinada a encolerizar al otro: una verdadera provocación. Se valora usted poco, dijo Bouvila sonriendo; yo había previsto una suma más alta; téngala usted. De un cajón sacó un sobre abultado que entregó al periodista. Éste echó una ojeada al contenido del sobre, guardó silencio unos segundos, se levantó sin decir nada, se puso el sombrero y salió del despacho. Al llegar a la primera esquina le asaltaron cuatro hombres; le quitaron el sobre y su propio dinero, el que había cogido al salir de su casa para atender las necesidades del día. Luego le rompieron las dos piernas.

Cuando el periodista se hubo ido Onofre quiso regresar al coche del marqués de Ut, pero en aquel instante se puso en movimiento la comitiva. Las góndolas pasaban por su lado con entrechocar de vidrios y ruido de quincalla; tuvo que buscar refugio entre los fardos amontonados en el muelle para no ser aplastado por aquellos carros atiborrados. Unas cabras que asomaban la cabeza por una ventana le rozaron la cara con sus barbas; pudo percibir claramente su aliento apestoso. ¿Qué diablo hacen aquí estas cabras?, preguntó levantando la voz sobre los balidos lastimeros. El mujik que las cuidaba le dio unas explicaciones que no entendió. Por fin un individuo de facciones abotargadas, vestido de húsar, le gritó en mal francés que su alteza el zarevitz, que acompañaba a su madre en este viaje, no se fiaba de la leche que pudieran echarle en el té en otros países. Hasta el forraje de las cabras venía en balas de las estepas lejanas. También traían el mobiliario favorito de la zarina: su cama, sus armarios de luna, sus divanes, su piano y su buró, ciento seis baúles de ropa y otras tantas cajas de calzado y sombrereras. Tuvo que esperar a que el convoy acabara de pasar para abandonar el refugio improvisado. Por fin se encontró solo en el muelle: en la barahúnda, deliberadamente o no, nadie se había quedado a esperarle. Tenía los zapatos, las polainas y el bajo del pantalón cubiertos de fango; algunas salpicaduras habían alcanzado incluso la levita. Encontró la chistera hundida en un montón de estiércol y allí la dejó. En las Ramblas tomó un coche de punto que lo llevó a su casa; allí se cambió a toda velocidad mientras le aparejaban el tílburi más rápido de su caballeriza. Con todo, llegó al Ritz cuando el banquete que él mismo había organizado y costeado acababa de empezar. Corrió hacia la mesa presidencial, donde se veía a la zarina, al zarevitz, al príncipe Yussupof y a otros huéspedes ilustres rodeados de sus anfitriones catalanes. Al llegar a la mesa advirtió que no quedaba una sola silla libre, ni un cubierto reservado para él. El marqués de Ut, percatándose de su desconcierto, se levantó y le murmuró al oído: ¿Qué haces aquí parado como un pasmarote? Tu puesto está allá, en la mesa tres. Protestó a media voz: ¡Pero yo quiero sentarme aquí, al lado de la zarina! No digas disparates, susurró el marqués con la alarma pintada en el semblante; tú no perteneces a la nobleza, ¿quieres ofender a Su Alteza Imperial? Ahora recordaba estas escenas mientras las grúas izaban de la cubierta del buque los temibles *howitzer* alemanes y unos cañones desproporcionados que hasta entonces no se habían visto en ningún campo de batalla: eran los cañones antiaéreos, que había conseguido sacar de los cuarteles del Estado Mayor francés con enormes dispendios. Ahora al ver aquellos embalajes estrambóticos experimentaba un estremecimiento de satisfacción. En los últimos tiempos no se le presentaban estas sensaciones sino raramente; la mayor parte del año se aburría. Por las noches, en su hogar, encerrado en la biblioteca, rodeado de centenares de libros que no pensaba leer jamás, fumaba habanos y recordaba con nostalgia aquellas noches de juerga ya lejanas, en las que él y Odón Mostaza, cuya muerte ahora deploraba, veían amanecer a través de las ventanas empañadas de vaho de una casa de mancebía, rodeados de botellas vacías, restos de comida, barajas y dados, mujeres desnudas que dormían acurrucadas contra las paredes y prendas esparcidas por toda la pieza, exhaustos y satisfechos, con el inocente aturdimiento de la juventud.

## 2

En Madrid Su Excelencia Mohamed Torres sudaba copiosamente. Acostumbrado a la brisa atlántica que refrescaba los patios floridos de su palacio de Tánger se asfixiaba ahora en el Palacio de Oriente, donde había recalado de vuelta de París, de entrevistarse con Clemenceau. Su perfume de almizcle provocaba arcadas en don Antonio Maura. Hasta ese momento el sultanato había mantenido una independencia precaria gracias a la rivalidad de Francia e Inglaterra; ahora Alemania pretendía instalar bases navales en las costas marroquíes, abrir mercados a sus manufacturas: ante esta eventualidad, las dos potencias rivales habían firmado un pacto en abril de 1904 y ahora Francia planeaba apoderarse de Marruecos, hacer mangas y capirotes del sultán y del gran visir, convertir Marruecos en una prolongación de Argelia. S.M. don Alfonso XIII, que escuchaba con interés los lamentos del ministro de asuntos exteriores del sultán, pensó que la solución del problema era bien sencilla.

—Chico, no te dejes —le propuso.

—Vuestra Majestad es perspicaz —dijo el emisario de Abdul Asís—, pero no podemos renunciar al protectorado de alguna gran potencia sin grave riesgo para el trono y aun la cabeza de mi señor, Su Majestad el sultán Abdul Asís.

—¿Qué opina usted, don Antonio? —dijo el Rey dirigiéndose al entonces presidente del consejo de ministros. Don Antonio Maura se encontraba en un dilema: insistir en la presencia española en África implicaba seguir viviendo sobre un avispero, una empresa temeraria para un país empobrecido, descalabrado por los recientes desastres coloniales; renunciar a ella equivalía a perder los últimos retazos de prestigio en el concierto de las naciones. Así se lo expuso sucintamente a Su Majestad—. Ahí me las den todas —respondió éste. Don Antonio Maura lo llevó a un rincón mientras Mohamed Torres admiraba un díptico monumental que colgaba de la pared: en él Judit y Salomé competían entre sí, parecían mostrarse mutuamente sus trofeos sanguinolentos; de las bocas lívidas del Bautista y de Holofernes colgaban sendas lenguas tumefactas. Recordó que el Profeta había prohibido la representación gráfica de la figura humana. El Rey y el presidente del consejo de ministros volvían de su conciliábulo.

—Su Majestad era partidario de abandonar Marruecos a su suerte —dijo éste—, pero he conseguido disuadirle. La comprensión de Su Majestad es proverbial —el ministro de asuntos exteriores del sultán hizo tres veces la zalema—. También le he puesto al corriente de las demás facetas del asunto. En efecto, perdida Cuba, el Ejército ya no tiene nada que hacer y los militares inactivos son siempre un peligro: se aburren, no ascienden y duran demasiado. También le he dicho lo de las concesiones mineras y las inversiones españolas en el territorio —el ministro se llevó la diestra al corazón. S.M. don Alfonso XIII, que a la sazón contaba dieciocho años de edad, le dio una palmada en el hombro.

—Le vamos a enseñar al Raisuli lo que vale un peine —dijo.

Ahora, cinco años más tarde, las madres de los reclutas que habían de partir para África volvían a manifestarse, como lo habían hecho en tiempos de la guerra de Cuba, en la estación ferroviaria, se sentaban en las traviesas y no dejaban salir al tren. Las damas de una asociación católica, que habían acudido a esa misma estación a repartir crucifijos entre la tropa, instaban al maquinista y al fogonero a que pasasen sobre ellas. No sé si a los caloyos les gustará ver cómo descuartizamos a sus madres, replicaron aquéllos. Unos y otros gritaban ¡Maura, sí! o ¡Maura, no! Era un lunes pegajoso del mes de julio de 1909. En vista de que las cosas tomaban mal cariz el marqués de Ut se personó en casa de Onofre Bouvila.

—Estamos perdidos —exclamó; traía el pelo encrespado, sin engominar, y la corbata desanudada—. El gobernador civil se niega a declarar el estado de sitio, la chusma es dueña de las calles, las iglesias arden y Madrid, como de costumbre, nos ha dejado solos.

Onofre Bouvila le ofreció una caja de cuero repujado llena de habanos. El marqués declinó el ofrecimiento graciosamente.

—No pasará nada, pierde cuidado —le dijo—. Lo peor que puede ocurrir es que te quemen el palacio. ¿La familia está en el campo?

—Veraneando —dijo el marqués—, en Sitges.

—Y el palacio, ¿está asegurado?

—Claro.

—Pues ya ves. Hazme caso —le aconsejó—: ve a pasar unos días con la mujer y los niños.

—Ya lo había pensado, pero no puedo: mañana tengo con-

sejo de administración —dijo el marqués. Luego recapacitó—.
Ahora pienso que he cometido una locura quedándome —dijo.

Onofre Bouvila sirvió dos copas de vino amontillado. Excelente para calmar los nervios, dijo. A tu salud. De la calle llegó
el estampido de un cañonazo. ¿Será posible que esto sea la revolución?, pensó. Recordó los días lejanos en que anunciaba este
advenimiento entre los obreros de la Exposición Universal. Entonces era joven y paupérrimo y deseaba que todo lo que predecía no se cumpliera jamás; ahora era rico y se sentía viejo, pero
no pudo evitar que un fogonazo de esperanza le iluminara el
alma. ¡Por fin!, pensó. Ahora veremos qué pasa realmente.

—A la tuya —dijo el marqués levantando su copa. Bebió de
un sorbo todo el vino, eructó y se restañó los labios con el dorso
de la mano. Onofre Bouvila admiraba estos modales desenfadados. Él no tiene que demostrar nada, pensó—. ¿Tú qué opinas?
—dijo el marqués.

—¿A ti qué te parece? —respondió encendiendo un habano
y aspirando el humo con aparente delectación—. Yo no tengo
consejo y, sin embargo, no me he ido. No pienso salir de Barcelona. ¿Qué quieres que pase? —añadió viendo las facciones contraídas del marqués—. Son cuatro desgraciados, no tienen armas
ni jefes. Déjales que jueguen; no disponen de otra baza que nuestro miedo —ahora recordaba aquella manifestación en la que había participado hacía más de veinte años; recordaba a la Guardia
Civil, los caballos y los sables, los cañones cargados de metralla
hasta la boca. De estos recuerdos no hizo partícipe al marqués—.
Supón por un momento que llegasen a triunfar —siguió diciendo
mientras miraba por la ventana: en el cielo azul intenso de aquella tarde de verano se levantaba una columna de humo negro.
Mentalmente situó el incendio en el Raval: quizá San Pedro de
las Puellas, quizá San Pablo del Campo (era esta última iglesia la
que ardía)—, ¿sabes lo que pasaría? Que tendrían que venir a
implorar nuestra ayuda; al cabo de unas horas el caos sería absoluto, nos necesitarían más aún de lo que hoy en día nos necesitan. Acuérdate de Napoleón —el marqués hubo de reírse a su
pesar y él se retiró de la ventana por prudencia: había visto pasar
a la carrera una compañía de soldados con los mosquetones en
bandolera; unos llevaban una pala en la mano, otros, un pico:
eran del cuerpo de zapadores. Se preguntó a dónde irían así:
eran los obreros los que estaban levantando barricadas—. El
tiempo todavía no ha llegado —agregó sentándose de nuevo en
la butaca—. Pero un día llegará, Ambrosi, y no tan tarde que tú

y yo no lo veamos. Ese día estallará la revolución universal y el actual orden de cosas basado en la propiedad, la explotación, la dominación y el principio de autoridad burguesa y doctrinaria desaparecerá; no quedará piedra sobre piedra, primero en Europa y luego en el resto del mundo. Al grito de «paz para los trabajadores, libertad para todos los oprimidos y muerte a los gobernantes, los explotadores y los capataces de todo tipo» destruirán todos los Estados y todas las Iglesias, junto con todas las instituciones y todas las leyes religiosas, jurídicas, financieras, policiales y universitarias, económicas y sociales para que todos estos millones de seres humanos que hoy viven amordazados, esclavizados, atormentados y explotados se vean libres de sus guías y benefactores oficiales y oficiosos y puedan respirar al fin en plena libertad, como asociaciones y como individuos.

El marqués lo contemplaba con ojos desorbitados. ¿Qué estás diciendo?, preguntó. Onofre Bouvila se echó a reír.

—Nada —dijo—. Lo leí en un folleto que cayó en mis manos hace tiempo. Tengo una memoria rara: recuerdo textualmente todo lo que leo. Mi mujer y las niñas están en la Budallera —añadió en el mismo tono—, en casa de mis suegros. Quédate a cenar; de todos modos hoy no podrías ir al club.

Estaban cenando cuando les sorprendió un estruendo que iba en aumento: temblaba el suelo, oscilaban las arañas, tintineaban las lágrimas de cristal y bailaba la vajilla en la mesa. El mayordomo, a quien enviaron a que averiguase qué pasaba, volvió diciendo que venía por la calle un regimiento de coraceros con sus corazas blancas y sus penachos negros y los sables desenvainados apoyados en las charreteras.

—Han sacado a la calle la caballería pesada —murmuró el mayordomo—. Quizá la cosa sea más grave de lo que pensaba el señor.

—Tendrás que quedarte a dormir —le dijo al marqués. Éste asintió—. Puedo dejarte una de mis camisas; espero que te venga bien.

—No te molestes —dijo el marqués mirando de reojo a la camarera que retiraba el servicio—; yo me abrigo a mi manera.

Durante toda la noche fueron sonando a lo lejos los cañonazos, el tableteo de las ametralladoras, los disparos aislados de los francotiradores. A la mañana siguiente, cuando se reunieron en el comedor para desayunar, círculos oscuros rodeaban los ojos abotargados del marqués de Ut. No había llegado la prensa diaria. El mayordomo les informó de que los comercios no habían abierto sus puertas: la ciudad estaba paralizada y todas las comunicaciones con el mundo exterior, interrumpidas.

—No durará —dijo—. ¿Tenemos la despensa bien surtida?

—Sí, señor —dijo el mayordomo.

—¡Qué barbaridad! —exclamó el marqués—. Sitiados por las turbas y yo con lo puesto... —clavó los ojos en la doncella que le servía el café; ella enrojeció y desvió la mirada—. ¿Puedes prestarme algo de dinero? —preguntó a Bouvila.

—Todo el que necesites —dijo éste—. ¿Para qué lo quieres?

—Para gratificar a esta deliciosa criatura —dijo el marqués señalando a la doncella con el pulgar—. Otrosí: te sugiero que la despidas hoy mismo.

—¿Por qué?

—Sosa en la cama —dijo el marqués.

Onofre Bouvila leyó la angustia más intensa en el rostro de la doncella. No debía tener más de quince años; acababa de llegar del pueblo, pero era fina de rasgos y de modales y por ello había sido destinada a servir la mesa y no a faenas más toscas. Ahora sabía que si él hacía lo que le sugería el marqués no le cabrían más opciones que el burdel o la indigencia. ¿Cómo te llamas?, le preguntó. Odilia, para servirle, fue la respuesta. ¿Estás a gusto en esta casa, Odilia?, dijo él. Sí, señor, dijo ella, muy a gusto.

—En tal caso, esto es lo que vamos a hacer —dijo dirigiéndose al marqués: tú te ahorras la gratificación, puesto que no has quedado satisfecho; Odilia sigue en la casa y yo le doblo el sueldo, ¿qué te parece?

No lo hacía por generosidad; tampoco por cálculo, porque no creía en la gratitud humana: sólo pretendía demostrar a su huésped que en su casa hacía lo que le daba la gana. El marqués y él se miraron fijamente a los ojos durante un rato. Al final el marqués estalló en una carcajada. Así transcurrió aquella semana que luego habría de recibir el calificativo de «trágica». Jugaban a las cartas y charlaban largamente; el marqués era un conversador ameno y para Onofre Bouvila además una fuente valiosísima de datos: no había familia de alcurnia con la que el marqués de Ut no estuviera emparentado y cuyas intimidades no conociera. No era difícil sonsacarle: nada le gustaba tanto como referir sucesos triviales con todo lujo de detalles. En este anecdotario banal Onofre veía ranuras por las que atisbar aquel mundo hermético, polvoriento y algo triste cuyas puertas siempre habría de encontrar cerradas. Luego, por las noches, después de cenar, enviaban al mayordomo a la azotea; si regresaba diciendo que no había peligro subían a fumar los cigarros y beber el coñac acodados en la balaustrada, contemplando el resplandor de los incendios. Al final, cansados de esta monotonía, enviaron una nota humorística al gobernador civil: Pon fin a esta situación, que se nos están acabando los puros, le decían. Fue una semana muy grata; en ella Onofre creyó haber recuperado los lazos incomparables de la amistad masculina. Ahora veía al marqués sentado a la mesa presidencial, junto a la zarina, y comprendía que todo había sido un sueño breve.

Sobre la mesa había sido colocado un baldaquín de seda encarnada coronado por las armas de los Romanof; las paredes del salón habían sido cubiertas igualmente de arambeles de seda; en cada esquina habían sido colocadas sobre repisas móviles cuatro grupos escultóricos de escayola hechos especialmente para la ocasión; del techo colgaban seis arañas provistas de tres círculos de velas; entre las arañas y los candelabros iluminaban el salón cuatro mil velas de cera de abeja; los cubiertos eran de plata en todas las mesas y de oro en la mesa presidencial; la vajilla, de porcelana de Sèvres. Viendo aquel esplendor cuyo costo exacto conocía, rememoraba ahora la semana trágica. Perdido en estos pensamientos, ajeno al festejo, le sobresaltó la voz profunda de su vecino de mesa: Está usted pensando en la revolución, caballero, le oyó decir. Reparó en él por primera vez: era un hombre de unos cuarenta años, alto y delgado, de facciones rudas, campesinas, no desagradables; una barba enmarañada le llegaba hasta donde acababa el esternón; vestía una sotana añil que le hacía parecer aún más alto y delgado y desprendía un olor intenso a vinagre, incienso y oveja. De su aspecto general y de su mirada penetrante y alucinada dedujo que le habían sentado junto a uno de esos monjes ignorantes, cerriles, astutos, supersticiosos y fanáticos, serviles hasta la abyección, que a menudo conseguían enquistarse en el cortejo de los poderosos. Luego supo que se llamaba Gregori Yefremovich Rasputín; contaba entonces con la protección de la zarina, porque había curado la hemofilia del zarevitz cuando ya los médicos habían renunciado a ello. De él se contaban cosas extraordinarias: que tenía poderes hipnóticos y proféticos, que leía el pensamiento y que hacía milagros a su discreción. Su influencia a partir de esa fecha habría de ir en aumento, dominar la corte, convertirse en auténtica tiranía; con el tiempo él habría de distribuir cargos y honores, en un futuro no lejano se harían y desharían carreras y fortunas a su sombra hasta que una conjura encabezada por aquel mismo príncipe Yussupof que ahora degustaba en el Ritz la escudella y la carn d'olla lo asesinara en 1916. Poco después, tal y como él había predicho, estallaría la revolución que había de marcar el fin de los Romanof en la fortaleza. de Ekaterinburgo, pero entonces, cuando acompañó a la zarina en su viaje a Barcelona, esa influencia estaba aún en los albores. A Onofre Bouvila, su compañero de mesa, le relató cómo unos años antes había sido testigo de aquel domingo sangriento de triste recuerdo: asomado a un balcón del segundo piso del Palacio de Invierno sostenía en brazos a la Gran Duquesa Anastasia, poco menos que un bebé, y tenía cogido de la mano al zarevitz; desde el balcón contiguo el Gran Duque Sergei hacía carantoñas a los niños. Rasputín, abríguelos bien, que hace mucho frío, le decía de cuando en cuando. Él era en aquellas fechas la persona más influyente, porque contaba con la confianza plena del zar Nicolás. En febrero de ese mismo año un anarquista llamado Kaliaef arrojó una bomba al paso de la carroza en que viajaba. De la carroza, los caballos y el Gran Duque no quedó más que un montón de escombros humeantes. Desde la ventana del primer piso el Gran Duque Vladimir, en consulta con el Estado Mayor, decidía minuto a minuto lo que convenía hacer. Obremos con sutileza, dijo. Cuando la manifestación desembocó en la plaza la dejó avanzar. ¿Qué piden?, preguntó el zar. Una constitución, alteza, le respondieron. Ah, dijo el zar. El Gran Duque Vladimir ordenó abrir fuego sobre la manifestación. En pocos minutos la manifestación se deshizo. Creo que esta vez lo hemos hecho bien, dijo. En la plaza quedaron más de mil cadáveres. Ahora el monje lunático lamentaba no haber podido decidir el curso de la acción ese día. Yo sé cómo evitar la Revolución, dijo. Comía con voracidad, como un ogro. Onofre Bouvila se mostró interesado. A medida que hablaban se afianzaba en su primera impresión, pero la personalidad del orate le atraía inexplicablemente.

—Onofre Bouvila, ¿es usted?

Miró al hombre que le interpelaba en el andén: una cara rústica, seca y surcada de arrugas prematuras, los ojos hundidos, el pelo ralo. Dijo que sí. Yo soy Joan, dijo el hombre del andén. Los dos hermanos se estrecharon la mano fríamente. Joan Bouvila tenía veintiséis años cuando vio a Onofre por segunda vez; coincidieron en el entierro del padre, muerto la noche anterior. Es una pena que no hayas llegado a tiempo, le dijo; no dejó de llamarte hasta el último momento. No respondió a esto. El veterano de la guerra de Cuba que ahora conducía un calesín, el mismo que le había llevado de la estación a su casa unos años atrás, cuando murió la madre, venía ahora a su encuentro: le recordaba aún, pese al tiempo transcurrido, le dijo, quería ser el primero en ofrecerle sus servicios. Iremos a pie, dijo Joan, estamos a dos pasos. Onofre le dio una propina al cochero: Por su buena memoria, le dijo. Joan observó de reojo este gesto. La capilla ardiente había sido instalada en el oratorio de las monjas que regentaban el asilo de ancianos de Bassora. Este asilo ocupaba un edificio macizo, de muros de piedra y tejado de pizarra; todas las ventanas tenían rejas y el jardín estaba rodeado de una tapia alta. A ambos lados del asilo se levantaban sendos edificios de vivienda. A las ventanas estaban asomados los asilados para verle pasar por el sendero del jardín.

—No sé cómo han averiguado que venía —dijo la madre superiora, que había acudido a recibirles a la cancela—; en estos sitios no hay secretos. No le extrañe tanta expectación —agregó en tono confidencial—; su pobre padre en los raros momentos de lucidez no hacía otra cosa que hablar de usted a todo el mundo. La hermana Socorro, que lo atendió desde su ingreso en el centro, se lo puede decir. ¿Verdad, hermana? —dijo dirigiéndose a una monjita de rostro ovalado y piel muy blanca, casi transparente, que se les había unido en el vestíbulo umbrío. La monjita bajó los ojos en presencia de Onofre y de su hermano Joan; abrió la boca, pero no dijo nada—. En esas ocasiones siempre repetía lo mismo —continuó diciendo la madre superiora—: esto es, que usted vendría a buscarle; creía firmemente que estaba usted a punto de llegar. Entonces, decía, se iría con usted a vivir a Barcelona; allí vivirían rodeados de comodidades y de lujos. Esto hizo que algunos ancianitos, llevados de su credulidad, llegasen a envidiarle, que le guardaran rencor. Parecían ver en su actitud una especie de altivez; pero esto, ya le digo, sólo ocurría ocasionalmente. Su padre era un hombre de imaginación muy viva. Calenturienta, casi me atrevería a decir.

Mientras hablaba iban recorriendo pasillos larguísimos, desiertos. A los lados de estos pasillos había puertas cerradas. El suelo de baldosas llamaba la atención por su limpieza, reflejaba las figuras como un estanque de agua serena. Al doblar un recodo se tropezaron con una monja fornida que fregaba de rodillas el embaldosado. Sobre el hábito llevaba un delantal gris. El suelo recién fregado desprendía un olor picante. Llegados a la capilla Onofre miró con desaliento aquel rostro demacrado que ahora veía en el féretro, iluminado por la llama oscilante de dos cirios: aquel rostro inexpresivo de pergamino que cancelaba todos sus recuerdos precedentes. Ya pueden cerrar la caja, dijo.

—Durante su estancia entre nosotros —dijo la madre superiora—, a pesar de lo que le acabo de contar, hizo algunas amistades entre los ancianos. Ahora les gustaría asistir al responso, si usted lo autoriza.

Dos monjas trajeron a un grupo de ancianos que arrastraban los pies al andar. No todos habían conocido en vida al americano, pero ahora se habían sumado al triste rebaño con argucias para no perderse aquel entretenimiento inesperado. Todos vestían harapos. Dependemos de la caridad, por lo que nuestra situación pecuniaria es angustiosa, dijo la madre superiora. Concluida la ceremonia, cuando se disponían a salir camino del cementerio, la hermana Socorro le tiró de la manga. Venga, susurró, le enseñaré una cosa. Se dejó conducir hasta una puerta estrecha pintada de azul. La monjita abrió la puerta con una llave enorme que llevaba prendida al hábito por una cinta. La puerta daba a una alacena oscura. La monjita entró en la alacena y reapareció con un amasijo de mimbres en la mano.

—Enseñamos a los enfermos a tejer cestas —le dijo—. Su padre estuvo haciendo esto: no tenía mucha habilidad manual y nunca pasó de ahí. La verdad es que ya estaba muy mal cuando nos lo trajo su hermano, hace casi un año. Él pagó el mimbre; en realidad, les pertenece.

A la vuelta del cementerio llevó a su hermano a comer al mismo restaurante en el que muchos años antes su padre y él habían encontrado casualmente a Baldrich, Vilagrán y Tapera. Los dos hermanos apuraron la sopa en silencio. Mientras esperaban el primer plato Onofre dijo: Tenía la intención de venir, pero me fue imposible. Tenía una cena con la zarina, nada menos.

—Yo no sé qué es una zarina —dijo Joan—. Tampoco te reprocho nada; a mí no me tienes que pedir disculpas.

—Por descontado —dijo Onofre—, todos los gastos en que hayas incurrido corren de mi cuenta.

—He estado pensando en vender las tierras —dijo Joan como si no hubiera oído lo que su hermano acababa de decirle—. Para eso necesitaré tu consentimiento, por escrito —miró fijamente a Onofre. De su silencio infirió que esperaba oír la continuación antes de pronunciarse—. Luego me iré a Barcelona. No me digas nada —agregó apresuradamente, viendo que su hermano se disponía a hablar; Onofre reconoció en él una expresión característistica de su madre. Entre los dos habían dado cuenta del porrón, aunque Onofre apenas había bebido un par de sorbos.

—No grites —le dijo—. Aquí somos conocidos; todo el mundo está pendiente de nosotros.

—¡Me importa un bledo! —gritó Joan.

—¿Lo ves? —dijo Onofre sonriendo—. No eres tan listo como te figuras. Cálmate y escucha el plan que he venido expresamente a proponerte —batió palmas y al camarero que acudió le encargó que rellenara el porrón—. Sé muy bien lo que piensas; aunque apenas nos conocemos, no podemos ser tan distintos. Por fuerza hemos de entendernos bien. Estás harto de trabajar la tierra, ¿verdad? Harto del campo. ¿Cómo te voy a llevar yo la contraria? —le pasó el porrón; advirtió que Joan bebía mecánicamente; a medida que bebía se amortiguaba el brillo de sus ojos hundidos—. La tierra no da nada, eso lo sé yo bien. La riqueza está en los bosques. A esto vamos a dedicarnos a partir de ahora: a los bosques. El bosque no da trabajo, crece solo. Nada más hay que vigilar que no venga otro antes y se lleve la madera. Por la madera pagan verdaderas fortunas en las ciudades, pero alguien tiene que estar aquí, vigilando el bosque, la fuente de nuestra riqueza.

—No sé a quién quieres engañar con estas fantasías —dijo Joan—. Los bosques son de todos; nadie se los puede apropiar —había bajado la voz; tampoco él podía escapar al influjo de Onofre Bouvila: ahora cara a cara el odio acumulado durante todos aquellos años parecía pasar a un segundo plano, era vencido en contra de su voluntad por una mezcla de curiosidad y codicia.

—Hasta ahora han sido de todos —dijo Onofre—, o sea, estrictamente de nadie; pero si el valle entero se convirtiera en una entidad pública, si en vez de ser una parroquia fuera un municipio, todas las tierras que no fueran propiedad privada, todas las tierras de nadie serían tierras comunales, estarían sometidas a la administración del ayuntamiento, es decir, del señor alcalde... ¿A ti te gustaría ser alcalde, Joan?

—No —dijo Joan.

—Pues ya puedes ir cambiando de opinión —dijo Onofre. Aquella conversación, el afán inexplicable de ganarse a su hermano, al que apenas conocía, en cuyos ojos sólo leía un resentimiento brutal, le había costado mucho dinero e innumerables gestiones que ahora recordaba. La aparición súbita de dos carabineros en el muelle le sobresaltó. Advirtiendo el efecto de su presencia se llevaron la mano a la visera de la gorra: Usted perdone, don Onofre, no era nuestra intención darle un susto, dijeron. Buscamos unos alijos de tabaco, le dijeron. No había vuelto a ver a Joan desde el día del entierro: no había estado presente cuando tomó posesión de la alcaldía ni sabía nada de su gestión; periódicamente llegaban a sus almacenes del Pueblo Nuevo la madera y el corcho, en los que las montañas de aquella zona eran ricas. Y sin embargo, pensaba ahora, no tengo más familia, ningún vínculo de sangre sino Joan, un hijo imbécil y dos niñas cursis. Sólo los insensatos cortan sus raíces definitivamente, pensó.

## 3

Su hermano y él se habían separado apenas concluyeron la comida. Entre ambos persistía la frialdad del encuentro, pero habían llegado a un acuerdo. Ahora caminaba solo por las calles de Bassora. Joan había emprendido el regreso a casa a las dos y media, aprovechando las horas de luz que quedaban; su tren, en cambio, no salía hasta las ocho. Aquella ciudad que de niño le había deslumbrado ahora le parecía insulsa y fea; la atmósfera, apestosa; los viandantes con los que se cruzaba, zafios. El hollín se les ha metido en el cerebro, pensó. Sus pasos le llevaron sin proponérselo, sin ser consciente de ello, a una calle flanqueada de soportales; allí entró en una casa, subió al primer piso y llamó; a esta llamada acudió una mujer de aspecto piadoso y encogido, a quien preguntó si había vivido allí alguna vez un taxidermista. Ella le invitó a pasar al recibidor. Sí, le dijo, ese taxidermista de que hablaba era precisamente su padre; en realidad, aún vivía, ya de avanzada edad, aunque llevaba varios años sin ejercer su oficio, le dijo. Ahora vivían ambos, padre e hija, de los ahorros de aquél, modestamente, pero sin estrecheces. Al taxidermista, a cuya presencia fue conducido, le preguntó si recordaba haber disecado un mono hacía ya mucho tiempo, a lo que respondió aquél inmediatamente que sí: en su vida profesional no había tenido ocasión de disecar más monos que ése por el cual preguntaba ahora, le dijo; recordaba que había sido un trabajo difícil, porque la anatomía del mono le resultaba desconocida y por tratarse por añadidura de un ejemplar pequeño, de huesos frágiles en extremo; por eso mismo había puesto en la obra mucho empeño, le explicó: había dedicado muchas horas al trabajo, pero al final le había quedado muy bien; él mismo lo reconocía sin falsa modestia. Luego habían pasado los meses sin que el dueño del mono reapareciera; también a él lo recordaba con precisión, a pesar de haber transcurrido varias décadas: era un hombre vestido de blanco, con sombrero de paja y bastón de caña, al que acompañaba un niño. Ya ve usted si tengo la cabeza clara para mi edad, acabó diciendo el viejo taxidermista. Padre, no haga esfuerzos, dijo la mujer. En un aparte le explicó a Onofre Bouvila que se excitaba con facilidad y luego no podía dormirse hasta altas horas. ¿Qué fue del mono?, le preguntó desoyendo las súplicas de la hija. El anciano hizo un esfuerzo visible por recordar. Lo había tenido guardado un tiempo en un armario para preservarlo del polvo. Luego, convencido de que nadie lo reclamaría ya, lo había colocado en el taller sobre una repisa, a modo de enseña. ¿Y luego? Luego no recordaba, dijo. La hija salió en su ayuda. Sí, padre, se lo quedó el señor Catasús, ¿que ya no se acuerda usted?, le dijo. Ah, sí, dijo el taxidermista jubilado. El señor Catasús y su cuñado solían traerle piezas de caza mayor para que las disecase: eran sus mejores clientes. Nunca menos de un corzo, dijo; a veces, un jabalí. Habían visto el mono y se habían encaprichado; ya hacía años que el mono estaba allí, sobre la repisa. No consideró faltar a ninguna norma regalando el mono a unos clientes tan especiales.

La familia Catasús vivía en las afueras, en una casa pairal que el veterano de la guerra de Cuba, al que encontró en la parada de coches contigua a la estación, dijo conocer bien. Ya en la casa entregó a la criada su tarjeta de visita. Mientras aguardaba en el zaguán pensó que estaba cometiendo una tontería. De las decisiones absurdas se siguen siempre resultados fatales, se dijo. Quizá lo mejor sería renunciar a este disparate sentimental ahora, cuando aún es tiempo, reflexionó. El propio Catasús salió a su encuentro. Era un sesentón orondo, jovial y campechano. Bouvila, le dijo, ¡cuánto honor! Había oído hablar mucho de él; tenían conocidos comunes; también había llegado a sus oídos el banquete ofrecido días atrás a la zarina, le dijo. Estas cosas aquí en provincias tienen siempre una gran repercusión, confesó riéndose con llaneza. Pero, ¿a qué debía el placer de la visita? Un asunto privado, dijo él; lo expuso en pocas palabras. Le parecerá a usted absurdo que ahora muestre tanto interés por ese mono, acabó diciendo. No, no, de ningún modo, repuso Catasús con simpatía, sólo que, añadió, lamento no poder complacerle como habría sido mi deseo. Le refirió cómo su cuñado, un tal Esclasans, dueño de una destilería, habiendo visto el mono un día en casa del taxidermista, tuvo la ocurrencia de bautizar un aguardiente con el nombre de *Aguardiente del Mono*; ya había conseguido que el taxidermista le regalase el mono, cuya imagen se proponía usar como reclamo del producto, cuando el abogado que gestionaba sus asuntos en Barcelona le escribió para informarle de que ese nombre comercial había sido registrado con anterioridad; por pura coincidencia ya había en el mercado un anís que llevaba el mismo nombre. Durante cierto tiempo el mono había pasado a ser juguete de los niños; cuando éstos crecieron fue arrumbado en el desván; finalmente, apolillado y maltrecho fue arrojado a la basura.

—Es notable, con todo —dijo Catasús al término de su relato—, que después de tanto tiempo haya podido usted reconstruir la trayectoria de ese mono íntegramente —miró el reloj de péndulo como si quisiera desembarazarse en ese mismo instante de él y no supiera cómo. También él buscaba una fórmula que le permitiera abandonar la casa—. Pero veo que aún faltan más de dos horas para que salga su tren y estamos a dos pasos de la estación, como quien dice. Pase, hágame el favor. Nos gustaría mucho que compartiera con nosotros un modesto refrigerio. Como ve, tenemos una pequeña reunión de familia.

Se dejó conducir a un comedor amplio, de techo artesonado y muebles de roble en el que había unas doce o trece personas. Catasús procedió a hacer las presentaciones, a las que apenas prestó un interés pasajero. Algunos de los reunidos eran hijos de Catasús, con sus respectivas esposas; otros eran parientes de distinto grado de proximidad. Por último le fue presentado un sujeto pintoresco a quien Catasús llamó Santiago Belltall.

—Santiago es inventor —dijo Catasús por toda referencia. Del tono de sorna que creyó percibir en su voz y de las miradas de complicidad ruiseña que le lanzaron los presentes dedujo que se trataba de uno de esos parientes pobres o desgraciados, estrafalarios y algo tontos que acaban convirtiéndose en bufones de su círculo por inadvertencia. Santiago Belltall, cuyo nombre habría de quedar unido a su vida para siempre, contaba a la sazón veintiocho años, pero aparentaba el doble de su propia edad: tenía el aspecto desnutrido y fatigado del hombre que ha dejado de comer y de dormir por causa de una obsesión; la melena pajiza, grasienta y lacia, los ojos saltones y húmedos, la nariz larga y la boca ancha, de labios finos y dientes grandes acentuaban su aspecto irrisorio; tampoco una chaqueta de lana vieja y rezurcida, una corbata deshilachada y chillona, un pantalón demasiado corto y unas alpargatas de cáñamo movían a respeto. Aunque de sobra se veía que subsistía gracias a la caridad ajena, apenas probaba los bollos y confites que tenía a su alcance sobre la mesa. Ambos se miraron largo rato. Por un instante creyó ver ante sí a aquel otro muchacho alunado, a quien nunca había llegado a conocer realmente, que había emigrado a Cuba con la cabeza cargada de fantasía y había regresado con el ánimo roto y la fantasía intacta. Ahora esta imagen se superponía fugazmente a la del triste despojo a cuyo entierro acababa de asistir. Le cruzó la cabeza esta idea ilógica: He buscado un mono inexistente sin saber por qué lo hacía; ahora la suerte me brinda a este idiota en su lugar. Antes de que pudieran intercambiar algo más que las fórmulas consabidas Catasús se puso a referir la historia del mono; esta historia fue interrumpida por uno de los comensales, que afirmó que los monos eran animales de una rara inteligencia. Había leído en un libro de viajes que los antiguos egipcios, a pesar de no creer en Dios, adoraban a los monos, añadió. Otro caballero dijo saber de buena tinta que a diferencia de lo que según el otro ocurría en el antiguo Egipto, en la China y el Japón se comía carne de mono; allí era considerada una verdadera exquisitez, añadió. Un tercero dijo que aquello no era nada: en una zona de Sudamérica se comía carne de caimán y de serpiente. Uno dijo que eso sería probablemente en Chile. Una hermana de su padre, dijo, se había casado con un comerciante de lanas y ambos habían emigrado a Chile. Su mujer le corrigió diciendo que esos parientes a los que se refería no habían emigrado a Chile, sino a Venezuela. Era triste, comentó, que fuera ella quien tuviera que recordar estas cosas cuando en realidad no eran parientes suyos, salvo por su relación matrimonial. El que había empujado a hablar de las serpientes refirió el modo de prepararlas: una vez muerta la serpiente, dijo, la cortaban con un serrucho, hacían secciones como de un palmo de longitud aproximadamente; luego con hilo y aguja cosían cada uno de estos trozos por sus extremidades y los freían en grasa o en aceite como si fuesen butifarras; esto y los cereales constituían la dieta principal de los habitantes de esa zona de Sudamérica. Una señora dijo que a ella le habían salido unas manchas blancas en la piel. Otra le recomendó que fuera a tomar las aguas a Caldas de Bohí. Un muchacho agregó que le habían contado que las calles de París estaban abarrotadas de automóviles, que era frecuente ver en las calles de París perros y gatos y hasta burros muertos por las embestidas de los automóviles. La moda del automóvil, apostilló un señor de cierta edad, que hasta entonces se había abstenido de intervenir en la conversación, había de traer la desgracia a muchas familias. En esto estuvieron de acuerdo casi todos los presentes. Catasús dijo que aunque así fuera, no se podía luchar contra el progreso sobre todo en el terreno científico. Así iba transcurriendo la tarde. Onofre Bouvila no decía nada. De reojo observaba a Santiago Belltall, que también callaba; a diferencia de él sin embargo no hacía el menor esfuerzo por aparentar interés en lo que se decía: pensaba en sus cosas; de cuando en cuando sus ojos adquirían una viveza inesperada: entonces parecía peligroso, pero como nadie se fijaba en él, nadie lo advertía; otras veces su frente se ensombrecía y en sus ojos se pintaba la tristeza; esto también pasaba inadvertido a los demás. Entre una expresión y la siguiente mediaban a veces unos segundos durante los cuales se podía leer en su rostro el cansancio. Él a su vez tampoco reparaba en el análisis a que lo sometía a hurtadillas el recién llegado. Esta situación quedó bruscamente interrumpida por la entrada en el comedor de un niño. Este niño, que no debía contar más de tres o cuatro años de edad e iba vestido aún con un canesú festoneado, corrió a ocultar la cabeza en el regazo de su madre y prorrumpió en un llanto sonoro e inconsolable. Por fin consiguió la madre que se serenase y diese a conocer entre hipos y sollozos la causa de aquel llanto.

—María me ha pegado —dijo.

Con la mano regordeta señalaba hacia la puerta que había dejado abierta al hacer su entrada. Al otro lado de la puerta había un *hall* circular, desnudo de todo mobiliario e iluminado a través de una claraboya. En el centro de esta pieza pudo ver desde su asiento a una niña flaca y desgarbada. Llevaba una camisa corta y raída que dejaba al descubierto las piernas enclenques, cubiertas por unas medias sucias y remendadas. De inmediato supo quién era. Al saberse observada con tanto interés la niña le dirigió una mirada desafiante. Vio a pesar de la distancia que tenía los ojos redondos de color de caramelo. Santiago Belltall ya se había levantado y salvado en pocas zancadas la distancia que le separaba de su hija. Desatendiendo los dictados de la corrección se levantó también y se apostó en la puerta. Allí trataba de oír el diálogo entre el inventor y su hija. Catasús se había colocado a su espalda.

—No se inquiete, Bouvila —dijo—. Esto pasa cada vez que vienen invariablemente. No toda la culpa es de ella. María tiene siete años y empieza a entender demasiadas cosas. Es una edad difícil en sus circunstancias.

—¿Y la madre? —preguntó. Catasús se encogió de hombros y entornó los párpados: Mejor será no hablar, daba a entender con esto. Un ruido seco les hizo volver la cabeza. Belltall acababa de propinar a su hija una bofetada. Un hombre violento, pensó. La niña hacía esfuerzos por conservar el equilibrio y especialmente por no llorar. Pero ella le adora, pensó también, quizá por eso mismo. La violencia es su debilidad, pensó. El inventor había vuelto a entrar en el comedor. Estaba muy pálido: se puso a balbucear una disculpa incoherente que no se acababa nunca; trabucaba las palabras y con esto provocaba la hilaridad de sus oyentes. Onofre Bouvila, que estaba a su lado, le puso la mano en el hombro, en la palma de la mano sintió los huesos de la clavícula. Váyase y saque de aquí a la niña, le murmuró al oído. El inventor le dirigió una mirada cargada de ferocidad a la que respondió con una sonrisa tranquila: Calma, venía a decirle, no me das risa, pero tampoco me das miedo; podría hacer que te mataran, pero prefiero defenderte. Le deslizó en el bolsillo de la chaqueta su tarjeta. Santiago Belltall no se dio cuenta de este gesto; se desprendió bruscamente de su mano, cogió a su hija y se dirigió a la puerta opuesta del *hall* tironeando de ella sin miramientos. Aprovechó este incidente para despedirse él también. Agradeció mucho la hospitalidad que le habían brindado. Camino de la estación el coche de punto que le llevaba rebasó al inventor y su hija. Ambos hablaban animadamente. Sabiendo que ninguno de los dos lo notaría, se volvió y los estuvo observando hasta que el coche dobló una esquina. Ahora varios millones de hombres se disponían a matarse en las trincheras de Verdún y el Marne y él procuraba que no les faltasen los medios para hacerlo. Había transcurrido un año de aquel encuentro: ya no se acordaba de Santiago Belltall y de su hija. Las grúas habían depositado los cañones en los carromatos; a las argollas laterales se habían atado los cabos de sujeción de la lona que los cubría. Un tronco de ocho mulas los arrastraba por el muelle hacía el Bogatell. Unos hombres provistos de antorchas abrían la marcha, otros guiaban las mulas tirando de los cabestros, otros protegían el convoy con las pistolas en la mano.

# 4

Ya no circulaban automóviles por todas las calles de París, como había dicho el sobrino de Catasús; ahora reinaban allí la oscuridad y el silencio ominoso. Hacía cuatro años que la guerra no cesaba en Europa; todos los hombres habían sido movilizados; mientras tanto las fábricas permanecían quietas, nadie cultivaba los campos y hasta la última cabeza de ganado había sido sacrificada para dar de comer a las tropas. De no haber sido por sus respectivos imperios coloniales y por los suministros provenientes de los países neutrales, los contendientes habrían tenido que ir deponiendo las armas uno a uno, vencidos por la inanición, hasta que el último, el que hubiera podido proveerse por más tiempo de munición y avituallamientos, hubiera podido proclamarse dueño del mundo. De esta situación aciaga se refocilaban muchos en Barcelona. Ahora todo el que tuviera algo que vender podía hacerse rico de la noche a la mañana, llegar a millonario en un abrir y cerrar de ojos, de una sola vez. La ciudad era un hervidero: del amanecer de un día hasta que despuntaba el sol del siguiente, sin cesar en la Lonja y en el Borne, en los consulados y legaciones, en las oficinas comerciales y en los bancos, en los clubs y en los restaurantes, en los salones y en los camarines y foyers, en salas de juego, cabarets y burdeles, en hoteles y fondas, en una callejuela siniestra, en el claustro desierto de una iglesia, en la alcoba de una furcia perfumada y jadeante se cruzaban ofertas, se fijaban precios al albur, se hacían pujas, se insinuaban sobornos, se proferían amenazas y se apelaba a los siete pecados capitales para cerrar un trato; así el dinero corría de mano en mano, con tanta prisa y en tal abundancia que al oro lo sustituyó el papel; al papel, la palabra, y a la palabra, la pura imaginación: muchos creían haber ganado sumas extraordinarias y otros creían haberlas gastado sin que la realidad refrendase estas nociones; en las mesas de *poker, baccarat* y *chemin de fer* fortunas verdaderas o simuladas cambiaban de dueño varias veces en pocas horas; los manjares más exquisitos (cosas que hasta entonces nadie había visto en España) eran consumidos sin ceremonial (hubo quien a los toros se llevaba bocadillos de caviar) y no había aventurero ni jugador ni mujer fatal que no acudiese a Barcelona en aquellos años. Sólo Onofre Bouvila parecía indiferente a esta bonanza. Apenas se dejaba ver en público. Acerca de él corrían ahora los rumores más disparatados: Unos decían que a fuerza de ganar di-

257

nero había perdido el juicio; otros, que estaba gravemente enfermo. Otros rumores eran más imaginativos: Seriamente se dijo que seguía paso a paso la contienda y que había ofrecido al Emperador comprarle el trono de los Habsburgo si Austria perdía la guerra, como él pensaba que ocurriría. También se dijo que había financiado la revuelta que había depuesto al zar de Rusia; que por esta maniobra Alemania había puesto a su nombre cien kilogramos de oro en barras en un banco suizo y le había concedido el título de archiduque. Nada de todo esto era cierto. Un ejército privado de agentes e informantes le mantenía al corriente de lo que sucedía en los campos de batalla y en los cuarteles generales, en las trincheras y en las retaguardias; sabía demasiado; la guerra había dejado de interesarle. En cambio percibía en el horizonte nubes sombrías. Decía que lo peor estaba aún por venir: con esto se refería a la revolución y la anarquía. De las ruinas humeantes en que se había convertido Europa veía con la imaginación surgir una masa famélica y vengativa, dispuesta a reconstruir la sociedad sobre la base del orden, la honradez y la justicia distributiva. Consideraba la civilización occidental como un objeto de su propiedad y se desesperaba representándose su aniquilación. Le dio por pensar que él estaba llamado a impedir que sucediera algo semejante. Creía que le estaba reservado este destino histórico singular. No puede ser que mi vida haya sido una sucesión de cosas extraordinarias para nada, se decía. Había empezado en condiciones pésimas y con su esfuerzo había logrado convertirse en el hombre más rico de España, uno de los más ricos del mundo probablemente. Ahora se creía llamado a cumplir una misión de más altos vuelos, se consideraba un nuevo mesías. En este sentido sí podía decirse que había perdido el juicio. Ahora dejaba que sus negocios siguieran prosperando por inercia y dedicaba los días y las noches a elaborar un plan para salvar del caos la faz de la tierra. Para ello contaba con su dinero, su energía indomable, su falta de escrúpulos y la experiencia adquirida a lo largo de su vida. Sólo le faltaba una idea que articulase aquellos elementos dispares. Como esta idea no le venía a la cabeza fácilmente su mal humor iba en aumento: pegaba a sus subordinados con el bastón por cualquier motivo; su mujer y sus hijas apenas le veían. Por fin, el 7 de noviembre de 1918, dos días antes de que fuese proclamada la República de Weimar, la idea que había estado persiguiendo en sus ensoñaciones cristalizó ante sus ojos del modo más inesperado.

El pobre señor Braulio no recuperó la salud perdida por la muerte del hombre que había amado. Se había retirado de toda actividad, vivía mano a mano con su hija Delfina en una casita modesta de dos plantas y jardín situada en una calle tranquila de la antigua villa de Gracia, ahora integrada ya al casco urbano de Barcelona, cuyo Ensanche la envolvía en gran parte. Ninguno de los dos salía de casa salvo en ocasiones contadas. Delfina iba todas las mañanas al Mercado de la Libertad; allí hacía la compra casi sin hablar: señalaba con el dedo lo que quería y pagaba el precio que le pedían sin asomo de disconformidad. Las vendedoras, que ignoraban el terror que había sembrado antaño en otro mercado, la tenían por una cliente modelo. Luego a la caída de la tarde padre e hija aparecían cogidos del brazo en la plaza del Sol, daban una vuelta a paso lento por la plaza, bajo las acacias, y regresaban a casa sin haber cruzado una palabra con nadie, ni siquiera entre sí. Fingían no percatarse de los saludos y las frases amables que les dirigían algunos vecinos movidos en parte por la cordialidad y en parte por el deseo de entablar un diálogo trivial que permitiera desentrañar el misterio que rodeaba a la pareja. Al concluir el paseo cerraban la cancela del jardín con cadena y candado. Desde la calle se podía ver aún durante algunas horas luz en las ventanas de la casa. Luego estas luces se apagaban alrededor de las diez. No recibían visitas ni correspondencia, no estaban suscritos a ningún diario ni revista. Tampoco habían puesto los pies en la parroquia ni una sola vez. Este retraimiento obstinado por fuerza tenía que originar conjeturas: era voz común que el señor Braulio poseía una renta cuantiosa, que a su muerte, que a no dudar había de producirse en breve, su hija disfrutaría de esta renta íntegramente: esto convertía a Delfina en un buen partido, una presa codiciada por los cazadores. Pero los que al principio trataron de acercarse a ella chocaron con una barrera de indiferencia y silencio; pronto desistieron. Ahora los años transcurrían para ella con la lentitud inexorable y gélida de un glaciar; solía decirse en los corrillos que esperaba que su padre falleciera para ingresar en una orden religiosa; a esta orden aportaría sus rentas como dote. En ese momento, decían, cuando las puertas de la clausura se cierren a sus espaldas, habremos perdido para siempre la posibilidad de saber quién era y qué tragedia había arruinado su vida.

A finales de octubre de 1918 aquella pareja cuyo secreto los curiosos habían deseado tanto penetrar dejó de ser vista en la plaza del Sol. Al cabo de varios días los rumores adormecidos durante años fueron reavivados: Estará enfermo, pobre hombre, dijeron. Vaticinaron que no tardaría en morir; lo habían visto muy desmejorado las últimas veces que salió a pasear; ya llevaba la muerte pintada en el semblante, decían. Ahora todo el mundo hacía diagnósticos retrospectivos. Alguien sugirió que la enferma podía ser ella. Esta posibilidad exacerbó la curiosidad del barrio. En un *cabriolet* llegó un médico. Delfina acudió en persona a abrir el candado que cerraba la cancela. Ah, el enfermo es él, dijeron los curiosos, tal como suponíamos. Luego llegaron a la casa dos médicos más. Han convocado consulta, dedujeron. Aquella consulta marcó el inicio de un desfile ininterrumpido de especialistas, enfermeras y practicantes. Delfina seguía yendo al Mercado de la Libertad todas las mañanas. Las vendedoras le preguntaban cómo seguía su padre, formulaban votos por su pronto restablecimiento; Delfina señalaba con el dedo lo que quería, pagaba y se iban sin decir nada. Pasó el mes de octubre y la primera semana de noviembre en esta incertidumbre. Una rutina nueva y desasosegada había reemplazado la rutina antigua y tranquila de la casa y sus dos habitantes. Por fin los curiosos veían recompensada una espera de varios lustros. En medio de la expectación general un día apareció un automóvil maravilloso. Reconocieron de inmediato al hombre que se apeó de él, cuya fotografía habían visto en la prensa continuamente. Ahora se preguntaban qué relación podía existir entre el magnate rapaz y prepotente y aquella pareja reclusa y timorata. Ella lo ha mandado llamar, dijo alguien, pero nadie le prestó atención: todos habían acudido a ver de cerca el automóvil: los asientos eran de cuero rojo; las mantas de viaje, de marta cibelina; las bocinas y los faros, de oro macizo; el mecánico que lo conducía vestía un guardapolvo gris con cuello de astracán; el lacayo, casaca verde con galones dorados.

Desde la cancela no podía verse la casa: nadie había podado los árboles ni arrancado las malas hierbas. En el jardín crecían una palmera, un laurel, varios cipreses y un almendro centenario, casi fósil. A la derecha del almendro había un estanque cenagoso y sobre el estanque un delfín desportillado y ennegrecido, cubierto de maleza, de cuya boca no brotaba ni una gota de agua. Allí revoloteaba un enjambre de libélulas de todos los colores. Por contraste con el jardín, la casa parecía limpia y no había adornos ni cuadros en las paredes ni cortinas en las ventanas entornadas. Todo relucía, pero esta apariencia era falsa: sólo estaba limpio y ordenado lo que la penumbra dejaba percibir; más allá de este espacio reducido, el que demarcaba la claridad exigua que filtraban los postigos y las persianas, todo era polvo y decrepitud: las telarañas habían invadido todos los rincones, las polillas devoraban la ropa sucia y repelente, las cucarachas engordaban con los residuos podridos de comida; diariamente se reproducían a millares en la fresquera. Este contraste horroroso era el trasunto de Delfina, la materialización de su deterioro.

—No soy yo quien te ha hecho venir sino mi padre. Él quería verte por última vez —dijo desde la oscuridad. Había acudido a abrir la cancela con el rostro cubierto por un velo espeso. No quería que él le viera la cara todavía, antes de revelarle la verdad. Ahora, dentro de la casa parecía un fantasma. Onofre Bouvila lamentó no tener encima un arma o haber dejado en el automóvil al lacayo, que las llevaba por él. Ésta era la primera frase que le oía pronunciar, pero reconoció de inmediato la voz inconfundible de la fámula—. Pero nadie te ha obligado a venir. Tú sabrás por qué has accedido a esta entrevista —añadió. A esto no supo qué replicar—. Sube a verle y no tengas miedo: hay una enfermera con él. Yo te espero aquí.

Subió un tramo de escaleras; en varios peldaños el revestimiento de mármol había saltado dejando al descubierto la vigueta cubierta de orín. Guiándose por una fosforescencia que percibía anduvo hasta la única puerta abierta en el rellano. Entró y vio una cama con dosel, sobre la que yacía el señor Braulio. En la mesilla de noche un arco voltaico protegido por una pantalla de gasa difundía una claridad violácea; a esta luz el rostro del yacente adquiría una blancura como de pétalos de flor. En un butacón roncaba la enfermera. No necesitó acercarse al lecho para saber que había muerto hacía varias horas. Dio una vuelta por la habitación: en el extremo opuesto al lecho había un tocador de laca con incrustaciones de marfil. Sobre el tocador vio varios botes de cremas, afeites y coloretes, pinzas, un rizador de pestañas y una colección de peines y cepillos. Del marco del espejo ovalado colgaba una mantilla de encaje negro. En el primer cajón encontró una peineta de carey. En los últimos años de su vida el señor Braulio solía envanecerse de haber servido de modelo a Isidro Nonell para sus célebres retratos de gitanas. Ahora Nonell había muerto y no podía probarse la veracidad de esta afirmación disparatada. Al lado de la peineta había un cuchillo afiladísimo: entre la ensoñación y la violencia había discurrido su vida desventurada. Sintió una mano en el hombro y estuvo a punto de gritar. No te he oído entrar, dijo con la respiración agitada. Delfina no respondió. Ya estaba muerto cuando me hiciste llamar, ¿verdad?, quiso saber, pero tampoco obtuvo respuesta. Y a esa enfermera, ¿qué le has dado?, volvió a preguntar. Delfina se encogió de hombros.

—La última vez que nos vimos —empezó diciendo ella— te anuncié que algún día te revelaría un secreto. Ahora ya te puedo revelar este secreto, porque nunca más volveremos a encontrarnos: muerto mi padre, ya no hay razón.

—No sé de qué secreto me estás hablando —dijo él secamente. A esto siguió un largo silencio: aquel secreto había ocupado todos los pensamientos de Delfina durante los años dolorosos de encierro y luego durante los años grises de reclusión voluntaria, había sido la única cosa que la había mantenido viva. Ahora comprobaba que él no recordaba el secreto ni había experimentado en ningún momento la menor curiosidad. De todas las reacciones posibles que había construido en la imaginación y luego alterado y retocado hasta crear una verdadera literatura imaginada hecha de variantes de un solo momento, ésta era la única que no había contemplado nunca. Ahora todos aquellos años se habían deslizado inútilmente. En el silencio que reinaba en la habitación evocó una vez más aquella imagen única con la que había pasado su vida entera, vio por última vez aquella estampa sobada; sintió mecánicamente cómo él le desgarraba el camisón deshilachado que ella venía lavando y planchando a diario para esta ocasión; veía desde el colchón su cuerpo desnudo y sudoroso, cómo brillaba en sus ojos la maldad a la luz incierta de aquel amanecer de primavera del año 1888 que ahora se anunciaba en los cristales tiznados de la ventana de la buhardilla de la pensión. Había esperado aquella visita desde hacía meses y ahora el secreto consistía simplemente en ese dato nimio. Le había amado desde el momento mismo en que le vio cruzar el vestíbulo. Durante aquellos meses había oído sus pasos sigilosos en el rellano del piso inferior; se había levantado todas las noches y había salido de su alcoba, incapaz de dormir y de soportar aquella espera interminable; se había tenido que esconder cada vez que su padre salía de parranda. Ahora revivía las manos de él en la cintura y el picor y la aspereza en los labios; se desvanecía cuando él le clavaba los dientes; luego veía en la cárcel cómo el paso del tiempo iba borrando de los pechos las marcas de los mordiscos y los moretones en los muslos y las pantorrillas; entonces creía morir de deseo y al mismo tiempo de melancolía y desesperación. El secreto consistía en esto: que las maquinaciones que él había urdido y llevado a cabo para conseguir que ella fuese suya habían sido innecesarias: ella se le habría entregado sin miramientos si él se lo hubiese ordenado. Para eso había arrojado al malvado *Belcebú* por la ventana de la buhardilla: con este acto cruel y penoso eliminaba el obstáculo que le retraía. Ahora había elegido ese momento para revelarle el secreto; después sería suya de nuevo, por un instante. Luego tenía pensado quitarse la vida, en el bolsillo guardaba un veneno poderosísimo. Con esto pondré fin a mi existencia miserable, meditaba. Ya que no he tenido un momento de dicha, acabaré mis días con una simetría difícil, gustaba de pensar. Ahora este plan había sido desmontado por una simple frase. La primera vez había querido entregarse al hombre que amaba y había sido violentada brutalmente, había sido robada por él de su entrega; ahora, treinta años más tarde, por segunda vez la manifestación de sus sentimientos había sido ahogada por su indiferencia antes de que pudiera ver la luz. Antes de hablar levantó el velo que le tapaba la cara con las dos manos.

—No has cambiado —le dijo. Con esto dio por cancelada la deuda.

Pero él ya no le prestaba atención; otros asuntos de gravedad se la reclamaban: Alemania estaba a punto de rendirse; aquel país hacia el que se habían inclinado en el fondo sus simpatías yacía en ruinas. Más de dos millones de alemanes habían muerto en la guerra; otros cuatro millones habían sufrido heridas, estaban imposibilitados para cualquier función. Allí reinaba ahora la sedición. Unos días antes se habían amotinado los marineros de la base de Kiel, los socialistas habían proclamado una república autónoma en Baviera, Rosa Luxemburgo y sus espartaquistas sembraban el desorden, creaban soviets mientras los moderados negociaban el armisticio a espaldas del *kaiser,* refugiado en Holanda. El Sacro Imperio yacía exangüe como el señor Braulio en su lecho de muerte. Sólo él conservaba el aliento y los medios necesarios para resucitar este cadáver espiritual, víctima de su propia Historia, del heroísmo atolondrado de sus dirigentes. Enfrentado a esta situación las tribulaciones de Delfina le resultaban enojosas; en aquellos silencios teatrales no veía nada, el recuerdo de aquella noche venturosa que ahora a ella se le hacía ceniza entre los dedos para él era sólo una referencia vaga y anecdótica. Esto quería decirle cuando advirtió en sus ojos el brillo delirante de sus pupilas de color de azufre en las que se leía el cataclismo y la liviandad de aquel impulso sofocado que él no entendió; revivió la ansiedad de aquellas noches lejanas, cuando el corazón se le desbocaba de pasión por ella. En ese instante cristalizó su idea. Acabó de arrancarle el velo con impaciencia: el tul cayó al suelo sin prisa. A la luz del arco voltaico que parpadeaba junto al difunto estudió su rostro con anhelo. Con dedos temblorosos ella empezó a desprender los corchetes de su vestido. Cuando estuvo en enaguas levantó los ojos para ver qué hacía él y lo encontró sumido en reflexiones. Su cuerpo ya no le suscitaba el menor apetito. ¿Qué quieres hacer conmigo?, preguntó. El se limitó a sonreír oblicuamente. Varios años atrás el marqués de Ut se había presentado en su casa de improviso para hacerle una proposición poco común: ¿Quieres que te mee un perro?, le había dicho. Era una noche de invierno, fría y desapacible: llovía con intermitencia y el viento racheado hacía tamborilear la luvia en los cristales. Se había refugiado en la biblioteca, como tenía por costumbre hacer. En la chimenea ardían unos troncos; el resplandor de las llamas agigantaba la sombra del marqués, que se había acercado al fuego a calentarse los huesos ateridos por la humedad. Vestía frac y la botonadura de la camisa era de coral.

—Bueno —respondió—; concédeme diez minutos y estaré listo.

En la calle aguardaba el coche del marqués. Recorrieron la ciudad bajo la lluvia de un extremo al otro, hasta desembocar en una plazoleta triangular formada por la confluencia de dos calles. Era la plaza de San Cayetano: por ella no transitaba nadie y las casas, cuyas ventanas habían sido cerradas a causa de la lluvia y el frío, parecían deshabitadas. El postillón que precedía siempre el carruaje del marqués montado en un caballo blanco saltó al suelo; al hacerlo metió las dos botas en un charco. Llevando al caballo sujeto por la brida se dirigió a un portalón de madera y golpeó en él con el mango de la fusta. Al cabo de unos instantes una mirilla dejó salir un tajo de luz al descorrerse. El postillón dijo algo, escuchó la respuesta e hizo señas en dirección al carruaje. El marqués de Ut y Onofre Bouvila se apearon, corrieron hacia el portalón sorteando los charcos y los chorros de agua que arrojaban los canalones a la plaza. Al llegar ante el portalón éste se abrió a su paso; luego, apenas hubieron entrado, se cerró de nuevo dejando fuera al postillón. Los dos hombres se embozaron en sus capas para ocultar su identidad antes de quitarse las chisteras. Estaban en un zaguán alumbrado por hachones; en las paredes encaladas había manchas de humedad y colgajos que en algún momento habían sido gallardetes de papel. Sobre la abertura que al fondo del zaguán daba entrada a un corredor tenebroso podía

verse una cabeza de toro monumental: la piel del toro brillaba
debido a la humedad, pero a la cabeza le faltaba uno de los ojos
de vidrio y la divisa que ostentaba eran sólo dos trapitos desco-
loridos prendidos con una tachuela. El que les había abierto era
un hombre de unos cincuenta años; caminaba renqueando como
si tuviera una pierna más corta que la otra; en realidad su cojera
se debía a un accidente laboral: una máquina le había roto la cadera veintitantos años antes de aquel momento. Ahora, incapaci-
tado para el trabajo, se ganaba la vida por los medios más diversos. Vuesas mercedes llegan a tiempo, dijo con una solemnidad
en la que no se advertía el menor asomo de ironía; estamos a
punto de empezar. En pos de él se adentraron en el pasillo oscuro y desembocaron en una sala cuadrada que iluminaban las
llamas azuladas que brotaban de unas espitas de gas situadas en
el suelo. Las espitas enmarcaban un espacio semicircular, una
suerte de escenario al que servían de candilejas. En la sala había
varios hombres, todos ellos embozados; algunos esbozaban a hurtadillas signos masónicos a los que respondía el marqués con el
mismo disimulo. El perdulario brincó por encima de las llamitas
y se colocó en el centro del escenario; debido a su cojera estuvo
a un tris de quemarse una pernera del pantalón. Este incidente
provocó risas nerviosas entre los presentes. El perdulario chistó
para recabar silencio y atención; obtenidas ambas cosas dijo así:
Excelentísimos señores, si no tienen ustedes impedimento vamos
a empezar. Concluido el acto mis hijas les ofrecerán refrescos,
añadió antes de saltar de nuevo el cerco y desaparecer detrás de
unas cortinas. Al cabo de unos segundos las luces se extinguie-
ron, la sala quedó sumida en la oscuridad. Esta oscuridad al cabo
de un rato fue traspasada por un haz de luz grisácea que cruzaba
la sala de lado a lado e iba a chocar con la pared encalada. En
esta pared, situada en la parte correspondiente al escenario improvisado aparecieron al reflejarse en ella el haz de luz unas formas de contornos imprecisos; parecían reproducciones de las
manchas de humedad que había en el zaguán. Luego las manchas
empezaron a moverse y se oyeron algunos murmullos en la concurrencia. Las manchas adquirieron gradualmente una forma re-
conocible: los presentes vieron ante sí un fox-terrier grande como
la pared entera que parecía observarles a ellos con la misma curiosidad con que ellos lo miraban a él. Era como una fotografía,
pero se movía como lo habría hecho un perro vivo: sacaba la lengua y agitaba las orejas y la cola. Transcurridos unos segundos el
perro se puso de perfil a la sala, levantó una de las patas traseras

y empezó a orinar. Los presentes corrieron hacia la puerta para no quedar empapados. En la oscuridad total que había vuelto a adueñarse de la sala la estampida acabó en encontronazos, coscorrones y caídas. Por fin volvió la luz y esto restableció la calma. Ahora estaban en el escenario las tres hijas del perdulario: eran tres muchachas muy jóvenes y bastante agraciadas y los vestidos que llevaban en esta ocasión dejaban al descubierto los brazos rollizos y los tobillos esbeltos. Su aparición fue acogida con muestras de regocijo moderado: el espectáculo había intrigado primero y luego defraudado a los caballeros. Ni la belleza de las tres muchachas ni el atrevimiento de su indumentaria bastarían para levantar la noche: las consumisiones serían escasas y el rendimiento global de la velada, menguado.

Al cinematógrafo, como a otros muchos adelantos contemporáneos, se atribuyen diversas paternidades. Varios países quieren ser hoy la cuna de este invento tan popular. Como sea, sus primeros pasos fueron prometedores. Luego vino el desencanto. Esta reacción se debió a un malentendido: los primeros que tuvieron ocasión de presenciar una proyección no confundieron lo que veían en la pantalla con la realidad (como pretende la leyenda inventada *a posteriori*), sino con algo mejor aún: creyeron estar viendo fotografías en movimiento. Esto les llevó a pensar lo siguiente: que gracias al proyector se podía poner en movimiento cualquier imagen. *Pronto ante nuestros ojos atónitos cobrarán vida la Venus de Milo y la Capilla Sixtina, por citar sólo dos ejemplos,* leemos en una revista científica de 1899. Una crónica de dudoso rigor aparecida en un diario de Chicago en ese mismo año refiere lo siguiente: *Entonces el ingeniero Simpson hizo algo increíble: con ayuda del Kinetoscopio, al que nos hemos referido ya en estas mismas páginas una y mil veces, consiguió dotar de movimiento su propio álbum familiar. ¡Cuál no sería el estupor de amigos y parientes al ver paseando tranquilamente por la mesa del comedor al tío Jaspers, enterrado en el cementerio parroquial muchos años atrás, con su paletó y su sombrero de chimenea, o al primo Jeremy, muerto heroicamente en la batalla de Gettysburg.* En agosto de 1902, es decir, tres años después de estas noticias disparatadas, un periódico de Madrid recogía el rumor de que un empresario de esa capital había llegado llegado a un acuerdo con el Museo del Prado para poder presentar en un espectáculo de *variétés* las Meninas de Velázquez y la Maja Desnuda de Goya; el mentís que el propio periódico dio a esta noticia al día siguiente de su aparición no bastó para contener el aluvión de cartas a favor y en contra de esta iniciativa, una polémica que aún coleaba en mayo de 1903. Para entonces sin embargo lo que realmente era el cinematógrafo ya era del dominio público: un subproducto de la energía eléctrica, una curiosidad sin aplicación en ningún campo. Durante algunos años el cinematógrafo llevó una vida larvaria: confinado en locales como el de la plazuela de San Cayetano, donde el marqués de Ut llevó a Onofre Bouvila, no cumplía otra función que la de servir de señuelo a una clientela interesada básicamente en otros pasatiempos. Luego cayó en un descrédito absoluto. Los escasos locales que cuatro empresarios ilusos abrieron en Barcelona tuvieron que cerrar sus puertas al cabo de pocos meses: sólo los frecuentaban vagabundos que aprovechaban la oscuridad para descabezar un sueño bajo techado.

El lisiado se protegía cobijado en el quicio del portal de la lluvia que había arreciado en las últimas horas. En la mano derecha sostenía un candil que de cuando en cuando levantaba sobre su cabeza y allí lo hacía oscilar. Un relámpago iluminó la plaza de San Cayetano, donde tenía su local: vio los árboles doblados por el viento y la calzada sumergida en un torrente de agua opaca. En mitad de la plaza vio también dos caballos negros que piafaban asustados por el fragor de la tormenta. La oscuridad y los truenos le habían impedido percibir su llegada: ahora ya estaban allí. Del coche se apearon dos hombres, a quienes dejó paso franco. Alumbrando el zaguán y el corredor con el candil el lisiado condujo a los dos visitantes al mismo salón en que unos años atrás había exhibido la película del perro incontinente. Ahora aquella máquina de proyección, adquirida con más ilusión que acierto, permanecía olvidada en el sótano de la casa; sólo la desempolvaba esporádicamente para exhibir algunas películas aborrecibles, venidas de Dios sabía dónde, que gustaban al marqués y a otros originales y a las que luego se referían aquél y éstos calificándolas de «muy instructivas». En realidad las películas de esta índole eran sólo obscenas y degradantes.

A la sala de proyección había sido restituida su apariencia primigenia: sofá de velludo granate, lámpara de techo con cuentas de vidrio tornasolado, butacas de cuero, veladores de mármol y un piano vertical con candelabros de bronce. La hija mayor del perdulario, a quien los años habían convertido en una belleza serena y ajamonada, tocaba aquel piano con dedos lánguidos y gordezuelos; la mediana había demostrado dotes especiales para la repostería; la menor no sabía hacer nada, pero conservaba en su fisonomía la frescura de la adolescencia.

—La noche es terrible —comentó el lisiado—, no me extrañaría que hubiera inundaciones, como todos los años. He hecho encender la salamandra: en diez minutos estarán caldeadas las habitaciones. Si gustan puedo ofrecerles también una primicia: mi hija la mediana acaba de sacar del horno un kilo de panellets. Onofre Bouvila declinó el ofrecimiento. Su acompañante no mostró tantos remilgos; por señas, emitiendo unos sonidos guturales que llenaron de espanto al lisiado indicó que él sí estaba dispuesto a aceptarlo. Mientras saciaba su glotonería el lisiado acudió de nuevo a una llamada furiosa a la puerta de entrada. Pase vuesa merced, le oyeron decir al fondo del corredor; esos caballeros han llegado ya. Un tercer caballero, a quien Onofre Bouvila reconoció inmediatamente por el porte y el andar, entró en la sala envuelto en la capa.

—Señores —empezó diciendo aquél—, puesto que no esperamos a nadie más, creo que podemos descubrirnos. Yo respondo de la discreción de todos los presentes —para dar ejemplo se desabrochó la esclavina y arrojó la capa al sofá. Los otros dos le imitaron: eran el marqués de Ut y Efrén Castells, el gigante de Calella. En el intercambio de saludos invirtieron mucho rato. Luego Onofre Bouvila les dijo—: Me he permitido convocarles en esta noche infernal, porque lo que voy a exponerles tiene algo de eso. También de lo contrario —en este punto le interrumpió Efrén Castells para decir que a él no le mareasen con divagaciones. O vamos al grano, amenazó, o me como otro kilo de panellets y me voy a cenar. Onofre le tranquilizó con una sonrisa amistosa—. Lo que voy a proponerles es algo eminentemente práctico —les aseguró—, pero exige un prólogo. Procuraré ser brevísimo. Ustedes no ignoran la situación patética en que se encuentra Europa —pintó con trazos vívidos aquel panorama desolado que tanto le venía preocupando en los últimos tiempos; a esto objetó el marqués que lo que le sucediera al resto de Europa le traía sin cuidado y que si Francia e Inglaterra desaparecían de la faz de la tierra con todos sus habitantes él sería el primero en festejarlo. Onofre Bouvila intentó hacerle comprender que la era de los nacionalismos acérrimos había quedado atrás, que los tiempos eran otros. El marqués montó en cólera. ¿Ahora quieres hacernos propaganda de la Internacional Socialista?, preguntó. Viendo que la discusión subía de tono Efrén Castells intervino. Con la boca llena de mazapán y piñones no se entendía nada de lo que decía, pero su envergadura no admitía réplica: los ánimos se serenaron al instante—. Como prueba de lo que afirmo, señalaré sólo esto —siguió argumentando Bouvila cuando pudo tomar de nuevo la palabra—: ahora la guerra se acaba: ¿qué será de nosotros? Hemos creado una industria bélica para la que de pronto, de la noche a la mañana, como quien dice, ya no hay demanda. ¿Qué es esto? Esto es la quiebra de las empresas, el cierre de las fábricas y el despido de los trabajadores; esto sin contar con sus secuelas inevitables: las algaradas callejeras y los atentados. Ustedes me dirán ahora que ya nos hemos enfrentado a problemas similares anteriormente y los hemos sabido resolver. Yo les digo que esta vez las cosas van a adquirir una dimensión sin precedentes. Este fenómeno no quedará circunscrito a ninguna frontera: será un movimiento a escala universal. Será esa Revolución de la que tanto hemos oído hablar.

La hija mayor del lisiado se había sentado al piano; el marqués de Ut daba cabezadas al compás de una barcarola. La hermana menor estaba recostada en el sofá; había puesto los pies sobre el velador y la falda se le había subido casi hasta la rodilla: dejaba ver con abandono el empeine de los botines y las medias de seda. A Efrén Castells se le descolgaba la mandíbula al ver aquello.

—¿Para endilgarnos estas profecías has tenido que citarnos en este sitio precisamente? —preguntó. Bouvila sonrió sin responder: sabía que el marqués de Ut no habría permitido que alguien pudiera sorprenderle en semejante compañía salvo en un lugar de esa catadura; de otro modo jamás habría acudido a una entrevista como la que ahora mantenía con ellos.

—Puedes ausentarte si quieres —le dijo al gigante—. Nos sobra tiempo.

Efrén Castells hizo un ademán a la niña y ambos desaparecieron detrás de una cortina de cuentas de madera que ocultaba la puerta de una alcoba en penumbra. El tintineo de las cuentas bastó para despertar al marqués. Éste preguntó dónde estaba Castells. Onofre Bouvila señaló la cortina y guiñó un ojo. El marqués se desperezó y dijo: ¿Y qué hacemos tú y yo hasta que vuelva?

—Podemos hablar —dijo Onofre Bouvila—. A su vuelta os pondré al corriente del plan que he elaborado. Es importante que Efrén Castells dé su conformidad a todo, porque es él quien habrá de asumir todo el riesgo del asunto sin saberlo. De modo que nosotros dos hemos de hacer como si estuviéramos de acuerdo.

Que él crea que los tres entramos unidos en la empresa; que no sospeche que es un mero instrumento en nuestras manos. Si hubiera alguna discrepancia la resolveríamos luego tú y yo en privado, como hemos hecho siempre.

—Entendidos —dijo el marqués, que sentía una afición atávica por las conspiraciones—, pero, ¿qué demonios de plan es ése?

—Luego os lo contaré —dijo Onofre. En aquel momento preciso reaparecía el gigante de Calella seguido de la niña. El marqués se levantó al punto. Ahora vuelvo, murmuró entre dientes. Cogió a la niña del brazo y la arrastró en dirección a la cortina. Efrén Castells se desplomó en su butaca y encendió un cigarrillo.

—¿Para qué has hecho venir a este mamarracho afeminado?— preguntó señalando con el mentón el asiento que el marqués acababa de dejar vacante.

—Su colaboración es esencial para la buena marcha de nuestro plan —respondió Bouvila—. Tú haz ver que estás conmigo en todo lo que yo proponga. Si nos ve unidos no se atreverá a chistar. Cualquier discrepancia entre tú y yo podemos resolverla luego en privado, como hemos hecho siempre.

—Descuida —dijo el gigante—, pero ese famoso plan, ¿en qué consiste?

—¡Chitón! —dijo Bouvila indicando con la mirada la puerta de la alcoba que camuflaban las cuentas—. Ya está aquí.

Su Santidad el Papa León XIII había decidido tomar de nuevo la riendas del asunto, salir al paso de ciertas corrientes de opinión y ciertas actitudes éticas que habían florecido al socaire de los tiempos modernos y que la conducta de su predecesor, S. S. Pío X, había propiciado. Con este fin *in mente* se encerró en sus aposentos. Que nadie me moleste, dijo al capitán de la guardia suiza encargado del turno de la noche. Escribió hasta el alba y dio al orbe la encíclica *Immortale Dei*. Esto sucedía el año 1885; ahora, al cabo de más de treinta años, Onofre Bouvila recordaba aquel domingo de su niñez en que oyó la lectura de esta encíclica en la parroquia de San Clemente. Como correspondía a la importancia del texto, éste fue leído primero en latín. Los feligreses, todos los vecinos del valle, hombres y mujeres, grandes y chicos, sanos o enfermos, escucharon esta lectura de pie, con la cabeza agachada y las manos entrelazadas sobre el regazo. Luego se santiguaron y se sentaron en los bancos de madera. Esto producía siempre un gran estrépito, porque los bancos no estaban atornillados al suelo y las patas que los sostenían no eran iguales entre sí. Restablecido el silencio, el rector, aquel don Serafí Dalmau de cuyas manos Onofre había recibido las aguas bautismales, leyó de nuevo el texto infalible de la encíclica en castellano (el catalán no había sido introducido aún de nuevo en los ritos eclesiásticos; en Cataluña mucha gente creía en consecuencia que el castellano y el latín eran dos formas de una misma lengua, de origen divino) y luego trató sin éxito, pero con prolijidad, de desentrañar su sentido. Al lado de Onofre se sentaba su madre. Para asistir a la misa se había puesto el vestido de gala que tenía: un vestido negro, estampado, con unas flores diminutas que ahora creía estar viendo suerpuestas a lós partes de guerra que le llegaban del frente de Occidente, que le mantenían informado de los estragos causados por los submarinos alemanes en aguas del Atlántico, de la entrada de los Estados Unidos de América en la guerra europea. Le tocó la mano y cuando hubo obtenido su atención le preguntó qué era aquello. Una cosa que nos escribe el Papa, le dijo su madre, para que le obedezcamos en todo lo que dice. ¿Una carta?, volvió a preguntar; y ante el gesto afirmativo de su madre, ¿la ha traído el tío Tonet?, dijo. Claro, ¿quién si no?, musitó la madre. ¿Y nos la manda a nosotros expresamente?, preguntó de nuevo al cabo de un rato, cuando esta cuestión se le hizo presente. No seas bobo, replicó su madre; la manda al mundo entero. De nosotros no sabe nada, ni siquiera que existimos, añadió. Pero nos ama igual, replicó Onofre repitiendo lo que el rector le había inculcado a palmetazos. ¡Quién sabe!, había replicado la madre. Hacía nueve años que su marido se había ido a Cuba; pero no era esto lo que en ese instante (y menos aún ahora en el recuerdo) ocupaba la mente de Onofre Bouvila: él sabía que el Papa vivía en Roma; a partir de ahí los conocimientos geográficos habían tenido que ser suplidos por la imaginación: creía que Roma era un lugar remotísimo, un castillo o palacio inaccesible levantado sobre una montaña mil veces más alta que las que circundaban el valle, a donde sólo se podía llegar atravesando el desierto a lomos de estas tres bestias: caballo, camello o elefante. Estas imágenes provenían de las ilustraciones del libro de Historia Sagrada que el rector usaba para cimentar sus enseñanzas. Que de un lugar tan quimérico el Santo Padre hiciera llegar su carta en un tiempo brevísimo a la humilde parroquia de San Clemente, cuya existencia misma ignoraba, era lo que entonces le había llenado de estupor. Ahora recordando el hecho le invadía el mismo estupor de entonces. ¡Esto es poder!, exclamaba en voz baja, sabiéndose a solas en su despacho. Sólo este poder omnipresente podía alzar diques a las fuerzas de la subversión que amenazaban al mundo. Pero este mismo poder había estado reservado exclusivamente a la Iglesia y la Iglesia parecía dormida sobre sus laureles, desgarrada por disidencias intestinas, sin rumbo ni timonel. Y sin embargo sólo la Iglesia podía penetrar hasta el más recóndito lugar; hasta en el rincón más diminuto del hogar más solitario, de la choza más mísera del globo terráqueo había una estampa prendida a la pared, una invocación que presuponía aceptación y obediencia. Y todo esto, se decía con admiración, lo había hecho Jesucristo veinte siglos atrás con unos pescadores infelices de Galilea. Él no sabía ni siquiera entonces, con toda la información de que disponía, dónde estaba Galilea; aunque toda su fortuna hubiese dependido de ello no habría podido situarla en el mapamundi. Esto le preocupaba. Luego otros habían intentado reproducir este esquema: Julio César, Napoleón Bonaparte, Felipe II... Todos ellos habían sufrido la derrota y el fracaso más humillantes; habían confiado en la fuerza de las armas únicamente y habían desdeñado la fuerza espiritual capaz de crear un vínculo invisible, de mantener cohesionados aquellos miles de millones de partículas destinadas por sí solas a disgregarse en direcciones opuestas, a esparcirse por el espacio infinito, a chocar las unas con las otras. Pero ahora él, Onofre Bouvila, dijo, reharía esta trama, a partir de una simiente espiritual haría germinar un árbol poderoso de infinitas ramas e infinitas raíces.

La hija menor del lisiado lloraba en la cocina. En el curso de aquella noche había tenido que atender cuatro veces los requerimientos depravados del marqués y nueve veces las embestidas colosales de Efrén Castells. Esto le había provocado una ligera hemorragia y fuertes dolores; su hermana mayor había tenido que abandonar el piano y reemplazarla en la alcoba. Ahora ella ayudaba a la mediana en la cocción de panellets, de los que el gigante había consumido ya catorce kilogramos a pesar de que los piñones le producían, según dijo, ataques agudos de priapismo. En el marco de la ventana podía verse romper el día, un cielo plomizo, cargado de lluvia. Círculos negros rodeaban los ojos del marqués. A pesar de las interrupciones Onofre Bouvila había acabado de exponerles su plan. Ni él ni el gigante de Calella habían comprendido este plan ni lo que se esperaba de ellos en relación con el plan o la ejecución del mismo. Ambos abrigaban serias dudas sobre la cordura de su amigo. Ninguno, sin embargo, se atrevía a decir nada: temían que cualquier comentario desencadenara nuevamente aquella cascada de disparates solemnes a la que habían sido sometidos durante horas interminables. Onofre Bouvila sonreía: la vigilia no parecía haber afectado su talante. Ahora empezaba la negociación y sabía que acabaría saliéndose con la suya. Así dio comienzo el proyecto más ambicioso de su vida; también su mayor fracaso. Todo fue mal desde el principio, todo anduvo con mal pie. Finalmente sus amigos y aliados le volvieron la espalda y se encontró solo de nuevo.

## 5

En aquella callejuela se había formado una hilera de automóviles: en los radiadores centelleaba el sol de invierno, por los guardabarros que reflejaban el cielo azul transitaba alguna nube blanca solitaria. Los automóviles avanzaban unos pocos metros y se detenían, permanecían un ratito quietos y volvían a avanzar unos metros más. Al llegar al final de la callejuela doblaban a la derecha. Entraban en otra callejuela más estrecha aún, más oscura, en la que el sol no había entrado nunca. Allí, a escasos metros de la curva se detenían finalmente ante una puerta de hierro sobre la que había un diminuto farol de gas, ahora apagado, pues era mediodía. Allí un portero de levita, sombrero de copa y botonadura dorada abría la puerta del automóvil, se quitaba el sombrero de copa cuando bajaba el ocupante de aquél, doblaba la espalda, cerraba la puerta, volvía a colocarse el sombrero de copa, se llevaba a los labios un silbato y lo hacía sonar. A esta señal el mecánico ponía en marcha el automóvil y el siguiente en la fila ocupaba su lugar ante la puerta. Así sucesivamente. Cuando el automóvil que acababa de partir llegaba al final de esta segunda callejuela, doblaba otra vez a la derecha, como había hecho anteriormente, y tomaba una nueva calleja, ésta muy corta, que desembocaba en una plaza. Allí los automóviles que ya habían pasado ante el portero, que habían depositado ante la puerta a sus ocupantes, esperaban bajo las acacias ser llamados nuevamente por el silbato. Un bodegón situado en una de las esquinas de la plaza había sacado a la acera mesas y sillas y unos parasoles a listas azules, amarillas y rojas. La brisa movía los flecos de los parasoles. Allí se servía cerveza y vino con sifón a los mecánicos y, si éstos querían, también olivas rellenas, boquerones en vinagre, patatas estofadas con pimentón, sardinas en escabeche, etcétera. A medida que se iban acumulando los automóviles en la plaza iba aumentando el número de mecánicos que hacía el aperitivo en aquel bodegón. A las doce y media la plaza estaba repleta de automóviles; ya no cabía uno más. Por suerte, habían llegado todos los que tenían que llegar y sus ocupantes, después de haberse apeado con ayuda del portero ceremonioso habían sido conducidos desde la puerta de hierro a sus asientos por unas señoritas cuyo aspecto por fuerza había de llamarles poderosamente la atención. No porque no fueran jóvenes y tal vez agraciadas. Llevaban unos vestidos rectos, que les caían de los hombros como cilindros sujetos por unos tirantes de cordoncillo, sin resaltar el busto ni la cintura; estos vestidos eran de lentejuelas blancas y acababan uno o dos centímetros por encima de la rodilla; de este modo quedaban al descubierto no sólo los brazos de las señoritas, del hombro a las uñas, sino también las piernas, unas piernas largas, musculosas y nervudas, más propias de un ciclista que de una dama digna de tal nombre. A estas extravagancias se sumaba un maquillaje abigarrado, como a chafarrinones, y una cabellera muy corta y lacia ceñida por una cinta de seda de unos dos centímetros de altura. Los caballeros se hacían cruces. ¿Ha visto usted qué espantajos?, se decían. Con estas fachas yo no sé decir si van o vienen. ¡Válgame Dios! Lo que es hoy en día ya no hay forma de saber si son hombres o mujeres. Si esto sigue así yo me hago del ramo del agua. ¿Qué quiere usted, amigo mío?, son los dictados de la moda. Pues yo sólo le digo esto: que si un día veo a mi hija con estos pingajos del primer bofetón le hago una cara nueva. Esto traerá cola, y si no, al tiempo. Mal empezamos, fue el dictamen. Ahora el marqués de Ut se lamentaba de haber avalado con su prestigio semejante espectáculo, se arrepentía de haberse dejado persuadir por la obstinación de Onofre Bouvila. Ninguno de ambos podía ser visto en aquellos momentos en el salón. Era Efrén Castells quien oficialmente había convocado a los presentes, quien daba la cara. El gigante de Calella gozaba de buena fama entre la gente bien de Barcelona: era sumamente serio en todas sus actividades, prudente en sus iniciativas y en los pagos, puntual y riguroso. Nunca se había visto mezclado en ningún escándalo, ni económico ni de ningún otro tipo. Era tenido por un padre de familia ejemplar; se le conocían devaneos, era proverbial su afición a las faldas y se murmuraban de él proezas en este campo, pero nadie atribuía estas cosas sino a la exuberancia de su naturaleza. Era rumboso sin prodigalidad, lo cual gustaba; hacía obras de beneficencia sin ostentación y se había convertido en un coleccionista de pintura sagaz y respetado por críticos, artistas y negociantes. Ahora ponía en juego este prestigio ante quienes lo sustentaban. No quisiera estar en su pellejo, murmuró el marqués. Onofre Bouvila no le contradijo: ambos espiaban lo que ocurría en el salón desde un palco, detrás de una celosía. El patio de butacas se había llenado casi por completo. Ahora muchos de los asistentes al acto advertían hallarse en la platea de un teatro, al que habían entrado por la puerta trasera, por la entrada de artistas. ¿Qué hacemos aquí?, se preguntaban. ¿Una función privada?, ¿y a mediodía?, ¿qué diablos? Dos focos convergentes iluminaron el escenario. Ante el telón corrido estaba Efrén Castells: en ese lugar preeminente y vestido de chaqué parecía más grande aún de lo que era. Un gracioso empezó a cantar *el gegant del Pi ara balla, ara balla*; fue coreado por toda la concurrencia con grandes risas. Esto va a ser una cuchufleta sin fin, masculló el marqués desde su puesto de observación; si yo estuviera en su lugar, ya me habría muerto del sofoco. Onofre Bouvila sonrió: Tiene la piel más dura de lo que te figuras, dijo. Lo recordaba pidiendo a voces el crecepelo mágico que vendía él mismo. Luego le daba una peseta por su colaboración. Ahora es lo mismo, pensaba; siempre es lo mismo. Gracias a ese vozarrón impuso silencio sin dificultad cuando vio que se habían cansado de cantar; ya no sabían cómo seguir la broma y estaban dispuestos a escucharle.

—¡Queridos amigos! —empezó diciendo—. Permitidme que os tutee; soy un hombre sencillo, ya me conocéis: no hay uno solo entre vosotros que no pueda decir esto de mí: en sus tratos siempre antepuso la amistad al ánimo de lucro. No os he convocado para pediros dinero —ahora todos se miraban entre sí con recelo. Onofre Bouvila le guiñó el ojo al marqués: Ya te dije que sabría lidiar este toro, le dijo. Lo importante es que lo sepa matar de la primera estocada, respondió el marqués—. Tampoco quiero haceros perder vuestro tiempo valioso con palabrería hueca. No soy elocuente y siempre he preferido usar con vosotros el lenguaje llano y práctico de la sinceridad. Sólo os pido un rato de atención. Os voy a enseñar algo que no habéis visto nunca antes de hoy. ¡Algo que no habéis visto nunca antes de hoy! —repitió para sofocar los chistes que esta frase de doble sentido había suscitado en el auditorio—. Pero esto que vais a ver en breve por primera vez lo veréis luego miles y cientos y docenas de veces.

—¿En qué líos se mete?, dijo el marqués. Los números no son

su fuerte, dijo Bouvila; tú déjale a su aire—. Hoy vais a tener el privilegio de esta exclusiva: ya sabéis lo que esto significa en el mundo del comercio, no hace falta que me deis las gracias. Y ya no os digo más: ahora se apagarán las luces. No tengáis miedo, que no pasa nada; que nadie se mueva de su asiento. Yo volveré a salir luego y os explicaré de qué va el asunto. Gracias por vuestra atención.

Al retirarse del escenario el telón se iba corriendo también accionado por un motor eléctrico. Cuando acabó de descorrerse se vio que la boca del escenario había sido tapada por una pantalla enorme y sin junturas visibles, hecha de un material que no parecía metal ni tela, sino una mezcla de ambas cosas, como asbesto. Luego las luces se apagaron, como había anunciado Efrén Castells, y se oyó el ronroneo de una máquina y un piano, que alguien tocaba detrás de la pantalla.

—¡Maldición! —exclamó una voz entre el público—. ¡Nos van a echar una película!

Con esta admonición sembró el pánico. Si es la del perro, me largo, gritó alguien. Las voces ahogaban el sonido del piano. En la pantalla habían empezado a distinguirse las primeras imágenes. La escena que mostraban había sido captada aparentemente en una morada de condición humilde, poco menos que una choza desvencijada a la luz contrastada de una bujía. Adosada a la pared del fondo de esta habitacón había un camastro estrecho y revuelto; en el centro, una mesa y cuatro sillas; sobre la mesa, una caja de costura, ovillos, carretes, tijeras y retales. El conjunto sugería al espectador una vida de privaciones y sordidez. Esto provocó gran hilaridad en la concurrencia. Sentada a la mesa, de espaldas a los espectadores había ahora una mujer vestida de negro. Aparentemente se trataba de una mujer de mediana edad, algo entrada en carnes. Los hombros de esta mujer se agitaban, una serie de convulsiones sacudían su corpachón, la cabeza desgreñada de la mujer oscilaba; con esto quería transmitir al público sensación de sufrimiento. Alguien gritó: ¡Qué le den tila! Esta ocurrencia desencadenó una carcajada general. Dios nos ampare, musitó el marqués. Calma, dijo Onofre Bouvila secamente. En la pantalla la mujer levantaba los brazos hacia el techo de la choza, hacía amago de levantarse y volvía a derrumbarse en la silla, como si le fallasen las articulaciones o le flaquease el ánimo o se conjugasen ambos problemas a un tiempo. En la platea la risa iba en aumento; no había gesto de la mujer que no acrecentase sin causa alguna la risa de todos los presentes. Efrén Castells irrumpió

276

en el palco celado en que se hallaban Onofre Bouvila y el marqués de Ut; aun en la oscuridad reinante se podían distinguir sus ojos desorbitados.

—¡Onofre, por lo que más quieras —gimió—, di que corten ahora mismo la proyección!

—Al que haga esto lo mando fusilar —dijo Bouvila con los dientes apretados.

—¿Pero que no ves cómo ríen los condenados? —dijo el gigante. Como a la mujer de la película, también a él los sollozos le sacudían el corpachón. Onofre se agarró a las solapas del chaqué de Efrén Castells, lo zarandeaba en la medida que se lo permitían sus fuerzas dispares. ¿Desde cuándo has perdido el valor?, le espetó en la cara. ¡Calla y espera! Entonces se dieron cuenta de que las risas menguaban. Acudieron a la celosía y dirigieron una mirada ansiosa a la pantalla: ahora la mujer conturbada se había levantado por fin de la silla, se había vuelto; su cara llenaba la pantalla. El público había enmudecido en efecto: como Efrén Castells acababa de anunciar, ahora estaba viendo por primera vez lo que durante varios años el mundo entero vería a todas horas en todas partes: el rostro apenado de Honesta Labroux.

Físicamente no podía ser menos agraciada. En aquel momento en que se eclipsaba el encanto de la real moza, hiperbólica y sinuosa y empezaba la moda de la jovencita andrógina, estrecha y sincopada, ella aportaba un cuerpo rotundo, pesado y algo hombruno, unas facciones vulgares, unos gestos afectados y unas expresiones relamidas, unas carantoñas melifluas. Su atuendo era ramplón. Todo en ella era chabacano y de mal tono. Sin embargo entre 1919 y 1923, cuando se retiró del cine, raro era el día en que los periódicos no reprodujeron su fotografía, en que no se hablase de ella; todas las revistas ilustradas pregonaban reportajes (que ella nunca autorizó) y entrevistas (que no concedió a nadie) para multiplicar sus ventas. En los veinte kilogramos de correspondencia que recibía diariamente había declaraciones de amor y proposiciones matrimoniales; también súplicas desgarradoras, amenazas macabras, obscenidades revulsivas, juramentos de suicidio de no obtener el remitente tal o cual favor, maldiciones, injurias, chantajes, etcétera. Para eludir el asedio de admiradores y psicópatas cambiaba de domicilio con frecuencia, no asistía nunca a un lugar público; en realidad, nadie que no formara parte de su medio podía vanagloriarse de haberla visto, sino en la pantalla. Corría el rumor de que la tenían encerrada, sometida a vigilancia estre-

chísima las veinticuatro horas del día, que sólo la dejaban salir a
la calle para ir a rodar al estudio, de madrugada, maniatada y
amordazada y con un saco sobre la cabeza, para que ni ella siquiera pudiera saber a ciencia cierta dónde vivía ni cuáles eran
sus pasos. Es el precio de la fama, decían. Esta aura de misterio
que la envolvía, el secreto que rodeaba su identidad verdadera y
su pasado contribuían a hacer más verosímiles las veintidós películas de largometraje que protagonizó durante su carrera breve
y fulgurante. De estas películas sólo nos han llegado retazos en
muy mal estado. Al parecer, todas eran idénticas a la primera.
Esto, lejos de retraer al público, le agradaba; cualquier variante
era recibida inmediatamente en la sala con muestras de enojo, a
veces con violencia material. Si alguna evolución hubo en su fil-
mografía, ésta consistió en un descenso gradual a las simas de la
sensiblería. Pésima actriz, boqueó, cabeceó y gesticuló del modo
más deleznable mientras Marco Antonio perdía por su culpa la
batalla de Accio y un áspid que parecía un calcetín se aprestaba
a emponzoñar su pechuga aparatosa; mientras su amante moría
de tuberculosis y unos chinos taimadísimos echaban adormidera
en su copa con objeto de venderla al harén de un sultán afeminado y saltimbanqui; mientras un marido alcohólico y jugador le
zurraba con el cinturón tras anunciarle que había apostado y perdido su honra en el tapete verde; mientras un gaucho le revelaba
en el momento mismo de ser ahorcado que su madre era ella y
no la mujer malvada por cuya causa había salido del convento.
En estas películas todos los hombres eran crueles, todas las mujeres, insensibles, todos los sacerdotes, fanáticos, todos los médicos, sádicos y todos los jueces, implacables. Ella a todos perdo-
naba en sus agonías melosas e inacabables.

—¿Pero a quién le pueden interesar estas tonterías? —había
dicho el marqués de Ut cuando les hubo leído el esquema argu-
mental de aquel primer largometraje que luego sus estudios repi-
tieron hasta la náusea. Se había encerrado en su despacho y allí
había trabajado él solo días y noches. Lo había concebido todo:
las situaciones, las escenas, los decorados, los vestuarios, no se le
había pasado por alto ningún detalle. Transcurridos varios días,
su mujer quiso saber que hacía, fue al despacho y encontró la
puerta cerrada. Alarmada tocó la puerta: Onofre, soy yo; ¿te en-
cuentras bien?, ¿por qué no me contestas? Como sólo le respondía el silencio había empezado a golpear la puerta con los puños,
frenéticamente; ahora acudían allí los criados, alertados por la
barahúnda. Viéndose rodeada por la servidumbre gritó: ¡Onofre,

abre o haré que echen la puerta abajo! Ante esta amenaza se oyó su voz tranquila: Tengo un revólver en la mano y dispararé contra el primero que vuelva a importunarme, les dijo a todos. Pero, Onofre, insistió ella aun sabiendo que él bien podía cumplir lo que anunciaba, llevas dos días sin comer ni beber. Tengo todo lo que me hace falta, dijo él. Una doncella pidió permiso para hablar con la señora; éste le fue concedido y ella dijo haber llevado al despacho por orden del señor provisiones y agua para dos semanas. También dijo haber llevado algunas mudas y todos los orinales de que disponía en aquel momento el cacharrero del barrio. El señor le había dicho que no dijera nada a nadie de aquello, que no quería ser molestado por ningún concepto. Ella se mordió los labios y se limitó a decir: Debiste haberme informado antes. En la voz de la doncella había creído percibir un retintín; ahora creía leer un atisbo de desafío en sus ojos negros. No tendrá más de quince o dieciséis años, pensó, y ya me trata como si yo fuera la criada y ella la señora. Vivía convencida de que todo el mundo se burlaba de ella, a sus espaldas y en la cara también. No hay duda de que me la pega con ésta, pensó. Seguro que ella huele a ajo y a requesón y que a él esto le gusta; prefiere estos olores a los perfumes franceses y a las sales de baño que uso diariamente. Seguro que se meten en la cama y se tapan la cabeza con la sábana para embriagarse con el olor corporal que desprenden después de haber estado traqueteando como dos locomotoras. Lo harán varias veces, como la noche aquella en que entró en mi cuarto por la ventana, escalando la pared de casa de papá. Seguro que él se lo ha contado, habrá profanado el secreto de aquella primera noche contándoselo a todas las que ha tenido luego. Con esta historia se habrán reído a mi costa de lo lindo hasta la madrugada. Debería ponerla en la calle sin contemplaciones, pensó, pero no se atrevía a llevar a cabo esta idea. Ella se lo tomará como una afrenta, pensaba, comprenderá el motivo verdadero del despido y me insultará delante de los demás criados; pensará: de perdidos al río, me pondrá como un trapo, me dirá el nombre del puerco, se lo contará todo al servicio y yo seré el hazmerreír. Luego se lo dirá a él; él no me desautorizará, pero le pondrá un piso e irá todas las tardes a verla; con cualquier pretexto se quedará a pasar la noche entera con ella; luego dirá que ha tenido que quedarse en vela trabajando, como ha hecho tantas veces. Al pensar así no se daba cuenta de que esta misma cobardía era lo primero que le había hecho perder su amor. Esta misma doncella fue a decirle al cabo de dos semanas de ocurrido lo que antecede que el señor estaba saliendo de su encierro. Estaba merendando con su hija mayor y con la modista cuando entró la doncella con la noticia. Ya se había olvidado de sus celos y de la inquina y pensó al verla: Esta chica es de una gran lealtad, habrá que hacer algo para recompensarla. Con esta actitud incoherente quería mostrar a todos que no era mezquina, sino magnánima. Su hija y la modista también eran pesos pesados. Ahora los tres hipopótamos se apresuraban por los pasillos. Cuando llegaron ante la puerta del despacho él acababa de salir. En aquellos quince días no se había lavado ni peinado ni afeitado; había dormido muy pocas horas y apenas había tocado la comida. Tampoco se había cambiado de ropa. Estaba demacrado y se movía con inseguridad, como si acabara de despertar de un sueño profundo y conmovedor o volviera de un trance. Del despacho salía un hedor insoportable. Este hedor corría ahora por los pasillos como un alma en pena, asustando a las criadas.

—Agustí, prepárame el baño —le dijo al mayordomo. No parecía haberse percatado de que su esposa, su hija y la modista estaban presentes. En la mano llevaba un fajo de papeles manuscritos, cubiertos de tachaduras y correcciones. A unas criadas que acudían con ánimo de adecentar el despacho provistas de cubos y bayetas las detuvo con ademán imperioso—. No hace falta que limpien; nos mudamos de casa —dijo. Ahora Honesta Labroux prestaba su figura y su expresión a este argumento, encarnaba aquellas fantasías que habían suscitado las dudas del marqués de Ut. Él había montado en cólera cuando aquél le dijo no saber a quién podían interesarle tantas tonterías.

—A todo el mundo —había sido su respuesta tajante.

En efecto, ahora el público lloraba. Aquellos hombres de negocios tan templados no podían contener las lágrimas. Luego dijeron que esta reacción inusitada no se habría producido de no haber mediado la magia de Honesta Labroux. Nunca sabremos en qué consistía esta magia. Pablo Picasso afirma en una carta escrita en fecha muy posterior que el influjo de quella mujer radicaba en su mirada, en sus ojos mesméricos. Esta opinión podría venir a confirmar el rumor recogido luego por algunos biógrafos de este pintor: el de que Picasso llegó a conocerla personalmente, que ofuscado llegó a raptarla en una furgoneta de reparto de una lavandería (con la complicidad y ayuda de Jaume Sabartés), que la llevó consigo al pueblo de Gòssol, en el Berguedà, y que la reintegró a los estudios al cabo de dos o tres días sana y salva; en estos dos o tres días había realizado varios bocetos y empezado un óleo; de estas obras saldrían los cuadros cotizadísimos de la llamada *época azul*. Más improbable aún que este amorío es el que una revista le atribuyó haber tenido años atrás con Victoriano Huerta. Este taimado general, que había usurpado la presidencia de México tras haber ordenado el asesinato de Francisco Madero y Pino Suárez, había vivido luego un tiempo en Barcelona, cuando la revuelta encabezada por Venustiano Carranza, Emiliano Zapata y Pancho Villa le obligó a renunciar al cargo y a salir huyendo. Borracho y pendenciero recorría entonces las tascas del barrio chino. Cuando estaba sereno conspiraba y planeaba el regreso. Agentes alemanes maquinaban una maniobra diversiva que apartase los ojos de los Estados Unidos de la guerra en Europa; para eso querían usar a Huerta de señuelo. Ellos le proporcionaron el plan que andaba buscando; con el dinero acumulado durante los meses escasos de su período presidencial, ahora depositado en la bóveda de un banco suizo, le había comprado armas y municiones a Onofre Bouvila. Éste había cobrado el importe y enviado la mercancía solicitada, pero también había hecho llegar noticia del envío al gobierno norteamericano. En el puerto de Veracruz el cargamento había sido interceptado; para ello habían tenido que desembarcar los *marines* y ocasionar numerosas víctimas entre la población civil. Puestas las armas a disposición de Bouvila, éste se las volvió a vender a Carranza, que ahora luchaba contra Villa y Zapata, sus antiguos aliados. Según la revista en estas mismas fechas, antes de dedicarse al cine, pero cuando ya trabajaba para Onofre Bouvila, Honesta Labroux había bailado una noche para Huerta; éste había quedado al instante prendado de ella, le había ofrecido sumas de dinero incalculables, le había prometido implantar a su vuelta a México la monarquía otra vez allí para coronarla emperatriz, como a la infeliz Carlota; todo en vano. Esta escena se había producido, según la revista, en la *suite* del hotel Internacional que ocupaba el traidor. Este hotel era el mismo que se había erigido en el plazo increíble de sesenta y seis días para acoger a los visitantes a la Exposición Universal de 1888. El techo y las paredes de la *suite* que ocupaba Huerta presentaban varios impactos de bala; había sido seriamente amonestado por ello por la dirección del hotel; además maltrataba al personal de palabra y de obra y no pagaba. Esa noche de amor dicen que iba descalzo, que llevaba abierta la bragueta y que debajo de la camisa desabotonada dejaba ver una camiseta amarillenta y agujereada: con esta pinta sus promesas eran difíciles de creer. Probablemente esta historia, como la de Picasso, sean apócrifas. Picasso en realidad fue a Gòssol a pasar unos meses en 1906 y Victoriano Huerta había muerto en 1916 alcoholizado en una prisión de El Paso, Texas. Para entonces Honesta Labroux aún no había sido lanzada a la fama por Onofre Bouvila, ni siquiera su nombre artístico había sido inventado: aún vivía recluida con el señor Braulio en una casita modesta de Gracia, esperando que muriese su padre para entregarse por segunda y última vez al hombre de su vida y luego quitársela.

De ejecutar este acto melodramático la disuadió precisamente aquel por cuya causa lo había concebido, cuya intervención muchos años atrás la había hecho llegar a estos extremos, no con palabras, sino con aquella misma mirada maligna y gélida que la primera vez en la buhardilla de la pensión la había subyugado y aterrorizado y la había impulsado sin razón a cometer el más abominable de los crímenes. Aquella misma noche había muerto su madre y por su culpa también había sido desarticulada la célula anarquista a la que pertenecía; la mayoría de sus miembros había perecido posteriormente en los fosos de Montjuich: con ello su conciencia se había anegado en sangre. Ahora se leían este dolor y este sufrimiento sin límites en sus ojos de color de azufre: esto no le había pasado inadvertido a Onofre Bouvila. También sabía que a partir de la segunda mitad del siglo XIX allí donde la revolución industrial había tenido efecto había cambiado radicalmente la noción del tiempo. Antes de ese momento el tiempo de que constaba la vida de un ser humano no estaba acotado: si las circunstancias lo requerían o lo hacían aconsejable, una persona podía trabajar días y noches enteras sin parar; luego permanecía ociosa por períodos similares. En consecuencia, las diversiones tenían una duración que hoy se nos antoja desmedida: la fiesta de la vendimia o la de la siega podía durar una o dos semanas. Del mismo modo un espectáculo teatral, deportivo o taurino, un acto religioso, una procesión o un desfile podía durar cinco horas, ocho o diez horas o más; el que participaba en estos actos podía hacerlo ininterrumpidamente o marcharse o marcharse y volver, a voluntad. Ahora todo esto había cambiado: todos los días se empezaba a trabajar a la misma hora, se interrumpía el trabajo a la misma hora, etcétera. No hacía falta ser augur para saber cómo serían los días y las horas de la vida de una persona, desde la infancia hasta la vejez; bastaba con saber en qué trabajaba, cuál era su oficio. Esto había hecho la vida más grata, había eliminado buen número de sobresaltos, había despejado muchas incógnitas;

ahora podían exclamar los filósofos: el horario es el destino. Esto exigía, a cambio, reajustes importantes: ahora todo tenía que ser regular, no se podía dejar nada al albur o a la inspiración del momento. Esta regularidad, a su vez, no era posible sin la puntualidad. Antes la puntualidad no había sido nada: ahora lo era todo. Ahora había que fustigar un caballo cansado o refrenar los bríos de otro fogoso para que el carro llegase a su lugar en el momento previsto, ni un poco antes ni un poco después. Tanta importancia se concedía a la puntualidad que algunos políticos basaban en ella su propaganda electoral: Votadme y seré puntual, decían al electorado. De los países extranjeros ya no se alababan los paisajes, las obras de arte o la cordialidad de sus habitantes, sino la puntualidad de que hacían gala; países a los que antaño no había viajado casi nadie padecían ahora un aluvión de visitantes deseosos de comprobar por sí mismos la tradicional puntualidad de sus ciudadanos, de sus establecimientos y transportes públicos. Este reajuste no se habría podido hacer a tan gran escala de no haber venido en ayuda de los pueblos la energía eléctrica: con este fluido continuo e invariable estaban garantizadas la regularidad y la puntualidad en todo. Un tranvía movido por energía eléctrica ya no dependía de la salud e incluso de la buena disposición de unas mulas para cumplir un trayecto con precisión de reloj; ahora los usuarios del tranvía se solazaban pensando esto: Sabiendo qué hora es, sé cuánto falta para que venga el tranvía. Estos cambios tampoco se habían podido hacer en un decir Jesús; se habían ido haciendo gradualmente: primero las cosas más necesarias; luego, las superfluas. Las diversiones y los esparcimientos, por lo tanto, habían quedado para el final: las corridas de toros seguían durando muchas horas; si un toro salía decidido o resabiado, si iba matando caballos a medida que éstos aparecían en el ruedo, la corrida del domingo por la tarde podía prolongarse hasta bien entrado el lunes. En 1916 en Cádiz hubo una corrida famosa que empezó un domingo y acabó el miércoles, sin que el público abandonase la plaza. De resultas de ello los obreros de los astilleros habían perdido el empleo; hubo huelgas y algaradas, ardieron algunos conventos y los obreros fueron readmitidos, pero quedó claro que las cosas no podían seguir de aquel modo. Onofre Bouvila lo sabía perfectamente.

Antes del reencuentro con Delfina, antes de que ella se quedara en enaguas y así se arrojara en sus brazos y le mirara con aquellos ojos de azufre que habían de cambiar el curso de sus pensamientos, ya le había acudido a las mientes varias veces la idea de que el cinematógrafo podía haber sido ese entretenimiento nuevo que andaba buscando la Humanidad. El cinematógrafo reunía tres características que lo hacían idóneo: funcionaba gracias a la energía eléctrica, no permitía la participación del público y era inmutable absolutamente en su contenido. ¡Ah!, pensaba, ¡poder ofrecer un espectáculo siempre idéntico, que empiece siempre a la misma hora y termine exactamente a la hora señalada, siempre la misma también! ¡Tener al público sentado, a oscuras, en silencio, como si durmiera, como si soñara: una manera de producir sueños colectivos! Éste era su ideal. Pero no, es demasiado bueno, no podrá ser, pensaba. Había visto la película del perro y un par más y por fuerza tenía que dar la razón a los pesimistas. En efecto, nadie acudía a ver una película si acto seguido no había otra cosa, si la proyección no venía seguida de sardanas o de carreras de sacos, si no se soltaba una vaquilla o no se asaban chuletas allí mismo. Así no iremos a ninguna parte, se decía. En realidad, lo que él pensaba lo estaban pensando otros también al mismo tiempo. En 1913 había sido rodada en Italia con este propósito la primera película concebida como un gran espectáculo. Esta película, que se titulaba *Quo vadis?*, que constaba de cincuenta y dos rollos y cuya proyección duraba dos horas y cuarto, nunca llegó a exhibirse en España por un motivo tan raro que bien merece una digresión.

En 1906 había debutado en un teatro de variedades de París una bailarina que luego habría de alcanzar renombre internacional; era holandesa y se llamaba Margaretha Geertruida Zelle, pero se hacía pasar por sacerdotisa india y había adoptado el nombre de Mata Hari. Como todas las bailarinas de su género, recibía muchas proposiciones, pero ninguna tan singular como la que le hizo un caballero una noche de verano del año 1907. Lo que voy a pedirle es un poco especial, le dijo atusándose el bigote engominado, algo que probablemente no le ha pedido nunca nadie. Mata Hari asomó la cabeza por encima del biombo tras el cual se había despojado de la túnica de organdí y el cinturón de plata, amatistas y turquesas que constituían su vestuario. No sé si seré lo bastante exótica para ti, cariño, dijo en un francés sazonado de acento holandés. El caballero se llevó el monóculo al ojo izquierdo cuando ella salió de detrás del biombo. Su visita había venido precedida de un ramo de rosas (seis docenas) y una gargantilla de brillantes. Ahora ella llevaba puesta la gargantilla en señal de aquiescencia y un kimono en cuya espalda había un dragón bordado en negro y oro. Así se sentó frente al espejo circular del tocador, en cuya luna príncipes, banqueros y mariscales habían visto reflejados sus ojos, que la lujuria hacía brillar como brasas. Con gesto lánguido se iba quitando los anillos supuestamente sagrados que formaban parte de la ornamentación sacerdotal, los iba dejando en una caja de madera de sándalo; algunos de estos anillos reproducían calaveras humanas. Y esto que esperas de mí, ¿puede decirse?, preguntó con coquetería. Al oído, dijo él. Se acercó tanto que la guía del bigote dejó una pequeña cicatriz en su mejilla; en sus ojos no brillaba el deseo, sino el cálculo frío. Represento al gobierno alemán, susurró, y quiero proponerle que se haga usted espía. Esta conversación llegó en seguida a conocimiento de los servicios de inteligencia inglés, francés y norteamericano. La fama de Mata Hari como espía rebasó pronto su fama como bailarina, le llovieron contratos de todo el mundo y su cotización llegó a sobrepasar la de Sarah Bernhardt, cosa que habría resultado impensable unos años atrás. La rivalidad entre ambas divas fue durante mucho tiempo la comidilla del todo París. Así, cuando en 1915 hubo de serle amputada una pierna a Sarah Bernhardt, se dijo que ésta había exclamado: Ahora por fin podré bailar con tanta gracia como Mata Hari. En Barcelona actuó una vez ésta, en el teatro Lírico, con más exito de público que de crítica. Al final los servicios secretos aliados decidieron desembarazarse de ella y le tendieron una trampa. Un joven oficial de Estado Mayor fingió haber caído en sus redes como habían hecho tantos otros antes que él; la cubrió de regalos, fueron vistos juntos en todas partes: cabalgando en el *Bois de Boulogne,* comiendo y cenando en los restaurantes de más lujo, en un palco de la Ópera, en el hipódromo de Longchamp, etcétera. Ella nunca le preguntó cómo podía mantener aquel tren de vida con el sueldo modesto de un oficial; quizá dio por sentado que él disponía de rentas adicionales, de una fortuna personal cuantiosa; quizá correspondía con otro genuino al amor fingido de él: sólo así se explica que una espía con tanta experiencia mordiese un anzuelo tan convencional. Una noche, cuando ambos reposaban en aquella cama entre cuyas sábanas el curso de la guerra había sufrido tantas vicisitudes, él le dijo súbitamente que tenía que ausentarse una semana, quizá dos. No podré vivir tanto tiempo sin ti, dijo ella; dondequiera que hayas de ir, no vayas. La patria me lo exige, dijo él. Tu patria está aquí, entre mis brazos, replicó ella. Él acabó por revelarle la naturaleza de la misión que ahora lo arrebataba de aquel nido de amor: tenía que ir a Hendaya. Allí interceptaría una película que los búlgaros trataban de hacer llegar a los agentes alemanes destacados en San Sebastián. Cuando éstos acudieran a Hendaya, él se les habría adelantado: la película obraría en su poder y los agentes serían aprehendidos y fusilados en el andén de la estación. Apenas acabó de hablar ella le golpeó en la cabeza con una estatuilla de Siva, el dios cruel, el principio destructor: el joven oficial cayó al suelo con la cara cubierta de sangre. Creyendo haberlo matado, Mata Hari se echó sobre el camisón un abrigo de *renard argenté,* se puso un casquete y unas katiuskas y subió al Rolls Royce negro de 24 CV que poseía (además de otros tres automóviles y una motocicleta de dos cilindros). Todo esto le había sido regalado por altas personalidades de la vida pública de Francia y otros países, había sido pagado con el dinero del contribuyente. En cuanto ella hubo salido se incorporó ágilmente el oficial y acudió a la ventana; desde allí hizo señas a los agentes apostados frente a la casa. No estaba muerto ni siquiera herido: en previsión de semejante lance el servicio secreto francés había reemplazado todos los objetos pesados de la habitación por copias de caucho y había suministrado al oficial varias cápsulas de tinta roja con las que simular un desangramiento. Ahora el Rolls Royce surcaba los campos nevados de Normandía. Junto a la carretera corría la vía férrea. A lo lejos distinguió una columna de humo horizontal: era el tren, que se dirigía a Hendaya a toda máquina. Esta persecución era seguida desde el aire por un aeroplano en el que iban el apuesto oficial y tres agentes. Acelerando de manera casi suicida el automóvil había logrado acortar distancias, ya estaba junto al furgón de cola. La audaz espía iba de pie en el estribo del Rolls Royce: había rasgado el camisón y con las tiras había atado el volante para evitar cambios bruscos de dirección y había puesto asimismo una piedra recogida en la cuneta sobre el pedal del gas. Con el pintalabios escribió en el parabrisas: *Adieu, Armand!* Así se llamaba el oficial a quien creía haber sacrificado a su deber. Saltó del estribo y agarró con una mano la barandilla de hierro que cerraba la plataforma del tren. Desde allí vio cómo el Rolls Royce seguía su carrera frenética, salía de la carretera e iba a detenerse finalmente en un campo. Este Rolls Royce, que milagrosamente no sufrió daño alguno en esta peripecia, puede verse aún hoy en el pequeño *Musée de l'Armée* que hay en Ruán. Dentro ya del furgón, a la luz débil de una linterna sorda, trató de localizar la película de que él le había hablado. Pensaba que encontraría uno o dos palmos de celuloide, apenas un docena de fotogramas. En vez de eso encontró varias columnas de latas cilíndri-

cas: eran los cincuenta y dos rollos de que constaba *Quo vadis?*
Cuando los agentes irrumpieron en el furgón la encontraron derrengada, con las manos en carne viva; el viento que entraba por la puerta abierta del furgón había hecho volar el casquete y revolvía su cabellera ensortijada: había logrado arrojar a la vía veinte de los cincuenta y dos rollos, que ahora la nieve sepultaba. Por esto la película no llegó jamás a su destino, no se pudo proyectar en las pantallas españolas. La guerra había paralizado la producción en toda Europa, ya no se volvieron a hacer películas como aquélla: ahora estaba en manos de Onofre Bouvila resucitar la industria, pero no sabía cómo hasta que la suerte quiso que se cruzara Delfina en su camino nuevamente.

## 6

Acompañado del eco lejano de los truenos el aguacero había vuelto; azotaba los postigos y repicaba en la claraboya que cubría el patio de cocinas. En la cocina las tres hijas del lisiado se habían quedado dormidas, recostadas contra la pared tibia, abrazadas tiernamente entre sí. En el salón mientras tanto los tres hombres proseguían su debate.

—Estás loco —le dijo Efrén Castells. Era el único que se atrevía a decirle cosas semejantes; él no se ofendía. Con las yemas de los dedos acarició las fotografías que había sacado del bolsillo de la chaqueta y extendido sobre la mesa para que las vieran sus interlocutores.

—Debo advertiros que las fotografías no le hacen justicia —les dijo—. De eso me di cuenta yo mismo al principio. Le hice engordar veinte kilos para ver si así su aspecto mejoraba un poco, para ver si ganaba un poco en... ¿cómo diría yo?..., en presencia física, tal vez.

La había llevado a la finca de Alella que había alquilado exclusivamente para este fin; aquella finca convenía a sus planes porque estaba rodeada de un seto de cipreses recortados, muy alto y tupido. Le dijo que había sufrido mucho. Lo que te conviene ahora es descanso, le dijo; llevas años cuidando a tu padre, que en gloria esté; ha llegado el momento de que alguien cuide de ti. A estos razonamientos Delfina no supo oponer otros: había pasado muchos años en la cárcel; luego había vivido en un aislamiento absoluto, dedicada efectivamente a cuidar a su padre enfermo y lelo. Estaba acostumbrada a no disponer de su vida, no podía imaginar escapatoria a la obediencia ciega, salvo la muerte, no concebía otra disyuntiva. Cuando la llevó a la casa ya había allí un chófer, una cocinera y una camarera. No le extrañó que habiendo chófer no hubiera automóvil ni que esta servidumbre ocupara las habitaciones de la planta noble mientras ella era relegada al cuarto de arriba, expuesto a los cuatro vientos. Son gente de absoluta confianza, le dijo; les he dado instrucciones, ellos saben lo que hay que hacer; tú no tienes que ocuparte de nada, sólo hacer lo que ellos te indiquen. Ella sólo acertó a darle las gracias. Por dentro pensaba: quizá esto es como si estuviéramos casados; esto es lo que más se debe de parecer a estar casado con un hombre así.

Durante los meses que siguieron se limitó a dar las gracias a quien le dirigía la palabra. Por las mañanas la despertaba la camarera y le servía en la cama un desayuno copioso: tortilla de chorizo, embutidos, puré de patatas, tostadas con aceite y un litro de leche caliente. Luego la vestía y la dejaba en el jardín, apoltronada en un butacón de mimbre, a la sombra de una mimosa. Le cubría los hombros con un chal de lana de Angora de color amarillo chillón: a este chal acudían las mariposas y las abejas, atraídas por el color. Luego comía y dormía la siesta. Se despertaba con el sol ya bajo, cuando le servían té o chocolate con bizcochos. Entonces daba un corto paseo por el jardín, seguida discretamente por el chófer. Al principio, uno de los primeros días había tratado de trabar conversación con este chófer. ¿No ha dicho Onofre si vendrá a verme?, había preguntado. El chófer la miró de arriba abajo antes de responder. Si se refiere usted al señor, dijo con retintín, el señor no suele informarme acerca de sus planes, ni yo le digo al señor lo que tiene que hacer. Me ha puesto en mi sitio, pensó ella; le dio las gracias y siguió paseando. Otro día quiso apartar los cipreses que formaban el seto para ver la calle pero el chófer le dio un empellón. Esto le importó menos que el no saber si él iría a visitarla o no. En realidad él no iba a visitarla porque estaba encerrado en su despacho escribiendo el guión de la película que ella había de protagonizar. Mientras él hacía esto sus sicarios seguían cebando a Delfina. Por la noche le administraban un somnífero para que durmiera muchas horas de un tirón. Ella no se daba cuenta de que comía en exceso: en la cárcel había pasado tanta hambre que había perdido de vista toda proporción, todo sentido de la medida: si ahora le hubieran dado nuevamente un trozo de pan, un poco de queso rancio, un arenque o un pedazo de bacalao en salmuera, le habría parecido bien; los festines pantagruélicos que le hacían ingerir también le parecían bien: no entendía que en la vida cupieran opciones o que estuviera en poder de las personas el ejercerlas a veces: su voluntad había sido anulada. Quizá por esto también le seguía amando. Por fin decidió escribirle una carta, decirle en ella lo que no había acertado a decirle en presencia de su padre. Cuando la hubo escrito se la dio a la camarera con el ruego de que la echara al buzón lo antes posible. Esa noche en la cocina los criados empezaron a leer la carta, cuyo contenido no entendían. Eran tres rufianes y cumplían su cometido tan mal como podían. Uno u otro estaba siempre ebrio, cuando no los tres a la vez. Aunque entre sí se odiaban, estaban siempre juntos, incapaces de pasar un instante privados de compañía. El chófer fornicaba alternativamente con la camarera y con la cocinera; a veces, cuando habían bebido en exceso, lo hacía con ambas a un tiempo. En estas ocasiones las dos mujeres se peleaban por él, se tiraban de las greñas, se arañaban y se mordían con ferocidad. Los gritos y el alboroto que acompañaban estas orgías bestiales conseguían despertar a Delfina; como estaba aún bajo los efectos del somnífero, no llegaba a recobrar la percepción por completo: entonces creía estar todavía en la cárcel, donde todas las noches la despertaban alaridos infernales. También allí al cabo de los años había conseguido superar la desazón que estos alaridos le producían al principio integrándolos en sus propios sueños. De esto se daba cuenta ahora. *Aquella noche,* había escrito en la carta que nunca llegó a sus manos, *yo también quise gritar, pero me contuve. Este grito se me quedó dentro y lo vengo oyendo desde entonces todas las noches. No digo esto para hacerte un reproche: no es un grito de dolor solamente; también es un grito de felicidad sin límites. En todo caso me arrebata la paz que me podría traer el sueño a mi vida: ya no espero otro descanso que la muerte. Pero no, no quiero aparentar un valor que me falta, a ti no te pudo mentir: en mi vida he pasado por momentos difíciles, a veces he sentido ganas de renegar de la grandeza de mi destino, que ha sido el quererte. Esto que te digo ahora tampoco es un reproche. Siempre he pensado que si tú no fueras como eres, si hubieras actuado de un modo distinto, mi vida habría sido distinta de como ha sido y no hay nada que pueda causarme tanto dolor ni tanto espanto como este pensamiento: el de que un solo instante de mi vida podía haber sido de otro modo, porque eso significaría que en ese instante yo no te habría querido tanto como te he querido. No envidio a nadie ni me cambiaría por nadie, porque nadie te puede haber amado tanto como yo te he amado.* Al leer esta carta a los criados se les cayeron varias manchas de vino en el papel. Vaya, qué contrariedad, dijeron, ¿qué dirá el señor Onofre si ve estos manchurrones? Para no ser descubiertos arrojaron la carta al fuego.

El marqués de Ut dijo: Yo me tengo que ir. Se levantó con dificultad: las articulaciones habían sido afectadas por la vigilia y la lluvia. ¿No tienes nada que agregar?, dijo Onofre Bouvila. El marqués consultó el reloj y arrugó el ceño; luego pensó que en realidad nada reclamaba su presencia en ninguna parte y lo desarrugó. Si hemos llegado hasta aquí, bien puedo quedarme hasta el final, dijo suspirando. Onofre Bouvila sonrió con reconocimiento. Siéntate y dime qué te preocupa, le dijo. El marqués se acarició las mejillas y las encontró rasposas.

—Hay una cosa que no entiendo —dijo por fin: hablaba arrastrando un poco la voz; las ideas se le escapaban a veces; el cansancio no le permitía concentrarse, cosa que ya le resultaba ardua en condiciones óptimas. Ahora se había quedado embobado mirando la fotografía de Delfina: una matrona emperifollada, de pie contra un fondo de cipreses, apoyada en la sombrilla, mirando al aire con expresión vacía. Dejó la fotografía, hizo chascar los labios y los dedos al mismo tiempo.

—Veamos —dijo Onofre con paciencia.

—¿Qué pinto yo en este asunto? —dijo el marqués de Ut.

Quizá si todos los hombres de negocios supieran que tarde o temprano han de morir se paralizaría la actividad económica en el mundo. Por fortuna éste no era el caso del marqués de Ut. Francmasón, zascandil y libertino, el marqués era en su fuero interno un conservador intransigente; su falta absoluta de opinión tenía un peso enorme en los círculos más reaccionarios del país. Estos pequeños grupos, integrados por aristócratas, terratenientes y algunos elementos del Ejército y el clero ejercían sobre la vida política de la nación una influencia decisiva de carácter inverso: no intervenían en nada, salvo para impedir que se produjeran cambios; se limitaban a dejar constancia de su existencia y a prevenir a la opinión pública de lo que podría suceder (algo trágico) si su inmovilismo a ultranza era contrariado. Eran como leones dormidos en medio de un aprisco. En realidad no sustentaban ninguna ideología: cualquier intento de racionalizar su actitud era mal recibido; habría supuesto a sus ojos poner en tela de juicio lo recto, lo justo y lo necesario de esa actitud, una brecha en el orden natural de las cosas. Que se justifiquen otros, decían: a nosotros no nos hace ninguna falta, porque tenemos la razón. Toda innovación, aunque coincidiera con sus intereses, les horrorizaba; aceptarla les parecía un suicidio. En este terreno toda discusión con alguno de ellos resultaba imposible. Onofre Bouvila lo sabía por experiencia; a veces había insinuado al marqués de Ut la conveniencia de introducir pequeñas reformas en tal o cual sector con el fin exclusivo de evitar males mayores. Ante esta noción el marqués perdía los estribos. ¿Para qué carajo quieres tu cambiar el mundo, hombre?, replicaba, ¿Quién te crees que eres?, ¿Dios Todopoderoso? Bah, bah, ¿no están las cosas bien como están? Eres rico y en definitiva de viejo no pasa nadie: tú a lo tuyo ¡y los que vengan detrás que arreen! Sus argumentos eran poco consistentes, pero no había en el mundo fuerza capaz de hacer que se apease de ellos. El que además estas proposiciones subversivas vinieran de Onofre Bouvila no hacía más que reafirmarle en sus principios: Al fin y al cabo, le decía, tú has salido de la nada, eres un labriego a quien se ha permitido ganar dinero a espuertas: ahora los humos se te han subido a la cabeza y te crees con derecho a voz y a voto, ya quieres tener vela en este entierro, ¿eh? Esto a sus ojos era prueba de que en el futuro había que andar con más tino, ser más estricto. El que fuera capaz de decir estas impertinencias a su amigo, cuya hospitalidad generosa no rehusaba jamás y a quien debía favores importantes y sumas de dinero elevadas suscitaba la admiración y la envidia de Onofre Bouvila. Con él tampoco podía darse por ofendido. ¿Por qué sois tan cerriles?, se limitaba a responder con suavidad; con vuestra inflexibilidad vais a provocar vuestra propia destrucción. A esto el marqués replicaba con gritos y aspavientos de energúmeno; anunciaba que su paciencia estaba llegando al límite y que si la conversación seguía por aquellos derroteros se vería obligado a enviar sus padrinos a Onofre Bouvila. En estos momentos el marqués no habría vacilado en matarlo sin remilgos. Como para el marqués y sus correligionarios el orden existente era algo natural, todo desorden era por necesidad externo al sistema y había de ser eliminado por el método que fuera. En estas ocasiones recurrían siempre al ejemplo del organismo enfermo, el miasma y la amputación: una metáfora confusa que no entendían ni los sociólogos ni los cirujanos.

—Lo mismo decía Luis XVI cuando fueron a advertirle de lo que estaba pasando en las calles de París —dijo Onofre Bouvila con ánimo de desconcertar a su interlocutor, más por juego que por otra causa. Pero el marqués de Ut había respondido imperturbable que todos los franceses eran hijos de mala madre y que lo que le pudiera suceder a un francés a él le importaba un bledo—. ¿Aunque sea el rey? —había contraatacado Onofre Bouvila.

—Ah, no, eso no —dijo el marqués poniéndose en pie—: Con la casa de Orleans no se mete nadie en mi presencia y si la conversación continúa por estos derroteros me veré obligado a enviarte mis padrinos. Tú verás lo que haces.

Ahora sin embargo las cosas habían tomado otro cariz: no podía ser tomado a la ligera lo sucedido en Rusia, en Austria-Hungría o en la propia Alemania. Sólo un cambio profundo y osado permitiría que todo siguiera siendo como hasta entonces.

—¿Y este cambio osado y profundo consiste en esto? —dijo el marqués—. ¿En hacer películas con esta foca?

Onofre Bouvila seguía sonriendo, conciliador: no estaba dispuesto a contarle todavía al marqués el alcance verdadero de sus planes.

—Confía en mí —le dijo—. Yo sólo te pido esto: que no saquéis las tropas a la calle; que convenzas a los tuyos de que no soy un loco ni obro de mala fe. Dadme un período de gracia: yo os demostraré lo que puedo hacer. Pero es preciso que durante este período haya calma en vuestras filas. Si se produjeran pequeñas algaradas, dejad que la masa se divierta, haced como que no os dais cuenta: todo forma parte de mi plan.

—No puedo comprometerme a tanto —dijo el marqués. La fatiga le había llevado a una actitud defensiva rara en él.

—Ni yo te pido que lo hagas —dijo Onofre Bouvila—. Sólo que hables de esto a los tuyos. ¿Lo harás por nuestra vieja amistad?

—Déjame pensarlo —dijo el marqués. No podía pedírsele más, por lo que no insistió. Ahora el teatro estaba lleno de los cofrades del marqués de Ut y éste, Bouvila y Efrén Castells espiaban sus reacciones desde el palco celado.

—Parece que va bien —dijo el gigante de Calella.

Onofre Bouvila hizo un gesto afirmativo: No podía ser de otro modo, dijo para sus adentros. Una vez más la intuición había funcionado. Cuando la llevaron al estudio cinematográfico Delfina no opuso resistencia ni dio muestras de curiosidad; igual habría sido llevarla a otro sitio cualquiera. Este estudio cinematográfico había sido erigido en un solar situado entre San Cugat y Sabadell, no lejos de donde están hoy los edificios de la Universidad Autónoma de Barcelona. El costo de su construcción había sido muy elevado, porque todo el equipo técnico había sido importado de varios países. En la operación habían intervenido dos pioneros del cinematógrafo catalán: Fructuoso Gelabert y Segundo de Chomón; ninguno de ellos, sin embargo, había querido dirigir la película que Onofre Bouvila había concebido: el proyecto les parecía descabellado. Por fin fue contratado un viejo fotógrafo sin trabajo, un hombre de origen centroeuropeo, tiñoso y desabrido, llamado Faustino Zuckermann. La elección no fue desacertada: este hombre se compenetró desde el principio con el proyecto sin dificultad. Con Delfina fue tiránico, no había sesión de rodaje en que no la hiciese llorar por un motivo u otro. Era alcohólico y dado a sufrir ataques súbitos de cólera incontrolable. En esas ocasiones había que dejarlo solo, huir de su proximidad para no recibir un golpe dado con mala intención: una vez le rompió tres dedos de la mano a una modista, otra vez abrió la cabeza de un botones de un silletazo. La atmósfera de abyección que creaban en el estudio este personaje y otros similares era del gusto de Onofre Bouvila: él sabía que de allí saldría una flor más delicada y aromática. Los resultados se hicieron esperar; los primeros intentos resultaron fallidos. El atraso tecnológico en que se encontraba Barcelona en este terreno era todavía abismal. La primera película que se rodó tardó tres meses en salir del laboratorio. Cuando por fin estuvo revelada se vio que no se podía aprovechar: unas secuencias eran demasiado oscuras y otras eran tan luminosas que herían los ojos del espectador, quedaban impresas en su retina durante varias horas; en otras revoloteaban por la pantalla unas manchas ocres amorfas; en algunas el movimiento se había invertido inexplicablemente, todo iba al revés: las personas andaban hacia atrás, llenaban sus copas con un líquido que sacaban de la boca, etcétera; también algunos además caminaban por el techo mientras los otros lo hacían por el suelo. Este desastre no alteró el ánimo de Onofre Bouvila. Ordenó que quemasen todo aquel celuloide inútil y que empezase el rodaje de nuevo, en ese preciso instante. Le respondieron que Faustino Zuckermann no estaba en condiciones de trabajar, que no se tenía en pie. Que dirija sentado, respondió. En esto le imitaron luego muchos directores famosos. Para este segundo rodaje hubo que hacerlo todo nuevamente, porque los decorados y el vestuario del rodaje anterior habían sido quemados también. Esta medida había sido dispuesta expresamente por el propio Onofre Bouvila para que nada de lo que se hacía en el estudio trascendiera al exterior. Mantener el secreto era esencial para él. Pesaban amenazas terribles sobre el personal del estudio; a cambio de eso las remuneraciones eran altísimas. Por fin fueron a decirle que la segunda película ya estaba lista, si quería podía verla en una sala de proyección situada en el mismo estudio. Al oír esto dejó todo lo que tenía entre manos en ese momento, en un automóvil de cristales ahumados se hizo conducir allí. Esta película era la misma que ahora arrancaba lágrimas a los oligarcas congregados en el teatro gracias a la mediación del marqués de Ut. Al terminar aquella primera proyección privada había llamado a su presencia a Faustino Zuckermann. El viejo fotógrafo despedía un olor insoportable a vino tinto y cebolla cruda; su aliento parecía emanar del centro de la tierra.

—Te felicito —le había dicho—. Todo lo que yo quería está aquí; en esta mirada está todo: las ilusiones y los terrores de la humanidad —los ojos inyectados que Faustino Zuckermann tenía clavados en él con persistencia de beodo le convencían de su acierto: Son tal para cual, pensó, el mismo anhelo y la misma desesperación. Dentro de poco esta luz que aún resplandece en el fondo de sus miradas se extinguirá, será un rescoldo primero y luego un montón de ceniza fría, pero este instante último habrá quedado fijado para siempre en el celuloide, pensó.

# Capítulo VI

## 1

El hombre que salió a su encuentro había rebasado la edad a partir de la cual la apariencia viene marcada por circunstancias ajenas a la cuenta de los años. No tenía un solo pelo en la cabeza, que era esférica y de color de arcilla oscura; las facciones eran diminutas y los ojos de un azul purísimo. Vestía un pantalón de rayadillo sujeto por una cuerda anudada a la cintura, un blusón de franela desvaída y alpargatas. Al andar se apoyaba en un bastón de nudos y atravesada en la cuerda que le hacía las veces de cinturón llevaba una navaja de muelles tan grande que su aspecto por contraste resultaba inofensivo. También llevaba pegado a los talones un perro pequeño, cabezudo y repulsivo, de rabo muy corto y patas endebles. El perro no apartaba los ojos de su amo y éste volvía los suyos de cuando en cuando en dirección al perro, como si buscase su aprobación a lo que hacía o decía. Ahora el hombre se había vuelto a poner la gorra y daba la espalda a Onofre Bouvila.

—Tenga la bondad de seguirme, señor —le dijo—. Es por aquí. El camino es un poco malo, creo que ya se lo advertí.

Onofre Bouvila echó a andar en pos del hombre y el perro. El chófer que lo había traído hasta el claro del bosque hizo amago de seguirlos, pero él lo retuvo con un gesto.

—Quédate aquí —le dijo— y no te inquietes si tardo en volver.

El chófer se sentó en el estribo del automóvil, dejó a su lado la gorra de plato y se puso a liar un cigarrillo mientras los dos hombres y el perro se adentraban por un sendero del bosque que la maleza ocultó de inmediato. A pesar de sus años el hombre avanzaba con gran soltura entre las raíces, las piedras y la maleza. Onofre Bouvila, en cambio, tenía que detenerse a menudo porque la rama de una zarza se había enganchado en la tela de la chaqueta que llevaba. En estos casos el hombre retrocedía, cor-

taba la rama con la navaja y pedía mil disculpas a Onofre Bouvila, que ya daba su traje por perdido.

La industria cinematográfica que había creado en 1918 alcanzó su pleno desarrollo dos años más tarde, a fines de 1920: esta
fue su etapa de esplendor, su apogeo; luego las cosas habían empezado a torcerse. En medio del estupor general en 1923 traspasó
a Efrén Castells, con quien había estado asociado desde el principio, la parte del negocio que le correspondía y anunció que se
retiraba de éste y de todos los demás negocios igualmente. Los
que le conocían bien o, a falta de alguien que pudiera decir tal
cosa, los que mantenían con él un trato frecuente se sorprendie-
ron menos de su decisión, cuyos primeros indicios creían vislumbrar retrospectivamente en el anuncio repentino de que pensaba
cambiar de casa. Ahora recordaban aquel momento: no juzgaban
casual que hubiera coincidido con el punto de partida de su proyecto más ambicioso; en ello veían la convicción íntima, quizá in-
consciente de que sus planes grandiosos habían de acabar por
fuerza en el fracaso.

—Ésta era la antigua entrada del servicio —dijo el hombre—.
El señor disculpará que lo traiga por aquí, pero es el lugar más
practicable, el único que nos permitirá entrar sin saltar la tapia.

En su búsqueda tenaz había visto centenares de casas, pero
nada le había preparado para lo que encontró allí. Esta mansión,
situada en la parte alta de la Bonanova, había pertenecido a una
familia cuyo nombre parecía ser a veces Rosell y a veces Roselli.
La casa había sido edificada a finales del siglo XVIII, aunque de
esta primera construcción quedó poco en pie después de la ampliación a que fue sometida en 1815. De esta última fecha databa
también el jardín. Este jardín, romántico en su concepción y algo
disparatado en su realización, medía aproximadamente 11 hectáreas. En el costado sur del jardín, a la izquierda de la casa, había
un lago artificial alimentado por un acueducto de estilo romano
que traía el agua directamente del río Llobregat; a su vez el lago
desaguaba por un canal que rodeaba el jardín y pasaba ante la
casa y por el que era posible navegar en unos esquifes o barcas
de fondo plano, a la sombra de los sauces, cerezos y limoneros
que crecían en ambas orillas. Varios puentes permitían salvar el
canal: el puente principal, de tres ojos, hecho enteramente de
piedra, que conducía hasta la entrada misma de la casa; el puente
llamado «de los nenúfares», algo más pequeño que el anterior,
con pretil de mármol rosa; el de Diana, llamado así por la estatua
de esta diosa, procedente de las ruinas de Ampurias, que lo pre-

sidía; el puente cubierto, de madera de teca; el puente japonés, que sumado a su reflejo en el agua simulaba una circunferencia perfecta, etcétera. El lago y el canal habían sido poblados de peces muy diversos y vistosos; también habían sido traídas de Centroamérica y el Amazonas varias especies rarísimas de mariposas, que con esfuerzo enorme y dando muestras de unos conocimientos insólitos en Cataluña en aquella época habían conseguido aclimatar a la vegetación y al clima. Luego, en 1832, de resultas de un viaje a Italia, donde estaba en boga tal cosa y de donde la familia era originaria o donde se había radicado en tiempos de la dominación catalana de Sicilia o el reino de Nápoles (cuando probablemente el apellido familiar había sufrido varias mutaciones como la ya indicada) y a donde acudían periódicamente los vástagos de la rama familiar afincada en Barcelona cada vez que a uno de ellos le llegaba la hora de contraer matrimonio (lo que no venía dictado por el capricho o la inclinación, sino por el deseo explícito o la estrategia manifiesta y reiterada de no entroncar con otras familias catalanas, lo que a sus ojos habría conducido más tarde o más temprano a la desmembración del patrimonio) fue agregada al jardín una gruta muy admirada en su tiempo; esta gruta constaba de dos partes o estancias; una primera, amplísima, con bóveda de diez metros de altura y formaciones curiosas de estalactitas y estalagmitas hechas primorosamente de yeso estucado y porcelana, y una segunda, aún más extraordinaria, reducida de tamaño y desnuda de ornamentación, pero situada junto al lago y bajo el nivel del agua, cuyo fondo se podía contemplar a través de una sección de la pared de roca, parte de la cual había sido sustituida por un cristal de 50 centímetros de espesor: allí se podían ver, cuando la luz del sol penetraba hasta el fondo del lago, las algas y los corales, las bandadas de peces y una pareja de tortugas gigantes traídas de Nueva Guinea, que sobrevivieron al cambio de habitáculo y vivieron, según su costumbre, hasta muy avanzada edad, hasta bien entrado el siglo XX, aunque no llegaron a criar.

—Mi padre —dijo el hombre— había sido montero al servicio de la familia Rosell; luego, al volverse sordo, pasó a desempeñar el cargo de guardabosques. Puede decirse, señor, que yo nací ya al servicio de la familia Rosell.

Además de aquellas maravillas el jardín tenía recodos innumerables, pabellones, quioscos, templetes e invernaderos, avenidas misteriosas, de trazado deliberadamente confuso, por las que el paseante podía extraviarse sin temor y en cuyas revueltas podía toparse inopinadamente con la estatua ecuestre del emperador Augusto o con el semblante grave de Séneca o Quintiliano en sus pedestales respectivos, a través de cuyos setos conversaciones clandestinas podían ser oídas, citas amorosas sorprendidas y besos apasionados espiados a la luz de la luna. En los prados que se extendían en siete terrazas escalonadas en la falda de la montaña evolucionaban parejas de pavos reales y grullas egipcias.

—Pero el primer trabajo que recuerdo haber prestado —dijo el hombre— es el de paje de la señorita Clarabella, siendo yo de seis años de edad. La señorita Clarabella debía de tener trece o catorce por aquel entonces, si la memoria no me falla. Aunque dominaba varias lenguas la señorita Clarabella siempre se dirigía a la servidumbre en italiano; nunca entendíamos las órdenes que nos impartía. Mi función, por lo demás, no ofrecía dificultad: era el encargado de sacar a pasear los siete perros falderos que tenía. Siete perros, señor, de pura raza, todos distintos, usted tendría que haberlos visto.

La casa constaba de tres plantas, cada una de las cuales tenía una superficie de mil doscientos metros cuadrados; la fachada principal, orientada al sureste, mirando hacia Barcelona, tenía once balcones en cada una de las plantas superiores y diez ventanales y la puerta de entrada en la planta baja. Entre balcones, ventanas, tragaluces, vidrieras, claraboyas, miradores y puertas había en la casa un total de dos mil seis piezas de vidrio, lo que volvía su limpieza un trabajo constante. Ahora estos vidrios estaban rotos, el interior de la casa, devastado, y el jardín, convertido en una selva. Los puentes se habían caído, el lago se había secado, la gruta se había derrumbado, toda la fauna exótica había sido devorada por las alimañas y ratas que ahora señoreaban la finca; los esquifes y carruajes eran un montón de astillas amontonadas en los cobertizos sin puertas, y el escudo de la familia Rosell, apenas una excrecencia en el friso de la puerta principal, roída por la intemperie y cubierta de moho.

—Cuénteme qué sucedió —dijo Onofre Bouvila. Habían cruzado no sin riesgo el puente y estaban ante la puerta de entrada. En un león de piedra al que faltaban la cabeza y la cola se sentó el hombre. El perro se tendió a sus pies. El hombre apoyó el mentón en las manos cruzadas sobre la cachava y suspiró hondamente. Onofre Bouvila supo que iba a oír una historia más, larga y extraña.

—Aunque la familia Rosell tenía, señor, la costumbre, como es sabido, de no casar jamás en Cataluña —empezó diciendo el hombre—, de no emparentar con sus compatriotas, lo que siempre concitó malquerencias como si el haber nacido sobre el mismo suelo y bajo el mismo sol diese a los unos derecho a disponer de la vida privada y aun sentimental de los otros o a juzgarla, si otra cosa no, como le venía diciendo, señor, no era desdeñosa ni retraída, antes bien todo lo contrario. Raro era pues el día en que no me cruzaba con algún visitante cuando al caer la tarde me recogía después de haber pasado las dos horas reglamentarias ejercitando los perros, como me habían encomendado hacer, aun en los meses de calor, en el prado que había allí, señor, el que primero recibía la sombra de esos álamos, hoy mucho más altos que entonces, claro está: han pasado tantos años de aquello, señor, que hasta los árboles que entonces vieron mis paseos, los mismos que fueron testigos de mis sueños infantiles han muerto ya —hablaba con frases algo largas, como si le costase recordar o referir a un extraño lo que recordaba; por momentos se quedaba quieto, ensimismado: en esos momentos enrojecía como un colegial y su piel, de natural rojiza, adquiría una tonalidad aún más oscura, casi añil. Pasado este mal momento sacudía la cabeza y soltando una mano del pomo del bastón, al que se aferraba con fuerza, señalaba aquellos campos agrestes como si al conjuro de su memoria éstos fueran a convertirse de nuevo en los prados meticulosos de otros tiempos. Entonces el hombre creía ver en esos prados caminar aún la gente y transitar los carruajes—. En tales ocasiones, cuál no sería mi trabajo —prosiguió diciendo— para retener los perros que tiraban de sus correas juguetones y excitados. Y no era raro que por fin lograsen vencer mi resistencia y pese a ser menudos, siendo yo también pequeño y poco ducho, me arrastrasen por el césped tierno ladrando y brincando ellos y lloriqueando yo para regocijo del visitante que acertaba a percibir un instante esta escena jocosa antes de que su carruaje embocase el puente y la puerta de dos hojas se abriera de par en par para dejarle expedita la entrada en la mansión.

Dejó al hombre con su perorata y entró en el vestíbulo. La luz entraba a raudales por los ventanales sin postigos ni cortinas. El suelo estaba cubierto de hojas secas. Algunos artículos inconexos y casuales habían sobrevivido al saqueo: una pelota de colorines, un jarrón de bronce, una silla, etcétera. La ausencia de los demás era evidente y penosa. Pensó cuántos objetos eran precisos para hacer una casa; algunos de estos objetos constaban de muchas partes que requerían ser ensambladas cuidadosamente. Traducido esto a horas de trabajo, una mansión como aquélla suponía varias vidas enteras; su destrucción convertía estas vidas en una inversión inútil, un despilfarro, pensó con mentalidad de financiero. De esta reflexión le sacó la voz del hombre, que se le había unido silenciosamente y ahora continuaba su relato sin previo aviso.

—¡Y las fiestas, señor!, ¡y las verbenas y kermesses! —con la contera del bastón apartó las hojas que cubrían el suelo y dejó al descubierto un pie y el arranque de una pantorrilla femenina en el mosaico. De haber continuado la limpieza habría dejado al descubierto seguramente una escena mitológica tan extensa como el área entera del vestíbulo, pero para hacer eso habría necesitado varias horas de trabajo. Desistió de ello y prosiguió describiendo morosamente aquellas galas y saraos mientras recorrían salones y más salones. Como era de suponer, dijo, a él no le dejaban participar en aquellas fiestas, por lo general nocturnas, pero él se escapaba de su habitación, en camisa, descalzo a pesar del relente, se escondía en algún sitio desde donde pudiera ver sin ser visto. Estas escapadas venían facilitadas por el revuelo que ocasionaban las fiestas: en tales ocasiones toda la servidumbre estaba muy atareada y nadie podía ocuparse de un mocoso como él, explicó. Los vencejos habían hecho sus nidos en los artesonados del salón de los espejos y los ratones correteaban por las molduras. Este espectáculo pareció entristecerle más aún. Calló un rato y cuando habló de nuevo lo hizo de prisa, como si quisiera concluir pronto aquella visita que le resultaba a todas luces dolorosa, quizá porque ahora la realizaba en compañía de un extraño por primera vez en mucho tiempo.

—Un día de verano, señor —dijo—, un día terrible de verano, al regresar de mi paseo vespertino con los perros encontré la casa convertida en un torbellino y a todo el mundo allí atolondrado y confuso, lo que me hizo pensar, a primera vista, que estaba siendo preparada otra gran fiesta, lo cual, empero, no era posible, pues no hacía mucho habíamos tenido dos grandes fiestas casi seguidas, a saber, la verbena de San Juan y la visita de la compañía del teatro San Carlo de Nápoles, a la que, aprovechando el descanso estival, había invitado al señor Rosell a representar aquí para su familia y algunos amigos íntimos *Le Nozze di Figaro* del señor Mozart, cosa que había supuesto un trajín considerable, habiéndose habido de alojar y atender a los cantantes, el coro y la orquesta así como al restante personal del teatro, esto es, unas cuatrocientas personas sin contar los instrumentos y el vestuario, después de lo cual parecía que ya no íbamos a meternos en líos de tanta envergadura durante una temporada larga, aunque no debía de ser así, pues allí estaba yo, sin dar crédito a mis ojos, en medio de un batallón de albañiles, carpinteros, yeseros y pintores, lo imprescindible, en fin, para empezar a preparar una fiesta de ciertas campanillas. Excitado por este espectáculo imprevisto corrí al interior de la casa, seguido de mis siete perros, en busca de alguien que pudiera informarme de lo que pasaba o estaba por pasar y di por fin con una despensera con la que tenía, creo yo, cierto grado de parentesco, no siendo raros los matrimonios entre criados y criadas de una misma casa, lo que, dicho sea de paso, llegaba a originar situaciones pintorescas, como ser mi tía segunda a la vez mi prima carnal y un hermano de mi madre mi propio sobrino, etcétera, al margen del cual, que no hace al caso, esta despensera con quien yo estaba emparentado en cierto grado y que incluso es posible, ahora que lo pienso, que fuera mi madre, ya que mi padre, en las escasas ocasiones en que salía del bosque, dormía con ella, lo cual por supuesto no demuestra nada, que a la sazón estaba desplumando un faisán cuya cabeza acababa de cercenar limpiamente con el destral que ella, mi madre acaso, aún sostenía entre las rodillas, me contó que esa misma tarde había llegado un jinete envuelto en un capote y tocado de un tricornio de fieltro, anacrónico ya entonces, y que saltando del caballo antes de que éste detuviera su carrera desenfrenada y sin molestarse en atarlo o entregar las bridas al palafrenero que alertado por el ruido de los cascos en el puente acudía ya en su ayuda, circunstancia que el caballo había aprovechado para zambullirse en el canal, había murmurado al oído del mayordomo una contraseña que le había abierto de inmediato las puertas de la casa y le había valido una entrevista precipitada con el señor Rosell, a quien habían despertado de la siesta sin miramientos por tal motivo, tras lo cual éste había dado orden de que se preparase lo necesario para dar un gran baile esa misma noche (¡esa misma noche!) en honor de un huésped ilustre cuyo nombre, sin embargo, no había sido revelado al servicio. Al punto había partido de nuevo el emisario y pisándole los talones mensajeros encargados de cursar de viva voz las invitaciones, dijo la despensera, quizá mi madre. Pero, ¿de quién se trata?, le pregunté con la curiosidad insaciable de mi edad ternísima, a lo que respondió mamá que no podía decírmelo, que era un secreto y que aun cuando accediera a decírmelo, ello tampoco me sacaría de dudas, siendo ese nombre, que ella misma había oído escuchando detrás de las puertas y captando sílabas sueltas que traía el viento, totalmente desconocido para mí, según dijo, pero yo tanto porfié, apelando a sus sentimientos maternales, en el supuesto de que nuestra relación verdadera los justificase y ella los tuviera, que finalmente hubo de ceder e informarme de que la persona en cuyo honor se hacían los preparativos no era otra que el duque Archibaldo María, cuyas pretensiones al trono de España respaldaba desde hacía muchos años la familia Rosell.

Al primer piso habían llegado pocas hojas secas; allí la suciedad era más profunda, parecía provenir de los objetos mismos. Cuánta suciedad puede llegar a acumularse, pensó Onofre Bouvila; no sé yo qué pasaría en general si todo el mundo o casi todo el mundo no limpiase un poco cada día la parte de planeta que le ha tocado en suerte. Quizá éste sea en realidad el destino auténtico de la humanidad, quizá Dios puso al hombre en la tierra para que la mantuviera un poco limpia y presentable, quizá por esta razón todo lo demás es sólo una quimera.

—Pronunciarse a favor de tal o cual candidato al trono no era en aquellos tiempos fruto de la afición, una simple predilección comparable a la que podría sentirse hoy por un torero, pongamos por caso, sino una postura política comprometida, cuyas consecuencias, si los avatares de las guerras intestinas que había entonces por tales causas eran adversas, podían resultar irreparables —continuó diciendo el hombre—. Ahora bien —añadió al cabo de un rato—, el candidato en cuestión, aquel cuya visita nos había sido anunciada, había prometido en un documento incomprensible, mezcla de ideario, arenga y programa, llamado no sé por qué «edicto» y promulgado en Montpellier, conceder a Cataluña una independencia restringida o algo por el estilo, un régimen al parecer calcado del que vinculaba y vincula aún hoy la India a la corona británica. Por esta vaga promesa la familia Rosell había puesto vida y fortuna en el tapete. Ahora este candidato anunciaba de improviso su visita y ello creaba en la casa una disyuntiva insoluble, ya que por una parte había que agasajar al huésped como su rango real o posible exigía y por otra parte había que mantener a toda costa la clandestinidad que por fuerza rodeaba su viaje, toda vez que las autoridades constituidas y las bandas rivales de común acuerdo habían puesto precio a su cabeza, dificultades éstas que se sumaban a la premura, poniendo a prueba la imaginación, el refinamiento, el *savoir faire* de la familia.

El suelo estaba ahora cubierto de fragmentos minúsculos de porcelana que crujían bajo las pisadas de los dos hombres. Al recoger uno de los fragmentos y acercárselo a los ojos advirtió que provenía, como los restantes, de una vajilla de Sèvres o Limoges de no menos de doscientos cubiertos sin contar las soperas, las salseras, las fuentes y los fruteros. Si el comedor está en la planta baja, dijo, ¿cómo ha venido a parar aquí esta vajilla? También habría preguntado quién la había roto, si hubiera sabido a quién preguntarlo. El hombre no respondió, perdido en sus remembranzas.

—En cuanto lo vimos nos dimos cuenta de que aquel hombre sólo podía traer la desgracia a esta casa —dijo—. El duque Archibaldo María contaba a la sazón cuarenta o cuarenta y cinco años de edad y había vivido siempre en el exilio. Esta vida furtiva y trashumante había hecho de él un hombre crapuloso y amoral. Al cruzar el puente se cayó del caballo debido al estado de embriaguez en que venía. No creo que llegase ni siquiera a ver los esquifes que surcaban el canal y en los que la servidumbre sostenía en alto candelabros y palmatorias para crear un círculo de luz en movimiento. Su edecán, un individuo apodado Flitán, con aire de zíngaro, saltó de su silla con agilidad circense y ayudó al duque a incorporarse, lo condujo a rastras hasta el pretil del puente, de pechos sobre el cual vomitó Su Alteza mientras la señorita Clarabella, cumpliendo las instrucciones que le había dado su padre y con los gestos que toda la tarde le había estado enseñando el profesor de baile, hincaba la rodilla en la más grácil de las reverencias y le ofrendaba en un cojín de seda ajedrezado una reproducción de la llave de la casa en oro o en otro metal dorado y un lirio blanco... No sé si ya le he dicho, señor, que era una noche de verano calurosísima, una noche terrible. El duque no se había afeitado en varios días ni lavado en varios meses, sus ropas despedían un olor acerbo, de la nariz le colgaban mocos espesos y al reír, cosa que hacía con más fiereza que alegría, mostraba unos dientes puntiagudos y carcomidos: nunca una casa real estuvo peor representada. Sopesó con gesto apreciativo la llave de oro, que pasó luego a su edecán, arrojó al suelo el lirio y pellizcó la mejilla de la señorita Clarabella, que enrojeció al punto, repitió la venia maquinalmente y dando media vuelta corrió a ocultarse detrás de su madre.

Subieron al segundo piso por una escalera de cuya barandilla sólo permanecían unos maderos astillados que sobresalían perpendicularmente de los peldaños. Al llegar arriba el hombre, que hasta ese momento se había movido por la casa con pesadez, arrastrando los pies y remoloneando en cada estancia, hizo un quiebro y se colocó delante de Onofre Bouvila, como si quisiera cortarle el paso.

—Aquí estaban los dormitorios de la casa —explicó sin que viniera a cuento: hasta ese momento tampoco había dado ninguna explicación acerca de la antigua distribución de los aposentos—, los dormitorios, quiero decir, de los señores —añadió apresuradamente, temeroso de haber cometido una incorrección—; el servicio, por supuesto, dormía arriba, en el ático: era la parte más calurosa de la casa en verano y la más fría en invierno, pero, a cambio de estas molestias inapreciables, era la que gozaba de mejor vista sobre la finca entera. Ahí dormía yo también. Mi habitación estaba separada de las demás... No digo esto para darme pisto: en realidad yo dormía con los siete perros de la señorita Clarabella; pero lo cierto es que no compartía la habitación con otros criados, como era habitual, lo que me libraba de ser objeto de chirigotas, azotes y actos de sodomía, no del todo, claro está, pero sí la mayor parte de los días; en total creo poder decir que mientras viví aquí sólo fui objeto de chirigotas, azotes y actos de sodomía una vez por semana aproximadamente, lo que no pueden decir otros en mi condición. El resto del tiempo me dejaban tranquilo. Entonces solía sentarme en el alféizar de la ventana, con los pies colgando hacia fuera, y mirar las estrellas; otras veces miraba hacia abajo, hacia Barcelona, con la esperanza de ver algún incendio, ya que de otro modo la ciudad estaba a oscuras, siendo imposible adivinar desde mi atalaya que allá a lo lejos había una urbe populosa. Luego vino la luz eléctrica y las cosas cambiaron, pero para entonces ya no vivía nadie en esta casa. Venga, señor —dijo bruscamente, tirando a Onofre de la manga—, subamos al ático y le mostraré dónde estaba mi habitación, esa que le digo. Dejemos por ahora estos aposentos, que no revisten el menor interés. Hágame caso.

El techo del ático había cedido en varios sitios: por allí se veía el cielo. A través de los agujeros entraban y salían zigzagueando los murciélagos que ahora vivían en el ático. Los que no andaban revoloteando dormían colgados de las vigas, cabeza abajo. Por el suelo corrían ratas grandes, de pelo tieso como púas, capaces de hacer frente a un gato e incluso de acabar con él. El hombre cogió en brazos a su perrito en previsión.

—Esa noche no podía dormir —siguió diciendo como si en ningún momento hubiera interrumpido el relato—: hasta mi habitación llegaba la música de la orquesta que amenizaba el baile. Yo miraba por la ventana, según la costumbre que ya he dicho. Abajo, al otro lado del puente, en la explanada que había allí, podía ver débilmente iluminados por las miríadas de estrellas que tachonaban el firmamento de aquella noche de verano, de aquella noche terrible, señor, los coches en que habían venido los invitados selectos, acérrimos partidarios del duque todos ellos, no hace falta que lo diga, y más allá, en las laderas de la montaña, un sinfín de lucecitas que se movían lentamente, como una bandada de luciérnagas perezosas, pero que no eran luciérnagas, ay dolor, sino las linternas con que se alumbraban las tropas del general Espartero, quien, advertido por algún traidor que mal haya de la presencia del duque, había dado orden de rodear la finca. De esta añagaza, por ironías del destino, nadie se había percatado, sino yo, pobre inocente, que a mis seis años de edad, ¿qué había de saber de las reglas de la traición y la guerra? Déjeme respirar, señor, y en seguida reanudaré esta historia —hizo lo que anunciaba y se restañó los ojos con un pañuelo de hierbas que sacó del bolsillo. Luego, sin ton ni son, restañó también los ojos del perrito, que apartó la cabeza. Acto seguido volvió a guardar el pañuelo en el bolsillo y dijo—: Estuve escuchando la música hasta que vencido por el sueño me retiré a dormir. No sé qué hora sería cuando desperté sobresaltado. Los perros que dormían conmigo se habían despertado antes que yo y paseaban inquietos por la habitación, arañaban las puertas, mordisqueaban la estera que cubría el suelo y gemían como si olfateasen peligros inciertos en el aire. Fuera era noche cerrada. Miré por la ventana y advertí que los coches se habían ido y que las lucecitas que antes me habían entretenido estaban ahora apagadas. Prendí un cabo de vela y en camisa y descalzo salí al pasillo, encerrando detrás de mí los perros en la habitación, no fueran a escaparse y corretear por la casa, que parecía dormida. Por esa misma escalera que usted ve, señor, bajé al segundo piso. No sé qué idea me llevaba allí. De pronto una mano me sujetó el brazo y otra mano me tapó la boca, impidiéndome de este modo tanto huir como pedir auxilio. Se me cayó al suelo la vela, que fue al punto recogida por alguien. Recuperado de mi estupor vi que quien me sujetaba no era otro que el duque Archibaldo María y quien había recogido la vela con la que ahora alumbraba su diabólico rostro, el bárbaro Flitán, que llevaba un puñal entre los dientes, lo que me sumió en indecible zozobra. Nada temas, oí que murmuraba el duque en mi oído, arrojándome a la cara un aliento pastoso y tan impregnado de alcohol que temí perder el conocimiento. ¿Sabes quién soy?, me preguntó; a lo que yo respondí moviendo ligeramente la cabeza. Esta respuesta le resultó satisfactoria, pues agregó entonces: Si sabes quién soy, sabrás también que has de obedecerme en todo. Y como yo volviera a asentir por señas, preguntó de nuevo si sabía dónde estaba la alcoba de la señorita Clarabella. Mi respuesta afirmativa provocó entre ambos hombres un rápido intercambio de miradas y sonrisas, cuyo sentido ni por asomo entendí. Pues llévame hasta allá sin pérdida de tiempo, dijo el duque, porque la señorita Clarabella me está esperando. Tengo que darle un recadito, añadió al cabo de un instante acompañando sus palabras de una grosera carcajada que coreó el edecán. Naturalmente, obedecí. Ante la puerta de la alcoba me devolvieron la vela y me conminaron a regresar inmediatamente a mi cuarto. Duérmete en seguida y no cuentes a nadie lo que ha pasado, me advirtió el duque, o diré a Flitán que te corte la lengua. Volví a mi cuarto a toda prisa, sin volver una sola vez la vista atrás. Ante la puerte me detuve: el encuentro me había dejado en el ánimo una desazón que no lograba explicarme. Al fondo del pasillo del ático, donde me encontraba, dormía la despensera que podía ser mi madre o no. De puntillas entré en su habitación, que compartía, como ya le he dicho antes, con otras criadas, me acerqué a su cama y la zarandeé. Ella entreabrió los ojos y me miró colérica. ¿Qué diablos andas haciendo aquí, condenado mequetrefe?, me dijo entre dientes, y yo temí que, después de todo, no fuera mi madre, en cuyo caso sólo me cabía esperar de ella una buena tunda. Sin embargo respondí: Tengo miedo, mamá. Está bien, dijo ella deponiendo su actitud iracunda, quédate si quieres, pero no en mi cama. ¿No ves que esta noche tengo compañía?, añadió llevándose el dedo índice a los labios y señalando luego a un hombre que roncaba a su lado y que no era, dicho sea de paso, mi padre el guardabosques, lo que tampoco demuestra nada, por supuesto, ante lo cual yo me tendí en la estera, a los pies de la cama, y me puse a contar los bacines que desde allí veía. Desperté una vez más con violencia: mi madre me sacudía. Todas las criadas y los hombres que por la razón que fuese estaban también en la pieza corrían de un lado para otro buscando sus ropas a la tenue claridad que entraba por el tragaluz del techo. Pregunté qué ocurría y mi madre me dio un papirotazo por toda explicación. No preguntes tanto y vamos de prisa, dijo. Se había echado sobre la camisa una pañoleta y así salió del cuarto llevándome a mí a rastras. Las escaleras retumbaban y se cimbreaban al paso precipitado de la servidumbre que bajaba por ellas y se congregaba en el sótano. Allí vimos al señor y a la señora Rosell. Él llevaba aún su traje de gala o se lo había vuelto a poner. En la mano derecha tenía un sable desenvainado y con el brazo izquierdo rodeaba protector los hombros de la señora Rosell, que lloraba contra su plastrón. Ella llevaba una bata larga de terciopelo azul. Al pasar por su lado oí murmurar al señor: *Povera Catalogna!* Miré a todas partes por ver si en medio de la desbandada distinguía a la señorita Clarabella, cosa que mi escasa estatura dificultaba en grado sumo. Oí decir asimismo a los que me rodeaban que las tropas del general Espartero acababan de cruzar el puente y que no tardarían en derribar la puerta de entrada. Como para corroborar esta aseveración sonaron unos aldabonazos tremendos en la planta baja, justo sobre nuestras cabezas. Yo escondí la mía en el bosque de rodillas que me envolvía. El señor Rosell dijo con voz serena: Aprisa, aprisa, no entretenerse, que en ello nos va la vida. Íbamos entrando todos en una alacena donde siempre había visto que se guardaban alubias, lentejas y garbanzos en unos barriles de madera clara con flejes de hierro. Yo no salía de mi asombro: nunca había sospechado que en un espacio tan reducido pudiera meterse tanta gente. Al acercarme más comprendí lo que pasaba: en efecto, en el suelo de la alacena había una trampilla, generalmente oculta bajo los barriles, pero ahora abierta, por la que se iban metiendo los que entraban en la alacena. Aquella trampilla conducía a un pasadizo secreto, de cuya existencia sólo los dueños de la casa tenían noticia y por el que se podía huir cuando la casa se encontraba sitiada impenetrablemente, como era el caso en que nos hallábamos. Mi madre me hizo señas con la mano: No te quedes rezagado, vamos, corre, parecía darme a entender con ese gesto. Yo la habría seguido, señor, de no haberme acordado repentinamente de que había dejado los siete perritos encerrados en mi habitación horas antes, cuando salí a efectuar aquella primera incursión que acabó en el encuentro con el duque. Tenía que ir a buscarlos, me dije, so pena de incurrir en el descontento de la señorita Clarabella. Sin pensarlo dos veces giré sobre mis talones y subí a la carrera los cuatro pisos que separaban el sótano del ático.

Onofre Bouvila se asomó a la ventana y miró hacia abajo. Los matorrales y arbustos habían borrado los lindes de la finca: ahora una masa verde se extendía a sus pies hasta el borde de la ciudad.

Allí se veían claramente delimitados los pueblos que la ciudad había ido devorando; luego venía el Ensanche con sus árboles y avenidas y sus casas suntuarias; más abajo, la ciudad vieja, con la que aún, después de tantos años, seguía sintiéndose identificado. Por último vio el mar. A los costados de la ciudad las chimeneas de las zonas industriales humeaban contra el cielo oscuro del atardecer. En las calles iban encendiéndose las farolas al ritmo tranquilo de los faroleros.

—No me interesa el resto de la historia —dijo secamente dirigiendo al hombre una mirada autoritaria por encima del hombro—. Me quedo con la casa.

## 2

Por pura casualidad o por deliberada armonía el hundimiento del imperio cinematográfico de Onofre Bouvila coincidió con el fin de la reconstrucción de la mansión que había adquirido. Con tesón inagotable, sin reparar en tiempo, energía ni gastos hizo demoler el interior de la casa y luego volver a colocarlo todo donde había o donde debía de haber estado. Para eso no disponía de descripción ni plano ni de otra guía que los dictados de la lógica y la memoria incierta del hombre del perrito. Con paciencia infinita escuchaba las opiniones de los arquitectos, historiadores, decoradores, ebanistas, artistas, diletantes y charlatanes que acudían con ánimo de resolver los problemas concretos que se presentaban sin cesar: sobre cada cuestión emitían dictámenes contradictorios. Después de escuchar estos dictámenes, que retribuía con esplendidez, él tomaba la decisión que estimaba óptima, sin dejarse llevar nunca por sus preferencias. Así iba viendo resucitar paulatinamente la casa y el jardín, las cuadras y los cobertizos, el lago y el canal, los puentes y los pabellones, los macizos de flores y el huerto. Dentro de la casa los techos y los suelos eran restaurados si lo que aún quedaba de ellos lo permitía o inventados donde el tiempo se había cebado en el trabajo del hombre hasta dejarlo irreconocible. Distribuyó entre sus agentes los añicos de porcelana y cristal y los envió por todos los rincones del mundo en busca de objetos gemelos de aquéllos; estos agentes, que pocos años antes habían andado por esas mismas ciudades ofreciendo al mejor postor obuses y morteros, hacían tintinear ahora las campanillas colgadas en los dinteles de los sótanos húmedos donde vivían orfebres y anticuarios. Hizo venir a Barcelona pintores y escultores de todos los talleres y mansardas y restaurado-res de las pinacotecas y museos de todo el mundo. Un pedazo de jarrón no mayor que la palma de la mano viajó dos veces a Shanghai. Se hizo traer caballos de Andalucía y de Devonshire y los enjaezó y unció a réplicas de carruajes construidos especial-mente para él en Alemania. Todos pensaban por esto que estaba loco, que había perdido el juicio: nadie entendió la razón que le impulsaba a sumergirse en aquel rompecabezas sin solución. En este punto nadie podía llevarle la contraria; ni la conveniencia ni la comodidad ni la economía eran argumentos que estuviese dis-puesto a considerar: cada cosa tenía que ser exactamente como había sido antes, en tiempos de la familia Rosell, cuyo rastro, por otra parte, no se había preocupado nunca por encontrar. Cuando alguien manifestaba sorpresa, le preguntaba cómo él, que trataba de reemplazar la religión ancestral por el cinematógrafo, se em-peñaba ahora en recrear algo reñido con el progreso, algo que el progreso mismo había dejado atrás irremisiblemente, se limitaba a sonreír y respondía: Precisamente. No había forma de sacarlo de ahí. Esta obra colosal duró varios años.

Un día, mientras visitaba la mansión, trabó conversación con un decorador. Este decorador le dijo que había estado buscando en vano una figurita de mayólica de escaso valor; en el curso de sus pesquisas, sin embargo, había oído decir que tal vez en París, en determinado establecimiento, podría dar con ella, pero había preferido renunciar antes de seguir dedicando a la figurita un di-nero y un esfuerzo a su juicio desproporcionados. Onofre Bouvila se hizo dar la dirección de ese establecimiento en París, hizo des-pedir al decorador, subió al automóvil que le esperaba en el puente y dijo al chófer: A París. Nunca había salido de Cataluña. Ni siquiera a Madrid, donde tantos asuntos llevaba entre manos, había ido. Durante el viaje durmió en el asiento del automóvil. Al cruzar la frontera, como hacía fresquito, quiso comprar una manta de viaje para taparse las piernas, pero no se la quisieron vender: no llevaba encima dinero francés. Siguió sin la manta hasta Perpiñán: allí un banco le prestó lo que necesitaba y le en-tregó una carta que le permitía ir retirando sumas sin límite por dondequiera que pasara. Al salir de Perpiñán empezó a llover; no cesó de llover en todo el viaje. Durmieron en una población que les salió al paso al ponerse el sol. A la mañana siguiente reem-prendieron la marcha. Cuando llegaron a París fueron directa-mente a la dirección que le había dado el decorador incompeten-te: allí encontró en efecto la figurita de mayólica y la compró por un precio irrisorio. Con la figurita en su poder se hizo conducir al hotel de lujo más próximo y se hospedó en la *suite royale*. Estaba en la bañera cuando entró el gerente vestido de chaqué. En la solapa llevaba una gardenia. Venía a preguntar a *monsieur* Bouvila si deseaba algo en especial. Ordenó que le sirvieran la cena en la *suite* y que proporcionasen al chófer, que ocupaba otra habitación en otro piso, compañía femenina. Mañana le espera un día muy duro, comentó. El gerente del hotel hizo un gesto comprensivo. ¿Y *monsieur*?, dijo luego, ¿no necesitaba también un poco de compañía? Discreta y servicial, dijo Onofre tratando de imaginar lo que habría hecho en aquella situación su amigo el marqués de Ut. El gerente levantó las manos hacia el techo. *C'est l'especialité de la maison!*, exclamó. *Elle s'appelle Ninette*. Cuando Ninette llegó más tarde a la *suite* lo encontró echado en la cama, vestido y dormido profundamente. Le quitó los zapatos, le desabotonó el chaleco y el cuello de la camisa y lo tapó con el cobertor. Al ir a apagar la luz vio en la mesilla de noche un sobre en el que había escrito: *Pour vous*. Dentro del sobre había un fajo de billetes. Ninette volvió a dejar el sobre y los billetes en la mesilla de noche, apagó la luz y salió de la *suite* sin hacer ruido.

Viajar es aburrido y además no instruye como dicen, pensó al día siguiente. El gerente del hotel le sugirió que abreviase el regreso volando a Barcelona en aeroplano: aún no existía servicio regular entre ambas ciudades, pero si el dinero no era obstáculo, indicó el gerente, todo en este mundo tenía arreglo. Se hizo conducir al aeródromo y negoció con un piloto belga el alquiler de un biplano. El chófer partió hacia Barcelona por carretera y Onofre y el piloto subieron al avión. Vientos contrarios los llevaron a Grenoble. De allí consiguieron llegar a Lyon, donde repostaron combustible y bebieron varios coñacs en la cantina del aeródromo para entrar en calor. Al cruzar los Pirineos estuvieron en un tris de sufrir un accidente serio. Finalmente aterrizaron en el aeródromo de Sabadell sanos y salvos. Con gran sorpresa advirtió que en la pista de aterrizaje le estaban esperando Efrén Castells y el marqués de Ut.

—Caramba, cuánto os agradezco que hayáis venido —dijo. Ellos le gritaban algo, pero no oía nada: tantas horas de vuelo le habían dejado temporalmente sordo. También andaba a tumbos; el gigante de Calella lo llevaba casi en volandas—. Lo que no entiendo es cómo supisteis que llegaba hoy aquí —agregó.

Lo habían estado buscando por todas partes. A través de los bancos habían seguido su pista hasta París; desde allí el gerente del hotel les había informado telegráficamente de sus andanzas: *Bibelot acheté monsieur baigné Ninette deçue monsieur volé,* había escrito. Ahora los tres iban en el automóvil de Efrén Castells camino de Barcelona. Sentado en el trasportín aquél metía prisa al chófer. Preguntó a qué se debía tanta prisa. ¿Qué ha pasado?, quiso saber. Algo importante, dijo Efrén Castells; por culpa de tu estúpida escapada hemos perdido ya un tiempo precioso. Decía estas cosas con una gravedad impropia de su temperamento.

—Pongámonos los capirotes —dijo el marqués. De debajo del asiento sacó una caja rectangular de madera taraceada y de ésta tres capirotes negros adornados con la cruz de Malta. Ahora tenían que ir agachados para que los cucuruchos no se aplastaran contra el techo del automóvil. Éste detuvo al fin su carrera alocada en la falda del Tibidabo, frente a un caserón de ladrillo rojo rematado por torreones falsos, almenas y gárgolas. Dos hombres que llevaba fusiles en bandolera abrieron la verja y la volvieron a cerrar cuando el automóvil la hubo franqueado. Frente a la puerta principal del edificio se apearon, subieron de dos en dos la escalinata y entraron en un vestíbulo circular de techo alto en el que resonaban sus pasos precipitados. Al andar se iban abriendo y cerrando las puertas; criados vestidos de calzón corto y cubiertos de antifaces de satén blanco les hacían reverencias y les señalaban el camino que debían seguir. Así desembocaron en una sala cuyo centro ocupaba una mesa larga y estrecha. A esta mesa se sentaban también varios encapuchados. En tres sillones fraileros vacantes se sentaron Onofre Bouvila, el marqués de Ut y Efrén Castells. El que presidía preguntó con voz cascada: ¿Estamos todos? Un murmullo afirmativo respondió a esta pregunta. Empecemos, pues, dijo el presidente santiguándose. Todos los presentes imitaron este gesto, tras lo cual dijo el presidente:

—A este capítulo extraordinario han venido representantes de nuestros hermanos de Madrid y Bilbao, a quienes me cabe el honor y el placer de dar la bienvenida a Barcelona —un ronroneo siguió a esta formalidad. Luego el presidente golpeó la mesa con un mazo diminuto y continuó diciendo—: Os supongo a todos al corriente de la situación.


En 1923 la situación social se había deteriorado hasta llegar a un punto del cual, decían algunos, «ya no se podía regresar». Sólo

Onofre Bouvila estaba en desacuerdo con este diagnóstico pesimista. Siempre hemos vivido en una situación social crítica, decía; el país es así y no hay que darle más vueltas. Opinaba que pese a todo, en el fondo no pasaba nada grave. Dejemos que las cosas sigan su curso, decía, ellas solas se arreglarán naturalmente, sin más violencia que la estrictamente necesaria. A él las cosas como estaban, las cosas confusas y enrevesadas le parecían bien, no en vano había escalado la posición que ocupaba ahora prevaliéndose de ello. El marqués de Ut y sus cofrades, en cambio, opinaban lo contrario: habían heredado la posición de que gozaban y vivían en el temor continuo de perderla; cualquier medida extrema les parecía justificada si tenía por objeto garantizar su estabilidad. El fantasma del bolchevismo les quitaba el sueño. Ah, pensaba Onofre Bouvila cuando por mor de la discusión se enfrentaba a semejante eventualidad, si aquí triunfara el bolchevismo como en Rusia, yo sería Lenin. Tenía una confianza sin límites en su capacidad de sobreponerse a cualquier contrariedad y de sacar provecho de cualquier obstáculo. Esto, sin embargo, no se lo podía decir al marqués de Ut ni a sus cofrades, con los que ahora estaba reunido.

—Hay que ser muy bruto para dejar que las cosas lleguen a estos extremos irreversibles —se limitó a decir.

—La situación actual es como la fábula de la cigarra y la hormiga —replicó el marqués levantando mucho la voz—. Las clases bajas piden una cosa y nosotros se la damos; al día siguiente van y piden otra cosa y nosotros también se la damos. Así hasta que el populacho acaba pensando: vaya por Dios. Ese día se levanta en armas, nos pasa a cuchillo, pone nuestras cabezas en la punta de una caña y encima todo huele a sardinas.

Este análisis de la situación fue coreado por murmullos de asentimiento. El encapuchado que se sentaba a la derecha de Efrén Castells agregó que el obrero se había salido de sus casillas y ya no se conformaba con pedir el oro y el moro. Lo que ahora quiere es cortarnos la cabeza, dijo. Cortarnos la cabeza, violar a nuestras hijas, quemar las iglesias y fumarse nuestros puros, especificó. Todos los encapuchados golpearon la mesa con los puños. Este ruido duró un rato; cuando cesó Onofre Bouvila volvió a tomar la palabra.

—Yo sé lo que quieren los obreros —dijo con suavidad—. Lo que quieren es convertirse en burgueses. ¿Y eso qué tiene de malo? Los burgueses siempre han sido nuestros mejores clientes —hubo un murmullo de desaprobación. La suerte de la clase obrera le traía sin cuidado, pero no le gustaba que le contradijesen: decidió presentar batalla aunque sabía que la decisión última estaba tomada irremisiblemente de antemano—. Mirad —dijo—, vosotros pensáis que el obrero es un tigre sediento de sangre, agazapado en espera del momento de saltaros al cuello; una bestia a la que hay que mantener a distancia por todos los medios. Yo os digo, en cambio, que la realidad no es así: en el fondo son personas como nosotros. Si tuvieran un poco de dinero correrían a comprarse lo que ellos mismos fabrican, la producción aumentaría en espiral tremendamente —uno de los encapuchados le interrumpió en este punto para decir que ya había oído en otra ocasión esta teoría económica. No la entendí, dijo, pero me pareció nefasta; luego supe que venía de Inglaterra, con esto está todo dicho. Alguien señaló que no era momento de enzarzarse en una discusión académica. Cada uno puede sustentar la teoría económica que más le plazca, dijo, pero lo que hay que hacer es lo que hay que hacer. El marqués de Ut añadió que la situación era similar a la fábula de la cigarra y la hormiga. O quizás, añadió al cabo de un rato, cuando ya no le escuchaba nadie, como la del burro flautista. Onofre Bouvila intervino de nuevo—. La situación está en nuestras manos enteramente —dijo—; si atendemos las reivindicaciones del obrero dentro de los límites de lo razonable, el obrero nos comerá en la mano; en cambio si nos mostramos inflexibles, ¿qué garantía tenemos de que su reacción no será violenta y desmedida?

—La garantía del Ejército —dijo otro de los encapuchados que hasta ese momento no había intervenido en el debate. Hablaba con una voz pastosa que a Onofre Bouvila no le resultaba desconocida—. El Ejército está precisamente para intervenir en los momentos más necesarios. Cuando la patria está en peligro, por ejemplo. —Onofre Bouvila dejó caer al suelo el lapicero con que había estado jugueteando y al agacharse a recogerlo aprovechó para mirar por debajo de la mesa. Así vio que el que hablaba llevaba botas de caña alta. Mal asunto, pensó; ahora ya sé quién es—. Cuando reina el caos es cuando el Ejército ha de imponer el orden y la disciplina, porque el caos es un peligro auténtico para la patria y la misión sacrosanta del Ejército es correr en auxilio de la patria cuando la patria lo necesita —siguió diciendo este encapuchado: había cierto tono de convencimiento en su voz; también había cierta testarudez etílica que hacía sus razones irrecusables—. Sea nuestro lema contra el caos disciplina, contra el desorden orden, contra el desgobierno orden y disciplina

—con esta proclama dio por terminada su intervención a la que siguió un silencio respetuoso.

—Supongo —dijo finalmente Onofre Bouvila— que habrá que rascarse el bolsillo.

Desde el estribo del vagón el general se volvió a saludar a los encapuchados que habían ido a despedirle a la estación. Al ver el andén lleno de encapuchados el general se frotó los ojos e hizo un gesto de incredulidad. No puede ser el *delirium tremens*, pensó, todavía no. Luego recordó lo que estaba haciendo allí y el motivo de la presencia de los encapuchados. Enderezó la espalda, pitó el tren al mismo tiempo.

—Caballeros, harán albóndigas conmigo o mañana mandaré en España —dijo con voz solemne. Debajo de sus capirotes los encapuchados sonreían: habían telegrafiado a sus bancos y dudaban de que el golpe de Estado pudiera fracasar. En el andén no había viajeros ni maleteros: la estación había sido acordonada por fuerzas de infantería; tropas de a caballo patrullaban la ciudad. En los barrios obreros y los centros neurálgicos habían sido emplazadas las ametralladoras y las piezas de artillería ligera. Ahora reinaba el silencio en Barcelona. Al salir de la estación le pidió a Efrén Castells que le llevara a su casa, porque no disponía de automóvil. El gigante de Calella vaciló antes de responder.

—Por supuesto —dijo al final—, no faltaría más: sube.

Onofre Bouvila suspiró aliviado: no le habría gustado que lo mataran en las escaleras de la estación a tiro limpio. Ya en el automóvil se sintió relativamente seguro. Por un instante pensé que me ibas a dejar en tierra, le confesó a Efrén Castells. Somos amigos, le respondió el gigante. Se quitaron los capirotes y se miraron a la cara. Sintió una punzada de pena en el pecho: recordaba al oso barbado que había conocido en la Exposición Universal y veía ahora las facciones descolgadas del financiero calvo, envejecido prematuramente. Habrá que ver la pinta que tengo yo, pensó alisándose las guedejas con los dedos. Efrén Castells, ajeno a estas remembranzas, le indicó la conveniencia de que se escondiese durante unos días. ¿Tú también crees que corro peligro?, le preguntó. Efrén Castells movió la cabeza afirmativamente. Él no era muy listo, dijo, pero a su modo de ver no había que excluir aquella posibilidad.

—Primo no es sanguinario —añadió—; por su gusto no habrá derramamiento de sangre. Lo más probable es que todo salga bien y que ni siquiera se note el cambio. Pero puede suceder

—dijo el gigante con el rostro ensombrecido no tanto por la preocupación como por el esfuerzo que le costaba dar una explicación tan larga—, puede suceder muy bien que al llegar a Madrid encuentre resistencia; no por parte de los civiles, sino de otros militares que aspiren como él al poder. Hasta una guerra civil es posible. Tú eres muy poderoso y Primo sabe que no puede contar con tu lealtad sin reservas. Esta noche te has mostrado poco prudente —le reconvino—; no sé por qué tenías que decir aquellas tonterías.

—Porque las pienso —dijo Onofre Bouvila mirando a su amigo con ternura— y porque ya estoy viejo para seguir disimulando. Pero sea como sea, tú tienes razón esta vez: me iré a Francia. Acabo de conocer París: me ha parecido un sitio horroroso, pero me adaptaré si hace falta.

—No te dejarán cruzar la frontera —dijo Efrén Castells.

—El avión en que he venido no partirá hasta la madrugada —dijo él—. Si después de pasar por mi casa me llevas a Sabadell y no dices nada a nadie de eso me habrás hecho un favor inmenso.

—Está bien —dijo el gigante—, pero te llevaré a Sabadell directamente: no conviene perder tiempo. A estas horas Primo u otro pueden estarte buscando ya.

—Quizá —replicó—, pero primero pasaremos por mi despacho: hemos de ultimar unos asuntos tú y yo —como Efrén Castells le dijera que aquél no era el momento oportuno, replicó nuevamente—: No hay otro —en la puerta de su casa se apeó y retuvo con la mano al gigante para impedir que bajara del automóvil—. Ve a buscar a mi suegro; sácalo de la cama y tráelo a rastras si es preciso —le dijo—. Está que no se aguanta, pero necesitamos un abogado.

Entró en la casa con sumo cuidado: no quería despertar a su mujer ni a sus hijas; la perspectiva de una despedida lacrimosa le crispaba los nervios por anticipado. Peor sería que se empeñaran en seguirme al destierro, pensó mientras buscaba a tientas el cordón. Tirando de él hizo comparecer al mayordomo en camisa y gorro de dormir. No hace falta que te vistas, le dijo. Enciende la chimenea del despacho. El mayordomo se rascó la nuca. ¿La chimenea, señor? ¡Pero si estamos a primeros de septiembre! Mientras el mayordomo colocaba unas teas en la chimenea y les aplicaba una cerilla se quitó la americana, se arremangó la camisa, sacó un revólver del cajón y comprobó que estaba cargado. Luego lo dejó sobre la mesa y despidió al mayordomo. Prepárame un café, pero procura que no se despierte nadie: no quiero interrupciones. Ah, dijo reteniéndolo cuando el mayordomo ya se iba, dentro de un ratito llegarán don Efrén Castells y don Humbert Figa i Morera. Hazlos pasar directamente a mi despacho. Una vez a solas fue abriendo sistemáticamente cajones y archivadores. Sacaba papeles, los hojeaba y según el caso los arrojaba al fuego. De cuando en cuando removía las cenizas con el atizador. Un reloj de péndulo dio las doce en un salón de la casa. El mayordomo entró para anunciarle la llegada de Efrén Castells y de don Humbert Figa i Morera.

—Que pasen —dijo.

Su suegro venía deshecho en llanto. Llevaba un abrigo oscuro por debajo del cual asomaba un pijama listado. Desde la muerte de su mujer se le había reblandecido el seso: ya no entendía nada de lo que sucedía a su alrededor. Lo que Efrén Castells había tratado de explicarle no había calado en su entendimiento: sólo había oído que su yerno tenía que salir huyendo del país y lloraba pensando en la suerte que podían correr su hija y sus nietas.

—Onofre, Onofre, ¿es verdad lo que me cuenta este animalote?: ¿que cae el gobierno García Prieto y que tú tienes que irte a Francia para que no te peguen un tiro? —entraba preguntando en el despacho—. Ay, Dios del cielo, Dios del cielo, y de mi pobre hija y de mis nietecitas, ¿qué va a ser ahora? Ya le decía yo a mi mujer, que en paz descanse, que no hacíamos bien casando la nena contigo, que mucho mejor boda habría hecho casándose con aquel jorobadito, ¿te acuerdas de quién digo, Onofre? Aquel chico tan educado y tan tímido, que vivía en París, ¿cómo se llamaba?

Onofre tranquilizó a su suegro: no pasaba nada, le dijo. El capitán general de Cataluña había salido rumbo a Madrid hacía unas horas. Las guarniciones de Cataluña y Aragón le respaldan, le contó a su suegro: está por ver qué pasa en Madrid. Si encuentra oposición puede haber guerra, pero yo pienso que en realidad la cosa está hecha: ni el Estado Mayor ni el Rey se le van a enfrentar. La flor y nata del país le apoya, afirmó sin ironía. Yo estoy con ellos y ellos deberían saberlo, añadió con tristeza, pero no se fían de mí. En realidad me temen más que a la clase obrera; yo soy lo que más odian. Encendió un puro mientras reflexionaba y dijo: Esto que está pasando tendría que haberlo previsto con antelación. El 30 de octubre de 1922 los camisas negras habían hecho su entrada famosa en Roma. Ahora, un año más tarde, el 13 de septiembre de 1923, don Miguel Primo de Rivera y Orbaneja se proponía seguir los pasos de Mussolini. Para ello no contaba con millones de seguidores; por eso tenía que recurrir al Ejército. Ésa es la diferencia entre los dos, dijo Onofre. Primo no es mal hombre, pero es un poco tonto y como todos los tontos, suspicaz y timorato. No durará. Pero mientras dure he de ponerme a salvo, concluyó diciendo. Don Humbert, siéntese a la mesa, coja papel y pluma y redacte un contrato de cesión: quiero traspasar mis negocios a Efrén Castells aquí presente.

—¿Qué disparate estás diciendo? —exclamó don Humbert Figa i Morera. El mayordomo llamó a la puerta: traía el servicio de café que Onofre le había encargado, pero se había permitido agregar dos tazas por si don Efrén y don Humbert también gustaban. Parece que la noche va a ser larga, musitó. A sus oídos ya habían llegado rumores. La atmósfera de tensión se esparcía por las calles como una niebla baja; palomas mensajeras surcaban el cielo; los cabecillas de los movimientos subversivos corrían por el alcantarillado en busca de amparo: en las intersecciones de dos conductos pestilentes se cruzaban anarquistas, socialistas y catalanistas, se reconocían a la luz verdosa de sus linternas respectivas, se saludaban lacónicamente y continuaban la marcha.

—Es la única forma de evitar la posible incautación —dijo Onofre Bouvila.

—Pero esto que me pides es imposible, ¿cómo vamos a valorar todos tus bienes? —protestó don Humbert Figa i Morera.

—Déles un valor cualquiera: un precio simbólico, ¿qué más da? —dijo Onofre—. Lo importante es que todo quede en buenas manos.

Después de hacer cálculos y de discutir un rato fijaron de común acuerdo una suma en libras esterlinas que el gigante de Calella se comprometió a transferir ese mismo día a una de las cuentas bancarias de que Onofre Bouvila disponía en Suiza. Don Humbert Figa i Morera sollozaba a medida que daba forma jurídica a este acuerdo. Varias veces hubo de interrumpir la labor para decir que le parecía estar asistiendo al desmembramiento del imperio otomano, suceso reciente que le había llenado de pesadumbre. Aclaró que siempre había sentido una adhesión profunda por este imperio; este sentimiento era inexplicable, porque no sabía dónde estaba el imperio otomano e ignoraba todo lo concerniente a él, pero el nombre tenía para él resonancias de fasto y magnificencia, dijo. Onofre le instó a proseguir el trabajo sin divagar más. Pronto romperá el día, dijo. Para entonces tenía que estar lejos ya. Usted se encargará de llevar el contrato al notario y de hacerlo legalizar, le dijo a su suegro. A los dos les encomiendo el cuidado y la salvaguarda de mi familia, añadió en un tono neutro que no impidió que don Humbert rompiera a llorar de nuevo. Por fin los documentos de cesión fueron firmados por las partes contratantes y por don Humbert y el mayordomo como testigos del acto. Hecho esto Efrén Castells acompañó a Onofre a Sabadell. A don Humbert lo dejaron en la casa: cuando se despertara su hija él se encargaría de justificar la ausencia de Onofre y de mitigar los temores que pudieran asaltarla. El automóvil corría ahora por las calles vacías: clareaba, pero los faroleros no se atrevían a salir a hacer sus rondas y las farolas seguían alumbrando como si fuera noche cerrada. En el camino sólo encontraron a un chiquillo cargado de periódicos: le había sido ordenado que efectuara el reparto como todos los días; de este modo el país tendría noticias de lo sucedido pocas horas antes en Madrid. Allí los militares habían aclamado a Primo de Rivera, el gobierno había presentado su dimisión al Rey y éste había encargado a Primero de Rivera la formación del nuevo gabinete. El periódico reproducía en primera plana la lista de generales que integraban el gabinete y anunciaba que todas las garantías constitucionales quedaban suspendidas por el momento. Las restantes páginas del periódico aparecían censuradas en buena parte.

Al llegar al aeródromo tuvieron que esperar un rato hasta que apareció el piloto, que venía un tanto perplejo: del hotel donde había pernoctado hasta el aeródromo había sido detenido ocho veces por otras tantas patrullas; al final la Guardia Civil lo había escoltado hasta el avión mismo. *Parbleu, on aime pas les belges ici*, exclamó irritado al encontrarse con Onofre Bouvila. Éste le dijo que deseaba volver a París con él, lo que satisfizo mucho al piloto, que ya se había resignado a hacer el viaje en solitario. Efrén Castells y Onofre se abrazaron y éste se encaramó al aparato, que despegó sin más dilación. Llevaban media hora de vuelo cuando Onofre le dijo al piloto que virase un poco hacia la izquierda. El piloto le dijo que no se iba a París por esa ruta.

—Ya lo sé —respondió—, pero no vamos a París: haga lo que le ordeno y le pagaré el doble.

Este razonamiento convenció al piloto: ahora el aeroplano describía círculos entre las montañas, sobre un valle cubierto de neblina. A medida que descendían Onofre Bouvila iba dando instrucciones al piloto: Cuidado con aquella ladera, que allí hay unas encinas muy altas; tuerza más bien hacia allí, a ver si podemos seguir el curso del río, etcétera, le decía. Por fin avistaron entre los jirones de niebla una era recién trillada. Al tomar tierra el avión levantó el vuelo una bandada de pájaros negros que andaban picoteando las gavillas amontonadas en la era. Estos pájaros eran tantos que oscurecieron el sol por un instante. Onofre Bouvila entregó al piloto un pagaré que éste podía hacer efectivo contra cualquier banco francés, saltó del avión al suelo y desde allí indicó al piloto cómo proseguir viaje sin perderse. Sin detener el motor, el piloto hizo dar media vuelta al aparato, corrió un rato por la era y despegó dejando detrás un remolino de polvo y pajas. Una hora más tarde Onofre Bouvila llegaba a la puerta de la casa en que había nacido; ahora vivía allí un campesino con su mujer y sus ocho hijos. A sus preguntas respondieron que el señor alcalde vivía en una casa nueva, junto a la iglesia. Onofre creyó reconocer al campesino y a su mujer, pero éstos no lo reconocieron a él.

## 3

A la llamada acudió una mujer que aparentaba tener unos treinta años, de facciones inteligentes, algo toscas, pero no carentes de atractivo. En la cabeza llevaba un pañuelo anudado para preservar el cabello del polvo y en la mano izquierda sostenía unos zorros con los que había estado trajinando. Onofre pensó que su hermano se habría casado tal vez sin comunicárselo a él. La mujer lo miraba con más extrañeza que prevención: Esto indica que no le ha hablado nunca de mí, pensó. En voz alta dijo: Soy Onofre Bouvila. La mujer pestañeó. Hermano de Joan, agregó él. La mujer mudó de expresión. El señor Joan está durmiendo, le dijo, pero ahora mismo le avisaré de que está usted aquí. Por su tono se veía que no era la esposa de Joan. Quizá sea su querida, una barragana, pensó Onofre: no parece soltera tampoco; posiblemente una joven viuda que necesitaba un hombre desesperadamente; protección, seguridad económica y todo eso. Como ella le había dejado solo en la puerta entró en el zaguán. Sobre la arcada que daba al pasillo había una pieza de azulejo enmarcada en la que se podía leer: Ave María. El zaguán olía a polvo, sin duda el que la mujer había levantado sacudiendo algo con los zorros. Una lámpara y un paragüero de hierro forjado y cuatro sillas de respaldo recto era todo el mobiliario del zaguán. En el pasillo se abrían cuatro puertas: dos a cada lado. A una de ellas estaba llamando en ese momento la mujer; cuando acabó de llamar dijo: Señor Joan, su hermano está aquí. Hablaba a media voz, pero no trataba de que Onofre no la oyera. Al cabo de un rato respondió una voz cavernosa desde dentro del cuarto. La mujer escuchó atentamente, pegando la oreja a la puerta y luego se volvió a Onofre: Dice que se levanta en seguida, que espere usted, le dijo. Con la mano con que sostenía los zorros hizo un gesto mínimo; con él señalaba el comedor, visible al otro extremo del pasillo. Siguiendo aquel gesto Onofre atravesó el pasillo. La mujer se hizo a un lado. En el comedor había una mesa cuadrada y sobre la mesa una lámpara de cristal esmerilado. Las sillas estaban adosadas a la pared. También había un aparador oscuro, un trinchante cubierto de mármol blanco y una salamandra; esta salamandra era de hierro, pero tenía partes de loza esmaltada: esto daba al comedor un aire de holgura económica. Sobre el trinchante, en la pared, había colgada una santa cena de madera tallada. Frente a la arcada una puerta doble de vidrio daba a un patio rectangular, al fondo del cual se levantaba un retrete minúsculo. En el patio crecían un magnolio y una azalea. A la derecha del comedor estaba la cocina. Todo tenía aspecto de limpio, de ordenado y de frío. Cuando Onofre estaba mirando estas cosas sonó tan cerca la campana de la iglesia que se sobresaltó visiblemente. La mujer, que había estado observándolo desde el pasillo, se rió por lo bajo.

—Supongo que es cuestión de acostumbrarse —dijo él. Ella se encogió de hombros—. ¿Vives en esta casa? —preguntó. Ella señaló una de las puertas. No era la misma puerta a la que acababa de tocar, pero eso no excluía ni probaba nada, pensó.

En ese momento su hermano apareció en el pasillo. Iba descalzo y llevaba un pantalón de pana gastada y un blusón azul marino a medio abotonar. Con las dos manos se rascaba la cabeza. Cruzó el comedor sin decir nada, como si no hubiera visto ni a su hermano ni a la mujer; salió al patio y se encerró en el retrete. La mujer se había metido en la cocina. Ahora llenaba un cubo de metal con el agua que brotaba del grifo. Aunque la noche anterior había dormido en uno de los hoteles más elegantes de París, el que hubiera agua corriente en su pueblo le produjo una sensación embriagadora de bienestar material. Cuando el cubo estuvo lleno la mujer lo levantó por el asa y lo sacó al pasillo; luego regresó a la cocina y empezó a encender el fuego con astillas y carbón, cerillas y un abanico de paja trenzada. Qué lento es todo aquí, siguió pensando Onofre. En la mitad del tiempo que llevaba en aquella casa había hecho a veces transacciones importantísimas. Aquí en cambio el tiempo no tiene ningún valor, se dijo. Su hermano salió del retrete abrochándose el pantalón. En el agua del cubo se lavó las manos y la cara; luego cogió el cubo y echó el agua en el retrete. Hecho esto dejó caer el cubo en el suelo del patio y entró en el comedor, mientras la mujer abandonaba la cocina para salir al patio y retirar el cubo.

—¿Has venido en automóvil? —preguntó Joan a su hermano.

—En aeroplano —respondió Onofre con una sonrisa.

Joan lo miró unos segundos con los labios fruncidos.

—Si tú lo dices, será verdad —suspiró—. ¿Has desayunado? —Onofre movió la cabeza en sentido negativo—. Yo tampoco —dijo Joan—. Ya ves que me acabo de levantar; anoche me acosté tarde —parecía que iba a contar por qué había trasnochado, pero se quedó con la boca abierta y no dijo nada. De la cocina llegaba olor a pan tostado. La mujer puso sobre la mesa del comedor una tabla en la que había embutidos de varios tipos y un cuchillo de monte clavado en la madera. A la vista de los embutidos sintió un vacío doloroso de estómago y reparó en que no había comido nada desde hacía muchas horas—. Ataca sin miedo —le dijo Joan interpretando correctamente su expresión—, estás en tu casa. —Onofre se preguntaba si esto último sería cierto. Ahora deseaba más que ninguna otra cosa que lo fuera. Después de tantos años de lucha creía haber vuelto al punto de partida; así se lo comunicó a su hermano. La mujer había sacado de la cocina una fuente repleta de tostadas. En un plato de barro sacó una aceitera, un cuenco de sal y varios dientes de ajo para aderezar las tostadas. Por último sacó una botella de vino tinto y dos vasos. Aquel vino tuvo la propiedad de animar a Joan, de infundirle una locuacidad que su hermano no le conocía. Al concluir el desayuno era casi mediodía. Los ojos se le cerraban de sueño. Su hermano le indicó que podía ocupar una de las habitaciones; aunque no habían hablado de ello los tres sabían que había ido allí a quedarse indefinidamente. La habitación que le había asignado era la misma que la mujer había señalado antes, cuando él le había preguntado si ella vivía en la casa; esta coincidencia hizo que se durmiera dándole vueltas al asunto en la cabeza. En la habitación había una cómoda rústica y vieja que reconoció de inmediato: era la cómoda en que su madre guardaba la ropa. Pensó abrir unos de los cajones, pero no se atrevió a hacerlo en ese momento, por si le oían desde el comedor. Las sábanas olían a jabón.

En los días que siguieron a su llegada se dedicó a vivir a su antojo: comía y dormía cuando le venía en gana, daba largos paseos por el campo, hablaba con la gente o la eludía; nadie se metía con él. Su presencia en el pueblo había dejado de ser un secreto en seguida. Todos habían oído hablar de él; sabían que se había ido mucho años atrás a vivir a Barcelona; se decía de él que allí se había hecho rico, pero ni siquiera esto excitaba la curiosidad popular; quien más quien menos, todos habían oído contar o recordaban personalmente la historia de Joan Bouvila, el padre de los dos hermanos: si aquél se había ido a Cuba y había vuelto fingiendo ser dueño de una fortuna que luego resultó inexistente, no había motivo para pensar que su hijo no estaba haciendo ahora lo mismo, se decían. Esta incertidumbre era del agrado de Onofre, que la cultivaba. Por lo demás, no estaba seguro de que no tuvieran razón los que le suponían impecune: en su fuero interno creía que Efrén Castells y su suegro habrían aprovechado su ausencia para desposeerlo de todo; probablemente don Humbert Figa i Morera habría amañado los contratos como había hecho por instigación suya tiempo atrás con las propiedades de Osorio, el ex gobernador de Luzón. Entonces le tocó a él; ahora me toca a mí, decía filosóficamente. Su hermano le miraba con sorna cuando le oía expresarse de este modo. Toda una vida de trabajo para esto, le decía. Bah, solía responder él, el mismo trabajo me habría costado ser barrendero o mendigo. Sólo ahora empezaba a vislumbrar el carácter verdadero de la sociedad brutal en la que se movía con tanta autoridad y tanta soltura aparente. El cinismo cándido de los años mozos era ahora reemplazado por el pesimismo horrorizado de la madurez.

—Siempre has sido un imbécil —le decía su hermano en estos momentos de desasosiego—: ahora te lo puedo decir por fin a la cara.

Estas salidas extemporáneas le dejaban indiferente, por lo general; sólo los detalles aparentemente nimios acaparaban ahora su atención: la estufa apagada en un rincón de la estancia, los cambios de luz debidos al paso de una nube por el rectángulo de cielo que enmarcaba el patio, el ruido de unos pasos en la calle, el olor a leña quemada, el ladrido lejano de un perro, etcétera. En otras ocasiones la indiferencia filosófica de que hacía gala cedía el paso a una indignación súbita: entonces insultaba a su hermano. De estos arranques Joan se enteraba sólo a medias: era alcohólico y sólo pasaba dos o tres horas al día en estado de relativa lucidez; en este lapso despachaba los asuntos de la alcaldía con astucia y deshonestidad. A este estado de cosas se había resignado la gente del pueblo: consideraban que esto era el progreso y procuraban que les afectase lo menos posible. Joan Bouvila nunca había intentado hacer de su cargo otra cosa que un medio de vivir sin trabajar, pero incluso en una comunidad tan pequeña la realidad política había acabado sobrepasando sus modestas pretensiones: ahora se encontraba a la cabeza de las fuerzas vivas de la localidad. Estas fuerzas vivas eran más numerosas de lo que Onofre pensó al principio: el rector, el médico, el veterinario, el farmacéutico, el maestro y los dueños del colmado y de la taberna. Desde que Onofre se había ido el pueblo había crecido considerablemente. Estos prohombres sí sabían quién era él y cada uno a su manera trataba de granjearse su confianza; lo adulaban abyectamente y permitían que él mostrase a las claras el desprecio en que los tenía. No había noche en que no recibiera en la casa la visita de uno u otro de estos pillos de vuelo corto. Estas visitas ocasionaban sufrimientos indecibles al rector, un curita joven, lerdo, codicioso e hipócrita, que había fustigado a la mujer que vivía con Joan desde el púlpito. Ahora, debido a la presencia de Onofre en esa misma casa se veía obligado no sólo a ir como los demás, sino a extremar con ella las muestras de cortesía. Onofre y su hermano se divertían a su costa.

—Mire, mosén —le decía Onofre—, he leído varias veces el Evangelio con detenimiento y en ningún sitio he visto dicho que Jesucristo tuviera que trabajar para comer, ¿qué clase de enseñanza es ésta? —ante estas blasfemias el curita se mordía los labios, bajaba los ojos y planeaba una venganza despiadada. Onofre, que podía leer sus pensamientos sin dificultad, apenas lograba contener la risa. Los otros se mostraban más hábiles. El farmacéutico y el veterinario eran aficionados a la caza: entre ambos poseían varios lebreles y otros perros de raza y media docena de escopetas. Algunas veces invitaban a Onofre y a Joan a que les acompañaran en sus salidas. Como Joan iba siempre embriagado su compañía resultaba muy peligrosa. Por su parte, el dueño del colmado recibía semanalmente algunos periódicos que le traía la camioneta que ahora hacía el trayecto entre el pueblo y Bassora. Por este medio Onofre Bouvila seguía el curso de los acontecimientos políticos que habían provocado su exilio; aquellos periódicos que a su vez obtenían información de otros periódicos daban siempre noticias atrasadas y a menudo falsas. Esto no parecía incomodar a los lectores; además las noticias políticas ocupaban un lugar secundario en aquellos periódicos, que concedían preeminencia a los sucesos locales y a otra información más banal. Esta trasposición de valores irritaba a Onofre; al cabo de un tiempo, sin embargo, empezó a pensar que tal vez aquel orden de prioridades no fuera tan desatinado como le parecía al principio. Ahora, en cambio, era él quien consideraba fútil todo lo que hasta hacía poco le había parecido importantísimo. Estas reflexiones se las hacía en los momentos de tranquilidad, cuando lograba eludir a los parásitos obsequiosos que le asediaban y se refugiaba en los escondites de su niñez. Muchos de estos escondites habían dejado de existir; otros quizá seguían existiendo, pero no supo dar con ellos; otros, por último, estaban en lugares que a su edad le resultaban impracticables. Aun los que encontró eran pequeños y miserables; su imaginación infantil era la que había hecho de ellos lugares encantados, preñados de peligros y maravillas. Ahora, en cambio, los veía tal como eran; esto, en vez de conmoverle, le exasperaba y deprimía. Sólo el riachuelo conservaba a sus ojos todo el misterio de sus recuerdos. Allí había ido casi a diario con su padre, cuando éste regresó de Cuba; ahora tampoco pasaba día sin que acudiese al riachuelo: se sentaba en una piedra y miraba discurrir el agua y saltar las truchas y escuchaba aquellos ruidos claros, que siempre parecían estar a punto de ser palabras. Sobre los arbustos que crecían en la otra orilla había muchas mañanas sábanas extendidas; allí se secaban al sol, que resaltaba su blancura sobre el fondo oscuro de los arbustos y hería la vista. También los olores del campo le embriagaban. En la ciudad los olores, como las personas, le parecían individualistas y agresivos; allí el más penetrante se imponía a los demás: las emanaciones de una fábrica, el perfume de una dama, etcétera. En el campo, por el contrario, los olores más diversos se mezclaban para formar un solo olor del que a su vez estaba imbuido el aire: aquí oler y respirar eran una misma cosa. El camino que llevaba el riachuelo estaba ya cubierto de hojas secas y al pie de los árboles crecían setas de muchos colores y formas: era el otoño. Onofre se dejaba invadir por estas sensaciones que le traían recuerdos muy distantes e imprecisos; estos recuerdos cruzaban fugazmente su memoria, como sombras de pájaros en vuelo. Cuando quería seguir la pista de uno cualquiera de estos recuerdos se encontraba perdido en una niebla densa; entonces tenía una especie de ensoñación recurrente: creía reconocer la mano de su madre o de su padre que se esforzaban por guiarlo hacia un punto más luminoso y seguro. Pero estas manos nunca llegaban a asir la suya. En un cajón de la cómoda del cuarto que le había sido adjudicado en la casa de su hermano había encontrado una pieza de lana burda que había pertenecido a su madre. Ella había usado esta pieza a modo de chal, precisamente en los días traicioneros del otoño. Ahora la lana se había vuelto dura y áspera y olía a humedad y a polvo. Onofre, cuando era presa de los recuerdos y las ensoñaciones, sacaba de la cómoda el chal que había pertenecido a su madre y se sentaba con el chal extendido sobre las rodillas. Así permanecía durante varias horas, acariciando distraídamente el chal. En estos momentos pensaba que tal vez si no hubiera optado en su día por la vida aventurera que había llevado habría podido disfrutar de una vida rica en afectos y ternura. No le remordía el mal que había hecho, sino el haber subordinado a otros objetivos lo que ahora serían recuerdos entrañables. Este dolor, además de tardío, era muy egoísta.

Una tarde, cuando regresaba del riachuelo, vio a un hombre recostado contra el tronco de un árbol al margen del sendero que seguía; con la cabeza vencida sobre el pecho parecía dormido, pero su postura tenía algo de anómalo que le impulsó a dejar el sendero y acercarse al hombre. Por la sotana se veía que era el rector, aquel curita joven contra quien gustaba de lanzar diatribas impías. Antes de llegar a su lado ya sabía que estaba muerto; un examen algo más atento le reveló que esta muerte no se debía a causas naturales: alguien le había descerrajado un tiro en el pecho con un arma de calibre grueso, probablemente una escopeta de caza; allí donde le había alcanzado el disparo la tela de la sotana se había apelmazado por efecto de la sangre coagulada. También tenía sangre en la mano derecha y en la frente y la mejilla, aunque allí no presentaba heridas: sin duda al recibir el disparo se había llevado la mano al pecho y luego a la cara; entonces habría muerto de fijo. Aunque la violencia no le cogía de nuevas el descubrimiento de este crimen le alteró mucho; el hecho de que hubiera sido él precisamente quien descubriera el cadáver se le antojaba una advertencia del destino o el fruto de una maquinación malvada que le unía macabramente al curita asesinado. Ahora aquella paz interior que había creído encontrar en el pueblo había sido rota sin remedio. Abandonó el lugar del crimen a la carrera y no se detuvo hasta que llegó a la puerta de la casa de su hermano. Éste estaba sentado en el comedor bebiendo vino mientras la mujer preparaba la cena en la cocina. Cuando hubo recobrado el aliento e informado a su hermano de lo ocurrido advirtió que la mujer había abandonado sus quehaceres y escuchaba con atención el relato apoyada en la jamba de la puerta de la cocina. Entre su hermano y ella hubo un cruce de miradas que no le pasó por alto. Desde el día de su llegada había tenido ocasión de tratar a la mujer y había descubierto sin asombro que era ella en realidad la que ejercía el poder en aquella casa. Casi todas las noches, después de que ella hubiera acostado a Joan, a quien el alcohol rara vez permitía atravesar consciente el umbral de la medianoche, y como sea que a él por el contrario la bebida lo sumía en un estado de ansiedad incompatible con el sueño, ambos, Onofre y la mujer, que parecía no necesitar descanso o al menos ese descanso metódico que la mayoría de las personas, especialmente los hombres, necesita en todas las etapas de su vida, se sentaban en el comedor o, si la noche era cálida y menos húmeda de lo habitual, en el patio, invadido a esa hora del aroma tupido de las azaleas, y departían allí pausadamente, a veces hasta altas horas. Sin ser una persona inteligente la mujer poseía la facultad femenina de saber sin habérselo propuesto cosas que los hombres siempre ignoran por más que se hayan afanado por desentrañar; a través de las apariencias era capaz de ver una realidad descarnada de la que ahora hacía partícipe a Onofre. Gracias a ella había ido averiguando que bajo la armonía ficticia que imperaba en el pueblo hervían pasiones bajas y odios arraigados de antiguo, envidias y traiciones; según ella los campesinos de aquel valle eran seres degradados por enfermedades congénitas, seres fríos y desalmados que dejaban morir de inanición a los ancianos, practicaban el infanticidio y torturaban por puro placer a los animales domésticos. Él se negaba por principio a creer estas cosas, que suponía inspiradas por el resentimiento general que se evidenciaba en ella; tampoco excluía la posibilidad de que aquellas revelaciones sombrías respondieran a un plan más o menos deliberado por su parte. De todos modos, lo que ella le decía producía en él una desazón que agravaba su estado general de desasosiego. A veces, siguiendo el ejemplo de su hermano, buscaba en la bebida el reposo que la conciencia parecía empeñada en negarle al cuerpo. En una de estas ocasiones despertó en su cama al canto del gallo y descubrió con espanto que la mujer dormía apaciblemente a su lado: no recordaba lo que había ocurrido la noche anterior. Cuando despertó a la mujer para preguntárselo ella hizo un mohín, pero no respondió. La hizo salir de la cama primero y de la habitación luego con cajas destempladas y se quedó pensando en las posibles consecuencias de aquel suceso inesperado: tanto si él había cometido una imprudencia como si había sido víctima de un engaño lo cierto era que las cosas habían tomado un sesgo indeseable. Con todo, no podía menos que admirar el valor de la mujer, por la que empezaba a sentir una atracción más peligrosa a la larga que los disparates ocasionales que pudiera inducirle a cometer el alcohol. Por supuesto, no había la menor espontaneidad en el comportamiento de la mujer; este comportamiento no respondía a ningún tipo de inocencia natural: ella sabía bien cuál era su situación en aquella casa y cuál era la reacción que esta situación provocaba en el pueblo; pero tampoco era una persona calculadora e intrigante: se limitaba a usar las ventajas escasísimas de que gozaba, a jugar sus pobres bazas con la frialdad aparente del jugador profesional que sabe que su supervivencia depende por partes iguales del azar y de su habilidad. Durante todo ese tiempo y a pesar de la confianza que se habían otorgado recíprocamente Onofre no había logrado aclarar la naturaleza verdadera de las relaciones de la mujer con su hermano. Sabía que ella era viuda, como había supuesto en un principio, y que había entrado al servicio de Joan movida por la necesidad; el resto permanecía sumido en el misterio. Todo parecía indicar que el etilismo de su hermano excluía de esa relación el elemento carnal, pero, en tal caso, ¿qué razón había para mantener frente al pueblo un equívoco que redundaba en perjuicio de ella, pero en el que ella parecía consentir? Probablemente ella está esperando pacientemente la oportunidad de cazarlo, pensaba Onofre; sabe que tarde o temprano caerá; entonces ella será la alcaldesa y se resarcirá de todos estos años de humillación y amargura. Cuando pensaba estas cosas le invadía el pesimismo más negro. Los pobres sólo tenemos una alternativa, se decía, la honradez y la humillación o la maldad y el remordimiento. Esto lo pensaba el hombre más rico de España. Más adelante averiguó que el marido de aquella mujer había muerto también violentamente; por más que insistió en ello, la mujer se negó a proporcionarle más detalles al respecto. Esta revelación parcial desencadenó en su cabeza todo tipo de fantasías: quizá ella no era del todo ajena a esa muerte violenta, por más que no pareciera haber sacado de ella ningún provecho material; tal vez su propio hermano estaba comprometido en un crimen que ahora lo encadenaba a aquella mujer de manera indisoluble. La vida en la casa se le hacía cada vez más incómoda. Luego se produjo el incidente ya relatado y se sintió más inseguro que antes; se decía que ella, al iniciar una relación con él que sabía de antemano inviable y efímera por necesidad sólo trataba de forzar a Joan a resolver la ambigüedad de su situación respectiva, pero esta explicación lógica no disipaba el temor creciente de ser víctima de una conspiración. Ahora la mirada que se habían cruzado Joan y la mujer después de oír lo que le había sucedido escapaba por completo a su alcance. Cuando le señaló a su hermano que el rector había muerto de resultas de un disparo de escopeta, lo que circunscribía la lista de posibles asesinos al farmacéutico y al veterinario, que poseían licencia de armas de caza, su hermano le respondió con una carcajada: no había casa en el valle que no contase con un pequeño arsenal ilícito, le dijo. Esta ampliación súbita del número de sospechosos le inquietó: ahora empezarían los rumores y las conjeturas, en las que no dejaría de verse involucrado. Sus disputas con el rector eran de conocimiento público; estas disputas no habían revestido nunca seriedad, habían sido un mero pasatiempo por su parte, pero era muy posible que las malas lenguas desvirtuaran su sentido; de resultas de las habladurías se les atribuiría una enemistad recíproca. Las sospechas que recayeran sobre él podían venir acentuadas también por la inquina notoria que siempre había habido entre el rector y la mujer: esta eventual ramificación del caso establecía otro vínculo entre él y ella. La situación era muy complicada. En realidad no le preocupaba el riesgo de verse inculpado de un crimen que no había cometido; estaba demasiado acostumbrado a eludir la inculpación de crímenes que sí había cometido para que ahora la muerte de un curita rural viniese a quitarle el apetito. Lo que le trastornaba era esto: pensar que este crimen no se habría producido nunca sin su presencia; era él quien había proporcionado al culpable la ilusión de una coartada y un estímulo. Buscando la paz había llevado al valle la discordia y la violencia; había envenenado la atmósfera. No podía escapar a su destino: una vez iniciada aquella vía no le quedaba otro remedio que recorrerla hasta el final. Al día siguiente abandonó el pueblo en la camioneta que venía de Bassora. El cuerpo sin vida del rector había sido descubierto nuevamente esa mañana, pero a nadie se le había pasado por la cabeza retenerle en el pueblo o cuestionar su derecho a marcharse; esto a sus ojos era la prueba palpable de que todos creían en su culpabilidad. Su hermano se despidió de él con la misma despreocupación con que había acogido su llegada; en aquella inexpresividad Onofre leyó el desvalimiento más absoluto. Tampoco la mujer manifestó ningún sentimiento ante su marcha, pero sus ojos tenían la sequedad que deja el llanto copioso, que produce la desesperanza más honda. ¿Será posible que después de todo lo único que motivara sus actos fuera sólo un amor incipiente sin futuro y todo lo demás fruto de mi imaginación atormentada?, iba pensando en la camioneta.

## 4

Al volver a casa encontró a su familia presa de gran agitación. Desde hacía varios días lo buscaban desesperadamente; creyéndolo en París habían telefoneado al consulado y a la embajada española en esa ciudad y a todos los hoteles de cierta categoría y se habían puesto en contacto también con las autoridades francesas. El revuelo ocasionado por estas medidas drásticas eclipsaba ahora la sorpresa provocada por su propio regreso: nadie parecía reparar en él. Por fin logró que alguien le explicara la razón de aquella solicitud inusual: un joven bien parecido y de muy buena familia había pedido sin previso aviso la mano de su hija menor, que a la sazón contaba dieciocho años recién cumplidos. Ya empieza la lucha por mis despojos, pensó. No valoraba en mucho a sus hijas: supuso que tendría que vérselas con un cazadotes, pero a esta eventualidad ya se había resignado. No podía tomar la cosa a la ligera, sin embargo, por lo que dio instrucciones para que convocaran el pretendiente esa misma tarde a su despacho. Luego se retiró a descansar. El mayordomo lo despertó para anunciarle la visita de Efrén Castells. El gigante irrumpió en el despacho con una cartera repleta de papeles: venía a hablar de negocios. Esta perspectiva lo descorazonó.

—Hiciste bien en desaparecer —empezó diciendo—; realmente iban por tu cabeza —el gigante de Calella hizo un gesto de desconcierto y exhaló un suspiro. Por fortuna aquel primer momento de exaltación había pasado ya—. Como vino se fue —dijo. Durante unos días ni él mismo se había sentido seguro. Automóviles misteriosos recorrían las calles a altas horas de la noche; otras veces en las horas de mayor bullicio la ciudad quedaba súbitamente silenciosa y quieta; la gente hablaba en voz baja. Luego todo había vuelto a la normalidad. El gigante abrió la cartera y empezó a sacar legajos de ella—. Vengo a rendirte cuentas... —empezó a decir. Onofre Bouvila le interrumpió con un gesto: Hay tiempo, dijo. Efrén Castells insistió en ponerle al corriente de la situación económica peculiar en que se encontraban ambos—. Al principio querían quitártelo todo —dijo el gigante—; luego vieron los contratos que habíamos firmado y ya no supieron qué hacer: se les podía leer el estupor y la indignación pintados en la cara —aquellas mismas personas que no habrían vacilado en enviarlo a la muerte se habían quedado paralizadas ante unos documentos legalizados; esta contradicción aparente no le sorprendió—. Llamaron todos sus abogados a consejo y estuvieron discutiendo el asunto varios días con sus noches; no veían forma de hincarle el diente. Recabaron desesperadamente mi colaboración. Yo me mantuve firme. Al final llegamos a un acuerdo: yo les prometí que seguiría haciéndome cargo de tus negocios; ellos a cambio prometieron respetar mi independencia; también tuve que prometerles que obtendría tu consentimiento a este acuerdo: de esto depende todo ahora —dijo el gigante. Luego guardó un silencio respetuoso.

—He sido jubilado, ¿verdad? —dijo Onofre Bouvila.

—Esto pasará —dijo Efrén Castells.

A las ocho el pretendiente de su hija compareció muy azarado en el despacho. Tenía aspecto quebradizo y poco inteligente y le costaba esfuerzo articular dos frases con coherencia; no parecía un sinvergüenza ni tampoco un hombre honrado. Onofre empezó tratándolo con cordialidad; esta cordialidad que no esperaba desconcertó al pretendiente; su padre le había dicho: pase lo que pase tú no pierdas la compostura, si te insulta o habla mal de la familia, no te des por enterado. Ahora ante tanta amabilidad no sabía qué hacer ni qué decir. Onofre también iba a la deriva. Poco después de la marcha de Efrén Castells había recibido la visita de su suegro. Don Humbert Figa i Morera había repetido los mismos argumentos que ya había esgrimido el gigante de Calella. Lo mejor es armarse de paciencia, le había recomendado; considera este paréntesis como unas vacaciones bien merecidas, dedícate a la vida de familia y a los placeres del hogar y de la buena mesa. Onofre Bouvila le había prometido tener en cuenta sus consejos. Luego habían entrado su hija y su mujer. Mi padre me ha puesto al corriente de la situación, le había dicho su mujer, me alegro de que hayas decidido tomarte la cosa con calma. En su voz había percibido un deje de satisfacción: Si estos reveses sirven para que yo y mis hijas te recuperemos, bienvenidos sean, parecía dar a entender con su expresión. Su hija había ido directamente al grano: Sé benévolo con él, papá, le había rogado, le quiero con toda mi alma; ahora mi felicidad depende enteramente de ti. Viendo al pretendiente recordaba estas palabras. Será un pelele en manos de mi hija, pensaba, un perro faldero, quizá sea esto lo que ella quiera, estas cosas ya se tienen muy claras a su edad; bien, le daré mi consentimiento y me ganaré el reconocimiento de toda mi familia, dentro de poco la casa estará invadida de nietos, quizá tenga razón mi suegro y haya llegado la hora de disfrutar del hogar, se dijo. Luego en voz alta dijo: No sólo me opongo terminantemente a este matrimonio absurdo sino que le prohíbo a usted que vuelva a ver a mi hija; si por cualquier medio trata de ponerse en contacto con ella o con otro miembro cualquiera de esta casa, familiar o criado, haré que mis hombres le sigan y le rompan todos los huesos en un callejón oscuro. La suerte le deparaba una víctima sobre la que descargar la ira acumulada durante todo el día; nunca desperdiciaba estas oportunidades. Que Dios confunda a mi familia, pensó. Luego, dirigiéndose al pretendiente, que no daba crédito a sus oídos, prosiguió diciendo: Esta prohibición que ahora expreso es irrevocable; no espere usted que con el tiempo cambie de opinión: esto es algo que nunca he hecho y nunca haré. Si a pesar de todas mis advertencias usted insistiese en ver a mi hija o en hacerle llegar algún mensaje, me veré en la penosa obligación de hacer que le peguen un tiro en la nuca. Me parece que he hablado con la suficiente claridad. El mayordomo le acompañará a la puerta. Esta entrevista le hizo recuperar parte del humor perdido; incluso tuvo un gesto de condescendencia más tarde con su mujer: No te inquietes, le dijo, si se quieren de verdad y él la merece realmente, vendrá por ella a pesar de todas mis amenazas; en tal caso, yo no cumpliría lo que he dicho; al contrario, habría una gran boda y yo procuraría que nunca les faltara nada; pero yo creo que de este muchacho no volveremos a oír hablar: créeme, mujer, es un zángano, no habría hecho feliz a la niña. Ya vendrán otros. Anda, deja de llorar y ve a consolarla; ya verás qué aprisa se le pasa el disgusto. Pero al margen de estos entretenimientos ocasionales la vida de familia no tenía ningún aliciente para él.

Ahora dedicaba todo su tiempo a proseguir la reconstrucción de la mansión, que había dejado interrumpida con su marcha. Por casualidad esta obra ingente quedó finalizada a mediados de diciembre de 1924, pocos días después de que Onofre Bouvila cumpliera los cincuenta años de edad. Ahora el jardín había perdido su aspecto selvático y había recuperado su antigua armonía; los esquifes recién barnizados se mecían en el canal, varias parejas de cisnes reflejaban sus formas gráciles en el agua cristalina del lago; dentro de la casa las puertas se abrían y cerraban con suavidad, las lámparas centelleaban en los espejos, en los techos se podían ver querubines y ninfas recién pintados, las alfombras amortiguaba el ruido de los pasos y los muebles absorbían en la superficie reluciente la luz tamizada que filtraban los visillos. Había llegado el momento de hacer el traslado. Sus hijas intentaron oponer a ello resistencia: se negaban a abandonar la ciudad. ¿Quién vendrá a vernos a este lugar dejado de la mano de Dios?, objetaban. Mientras yo sea rico vendrán a vernos al infierno si es preciso, respondía él. En realidad tanto a su mujer como a sus hijas les daba miedo verse aisladas con aquel hombre que las tiranizaba y parecía divertirse haciéndolas sufrir. También la mansión les infundía temor y desagrado. Aunque la reconstrucción podía considerarse perfecta había algo inquietante en aquella copia fidelísima, algo pomposo en aquel ornato excesivo, algo demente en aquel afán por calcar una existencia anacrónica y ajena, algo grosero en aquellos cuadros, jarrones, relojes y figuras de imitación que no eran regalos ni legados, cuya presencia no era fruto de sucesivos hallazgos o caprichos, que no atesoraban la memoria del momento en que fueron adquiridos, de la ocasión en que pasaron a formar parte de la casa: allí todo respondía a una voluntad rigurosa, todo era falso y opresivo. Acallados los ruidos de la obra y desaparecidos los albañiles, peones, yeseros y pintores, restablecido el orden y la limpieza la mansión adquirió una solemnidad funeraria. Hasta los cisnes del lago tenían un aire de idiocia que les era propio. El alba amanecía para arrojar una luz siniestra y distinta sobre la mansión. Estas características eran del agrado de Onofre Bouvila. Allí podía vivir a su antojo, sin ver ni oír a su mujer ni a sus hijas durante semanas enteras. Jamás paseaba por el jardín y salía raramente durante el día de los aposentos que había reservado para su uso exclusivo. No recibía visitas y en contra de sus predicciones nadie iba a visitarles por propia iniciativa. Al cabo de unos meses de efectuado el traslado sus dos hijas abandonaron el hogar definitivamente. La menor fue la primera en marcharse. Con la ayuda de su abuelo, don Humbert Figa i Morera, que la adoraba hasta el punto de atreverse, a pesar de su edad y sus achaques, a incurrir en la ira posible de su yerno, se estableció en París; allí contrajo matrimonio al cabo de un tiempo con un pianista húngaro de reputación escasa y futuro incierto que le doblaba la edad; ambos vagaron de ciudad en ciudad a partir de entonces, acosados por los acreedores. La hija mayor no tardó en seguir el ejemplo de su hermana. Aunque reconocía abiertamente no sentir por ello ninguna inclinación ingresó en una congregación de misioneras laicas que ejercían la docencia y la medicina en lugares remotos y atrasados. Después de pasar varios años en el Amazonas, cerca de Iquitos, tratando mal que bien de compaginar la práctica de la obstetricia con el consumo inmoderado de whisky fue repatriada por las autoridades peruanas; para ello fue necesario sobornar a varios funcionarios gubernamentales e indemnizar a las víctimas de su negligencia, su vicio y su ignorancia. Luego vivió apaciblemente envuelta en los vahos del alcohol en una *suite* del hotel Ritz de Madrid hasta su muerte en 1981. Onofre Bouvila vio disolverse su familia con la misma indiferencia con que la había visto formarse después de la muerte de su segundo hijo: una familia hecha de residuos y desencantos. Su esposa pasaba el día entero y parte de la noche en la capilla del primer piso: allí se hacía llevar las cajas de trufas heladas y de bombones de licor que consumía compulsivamente a todas horas mientras trataba de orientarse en el laberinto de novenas, triduos, viacrucis, adoraciones, cuarenta horas, infraoctavas y velas en que vivía sumida. Ahora la casa parecía verdaderamente desierta. Si al principio los muebles y los objetos carecían de vida afectiva, pronto adquirieron otra vida fantasmagórica: por las noches se oían ruidos en las estancias vacías y a la mañana siguiente los armarios aparecían desplazados y las alfombras arrolladas, como si todas aquellas piezas colosales y pesadísimas hubieran estado deambulando por los salones al amparo de la oscuridad. En realidad no había nada sobrenatural en aquello: eran los criados, que manifestaban de este modo su descontento y su hastío. Vamos a ver si acabamos de volver tarumba a la señora, se decían; sin más se dedicaban a golpear cacerolas y arrastrar muebles y golpear las paredes con cadenas. De todo esto Onofre Bouvila no se daba por enterado: para librarse del ambiente lúgubre que reinaba en la casa había adquirido el hábito de salir todas las noches. En compañía de su chófer y guardaespaldas frecuentaba los antros más infames; huyendo de la elegancia y la limpieza buscaba la camaradería de rufianes, maleantes y putas: así creía haber reencontrado aquella Barcelona de la que había logrado elevarse pero en la que ahora creía haber sido bastante feliz. En realidad era la juventud perdida lo que añoraba. Con este objeto trataba de convencerse a sí mismo de que en aquellos ambientes que rezumaban ignominia y miseria se sentía como en su propia casa; en el fondo sabía que le repugnaban aquellos cuchitriles inmundos, mal ventilados, aquellos catres sudados y pestilentes en los que despertaba sobresaltado. El vino peleón, el champaña adulterado y la cocaína que consumía para mantenerse alegre durante toda la noche le sentaban mal: a menudo vomitaba en la calle o dentro del coche cuando regresaba a casa al despuntar el día. También sabía que aquellos charlatanes, contrabandistas y mujerzuelas iban desesperadamente detrás de su dinero. Cuando el chófer lo sacaba casi en brazos de algún burdel las putas que le habían recibido con muestras descocadas de simpatía cambiaban de talante en un abrir y cerrar de ojos, sus chulos les arrebataban a golpes el dinero que él les había dado sin tasa, la euforia y la lujuria se desvanecían: ahora imperaban allí la codicia, la violencia y el rencor. Todo esto lo sabía pero se dejaba engañar; no con el dinero que despilfarraba, sino con este engaño creía pagar el derecho a respirar nuevamente el aire del puerto, el olor a salitre y petróleo y a frutas maduras que se echaban a perder en las sentinas de los barcos como si aún perteneciera a este mundo, que había perdido para siempre muchos años atrás.

Una noche se despertó en una habitación minúscula; las paredes estaban recubiertas de un papel sucio que originalmente había sido de color naranja; colgada de un hilo eléctrico parpadeaba una bombilla de filamentos. Tenía los pies y las manos helados y un hormigueo desagradable le recorría el costado izquierdo. Supo que se moría y le extrañó la precisión con que aún podía registrar detalles nimios. A su lado oyó gritar a una furcia cuyo rostro no recordaba haber visto nunca antes de entonces. Haciendo un gran esfuerzo consiguió asirle la muñeca: sabía que si ella lograba zafarse le quitaría todo lo que llevaba y huiría sin decir nada a nadie. Lo dejaría morir allí. Le prometeré el oro y el moro si me ayuda, pensó, pero las palabras le ahogaban, no le dejaban respirar. No es mal sitio para morir, pensó, menudo escándalo. Pero ¿qué estoy diciendo? Yo no quiero morir aquí ni en ningún otro sitio. La furcia se había soltado de un tirón: recogía la ropa desperdigada por el suelo de la habitación y salía al pasillo con la ropa en los brazos. Al verse solo luchó por no dejarse vencer por el pánico. Es el fin, pensó. Oyó gritos y carreras en el pasillo antes de perder el conocimiento.

En realidad todos obraron con acierto. La furcia corrió a buscar al chófer apenas se hubo vestido y éste, temeroso de la responsabilidad en que podría incurrir si el suceso terminaba mal, fue a su vez en busca de Efrén Castells. Cuando ambos se personaron en la casa de tolerancia las pupilas y sus chulos habían conseguido ponerle mal que bien la ropa que traía; no habían conseguido en cambio hacerle beber un trago de coñac por más que habían forcejeado con el mango de una cuchara. Efrén Castells repartió gratificaciones; incluso el sereno y el vigilante, que estaban presentes, recibieron su parte; todos quedaron contentos y juraron guardar silencio. Daban las cuatro cuando lo metieron en la cama y avisaron a su esposa. Ella estuvo a la altura de las circunstancias, se comportó como una dama: aceptó secamente las explicaciones improvisadas e inverosímiles que Efrén Castells le daba torpemente y puso en movimiento a todo el servicio. De resultas de ello al cabo de unas horas la mansión era un hervidero: allí habían acudido médicos especialistas y enfermeras y también en previsión de un desenlace fatal abogados y notarios con sus pasantes y agentes de cambio y bolsa y registradores de la propiedad y funcionarios de la delegación de Hacienda, cónsules y agregados comerciales, hampones y políticos (que trataban de pasar inadvertidos), periodistas y corresponsales y muchos sacerdotes provistos de lo necesario para administrar los sacramentos del caso: la confesión, la eucaristía y la extremaunción. Esta muchedumbre vagaba ahora por el jardín y por la casa, entraba en todas las dependencias, fisgaba en los armarios, abría los cajones, revolvía los enseres, manoseaba las obras de arte y dañaba algunos objetos sin querer o queriendo; los reporteros gráficos instalaban los trípodes y las cámaras en mitad de los salones, herían los ojos de todos con los fogonazos de las lámparas de magnesio y malgastaban las placas en hacer unos retratos cuyo significado se perdía al revelarlas. Los criados se dejaban sobornar y revelaban secretos reales o imaginarios al mejor postor. No faltaban embaucadores que se hacían pasar por amigos de la familia o por colaboradores estrechos del enfermo; de estas personas los periodistas y negociantes bisoños obtenían mediante pago la información más distorsionada y confusa. De resultas de ello la bolsa bajó en casi todos los mercados. De estas cosas él no se enteraba o se enteraba vagamente: a consecuencia de la medicación recibida parecía estar suspendido en el aire: no le dolía nada ni sentía su propio cuerpo, salvo por el frío persistente en las extremidades. Si no fuera por este frío estaría mejor que nunca, pensaba. Algo de este bienestar le devolvía a una infancia anterior a sus recuerdos más antiguos. Había perdido la noción del tiempo: a pesar de su inmovilidad absoluta las horas no se le hacían largas ni le pesaba la inactividad. Las personas que entraban y salían de la habitación, los médicos que lo examinaban sin cesar, las enfermeras que le administraban medicamentos, alimento y calmantes, que le ponían inyecciones y le sacaban sangre y atendían sus necesidades que ya no controlaba y lo lavaban y perfumaban, las visitas periódicas de su esposa, que pasaba llorando junto al lecho los momentos escasos que le dejaban a solas con él, la irrupción de quienes por medio de algún artificio habían conseguido penetrar hasta su alcoba para pedirle un favor póstumo, para instarle a que pusiera su alma en paz con Dios, para preguntarle un dato esencial sobre una empresa o una operación comercial de cierta envergadura o quizá para oír de sus labios a modo de testamento la clave de su éxito le parecían figuras ficticias, personajes escapados de un grabado infantil, que ahora se movían en unos pocos planos fijos del espacio que le rodeaba con los cuales se confundían. Los murmullos y susurros y el ronroneo de voces y pasos que le llegaba a través de los tabiques, que aumentaba cuando se abría una puerta y se acallaba al cerrarse esa misma puerta también le desconcertaban: no podía establecer una distinción clara entre sonidos, olores, formas y sensaciones: unos y otras se prestaban a interpretaciones complicadas y no siempre inequívocas o coherentes. El tacto de la mano de un médico o una enfermera, el olor a quina, la blancura de una bata, un rostro inquisitivo cerca del suyo podían formar un todo cuyo sentido le costaba desentrañar. ¿Qué significa esto?, se decía, ¿qué hacen estas cosas heterogéneas a mi lado?, ¿por qué están aquí? Y su fantasía desencadenada al contacto con estos estímulos le transportaba un rato vertiginosamente por un espacio sin límites y lo depositaba luego en la orilla de algún momento perdido de su pasado, que en aquel punto revivía con una precisión tal que su visión le resultaba turbadora y dolorosa. Luego todo esto se desvanecía lentamente como el humo de los cigarrillos en el aire caldeado de un salón y sólo quedaba en su conciencia el terror que le inspiraba la certeza de la muerte. En estas ocasiones quería ofrecer lo que fuera a cambio de seguir viviendo un poco más y de cualquier modo; sabía que en aquel trance no valía ninguna transacción y esto le desesperaba. ¿Cómo es posible que no pueda hacer absolutamente nada para evitar una cosa tan horrible?, se decía. Convencido de que su vida estaba a punto de extinguirse como se extingue una luz al pulsar un interruptor y de que él iba a desaparecer en cualquier momento para siempre y sin remedio rompía a llorar con la desesperación de un recién nacido; de esto nadie se daba cuenta, porque su fisonomía permanecía inalterable, sólo expresaba serenidad y entereza.

Tampoco faltaban ocasiones en que estos vértigos, remembranzas y terrores dejaban paso a visiones irreales y placenteras.

En una de estas visiones creyó encontrarse en un lugar incierto alumbrado por una claridad monótona, como de mediodía nublado. Estando allí sin saber con qué fin vio venir hacia él un individuo que ya de lejos creyó reconocer. Cuando lo tuvo más cerca celebró la circunstancia que había hecho posible este reencuentro. Padre, dijo, cuánto tiempo sin vernos. El americano sonrió: físicamente había cambiado poco desde el día aquel en que regresó de Cuba con el traje de dril, el panamá y la jaula del mono, salvo que ahora llevaba una barba larga y bien cuidada. Y esa barba, padre, ¿a qué se debe?, le preguntó. El americano se encogió de hombros. No sé, hijo, parecía querer indicar con este gesto. Luego abrió la boca, movió los labios lentamente, como si fuera a decir algo, pero se quedó así, sin proferir ningún sonido. Onofre contenía la respiración; esperaba que su padre le revelara en cualquier momento algo trascendental. Pero su padre seguía mudo; al final cerró la boca y volvió a sonreír: ahora su sonrisa estaba teñida de melancolía. Quizá sea esto en realidad estar muerto, pensó Onofre con un estremecimiento, esta inmutabilidad; cuando se está muerto ya no se va a ninguna parte verdaderamente, pensó, todo es permanecer; donde no hay cambio no hay dolor, pero tampoco alegría, si algo tiene la muerte es la ausencia completa de alegría, sólo esta ignorancia embarazosa que ahora veo escrita en el rostro de mi padre. Él está realmente muerto, eso se ve sin ningún género de dudas, siguió pensando, por eso su compañía, que al principio me pareció tan agradable ahora sólo sirve para llenarme de tristeza; todo esto indica que yo no estoy muerto, se dijo luego, o no pensaría como lo estoy haciendo. Pero tampoco debo de estar vivo, o no habría tenido esta visión. No hay duda, estoy en un estado transitorio, con un pie a cada lado de la línea divisoria, como se dice en el mundo que estoy a punto de dejar. Qué no daría yo por volver a vivir, pensaba; no pido empezar de nuevo: eso es imposible y por otra parte es seguro que volvería a vivir como he vivido. No, yo sólo pido seguir viviendo, con eso ya me conformo. Ay, si volviera a vivir lo vería todo con ojos distintos.

## 5

—No sé si es acertado dejar que usted la vea —dijo la monja—. Quiero decir dejar que ella lo vea a usted.

—Entonces, ¿usted sabe quién soy? —preguntó.

La monja frunció los labios; no disminuyó por esta razón la frialdad con que estudiaba a su interlocutor. En esta frialdad no había trazas de animadversión: sólo curiosidad y cautela por partes iguales.

—Todo el mundo sabe quién es usted, señor Bouvila —dijo en voz muy baja, casi con coquetería. Cada una de sus facciones revelaba una cualidad de su carácter: desprendimiento, dulzura, paciencia, fortaleza, etcétera; su cara entera era un emblema—. La pobre ha sufrido mucho —añadió cambiando de tono—. Ahora pasa la mayor parte del tiempo tranquila; sólo recae de cuando en cuando y aun eso por pocos días. En estas ocasiones vuelve a creerse una reina y una santa. Onofre Bouvila movió la cabeza en señal de asentimiento: Estoy al corriente de la situación, dijo. En realidad se había enterado hacía muy poco. Durante los meses inacabables de convalecencia, durante el período en que su vida arrancada *in extremis* de las garras de la muerte parecía sustentada precariamente por una tela de araña le habían ocultado la verdad: cualquier trastorno puede serle fatal, habían dicho los médicos. Pero no pudieron evitar que acabara enterándose indirectamente. Un día de otoño en que combatía el tedio hojeando revistas en un extremo del salón, junto al ventanal cerrado, con las piernas cubiertas por una manta de alpaca, leyó la noticia de la boda. Al principio le pasó por alto su significado: casi todo le pasaba por alto desde hacía tiempo. Una doncella retiró las revistas que había dejado caer al suelo y corrió las cortinas para que el sol de tarde que empezaba a entrar a través de los cristales no le diera en la cara. Cuando la doncella se hubo ido apoyó la mejilla en el antimacasar: estaba recién planchado y aún conservaba el olor a albahaca fresca. Así se dejó invadir por la somnolencia. Por primera vez en su vida ahora dormía muchas horas; cualquier actividad sencilla le fatigaba; por fortuna estos sueños eran siempre placenteros. Esta vez, sin embargo, se despertó sobresaltado. No sabía cuánto rato había dormido, pero a juzgar por la posición de la línea que dibujaba el sol en las losas de mármol, poco. Durante unos minutos estuvo tratando de identificar la razón de su inquietud: ¿Es algo que he leído en las revistas?, se preguntaba. Hizo sonar la campanilla que siempre tenía al lado: la doncella y la enfermera acudieron con expresión asustada. No me pasa nada, coño, les dijo irritado ante esta muestra oficiosa de solicitud; sólo quiero que me traigan las revistas que estaba leyendo hace un rato. Mientras la doncella iba en busca de las revistas la enfermera le tomó el pulso: era una mujer enjuta y avinagrada. Con estos viragos me castiga mi mujer, le decía a Efrén Castells cuando éste iba a visitarle. ¿Qué quieres?, replicaba el gigante con severidad, ¿un pimpollo y que te vuelva a dar un síncope? Miraba a todas partes para cerciorarse de que nadie les oía y agregaba: Si te hubieras visto como te vi yo cuando fui a recogerte al prostíbulo no dirías estas cosas. Bah, deje de mirar si estoy vivo o muerto y límpieme las gafas con esa gasa que le asoma por el bolsillo, rezongó retirando la mano. La enfermera y él se miraron un instante con aire de desafío. A esto he llegado, pensó: a pelearme con solteronas. Luego ordenó que descorrieran las cortinas y le dejaran en paz. Febrilmente buscó la noticia de la boda. Soy muy feliz, había declarado la estrella al corresponsal de la revista. James y yo viviremos la mayor parte del año en Escocia; allí James tenía un castillo. James era un aristócrata inglés apuesto y adinerado. Se habían conocido a bordo de un transatlántico de lujo; sí, había sido amor a primera vista, confesaron ambos luego; durante unos meses prefirieron mantener el noviazgo en secreto para eludir el acoso de la prensa; durante estos meses él le enviaba todos los días una orquídea a su habitació: esto era lo primero que ella veía al abrir los ojos. La boda tendría lugar antes del invierno en un lugar que no querían revelar; luego nos espera una larga luna de miel por países exóticos, puntualizaba. Soy muy feliz, repetía. Con tal motivo anunciaba su retirada definitiva del cine.

—¿Dónde está? —le preguntó a bocajarro aquella misma tarde a Efrén Castells. El gigante se quedó desconcertado.

—Está todo lo bien que se puede estar, créeme —le dijo—. El sitio es muy agradable; no parece un sanatorio —luego, sintiéndose acusado implícitamente por el silencio hosco de su amigo, se defendió montando en cólera—. No me mires con esta cara, Onofre, por lo que más quieras: tú habrías hecho lo mismo, ¿qué otra salida nos quedaba? Desde el principio sabías tú mejor que nadie que esta aventura tenía que acabar así, la cosa viene de antiguo —le contó cómo las cosas habían ido de mal en peor desde el traspaso de los estudios cinematográficos. Pronto comprendieron que Honesta Labroux no estaba dispuesta a acatar órdenes de nadie, salvo de él; pero él se había ido para no volver. Ahora una película que antes se rodaba en cuatro o cinco días exigía varias semanas de rodaje: los problemas se multiplicaban. Al final había intentado matar a Zuckermann. Un día en que él la había tratado con más crueldad que de ordinario ella sacó una pistola del bolso y disparó contra el director. La pistola era una antigualla, sabe Dios de dónde la habría sacado; le había estallado en la mano: de puro milagro no le voló su propia cabeza. Después de este incidente todos convinieron en que no había más remedio que encerrarla. Onofre asintió sombríamente. Desaparecida Honesta Labroux la industria cinematográfica que él había creado empezó a declinar. Probaron otras actrices, pero todas fracasaron; ahora las películas resultaban difíciles de amortizar donde antes habían rendido beneficios enormes. El público prefería sin lugar a dudas las películas que llegaban de los Estados Unidos; el propio Efrén Castells hablaba con entusiasmo de Mary Pickford y de Charles Chaplin. Ya habían decidido cerrar los estudios, liquidar la sociedad y dedicarse a la importación de películas extranjeras. Deja que ellos se rompan la mollera y arriesguen el dinero, dijo Efrén Castells. Onofre Bouvila se subió la manta de alpaca hasta el pecho y se encogió de hombros: todo le daba igual.

—Venga —dijo la monja súbitamente. Había estado cavilando y esta decisión era el resultado de sus cavilaciones: de su forma de hablar se desprendía que estaba acostumbrada a tratar con pesonas cuya comprensión no precisaba. Siguiendo a la monja desembocó en una sala de regulares dimensiones; estaba amueblada con sencillez y parecía limpia y confortable, pero rezumaba olor a enfermedad y decadencia. Por la ventana entraba la claridad delicada de un mediodía de invierno. En la sala hacía bastante frío. Tres hombres de edad indefinida jugaban a las cartas en torno a una mesa camilla; dos de estos hombres llevaban boina y los tres llevaban bufandas arrolladas al cuello. En otra mesa adosada a la pared y cubierta de un mantel azul que colgaba hasta tocar el suelo había un nacimiento: las montañas eran de corcho; el río era de papel de estaño; la vegetación eran unas placas de musgo; las figuritas de barro no guardaban mucha proporción entre sí. Al lado de la mesa había un piano vertical cubierto por una funda de lona.

—Los propios pacientes han hecho este belén —dijo la monja. Al oír esto los tres hombres suspendieron el juego y sonrieron en dirección a Onofre Bouvila—. En la nochebuena, después de la misa del gallo hay una cena comunitaria; quiero decir que pueden asistir a ella también los familiares y allegados que lo deseen. Ya me figuro que éste no es su caso, pero se lo digo igualmente.

Onofre advirtió que todas las ventanas tenían rejas. Salieron de allí por una puerta distinta; esta puerta llevaba a otro pasillo. Al llegar al final de este segundo pasillo la monja se detuvo.

—Ahora tendrá que esperar aquí un momento —dijo—. Los hombres no pueden entrar en el ala de las mujeres y viceversa: nunca se sabe en qué estado los vamos a encontrar.

La monja lo dejó allí solo. Rebuscó en todos los bolsillos, aun sabiendo la inutilidad de este gesto; los médicos le habían prohibido fumar y no llevaba nunca cigarrillos encima. Pensó volver a la sala y pedir un cigarrillo a los jugadores. Algo tendrán y no parecían peligrosos, se dijo. Después de todo, ¿qué pueden hacerme? Al hacerse esta reflexión escrudiñó críticamente el reflejo de su figura en el cristal de la ventana del pasillo. Allí vio un anciano diminuto, encorvado y pálido, cubierto por un gabán negro con cuello de astracán y apoyado en un bastón con empuñadura de marfil. En la mano que no tenía en la empuñadura del bastón sostenía el sombrero flexible y los guantes. Todo ello le daba un aire de filigrana no exento de comicidad. La llegada de la monja interrumpió esta contemplación desconsoladora. Ya puede venir, le dijo.

Delfina también había envejecido mucho; además de esto había enflaquecido de una manera alarmante: había recuperado la escualidez propia de su naturaleza; nadie habría reconocido en ella la actriz famosa que encandilaba al mundo, ahora sólo él podía reconocer en aquel vestigio la fámula arisca de otros tiempos. Llevaba una bata de lana gruesa sobre el camisón de franela, unos calcetines también de lana y unas pantuflas forradas de pelo de conejo. Mire quién ha venido a verla, señora Delfina, dijo la monja. Ella no reaccionó ante estas palabras ni ante su presencia; miraba un punto lejano, más allá de las paredes del pasillo: esto provocó un silencio incómodo para él. La monja sugirió que fueran a dar un paseo los dos solos. El día está fresquito, pero al sol no se estará mal, dijo; salgan al jardín: el ejercicio les hará bien a los dos. A los ojos de la monja una actriz cinematográfica debía de ser poco más que una prostituta si no su equivalente; si los dejaba salir solos al jardín era porque la decrepitud de ambos les confería una inocencia renovada, pensó Onofre mientras conducía a Delfina por el pasillo hacia el jardín. Esta operación resultó muy ardua y prolongada; ella andaba muy envarada y con lentitud extrema; cada movimiento suyo parecía ser el fruto de un cálculo complicadísimo y una decisión ponderada y no carente de riesgo. Ya he dado medio paso, parecía ir diciendo cada vez, bueno, ahora daré otro medio. Gracias a esta parsimonia el jardín, que no era muy extenso, parecía enorme. No le falta razón, pensaba Onofre; si no va a pasar jamás de la tapia del jardín, ¿a qué apurarse? Era él quien se fatigaba de resultas de aquella lentitud exasperante. Ven, Delfina, acabó diciendo, vamos a sentarnos un poquito en aquel banco.

—Aquí estaremos muy bien —dijo él cuando se hubieron sentado lado a lado en el banco de piedra; ahora la necesidad de mantener una conversación se hacía imperiosa. Los árboles habían perdido las hojas y junto al muro del sanatorio crecían unas algalias. Le preguntó cómo se encontraba, ¿le dolía algo?, en el sanatorio, ¿la trataban bien?, ¿necesitaba alguna cosa que él pudiera proporcionarle? Ella no respondía, seguía mirando hacia delante con la misma expresión impertérrita; ni siquiera parecía darse cuenta de dónde estaba o con quién. Este silencio oprimió a Onofre más de lo que él habría podido imaginar. Cuántas cosas han pasado, dijo a media voz; y sin embargo nada ha cambiado; los dos seguimos siendo los mismos, ¿no crees?; sólo que ahora la vida ha echado a perder lo poco que teníamos. Un pájaro negro se posó en la grava del jardín, allí se detuvo un rato y emprendió luego el vuelo. Onofre siguió hablando cuando el pájaro se hubo ido. ¿Recuerdas cuando nos conocimos, Delfina? No digo el momento en que nos conocimos, sino la época. Era el año 1887, otro siglo, ahí es nada: Barcelona era un pueblo, no había luz eléctrica ni tranvías ni teléfonos; era la época de la Exposición Universal. ¿Sabes que ya se habla de hacer otra? Quizá sea ésta la ocasión de volver a las andadas, ¿qué me dices? Ay, entonces yo me sentía muy solo, estaba asustadísimo; en esto, ya ves, no he cambiado. Entonces sin embargo te tenía a ti; nunca nos llevamos bien pero yo sabía que tú estabas allí y con esto tenía suficiente aunque no lo sabía aún entonces. Como ella permanecía inmóvil temió que se hubiese congelado, aunque el aire era tibio y el sol contrarrestaba la humedad. Una estatua de hielo, pensó; siempre fue una estatua de hielo salvo la noche aquella en que la tuve en mis brazos. Le cogió una mano y vio que la tenía fría, pero no helada como había temido—. Te vas a enfriar —le dijo—, toma, ponte mis guantes —se quitó los guantes y se los puso a Delfina sin que ella cooperase ni opusiese resistencia. Con sorpresa advirtió que los guantes le venían bien a ella: entonces recordó que siempre había tenido las manos muy grandes. Con estas manos se aferraba a mis hombros desesperadamente, pensó—. Puedes quedarte con los guantes —dijo en voz alta—, ya ves que te vienen que ni pintados —al levantar la cabeza vio a los tres hombres que un rato antes jugaban a las cartas asomados ahora a la ventana de la sala; desde allí espiaban sin ningún disimulo a la pareja del banco con aire de concentración y seriedad. Aunque estaban lejos y eran sólo tres enfermos Onofre soltó la mano de Delfina que había retenido entre las suyas. Ella juntó esta mano con la otra y posó las dos sobre las rodillas—. Ya es bien inútil sin embargo pensar en esto —siguió diciendo—. Si hablo de estas cosas es porque he estado al borde de la muerte y tengo miedo. A ti no me importa decírtelo: siempre he sabido que tú eres la única persona que me ha comprendido. Tú siempre has entendido el porqué de mis actos. Los demás no me entienden, ni siquiera los que me odian. Ellos tienen su ideología y sus prerrogativas: con estas dos cosas lo explican todo; gracias a esto justifican cualquier cosa, el éxito como el fracaso; yo soy un fallo en el sistema, la conjunción fortuita y rarísima de muchos imponderables. No son mis actos lo que me reprochan, no mi ambición o los medios de que me he valido para satisfacerla, para trepar y enriquecerme: eso es lo que todos queremos; ellos habrían obrado igual si les hubiera impelido la necesidad o no les hubiera disuadido el miedo. En realidad soy yo quien ha perdido. Yo creía que siendo malo tendría el mundo en mis manos y sin embargo me equivocaba: el mundo es peor que yo.

Muy entrada la primavera recibió una carta; la firmaba una religiosa, quizá la misma que le había atendido el día que fue al sanatorio. En esta carta la religiosa le comunicaba el fallecimiento de Delfina; *la muerte le sobrevino mientras dormía,* decía la carta. Ahora le informaban de este suceso luctuoso aun sabiendo que no era su pariente ni allegado *dada la especial relación afectiva que le había unido a la difunta.* Aunque desde el día en que él había ido a visitarla Delfina no había recobrado ni la voz ni la conciencia, no era aventurado afirmar que *murió, por así decir, con su nombre en los labios,* decía la carta. En el cuarto de la difunta habían sido encontradas unas hojas manuscritas, probablemente una misiva dirigida a él, junto con *otros escritos de contenido íntimo y escabroso que hemos estimado oportuno destruir,* acababa diciendo la carta. La misiva de Delfina decía así: *La realidad que nos envuelve es sólo una cortina pintada, al otro lado de esta cortina no hay otra vida, es la misma vida, el más allá sólo es aquel lado de la cortina, al detener la vista en la cortina no vemos el otro lado, que es lo mismo, cuando comprendamos que la realidad es sólo un fenómeno óptico podremos cruzar esta cortina pintada, al cruzar esta cortina pintada nos encontraremos en otro mundo que es igual que éste, en aquel mundo están también los que han muer-*

*to y los que todavía no han nacido, pero ahora no los vemos porque los separa esta cortina pintada que confundimos con la realidad, una vez traspasada la cortina en un sentido ya es fácil siempre trasponerla en ese mismo sentido y en el sentido opuesto también, se puede vivir al mismo tiempo en este lado y en el otro lado no al mismo tiempo, el momento indicado para atravesar la cortina pintada es la hora del crepúsculo hacia allí, la del amanecer hacia aquí, así se consigue mejor todo el efecto, lo demás no sirve, no sirve hacer invocaciones ni pagar, al otro lado de la cortina pintada no existe la ridícula división de la materia en tres dimensiones, en este lado cada dimensión tiene algo de ridículo a nuestros propios ojos, los que están al otro lado de la cortina lo saben y se ríen, los que todavía no han nacido se creen que los muertos son sus papás.* Luego la letra se volvía ininteligible.

# CAPÍTULO VII

## 1

Sin ser tan grande como el *Cullinam* o como el *Excelsior* ni tan ilustre como el *Koh-i-noor* (que aparece mencionado en el *Mahâb-hârata)* o como el *Gran Mogol* (propiedad del shah de Persia) o como el *Orlof* (que adorna el cetro imperial ruso), el *Regent* estaba considerado el diamante más perfecto. Provenía de las minas legendarias de Golconda y había pertenecido al duque de Orleans, que hubo de empeñarlo en Berlín durante la Revolución francesa. Rescatado de manos del prestamista fue montado en la empuñadura de la espada de Napoleón Bonaparte. Onofre Bouvila lo tenía en la palma de la mano la noche en que Santiago Belltall fue a verle; con ayuda de una lupa admiraba su pureza y su luminosidad. Retirado de la vida activa por la Dictadura había decidido invertir su fortuna, el dinero que Efrén Castells le había transferido a Suiza, en el mercado internacional de diamantes; ahora sus agentes se adentraban en las montañas del Dekhan y en las selvas de Borneo, merodeaban por las tabernas y lupanares de Minas Gerais y Kimberley. Sin pretenderlo se estaba convirtiendo de nuevo en uno de los hombres más ricos del mundo. Ahora habría podido derrocar fácilmente a Primo de Rivera, vengarse del agravio que le había infligido, pero no sentía ningún deseo de hacerlo: siempre había considerado la política con desprecio, una maraña de pactos que a él le parecía innecesario suscribir. En realidad le dominaba la apatía. El paso del tiempo sólo me trae nociones de muerte, pensaba mirando el diamante. A la muerte de Delfina en 1925 había seguido la de su suegro, don Humbert Figa i Morera a principios de 1927 y a ésta la de su hermano Joan, en circunstancias poco claras, a fines de ese mismo año. Cada una de estas muertes le parecía un presagio aciago. Tampoco sentía la necesidad de luchar contra una dictadura que se hundía sola. Siguiendo el ejemplo de Mussolini, Primo de Rivera había creado un partido único llamado de Unión Patriótica; al fundarlo había pensado que engrosarían sus filas personalidades de tendencias diversas, que reconciliaría en el seno de este partido a la flor y nata del país; sin embargo sólo había logrado atraer a él a las sanguijuelas del antiguo régimen y a un puñado de jóvenes trepadores; el Ejército había acabado por disociarse del dictador al que pocos años atrás había aclamado y el propio Rey buscaba desesperadamente la manera de quitárselo de en medio. Contra él se sucedían los complots dentro y fuera de España; a ellos respondía con encarcelamientos y deportaciones, pero no era sanguinario y no quiso matar a nadie. Solamente la incapacidad de la oposición, la censura férrea que imponía, la corrupción administrativa y el temor popular justificado a cualquier cambio lo mantenía en el poder, al que él se aferraba como un demente: no comprendía que debía este poder a la coincidencia efímera de su idiosincracia peculiar con el punto de máximo desplazamiento del péndulo de la historia. No había gobernado mal, sino excéntricamente: en poco tiempo había fomentado las obras públicas; con esto último había paliado el desempleo masivo y había modernizado el país. Había sido bueno para el pueblo. El balance positivo de su actuación hacía más incomprensible a sus ojos la soledad en que se encontraba ahora. Cuando vio que había perdido también el apoyo de la Corona quiso buscar el de Onofre Bouvila: por mediación del marqués de Ut, que aún le era fiel, intentó una maniobra de acercamiento cuando ya era demasiado tarde.

Santiago Belltall, cuyo nombre habría de quedar unido al de Onofre Bouvila para siempre, contaba cuarenta y tres años de edad la noche en que fue a verle. Aunque su atuendo era de calidad ínfima iba aseado, se había bañado y afeitado ese mismo día y alguien le había cortado el pelo con mejor intención que fortuna. Este acicalamiento subrayaba su aspecto de sablista; sólo los ojos coléricos en el rostro extenuado le salvaban del ridículo. Cuando el mayordomo le informó de que el señor no recibía a nadie si él mismo no había cursado la correspondiente invitación sacó del bolsillo una tarjeta amarillenta y arrugada y se la mostró al mayordomo. Me la dio el señor Bouvila en persona, dijo, yo creo que es como si fuera una invitación en regla. El mayordomo examinó la tarjeta con expresión de perplejidad. ¿Cuándo le dio el señor esta tarjeta?, preguntó. Hace catorce años, dijo Santiago Belltall impertérrito. Para ser una invitación se hace usted de rogar, comentó el mayordomo. ¿Cuál me ha dicho que es su nombre? Santiago Belltall dio su nombre. Aunque no creo que el señor se acuerde de mí, agregó. El mayordomo se pasó la mano por la frente dubitativo; por fin decidió informar al señor de la presencia de aquel sujeto de apariencia indeseable: por más que temía importunar al señor, conocía bien su afición por los personajes estrambóticos. En este caso sus suposiciones se vieron confirmadas. Hazlo pasar, le dijo Onofre Bouvila. Aunque la noche era tibia en la chimenea de la biblioteca ardían unos troncos. Santiago Belltall sintió que el calor le asfixiaba.

—No creo que me recuerde —repitió apenas fue conducido allí. En su tono había un deje de adulación: un hombre tan importante como usted no puede acordarse de alguien tan insignificante como yo, parecían dar a entender sus palabras y su actitud. Onofre Bouvila sonrió con desdén. Si tuviera tan mala memoria como usted y otros pazguatos me atribuyen no sería quien soy, dijo. Al decir esto levantó el puño de la mano derecha. Por un instante Santiago Belltall temió que fuera a propinarle un puñetazo, pero el gesto no era amenazador—. Nos conocimos hace catorce años —volvió a decir para fundamentar su conjetura.

—No catorce —dijo Bouvila—, sino quince. En mil novecientos doce en Bassora, usted se llama Santiago Belltall y es inventor, tiene una hija llamada María, una niña díscola. ¿Qué viene a venderme?

Santiago Belltall se quedó mudo: con tal displicencia su interlocutor se anticipaba a lo que iba a decir, dejaba sin sentido el discurso que había preparado y ensayado a solas varias horas. Enrojeció a pesar suyo. Veo que he cometido un error viniendo, murmuró más para sí que para ser oído. Disculpe, dijo. La sonrisa sarcástica de Onofre Bouvila hizo que su inhibición se transformara en ira: se levantó de la butaca con celeridad y se dirigió a la puerta. Usted se lo pierde, dijo en voz alta.

—¿Qué es eso que me pierdo? —preguntó Onofre Bouvila con serenidad sardónica. El inventor volvió sobre sus pasos y encaró al financiero poderoso: ahora se hablaban los dos de igual a igual. Una verdadera maravilla, dijo. Onofre Bouvila abrió el puño que había mantenido cerrado hasta entonces. Los ojos del inventor quedaron prendidos de las facetas del *Regent,* cuyos destellos moteaban la bata de seda adamascada que vestía aquél—. ¿Qué maravilla se puede comparar a ésta? —susurró.

—Volar —respondió el inventor inmediatamente.

En la segunda década del siglo XX la aviación había alcanzado sin discusión lo que la prensa de entonces denominaba *su mayoría de edad;* entonces ya nadie dudaba de la primacía de estos aparatos, más pesados que el aire, sobre cualquier otra forma de transporte aéreo. Tampoco pasaba día sin que alguna proeza nueva jalonara el progreso en este campo. Algunos problemas quedaban sin embargo aún por resolver. Por extraño que parezca hoy día el menor de estos problemas era el de la seguridad de los vuelos: se producían pocos accidentes y de éstos un número reducidísimo era grave o mortal; además de esto, buena parte de estos accidentes no se podían atribuir a causas mecánicas en justicia sino generalmente al empeño pueril de los pilotos por demostrar la estabilidad de los aparatos y su propia pericia volando cabeza abajo o describiendo circunferencias y espirales, haciendo rizos, volatines y barriletes en el aire. La rapidez de reflejos y las condiciones atléticas que debían poseer los pilotos en aquella etapa primitiva de la aviación hacía que fueran necesariamente muy jóvenes (quince años era juzgada la edad idónea para efectuar vuelos de prueba), lo que redundaba en una cierta inconsciencia por su parte. Así, podemos leer en un diario barcelonés de 1925 lo que sigue: *Como sea que en París y en Londres los que cierta prensa sensacionalista apoda ases del aire rivalizan entre sí ejecutando esta suerte: la de hacer pasar los aparatos en vuelo rasante por debajo de los puentes del Sena y el Támesis respectivamente, con la consiguiente secuela de sustos y chapuzones, y como sea que Barcelona, por carecer de río carece también de puentes, nuestros pilotos, pese a la prohibición expresa del Excmo. Ayuntamiento de la Ciudad Condal, han inventado una pirueta similar a la antedicha y aún más arriesgada: la de colocar las alas del avión en la perpendicular del suelo y hacerlo pasar así, como quien enhebra una aguja, por entre las torres del templo expiatorio de la Sagrada Familia.* En estos casos, sigue refiriendo la crónica, solía verse aparecer en lo alto de estas torres un anciano de aspecto famélico y desaliñado que agitaba el puño como tratando ingenuamente de derribar de un sopapo el avión irreverente mientras cubría de denuestos al piloto. El protagonista de esta escena pintoresca (que había de inspirar años después una escena parecida, hoy ya clásica, de la película *King Kong*) no era otro que Antoni Gaudí i Cornet, a la sazón en los últimos meses de su vida, y aquel enfrentamiento desigual tenía algo alegórico: al modernismo que el arquitecto celebérrimo representaba había sucedido en aquellas fechas un movimiento de signo radicalmente distinto en Cataluña denominado *noucentisme*; el primero de estos movimientos tenía los ojos puestos en el pasado, con preferencia en la Edad Media; el segundo, en el futuro; aquél era idealista y romántico; éste, materialista y escéptico. Los devotos del *noucentisme* hacían befa de Gaudí y de su obra, la escarnecían en caricaturas y artículos mordaces. El viejo genio sufría, pero no en silencio; con los años el carácter se le había agriado y enrarecido: ahora vivía solo en la cripta de la Sagrada Familia, convertida provisionalmente en taller, rodeado de estatuas colosales, florones de piedra y ornamentos que no podían ser colocados en su lugar correspondiente por falta de fondos. Allí dormía sin quitarse la ropa de diario, que luego llevaba hecha un guiñapo; respiraba aquel aire impregnado de cemento y yeso. Por las mañanas hacía gimnasia sueca; luego oía misa y comulgaba, desayunaba un puñado de avellanas, un manojo de alfalfa o unas bayas y se sumergía en aquella obra anacrónica e imposible. Cuando veía que alguien acudía a visitarla, si veía acercarse a un grupo de curiosos saltaba del andamio con agilidad impropia de sus años y corría a su encuentro sombrero en mano: pedía limosna como un pordiosero para poder continuar la obra siquiera unos días más. En este sueño quemaba sus últimos días. Por una peseta arrojaba al aire una de aquellas avellanas que constituían su sustento principal y la recogía en la boca, dando un salto prodigioso hacia atrás, con la espalda arqueada y las rodillas flexionadas. Su rostro se transfiguraba, su entusiasmo era contagioso. A veces tenían que sacarlo de un charco de argamasa fresca. En privado, entre amigos, no podía disimular su descorazonamiento. El progreso y yo estamos en guerra, les decía, y mucho me temo que soy yo el que la va a perder. Finalmente fue atropellado por un tranvía eléctrico en el cruce de la calle Bailén con la Gran Vía. De resultas de este accidente absurdo falleció en el hospital de la Santa Cruz. Otro de los problemas que preocupaban a los ingenieros aeronáuticos era lo que luego se conoció como autonomía de vuelo. ¿De qué sirve volar si volando no se llega a ninguna parte?, se decían. Para solventar este problema se dotaba a los aviones de unos depósitos de combustible tan grandes que su peso lastraba los aparatos, no les permitía despegar; esto a su vez se compensaba aligerando el fuselaje: al final los pilotos volaban literalmente sentados en depósitos de material altamente inflamable. Ahora ya no temían los coscorrones y las fracturas, sino las quemaduras dolorosísimas e irreversibles. También mejoraba a pasos agigantados la calidad del combustible: se refinaba la gasolina y se hacían mezclas que aumentaban su rendimiento. Estos experimentos no eran estériles: el 27 de mayo de 1927 Charles Lindbergh, un aviador norteamericano, hizo en solitario y sin escalas el vuelo Nueva York-París. Las posibilidades que abría esta hazaña eran ilimitadas. Poco después, el 9 de mayo de 1928, una mujer, lady Bailey, salió de Croydon, en Inglaterra, al volante de una avioneta Havilland Moth provista de un motor de 100 caballos; pasando por París, Nápoles, Malta, El Cairo, Kartum, Tabora, Livingstone y Bloemfontein, llegó a El Cabo el 30 de abril; allí descansó unos días y el 12 de mayo inició el regreso; después de tocar Bandundo, Niamey, Gao, Dakar, Casablanca, Málaga, Barcelona y otra vez París, aterrizó en Croydon, de donde había partido ocho meses antes, el 10 de enero de 1929. Tampoco en España la industria aeronáutica había quedado a la zaga: la guerra de Marruecos había impulsado su desarrollo como había hecho antes la Gran Guerra con el de la industria aeronáutica de los países beligerantes. En 1926 Franco, Ruiz de Alda, Durán y Rada a bordo del *Plus Ultra* cubrieron el trayecto de Palos de Moguer a Buenos Aires entre el 22 de enero y el 10 de febrero; ese mismo año Lóriga y Gallarza volaban de Madrid a Manila en un sesquiplano entre el 5 de abril y el 13 de mayo, y la patrulla *Atlántida*, mandada por Llorente, iba y volvía de Melilla a la Guinea Española en quince días, del 10 de diciembre al 25 del mismo mes. Cada viaje era un paso de gigante hacia un mañana preñado de promesas, pero a cada paso surgían también problemas nuevos: las brújulas enloquecían al cambiar de hemisferio sin transición, la cartografía tradicional no respondía a las necesidades de la navegación aérea; había que perfeccionar continuamente altímetros, catetómetros, barómetros, anemómetros, radiogoniómetros, etcétera; había que adaptar no sólo el instrumental, sino la vestimenta, la alimentación y otras muchas cosas a las circunstancias nuevas. También era preciso ahora poder pronosticar con exactitud las variaciones atmosféricas: un vendaval o una tolvanera podían ser fatales para un avión y sus tripulantes. Si un tren o un automóvil eran sorprendidos por estos accidentes meteorológicos podían detener su marcha, un barco podía capear el temporal, pero un avión en pleno vuelo, a centenares de leguas del aeródromo más cercano y con un volumen de combustible limitado, ¿qué podía hacer frente a una emergencia de este tipo? Igualmente, ¿qué ocurría si el motor sufría una avería en pleno trayecto? Los científicos se devanaban los sesos tratando de contrarrestar lo imponderable. Estudiaban con interés renovado la anatomía de algunos insectos voladores, cuya habilidad para posarse sin mayor complicación en la superficie mínima de un pistilo envidiaban: un avión en cambio necesitaba una superficie larga, horizontal y lisa para poder aterrizar sin estrellarse. Esto se debía a que el aterrizaje no podía hacerse a una velocidad inferior a los 100 kilómetros por hora: en estos aviones la traslación y la sustentación no eran dos cosas independientes.

Onofre Bouvila acabó de escuchar distraídamente las explicaciones del inventor; luego pulsó el timbre. Cuando el mayordomo se personó en la biblioteca le dijo que añadiese unos troncos a los que ardían en la chimenea. Con idéntico ensimismamiento seguía los movimientos del mayordomo.

—Veo que mi propuesta no le ha convencido enteramente —dijo Santiago Belltall una vez el mayordomo volvió a dejarlos solos. Este comentario trivial pareció sacar bruscamente a Onofre Bouvila de su abstracción. Miró al inventor como si lo viera por primera vez.

—Simplemente no me interesa —dijo fríamente; su soliloquio interior le había llevado muy lejos; ahora sólo deseaba desembarazarse de la presencia del inventor—; no digo que la idea no sea interesante —añadió al leer el desconcierto en el rostro de aquél: su aparente atención inicial le había hecho concebir expectativas falsas—; es posible incluso que en futuro yo mismo... —agregó mecánicamente, sin molestarse siquiera en terminar la frase.

Durante las semanas que siguieron a esta entrevista tuvo noticias de Santiago Belltall en varias ocasiones. El inventor había ofrecido su proyecto a otras personas; también había acudido a empresas y entidades estatales. En ninguna parte obtuvo más que palabras de aliento y promesas inconcretas. Estudiaremos el asunto con el interés que sin duda merece, le decían. Por medio de sus hombres supo que los dos Belltall, el padre y la hija, vivían realquilados en un piso de la calle Sepúlveda. De ambos se decía en el vecindario que no estaban en sus cabales, que no servían para nada y que no tenían un real. Sabiendo que algo sucedería más tarde o más temprano decidió esperar. Finalmente el mayordomo le anunció una visita una tarde plomiza; a lo lejos retumbaba el eco de los truenos. Es una señorita y dice que desea hablar con el señor en privado, dijo el mayordomo en tono neutro. Este tono no impidió que un escalofrío le recorriera el espinazo. Hazla pasar y dispón que nadie me moleste, dijo volviendo la espalda a la puerta, como si quisiera ocultar su turbación. Espera, añadió cuando el mayordomo se retiraba a cumplir sus instrucciones, dile también al chófer que no se acueste hasta que yo no se lo autorice y que me tenga listo un coche por si lo necesito a cualquier hora. Viendo que no iban a serle dadas más órdenes el mayordomo salió de la biblioteca, cerró la puerta a sus espaldas y se dirigió al vestíbulo.

—Sírvase acompañarme —dijo allí—, el señor la recibirá ahora mismo.

Tampoco ella pudo evitar un estremecimiento. Ya sé lo que va a pasar, pensó mientras seguía al mayordomo; quiera Dios que no pase nada más.

Él la reconoció en el momento mismo en que la vio entrar en la biblioteca precedida del mayordomo, la recordó con una precisión alarmante, como si por virtud de su presencia los años que separaban aquel primer encuentro fugacísimo y este reencuentro de hoy aquí se hubieran comprimido telescópicamente, como si hubieran transcurrido solamente unos minutos, los instantes necesarios para que haya habido ahora esta noción retroactiva de ausencia dolorosa, apenas algo más que un sueño ligero, lo que en este momento parece haber sido ahora mi vida entera, pensó. Ella dijo: Soy María Belltall.

—Sé muy bien quién es usted —dijo él—. Hace calor en esta habitación —añadió para combatir el silencio—, siempre tengo la chimenea encendida; estuve enfermo hace unos meses y los médicos me obligan a cuidarme excesivamente. Siéntese y dígame a qué se debe su visita.

Ella eligió una silla tras una vacilación breve: como llevaba una falda muy corta la postura que habría tenido que adoptar en uno de los butacones de la biblioteca habría sido forzada y hasta ridícula. Por esas fechas el ruedo de la falda, que se había despegado del empeine del zapato en 1916 para ir ascendiendo por la pantorrilla con la constancia de un caracol, llegaba a la rodilla; ahí había de quedar estacionado hasta la década de los sesenta. Esta disminución de la longitud de la falda había producido un cierto pánico en la industria textil, la espina dorsal de Cataluña. Los temores sin embargo resultaron infundados: si ahora los vestidos requerían menos tela para su confección, el guardarropa femenino se había ampliado desmesuradamente de resultas de la creciente participación de la mujer en la vida pública, en el trabajo, en el deporte, etcétera. Todo en la moda había cambiado: los bolsos, los guantes, el calzado, los sombreros, las medias y el peinado. Las joyas se llevaban poco, los abanicos habían sido proscritos momentáneamente. Cuando ella cruzó las piernas él no pudo dejar de reparar en las medias de gasa transparente ni de interrogarse sobre el significado de aquel gesto.

—No crea usted —empezó diciendo María Belltall— que ando siguiendo los pasos a mi padre; no formamos un tándem, como se suele decir de las personas que actúan de este modo. Sé que él vino a verle, sencillamente, supongo que a ofrecerle su último invento. Yo sólo vengo a decirle esto: que mi padre no es un estafador ni un charlatán ni un botarate como su apariencia pudiera haberle inducido a pensar. En realidad es un científico auténtico, con una formación autodidacta pero sólida y verdadera, un trabajador infatigable y honrado y un hombre de talento. Sus inventos no son fantasías ni exageraciones. Ya sé que una cosa es decir esto y otra cosa demostrarlo; tampoco lo que digo le parecerá de fiar viniendo de mí, que soy su hija. En realidad estoy aquí contra toda lógica, sencillamente porque las cosas no nos van bien; nunca nos han ido bien, pero en los últimos tiempos nuestra situación es casi desesperada. No tenemos con qué pagar el alojamiento ni la comida, con qué subsistir, sencillamente. No voy a disimular: he venido a suplicarle. Mi padre se está haciendo mayor; en realidad no es esto lo que me preocupa: yo puedo trabajar, de hecho he trabajado a veces; puedo procurar el sustento de ambos. Pero creo que ya es hora de que él tenga una oportunidad en la vida, de que no tenga que afrontar la vejez sabiendo que su vida ha sido inútil. No me mire con sarcasmo: sé de sobra que éste es el destino de todos, pero ¿no me permitirá que me rebele en nombre de mi padre? —al decir esto se levantó de la silla y dio unos paseos cortos por la alfombra; desde la butaca él veía arder los troncos en la chimenea a través de sus pantorrillas. Por fin se sentó y siguió hablando en tono más pausado—. He acudido a usted porque sé que es la única persona que en estos momentos puede sacar a mi padre del hoyo en que está metido desde hace demasiado tiempo. No digo esto con ánimo de adularle: sencillamente, sé que no rehúye usted los riesgos; el hecho de que hace unos años usted mismo le diera su tarjeta demuestra lo que digo: que no le retrae lo desconocido ni lo nuevo. Desde aquel día —agregó enrojeciendo ligeramente— he recordado siempre su gesto. En realidad no le estoy pidiendo nada: sólo que reconsidere su decisión. No rechace de entrada lo que mi padre pueda haberle ofrecido: tómelo en consideración, haga que algún experto examine los planos, consulte con varios técnicos en la materia, pídales un dictamen pericial; que ellos digan si la cosa merece la pena o no.

Se calló de repente y se quedó inmóvil, envarada, con la respiración agitada. Esta agitación se debía a la ansiedad que le producía prefigurar la reacción posible de su interlocutor: temía que la echara de allí con cajas destempladas, pero más aún que le propusiera sin transición una entrega humillante. En realidad no ignoraba el riesgo que entrañaba esta visita; lo había asumido deliberadamente. Lo que le asustaba era la forma en que habían de producirse los hechos. Aunque desde hacía años estaba convencida de haber sido predestinada por las circunstancias a este fin, no sabía cómo había de actuar llegado el caso ni de qué modo intervendrían sus sentimientos en esa tesitura. En realidad pugnaba por apartar de la mente una imagen obsesiva: su madre había abandonado el hogar hacía mucho, no guardaba de ella ningún recuerdo. Desde entonces esa madre inexistente había sido una presencia continua en su imaginación; toda su vida se había desarrollado en compañía de una persona inexistente. Pero ahora él sólo la miraba fijamente. Ella recordaba haber visto esta mirada siendo aún niña; en esa ocasión se había sentido avergonzada por todo: por el físico desgarbado, por la indumentaria harapienta, por las condiciones patéticas en que vivían. Con todo, se había fijado en aquella mirada. Ahora él pensaba también esto: Yo recordaba estos ojos de color de caramelo y ahora veo que son grises, se decía.

## 2

Una leyenda reciente dice así: que en los primeros años de este siglo el diablo arrebató un buen día a un financiero barcelonés de su despacho y lo llevó en volandas al promontorio de Montjuich; como el día era claro desde allí veía todo Barcelona, del puerto a la sierra de Collcerola y del Prat al Besós; la mayor parte de los 13.989.942 metros cuadrados de que constaba el Plan Cerdá habían sido construidos ya: ahora el Ensanche lamía los lindes de los pueblos vecinos (aquellos pueblos cuyos habitantes se divertían antaño viendo a los barceloneses hormiguear por las callejuelas de su ciudad minúscula, atrapados por las murallas y vigilados por la mole lúgubre de la Ciudadela); el humo de las fábricas formaba una cortina de tul que movía la brisa: a través de esta cortina podían entreverse los campos del Maresme, de color esmeralda, las playas doradas y el mar azul y manso, punteado por las barcas de pesca. El diablo empezó a decir: Todo esto te daré si postrándote a mis pies... El financiero no le dejó acabar: acostumbrado a las transacciones que hacía diariamente en la

Lonja este trato le pareció muy ventajoso y no vaciló en concluirlo al punto. Aquel financiero debía ser obtuso, miope o sordo, porque no entendió bien lo que le ofrecía el diablo a cambio de su alma; creyó que el objeto del trueque era precisamente el promontorio sobre el que se encontraban; tan pronto cesó la visión o despertó de su sueño empezó a pensar en la forma de sacarle provecho a la colina. Ésta era y es aún algo abrupta de laderas, pero en general amable y frondosa; allí crecían entonces el naranjo, el laurel y el jazmín; cuando del castillo infame que la coronaba no brotaban fuego, metralla y bombas sobre la ciudad por una razón u otra los barceloneses acudían en tropel a la montaña: en sus fuentes y manantiales hacían meriendas campestres las familias menestrales, las criadas y los soldados. A fuerza de pensar el financiero tuvo al fin una idea que juzgó genial: Hagamos en Montjuich una Exposición Universal, pensó. Una Exposición Universal que tenga tanto éxito y reporte tantos beneficios como la de 1888, se dijo. Para entonces el déficit dejado por este certamen acababa de ser enjugado a costa de sacrificios y la ciudad sólo guardaba memoria del esplendor y las fiestas. El alcalde acogió la iniciativa con un entusiasmo no exento de envidia. Caramba, qué idea más buena, ¿por qué no se me habrá ocurrido a mí primero?, pensaba mientras el financiero le exponía su plan. Un subsidio fue votado al punto. La montaña de Montjuich quedó cerrada al público; los bosques fueron talados, las fuentes, canalizadas o cegadas con dinamita; se hicieron allí taludes y se echaron los cimientos de lo que habrían de ser los palacios y pabellones. Como la vez anterior los escollos no se hicieron esperar: el estallido de la Gran Guerra primero y la reticencia del Gobierno de Madrid siempre paralizaron las obras. En trance de muerte y por la intercesión de san Antonio M.ª Claret el financiero pudo rescatar su alma de las garras del maligno, pero la Exposición no revivió. Fue preciso que transcurrieran veinte años para que la política de obras públicas del general Primo de Rivera insuflara nuevo aliento a la idea. Ahora no sólo Montjuich sino la ciudad entera sería escenario de sus proyectos colosales: muchos edificios fueron derribados y el pavimento de las calles fue levantado para tender allí las vías del metro. El aspecto de Barcelona recordaba las trincheras de aquella Gran Guerra que había dado al traste con la Exposición. En estas obras y en las de la Exposición trabajaban muchos millares de obreros; peones y albañiles venidos de todas partes de la península, sobre todo del sur. Llegaban en trenes abarrotados a los andenes de la estación de Francia, recientemente ampliada y renovada. Como siempre la ciudad no tenía capacidad para absorber este aluvión. Los inmigrantes se alojaban en chamizos, por falta de casa. A estos chamizos se les llamó «barracas». Los barrios de barracas brotaban de la noche a la mañana en las afueras de la ciudad, en las laderas de Montjuich, en la ribera del Besós, barrios infames llamados «La Mina», el «Campo de la Bota» y «Pekín». Lo inquietante de este fenómeno, lo peor del barraquismo, era su carácter de permanencia: de sobra se veía la voluntad de permanencia de los barraquistas, su sedentariedad. En las ventanas de las barracas más miserables había cortinas hechas de harapos; con piedras encaladas delimitaban jardines ante las barracas, en estos jardines plantaban tomates, con latas de petróleo vacías hacían tiestos en los que crecían geranios rojos y blancos, perejil y albahaca. Para remediar esta situación las autoridades fomentaban y subvencionaban la construcción de grandes bloques de viviendas llamadas «casas baratas». En este tipo de casa no sólo era barato el alquiler: los materiales empleados en su construcción eran de calidad ínfima, el cemento era mezclado con arena o detritus, las vigas eran a veces traviesas podridas desechadas por los ferrocarriles, los tabiques eran de cartón o papel prensado. Estas viviendas formaban ciudades satélites a las que no llegaba el agua corriente, la electricidad, el teléfono ni el gas; tampoco había allí escuelas, centros asistenciales ni recreativos ni vegetación de ningún tipo. Como también carecían de transportes públicos sus habitantes se desplazaban en bicicleta. La pendiente pronunciada de las calles de Barcelona resultaba extenuante para los ciclistas, que ya llegaban cansados al trabajo, en el cual a veces fallecían. Las mujeres y los enanos preferían el triciclo, más cómodo y seguro, aunque menos ligero y práctico. En las casas baratas las instalaciones eran tan deficientes que los incendios y las inundaciones eran cosa de todos los días. La prensa diaria de la época abunda en noticias reveladoras, como ésta: *En la tarde del día de ayer, martes, Pantagruel Criado y Chopo, natural de Mula, provincia de Murcia, de 23 años de edad, peón albañil actualmente empleado en las obras del pabellón de Alemania de la Exposición Universal, exasperado de resultas de una discusión habida con su mujer y su madre política, propinó un puñetazo a la pared del comedor-living de su casa, que se vino abajo, encontrándose el tal Pantagruel Criado en el dormitorio de sus vecinos, Juan de la Cruz Marqués y López y Nicéfora García de Marqués, a quienes dirigió frases subidas de tono. En el curso de la reyerta que siguió fueron cayendo sucesivamente todos los tabiques de la planta, intervinieron los demás vecinos de ésta ¡y allí fue Troya!* Más escuetamente el encabezamiento de una crónica de sucesos aparecida en 1926 reza así: *Niño muerto al tirar de la cadena del wáter el vecino del piso de arriba.* A quienes habitaban en barracas y en casas baratas en condiciones deplorables falta agregar los llamados «realquilados». Éstos eran personas a quienes los inquilinos legales de una vivienda permitían ocupar una pieza de ésta (siempre la peor) y hacer un uso restringido del baño y la cocina mediante el pago de un subalquiler. Los realquilados, que sumaban más de cien mil el año 1927 en Barcelona, eran probablemente de todos los que vivían en mejores condiciones, pero también eran los que, salvo excepciones contadas, sufrían más humillaciones y vergüenza. Sobre este entramado de agonía, depauperación y rencor Barcelona levantaba la Exposición que había de sorprender al mundo. Lejos de Montjuich, en su capilla ennegrecida por el humo de los cirios santa Eulalia contemplaba el panorama y pensaba: Qué ciudad ésta, Dios mío. En efecto, no se podía decir que Barcelona hubiese sido generosa con santa Eulalia. En el siglo IV de nuestra era, contando ella sólo doce años de edad y por negarse a reverenciar dioses paganos, fue torturada primero y quemada luego. Prudencio nos refiere que al morir la santa salió volando de su boca una paloma blanca y una nevada densa cubrió súbitamente su cuerpo. Por esta razón durante muchos años fue la patrona de la ciudad; después hubo de ceder este título a la virgen de la Merced, que aún lo ostenta. Por si esta degradación no bastara, más tarde se determinó que en realidad la santa Eulalia virgen y mártir, bajo cuya advocación había estado Barcelona varios siglos, no había existido: era sólo una copia, una falsificación de otra santa Eulalia nacida en Mérida el año 304 y quemada junto con otros cristianos durante la persecución decretada por Maximiano. Los santos nos hacen figa, se dijeron los barceloneses; así nos va. Finalmente hasta la existencia de la santa Eulalia de Mérida, la auténtica, cuya fiesta celebramos el 10 de diciembre, fue puesta en tela de juicio. Ahora la estatua de la santa desacreditada ocupaba una capilla lateral de la catedral de Barcelona, desde donde meditaba sobre lo que ocurría a su alrededor. Esto no puede seguir así, se dijo un día; como me llamo Eulalia que he de hacer algo. Pidió a santa Lucía y al Cristo de Lepanto que cubrieran milagrosamente su ausencia, bajó del pedestal, salió a la calle y se dirigió decididamente al Ayuntamiento, donde el alcalde la recibió con sentimientos encontrados: por una parte se alegraba de ver que podía contar con la solidaridad de la santa, pero por otra parte temía el juicio que pudiera merecerle su gestión. ¡Ay, Darius, ya haréis de bestiezas entre todos!, le espetó santa Eulalia. Darius Rumeu i Freixa, barón de Viver, ocupaba la alcaldía desde 1924. Cuando tomé posesión del cargo ya estaba el tinglado en marcha, dijo a modo de disculpa; por mi gusto la Exposición no se habría celebrado. Este alcalde no era ni podía ser un hombre impetuoso como había sido Rius y Taulet, su predecesor ilustre: ahora Barcelona era una ciudad ingente y compleja. Ha sido Primo y su manía de fomentar las obras públicas, siguió diciendo, una política popular que luego hemos de pagar entre todos nos guste o no. Por su culpa se me está llenando la ciudad de inmigrantes, infestando de gente del sur. De pronto recordó que según los entendidos la propia santa provenía del sur y agregó precipitadamente: No me entiendas mal, Eulalia, yo no tengo nada contra nadie; para mí todos somos iguales a los ojos de Dios; es que se me parte al alma cuando veo las condiciones paupérrimas en que viven estos desventurados, pero, ¿qué puedo hacer? Santa Eulalia movió lentamente la cabeza con aire de descorazonamiento. No sé, dijo al fin, no sé. Suspiró hondamente y añadió: ¡Si al menos pudiéramos contar con Onofre Bouvila! Pero con él no se podía contar por el momento.

—Quizá sería conveniente que acompañase al señor —le sugirió el chófer.

La calle Sepúlveda desembocaba en la plaza de España, convertida ahora en un cráter pavoroso: allí empezaban las obras de la Exposición Universal; de allí partía la avenida de la Reina María Cristina, flanqueada de palacios y pabellones a medio edificar; en el centro de la plaza estaba siendo construida una fuente monumental y junto a la fuente la nueva estación del Metro. En estas obras trabajaban muchos miles de obreros. Por la noche regresaban a sus barracas, a sus casas baratas, a los pisos lóbregos donde vivían realquilados. Algunos de ellos, los que no tenían hogar, pernoctaban en las calles próximas a la plaza, a la intemperie, envueltos en mantas los más afortunados, los menos en hojas de periódico; los niños dormían abrazados a sus padres o sus hermanos; los enfermos habían sido recostados contra los muros de las casas a la espera del alivio incierto que pudiera traer consigo el nuevo día. A lo lejos se distinguía el resplandor de una hoguera, las sombras de los reunidos alrededor de ésta. Una humareda baja traía olor de fritanga, impregnaba de este olor la ropa y los cabellos; en algún rincón sonaba una guitarra. Onofre Bouvila le dijo al chófer que permaneciera junto al coche. No me ocurrirá nada, dijo. Sabía que aquellos parias no eran violentos. Embozado en un abrigo negro con cuello de piel, chistera y guantes de cabritilla deambulaba tranquilamente por el centro de la calle. Los parias lo observaban con más sorpresa que hostilidad, como si se tratara de un espectáculo. Al fin se detuvo un instante frente a una casa de la calle, una casa vulgar desprovista totalmente de ornamentación; luego golpeó la puerta con la aldaba repetidas veces. Mostrando una moneda a la persona que escudriñaba a través de la mirilla consiguió que ésta le abriera sin tardanza. Una vez en el portal cuchicheó unos instantes con la anciana que le había dejado entrar. Esta anciana no tenía un solo diente en las encías, que mostraba al reír silenciosamente. Él inició el ascenso mientras la anciana agradecida se deshacía en reverencias y sostenía en alto un candil que le permitiera distinguir los escalones. A partir del primer recodo tuvo que seguir subiendo a tientas, pero eso no le hizo aminorar la marcha ni perder la orientación: conservaba todavía las mañas antiguas de merodeador nocturno. Por fin se detuvo en un rellano y encendió una cerilla; a la luz urgente de la llamita leyó un número y tocó a una puerta que no tardó en abrir un hombre enclenque y mal afeitado que vestía un batín raído sobre un pijama sucio y arrugado. Vengo a ver a don Santiago Belltall, dijo antes de que el hombre pudiera interrogarle acerca de la razón de su presencia allí. Éstas no son horas de visita, replicó el hombre. Empezaba a cerrar la puerta, pero Onofre Bouvila la abrió de un puntapié enérgico; con la contera del bastón golpeó al hombre en las costillas, lo lanzó contra el paragüero de loza, que se hizo añicos al volcarse. No he pedido su opinión ni quiero oírla, dijo sin levantar la voz. Vaya a decirle a don Santiago Belltall que salga y luego váyase a donde yo no le vea. El hombre escuchimizado se levantó con dificultad; al mismo tiempo buscaba a su espalda los cabos sueltos del cinturón de la bata, que se había desanudado en la caída; luego desapareció sin decir nada detrás de una cortina que separaba aquel recibidor del resto de la vivienda. Por allí mismo apareció al cabo de muy poco Santiago Belltall, que se deshizo en excusas: no esperaba ninguna visita y menos aún una visita de tal importancia, dijo. Las condiciones en que vivía..., añadió dejando la frase sin terminar. Onofre Bouvila siguió al inventor a través de un pasillo tenebroso hasta una habitación de dimensiones reducidas. Esta habitación sólo se ventilaba a través de un ventanuco que daba a un patio interior cubierto: la atmósfera era densa. Allí había dos camastros de metal, una mesita con dos sillas y una lámpara de pie; en varias cajas de cartón adosadas a las paredes los realquilados guardaban su ropa y sus pertenencias. Esas paredes estaban cubiertas de planos que el inventor había prendido allí con unas chinches. María Belltall estaba sentada a la mesa; a la luz exigua de la lámpara zurcía un calcetín con ayuda de un huevo de madera. Para defenderse del frío y la humedad que reinaban en toda la casa se había echado una toquilla sobre un vestido de lana ordinario y anticuado; unas medias de punto y unas zapatillas de fieltro completaban su indumentaria misérrima. Así vestida resaltaba la delgadez de su complexión, el color cerúleo de la piel, que había disimulado el maquillaje en la entrevista que ambos habían mantenido pocos días antes. Con esta palidez contrastaba el enrojecimiento de la nariz, debido a un resfriado, el resfriado crónico de los barceloneses. Al entrar él en la pieza levantó un instante la mirada de la costura y la volvió a bajar; esta vez sus ojos tenían nuevamente el color de caramelo que él creía recordar de su primer encuentro.

—Perdone este desorden tremendo —dijo el inventor paseando nerviosamente entre el mobiliario, contribuyendo con sus ademanes vehementes y su agitación a incrementar la sensación general de caos que se respiraba allí—, si hubiésemos sabido de antemano que pensaba usted hacernos este honor por lo menos habríamos quitado estos papelotes de las paredes; ¡oh!, pero qué despiste el mío: no le he presentado aún a mi hija, a la que no conoce. Mi hija María, señor. María, este caballero es don Onofre Bouvila, de quien ya te he hablado; hace unos días fui a su casa a hacerle unas ofertas que él tuvo la bondad de considerar con benevolencia.

Ambos cruzaron una mirada furtiva que habría despertado las sospechas de cualquier persona, pero que pasó desapercibida al inventor. Éste, ajeno a todo, recogía el sombrero, el bastón, los guantes y el gabán de su visitante y los colocaba cuidadosamente sobre uno de los camastros. Luego arrimó una de las cajas a la mesa, ofreció a Onofre Bouvila la silla libre, se sentó acto seguido en la caja y entrecruzó los dedos, dispuesto a escuchar lo que aquél hubiera venido a decirles. Él, como era su costumbre, fue directamente al asunto, sin circunloquios.

—He decidido —empezó diciendo— aceptar esta oferta de la que usted acaba de hablar —con un gesto atajó las expresiones de reconocimiento y entusiasmo que el inventor se disponía a proferir pasado el estupor del primer momento—; con esto quiero decir simplemente que considero por ahora un riesgo razonable poner a su disposición una determinada suma para que pueda usted llevar a cabo esos experimentos de los que me habló. Por descontado, este trato no está exento de condiciones. De estas condiciones precisamente he venido a hablarle.

—Soy todo oídos —dijo el inventor.

Si al barón de Viver, que era monárquico, le visitaba santa Eulalia, al general Primo de Rivera, que había dejado de serlo por despecho, se le aparecía de cuando en cuando un cangrejo con sombrero tirolés. Abandonado de todos, pero remiso a dejar el poder en manos ajenas, el dictador cifraba ahora sus esperanzas en la Exposición Universal de Barcelona. Cuando me hice cargo del gobierno España era una olla de grillos, un país de terroristas y mangantes; en pocos años la he transformado en una nación próspera y respetable; hay trabajo y paz, y esto se verá de manera irrecusable en la Exposición Universal, ahí los que hoy me critican tendrán que humillar la frente, dijo. El ministro de Fomento se permitió hacer una observación: Este plan de Vuestra Excelencia, que es magnífico, exige por desgracia unos desembolsos que rebasarían nuestras posibilidades, dijo. Esto era cierto: la economía nacional había sufrido un deterioro pavoroso en los últimos años, las reservas estaban exhaustas y la cotización de la peseta en los mercados exteriores era ya cosa de risa. El dictador se rascó la nariz. Diantre, masculló, yo creía que los gastos de la Exposición corrían a cargo de los catalanes. ¡Raza de avaros!, agregó entre dientes, como para sí. Con tacto exquisito el ministro de Fomento le hizo ver que los catalanes, al margen de sus virtudes o defectos, se negaban a gastar un duro a mayor gloria de quien los estaba maltratando sin tregua. ¡Voto a bríos!, exclamó Primo de Rivera, ¡pues sí que tiene pelos el asunto! ¿Y si deportásemos a los desafectos? Son varios millones, mi general, dijo el ministro del Interior. El ministro de Fomento se alegró de que el peso de la conversación recayese ahora sobre los hombros de su colega de gabinete. Primo de Rivera golpeó la mesa con los puños. ¡Me cago encima de todas las carteras ministeriales!, dijo. Pero no estaba enojado, porque acababa de tener una idea salvadora. Está bien, dijo, esto es lo que vamos a hacer: subvencionaremos otra Exposición Universal en otra ciudad de España: Burgos, Pamplona, la que sea, da igual. Viendo que los ministros le miraban con estupor sonrió ladinamente y agregó: No hará falta que gastemos mucho en esto; cuando los catalanes se enteren del plan echarán la casa por la ventana, gastarán sin tasa para que la Exposición de Barcelona sea la mejor de las dos. Los ministros tuvieron que convenir en que la idea era buena. Sólo el ministro de Agricultura se atrevió a objetar algo: Alguien habrá que nos desenmascare, que ponga en evidencia esta maniobra, dijo. A éste lo deportaremos, bramó el dictador. Ahora las obras de la Exposición Universal de Barcelona avanzaban a todo gas; una vez más la deuda roía el patrimonio municipal. Montjuich era la herida por la que se desangraba la economía de la ciudad. El alcalde y cuantos se mostraron reacios a la idea, cuantos se opusieron al despilfarro fueron marginados sin contemplaciones y sus atribuciones fueron confiadas a personas fieles a Primo de Rivera. Entre estas personas había algunos especuladores que aprovecharon el descontrol para hacer su agosto. Los periódicos sólo podían publicar noticias halagüeñas y comentarios aprobatorios de lo que se estaba haciendo; si no, eran censurados, eran secuestrados de los quioscos, sus directores eran multados severamente. Gracias a esto Montjuich se iba transformando en una montaña mágica. Ahora se levantaba allí el Palacio de la Electricidad y de la Fuerza Motriz, el del Vestido y del Arte Textil, el de las Artes Industriales y Aplicadas, el de Proyecciones, el de Artes Gráficas, el de la Industria de la Construcción (llamado Palacio de Alfonso XIII), el del Trabajo, el de Comunicaciones y Transportes, etcétera. Estos palacios habían empezado a ser construidos varias décadas antes, en los tiempos del modernismo; ahora su aspecto era chocante a los ojos de los entendidos, resultaban empalagosos, rebuscados y de mal gusto. A su lado, por contraste, iban apareciendo los pabellones extranjeros; estos pabellones habían sido concebidos hacía poco y reflejaban las tendencias actuales de la arquitectura y la estética. *Si otras Exposiciones han estado dedicadas a un asunto determinado, como la Industria, la Energía Eléctrica o los Transportes, ésta bien podría estar dedicada íntegramente a la Vulgaridad,* escribe un periodista en 1927, poco antes de ser deportado a la Gomera. *Encima de arruinarnos vamos a quedar como unos cavernícolas chabacanos ante la opinión mundial,* termina diciendo. Estas estridencias sin embargo no amedrentaban a los promotores del certamen.

Mientras ocurrían estas cosas en torno a la Exposición Universal, en otra colina, separada de Montjuich por la ciudad entera, Onofre Bouvila se enfrentaba a sí mismo en el jardín de su mansión. ¿Cómo?, decía, ¿enamorado yo?, ¡y a mi edad! No, no, no es posible... y no obstante, sí, es posible y el hecho mismo de que sea posible me llena de euforia. ¡Ah, quién me lo habría de decir! Al pensar esto se reía por lo bajo; por primera vez en su vida se veía a sí mismo con cariño: esto le permitía reírse de sus propias tribulaciones. Luego la sonrisa se borraba de sus labios y arrugaba el entrecejo: no comprendía cómo había podido ocurrirle aquello, el milagro que parecía haberse producido en su alma lo sumía en la perplejidad. ¿Qué influjo irresistible ha podido ejercer sobre mí esa mujer insignificante?, se preguntaba. No es que físicamente no sea atractiva, seguía argumentando con un interlocutor invisible, pero sí debo confesar abiertamente que tampoco se trata de una mujer de bandera. Y aun cuando lo fuese, ¿por qué habría de ir a encandilarme yo de este modo? En mi vida no han faltado mujeres despampanantes, reales hembras a cuyo paso se paraba la circulación; con mi dinero nunca me fue difícil comprar la belleza, conseguir lo mejor de lo mejor. Sin embargo en el fondo nunca sentí por ellas otra cosa que desprecio. Ésta, por el contrario, me infunde un sentimiento de humildad que a mí mismo me sorprende, que no me explico: cuando me habla, me sonríe o me mira soy tan dichoso que lo que siento hacia ella es gratitud más que otra cosa. Cuando se hacía estas consideraciones creía que esta humildad le redimía de todo su egoísmo. Es cierto, decía pasando revista a su vida, que en ocasiones he obrado de modo heterodoxo; sabe Dios que hay páginas en mi historial de las que habré de dar cumplida cuenta y si bien nadie puede decir que yo haya matado a un ser humano con mis propias manos, algunas personas han muerto directa o indirectamente por mi causa. Otras han sido infelices y quizá podrían achacarme su infelicidad. ¡Oh, qué terrible es caer ahora en la cuenta de estas cosas, cuando ya es demasiado tarde para el arrepentimiento y la reconciliación! Al cobrar súbitamente conciencia de ello cayó al suelo como fulminado por un rayo. El aire estaba quieto, en la superficie inmóvil del lago artificial el sol centelleaba y este resplandor daba al plumaje blanco de los cisnes una luminosidad cegadora. Con el ánimo conturbado estaba dispuesto a ver en aquellos cisnes fluorescentes emisarios del Altísimo enviados por Éste para que le trajeran un mensaje de misericordia y esperanza. Habrá más alegría en el cielo por un solo pecador que se convierta que por noventa y nueve justos que no tengan necesidad de conversión, parecían venir a recordarle. Conmovido por esta noción hundió la frente en el césped y musitó: Perdón, perdón; he sido estúpido y cruel y no tengo excusa, no hay atenuante para mi culpabilidad. Ante los ojos de su conciencia, como si hojeara un álbum de retratos, iban desfilando los rostros acusadores de Odón Mostaza, de don Alexandre Canals i Formiga y de su hijo, el pobre Nicolau Canals i Rataplán, de Joan Sicart y de Arnau Puncella, del general Osorio, el ex gobernador de Luzón, y también los de su mujer y sus hijas, los de Delfina y el señor Braulio y los de su padre y su madre y hasta el de su hermano Joan: a todas estas personas y a muchísimas más cuyos rostros no había visto ni vería jamás había sacrificado a su ambición y a su vesania, todas ellas habían sido víctimas de su sed injustificada de venganza, habían sufrido sin necesidad para proporcionarle momentáneamente el sabor agridulce de la victoria. ¿Habrá en el cielo entero magnanimidad bastante para perdonar a un engendro como he sido yo todos estos años?, pensó sintiendo que las lágrimas pugnaban por manar a raudales entre sus párpados apretados. Apenas acababa de formular este pensamiento cuando notó unos golpecitos en el hombro. Sabiendo que estaba solo en el jardín aquel contacto le sobresaltó: ahora no se atrevía a despegar los párpados, temía encontrarse en presencia de un ángel majestuoso si lo hacía, un ángel provisto de una espada de fuego. Cuando por fin abrió los ojos vio que en realidad aquellos golpecitos se los daba un cisne con el pico; extrañado por la presencia de aquel individuo desconocido que yacía acurrucado y quieto a la orilla del lago el cisne había salido del agua y se había aproximado, quizá delegado por los demás, a ver de qué se trataba aquello. Onofre Bouvila se incorporó bruscamente y el cisne, asustado, emprendió la retirada. Visto desde atrás sus andares no podían ser más grotescos; los graznidos que lanzaba también eran desabridos y feos. Indignado por haberse dejado impresionar por un animal tan poco airoso alcanzó al cisne antes de que éste pudiera ponerse a salvo en su elemento y le propinó un puntapié con todas sus fuerzas. El cisne describió una parábola en el aire y cayó al agua, donde se quedó con la cabeza y el cuello hundidos y la cola a flote mientras el agua, alterada por el impacto, recobraba poco a poco su inmovilidad y sobre la superficie se posaban las plumas blancas que había perdido el cisne de resultas del golpe en el trayecto. Onofre Bouvila sacudió las briznas de hierba que se habían adherido a la ropa y sin detenerse a comprobar si el cisne revivía o si había sucumbido continuó el paseo. El incidente le había hecho volver a la realidad; había cesado la visión penosa de sus culpas y en su lugar imperaba ahora de nuevo la lógica implacable y partidista que siempre había aplicado a todas las cosas. Bah, se dijo, ¿de qué me responsabilizo? Si alguien pudiera oírme pensaría que en el mundo no hay otra causa de aflicción que yo. Quiá, nada más falso, respondió a su contendiente imaginario, la gente era infeliz antes de que yo naciera y lo seguirá siendo cuando yo haya muerto. Verdad es que he causado la desgracia de algunos, pero ¿he sido yo el verdadero causante de esa desgracia o un mero agente de la fatalidad? Si yo no me hubiese cruzado en el camino de Odón Mostaza, ¿habría tenido un final menos trágico ese chulo asesino?, ¿no era él ya acaso cuando nació carne de patíbulo? Y a Delfina, ¿qué le habría deparado el destino de no haber aparecido yo un buen día en la pensión de sus padres? Sin duda habría sido una fregona todos los días de su vida, se habría casado en el mejor de los casos con un haragán brutal y alcoholizado que la habría pegado continuamente y le habría hecho reventar a fuerza de trabajo y partos. ¡Diantre!, al menos conmigo todas estas ratas de alcantarilla tuvieron su oportunidad, a mis expensas pudieron gozar de un momento de gloria. Una explosión amortiguada pero cercana interrumpió el curso de sus pensamientos. A esta explosión siguieron otras encadenadas. Los pájaros que anidaban en los árboles del bosque levantaron el vuelo: mezclados en una bandada heterogénea describían círculos a gran altura armando gran alboroto. Onofre Bouvila sonrió nuevamente: Como ese pobre desgraciado, sin ir más lejos, añadió a media voz. Ahora esta sonrisa había perdido la beatitud que la caracterizaba un rato antes.

Dejando el lago a su espalda anduvo en dirección al lugar de donde procedían las explosiones. Deliberadamente abandonó el prado ameno y bien cuidado y se adentró en el bosque: allí los árboles le permitían avanzar a hurtadillas. Al llegar al linde del bosque se detuvo a observar sin ser visto la actividad que se desarrollaba a escasa distancia de aquel escondite: allí había una carpa de circo de la que entraban y salían continuamente individuos con atuendo y apariencia de mecánicos. En la boca del túnel de lona que daba acceso a la carpa, y en la cual aún podían verse restos de banderolas y gallardetes, dos guardias armados supervisaban la entrada y la salida de aquellos mecánicos. Aunque la propia carpa se lo ocultaba él sabía que al otro lado de aquélla se levantaban unos cobertizos en cuyo interior había una maquinaria complicadísima. Esta maquinaria no tenía otro objeto que suministrar energía motriz al utillaje eléctrico que ahora zumbaba y chirriaba dentro de la carpa. Naturalmente habría sido más sencillo y mucho menos gravoso obtener esta energía de la compañía proveedora de fluido eléctrico, pero tal cosa habría imposibilitado mantener en secreto las actividades que se llevaban a cabo allí. Por eso habían sido construidos los cobertizos, que ahora protegían de la curiosidad ajena estos generadores que, a su vez, habían sido adquiridos en países distintos por mediación de sociedades anónimas constituidas con este solo fin, introducidos en Cataluña de contrabando y llevados hasta su destino pieza a pieza furtivamente. Del mismo modo había sido transportado en partidas pequeñas el carbón que los alimentaba y cuyas reservas estaban ahora almacenadas en silos perforados bajo el prado, el bosque y el lago. Así habían sido reunidos también la maquinaria y los materiales necesarios para el proyecto. Más delicada había sido la contratación del personal que ahora trabajaba en aquél. Si el aluvión de inmigrantes había permitido seleccionar y reclutar a los obreros en la forma más encubierta y discreta, los especialistas, los técnicos e ingenieros, cuya desaparición repentina de sus trabajos, de la vida pública en general habría resultado muy difícil de explicar, plantearon obstáculos que hubo que ir salvando en cada caso concreto específicamente. Unos fueron contratados en el extranjero; otros, sacados del retiro al que circunstancias diversas los habían forzado; a otros, por último, habían sido cursadas ofertas falsas de universidades americanas. Los que aceptaban estas ofertas recibían poco después un pasaje de primera clase en un barco de línea. Cuando el barco en que viajaban rebasaba los límites de las aguas territoriales españolas estos ingenieros prestigiosos eran sacados de sus camarotes a punta de pistola y embarcados en una lancha rápida que los conducía de nuevo a tierra. Allí un automóvil los llevaba a la mansión, donde eran informados del motivo del engaño y el secuestro, de la naturaleza del trabajo a que se les había destinado, de la transitoriedad de aquella situación anómala y de los emolumentos cuantiosos con que serían compensadas su colaboración y las molestias sufridas. Ante este desenlace feliz de la aventura todos se mostraban encantados. El método, sin embargo, resultaba lento, complicado y caro. Pero para llevar a cabo el proyecto no se había reparado en gastos. Únicamente la carpa, cuyas dimensiones la hacían idónea, había podido ser adquirida a buen precio a un circo cuyos miembros habían sido diezmados en el sur de Italia por una epidemia de cólera. Esta hecatombe había obligado a los únicos supervivientes, una mujer barbuda, una *ecuyère* y un sansón, a disolver la compañía y malvender el equipo. Ahora estos tres personajes fantásticos, a quienes había sido preciso contratar y traer para que indicasen el modo de armar y asegurar la carpa, vagaban también por la mansión, ataviados con malla, taparrabos y lentejuelas, ejercitando como podían sus habilidades y sembrando entre todos el desconcierto cuando no el espanto.

Ahora él iba recordando este anecdotario pintoresco cuando la vio salir de la carpa. Llevaba una falda de color de rosa, holgada y tan corta que al andar dejaba al descubierto las rodillas; los pliegues de la tela dibujaban más arriba el perfil de los muslos. Esto atraía las miradas de los mecánicos y ponía frenético a Onofre Bouvila. El resto del vestuario era sencillo y modoso. Debería hacerle alguna indicación a este respecto, pensó con el corazón acelerado, espiándola ora a ella ora a los mecánicos. Deslumbrada por la luz del sol se detuvo unos instantes en la boca de la carpa con los ojos entrecerrados; con los dedos ordenaba la cabellera, se colocó un sombrero de alas anchas. Luego se encaminó hacia el bosque donde él se encontraba sin motivo aparente. Cielos, pensó ocultándose enteramente detrás del tronco de una encina, que no me vea. En los meses que llevaban instalados en la mansión María Belltall y su padre no había cruzado con ella más de dos o tres frases protocolarias. Con esto pretendía demostrar claramente que todo su interés giraba en torno al proyecto del inventor, de acuerdo con cuyas instrucciones había ido creciendo aquel complejo industrial peculiarísimo y con quien mantenía en cambio charlas interminables. Desde el principio Santiago Belltall y su hija habían ocupado uno de los pabellones de caza construidos de antiguo en el jardín, separados enteramente de la casa. Allí había sido acondicionada para ellos una vivienda independiente, dotada de comodidades, pero no de lujos, lo que habría podido hacer patentes los móviles ocultos de Onofre Bouvila, la razón verdadera de que hubiese decidido embarcarse a esas alturas en un proyecto descabellado. En esa vivienda, cuyo mobiliario y decoración había elegido él mismo con la máxima minuciosidad, no había puesto los pies desde que fue ocupada por Santiago y María Belltall: un propio convocaba el inventor a la biblioteca cuando ambos debían verse. La índole secreta del proyecto impedía que abandonasen la mansión los que trabajaban en él: gracias a esto sabía que ella estaba siempre allí, que por más que su relación fuera inexistente ella no pertenecía a nadie más; los dos compartían un terreno común, cohabitaban en un predio que era de su propiedad. Esto bastaba para hacerle sentir que ella también era suya, con esto era feliz por el momento. A escondidas, como ahora, espiaba todos sus movimientos. ¡Qué extraño!, pensaba agazapado detrás de la encina, admirando su forma graciosa de andar, su esbeltez y su garbo, cuando era joven tenía la vida entera por delante; entonces todo me parecía urgente. Ahora en cambio, cuando el tiempo se me va volando, no tengo prisa. He aprendido a esperar, pensó, ya sólo encuentro sentido a la espera. Y sin embargo es ahora cuando las cosas se precipitan. Miró el cielo y lo vio paradójicamente azul, sin nubes. Recordó que el día anterior había visitado las obras de la Exposición Universal. Allí había coincidido casualmente con el marqués de Ut, a quien no había visto desde hacía mucho. El marqués era vocal de la Junta de la Exposición y el hombre de confianza de Primo de Rivera en Barcelona. Él era quien recibía instrucciones de Madrid y las llevaba a término a espaldas del alcalde. A cambio de esta lealtad hacía negocios poco limpios en la impunidad más absoluta.

Cuando el marqués vio aparecer a Onofre Bouvila en el recinto del certamen torció el gesto: la amistad que había existido en otros tiempos entre Onofre Bouvila y el marqués se había transformado en resentimiento por parte del primero y en desconfianza recíproca. Ambos sin embargo guardaban las formas externamente.

—¡Chico, qué buen aspecto tienes! —exclamó el marqués abrazando al recién llegado—. He sabido que tuviste un arrechucho, pero me alegra verte repuesto por completo. ¡Y tan joven como siempre!

—Tú también tienes muy buena pinta —dijo Onofre Bouvila.

—No creas, no creas... —dijo el marqués.

Ambos caminaban ahora cogidos del brazo, sorteando los fosos y las pilas de cascotes y cruzando las hondonadas por tablones que se combaban bajo su peso. Durante el paseo el marqués iba señalando a su acompañante las características más sobresalientes de todo aquello: los palacios, los pabellones, los restaurantes y servicios, etc. Sin disimular su orgullo le mostró también las obras del Estadio. Esta edificación, agregada al plan general del certamen con posterioridad, tenía una superficie de 46.225 metros cuadrados y estaba destinada a las exhibiciones deportivas, explicó el marqués. Desde que la ideología fascista se había difundido por Europa todos los gobiernos fomentaban la práctica del deporte y la asistencia masiva a las competiciones deportivas. Con esta moda las naciones trataban de imitar el imperio romano, cuyos usos tomaban por modelo anacrónico. Ahora eran las victorias deportivas lo que simbolizaba la grandeza de los pueblos. El deporte ya no era una actividad de las clases ociosas ni un privilegio de los ricos, sino la forma natural de esparcimiento de la población urbana; con esto los políticos y pensadores contaban con mejorar la raza. El atleta es el ídolo de nuestro tiempo, el espejo en que se mira la juventud, dijo el marqués. Onofre Bouvila se mostró de acuerdo con esta teoría: Estoy convencido de ello, dijo suavemente. Luego visitaron el Teatro Griego, el Pueblo Español y la trama complicadísima de tubos y cables, dínamos y toberas que habían de alimentar y mover el surtidor luminoso. Este surtidor había de ser la atracción principal, lo más vistoso y comentado de la Exposición, como la fuente mágica lo había sido de la Exposición anterior. Estaba situado sobre un repecho de la montaña, de modo que podía ser visto desde cualquier parte del recinto; constaba de un estanque de 50 metros de diámetro y 3.200 metros cúbicos de capacidad y varios surtidores propiamente dichos. Los surtidores eran en realidad 3.000 litros de agua accionados por cinco bombas de 1.175 caballos y alumbrados por 1.300 kilovatios de energía eléctrica: ello hacía posible que el conjunto cambiase continuamente de forma y de color. El surtidor y las fuentes alineadas a ambos lados del paseo central de la Exposición usaban cada dos horas tanta agua como la que se consumía en toda Barcelona en un día entero, dijo el marqués. ¿Cuándo y dónde se ha visto cosa tan grande?, preguntó. Onofre Bouvila también estuvo de acuerdo con el marqués de Ut sin la menor reserva. Tanta aquiescencia incondicional y tanto interés despertaron las sospechas de este último. ¿Qué habrá venido a hacer en realidad este zorro?, decía para sus adentros. ¿Y a qué se debe este entusiasmo repentino verdaderamente? Pero por más que pensaba no daba con la clave de aquel misterio. Él no podía saber que dos semanas antes una extraña delegación se había personado en una de las oficinas de la organización del certamen. Esta delegación estaba compuesta por un caballero y una dama que vestían con elegancia discreta, actuaban con circunspección y hablaban con acento extranjero. Al empleado que les atendió le dijeron que representaban a una empresa manufacturera de gran envergadura, un consorcio internacional cuyo nombre el empleado no había oído nunca, pero de cuya legitimidad no le permitían dudar los documentos que le fueron presentados sin esperar a que él los pidiera. Esto no le impidió advertir con extrañeza que por debajo del velo con que la dama había mantenido su rostro cubierto durante toda la entrevista asomaba una barba poblada. Naturalmente se abstuvo de comentar el hecho. Por su parte, el caballero, que apenas había despegado los labios, no había cesado en cambio de observar los movimientos y reacciones del empleado con expresión de fiereza. Éste había de recordar luego que el caballero era de una complexión robusta, que daba testimonio de su fuerza extraordinaria. Esta suma de detalles no provocó en el empleado recelo alguno: desde que había sido destinado a aquel cargo había tratado con muchos extranjeros y se había habituado ya a las fisonomías nunca vistas y a las conductas raras. Cumpliendo estrictamente sus funciones les preguntó en qué podía servirles; ellos respondieron que venían a solicitar los permisos necesarios para instalar un pabellón en el recinto de la Exposición Universal. En ese pabellón nuestra empresa se propone exhibir su maquinaria y sus manufacturas, dijo la dama. También habrá unos paneles de madera o puertas correderas en los que se mostrará al público el organigrama de la empresa, añadió. El empleado les indicó que las empresas extranjeras sólo podían participar en el certamen en los pabellones de sus países respectivos. Si concediésemos permiso a una empresa, dijo el empleado, habría que concedérselo también a todas las que lo solicitasen; la organización de una Exposición Universal reviste una complejidad extrema y no permite excepciones ni privilegios, terminó diciendo. Para que vieran que no hablaba por hablar señaló un libro que había sobre la mesa; era el catálogo de exhibidores y tenía 984 páginas. El caballero tomó el libro entre las manos y lo partió en dos mitades sin esfuerzo aparente. Estoy segura de que finalmente podremos allanar todas las dificultades, dijo la dama al mismo tiempo. Con una mano se mesaba la barba y con la otra abrió y cerró el bolso negro que llevaba. El empleado vio que el bolso iba repleto de billetes de banco y comprendió que haría bien callándose. Ahora el pabellón de aquella empresa desconocida levantaba su armazón a un costado del recinto, inicialmente asignado al pabellón de las Misiones, al que había habido que desplazar. Este nuevo pabellón, cuya forma iba pareciéndose a una carpa de circo a medida que avanzaban las obras, estaba situado en la plaza del Universo, precisamente junto a la avenida de Rius y Taulet. El lugar era excelente, porque permitía entrar y salir del pabellón por la parte trasera, desde un desmonte (que hoy es la calle Lérida) y en el mayor de los secretos. Unos individuos de catadura torva rondaban a todas horas por las inmediaciones del pabellón; su función consistía en impedir que nadie se acercase al pabellón; con su aspecto amenazador alejaban a los curiosos y disuadían a los propios supervisores de la Exposición de cumplir su cometido. Estos datos sin embargo escapaban al marqués de Ut, que los ignoraba o los conocía pero no los relacionaba con Onofre Bouvila ni con su visita a la Exposición. Ahora él meditaba estas cosas escondido detrás de una encina. Sí, todo ha de salir como he dispuesto que salga, se decía; es imposible que un fallo eche a perder mis planes perfectos: es demasiado bella y yo demasiado listo y poderoso, todo ha de salir bien por fuerza. ¡Ay, y con qué gracia se mueve, qué arrogancia espontánea! De sobra se ve que ha nacido para ser una reina. Sí, sí, todo saldrá a pedir de boca, no puede ser de otro modo. Mientras decía esto miraba supersticiosamente al cielo: a pesar de su optimismo creía ver en aquella bóveda azul que no manchaba ni una nube un comentario sarcástico a la insensatez de sus expectativas.

En efecto, todo parecía destinado a tener un mal fin. En enero de 1929 el déficit ocasionado por la Exposición Universal de Barcelona ascendía a 140.000.000 de pesetas; el barón de Viver veía abrirse un abismo insondable ante sus pies. Esta situación exigía una solución desesperada, exclamó. Había rociado de gasolina su despacho y se disponía a encender una cerilla cuando se abrieron las puertas de par en par e irrumpieron allí santa Eulalia, santa Inés, santa Margarita y santa Catalina. Esta vez las cuatro habían salido de un retablo románico que aún puede verse en el museo diocesano de Solsona; las cuatro habían muerto de modo violento y sabían de estas cosas: arrebataron al alcalde atribulado las cerillas y le obligaron a entrar en razón. Santa Inés iba acompañada de un cordero y santa Margarita de un dragón portátil. Le quitaron de la cabeza las ideas absurdas que había estado alimentando en su desazón: además del suicidio había contemplado la posibilidad de promover una revuelta popular sin parar mientes en que ambas cosas eran incompatibles. Primo de Rivera tiene los días contados, le dijeron. Este boato era el último estertor de la fiera, le hicieron ver. Le recordaron la fábula del sapo que se hinchó hasta reventar. Por lo demás, las revueltas populares tienen esto: que se sabe cómo empiezan, pero no cómo acaban, dijo santa Margarita, cuya fiesta se celebra el 20 de julio. Siéntate a la puerta de tu casa y verás pasar el cadáver de tu enemigo, dijo santa Inés, cuya fiesta se celebra el 21 de enero. El alcalde les prometió esperar y no cometer más desatinos. Esta actitud era la más indicada en ese momento: ya nadie creía en el estado corporativo que había querido implantar el dictador, ni quería la dictadura, que amenazaba con engendrar el caos, con desembocar en una revolución. Las obras públicas habían acabado provocando una inflación insostenible y la peseta se devaluaba sin cesar. Sólo la inexistencia de un general con ambición impedía que se produjera un pronunciamiento. Además de esto, el 6 de febrero, cuando faltaban tres meses para que la Exposición Universal abriera sus puertas, la reina María Cristina murió de una angina de pecho. Era ella la que había inaugurado, siendo Regente, la Exposición del 88, que ahora todos recordaban con nostalgia; su muerte fue considerada un mal presagio. También se decía en Madrid que la reina había aconsejado a su hijo en el lecho de muerte que se desembarazara pronto de Primo de Rivera. Esto no podía menos que impresionar al monarca. En este ambiente enrarecido llegó la fecha de la inauguración.

### 3

—Debería usted irse a dormir, padre. Mañana nos espera un día agitadísimo: necesitará usted todas sus energías —dijo María Belltall.

El inventor se levantó de la butaca. Allí había estado fumando en pipa después de cenar. En lugar de dirigirse al dormitorio, como su hija le sugería que hiciera, se encaminaba a la puerta. Padre, ¿a dónde va?, le preguntó. Sin responder Santiago Belltall salió del pabellón de caza. Aunque era lógico que se mostrase abstraído esa noche precisamente decidió acompañarle: a lo largo de muchos años había adquirido la costumbre de no perderlo de vista. Antes de salir fue a buscar un chal con que protegerse del relente. En el jardín el viento racheado traía aires de lluvia. Eso no, pensó, cualquier cosa menos lluvia. Lo vio caminar maquinalmente hacia la carpa; todas las noches había hecho ese mismo camino, nunca se había ido a dormir sin haber visitado la carpa antes. Luego había que insistirle para que regresara al pabellón de caza, reprenderle para no se pasara allí la noche en blanco. En esta ocasión, sin embargo, la visita era puramente simbólica, porque las máquinas y el combustible habían sido trasladados ya al pabellón de Montjuich y el aparato reconstruido allí en su totalidad. El hombre que por inercia o por exceso de precaución seguía montando guardia en la boca de la carpa le saludó afablemente al verlo aparecer: Buenas noches, profesor Santiago. El inventor le devolvió el saludo sin percatarse de lo que hacía. El

guardia añadió: Mañana es el gran día, ¿eh, profesor? Al oír esto·
el inventor sacudió la cabeza, ¿cómo dice?, preguntó. El guardia
apoyó la culata del mosquetón en el césped y sonrió: El gran día,
repitió con entusiasmo. Quiera Dios que todo salga bien, agregó
a media voz. El inventor asintió con la cabeza. Qué curioso, pensó mientras entraba en la carpa, todos están excitados en vísperas
del acontecimiento, todos se sienten partícipes, incluso ese matón, cuya participación no podría haber sido menos científica,
más ajena al sentido mismo de nuestra empresa; con todo, ahora
se diría que su felicidad depende del éxito de la empresa. Por su
parte el guardia pensaba: Tiene un carácter difícil, pero no hay
duda de que es un sabio auténtico; es natural que esta noche esté
abrumado por las preocupaciones; y su hija, ¡qué buena está!
Dentro de la carpa sólo quedaban residuos, herramientas desper-
digadas aquí y allá, restos del maderamen utilizado en el emba-
laje, cajas vacías y el sobrante de las noventa y dos toneladas de
virutas con que habían sido protegidas de los golpes las piezas
delicadísimas. El aspecto de desolación que inspiraba aquel desorden, aquel espacio enorme vacío no podía ser más deprimen-
te. Y yo, en cambio, que he logrado realizar el sueño de mi vida,
no siento más que nostalgia y desazón, pensó Santiago Belltall. El
vacío que le rodeaba en la carpa le parecía el trasunto exacto de
su estado de ánimo. En cambio los años interminables de lucha
se le antojaban ahora años felices: entonces vivía de ilusiones,
pensó un instante. Luego comprendió que esta idea no podía ser
más falsa. A esas ilusiones he sacrificado mi vida entera, se dijo.
Y se preguntaba si en realidad ese sacrificio había valido la pena.
La voz del guardia interrumpió esta reflexión. Buenas noches, señorita, le oyó decir. Es María, que viene a buscarme, pensó. Ella
ha sido la víctima principal de mi locura, siempre he antepuesto
mis delirios de grandeza a su bienestar; en vez de darle lo que
ella tenía derecho a esperar de mí ha sido ella quien ha tenido
que prodigarme sus cuidados. Por mi culpa su vida ha sido una
renuncia continua y una humillación sin fin. De soslayo percibió
la sombra de su hija a la luz mortecina de las lámparas de petróleo que alumbraban el interior de la carpa. Incluso ahora, en este
mismo momento está aquí por mí, ha venido a buscarme porque
cree que debo descansar, pensó. Quizá ésta sea la ocasión ade-
cuada para decirle estas cosas; con eso no arreglaremos nada, ni
repararé el mal que le he hecho ni recuperaremos el tiempo perdido, pero tal vez le sirva de consuelo el saber que su miseria no
me ha pasado desapercibida.

373

—Padre, debería usted irse a dormir. Es tarde y aquí ya no podemos hacer nada —dijo María Belltall—. Vea, todo está en Montjuich. Hasta los ingenieros se han ido. Todos están de vuelta en sus casas.

Lo que ella decía era cierto: a medida que concluía su trabajo los obreros y los técnicos iban siendo licenciados; a los expertos en aerodinámica moderna Onofre Bouvila los enviaba de nuevo a sus lugares de origen con la promesa de una gratificación cuantiosa si guardaban el secreto de lo que habían hecho allí y de lo que habían visto hacer a otros. Ahora sólo quedaban adscritos al proyecto Santiago Belltall y un ingeniero militar prusiano, un experto en balística con quien Onofre Bouvila había tenido trato frecuente durante la Gran Guerra y cuya presencia resultaba imprescindible para poder llevar a cabo el proyecto.

—Hija, hay una cosa que querría decirte —dijo Santiago Belltall.

—Ahora es tarde, padre. Ya me la dirá usted mañana —dijo ella.

—No, mañana será verdaderamente tarde —dijo el inventor.

Este diálogo fue interrumpido por la entrada de un hombre en la carpa. Este hombre era el mayordomo de la mansión: por orden de Onofre Bouvila había ido al pabellón de caza y lo había encontrado vacío. Entonces se le había ocurrido asomarse a la carpa.

—El señor aguarda en la biblioteca —dijo.

Santiago Belltall suspiró. No debo hacer esperar a nuestro benefactor, le dijo a su hija.

—En un instante me reuniré con usted —dijo al mayordomo.

El mayordomo movió la cabeza. Perdone, pero no es a usted, sino a la señorita a quien aguarda el señor, dijo secamente. El inventor y su hija se miraron sorprendidos. Ve, hija, dijo por fin Santiago Belltall, yo me iré ahora mismo a dormir, pierde cuidado. Quizá debería pasar un momento por el pabellón de caza y cambiarme de ropa, pensó María Belltall.

No dijo nada ni levantó siquiera la mirada de la mesa cuando el mayordomo le anunció la presencia de María Belltall. Hazla pasar, cierra luego la puerta y retírate, dijo a media voz, no te necesitaré más esta noche. A solas con él y sin saber qué cosa se esperaba de ella se acercó a la mesa. Cuando Onofre Bouvila la tuvo cerca dijo: Mira, ¿sabes qué es esto? Nunca la había tuteado antes y este detalle no escapó a su percepción. El viento golpeaba los cristales. ¿Lloverá mañana?, pensó. Él dijo: Es el *Regent,* el diamante más perfecto que existe. Es mío; con él podría comprar países enteros. Sin embargo cabe en la palma de la mano, fíjate. Puso el diamante en la mano de María Belltall y le obligó a cerrar los dedos. Por un instante ella vio el resplandor que lanzaban las facetas del diamante; era como si el diamante llevara en su interior un filamento incandescente. Todo tiene un precio, dijo él. Ella abrió la mano; él cogió el diamante, lo envolvió en un pañuelo blanco y guardó el envoltorio en el bolsillo del batín que llevaba. El temblor ligero que podía percibirse en sus labios cesó repentinamente. Quisiera saber la naturaleza de tus sentimientos, dijo sin transición. Si sólo te inspiro gratitud o temor no digas nada, agregó. María Belltall cerró los ojos. Hace veinte años que vivo sólo para este momento, dijo con un hilo de voz. Él se puso de pie bruscamente. No tengas miedo, dijo, todo saldrá bien.

Santiago Belltall se despertó bañado en sudor. Había soñado que perdía a su hija para siempre, que nunca más la volvería a ver. Esto es absurdo, pensó mientras encendía la luz de la mesilla de noche, por fuerza tiene que haber otra razón que justifique mi desasosiego. Consultó el reloj y vio que eran las cuatro de la mañana. El viento había cesado y el cielo estaba despejado; aún era noche cerrada, pero en el horizonte empezaba a perfilarse una línea gris que hacía palidecer gradualmente a las estrellas. Hará buen día, gracias a Dios, pensó, pero esta perspectiva no bastó para disipar enteramente su malestar. Hay algo que no anda bien, repitió para sus adentros. Se levantó y salió en pijama y descalzo de la habitación. El pabellón de caza estaba en silencio. Vio entornada la puerta del dormitorio de su hija y se asomó con sigilo. Cuando los ojos se hubieron hecho a la oscuridad reparó en que la cama estaba sin deshacer y María ausente. ¿Cómo es posible?, se dijo, ¿no ha vuelto aún de la entrevista con Bouvila? ¿De qué estarán hablando? Se acercó a la ventana y miró en dirección a la casa; allí no vio brillar ninguna luz. ¿Qué estará ocurriendo en esa casa ahora mismo?, pensó. Sin perder unos segundos en calzarse o abrigarse salió del pabellón de caza. En el jardín le cerraron el paso tres hombres: uno de estos hombres era el guardia que unas horas antes le había saludado en la boca de la carpa; otro era el forzudo de circo que había venido con la carpa propiamente dicha; el tercero, a quien no recordaba haber visto antes, era un anciano de piel rojiza y ojos azules a quien acompañaba un perro pequeño y torpe de movimientos. Este anciano era el que parecía llevar la voz cantante.

—Tenga la bondad de seguirnos, señor Belltall —le dijo— y por favor no levante la voz: es preciso que procedamos de modo discreto y con celeridad.

—¿Eh? —exclamó el inventor—, ¿quién diablos es usted, que se atreve a darme órdenes? Y este asalto, ¿qué significa?

—No se sulfure, señor Belltall —replicó el hombre del perrito—; sólo hacemos lo que nos ha dicho el señor Bouvila. Su hija no ha sufrido daño alguno.

—¡Mi hija! —masculló el inventor apretando los dientes y mostrando amenazadoramente los puños al anciano del perrito—, ¿qué dice usted?, ¿por qué habría de sufrir mi hija ningún daño, vejestorio mal parido? —al decir esto trataba de agredir al anciano, pero el hércules, anticipándose a los hechos, se había colocado a espaldas del inventor y lo sujetaba firmemente por los brazos. Ahora éste gritaba a pleno pulmón—: ¡A mí, policía!, ¡socorro, que me secuestran!

—Aquí no puede oírle nadie —dijo el anciano del perrito—, pero en la casa deberá callar si no quiere despertar a todo el mundo. No nos obligue a recurrir al cloroformo.

Esta advertencia le devolvió la cordura; optó por guardar silencio. ¿Será posible que todo haya sido una ilusión?, se iba preguntando, ¿que mi hija y yo hayamos sido meros peones en un juego cuyas reglas ignoramos de todo punto? Las respuestas más terribles se agolpaban en su cabeza, pero su ánimo las rechazaba con la desesperación de quien rechaza la realidad brutal al despertar de un sueño maravilloso. No, no, ¿qué razón habría para que todo sea una mentira despiadada?, se decía. Entretanto el cielo se había vuelto iridiscente; sobre la ciudad aparecían franjas carmesí, con un fulgor de incendio. ¿Qué es esto?, se preguntó, ¿Barcelona arde por los cuatro costados? Al mismo tiempo este amanecer llamativo y grandioso era contemplado también por María Belltall. Se diría que el horizonte está en llamas, susurró. El infierno ha venido a visitarnos. Estaba de pie junto al ventanal de la biblioteca; se había envuelto en la cortina de terciopelo granate. Al volver la vista hacia el interior vio de nuevo la ropa esparcida por la alfombra; con un escalofrío fijó otra vez la mirada en aquel cielo ominoso. ¿Qué será de mí ahora?, pensó. Un grito vino a sacarla de esta reflexión de improviso. ¿Qué ha sido esto?, preguntó. Onofre Bouvila había acabado de vestirse y encendía un cigarro con calma deliberada. Antes de responder sopló la cerilla, la depositó nuevamente en el cenicero y dio varias chupadas al cigarro. No sé, dijo, un criado, un carretero que fustiga las mulas, ¿qué más da? El grito se oyó otra vez y María Belltall volvió a estremecerse.

—Es mi padre —dijo sin alzar la voz.

—Bah, ¿qué dices? —replicó él—. Figuraciones tuyas; estás nerviosa.

Ella no atendía a sus palabras.

—Por favor, alcánzame la ropa: he de ir a ver qué pasa —suplicó.

Él no se movía de su sitio. A través del humo que despedía el cigarro la miraba con los ojos entornados; se enternecía a la vista de los hombros y el cuello que la cortina dejaba al descubierto, de su fragilidad aparente, la cabellera revuelta y el jadeo que agitaba los pliegues del terciopelo.

—Nunca te dejaré ir —dijo al fin. No permitiré que me abandones, pensó. Te quiero, María, desde el primer momento te he querido locamente. Hace veinte años que sufro sin saberlo por tu amor.

—¿Y mi padre? —oyó que preguntaba—, ¿qué harás con él?

—Nada malo —dijo.

—¿Dónde está ahora?, ¿qué le están haciendo tus secuaces? —insistió María Belltall.

—Lo llevan a lugar seguro, pierde cuidado. ¿Me crees capaz de hacer algo que pueda contrariarte? —dijo él con el rostro distendido por una sonrisa tranquila. En aquel instante sonaron unos golpes en la puerta—. Cúbrete bien —le dijo—, no quiero que te vean —y levantando la voz ordenó—: Adelante —la puerta se entreabrió y por esa abertura asomó la cabeza el anciano del perrito—. ¿Todo en orden? —le preguntó. El anciano del perrito asintió sin proferir ningún sonido—. Está bien —dijo Onofre Bouvila—, ahora mismo vamos.

Cuando el anciano hubo desaparecido y la puerta estuvo cerrada se dirigió a grandes zancadas a la mesa. Ya puedes salir, le dijo; vamos, vístete, no tenemos tiempo que perder. Luego, advirtiendo que ella daba muestras de vacilación, añadió con reticencia: Oh, está bien, está bien, no miraré. ¿A qué vendrán a estas alturas estos escrúpulos? Mientras ella iba recogiendo del suelo la ropa dispersa le volvió la espalda; no por eso dejaba de observar sus movimientos de soslayo: temía que aprovechando una distracción tratase de huir o de agredirle con algún objeto, pero ella no hizo nada de eso. Mientras tanto había sacado de un cajón de la mesa una carta manuscrita que firmó, plegó y metió en un sobre. A continuación garrapateó algo en el sobre, lo cerró lamiendo los bordes engomados, lo dejó en la mesa, donde su presencia resultara conspicua, y se volvió hacia ella, que estaba acabando de sujetar las presillas de las ligas que le ceñían los muslos. ¿Lista?, dijo. Ella movió la cabeza afirmativamente. Pues, ¡en marcha!, exclamó Onofre Bouvila.

Cogidos de la mano salieron al pasillo. Al iniciar el descenso por la escalera que conducía a los pisos inferiores él se llevó el dedo a los labios y dijo quedamente: ¡Chitón!, no conviene que mi mujer se despierte. De puntillas llegaron a la puerta principal de la casa. Allí el mayordomo les aguardaba con una chaqueta colgada al brazo. Onofre Bouvila se despojó del batín y se puso la chaqueta que le tendía el mayordomo. Luego metió la mano en el bolsillo del batín y sacó el pañuelo que envolvía el diamante, colocó este envoltorio en el bolsillo de la chaqueta y palmeó el hombro del mayordomo. Ya sabes lo que tienes que hacer, le dijo. El mayordomo dijo que sí. Tenga cuidado, señor, agregó luego con su voz neutra, que no dejaba traslucir ninguna emoción. Sin responder Onofre Bouvila volvió a tomar de la mano a María Belltall. Ambos salieron al jardín; la hierba estaba húmeda de rocío. Al otro lado del puente, contra el telón rojo del amanecer se veía un automóvil. A él subieron Onofre Bouvila y María Belltall. Ya sabes a dónde has de ir, le dijo él al chófer. Perforando la niebla con los faros el automóvil se puso en marcha.

Por más que las autoridades locales le prodigaban halagos, que los prohombres de la ciudad extremaban las chocarrerías, aunque estaba decretado que la ocasión fuera festiva Su Majestad don Alfonso XIII se resistía a deponer su aire taciturno. Instalado en el palacio de Pedralbes recordaba vivamente aquel suceso terrible ocurrido veintitrés años antes. Él era entonces muy joven y acababa de contraer matrimonio con la princesa Victoria Eugenia de Battenberg. A pesar de la llovizna la muchedumbre se agolpaba en las calles de Madrid para ver pasar el cortejo; la augusta pareja había salido de la iglesia de San Jerónimo, donde había tenido lugar la ceremonia nupcial, ahora se dirigía en la carroza real al palacio de Oriente. Al pasar por la calle Mayor una bomba fue arrojada desde un piso, cayó delante de la carroza: allí mismo hizo explosión. Pese al susto morrocotudo no resultaron heridos; sabiéndose ileso se volvió hacia su esposa. ¿Estás bien?, le dijo. El vestido de novia había quedado teñido de rojo, salpicado por la sangre de los espectadores y de los soldados de la escolta. La princesa Victoria Eugenia movió la cabeza con serenidad. *Yes,* dijo simplemente. Entre veinte y treinta personas habían muerto de resultas del atentado. Al llegar a palacio los monarcas corrieron a cambiarse de ropa. Entre los pliegues de la capa Alfonso XIII encontró un dedo; con gesto rápido se lo metió en el bolsillo del pantalón para que ella no lo viera. Luego, durante la recepción, se lo pasó disimuladamente al conde de Romanones. Toma, le dijo, tira esto al retrete. Majestad, exclamó el conde, son los restos mortales de un cristiano. Pues que los entierren en la Almudena, pero que yo no los vuelva a ver, replicó el rey. Mientras la nobleza y el cuerpo diplomático bailaban varios miles de policías buscaban al magnicida por los rincones de Madrid. Al cabo de unos días localizaron su cadáver en Torrejón de Ardoz. Había sido detenido por el vigilante de una finca; viéndose perdido el fugitivo había matado al vigilante primero y se había suicidado luego. Esta versión adolecía de algunas incongruencias, pero todo el mundo quería olvidar el suceso y fue aceptada sin discusión. El magnicida fue identificado pronto: se llamaba Mateo Morral, era hijo de un fabricante de Sabadell y había sido profesor o encargado en la Escuela Moderna de Ferrer Guardia. Desde entonces Alfonso XIII consideraba a los catalanes gente hostil, de conducta arrebatada e imprevisible. Ahora en el palacio de Pedralbes había colocado a la cabecera del lecho regio sus escopetas de caza. Por si las moscas, le dijo a su esposa. Con estas escopetas no tenía rival. Cuando iba de caza, cosa que hacía con mucha frecuencia, siempre llevaba tres escopetas cargadas. Con estas escopetas podía matar al vuelo dos perdices al frente, dos sobre su cabeza y dos más a su espalda. Sólo Jorge V podía competir con él en este campo. A pesar de todo esa noche había dormido mal. Antes de que vinieran a despertarlo ya se había levantado y contemplaba el amanecer desde la ventana: el cielo parecía una hoguera. Un espectáculo magnífico, pensó el Rey, pero ¿un buen presagio? ¡Sabe Dios!

En otro lugar de la misma ciudad el general Primo de Rivera también escrutaba el cielo en busca de señales. No hay duda, se decía, es una aurora boreal: se avecinan calamidades. Y yo aquí, como un fantoche, pensó. Tampoco había dormido bien y tenía las ideas poco claras. Llamó a su asistente y le ordenó que fuera por café. Cuando el asistente regresó encontró al dictador forcejeando con las botas de caña alta. Permítame, mi general, dijo el asistente arrodillándose. Primo de Rivera se sirvió una taza de café y se la acercó a los labios. Una tarde, dijo, hace ya tiempo, en Tánger, entro yo en una taberna... por nada, ya sabes, para echar un trago, y al entrar, ¿a quién dirías tú que me encuentro?; a ver, ¿a quién dirías? El asistente se encogió de hombros. Ni idea, mi general. Hombre, di alguien, dijo el dictador. El asistente se rascó la cabeza. Por más que pienso no caigo, mi general, dijo al fin. Tú di alguien, el primero que se te ocurra, insistió el dictador. Por más que digas no acertarás, añadió con una sonrisa. Bebió un sorbo de café y suspiró ruidosamente. ¡No hay como un café bien cargado para empezar el día!, exclamó. A lo lejos sonó una corneta desafinada, luego un redoble de tambores, por último una banda militar que ensayaba una marcha. Ay, rezongó el dictador, siempre tocan lo mismo y siempre mal. ¿Dónde están mis medallas? El asistente le presentó una caja de madera oscura; esta caja, que llevaba labrada en la tapa una corona, había pertenecido a su tío, el primer marqués de Estella. Primo de Rivera abrió la caja y examinó las medallas con una mezcla de orgullo y nostalgia. Bien, ¿no dices a quién me encontré en esa taberna de Tánger?, preguntó al asistente. El asistente se cuadró antes de hablar. A Búfalo Bill, mi general, dijo. Primo de Rivera se lo quedó mirando de hito en hito. ¡Coño!, ¿cómo lo has adivinado? Perdone, mi general, se disculpó el asistente enrojeciendo, ha sido pura chiripa, se lo juro por mi madre. No tienes por qué disculparte, hijo, le tranquilizó el dictador, no has hecho nada malo.

También el barón de Viver se disponía a esas horas a cumplir con sus obligaciones, aunque por dentro hervía de cólera: el día anterior había recibido en su despacho del Ayuntamiento al jefe de Protocolo de la Casa Real, el cual le había mostrado unos planos incomprensibles y le había dado instrucciones tajantes con el mayor desparpajo. ¡Qué desfachatez!, bramaba ahora a solas en su casa el alcalde. Decirme a mí lo que he de hacer y dónde, cuándo y cómo. ¿Habráse visto? Pues, ¿dónde se creen ésos que están? ¡Ésta es mi ciudad, señoritos! Y al decir esto alzaba la voz, gesticulaba levantando y agitando las manos por encima de la chistera y andaba en círculos por el vestidor. Y esta organización, ¿a quién se le ha ocurrido?, preguntaba al aire: Primero Su Majestad, luego la familia real, luego Primo de Rivera y sus ministros, detrás el comisario regio de la Exposición, el señor obispo, los señores embajadores y legados... y a mí, ¿dónde córcholis me toca ir?, ¿en el furgón de cola? Se precipitaba hacia la puerta, ponía la mano en el pomo, como si se dispusiera a salir de allí, se inmovilizaba en esta postura, soltaba el pomo y volvía a recorrer la pieza en dirección opuesta. No, se decía súbitamente serenado, una cosa tan manifiesta no puede ser casual ni achacarse a ignorancia o a incompetencia. Esto es por fuerza un insulto premeditado a mi persona y a mi cargo; y a través de mi cargo, a Barcelona entera. Con esta reflexión se acaloraba de nuevo y su soliloquio adquiría ribetes de desvarío. Me vengaré, por Dios Todopoderoso que me vengaré, decía a media voz, con los dientes apretados; en pleno acto inaugural me bajaré los pantalones, me mearé en sus botas, ¡y que me haga fusilar allí mismo si se atreve! Estos arrebatos le duraban poco; en seguida caía en un estado de postración y lo veía todo oscuro y confuso. ¿Serán realmente las cosas como yo las veo?, pensaba entonces, ¿o será todo fruto de mi megalomanía? ¿Con qué derecho puedo afirmar que en mi persona está representada la ciudad?, ¿no soy yo más bien el último de sus servidores, el más humilde de los funcionarios? Ni oposición he hecho; fue el propio Primo de Rivera quien me nombró. Y ahora, con esta actitud, ¿no estaré atentando contra el bien común? Ay, no sé qué pensar; todo me da vueltas; al final el sol se ha abierto paso entre las nubes, el amanecer grandioso ha concluido: ahora los arreboles se disuelven en la atmósfera y en su lugar resplandece el azul limpio y sereno de una mañana de primavera; ¿qué es la vida?, se preguntaba con un suspiro amargo.

Su Majestad don Alfonso XIII se iba poniendo los guantes por los salones y corredores del palacio de Pedralbes, hacia cuya salida le conducía un chambelán. ¡Qué barbaridad!, pensaba, un palacio tan grande para que durmamos un par de noches. Las zancadas que daba obligaban al séquito a adoptar un trote corto; sólo la reina, que era inglesa, podía sostener su paso sin esfuerzo aparente, incluso ir hablando con él mientras andaban. ¿Te das cuenta?, le decía sin aminorar la marcha, ésta es la segunda Exposición Universal que inauguro en Barcelona. En la anterior era un mocoso de apenas dos añitos; por supuesto no recuerdo nada de nada, pero mi madre me solía contar estas cosas. Los recuerdos de su infancia eran siempre recuerdos oficiales: su padre, don Alfonso XII, había muerto antes incluso de que él naciera. Ya nací siendo Rey de España, solía decir. En el momento del parto las comadronas y las enfermeras que asistían a su madre habían hecho la venia antes de azotarle las nalgas para provocarle el primer llanto. Esto había hecho que estuviera muy unido a su madre desde el principio. Ahora ella acababa de morir. A los cuarenta y cuatro años todas las cosas pasan ya por segunda vez

381

como mínimo, dijo subiendo a la berlina blindada que había de conducirle a Montjuich.

Pues tú podrás cantar misa, opinaba Primo de Rivera, pero yo te aseguro que el que tú viste era un farsante y el espectáculo, un engañabobos. Si usted lo dice, así será, mi general, dijo el asistente, pero el cartel bien claro que lo decía. Aún me parece estarlo viendo: Búfalo Bill, el único y verdadero. ¡Pamplinas!, replicó el dictador. Búfalo Bill se murió el diecisiete, esto te lo aseguro yo. Vamos a ver, agregó con sorna, en ese espectáculo que viste, ¿había indios? El automóvil en que se desplazaban cruzaba Barcelona a toda velocidad. Se había hecho tarde y tenían que apresurarse para llegar al recinto de la Exposición antes de que lo hicieran los reyes. Si éstos hubieran tenido que esperar al dictador se habría podido alterar el equilibrio delicadísimo en que se encontraban las piezas del rompecabezas político de la nación, las consecuencias de ese incidente banal habrían podido ser inconmensurables. El rostro del asistente se iluminó.

—¿Indios? ¡Ya lo creo, mi general! ¡Y cómo chillaban, los hijos de puta!

—Vaya, ¿y *cowboys*?

—También, mi general.

—¿Estás seguro?, ¿*cowboys* que echaban el lazo?

—Como Dios, mi general.

A lo largo del recorrido había una fila ininterrumpida pero no muy densa de curiosos. Algunos viandantes se sumaban a la fila en el último momento, atraídos por las sirenas de los motociclistas que abrían paso al cortejo del dictador. Sin embargo nadie aplaudía ni agitaba pañuelos y muchos, que habían creído erróneamente que quien había de pasar por allí era el rey, sólo se abstenían de manifestar su decepción por la presencia ubicua de la policía.

—¿Y una diligencia?

En el rostro del asistente se pintó el estupor.

—¿Una diligencia?, ¿qué diligencia, mi general?

—Ajá, ya te decía yo... —exclamó el dictador. Un frenazo estuvo a punto de dar con él en la alfombrilla del automóvil—. Hola, ¿qué ocurre? —miró por la ventanilla y la vio cubierta de rostros sonrientes—. Va, ya hemos llegado. Gracias a Dios Su Majestad aún está en camino. Venga, bájate ya, ¿a qué esperas? —increpó a su asistente.

Al apearse del automóvil fue recibido con reverencias y aplausos. Sonaban cornetas y tambores. Perdido entra la masa de personalidades que se arremolinaban a su alrededor, empinándose y estirando el cuello, el barón de Viver clavaba los ojos enrojecidos por la vigilia y la ira en su enemigo mortal. Tiene mal aspecto, observó, yo juraría que está enfermo. Esta idea hizo que se disolviera al instante toda su animadversión hacia el dictador. En aquel mismo momento retumbó un cañonazo. A este cañonazo siguió otro y otro y otro, hasta completar las salvas de rigor. De este modo las baterías del castillo saludaban la presencia del rey en Montjuich. El barón de Viver se vio arrastrado por la masa hacia el Palacio Nacional, en cuyo salón de fiestas había de celebrarse la ceremonia inaugural. Una muchedumbre incontable llenaba el recinto. Desde el palacio se podía ver aquel mar de cabezas que lo inundaba todo. Acabado el acto los reyes se asomaron al balcón y la muchedumbre los vitoreó un buen rato. Algunos, creyéndose amparados por el anonimato que les confería el número, abucheaban a Primo de Rivera. El marqués de Ut, previendo por estos síntomas la caída inminente de su protector, había conseguido colocarse junto al rey, cuyo favor pretendía granjearse de nuevo. Con un gesto teatral barrió el panorama magnífico que se ofrecía a los ojos de los ocupantes del balcón.

—Mirad, Majestad, lo que puede ofreceros Cataluña: sus hombres, su ingenio y su trabajo —dijo con voz engolada.

—Y sus bombas —respondió el rey, que acababa de recordar a Mateo Morral. El marqués quiso responder a esto, pero no acertó a encontrar palabras. Por lo demás, un fenómeno inesperado acaparaba en aquel momento la atención del monarca y de todos los presentes. A la derecha del balcón, al fondo de la plaza del Universo, junto a la avenida de Rius y Taulet, había un pabellón de forma circular que recordaba extrañamente la carpa de un circo. A diferencia de los demás pabellones sobre éste no ondeaba bandera ni insignia alguna. Este detalle y las peculiaridades que habían rodeado su instalación habían pasado desapercibidos hasta entonces. Ahora procedía de allí un ronroneo persistente, un ruido como de motor de avión que iba en aumento. Pronto este ruido se convirtió en un fragor, acalló los murmullos de la muchedumbre. Los responsables del certamen no sabían a qué atenerse: eran tantos que ninguno sabía cuáles eran sus funciones y mucho menos cuál era el ámbito de su responsabilidad. Entre sí se interrogaban nerviosamente con la mirada y los más procuraban escurrir el bulto. Por fin, en vista de que el estruendo no cesaba y de que nadie tomaba ninguna disposición al respecto, el propio Primo de Rivera empezó a impartir órdenes perentorias a los militares que le rodeaban; éstos, a su vez, las transmitían a los oficiales de sus respectivas unidades. Al cabo de un rato salieron hacia el pabellón las fuerzas siguientes: un destacamento de la Guardia Urbana al mando del teniente don Álvaro Planas Gasulla, un pelotón del regimiento de infantería de Badajoz al mando del capitán don Agustín Merino del Cordoncillo, una compañía de la Guardia Civil al mando del capitán don Ángel del Olmo Méndez, un escuadrón de caballería de las fuerzas de seguridad al mando del capitán don Antonio Juliá Cubells, una compañía de servicios locales de seguridad al mando del teniente don José María Perales Faura, un escuadrón del regimiento de caballería de Montesa al mando del comandante don Manuel Jiménez Santamaría, un destacamento de mozos de escuadra al mando del sargento don Tomás Piñol i Mallofré y un número indeterminado de policías de paisano. En total eran más de dos mil hombres los que ahora trataban de abrirse paso a través de la muchedumbre, entre la cual empezaba a cundir el pánico; muchos recordaban los atentados sangrientos de los años precedentes, las bombas de la procesión del Corpus, creían encontrarse en circunstancias similares y trataban de ponerse a salvo por todos los medios. En algunos puntos se producían avalanchas, más peligrosas que las propias bombas. Por alguna razón inexplicable sonó un disparo al que siguió el griterío infernal que suele preceder los desastres célebres. En los balcones del Palacio Nacional, donde se agolpaban las autoridades, todos los ojos permanecían prendidos de aquel pabellón, cuyas paredes habían empezado a vibrar como si todo el edificio fuese en realidad un artefacto explosivo de gran tamaño. Las tropas que avanzaban hacia allí veían la marcha imposibilitada por la muchedumbre que se movía en dirección opuesta a la que llevaban los policías, los guardias y los soldados tratando de alejarse frenéticamente del pabellón. ¡Qué escándalo!, exclamaban al unísono los responsables del certamen, ¡y qué descrédito para la ciudad! En su fuero interno imaginaban ya lo que dirían los periódicos del mundo entero a la mañana siguiente, o incluso ese mismo día, en una edición extra: *Barcelona se vistió de luto*, leían con los ojos de la fantasía. Y más abajo: *La tragedia fue debida a un fallo en las medidas de seguridad; este fallo es atribuible a don...*, y ahí leía cada cual su nombre en letras de molde. Pero los acontecimientos se precipitaban y no les permitían entretenerse en estas consideraciones: ahora el techo del pabellón, accionado por un mecanismo hidráulico, se abría como si estuviera formado por dos puertas correderas cuyos bordes encajaban en sendas muescas practicadas en las paredes laterales del pabellón. De aquella abertura salía un vendaval caliente que formaba una columna visible en el aire por la reverberación; esta columna ascendía hasta donde alcanzaba la vista. Por fin las dos mitades del techo quedaron subsumidas completamente en las paredes y el pabellón quedó así transformado en un cilindro abierto por uno de sus extremos, lo que le daba aspecto de bombarda. Ya nadie dudaba de que de allí saldría en cualquier momento una máquina nunca vista. Esta máquina empezó a salir efectivamente al cabo de unos segundos; pronto estuvo enteramente fuera del pabellón, sustentándose por sí sola en el espacio, como si fuera un planeta. Ahora podía ser vista desde todos los puntos del recinto y aun más allá. La muchedumbre, que había enmudecido después del pánico, prorrumpió luego en exclamaciones de asombro y maravilla. No era para menos: la máquina tenía forma ovalada; su longitud debía de ser de unos diez metros y su anchura máxima, de cuatro. Estas dimensiones fueron calculadas allí mismo, a ojo, y aún hoy son objeto de controversia: en realidad nunca pudieron ser verificadas, porque ni la máquina ni los planos sobre los que había sido construida volvieron a ser vistos por nadie. La mitad trasera de la máquina era de metal liso, brillante; la delantera, de vidrio, protegida por unas nervaduras de acero o madera flexible. Ambas mitades venían unidas aparentemente por un fleje de medio.metro de anchura, como los usados en la fabricación de barriles. En este fleje había varios centenares de bombillas encendidas que envolvían la máquina de un halo de luz. Era evidente que la mitad posterior de aquélla contenía el motor que la impulsaba y sostenía y que la otra mitad estaba destinada a los pasajeros, cuyas siluetas podían distinguirse confusamente entre la nube de polvo que acompañaba a la máquina en su ascensión. La muchedumbre estaba encandilada a la vista de este ingenio portentoso y hasta Su Majestad el rey, abandonando la actitud de desdén y somnolencia que había adoptado ese día, emitió un silbido de admiración y murmuró por lo bajo: ¡Pardiez! Todos se preguntaban qué sería aquello y algunos no reprimían su inventiva a la hora de buscar respuesta a esta pregunta. No hay duda, se decían; son los marcianos, que han elegido precisamente Barcelona para mostrar al mundo los adelantos de su técnica sin par. Esta elección de fijo haría rechinar los dientes de París, Berlín, Nueva York y otras ciudades presuntuosas, pensaban con alegría maliciosa. En esos años la existencia de seres de otros planetas no era puesta en entredicho por nadie. Al respecto circulaban las fabulaciones más inusitadas, a las que los científicos no parecían interesados en poner coto. Estos seres o extraterrestres, como había de denominárseles luego, cuya versión gráfica parecía haber sido confiada en exclusiva a los ilustradores de historietas, eran representados invariablemente con cuerpo de hombre y cara de pez. Las más de las veces iban desnudos, lo que no atentaba contra el pudor, pues no se distinguían en ellos órganos reproductivos y su epidermis, para postre, era escamosa; si vestían algo, era jubón y calzas. El detalle de la nariz en forma de trompetilla no fue incorporado a la iconografía al uso hasta la década de los cuarenta, cuando el cinematógrafo, aliado con el microscopio, permitió mostrar imágenes ampliadas de mosquitos y otros insectos. Respecto de los visitantes de otros mundos, a quienes el vulgo llamaba entonces genéricamente «marcianos», se daba por sentado que su inteligencia era muy superior a la de los terrícolas; sus intenciones se presuponían pacíficas y su carácter, más bien pánfilo. Todas estas conjeturas sin embargo duraron un minuto escaso, porque la máquina, después de haberse elevado por encima de las cúpulas del Palacio Nacional, describió un semicírculo y empezó a descender lentamente sobre el estanque de la fuente mágica. Entonces se vio que quienes tripulaban la máquina eran personas de carne y hueso y aquélla una variante de lo que a la sazón se conocía por helicoplano, ortóptero, ornitóptero o helicóptero, esto es, aviones de despegue y aterrizaje vertical. Con ellos se había venido experimentando en los últimos años, bien que con resultados poco alentadores hasta el momento. El 18 de abril de 1924 el marqués de Pescara había conseguido despegar y aterrizar verticalmente en Issy-les-Moulineaux, pero la distancia recorrida había sido escasa: tan sólo 136 metros. Por su parte, el ingeniero español Juan de la Cierva había inventado el año anterior, es decir en 1923, un aparato menos ambicioso, pero más eficaz. Fue denominado autogiro y era un avión convencional en todo (alas, cola, alerones y fuselaje general) al que había sido agregada una hélice libre de varias palas; esta hélice giraba en torno a un eje colocado en la parte superior del avión y era movida por el viento que desplazaba el avión en vuelo; luego, cuando el avión paraba el motor y caía a plomo, la masa de aire desplazada ahora por la caída engendraba además una turbulencia que hacía girar con mayor fuerza las aspas de esta hélice libre; al girar éstas frenaban la velocidad de descenso del aparato. Una vez resueltos algunos problemas adicionales, como el del rozamiento, el de la estabilidad y otros, el autogiro resultó un invento seguro y viable: en la década de los treinta hacía periódicamente el vuelo Madrid-Lisboa sin escalas. Pero de eso al despegue vertical y a la posibilidad de inmovilizar el aparato en el aire mediaba un abismo. Este abismo había sido salvado sin dificultad por la máquina que ahora sobrevolaba el recinto de la Exposición Universal. Esta máquina subía y bajaba a voluntad de su tripulante, se quedaba suspendida a cualquier altura como si se tratara de una lámpara de techo y se desplazaba horizontalmente sin traquetear ni zarandearse. Esto era un prodigio, pero más todavía el que efectuara estas maniobras y otras más sin hélices que la propulsaran.

## 4

En los baldíos contiguos al recinto de la Exposición había crecido una población entera de barracas; en este villorrio malvivían millares de inmigrantes. Nadie sabía quién había dispuesto las barracas de tal modo que formaran calles ni quién había alineado estas calles para que se cruzaran perpendicularmente entre sí. A la puerta de algunas barracas había unos cajones de madera en cuyo interior se criaban conejos o pollos; la tapa de los cajones había sido reemplazada por un trozo de tela metálica; así se podían ver los animales hacinados. A la puerta de otras barracas dormitaban perros famélicos de mirada turbia. Ante una de estas puertas se detuvo el automóvil y de él se apearon Onofre Bouvila y María Belltall. El perro emitió un gruñido cuando pasaron por su lado y siguió durmiendo. Desde el interior de la barraca, avisada de su presencia por el ruido del automóvil, una mujer desgreñada, cubierta de harapos, separó la cortina de arpillera que colgaba del dintel de la barraca. Ésta eran sólo cuatro paneles de madera claveteada, plantados en la tierra; un techo de cañas y palmas secas dejaba colar la luz del alba por sus intersticios. Cuando ambos hubieron entrado la mujer desgreñada dejó caer nuevamente la cortina. Luego se quedó mirando a Onofre Bouvila con expresión idiotizada. Se notaba que acababa de despertar de un sueño tranquilo. ¿Y tu marido?, dijo él, ¿por qué no está aquí? La mujer puso los brazos en jarras y echó la cabeza hacia atrás, pero no había agresividad ni desplante en esta pose. Se fue ayer por la tarde y aún no ha vuelto, respondió; parecía que iba a soltar una carcajada desdeñosa. El dinero que tú le das se lo gasta en aguardiente y putarrancas, añadió mirando de reojo a

María Belltall. Eso es asunto suyo, dijo Onofre Bouvila sin reparar en esta mirada; yo no tengo por qué administrarle la paga. La cortina de arpillera se movió cuando el perro entró en la barraca. Con el hocico húmedo husmeaba las pantorrillas de María Belltall y de cuando en cuando estornudaba ruidosamente. Bueno, ¿a qué estamos esperando?, dijo él dirigiéndose sin motivo a María Belltall, cuya mano seguía reteniendo entre las suyas. La mujer se puso de rodillas; con el canto de las manos removió la tierra del suelo hasta dejar al descubierto una trampilla. Azuzó al perro, que ahora olisqueaba la trampilla, y la levantó tironeando de una argolla. Del agujero que dejó expedito partían unos peldaños labrados en la tierra misma. Onofre Bouvila sacó del bolsillo unas monedas y se las tendió a la mujer. Escóndelas donde tu marido no las encuentre, le aconsejó. La mujer sonrió con media boca: ¿Y dónde es eso?, preguntó abarcando con la mirada el cubículo en que se hallaban. Él ya no prestaba atención a sus palabras: había empezado a bajar aquella escalera llevando a rastras a María Belltall. Con una linterna sorda alumbraba el pasadizo por el que anduvieron un centenar de metros hasta topar con una escalera análoga a la anterior. Al final de esta escalera había también una trampilla que se abrió cuando él dio tres golpes en ella con el mango de la linterna. Ahora estaban dentro del pabellón. Era una construcción de hormigón armado igual en todo a la carpa en que habían estado trabajando hasta unos días antes, la carpa que aún se levantaba, vacía, en el jardín de la mansión. A diferencia de aquélla sin embargo el pabellón carecía de puertas o ventanas: sólo se podía entrar y salir de allí por la trampilla. El hombre que la había abierto era de avanzada edad y tez sonrosada; sobre el traje de calle llevaba una bata blanca de cirujano. Al ver a Onofre Bouvila frunció el ceño y señaló con el dedo índice el reloj de pulsera, como diciendo: ¿éstas son horas? Onofre Bouvila lo había conocido en los años de la Gran Guerra; entonces era un ingeniero militar de prestigio, un experto en balística. La derrota de los imperios centrales le había dejado sin trabajo; durante diez años había sobrevivido dando clases de física y geometría en Tubinga, en un colegio de los hermanos Maristas. Allí había recibido a principios de 1928 una carta de Onofre Bouvila en la que éste le invitaba a trasladarse a Barcelona *para participar en un proyecto relacionado con su especialidad.* En un banco de Tubinga le proporcionarían el dinero necesario para sufragar los gastos del viaje. *Lamento no poder ser más específico debido a la naturaleza misma del proyecto y a otras razones de peso,* concluía diciendo la carta en cuestión. Este lenguaje recordó al ingeniero prusiano los buenos tiempos. Tomó el tren en Tubinga y llegó a Barcelona al cabo de cuatro días y cinco noches de viaje ininterrumpido. A lo largo del trayecto se había ido exacerbando su mal humor habitual. Cuando Onofre Bouvila le expuso al fin el asunto, le mostró los planos y le anunció lo que esperaba de él arrojó sus propias gafas al suelo de la biblioteca, donde tenía lugar la entrevista, y las pisoteó. El proyecto es estúpido, dijo, el que lo ha concebido es un estúpido y usted más estúpido aún; usted es realmente el hombre más estúpido que he conocido. Onofre Bouvila sonrió y dejó que se desahogara. Sabía que su vida en el colegio de Tubinga era un calvario continuo: los alumnos le apodaban «el general Bum-Bum» y le hacían blanco de las bromas más sangrientas. Ahora gracias a él las ideas disparatadas de Santiago Belltall habían evolucionado hasta convertirse en algo científico. Él había transformado una chapuza genial en una máquina capaz de volar. Onofre Bouvila por su parte había tenido que recurrir a toda su paciencia y autoridad para dirimir las disputas encarnizadas que surgían a todas horas entre el inventor catalán y el ingeniero prusiano; sólo él había hecho posible que la colaboración entre ambos hubiese sido fructífera. Ahora la máquina ocupaba el centro del pabellón, sostenida por un andamiaje enrevesado como una mantilla de encaje. Una pieza única, exclamó, ¡espléndido! El ingeniero suspiró: le dolía que se hubiese dedicado tanto talento, tanto esfuerzo y tanto dinero a un aparato meramente recreativo. Onofre Bouvila, que conocía sobradamente la razón de esta congoja, se desentendió de él: no era momento de enzarzarse en discusiones académicas. Fuera sonaban los cañonazos que anunciaban la llegada de los reyes al recinto de la Exposición. En marcha, dijo. Por el pabellón pululaban varios hombres cubiertos de monos azules, embadurnados de grasa; cada uno cumplía su cometido sin prestar atención a lo que hacían los demás; nadie hablaba ni interrumpía sus quehaceres para fumar un pitillo o echar un trago: el ingeniero prusiano había conseguido inculcar su disciplina en aquel equipo; eran la élite de los mecánicos, los que no apartaban los ojos de sus herramientas ni siquiera cuando María Belltall pasaba por su lado. Ahora ella comprendía para qué la había traído aquí e hizo amago de escapar. Él la retuvo con fuerza, pero sin violencia. En los ojos de ella leyó el terror. No se fía del invento de su padre, pensó, y a mí me toma por loco. Quizá no va desencaminada, se dijo. Ahora veía a sus pies todo el recinto de la Exposición Universal. Qué raro, iba pensando, visto desde aquí todo parece irreal; quizá la pobre Delfina tenía razón en esto: el mundo en realidad es como el cinematógrafo. Vaya, bajaré un poco más para ver la cara de la gente, pensó luego. Accionando las palancas del cuadro de mandos hizo que la máquina perdiera altitud. La muchedumbre había recobrado la calma y seguía estas evoluciones sin perder detalle. Mira, mira, ¡es Onofre Bouvila!, se decían los unos a los otros apenas la distancia que mediaba entre la muchedumbre y la máquina permitía reconocer a los tripulantes de ésta. Sí, es él, es él; y esa chica que le acompaña, ¿quién será?; parece joven y guapa; huy, lleva la falda muy corta, ¡qué fresca! Estos comentarios y otros similares eran hechos con un cariño rayano en la devoción. Las historias que circulaban acerca de su riqueza fabulosa y los medios de que se había valido para obtenerla lo habían convertido en un personaje popular: cuando iba por la calle la gente se paraba para observarlo con disimulo, pero insistente e intensamente; trataba de leer en su fisonomía la confirmación o la negación de los rumores que había oído. Todos se preguntaban al ver su figura discreta, ligeramente vulgar, ¿será verdad que de joven fue anarquista, ladrón y pistolero?, ¿que durante la guerra traficaba en armas?, ¿que tuvo a sueldo a varios políticos de renombre, a varios gabinetes ministeriales enteros?, ¿y que todo esto lo consiguió solo y sin ayuda, partiendo de cero, a base de coraje y voluntad? En el fondo todos estaban dispuestos a creer que así era: en él se realizaban los sueños de todos, por su mediación se cumplía una venganza colectiva. Y si efectivamente ha sido un malhechor, ¿qué más da?, decían, ¿acaso le cabe a un hombre hoy en este país otra salida? Por eso al reconocerle le jaleaban; la ovación que antes habían tributado al Rey la transferían ahora a él. Mira, mira cómo me vitorean, dijo dirigiéndose a María Belltall, que apenas osaba abrir los ojos. La gente es muy buena, ¿sabes?, añadió levantando mucho la voz para dominar el ruido de los motores, muy buena, ¡hay que ver la de cosas que se deja hacer sin protestar! Diciendo esto pulsó un botón y al hacerlo se abrió automáticamente una compuerta situada en la parte trasera de la máquina; de allí salieron volando varias docenas de palomas. Al verse libres de su encierro y asustadas por la vecindad de la máquina las palomas se alejaron en formación cerrada. Al ver este espectáculo nadie pudo reprimir una exclamación de regocijo, ni siquiera el propio Rey. Satisfecho del efecto logrado Onofre Bouvila hizo que la máquina avanzara con lentitud hasta situarla a escasos metros de los balcones del Palacio Nacional, que amenazaban con hundirse bajo el peso de las personalidades reunidas allí. Ahora podía ver la cara de todos con precisión, como ellos podían ver la suya. Mira, mira, dijo, es el Rey. ¡Viva el Rey!, ¡viva la Reina!, ¡viva don Alfonso XIII!, gritó aunque sabía que nadie podía oírle, salvo María Belltall. ¡Oh, ahí está Primo de Rivera!, continuó diciendo. ¡Hala, que te fríen un paraguas, borracho! Así iba identificando rostros conocidos, que mostraba a su acompañante con ilusión. ¿Ves aquel individuo tan alto que asoma por encima de las cabezas de los demás?, dijo finalmente. Es Efrén Castells: el único amigo sincero que he tenido en mi vida. Bueno, quizá tuve más de uno, pero ahora todos los demás han desaparecido ya. Bah, agregó cambiando de tono, no nos pongamos tristes, venga, vámonos de aquí, que esto ya está visto. Desplazó una de las palancas hasta donde el mango daba de sí y la máquina salió disparada hacia arriba y hacia atrás. Ahora veían a sus pies la ciudad entera, la sierra de Collcerola, el Llobregat y el Besós y el mar inmenso y luminoso. Ay, Barcelona, dijo con la voz rota por la emoción, ¡qué bonita es! ¡Y pensar que cuando yo la vi por primera vez de todo esto que vemos ahora no había casi nada! Ahí mismo empezaba el campo, las casas eran enanas y estos barrios populosos eran pueblos, iba diciendo con volubilidad, por el Ensanche pastaban las vacas; te parecerá mentira. Yo vivía allá, en un callejón que aún sigue como estaba, en una pensión que cerró hace siglos. Allí vivía también gente pintoresca. Recuerdo que había entonces una pitonisa que una noche me leyó el futuro. De todo lo que me dijo ya no recuerdo nada, naturalmente. Y aunque lo recordara, pensó, ¿qué importancia tendría? Ahora aquel futuro ya es el pasado.

Los que seguían las evoluciones de la máquina desde Montjuich y los que alertados por el ruido de los motores habían salido a los balcones o habían subido a los terrados vieron cómo la máquina voladora desviaba su rumbo hacia el mar, como si la empujara un viento repentino de poniente. Lejos de la costa perdió altura, luego se remontó unos instantes y por último se desplomó en el mar. Los pescadores que se encontraban faenando en las inmediaciones a esa hora contaron que habían visto venir la máquina sobre ellos con espanto. No sabían de qué podía tratarse aquello. Algunos pensaron que era un meteorito, una bola de fuego lo que se les echaba encima; éstos sin embargo no pudieron asegurar si efectivamente la máquina iba envuelta en llamas o si lo que producía esta impresión era el reflejo del sol en la superficie de metal y vidrio. Todos convinieron en cambio en que al llegar al punto en que había caído los motores habían dejado de funcionar súbitamente. El ruido había cesado y el murmullo de las olas había restablecido en el mar la sensación de eternidad, dijeron. Todo parecía inmutable; era como si el tiempo se hubiera detenido, declararon a la prensa. Luego la máquina se había precipitado al agua como un obús lanzado por un cañón, relataron. Los que acudieron al lugar en que creían haberla visto caer no encontraron ni rastro de la máquina. Ni siquiera una mancha de aceite o de petróleo flotando sobre el agua, dijeron. Discrepaban entre sí respecto al punto exacto en que se había producido el impacto: ninguno llevaba en sus barcas rudimentarias instrumentos de medición. La comandancia de marina envió varios buques de inmediato. Algunos países ofrecieron su ayuda, querían participar en las operaciones de salvamento. En realidad todos tenían interés en recuperar la máquina voladora a fin de apropiarse del secreto de su funcionamiento, pero los esfuerzos conjuntos no arrojaron resultado alguno. Los buzos bajaban y subían con las manos vacías, las sondas extraían del fondo arena y algas. Por fin un temporal obligó a interrumpir los trabajos, que ya no se volvieron a reanudar cuando reinó de nuevo la calma. Como los cadáveres de los tripulantes de la máquina no aparecieron, hubo que rezarles un responso en la catedral. Después fueron arrojadas coronas de flores al agua oscura del puerto; de allí la corriente se llevó las coronas mar adentro. Los periódicos publicaron las necrológicas habituales en estos casos, textos hinchados de retórica. También aparecieron semblanzas biográficas de Onofre Bouvila convenientemente expurgadas, pensadas para la edificación de los lectores. Todos coincidían en que había desaparecido un gran hombre. *Con él la ciudad tiene contraída una deuda de gratitud perenne*, dijo un periódico en esas fechas. *Simbolizó mejor que nadie el espíritu de una época que hoy ha muerto un poco con él*, dijo otro. *Su vida activa se inició con la Exposición Universal de 1888 y se ha eclipsado con ésta del veintinueve*, observó un tercero; *¿Cómo debemos interpretar esta coincidencia?*, concluía diciendo con malicia evidente. En efecto, el certamen cuya inauguración Onofre Bouvila había animado con sus extravagancias llevaba trazas de convertirse en un fracaso estrepitoso. El mes de octubre de ese mismo año, a los cuatro meses de la inauguración, se produjo el hundimiento de la bolsa de Nueva York. De la noche a la mañana, sin decir agua va el sistema capitalista se tambaleaba. A este fenómeno siguió la quiebra de millares de empresas. Sus representantes acudían alocadamente a los pabellones y palacios de Exposición y se llevaban el material expuesto antes de que comparecieran los agentes judiciales con mandamientos de embargo. Muchos exhibidores se habían suicidado: para eludir la deshonra y el dolor de la ruina saltaban por las ventanas de sus oficinas, situadas en los pisos más altos de los rascacielos de Wall Street. Para que los pabellones no quedaran vacíos de repente, lo que habría causado una impresión pésima a los visitantes, el Gobierno español iba sustituyendo los artículos retirados con lo primero que le venía a las manos. Pronto hubo pabellones en los que sólo se exhibían cosas absurdas. Estas circunstancias patéticas relegaron a segundo término los rumores infundados que por aquel entonces circulaban por Barcelona, a saber, que en realidad Onofre Bouvila no había muerto, que el accidente había sido simulado y que ahora vivía confortablemente instalado en algún lugar remoto en compañía de María Belltall, a cuyo lado había encontrado por fin el amor verdadero y a cuya adoración dedicaba todas las horas del día y la noche. En apoyo de esta tesis romántica se aducían varios datos. En efecto, con anterioridad al accidente el propio Bouvila había dispuesto las cosas de tal manera que no sólo fuera imposible localizar la máquina, como luego se vio, sino incluso dar con los planos de aquélla o con los técnicos que habían participado en su construcción. Cuando por fin los zapadores del Ejército lograron entrar en el pabellón de la Exposición abriendo un boquete en el muro sólo encontraron allí los tablones que habían formado el andamiaje de sustentación de la máquina en tierra. Eventualmente la trampilla fue descubierta, pero el pasadizo a que daba acceso sólo condujo a una barraca abandonada. No era menos sospechoso que lo que antecede el que Onofre Bouvila llevase encima el *Regent,* el diamante pulquérrimo, cuando se produjo el siniestro. Esto unido a los sucesos de ese año hizo aventurar a algunos la teoría de que Onofre Bouvila estaba detrás del colapso mundial de la economía, aunque nadie supo apuntar qué motivos podían haberle inducido a proceder así. Hacia su viuda se volvieron todos los ojos entonces, pero de ella no fue posible obtener aclaración alguna. La mansión fue vendida a la Diputación Provincial de Barcelona, que se desentendió de ella, por desidia permitió que se fuera deteriorando hasta convertirse de nuevo en la ruina que había sido. La viuda mientras tanto se había retirado a un chalet situado en Llavaneras y que antaño había pertenecido al ex gobernador de Luzón, el general Osorio y Clemente. Allí permaneció en el mayor retraimiento hasta su muerte, ocurrida el

4 de agosto de 1940. Al morir dejó algunos papeles, entre los cuales no figuraba la carta que Onofre Bouvila había dejado sobre la mesa de su despacho antes de salir hacia Montjuich once años antes. Poco a poco estos rumores y otros parecidos se fueron acallando a medida que transcurría el tiempo sin que ningún hecho viniera a sustentarlos, a medida que otros problemas más acuciantes acaparaban la atención de los barceloneses. Mientras tanto la Exposición Universal languidecía. La opinión pública se burlaba abiertamente de los organizadores e indirectamente, a través de ellos, del gobierno de Primo de Rivera. Con este pretexto ponían de manifiesto su repulsa al dictador. A pesar de la censura nadie se recataba de comparar la Exposición del 29 con la del 88: sobre aquélla recaían las críticas más acerbas; de ésta en cambio todo el mundo se hacía lenguas; nadie quería recordar los problemas que había suscitado en su día, las disputas y animosidades de entonces, el déficit con que había gravado la ciudad. Ahora el barón de Viver se arrepentía de no haberse mostrado más intransigente. Para acabar en esta charlotada, cuya ridiculez nos salpicará a todos, hemos hipotecado nuestra ciudad, solía decir en tono plañidero. No tardó en cesar en su cargo. También Primo de Rivera, que había sido el instigador principal de la Exposición, en cuyo éxito había cifrado tantas esperanzas, se vio obligado a admitir lo insostenible de su posición, a darse por enterado de su impopularidad. En enero de 1930 presentó su renuncia al Rey, que la aceptó sin disimular su beneplácito. El dictador depuesto se exilió inmediatamente a París, donde vivió unos meses solamente: allí murió el 16 de mayo de 1930, cuando faltaban unos días para que se cumpliera el primer aniversario de la inauguración de la Exposición Universal de Barcelona. Cuatro años más tarde el propio Alfonso XIII abdicaba la Corona de España y partía al exilio. A estos acontecimientos siguieron otros igualmente importantes. De ellos algunos fueron jubilosos y otros aciagos; luego éstos y aquéllos fueron amalgamados por la memoria colectiva, acabaron formando en esa memoria una sola cosa, una cadena o pendiente que llevaba ineluctablemente a la guerra y a la hecatombe. Después la gente al hacer historia opinaba que en realidad el año en que Onofre Bouvila desapareció de Barcelona la ciudad había entrado en franca decadencia.

# ÍNDICE

Impreso en el mes de septiembre de 1986
en Talleres Gráficos DUPLEX, S. A.
Ciudad de la Asunción, 26
08030 Barcelona